KATE MOSSE

EL LABERINTO

Planeta Internacional

KATE MOSSE

EL LABERINTO

Traducción de Claudia Conde

Planeta

Título original: Labyrinth

© Mosse Associates Ltd, 2005
© por la traducción, Claudia Conde, 2006
© Editorial Planeta, S. A., 2005
    Diagonal, 662-664, 08034 Barcelona (España)
Primera edición: enero de 2006
Depósito Legal: B. 30-2006
ISBN 84-08-06587-4 (rústica)
ISBN 84-08-06501-7 (tapa dura)
ISBN 0-75286-053-4 editor Orion Books, una división de Orion Publishing Group,
    Londres, edición original
Composición: Víctor Igual, S. L.
Impresión: A&M Gràfic, S. L.
Encuaderanción: Encuadernaciones Balmes, S. L.
Printed in Spain - Impreso en España

*A mi padre, Richard Mosse, un hombre íntegro,
un* chevalier *de nuestros días*

*A Greg, como siempre,
por todo lo que ha sido, es y será*

NOTA DE LA AUTORA

Nota histórica

En marzo de 1208, el papa Inocencio III predicó una cruzada contra una secta de cristianos del Languedoc. Hoy se los conoce habitualmente con el nombre de cátaros. Ellos se llamaban a sí mismos *bons chrétiens*, «buenos cristianos»; Bernardo de Claraval los denominaba albigenses, y en los registros de la Inquisición aparecen como *heretici*. El papa Inocencio se propuso expulsar a los cátaros del Mediodía francés y restaurar la autoridad religiosa de la Iglesia católica. Los barones del norte de Francia que se unieron a su cruzada vieron en ella la oportunidad de adquirir tierras, riquezas y privilegios comerciales, subyugando a una nobleza meridional ferozmente independiente.

Aunque el concepto de cruzada era un rasgo importante de la sociedad cristiana medieval ya desde finales del siglo XI, y si bien en el asedio de Zara en 1204, durante la Cuarta Cruzada, los cruzados empuñaron las armas contra otros cristianos, ésta fue la primera vez que se convocó a la guerra santa contra cristianos en suelo europeo. La persecución de los cátaros condujo directamente a la fundación de la Inquisición en 1231, bajo los auspicios de los dominicos, los frailes negros.

Fueran cuales fuesen las motivaciones religiosas de la Iglesia católica y de algunas de las cabezas seglares de la cruzada, como Simón de Monfort, la Cruzada Albigense fue en definitiva una guerra de ocupación, que marcó un punto de inflexión en la historia de lo que hoy es Francia. Significó el fin de la independencia del sur y la destrucción de muchas de sus tradiciones, ideales y estilo de vida.

Lo mismo que el término «cátaro», la palabra «cruzada» no se empleaba en los documentos medievales. El ejército era «la hueste», o *la ost* en la lengua de oc. Sin embargo, como ambos términos son actualmente de uso corriente, los he utilizado a veces para facilitar las referencias.

Nota sobre lenguaje

En la época medieval, el occitano o *langue d'oc* (a la que debe su nombre la región del Languedoc) era la lengua del Mediodía francés, desde Provenza hasta Aquitania. También era la lengua del Jerusalén cristiano y de las tierras ocupadas por los cruzados a partir de 1099, hablada asimismo en lugares del norte de España y del norte de Italia, y estrechamente emparentada con el provenzal y el catalán.

En el siglo XIII, la *langue d'oil*, antecesora del francés actual, se hablaba en el norte de lo que hoy es Francia.

En el transcurso de las invasiones del sur por parte del norte, iniciadas en 1209, los barones franceses impusieron su lengua a la región conquistada. Desde mediados del siglo XX se ha producido un renacimiento de la lengua occitana, impulsado por escritores, poetas e historiadores, como René Nelli, Jean Duvernoy, Déodat Roché, Michel Roquebert, Anne Brenon, Claude Marti y otros. En el momento de redactar estas líneas, hay una escuela bilingüe occitano-francesa en la Cité, en el corazón del núcleo medieval de Carcasona, y en los indicadores de las carreteras aparece la forma occitana de los topónimos junto a la francesa.

En *El laberinto*, para distinguir entre los habitantes del Pays d'Òc y los invasores franceses, he utilizado el occitano y el francés. Por consiguiente, algunos nombres y lugares aparecen tanto en francés como en occitano, por ejemplo, Carcassonne y Carcassona, Toulouse y Tolosa, Béziers y Besièrs.

Los versos y refranes han sido extraídos de los *Proverbes et dictons de la langue d'oc*, recopilados por el abad Pierre Trinquier, y de los *33 chants populaires du Languedoc*.

Inevitablemente, hay diferencias entre las grafías occitanas medievales y las normas ortográficas modernas. Para mantener la coherencia, he utilizado como guía la obra *La planqueta*, diccionario occitano-francés de André Lagarde.

Para más información, se ofrece un glosario al final de este libro.

Y conoceréis la verdad, y la verdad os hará libres.

San Juan 8,32

L'histoire est un roman qui a été, le roman est une histoire qui aurait pu être. [La historia es una novela que ha sido; la novela, una historia que hubiese podido ser.]

E. y J. Goncourt

Tên përdu, jhamâi së rëcôbro. [El tiempo perdido nunca se recupera.]

Proverbio occitano medieval

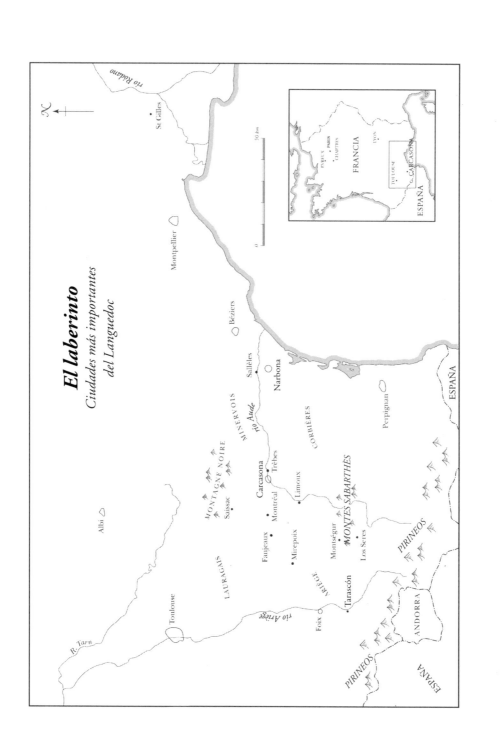

El laberinto
Ciudades más importantes del Languedoc

PRÓLOGO

CAPÍTULO 1

Pico de Soularac
Montes Sabarthès
Sudoeste de Francia

Una línea solitaria de sangre se escurre por el pálido interior de su brazo, una costura roja en una manga blanca.

Al principio, Alice cree que es una mosca y no le presta atención. Los insectos son un riesgo laboral en las excavaciones, y por alguna razón hay más moscas en lo alto de la montaña, donde está trabajando, que en el yacimiento principal, allá abajo. Después, sobre su pierna desnuda cae una gota de sangre, que estalla como una bengala en el cielo de la noche de San Juan.

Esta vez sí que mira y ve que el corte del interior del codo se le ha vuelto a abrir. Es una herida profunda, que se resiste a sanar. Suspira y se ajusta un poco más contra la piel el vendaje de gasas y esparadrapo. Luego, como nadie la ve, se lame la mancha roja de la muñeca.

Varios mechones de pelo, del suave color del azúcar moreno, se le han soltado de debajo de la gorra. Se los pasa por detrás de las orejas y se enjuga la frente con el pañuelo, antes de retorcerse otra vez la coleta en un apretado nudo sobre la nuca.

Interrumpida su concentración, Alice se incorpora y estira las esbeltas piernas, levemente bronceadas por el sol. Vestida con vaqueros de perneras recortadas, camiseta blanca sin mangas y gorra, parece poco más que una adolescente. Antes le preocupaba. Ahora que ya es un poco más mayor, aprecia la ventaja de aparentar menos edad. El único detalle glamuroso son los delicados pendientes de plata en forma de estrella, que relucen como lentejuelas.

Alice desenrosca el tapón de la botella de agua. Está tibia, pero tiene demasiada sed para reparar en eso y se la bebe a grandes tragos. Más abajo, la calina reverbera sobre el mellado asfalto de la carretera. Arriba, el cielo es de un azul interminable. Las cigarras persisten en su coro implacable, ocultas a la sombra de los pastos secos.

Es la primera vez que está en los Pirineos, pero se siente como en casa. Le han dicho que en invierno los dentados picos de los montes Sabarthès se cubren de nieve. En primavera, delicadas flores rosa, malva y blancas asoman de sus escondrijos en las grandes extensiones rocosas. A comienzos del verano, los prados son verdes y se pueblan de ranúnculos amarillos. Pero ahora el sol ha aplastado y subyugado el paisaje, convirtiendo los verdes en tonos tostados. «Es un lugar hermoso —piensa—, aunque en cierto modo inhóspito. Es un lugar de secretos, que ha visto demasiado y escondido demasiado para estar en paz consigo mismo.»

En el campamento principal, más abajo, en la falda de la montaña, Alice puede ver a sus colegas de pie bajo el gran toldo de lona. Consigue distinguir a Shelagh con su habitual traje negro. Le sorprende que ya hayan parado. Es pronto para hacer una pausa, pero es cierto que todo el equipo está un poco desmoralizado.

El trabajo es en su mayor parte afanoso y monótono —excavar y raspar, catalogar y registrar—, y hasta ahora han encontrado pocas cosas de interés que justifiquen sus esfuerzos. Unos cuantos fragmentos de vasijas y cuencos de comienzos de la Edad Media y un par de puntas de lanza de finales del siglo XII o comienzos del XIII, pero ni rastro del asentamiento paleolítico que ha motivado la excavación.

Alice siente el impulso de bajar para reunirse con sus amigos y colegas, y arreglarse el vendaje. El corte le escuece y las pantorrillas ya le duelen de tanto estar agachada. Tiene tensos los músculos de los hombros. Pero sabe que si se detiene, perderá el ritmo de trabajo.

Esperanzada, confía en que su suerte está a punto de cambiar. Poco antes ha notado un destello debajo de una roca pulcramente apoyada contra el flanco de la montaña, casi como si la hubiese colocado allí la mano de un gigante. Aunque no adivina lo que pueda ser el objeto, ni conoce siquiera su tamaño, ha pasado toda la mañana cavando y cree que no le falta mucho para alcanzarlo.

Sabe que debería llamar a alguien. O por lo menos decírselo a Shelagh, su mejor amiga, que es la directora adjunta de la excavación. Alice no es arqueóloga de profesión, sino una simple voluntaria que pasa parte de las vacaciones de verano haciendo algo de provecho. Pero es su última jornada completa sobre el terreno y quiere demostrar de lo que es capaz. Si baja al campamento principal y les cuenta que cree haber encontrado algo, todos querrán participar y el descubrimiento ya no será suyo.

En los días y semanas que vendrán, Alice repasará ese momento. Recordará la cualidad de la luz, el sabor metálico de la sangre y el polvo en su boca, y se preguntará cómo habría sido todo si hubiese decidido bajar en lugar de quedarse. Si hubiese jugado conforme a las reglas.

Apura la última gota de agua y arroja la botella a la mochila. Durante toda la hora siguiente poco más o menos, mientras el sol trepa por el cielo y la temperatura sigue subiendo, Alice no deja de trabajar. Los únicos sonidos son el roce del metal contra la piedra, el zumbido de los insectos y el ocasional rumor de una avioneta a lo lejos. Siente perlas de sudor sobre el labio superior y entre los pechos, pero sigue adelante, hasta que finalmente el hueco bajo la roca es lo bastante grande como para deslizar una mano.

Alice se arrodilla en el suelo y afirma la mejilla y el hombro contra la piedra para apoyarse. Después, palpitante de ansiedad, mete profundamente los dedos en la oscura y ciega tierra. De inmediato comprende que su instinto no le ha fallado y que ha dado con algo digno de ser descubierto. Es suave y viscoso al tacto, de metal y no de piedra. Aferrándolo con firmeza y diciéndose que no debe esperar demasiado, despacio, muy despacio, saca el objeto a la luz. El suelo parece estremecerse, renuente a ceder su tesoro.

El olor intenso y mohoso de la tierra húmeda le llena la nariz y la garganta, aunque casi no lo nota. Ya está perdida en el pasado, cautivada por el trozo de historia que acuna en la palma de sus manos. Es una hebilla pesada y redonda, moteada de negro y verde por la antigüedad y la prolongada sepultura. Alice la frota con los dedos y sonríe cuando la plata y el cobre comienzan a revelar detalles bajo la suciedad. A primera vista, también parece medieval, la clase de hebilla utilizada para ceñir una capa o un manto. Ha visto otras parecidas.

Conoce el riesgo de sacar conclusiones precipitadas o de dejarse seducir por las primeras impresiones, pero no puede resistirse a imaginar a su dueño, muerto desde hace siglos, que debió de frecuentar esos mismos senderos. Un extraño cuya historia aún no conoce.

La conexión es tan fuerte y Alice está tan ensimismada que no nota que la roca se está deslizando por la base. Pero entonces algo, quizá un sexto sentido, hace que levante la vista. Durante una fracción de segundo, el mundo parece suspendido fuera del espacio y del tiempo. Se queda hipnotizada mirando la roca ancestral que se balancea y se inclina, y que grácilmente comienza a caer hacia ella.

En el último momento, la luz se fractura. El hechizo se rompe. Alice se aparta bruscamente, medio trastabillando, medio reptando hacia un lado, justo a tiempo para no ser aplastada. El peñasco golpea el suelo con un ruido sordo, levantando una nube de pálido polvo marrón, y sigue rodando sobre sí mismo, como a cámara lenta, hasta detenerse montaña abajo.

Alice se aferra desesperadamente a los arbustos y matorrales, para no seguir deslizándose. Por un momento, yace desmadejada en la hierba, mareada y desorientada. Cuando por fin comprende lo cerca que ha estado de morir aplastada, se le hiela la sangre. «Demasiado cerca.» Hace una profunda inspiración y espera a que el mundo deje de dar vueltas.

Poco a poco se acalla el latido en el interior de su cabeza. Se le asienta el estómago y todo comienza a volver a la normalidad, lo suficiente como para que pueda sentarse y hacer balance de la situación. Tiene las rodillas raspadas y veteadas de sangre y se ha dado un golpe en la muñeca, que ha recibido el peso del cuerpo cuando ha caído con la hebilla aún aferrada en la mano para protegerla, pero en conjunto sólo han sido unos pocos cortes y magulladuras. «No me he hecho daño.»

Se pone de pie y se sacude el polvo, sintiéndose una completa imbécil. No puede creer que haya cometido un error tan estúpido como ha sido el de no asegurar la roca. Ahora vuelve la vista hacia el campamento, allá abajo. Se sorprende (y se alegra) de que nadie bajo la lona parezca haber visto u oído nada. Levanta una mano y está a punto de llamar, cuando advierte que, en el flanco de la montaña, donde estaba situada la roca, se ve una estrecha abertura. Como una puerta abierta en la pared de piedra.

Se dice que esas montañas están cuajadas de cuevas y pasajes escondidos, por lo que no se sorprende. Aun así –piensa–, de algún modo sabía que la puerta estaba ahí, aunque no era posible verla desde fuera. Lo sabía. «O más bien lo he adivinado.»

Vacila. Sabe que debería ir en busca de alguien para que la acompañase. Sería tonto y posiblemente hasta peligroso entrar sola, sin ningún tipo de ayuda. Es consciente de todo lo que podría salir mal.

De que ni siquiera debería estar allí arriba, trabajando sola. Shelagh no lo sabe. Pero hay algo que la atrae. Algo personal. Es su descubrimiento.

Alice se dice que no tiene sentido importunarlos a todos y alimentar sus esperanzas para nada. Si hay algo que merezca la pena investigar, ya se lo dirá a alguno de ellos. Ahora no va a hacer nada. Solamente quiere mirar.

«Sólo será un minuto.»

Vuelve a escalar hasta donde estaba. Hay una profunda depresión en el suelo, en la boca de la cueva, donde estaba la roca montando guardia. La tierra húmeda está viva, con las frenéticas contorsiones de infinidad de gusanos y escarabajos repentinamente expuestos a la luz y el calor después de tanto tiempo. Su gorra yace en el suelo, donde cayó. También su paleta está ahí, donde la dejó.

Alice se asoma a la oscuridad. La abertura no mide más de metro y medio de altura por uno de ancho y los bordes son irregulares y ásperos. No parece hecha adrede, sino natural, pero cuando recorre la piedra con los dedos, arriba y abajo, descubre, allí donde reposaba la roca, zonas curiosamente lisas.

Poco a poco, sus ojos se habitúan a la penumbra. El negro aterciopelado cede el paso al gris carbón y entonces advierte que tiene puesta la vista en un túnel largo y angosto. Siente que se le erizan los pelillos de la nuca, como advirtiéndole que hay algo acechando en la oscuridad que sería mejor no remover. Pero son supersticiones infantiles que se apresura a desechar. Alice no cree en fantasmas ni en premoniciones.

Apretando con fuerza la hebilla en una mano, como un talismán, hace una profunda inspiración y entra en el pasaje. De inmediato, el olor del aire subterráneo y escondido desde tiempos remotos la envuelve y le llena la boca, la garganta y los pulmones. El ambiente es frío y húmedo, sin indicios de los gases secos y tóxicos que según le han advertido envenenan la atmósfera en algunas cuevas sin ventilación, por lo que supone que por algún sitio entrará aire fresco. Por si acaso, rebusca en los bolsillos de sus pantalones cortos hasta encontrar un mechero. Enciende la llama y la adelanta en la oscuridad, para comprobar que hay oxígeno. Ésta oscila con un golpe de aire, pero no se apaga.

Nerviosa y con cierta sensación de culpa, Alice envuelve la hebilla en un pañuelo, se la guarda en el bolsillo y da unos cuantos pasos cautelosos. La luz de la llama es débil, pero ilumina la porción de túnel que tiene inmediatamente por delante, arrojando sombras sobre las abruptas paredes grises.

A medida que se adentra por el pasaje, siente el frío desapacible del aire enroscándose como un gato en sus piernas y sus brazos. Está bajando. Siente la pendiente del suelo bajo sus pies, pedregosa y desigual. El crujido de las piedras y la grava resuena con fuerza en el espacio cerrado y silencioso. La luz del día se vuelve cada vez más tenue a sus espaldas, cuanto más profundamente se adentra en el pasadizo.

De pronto, ya no quiere proseguir. No tiene el menor deseo de estar donde está. Pero la situación tiene algo de inevitable, algo que la impulsa a seguir descendiendo hacia el vientre de la montaña.

Al cabo de unos diez metros más, el túnel se acaba. Alice se encuentra a las puertas de una cámara cerrada y cavernosa, de pie sobre una plataforma rocosa natural. Justo frente a ella, un par de peldaños anchos y de escasa altura conducen al área principal, donde el suelo ha sido nivelado y parece liso y plano. La caverna mide unos diez metros de largo por cinco de ancho y, más que ser obra exclusiva de la naturaleza, ha sido claramente modelada por la mano del hombre. El techo es bajo y abovedado, como la cubierta de una cripta.

Alice se queda mirando, empuñando en alto la llamita vacilante, molesta por una curiosa y punzante sensación de familiaridad que no consigue explicarse. Está a punto de bajar los peldaños, cuando advierte que hay letras grabadas en la piedra del escalón más alto. Se agacha e intenta leer la inscripción. Sólo las tres primeras palabras y la última letra (N o quizá H) son legibles. Las otras se han borrado con la erosión o los golpes. Alice aparta el polvo con los dedos y dice las letras en voz alta. El eco de su voz resuena hostil y amenazador en el silencio.

—P-A-S A P-A-S... *Pas a pas*.

¿Paso a paso? ¿Paso a paso qué? Un tenue recuerdo encrespa la superficie de su subconsciente, como una canción hace tiempo olvidada. Después desaparece.

—*Pas a pas* —susurra esta vez, pero no significa nada. ¿Una plegaria? ¿Una advertencia? Sin saber lo que sigue, no tiene sentido.

Nerviosa, se incorpora y baja los peldaños, uno a uno. En su interior, la curiosidad combate con la premonición, y siente que en los delgados brazos desnudos se le pone la carne de gallina, no sabe muy bien si por la inquietud o por el frío de la cueva.

Alice sigue manteniendo la llama en alto para iluminarse el camino, con cuidado para no resbalar ni mover nada. Al llegar abajo se detiene. Hace una profunda inspiración y da un paso hacia la oscuridad de ébano. Apenas consigue distinguir la pared más alejada de la cámara.

A esa distancia, es difícil saber con certeza si se trata de una ilusión creada por la luz o una sombra proyectada por la llama, pero parece como si hubiera un gran motivo circular de líneas y semicírculos pintados o grabados en la roca. Delante, en el suelo, hay una mesa de piedra de poco más de un metro de altura, como un altar.

Manteniendo la vista fija en el símbolo de la pared para no perder la orientación, Alice avanza poco a poco. Ahora puede ver más claramente el dibujo. Parece algo así como un laberinto, aunque la memoria le dice que hay algo que no acaba de encajar. No se trata de un verdadero laberinto. Las líneas no conducen al centro, como debieran. El dibujo está equivocado. Alice no podría explicar por qué está tan segura, pero sabe que está en lo cierto.

Con los ojos puestos en el laberinto, se acerca cada vez más. Su pie topa con algo duro en el suelo. Se oye un golpe tenue y hueco, y el ruido de algo que sale rodando, como si un objeto hubiera cambiado de posición.

Alice baja la vista.

Le empiezan a temblar las piernas. La pálida llama parpadea en sus manos. El horror le quita el aliento. Está de pie al borde de una tumba poco profunda, una simple depresión en el suelo. En su interior hay dos esqueletos que una vez fueron humanos, con los huesos lavados por el tiempo. Las ciegas órbitas de una de las calaveras la miran fijamente desde abajo. El otro cráneo, que ella misma ha desplazado con el pie, yace sobre uno de sus lados, como apartando la vista para no verla.

Los cadáveres han sido colocados uno junto al otro, mirando al altar, como bajorrelieves en un sarcófago. La disposición es simétrica y están perfectamente alineados, pero no hay serenidad en ese sepulcro. No hay sensación de paz. Los pómulos de una de las calaveras están aplastados, hundidos como los de una máscara de cartón piedra. El otro esqueleto tiene varias costillas partidas y curvadas hacia fuera, sobresaliendo de una forma extraña, como las ramas quebradizas de un árbol muerto.

«No pueden hacerte daño.» Resuelta a no dejarse dominar por el miedo, Alice se obliga a agacharse, con cuidado para no tocar nada más. Recorre con la vista la tumba. Hay un puñal junto a uno de los esqueletos, con el filo embotado por el tiempo, y unos cuantos fragmentos de paño. A su lado, una bolsa cerrada con una cuerda corrediza, que por su tamaño podría contener una caja pequeña o un libro. Alice arruga el ceño. Está segura de que ha visto antes algo parecido, pero el recuerdo se niega a materializarse.

El objeto blanco y redondo alojado entre los dedos como garras del esqueleto más menudo es tan pequeño que Alice ha estado a punto de no verlo. Sin pararse a pensar si debe hacerlo o no, saca rápidamente unas pinzas del bolsillo, se tumba en el suelo y, con infinito cuidado, lo recoge. Después, lo levanta a la luz de la llama mientras sopla suavemente para apartar el polvo y verlo mejor.

Es un pequeño anillo de piedra, sin ningún rasgo particular, de superficie lisa y redondeada. También le resulta extrañamente familiar. Alice lo observa más de cerca. Tiene un motivo grabado por dentro. Al principio piensa que puede ser algún tipo de sello. Después, con un sobresalto, cae en la cuenta. Levanta la vista hacia el dibujo de la pared al fondo de la cámara y vuelve a mirar el anillo.

Los motivos son idénticos.

Alice no es religiosa. No cree en el cielo ni en el infierno, ni tampoco en Dios, ni en el diablo, ni en las criaturas que supuestamente merodean por esas montañas. Pero por primera vez en su vida, la abruma la sensación de estar en presencia de algo sobrenatural, algo inexplicable y fuera del alcance de su experiencia y su capacidad de comprensión. Siente que la maldad le repta por la piel, el cuero cabelludo y las plantas de los pies.

Su valor flaquea. De pronto la cueva se ha vuelto gélida. El miedo se adueña de su garganta y le congela el aire en los pulmones. Consigue ponerse en pie. No debería estar allí, en ese lugar antiquísimo. Ansía con desesperación salir de la cámara, lejos de los indicios de violencia y el olor a muerte, y volver a la luminosa y segura luz del día.

Pero es tarde.

Por encima o por detrás de donde está —no sabría decirlo—, se oyen pasos.

El sonido reverbera en el espacio cerrado, bota y rebota en las paredes rocosas. Alguien viene.

Alice se vuelve, alarmada, y deja caer el mechero. La cueva queda sumida en la oscuridad. Intenta correr, pero en la negrura está desorientada y no encuentra la salida. Tropieza. Le fallan las piernas.

Se cae. El anillo sale despedido hacia la pila de huesos, el lugar donde pertenece.

CAPÍTULO 2

Los Seres
Sudoeste de Francia

Unos cuantos kilómetros al este en línea recta, en un pueblo perdido de los montes Sabarthès, un hombre alto y delgado, de traje claro, está sentado solo ante una mesa de lustrosa madera oscura.

El techo de la habitación es bajo y el suelo, de grandes baldosas cuadradas del color de la tierra roja de las montañas, que mantienen fresco el ambiente pese al calor que hace fuera. El postigo de la única ventana está cerrado, de modo que reina la oscuridad, a excepción de la charca de luz amarilla que proyecta una pequeña lámpara de aceite colocada sobre la mesa. Junto a la lámpara hay un vaso alto, lleno casi hasta el borde de un líquido rojo.

Hay varias hojas de grueso papel color crema dispersas por la mesa, todas ellas cubiertas con líneas y líneas de pulcra escritura en tinta negra. La habitación está en silencio, a excepción del rasgueo de la pluma sobre el papel y el tintineo del hielo al chocar con los lados del vaso, cuando el hombre bebe. Se nota un tenue aroma a alcohol y cerezas. El tictac del reloj marca el paso del tiempo, mientras el hombre hace una pausa, reflexiona y vuelve a escribir.

Lo que dejamos en esta vida es el recuerdo de quienes hemos sido y de lo que hemos hecho. Una huella, nada más. He aprendido mucho. Me he vuelto sabio. Pero ¿he hecho algo digno de mención? No sabría decirlo. *Pas a pas, se va luènh.*

He visto el verde de la primavera transmutarse en el oro del verano, y el cobre del otoño tornarse en el blanco del invierno, mientras esperaba a que se desvaneciera la luz. Una y otra vez me he preguntado por qué. Si hubiese sabido cómo iba a ser vivir con tanta soledad, ser el único testigo del ciclo interminable del nacimiento, la vida y la muerte, ¿qué habría hecho? Alaïs, me pesa mi soledad, demasiado extrema para soportarla. He sobrevivido a esta larga vida con el corazón vacío, un vacío que con los años se ha ido extendiendo hasta volverse más grande que mi propio corazón.

Me he esforzado por mantener las promesas que te hice. Una de ellas está cumplida, la otra sigue pendiente. Hasta ahora, sigue pendiente. Desde hace algún tiempo, siento que estás cerca. Nuestra hora vuelve a estar próxima. Todo lo indica. Pronto se abrirá la cueva. Siento esta certidumbre a mi alrededor. Y el libro, a salvo durante tanto tiempo, también será hallado.

El hombre hace una pausa y coge el vaso. Los recuerdos le nublan los ojos, pero el *guignolet* es fuerte y dulce, y lo reanima.

La he encontrado. Por fin. Y me pregunto, si pongo el libro en sus manos, ¿le resultará familiar? ¿Lleva su memoria escrita en la sangre y los huesos? ¿Recordará cómo resplandece la tapa y cambia de color? Si suelta los lazos y lo abre con cuidado para no dañar el pergamino seco y quebradizo, ¿recordará las palabras que reverberan a través de los siglos?

Rezo para que por fin, cuando mis largos días se acercan a su término, se me conceda la oportunidad de rectificar lo que una vez hice mal y de conocer por fin la verdad. La verdad me hará libre.

El hombre se reclina en su asiento y apoya delante de él, planas sobre la mesa, las manos manchadas por la edad. La oportunidad de saber, después de tantísimo tiempo, lo que sucedió al final.

Es todo lo que quiere.

CAPÍTULO 3

Chartres
Norte de Francia

Más tarde ese mismo día, casi mil kilómetros más al norte, otro hombre de pie en un pasadizo tenuemente iluminado, bajo las calles de Chartres, está aguardando a que dé comienzo una ceremonia.

Tiene las palmas sudorosas y la boca seca, y percibe cada nervio y cada músculo de su cuerpo, e incluso la pulsación de sus venas en las sienes. Se siente aturdido e incapaz de actuar con naturalidad, pero no sabe si atribuírselo al nerviosismo y la expectación o a los efectos del vino. La poco familiar túnica de algodón blanco le cuelga pesadamente de los hombros y los cordones de cáñamo retorcido sobre las huesudas caderas lo incomodan. Echa una mirada furtiva a los dos personajes que guardan silencio junto a él, uno a cada lado, pero tienen la cara cubierta por sendas capuchas. No puede saber si están tan nerviosos como él o si ya han pasado muchas veces por el ritual. Van vestidos como él, sólo que sus túnicas son doradas en lugar de blancas y van calzados. Él está descalzo y las losas del suelo están frías.

Muy por encima de la escondida red de galerías, empiezan a sonar las campanas de la grandiosa catedral gótica. Siente que los hombres a su lado enderezan la espalda. Es la señal que estaban esperando. De inmediato, baja la cabeza e intenta concentrarse en el presente.

—*Je suis prêt* —murmura, más para tranquilizarse que como aseveración. Ninguno de sus acompañantes reacciona en modo alguno.

Cuando el último eco de las campanas se desvanece en el silencio, el acólito a su izquierda da un paso al frente y, con una piedra parcialmente oculta en la palma de la mano, golpea cinco veces la pesada puerta. Del interior llega la respuesta.

—*Dintratz*. —Entren.

El hombre cree reconocer la voz de la mujer, pero no tiene tiempo de averiguar de dónde ni de cuándo, porque ya se está abriendo la puerta para revelar la estancia que durante tanto tiempo ha ansiado ver.

Con pasos sincronizados, los tres hombres avanzan lentamente. Lo ha ensayado y sabe lo que vendrá y lo que se espera de él, pero siente las piernas un poco inseguras. Después del frío del pasadizo, en la sala hace calor y está oscuro. La única luz viene de las velas, dispuestas en los nichos y sobre el altar, que proyectan sobre el suelo sombras danzantes.

La adrenalina le recorre el cuerpo, aunque se siente extrañamente ajeno a lo que está ocurriendo. Cuando la puerta se cierra tras él, se sobresalta.

Los cuatro asistentes principales están situados al norte, al sur, al este y al oeste de la estancia. Su mayor deseo sería levantar la vista y mirar mejor, pero se obliga a mantener bajos los ojos y oculto el rostro, tal como ha sido instruido. Puede ver las dos filas de iniciados, alineados a ambos lados de la cámara rectangular, seis en cada uno. Puede sentir el calor de sus cuerpos y oír el ritmo de sus respiraciones, aunque nadie se mueve ni habla.

Ha memorizado la disposición gracias a los papeles que le han dado, y cuando avanza hacia el sepulcro que está en mitad de la estancia, siente las miradas en su espalda. Se pregunta si conocerá a alguno de ellos. Colegas del trabajo, la esposa de algún conocido, cualquiera puede ser miembro. No puede evitar que una leve sonrisa se le insinúe en los labios cuando por un momento se permite fantasear acerca de cómo cambiarán las cosas a raíz de su admisión en la sociedad.

Pero bruscamente regresa al presente, cuando casi se cae al tropezar con la piedra que hace las veces de reclinatorio, en la base del sepulcro. La estancia es más pequeña de lo que había imaginado observando el plano, más confinada y claustrofóbica. Había esperado que la distancia entre la puerta y la piedra fuera mayor.

Cuando se arrodilla sobre la piedra, oye que alguien a escasa distancia inhala con fuerza el aire, y se pregunta por qué. El corazón se le acelera y cuando baja la vista ve que tiene blancos los nudillos. Turbado, entrelaza las manos, pero en seguida se da cuenta y deja caer los brazos a los lados del cuerpo, como le han dicho que tiene que llevarlos.

Hay un leve declive en el centro de la piedra, cuya superficie siente dura y fría en las rodillas, a través de la fina tela de la túnica. Se desplaza ligeramente, tratando de adoptar una postura menos incómoda. Pero la incomodidad le ofrece algo en que pensar y por eso la agradece. Todavía está aturdido y le resulta difícil concentrarse y recordar el orden que supuestamente deben seguir los acontecimientos, aunque lo ha repasado una y mil veces en su cabeza.

Dentro de la estancia empieza a sonar una campana, una nota aguda y cristalina; la acompaña un canto grave y salmodiado, suave al principio, que rápidamente se vuelve más potente a medida que se le unen más voces. Fragmentos de palabras y de frases reverberan en su mente: *montanhas,* montañas; *noblesa,* nobleza; *libres,* libros; *graal,* grial...

La Sacerdotisa baja del altar elevado y recorre la sala. El hombre apenas distingue el roce de sus pies sobre el suelo, pero imagina el resplandor y el balanceo de su túnica dorada, a la luz vacilante de las velas. Es el momento que ha estado esperando.

—*Je suis prêt* —repite entre dientes. Esta vez lo dice de verdad.

La Sacerdotisa se detiene ante él, que percibe su perfume sutil y ligero, entre el aroma embriagador del incienso. El hombre contiene el aliento cuando ella se inclina y lo coge de la mano. Sus dedos están fríos y sus uñas cuidadas, y un impulso eléctrico, casi de deseo, le recorre el brazo cuando ella le pone algo pequeño y redondeado en la palma y le hace cerrar los dedos para que lo aferre. Ahora quisiera (más que ninguna otra cosa que haya deseado en su vida) verle la cara. Pero mantiene baja la vista, fija en el suelo, como le han dicho que hiciera.

Los cuatro asistentes principales abandonan sus puestos y se acercan a la Sacerdotisa. El hombre siente que le inclinan la cabeza hacia atrás, suavemente, y le vierten entre los labios un líquido espeso y dulce. Es lo que estaba esperando y no opone resistencia. Mientras la ola de tibieza se extiende por su cuerpo, levanta los brazos y sus compañeros le echan un manto dorado sobre los hombros. El ritual es conocido para los presentes, pero aun así el hombre percibe en ellos cierta incomodidad.

De pronto, siente como si tuviera una argolla de hierro alrededor del cuello, aplastándole la tráquea. Sus manos vuelan a su garganta, mientras se debate para respirar. Intenta gritar, pero no le salen las palabras. La nota aguda y cristalina de la campana comienza a sonar otra vez, continua y persistente, sofocándolo. Una oleada de náuseas le recorre el cuerpo. Piensa que va a desmayarse y, buscando alivio, aprieta con tanta fuerza el objeto que tiene en la mano que las uñas le desgarran la blanda carne de la palma. La aguda sensación de dolor lo ayuda a no desplomarse. De pronto comprende que las manos apoyadas sobre sus hombros no están ahí para reconfortarlo. No lo animan, sino que lo sujetan. Le sobreviene otra oleada de náuseas y la piedra parece moverse y deslizarse bajo su cuerpo.

Ahora sus ojos están flotando y no consigue enfocar del todo las imágenes, pero ve que la Sacerdotisa tiene un cuchillo, aunque no comprende cómo ha podido llegar hasta su mano la hoja de plata. Intenta ponerse de pie, pero la droga es demasiado potente y le ha robado la fuerza. Ya no controla los brazos ni las piernas.

—*Non!* —intenta gritar, pero es demasiado tarde.

Al principio, cree que lo han golpeado entre los hombros, nada más. Después, un dolor embotado comienza a rezumar a través de su cuerpo. Algo tibio y suave se desliza poco a poco por su espalda.

Sin previo aviso, las manos que lo sujetaban lo sueltan y él cae hacia adelante, desplomándose como un muñeco de trapo sobre un suelo que parece subir a su encuentro. No siente dolor cuando su cabeza golpea el pavimento, fresco y reconfortante al contacto con su piel. Ahora todo el ruido, la confusión y el miedo se desvanecen. Sus ojos parpadean y se cierran. Ya no percibe nada más que el sonido de la voz de ella, que parece venir de muy lejos.

—*Une leçon. Pour tous* —parece estar diciendo, aunque no tiene sentido que lo diga.

En sus últimos instantes fracturados de conciencia, el hombre acusado de revelar secretos, condenado por haber hablado cuando debió callar, aferra con fuerza el codiciado objeto en su mano, hasta que ya no puede agarrarse a la vida y el pequeño disco gris, no más grande que una moneda, rueda por el suelo.

En una de sus caras están las letras *NV.* En la otra, hay grabado un laberinto.

CAPÍTULO 4

Pico de Soularac
Montes Sabarthès

Por un momento, todo está en silencio.

Después, la oscuridad se disuelve. Alice ya no está en la cueva. Está flotando en un mundo blanco e ingrávido, transparente, apacible y silencioso.

Está libre. A salvo.

Tiene la sensación de escapar del tiempo, como si cayera de una dimensión a otra. La línea entre pasado y presente se está desvaneciendo en ese espacio intemporal e interminable.

Luego, como cuando se abre la trampilla bajo la plataforma de una horca, Alice siente una repentina sacudida y acto seguido se desploma y cae a través del cielo abierto, hacia la boscosa ladera de la montaña. El aire fresco le silba en los oídos mientras se precipita en acelerado descenso hacia el suelo.

El momento del impacto nunca llega. No hay huesos astillados contra el gris pizarra del pedernal y las rocas. En su lugar, Alice toma contacto con el suelo, corriendo y trastabillando por una empinada y agreste senda en terreno boscoso, entre dos filas de árboles altos. La arboleda es densa, alta y se yergue muy por encima de su cabeza, de modo que le impide ver lo que hay más allá.

«Demasiado rápido.»

Intenta agarrarse a los árboles para ralentizar su avance o detener su desbocada carrera hacia ese lugar desconocido, pero sus manos pasan a través de las ramas como si fueran las de un fantasma o un espíritu. Montoncitos de hojas diminutas se le quedan pegadas en las manos, como pelos en un cepillo. No siente su tacto, pero la savia le mancha de verde las yemas de los dedos. Se las acerca a la cara para aspirar su perfume agrio y sutil. Tampoco puede olerlo.

Siente una punzada en un costado, pero no puede detenerse, porque detrás de ella hay algo que se le va acercando cada vez más. El sendero tiene un declive pronunciado bajo sus pies. Sabe que el crujido de las piedras y las raíces secas ha reemplazado a la tierra blanda, el musgo y la hierba, pero no oye ningún sonido. No hay aves que canten ni voces que llamen, no hay más que su propia respiración agitada. El sendero vira y se enrosca sobre sí mismo, lanzándola primero en una dirección y luego en otra, hasta que dobla un recodo y ve el silencioso muro de llamas que bloquea el camino más adelante: un pilar de sinuosas lenguas de fuego, blancas, doradas y rojas, plegándose sobre sí mismas y en constante transformación.

Instintivamente, Alice levanta las manos para protegerse la cara del intenso calor, aunque no puede sentirlo. Ve las caras atrapadas dentro de las llamas danzarinas y las bocas desfiguradas en muda agonía, que el fuego acaricia y quema.

Alice intenta detenerse. Tiene que detenerse. Le sangran los pies heridos y su larga falda mojada entorpece su carrera, pero su perseguidor le está pisando los talones y algo que no puede controlar la impulsa hacia el fatal abrazo de las llamas.

No tiene más remedio que saltar para evitar que la consuma el fuego. Sube en espiral por el aire, como un penacho de humo, flotando muy por encima de los amarillos y los naranjas. El viento parece elevarla, liberándola de la tierra.

Alguien la llama por su nombre, una voz de mujer, pero lo pronuncia de un modo extraño.

Alaïs.

Está a salvo. Es libre.

Después, la familiar sensación de unos dedos fríos que le agarran los tobillos y la sujetan al suelo. No, no son dedos, son cadenas. Ahora Alice advierte que tiene algo entre las manos, un libro, cerrado con lazos de cuero. Comprende que es eso lo que quiere. Lo que *ellos* quieren. Es la pérdida de ese libro lo que ha motivado su ira.

Si por lo menos pudiera hablarles, quizá podría llegar a un acuerdo. Pero su cabeza está vacía de palabras y su boca es incapaz de hablar. Da una patada, se sacude con violencia para huir, pero está atrapada. El hierro que le inmoviliza las piernas es demasiado fuerte. Empieza a gritar y se siente arrastrada otra vez al fuego, pero no hay más que silencio.

Vuelve a gritar, sintiendo que su voz lucha en su interior por ser oída.

Esta vez el sonido irrumpe. Alice siente que el mundo real regresa impetuosamente. Sonidos, luz, olores, tacto, el sabor metálico de la sangre en su boca. Hasta que todo eso se detiene, durante una fracción de segundo, y se siente de repente envuelta por un frío traslúcido. No es el frío familiar de la cueva, sino algo diferente, intenso y luminoso. En su interior, Alice sólo puede distinguir los efímeros contornos de un rostro, hermoso e indefinido. La misma voz vuelve a llamarla por su nombre.

—*Alaïs.*

La está llamando por última vez. Es la voz de una amiga. No de alguien que quiera hacerle daño. Alice se debate para abrir los ojos, sabiendo que si consigue ver, podrá entender. No puede. No del todo.

El sueño empieza a desvanecerse, la está dejando ir.

«Es hora de despertar. Tengo que despertar.»

Ahora hay otra voz en su cabeza, diferente de la anterior. La sensibilidad le está volviendo a los brazos y las piernas, a las rodillas raspadas que le escuecen y a la piel rasguñada, que le duele donde se golpeó. Puede sentir la mano que le aprieta con fuerza el hombro y la sacude, devolviéndola a la vida.

—¡Alice! ¡Alice, despierta!

LA CIUDAD
EN LA COLINA

CAPÍTULO 1
Carcassona

JULHET 1209

Alaïs despertó sobresaltada y se incorporó bruscamente, con los ojos abiertos de par en par. El miedo aleteaba en su interior, como una avecilla atrapada en una red que lucha por soltarse. Se apoyó una mano sobre el pecho para apaciguar el corazón palpitante.

Por un momento no estuvo ni dormida ni despierta, como si parte de ella se hubiera quedado atrás en el sueño. Se sentía flotar, mirándose a sí misma desde gran altura, como las gárgolas de piedra que hacen muecas a los transeúntes desde el techo de la catedral de Sant Nazari.

La habitación volvió a enfocarse. Estaba a salvo en su cama, en el Château Comtal. Gradualmente, sus ojos se habituaron a la oscuridad. Estaba a salvo de la gente escuálida de ojos oscuros que la perseguía por la noche, que le clavaba los dedos puntiagudos y le tironeaba la ropa. «Ahora no pueden alcanzarme.» Las frases labradas en la piedra –más figuras que palabras–, que no significaban nada para ella... Todo se desvanecía, como penachos de humo en el aire otoñal. También el fuego se había esfumado, dejando sólo el recuerdo en su mente.

¿Una premonición? ¿O solamente una pesadilla?

No podía saberlo. Le daba miedo saberlo.

Alaïs extendió la mano buscando las cortinas del baldaquino, que colgaban alrededor de la cama, como si el tacto de algo material pudiera hacerla sentir menos transparente e insustancial. El paño desgastado, lleno del polvo y los olores familiares del castillo, tenía una reconfortante aspereza entre sus dedos.

Noche tras noche, el mismo sueño. Durante toda su infancia, cuando despertaba aterrorizada en la oscuridad, pálida y con la cara bañada en lágrimas, su padre estaba a su lado, cuidándola como lo hubiera hecho con un hijo varón. Mientras una vela se consumía y otra se encendía, le contaba susurrando sus aventuras en Tierra Santa. Le hablaba del interminable mar del desierto, de los curvos contornos de las mezquitas y de la llamada a la plegaria de los fieles sarracenos. Le describía las especias aromáticas, los colores vivos y el sabor picante de la comida. Y el brillo terrible del sol rojo sangre poniéndose sobre Jerusalén.

Durante muchos años, en aquellas horas vacías entre el crepúsculo y el alba, mientras su hermana yacía dormida a su lado, su padre hablaba sin parar y ponía en fuga a sus demonios. No permitía que las negras caperuzas de los sacerdotes católicos se le acercaran, con sus supersticiones y falsos símbolos.

Sus palabras la habían salvado.

—¿Guilhelm? —murmuró.

Su marido estaba profundamente dormido, con los brazos estirados, proclamando la propiedad de la mayor parte de la cama. Su largo pelo negro, oloroso a humo, vino y establos, se abría en abanico a través de la almohada. La luz de la luna se derramaba por la ventana, con los postigos abiertos para dejar entrar en la alcoba el aire fresco de la noche. A la luz incipiente, Alaïs distinguía una sombra de barba en su mentón. La cadena que Guilhelm llevaba al cuello reverberaba y brillaba cuando cambiaba de postura en su sueño.

Alaïs hubiese querido que despertara y le dijera que todo estaba bien, que ya no había nada que temer. Pero no se movió y a ella no se le ocurrió despertarlo. Valerosa en todo lo demás, era inexperta en los arcanos del matrimonio y todavía cautelosa en el trato con su marido, por lo que se limitó a recorrer con los dedos sus brazos lisos y bronceados, y sus hombros, anchos y firmes por las muchas horas transcurridas practicando para las justas con la espada y el estafermo. Alaïs podía sentir la vida agitándose bajo la piel de él incluso cuando dormía. Y cuando recordó cómo habían pasado la primera parte de la noche, se le encendieron las mejillas, aunque no había nadie para verla.

Estaba impresionada por las sensaciones que Guilhelm despertaba en ella. La deleitaban los brincos de su corazón cuando inesperadamente lo veía o la manera en que el suelo se movía bajo sus pies cuando él le sonreía. Por otra parte, le desagradaba la sensación de impotencia. Temía que ese sentimiento la estuviera volviendo débil y frívola. No dudaba de su amor por Guilhelm, pero sabía que no se estaba entregando por completo.

Suspiró. Sólo podía esperar que con el tiempo todo le fuera más fácil.

Algo en la cualidad de la luz, de negro a gris, y en la ocasional insinuación de un canto de ave en los árboles del patio le decía que el amanecer estaba próximo. Sabía que no volvería a dormirse.

Alaïs se escabulló entre las cortinas y atravesó la alcoba de puntillas hasta el arcón ropero que había en la esquina opuesta de la estancia. Las losas del suelo estaban frías y las esteras de esparto le arañaban los pies. Abrió la tapa, retiró la bolsa de lavanda de lo alto del montón y sacó un sencillo vestido verde oscuro. Estremeciéndose un poco, se lo puso por los pies e introdujo los brazos por las estrechas mangas. Tiró del paño ligeramente húmedo, para ajustárselo sobre la camisa, y se ciñó con fuerza el cinturón.

Tenía diecisiete años y llevaba seis meses casada, pero aún no había adquirido la blandura ni las redondeces de una mujer. El vestido colgaba sin forma sobre el endeble armazón de su cuerpo, como si no fuera suyo. Apoyándose con la mano en la mesa, se calzó unas suaves babuchas de piel y cogió su capa roja preferida del respaldo de la silla. Los bordes y la bastilla llevaban bordado un intrincado motivo azul y verde de cuadrados y rombos, con diminutas flores amarillas intercaladas, que ella misma había inventado para el día de su boda. Había tardado muchas semanas en bordarlo. Todo noviembre y todo diciembre había trabajado en la labor, hasta que los dedos le dolían y se le ponían rígidos de frío, mientras se daba prisa para terminar a tiempo.

Alaïs volvió su atención al capazo que estaba en el suelo junto al arcón. Comprobó que estuvieran dentro su bolsa monedero y su saquillo de hierbas, así como las tiras de paño que usaba para envolver plantas y raíces, y los utensilios para cavar y cortar. Por último, se ajustó firmemente la capa al cuello con un lazo, metió el cuchillo en la vaina que llevaba a la cintura y se levantó la capucha para cubrirse el pelo largo y suelto. Atravesó sigilosamente la estancia y salió al pasillo desierto. La puerta se cerró tras ella con un ruido sordo.

Como todavía no habían dado la hora prima, no había nadie en las salas. Alaïs recorrió a paso rápido el pasillo, oyendo el roce del borde de la capa sobre el suelo de piedra, en dirección a la estrecha y empinada escalera. Pasó por encima del cuerpo de un paje que dormía recostado contra la pared, junto a la puerta de la alcoba que su hermana Oriane compartía con su marido.

Mientras descendía, el sonido de voces subió flotando a su encuentro desde las cocinas del sótano. Los criados ya estaban trabajando. Alaïs oyó el ruido de un palmetazo, seguido al poco de un grito, señal de que algún crío desdichado había comenzado el día recibiendo en la nuca la pesada mano del cocinero.

Uno de los niños de las cocinas venía trastabillando en su dirección, luchando con media barrica de agua que había sacado del pozo.

Alaïs le sonrió.

—*Bonjorn*.

—*Bonjorn*, *dòmna* —respondió él cautelosamente.

—Espera —dijo ella, apresurándose a bajar la escalera antes que él, para abrirle la puerta.

—*Mercé*, *dòmna* —dijo él, un poco menos tímido—. *Grandmercé*.

La cocina bullía de animación. Grandes volutas de vapor escapaban ya de la enorme *payrola*, el caldero que colgaba de un gancho sobre el fuego. Un criado viejo le quitó la barrica al chico, la vació en el perol y volvió a dársela al muchacho sin añadir palabra. El chico le hizo a Alaïs un gesto de cómica desesperación, mientras se dirigía a la escalera, para subir y volver una vez más al pozo.

Capones, lentejas y col en conserva, en botes de barro, esperaban a ser cocidos sobre la mesa grande del centro de la estancia, junto con tarros de salmonete, anguila y lucio en salazón. En una punta de la mesa había *fogaças* dulces en bolsas de paño, paté de ganso y rodajas de carne de cerdo salada. En la otra, bandejas de uvas pasas, membrillos, higos y cerezas. Un niño de nueve o diez años estaba acodado sobre la mesa, con una mueca en el rostro que delataba lo poco que ansiaba pasar otro día agobiante y sudoroso junto al espetón, viendo asarse la carne. Junto al hogar, la leña ardía furiosamente en el interior del abovedado horno de pan. La primera hornada de *pan de blat*, pan de trigo, se estaba enfriando ya sobre la mesa. El olor le abrió el apetito a Alaïs.

—¿Puedo comerme uno de ésos?

El cocinero levantó la vista, furioso por la intrusión de una mujer en su cocina. Pero entonces vio quién era, y su expresión malhumorada se resquebrajó en una sonrisa ladeada, que reveló una hilera de dientes picados.

—*Dòmna* Alaïs —dijo con delectación, secándose las manos en el delantal—. *Benvenguda.* ¡Qué gran honor! ¡Cuánto hace que no veníais a visitarnos! Os hemos echado de menos.

—Jacques —respondió ella amablemente—, no quisiera importunarte.

—¡Importunarme vos, señora! —rió él—. ¿Cómo podríais importunarme?

De pequeña, Alaïs solía pasar mucho tiempo en la cocina, mirando y aprendiendo; a ninguna otra chica le habría permitido Jacques traspasar el umbral de sus dominios masculinos.

—Y ahora decidme, *dòmna* Alaïs, ¿qué se os ofrece?

—Sólo un poco de pan, Jacques, y también algo de vino, si puedes darme.

El hombre frunció el ceño.

—Disculpadme, pero no iréis al río, ¿no? ¿A esta hora y sin compañía? Una señora de vuestra posición... cuando ni siquiera es de día. Se cuentan cosas, rumores de...

Alaïs le apoyó una mano en el brazo.

—Gracias por preocuparte, Jacques. Sé que lo dices por mi bien, pero no me pasará nada. Te doy mi palabra. Ya casi ha amanecido. Sé exactamente adónde voy. Estaré de vuelta antes de que nadie note mi ausencia.

—¿Lo sabe vuestro padre?

Ella se llevó a los labios un dedo conspiratorio.

—Sabes que no; pero, por favor, guárdame el secreto. Tendré mucho cuidado.

Jacques no parecía en absoluto convencido, pero sintiendo que ya había dicho todo cuanto se atrevía a decir, no la contradijo. Se fue andando lentamente hasta la mesa, le envolvió una hogaza de pan en un lienzo blanco y ordenó a un criado que fuera a buscar una jarra de vino. Alaïs lo miraba con el corazón encogido. Últimamente, su andar era más lento, con una pronunciada cojera en el lado izquierdo.

—¿Todavía te molesta la pierna?

—No mucho —mintió él.

—Te la puedo vendar más tarde, si quieres. No parece que ese corte esté sanando como debiera.

—No está tan mal.

—¿Te has puesto el ungüento que te preparé? —le preguntó, viendo por su expresión que no lo había hecho.

Jacques abrió las manos regordetas como rindiéndose a la evidencia.

—¡Hay tanto que hacer, *dòmna*, con tantos invitados! Son cientos, si contáis sirvientes, escuderos, lacayos y doncellas, por no mencionar los cónsules y sus familias. ¡Y cuesta tanto encontrar algunas cosas! ¡Qué os voy a decir! Ayer mismo envié a...

—Todo eso está muy bien, Jacques —dijo Alaïs—, pero tu pierna no va a curarse sola. El corte es demasiado profundo.

De pronto se dio cuenta de que el nivel de ruido había disminuido. Levantó la vista y vio que toda la cocina estaba pendiente de su conversación. Acodados en la mesa, los chicos más pequeños contemplaban boquiabiertos el espectáculo de alguien —¡y para colmo una mujer!— interrumpiendo a su temperamental jefe cuando hablaba.

Fingiendo que no lo había notado, Alaïs bajó la voz.

—¿Qué te parece si vuelvo más tarde y te la curo? Como agradecimiento por esto —dijo, señalando la hogaza—. Será nuestro segundo secreto, *òc ben*? ¿Es un trato?

Por un momento, Alaïs pensó que se había excedido en familiaridad y había actuado presuntuosamente. Pero al cabo de un instante de vacilación, Jacques sonrió.

—*Ben* —dijo ella—. Volveré cuando el sol esté alto y me ocuparé de ello. *A totora*. Hasta entonces.

Mientras salía de la cocina y subía la escalera, Alaïs oyó a Jacques aullando a todos que dejaran de estarse allí como unos pasmarotes y volvieran a trabajar, como si nunca hubiese habido ninguna interrupción. Sonrió.

Todo era tal como debía ser.

Alaïs empujó la pesada puerta que conducía a la plaza de armas y salió al día recién nacido.

Las hojas del olmo que se alzaba en el centro del recinto, a cuya sombra el vizconde Trencavel administraba justicia, parecían negras sobre la noche agonizante. Alondras y currucas animaban las ramas con sus gorjeos, agudos y penetrantes en el aire del alba.

El abuelo de Raymond-Roger Trencavel había construido el Château Comtal más de cien años antes, como sede desde la cual gobernar sus territorios en expansión. Sus tierras se extendían desde Albí, al norte, hasta Narbona, al sur, y desde Béziers, al este, hasta Carcasona, al oeste.

El castillo se levantaba en torno a una amplia plaza de armas rectangular e incorporaba, en el flanco de poniente, los vestigios de un castillo más antiguo. Formaba parte del refuerzo de la sección occidental de las murallas que protegían la Cité, un anillo de sólida piedra que dominaba desde su altura el río Aude y las ciénagas del norte a lo lejos.

El *donjon*, o torre del homenaje, donde se reunían los cónsules y se firmaban los documentos importantes, se alzaba bien protegido en la esquina sudoccidental de la plaza de armas. A la luz tenue, Alaïs distinguió algo apoyado contra el muro. Forzando la vista, vio que era un perro, enroscado y dormido en el suelo. Un par de niños, apostados como cuervos en la cerca del corral de las ocas, intentaban despertar al animal arrojándole piedras. En el silencio, Alaïs podía oír el monótono y seco golpeteo de sus talones contra las estacas.

Había dos vías de entrada y salida del Château Comtal. La ancha y arqueada puerta del oeste se abría a las laderas cubiertas de hierba que conducían a las murallas y por lo general estaba cerrada. La puerta del este, pequeña y estrecha, parecía comprimida entre dos altas torres y llevaba directamente a las calles de la Cité, la población que rodeaba el castillo.

La comunicación entre los niveles superior e inferior de las torres que flanqueaban la puerta sólo era posible mediante escalas de madera y una serie de trampillas. En su infancia, uno de los juegos favoritos de Alaïs había sido subir y bajar por las torres con los niños de las cocinas, tratando de eludir a los guardias. Alaïs era rápida. Siempre ganaba.

Ajustándose la capa al cuerpo, atravesó la plaza a buen paso. Tras el toque de queda, y una vez cerradas las puertas para la noche y establecida la guardia, se suponía que nadie podía pasar sin la autorización del padre de Alaïs. Aunque no era cónsul, Bertran Pelletier ocupaba una posición elevada y singular en la casa, y pocos se atrevían a desobedecerle.

Siempre le había disgustado la costumbre de su hija de escabullirse a la Cité antes del amanecer, pero en aquellos días insistía aún más en que permaneciera entre los muros del castillo por la noche. Suponía que su marido sería de la misma opinión, aunque Guilhem nunca había dicho nada al respecto. Pero sólo en el silencio y el anonimato del alba, libre de las restricciones y los límites de su casa, Alaïs se sentía realmente ella misma. No la hija, ni la hermana, ni la esposa de nadie. En el fondo, siempre había creído que su padre la comprendía. Por mucho que le disgustara desobedecerlo, no quería renunciar a esos momentos de libertad.

La mayoría de los guardias hacían como que no se enteraban de sus

·idas y venidas. O al menos así había sido antes. Desde que habían empezado a circular rumores de guerra, la plaza se había vuelto más precavida. Superficialmente, la vida continuaba como siempre, y aunque de vez en cuando llegaban nuevos refugiados a la Cité, sus historias de ataques o de persecución religiosa no le parecían a Alaïs nada fuera de lo corriente. Las incursiones militares salidas de la nada, que caían como una tormenta de verano antes de alejarse y desaparecer, eran una realidad de la vida para cualquiera que viviera fuera de la seguridad de una ciudadela fortificada. Las historias que se contaban eran las mismas de siempre, ni más ni menos que lo habitual.

Guilhelm no parecía particularmente inquieto por los rumores de conflicto, o al menos ella no lo percibía. Él nunca le hablaba de esas cosas. Sin embargo, Oriane decía que una hueste francesa de cruzados y clérigos se estaba preparando para atacar las tierras del Pays d'Òc. Decía también que la campaña contaba con el apoyo del papa y del rey de Francia. Alaïs sabía por experiencia que mucho de lo que decía Oriane no tenía otro propósito que fastidiarla a ella. Aun así, muchas veces su hermana parecía enterarse de las cosas antes que el resto de los miembros de la casa, y era indudable que el número de mensajeros que entraban y salían a diario del castillo iba en aumento. También era innegable que las arrugas en la cara de su padre se estaban volviendo más profundas y oscuras, y los huecos de sus mejillas, más pronunciados.

Los *gardians d'armas* que montaban guardia en la puerta del este estaban alerta, aunque sus ojos tenían rojos los contornos después de la larga noche. Llevaban los plateados y angulosos yelmos echados hacia atrás, en lo alto de la cabeza, y las lorigas de cota de malla parecían grises a la pálida luz del alba. Con los escudos cansinamente suspendidos de los hombros y las espadas envainadas, parecían más dispuestos a irse a dormir que a entrar en batalla.

Al acercarse, fue un alivio para Alaïs reconocer a Berengier. Cuando él la vio, le sonrió y la saludó con una inclinación de cabeza.

—*Bonjorn, dòmna* Alaïs. Habéis salido pronto.

Ella sonrió.

—No podía dormir.

—¿Y a ese marido vuestro no se le ocurre nada para llenaros las noches? —dijo el otro, con un guiño salaz. Tenía la cara picada de viruela y las uñas de los dedos mordisqueadas y sangrantes. El aliento le olía a comida rancia y cerveza.

Alaïs lo ignoró.

—¿Cómo está tu mujer, Berengier?

—Bien, *dòmna*. Ya vuelve a ser la misma de siempre.

—¿Y tu hijo?

—Cada día más grande. Come tanto que uno de estos días nos echará de casa, porque no cabremos todos.

—¡Desde luego, tiene a quién salir! —replicó ella, palmoteándole la enorme barriga.

—Es lo mismo que dice mi mujer.

—Dale recuerdos míos, Berengier, ¿lo harás?

—Os agradecerá que la recordéis, *dòmna*. —Hizo una pausa—. Supongo que querréis que os deje pasar.

—Solamente voy a la Cité, quizá al río. Será un momento.

—No podemos dejar pasar a nadie —gruñó su compañero—. Órdenes del senescal Pelletier.

—Nadie te ha preguntado nada —replicó Berengier secamente—. No es eso, *dòmna* —prosiguió, sosegando el tono de voz—. Pero ya sabéis cómo están las cosas. Si os sucediera algo y se supiera que fui yo quien os dejó pasar, vuestro padre me...

Alaïs le apoyó una mano en el brazo.

—Lo sé, lo sé —dijo suavemente—. Pero de verdad, no hay motivo para preocuparse. Sé cuidarme. Además... —añadió, desviando ostensiblemente la mirada hacia el otro guardia, que para entonces se estaba limpiando los dedos en la manga después de hurgarse la nariz—, cualquier cosa que pueda sucederme en el río difícilmente será peor que lo que tú soportas aquí.

Berengier se echó a reír.

—Prometedme que tendréis cuidado, ¿eh?

Alaïs hizo un gesto afirmativo y se abrió por un momento la capa, para enseñarle el cuchillo de caza que llevaba a la cintura.

—Lo tendré. Te doy mi palabra.

Había que franquear dos puertas. Berengier quitó los cerrojos de ambas, levantó la pesada viga de roble que aseguraba la puerta exterior y la empujó, abriéndola justo lo suficiente para dejar paso a Alaïs. Con una sonrisa de agradecimiento, la joven se agachó para pasar bajo el brazo del guardia y salió al mundo exterior.

CAPÍTULO 2

Cuando emergió de las sombras entre las torres de la entrada, Alaïs sintió que el corazón le echaba a volar. Era libre. Al menos por un rato.

Una pasarela levadiza de madera conectaba el portal con el puente plano de piedra que unía el Château Comtal con las calles de Carcasona. La hierba del foso seco, muy por debajo del puente, resplandecía de rocío bajo una reverberante luz violácea. Aún se veía la luna, pero cada vez más tenue a la luz del amanecer.

Alaïs caminaba rápidamente, trazando con su capa ondulantes motivos en el polvo, deseosa de eludir las preguntas de los guardias del otro lado del puente. Tuvo suerte. Estaban adormilados en sus puestos y no la vieron pasar. Prosiguió a paso veloz por terreno abierto y se encorvó para entrar en una red de estrechas callejuelas, de camino hacia una poterna junto a la torre del Moulin d'Avar, en el tramo más antiguo de la muralla. La puerta daba directamente a los huertos y *ferratjals*, los pasturajes que ocupaban las tierras en torno a la Cité y al suburbio norteño de Sant-Vicens. A esa hora del día, era el camino más rápido para bajar al río sin ser vista.

Recogiéndose la falda, Alaïs sorteó con cuidado los restos dispersos de otra tumultuosa noche en la taberna de Sant Joan dels Evangèlis. Manzanas machucadas, peras a medio comer, huesos roídos y fragmentos de jarras de cerveza yacían en el polvo. Un poco más allá, un mendigo dormía acurrucado en un portal, con el brazo apoyado sobre el dorso de un perro enorme, viejo y roñoso. Tres hombres yacían contra las paredes del pozo, gruñendo y roncando con tanta fuerza que sofocaban el canto de los pájaros.

El centinela de guardia en la poterna tenía un aspecto lamentable y no hacía más que toser y farfullar, envuelto en su capa de tal modo que sólo las cejas y la punta de la nariz quedaban a la vista. No quería que lo importunaran. Al principio hizo como que no veía a la joven, pero entonces ella sacó una moneda del bolso. Sin mirarla siquiera, cogió la moneda con una mano mugrienta, la probó entre los dientes y, a continuación, descorrió los cerrojos y abrió la poterna lo suficiente como para dejar pasar a Alaïs.

El sendero hasta la barbacana era empinado y rocoso. Discurría entre dos altas empalizadas protectoras de madera y resultaba difícil ver algo. Pero Alaïs había recorrido muchas veces ese mismo trayecto para salir de la Cité y conocía bien cada oquedad y cada montículo del terreno, por lo que bajó la cuesta sin dificultad. Rodeó el pie de la achaparrada torre circular de madera siguiendo la línea trazada por la corriente, que aceleraba su curso como un canal de molino al pasar por la barbacana.

Las zarzas le arañaban las piernas y las espinas se le enganchaban al vestido. Cuando llegó al final, la bastilla de la capa había adquirido un tono violáceo y estaba empapada de ir pasando a ras de la hierba húmeda. Tenía las puntas de las babuchas de piel manchadas de oscuro.

Nada más salir de la sombra de la empalizada hacia el ancho mundo que se abría ante ella, Alaïs sintió que su espíritu se elevaba. A lo lejos, una blanca niebla de julio flotaba sobre la Montagne Noire. Sobre el horizonte, trazos de rosa y añil surcaban el cielo del amanecer.

Mientras contemplaba el perfecto mosaico de campos de trigo, avena y cebada, y los bosques que se prolongaban hasta más allá de donde alcanzaba la vista, Alaïs sintió a su alrededor la presencia del pasado, que la abrazaba. Espíritus amigos y fantasmas que le tendían las manos, hablaban susurrando de sus vidas y compartían con ella sus secretos. La conectaban con todos aquellos que alguna vez habían estado de pie en esa colina (y con todos los que vendrían), soñando con lo que podía depararles la vida.

Alaïs nunca había salido de las tierras del vizconde Trencavel. Le costaba imaginar las grises ciudades del norte, como París, Amiens o Chartres, donde había nacido su madre. No eran más que nombres, palabras sin color ni tibieza, duras como la *langue d'oil*, el idioma que por allí se hablaba. Pero aunque tenía poco con qué compararlo, no podía creer que ningún otro sitio fuera tan bonito como el sempiterno e intemporal paisaje de Carcasona.

Bajó la colina, abriéndose paso entre los matorrales y los ásperos arbustos, hasta llegar a las llanas ciénagas de la ribera meridional del Aude. La falda empapada se le enredaba en las pantorrillas y de vez en cuando la hacía tropezar. Notó que estaba inquieta, atenta y que andaba más aprisa que de costumbre. No era que Jacques o Berengier la hubiesen alarmado, se dijo. Ellos siempre se preocupaban por ella. Pero ese día se sentía aislada y vulnerable.

Al recordar la historia del mercader que decía haber visto un lobo del otro lado del río, apenas una semana antes, su mano buscó la daga en la cintura. Todos creyeron que exageraba. En esa época del año, todo lo más sería un zorro o un perro salvaje. Pero ahora que estaba sola en el campo, la historia le parecía más creíble. La fría empuñadura la tranquilizó.

Por un instante, estuvo tentada de regresar. «No seas tan cobarde.» Siguió adelante. Una o dos veces se volvió, sobresaltada por ruidos cercanos que resultaron no ser más que el batir de las alas de un pájaro o la reptante agitación de una anguila amarilla, en el agua somera del río.

Poco a poco, al seguir la senda familiar, su nerviosismo se fue desvaneciendo. El río Aude era ancho y poco profundo, con varios tributarios que se abrían a ambos lados, como las venas en el dorso de una mano. La bruma matinal reverberaba traslúcida sobre la superficie del agua. En invierno, la corriente bajaba rápida e impetuosa, alimentada por los gélidos torrentes de las montañas; pero el verano estaba siendo seco, y el río llevaba poca agua. Las ruedas del molino casi no se movían con la corriente; aseguradas a la orilla con gruesos cabos, formaban una dorsal de madera que subía por el centro del río.

Era pronto para las moscas y mosquitos, que planearían como nubes negras sobre las charcas cuando el calor se volviera más intenso, de modo que Alaïs tomó el atajo que atravesaba los pantanos. El sendero estaba marcado con pequeños montones de piedras blancas, para prevenir caídas en el cieno traicionero. La joven lo siguió con cuidado hasta llegar al borde del bosque que se extendía justo al pie del tramo occidental de las murallas de la Cité.

Su destino era un pequeño claro aislado, donde crecían las mejores plantas, sobre la ribera parcialmente umbría del río. Nada más sentirse a resguardo bajo los árboles, Alaïs ralentizó la marcha y comenzó a disfrutar. Tras apartar las ramas de hiedra suspendidas sobre el sendero, inhaló el aroma generoso y térreo del musgo y las hojas.

Aunque no había signos de actividad humana, el bosque estaba lleno de colores y sonidos. El aire vibraba con los trinos y gorjeos de estorninos, currucas y pardillos. Ramas y hojas crujían y chasqueaban bajo los pies de Alaïs. Por el sotobosque se escabullían conejos de rabos blancos, botando mientras buscaban refugio entre matas de veraniegas flores amarillas, violáceas y azules. En lo alto, en las ramas horizontales de los pinos, las ardillas rojas partían piñas, enviando al suelo una lluvia de delgadas y aromáticas agujas.

Alaïs estaba acalorada cuando llegó al claro, pequeña isla de hierba con un espacio abierto que bajaba hasta el río. Aliviada, dejó en el suelo el capazo, frotándose el interior del codo, donde el asa se le había hincado en la carne. Se quitó la pesada capa y la colgó de la rama baja de un sauce blanco, antes de enjugarse la cara y el cuello con un pañuelo. Puso el vino en el hueco de un árbol para que se conservara fresco.

Los muros del Château Comtal se cernían en lo alto, sobre ella. El distintivo contorno de la torre Pinta, alta y esbelta, se recortaba contra la palidez del cielo. Alaïs se preguntó si su padre estaría despierto, sentado ya con el vizconde en sus aposentos privados. Sus ojos se desviaron a la izquierda de la torre del vigía, buscando su propia ventana. ¿Aún dormiría Guilhelm? ¿O se habría despertado y descubierto su ausencia?

Siempre la asombraba, cuando levantaba la vista a través del verde dosel de hojas, que la Cité estuviera tan cerca. Dos mundos diferentes en agudo contraste. Allí arriba, en las calles y en los pasillos del Château Comtal, todo era bullicio y actividad. No había paz. Abajo, en el reino de las criaturas de los bosques y las ciénagas, reinaba un silencio profundo e intemporal.

Era allí abajo donde ella se sentía como en casa.

Alaïs se quitó las babuchas de piel. La hierba era deliciosamente fresca bajo sus pies; aún conservaba la humedad del rocío de la mañana y le hacía cosquillas. Con el placer del momento, todo pensamiento de la Cité y la casa se esfumó de su mente.

Llevó sus utensilios hasta la ribera. Una mata de angélica crecía en el agua poco profunda de la orilla. Los resistentes tallos acanalados parecían una fila de soldados de juguete, montando guardia sobre el lecho cenagoso. Las brillantes hojas verdes, algunas más grandes que su mano, proyectaban una sombra tenue sobre la corriente.

Nada mejor que la angélica para limpiar la sangre y proteger contra infecciones. Su amiga y mentora, Esclarmonda, le había inculcado la importancia de recoger los ingredientes para fabricar cataplasmas, pociones y otros remedios en cualquier momento y allí donde los encontrara. Aunque por entonces la Cité estaba libre de miasmas, nadie podía saber qué iba a suceder al día siguiente. La enfermedad podía abatirse en cualquier momento. Como todas las cosas que le decía Esclarmonda, aquél era un buen consejo.

Tras remangarse, Alaïs desplazó hacia la espalda la vaina del cuchillo, de modo que no le entorpeciera los movimientos. Se recogió el pelo en una trenza para evitar que le tapara la cara mientras trabajaba y se remetió la falda en el cinturón, antes de adentrarse en el río. El repentino frío en los tobillos le erizó la piel y la hizo retener el aliento.

Mojó en el agua las tiras de paño, las desplegó en fila a lo largo de la orilla y se puso a cavar con la paleta bajo las raíces. Acto seguido, con un ruido de ventosa, la primera planta quedó libre del fango. La joven la arrastró hasta la ribera y la partió en trozos con una hachuela. Envolvió con los paños las raíces y las dispuso en el fondo del capazo, a continuación, envolvió en otra de las telas las florecillas amarillo verdosas, con su distintivo aroma especiado, y las guardó en el saco de cuero que reservaba para las hierbas. Desechó las hojas y el resto de los tallos, y volvió a adentrarse en el río para empezar otra vez el proceso. No tardó en tener las manos teñidas de verde y los brazos cubiertos de barro.

Cuando hubo cosechado toda la angélica, Alaïs miró a su alrededor, para ver si encontraba alguna otra cosa útil. Un poco más lejos, río arriba, había consuelda, con sus extrañas y características hojas que parecen crecer directamente del tallo, y sus flores arracimadas semejantes a campanillas rosa y violeta. La consuelda, o hierba de las cortaduras, es buena para reducir las magulladuras y sanar la piel y los huesos. Decidida a aplazar sólo un poco más su desayuno, Alaïs cogió sus herramientas y se puso manos a la obra, y únicamente se detuvo cuando el capazo estuvo lleno y hubo usado hasta la última tira de paño.

Cargó la cesta río arriba, se sentó bajo los árboles y estiró hacia adelante las piernas. Sentía rígidos la espalda, los hombros y los dedos, pero estaba satisfecha con lo que había conseguido. Inclinándose, sacó del hueco del árbol la jarra de vino de Jacques. El tapón se soltó con un ruido seco. Alaïs se estremeció ligeramente al sentir el cosquilleo de la bebida fría en la lengua y la garganta. Después desenvolvió el pan recién hecho y partió un buen trozo con la mano. Sabía a una extraña combinación de trigo, sal, agua de río y hierbajos, pero estaba hambrienta. Fue una comida tan buena como la mejor que hubiese tomado en su vida.

Para entonces, el cielo era de un azul pálido, el color de los nomeolvides. Alaïs sabía que se estaba demorando demasiado. Pero viendo la dorada luz del sol que bailaba en la superficie del agua y sintiendo el aliento del viento sobre su piel, le costó hacerse a la idea de volver a las agitadas y ruidosas calles de Carcasona y a los atestados ambientes de la casa. Diciéndose que un rato más no haría daño a nadie, Alaïs se recostó en la hierba y cerró los ojos.

El graznido de un pájaro la despertó.

Se incorporó sobresaltada. Levantó la vista hacia el moteado dosel de hojas, pero no pudo recordar dónde estaba. De pronto, todo volvió a su memoria.

Trastabillando, se puso en pie aterrorizada. El sol estaba alto en un cielo sin nubes. Había estado fuera demasiado tiempo. Estaba segura de que para entonces ya habrían notado su ausencia.

Dispuesta a guardar sus cosas tan de prisa como pudiera, Alaïs lavó someramente en el río los utensilios embarrados y roció con un poco de agua las tiras de paño, para que conservaran la humedad. Estaba a punto de marcharse, cuando por el rabillo del ojo advirtió que había algo enredado en los juncos. Parecía un leño o un tocón. Protegiéndose los ojos del resplandor del sol, Alaïs se preguntó cómo no lo había visto antes.

El objeto se movía en la corriente con excesiva fluidez, demasiado lánguidamente para ser de madera maciza. La joven se acercó un poco más.

Entonces pudo ver que se trataba de un trozo de material pesado y oscuro, hinchado por el agua. Tras una momentánea vacilación, la curiosidad pudo con ella y Alaïs volvió a adentrarse en el río, esta vez hasta más allá de las zonas bajas ribereñas, hacia el cauce central, un poco más profundo, donde el agua era más oscura y la corriente más fuerte. Cuanto más avanzaba, más fría estaba el agua. Alaïs se debatía por mantener el equilibrio. Hundía los dedos de los pies en el blando limo del fondo, mientras el agua le salpicaba los blancos y delgados muslos y la falda.

Poco después de traspasar la línea central, se detuvo, con el corazón desbocado y las palmas de las manos repentinamente sudorosas de miedo, porque ya podía ver con claridad.

—*Paire Sant!* —Padre santo. Las palabras brotaron involuntariamente de sus labios.

El cuerpo de un hombre flotaba boca abajo en el agua, con la capa abultada a su alrededor. Alaïs tragó saliva. Llevaba una casaca de terciopelo castaño, de cuello alto, guarnecida con cintas de seda y ribeteada con hilo de oro. La joven distinguió el resplandor de una cadena o brazalete de oro bajo el agua. Como el hombre tenía la cabeza descubierta, Alaïs pudo ver su pelo, negro y rizado, con algunos mechones grises. Parecía llevar algo al cuello, una cuerdecilla trenzada de color carmesí, una cinta.

Alaïs se acercó un paso más. Lo primero que pensó fue que el hombre había debido de tropezar en la oscuridad y resbalar hasta el río, donde se había ahogado. Estaba a punto de tender los brazos para sacarlo del agua, cuando algo en el modo en que flotaba la cabeza congeló su movimiento. Hizo una profunda inspiración, paralizada por la visión del cuerpo abotargado. En otra ocasión había visto el cadáver de un ahogado. Hinchado y desfigurado, aquel barquero tenía la piel cubierta de ronchones azules y violáceos, como un extenso cardenal. Lo de ahora era diferente, no encajaba.

Parecía como si a aquel hombre ya lo hubiera abandonado la vida antes de entrar en el agua. Sus manos exánimes se tendían hacia adelante, como intentando nadar. El brazo izquierdo flotó hacia ella, llevado por la corriente. Algo brillante, algo coloreado justo debajo de la superficie, captó su atención. Allí donde hubiese debido estar el dedo pulgar, había una herida de bordes irregulares, como una mancha de nacimiento, roja sobre la piel blanca y abotargada. Le miró el cuello.

Alaïs sintió que se le aflojaban las rodillas.

Todo comenzó a moverse con inusual lentitud, tambaleándose y ondulando como la superficie de un mar agitado. La desigual línea carmesí que había tomado por un collar o una cinta era un tajo profundo y salvaje, que iba desde detrás de la oreja izquierda hasta debajo de la barbilla, casi separando la cabeza del cuerpo. Jirones de piel desgarrada, que el agua teñía de verde, flotaban en torno a la incisión. Diminutos pececillos plateados y negras sanguijuelas hinchadas se estaban dando un festín a lo largo de toda la herida.

Por un instante, Alaïs pensó que el corazón le había dejado de latir. Después, la conmoción y el miedo se adueñaron de ella en igual medida. Se dio la vuelta y echó a correr por el agua, trastabillando y resbalando en el barro, obedeciendo al instinto que le aconsejaba poner tanta distancia como le fuera posible entre ella y el cadáver. Estaba empapada de la cintura a los pies. El vestido, hinchado y cargado de agua, se le enredaba en las piernas y la arrastraba hacia abajo.

El río le pareció el doble de ancho, pero siguió adelante hasta alcanzar la seguridad de la orilla, donde cedió a la fuerza de las náuseas y expulsó violentamente el contenido de su estómago. Vino, pan sin digerir y agua de río.

Medio a gatas y medio arrastrándose, consiguió dejar atrás la ribera, antes de desplomarse en el suelo, a la sombra de los árboles. La cabeza le daba vueltas y tenía la boca seca y agria, pero debía huir. Intentó ponerse en pie, pero sus piernas parecían huecas y no aguantaban su peso. Conteniendo el llanto, se enjugó la boca con el dorso de la mano, temblorosa, y una vez más trató de incorporarse, apoyada en un tronco.

Esta vez se mantuvo en pie. Mientras tiraba de la capa para descolgarla de la rama donde la había dejado, consiguió calzarse las babuchas en los pies enfangados. Después, abandonando todo lo demás, echó a correr por el bosque como si el demonio fuera pisándole los talones.

El calor se abatió sobre Alaïs en el instante en que salió de entre los árboles al espacio abierto del pantano. El sol le aguijoneaba las mejillas y el cuello, como mofándose de ella. Los tábanos y avispas se habían despertado con el calor, y sobre las charcas que flanqueaban el sendero planeaban enjambres de mosquitos, mientras la joven corría y tropezaba a través del inhóspito paraje.

Sus piernas, exhaustas, gemían de dolor, y el aliento le quemaba la garganta y el pecho, pero siguió corriendo sin parar. Sólo era consciente de la necesidad de alejarse tanto como pudiera del cadáver, y contárselo a su padre.

En lugar de regresar por el mismo camino, que quizá encontrara barrado, Alaïs se encaminó instintivamente hacia Sant-Vicens y la puerta de Rodez, que conectaba el suburbio con Carcasona.

Las calles estaban animadas y a la joven le costaba abrirse paso. El bullicio del mundo se le fue haciendo cada vez más presente, estruendoso e ineludible a medida que se acercaba a la entrada de la Cité. Intentó no oír nada y concentrarse únicamente en llegar a la puerta. Rezando para que las débiles piernas no le fallaran, siguió adelante.

Una mujer le dio un golpecito en el hombro.

—La cabeza, *dòmna* —le dijo serenamente. Su voz era amable, pero parecía proceder de muy lejos.

Cayendo en la cuenta de que llevaba el pelo suelto y despeinado, Alaïs se ajustó rápidamente la capa sobre los hombros y se levantó la capucha, con las manos temblorosas por el agotamiento y la conmoción. Siguió avanzando poco a poco, cubriendo con la capa la parte delantera del vestido, con la esperanza de ocultar las manchas de barro, vómito y verde vegetación acuática.

Todos se movían a empellones, dando codazos y hablando a voces. Alaïs sintió que se iba a desmayar. Alargó una mano, buscando el apoyo de un muro. Los hombres de guardia en la puerta de Rodez hacían pasar con un simple movimiento de cabeza a la mayoría de los lugareños, sin hacer preguntas. Pero a los vagabundos, pordioseros, gitanos, sarracenos y judíos los paraban, les preguntaban qué iban a hacer en Carcasona y registraban sus pertenencias con más celo del necesario, hasta que una jarra de cerveza o unas cuantas monedas cambiaban de dueño y ellos pasaban a la víctima siguiente.

A Alaïs la dejaron pasar casi sin mirarla.

Las estrechas callejuelas de la Cité estaban inundadas de vendedores ambulantes, comerciantes, animales, soldados, herreros, juglares, esposas de cónsules con sus doncellas, y predicadores. Alaïs caminaba con la espalda encorvada, como si avanzara contra un gélido viento del norte, por miedo a ser reconocida.

Por fin avistó el familiar contorno de la torre del Mayor, seguida de la torre de las Casernas y las torres gemelas de la puerta del este, a medida que se desplegaba ante ella la figura completa del Château Comtal.

Una sensación de alivio le inundó la garganta. Lágrimas feroces le manaron de los ojos. Furiosa por su debilidad, Alaïs se mordió con fuerza los labios hasta hacerlos sangrar. Estaba avergonzada por haberse alterado tanto y resolvió no aumentar la humillación llorando donde pudiera haber testigos de su falta de valor.

Lo único que quería era estar con su padre.

CAPÍTULO 3

El senescal Pelletier estaba en una de las despensas del sótano, junto a las cocinas, terminando el inventario semanal de las reservas de grano y harina. Para su satisfacción, comprobó que no había nada mohoso.

Bertran Pelletier llevaba más de dieciocho años al servicio del vizconde Trencavel. Corría el frío invierno de 1191 cuando recibió la orden de regresar a su Carcasona natal para asumir el cargo de senescal del pequeño Raymond-Roger, que a sus nueve años acababa de heredar los dominios de la casa Trencavel. Llevaba cierto tiempo esperando el mensaje, por lo que acudió de buen grado, acompañado de su esposa francesa, gestante y de su hija de dos años. La humedad y el frío de Chartres nunca le habían gustado. Lo que encontró fue un chico maduro para su edad, desolado por la pérdida de sus padres, debatiéndose por sobrellevar la responsabilidad que había caído sobre sus jóvenes hombros.

Desde entonces, Bertran había estado junto al vizconde Trencavel, primero en casa del tutor de Raymond-Roger, Bertran de Saissac, y a continuación bajo la protección del conde de Foix. Cuando Raymond-Roger cumplió la mayoría de edad y regresó al Château Comtal para asumir la posición de vizconde de Carcasona, Béziers y Albí que legítimamente le correspondía, Pelletier estaba a su lado.

Como senescal, Pelletier era responsable del buen funcionamiento de la casa. Se ocupaba de la administración, la justicia y la recaudación de impuestos, efectuada en nombre del vizconde por los cónsules, que a su vez se ocupaban de los asuntos de Carcasona. Más importante aún, era el reconocido confidente, consejero y amigo del vizconde. Nadie tenía tanta influencia sobre el joven como él.

El Château Comtal estaba lleno de huéspedes distinguidos y cada día llegaban más: los señores de los castillos más importantes de los dominios de Trencavel, con sus esposas, y los más valientes y famosos *chavalièrs* del Mediodía. Los mejores juglares y trovadores habían sido invitados al tradicional torneo de verano, que se convocaba para la fiesta de Sant Nazari, a finales de julio. Teniendo en cuenta la sombra de guerra que se cernía desde hacía más de un año, el vizconde había decidido que el deleite de sus huéspedes fuera grande y que aquel torneo fuera el más memorable de su mandato.

Pelletier, por su parte, había resuelto no dejar nada librado al azar. Cerró la puerta del granero con una de las muchas y pesadas llaves que llevaba colgadas de un aro metálico en la cintura y se alejó por el pasillo.

—Ahora, la bodega —le dijo a François, su criado—. El vino del último tonel estaba rancio.

Pelletier recorrió a grandes zancadas el pasillo, deteniéndose brevemente para observar las salas por las que iban pasando. El almacén de la ropa blanca, oloroso a lavanda y tomillo, estaba desierto, como esperando la llegada de alguien que le devolviera la vida.

—¿Están lavados y listos para la mesa esos manteles?

—*Òc, messer*.

En la despensa frente a la bodega, al pie de la escalera, unos hombres pasaban trozos de carne por la saladera. Después colgaban algunos cortes de los ganchos de metal que pendían del techo y metían otros en los toneles durante un día más. En una esquina, un hombre ensartaba setas, ajos y cebollas en cordeles y los ponía a secar.

Todos dejaron lo que estaban haciendo y guardaron silencio cuando entró Pelletier. Algunos de los criados más jóvenes se pusieron de pie desmañadamente. El senescal no dijo nada; se limitó a mirar, abarcando todo el recinto con su mirada aguda, antes de hacer un gesto de aprobación y proseguir su camino.

Estaba abriendo el cerrojo de la bodega, cuando oyó un griterío y ruido de carreras en el piso de arriba.

—Ve a ver qué ocurre —dijo en tono irritado—. No puedo trabajar con tanto alboroto.

—*Òc, messer*.

François se dio la vuelta y subió corriendo la escalera para investigar.

Pelletier empujó la pesada puerta y entró en la bodega, fresca y oscura, donde aspiró el perfume familiar de la madera húmeda y el olor punzante y agrio del vino y la cerveza derramados. Fue recorriendo lentamente los pasillos hasta localizar los toneles que buscaba. Cogió un vaso de barro de la bandeja preparada en la mesa y aflojó la espita. Lo hizo despacio y con cuidado, para no perturbar el equilibrio del interior del barril.

Un ruido fuera, en el pasillo, hizo que se le erizaran los pelillos de la nuca. Dejó el vaso. Alguien lo llamaba por su nombre. Alaïs. Había ocurrido algo.

Pelletier atravesó la estancia y abrió la puerta de par en par.

Alaïs bajaba la escalera a toda prisa, como perseguida por una jauría de perros, y François iba detrás de ella.

Advirtiendo la gris presencia de su padre entre los barriles de vino y cerveza, la joven lanzó una exclamación de alivio. Se arrojó en sus brazos y hundió en su pecho el rostro arrasado por las lágrimas. El olor familiar y reconfortante le reavivó las ganas de llorar.

—En nombre de Sainte Foy, ¿qué ocurre? ¿Qué te ha pasado? ¿Te has hecho daño? ¡Habla!

Alaïs distinguió el tono de alarma en la voz de su padre. Retrocedió un poco e intentó hablar, pero las palabras estaban atrapadas en la garganta y se resistían a salir.

—Padre, yo...

Los ojos del senescal rebosaban de interrogantes, viendo el aspecto desaliñado y la ropa manchada de su hija. Por encima de la cabeza de ella, miró a François, en busca de una explicación.

—He encontrado así a *dòmna* Alaïs, *messer*.

—¿Y no ha dicho nada de la causa de este... del motivo de su aflicción?

—No, *messer*. Sólo que la trajera ante vos sin demora.

—Muy bien. Ahora vete. Te llamaré si te necesito.

Alaïs oyó que la puerta se cerraba. Después sintió el pesado contacto del brazo de su padre sobre sus hombros. El senescal la condujo hasta el banco que se extendía a lo largo de todo un lado de la bodega y la hizo sentar en él.

—Por favor, *filha* —dijo en tono más suave, alargando una mano para apartar un mechón de la cara de la joven—. Esto no es propio de ti. Cuéntame lo ocurrido.

Una vez más, Alaïs intentó controlarse, detestando ser motivo de ansiedad y preocupación para su padre. Con el pañuelo que él le tendía se frotó las mejillas manchadas y se secó los ojos enrojecidos.

—Anda, bebe —le dijo él, poniendo entre sus manos un vaso de vino, antes de sentarse a su lado. Los viejos tablones de madera crujieron y se combaron bajo su peso—. François ya se ha ido. Estamos solos tú y yo. Tienes que controlarte y contarme qué ha sucedido para alterarte tanto. ¿Es algo que ha hecho Guilhelm? ¿Te ha ofendido? Porque si es así, te juro que...

—Guilhelm no tiene nada que ver con esto, *paire* —se apresuró a aclarar Alaïs—. Nadie tiene nada que ver.

Levantó la vista para mirar a su padre y en seguida volvió a bajar la mirada, turbada y humillada por presentarse ante él en ese estado.

—Entonces, ¿qué? —insistió él—. ¿Cómo voy a ayudarte si no me dices lo que ha ocurrido?

La joven tragó saliva, sintiéndose culpable y conmocionada a la vez. No sabía por dónde empezar.

Pelletier le cogió las manos entre las suyas.

—Estás temblando, Alaïs.

Ella podía distinguir la preocupación y el afecto en la voz de su padre, así como el esfuerzo que estaba haciendo para controlar el miedo.

—¡Y mírate la ropa! —prosiguió el senescal, levantando entre los dedos el borde de su vestido—. Mojada. Cubierta de barro.

Alaïs notaba su cansancio, su honda inquietud. Por mucho que intentara disimularlo, su padre aún no daba crédito a su colapso nervioso. Las arrugas de su frente eran surcos profundos. ¿Cómo no había reparado antes en los cabellos grises que ahora tenía en las sienes?

—Hasta ahora nunca he visto que te quedaras sin palabras —le dijo él, intentando sacarla de su silencio—. Tienes que contarme lo ocurrido.

Su expresión estaba tan llena de amor y confianza que le llegó al corazón.

—Temo vuestro enfado, *paire*. En realidad, tenéis todo el derecho a enfadaros.

El senescal endureció la expresión, pero mantuvo la sonrisa.

—Te prometo que no te regañaré, Alaïs. Ahora, ánimo. Habla.

—¿Ni aunque os diga que he ido al río?

Su padre dudó por un momento, pero su voz no vaciló.

—Ni aun así.

«Cuanto antes se lo diga, antes acabaremos con esto.» Alaïs entrelazó las manos sobre el regazo.

—Esta mañana, poco antes del amanecer, bajé al río, a un lugar donde suelo ir a recoger hierbas.

—¿Sola?

—Sí, sola —replicó ella, mirándolo a los ojos—. Ya sé que os di mi palabra, *paire*, y os pido perdón por mi desobediencia.

—¿Andando?

Ella asintió con la cabeza, y aguardó hasta que él le hizo un gesto para que continuara.

—Me quedé un rato. No vi a nadie. Estaba recogiendo mis cosas para volver, cuando observé algo en el agua que me pareció un atado de ropa, ropa de buena calidad. Pero en realidad... —Alaïs se interrumpió, sintiendo que el color se le retiraba de las mejillas—. En realidad era un cadáver —prosiguió—. Un hombre bastante mayor. Con el pelo rizado y oscuro. Al principio pensé que se habría ahogado. No lo veía bien. Pero entonces advertí que tenía un corte en la garganta.

La postura del senescal se volvió más rígida.

—¿Has tocado el cadáver?

Alaïs sacudió la cabeza.

—No, pero... —Bajó la vista, turbada—. El espanto de haberlo encontrado... Me temo que perdí la cabeza y eché a correr, dejando todo atrás. Mi único pensamiento era huir y venir a contaros lo que había visto.

Su padre volvió a fruncir el ceño.

—¿Y dices que no has visto a nadie?

—A nadie. Todo estaba completamente desierto. Pero cuando vi el cadáver, tuve miedo de que los hombres que lo habían matado todavía anduvieran cerca —dijo ella con voz temblorosa—. Imaginaba sus miradas sobre mí, observándome. O eso fue lo que pensé.

—Entonces, ¿no has sufrido ningún daño? —dijo él cautelosamente, eligiendo con cuidado las palabras—. ¿Nadie te ha agraviado? ¿No has sido objeto de ninguna afrenta?

Ella entendió perfectamente lo que intentaba decirle su padre, porque de inmediato se le encendieron las mejillas.

—Ningún daño, salvo mi orgullo herido y... la pérdida de vuestra confianza.

Alaïs vio el alivio pintado en la cara de su padre, que sonrió. Por primera vez desde el inicio de la conversación, la mirada del senescal fue serena.

—Bien —dijo él con un lento suspiro—, dejando al margen de momento tu temeridad, Alaïs, y tu desobediencia... Dejando eso al margen, has hecho lo correcto al venir a contármelo.

Tendió los brazos y cogió las manos de su hija, rodeando con sus grandes manazas los dedos menudos y delgados de Alaïs. Su piel tenía el tacto del cuero curtido.

Alaïs sonrió, agradecida por su indulgencia.

—Lo siento, *paire*. Tenía intención de cumplir mi promesa, pero es que...

Su padre interrumpió la disculpa con un ademán.

—No se hable más de eso. En cuanto a ese desdichado, no hay nada que hacer. Los ladrones hace tiempo que se habrán marchado. Sería raro que se quedaran por aquí, arriesgándose a ser descubiertos.

Alaïs frunció el ceño. El comentario de su padre había removido algo que se había quedado como al acecho bajo la superficie de su mente. Cerró los ojos y se vio a sí misma de pie en el agua fría, paralizada por la presencia del cadáver.

—Eso es lo raro, *paire* —dijo lentamente—. No creo que hayan sido bandidos. No se llevaron la casaca, que era muy hermosa y parecía de valor. Y todavía tenía las joyas. Pulseras de oro, sortijas... Si hubiesen sido ladrones, habrían limpiado el cadáver.

—¿No acabas de decirme que no has tocado el cuerpo? —replicó su padre secamente.

—Y no lo hice. Pero vi sus manos bajo el agua, eso es todo. Joyas. Muchas sortijas, padre. Una pulsera de oro, hecha de varias cadenas entrelazadas. Y un collar parecido. ¿Por qué iban a dejarle esas cosas?

Alaïs se interrumpió, recordando las espectrales manos que se tendían para tocarla, y la sangre y el hueso astillado allí donde hubiese debido estar el pulgar. Empezó a darle vueltas la cabeza. Se recostó en la pared húmeda y fría, y se obligó a concentrarse en la madera dura del banco que soportaba su peso y en el agrio olor de los barriles en su nariz, hasta superar el aturdimiento.

—No había sangre —añadió—. Una herida abierta, roja como un trozo de carne. —Tragó saliva—. Le faltaba el dedo pulgar. Era...

—¿Le faltaba? —la interrumpió su padre secamente—. ¿Qué quieres decir con eso de que le faltaba?

Alaïs levantó la vista, sorprendida por el cambio de tono.

—Se lo habían cortado. Se lo habían rebanado.

—¿De qué mano, Alaïs? —preguntó él, que ya no disimulaba el tono apremiante de su voz—. Piénsalo. Es importante.

—No estoy...

Parecía como si él no la oyera.

—¿De qué mano? —insistió.

—La mano izquierda. La izquierda, estoy segura. Era la que yo tenía más cerca. Y el cadáver estaba mirando río arriba.

Pelletier atravesó a zancadas la estancia, llamando a gritos a François, y abrió la puerta de un empujón. Alaïs también se puso en pie de un salto, sacudida por la actitud apremiante de su padre y desconcertada por lo que estaba ocurriendo.

—¿Qué sucede? Decídmelo, os lo imploro. ¿Qué importancia tiene que fuera la mano izquierda o la derecha?

—Prepara de inmediato los caballos, François. Mi bayo castrado, la yegua gris de *dòmna* Alaïs y una montura para ti.

La expresión de François era tan impasible como siempre.

—Así se hará, *messer*. ¿Vamos lejos?

—Sólo hasta el río —Le hizo un gesto para que se fuera—. ¡Date prisa, hombre! Y trae mi espada y una capa limpia para *dòmna* Alaïs. Nos reuniremos contigo en el pozo.

En cuanto François se hubo alejado lo suficiente como para no oírlos, Alaïs corrió hacia su padre. Éste rehuyó su mirada; se fue hacia los toneles y, con mano temblorosa, se sirvió un poco de vino. El líquido rojo y espeso se derramó del vaso de barro y salpicó la mesa, manchando la madera.

—*Paire* —suplicó ella—, decidme qué ocurre. ¿Por qué tenéis que ir al río? Seguramente no es asunto para vos. Dejad que vaya François. Puedo indicarle el lugar.

—No lo entiendes.

—Entonces explicádmelo, para que lo entienda. Confiad en mí.

—Tengo que ver yo mismo el cadáver, averiguar si...

—¿Averiguar qué? —le instó Alaïs.

—No, no —dijo él, sacudiendo de un lado a otro la cabeza cana—. Tú no puedes... —empezó, con una voz que se desvaneció antes de terminar la frase.

—Pero...

El senescal levantó una mano, dueño una vez más de sus emociones.

—Ya basta, Alaïs. Tienes que hacer lo que te diga. Ojalá pudiera ahorrártelo, pero no puedo. No me queda otro remedio.

Le tendió el vaso.

—Bebe esto —añadió—. Te dará fuerzas, te dará valor.

—No tengo miedo —protestó ella, ofendida de que su padre tomara por cobardía su renuencia—. No me da miedo ver un muerto. Fue la sorpresa lo que antes me alteró hasta ese punto. —Y tras un momento de vacilación—: Pero os suplico, *messer*, que me digáis por qué...

Pelletier se volvió hacia ella.

—¡Basta ya! —le gritó.

Alaïs retrocedió, como si le hubiera dado una bofetada.

—Perdóname —dijo él de inmediato—. No soy dueño de mis actos —añadió, mientras alargaba una mano para rozarle una mejilla—. Ningún hombre podría pedir una hija más noble y leal que tú.

—Entonces, ¿por qué no confiáis en mí?

El senescal vaciló y, por un momento, Alaïs creyó que lo había persuadido para que hablara. Después, la misma expresión impenetrable volvió a adueñarse de su rostro.

—Tú sólo enséñame dónde está —dijo con una voz que sonaba hueca—. El resto queda en mis manos.

Cuando salieron a caballo por la puerta del oeste del Château Comtal, las campanas de Sant Nazari estaban dando la tercia.

El senescal abría la marcha, con Alaïs y François detrás. La joven estaba desolada, agobiada por la culpa de que sus acciones hubiesen precipitado aquel extraño cambio en su padre y a la vez frustrada por no entenderlo.

Recorrieron el estrecho y sinuoso sendero de tierra reseca que descendía por la abrupta pendiente, al pie de la muralla de la Cité, y que una y otra vez parecía volver sobre sí mismo en pronunciados recodos. Cuando llegaron al llano, acomodaron el paso a un medio galope.

Siguieron el curso de la corriente, río arriba. Un sol despiadado les castigaba la espalda mientras se adentraban en los pantanos. Enjambres de mosquitos diminutos y de negros tábanos de la ciénaga flotaban en el aire, sobre los riachuelos y las charcas de agua turbia. Los caballos batían el suelo con los cascos y sacudían la cola, tratando de impedir que la miríada de insectos picadores acribillaran el fino manto estival.

Alaïs vio un grupo de mujeres que lavaban la ropa en la sombreada ribera, del otro lado del Aude; metidas en el agua hasta la cintura, golpeaban las prendas sobre las grises rocas planas. Había un monótono retumbo de ruedas, procedente del único puente de madera que unía los pantanos y las ciudades del norte con Carcasona y sus suburbios. Otros vadeaban el río por el punto menos profundo, formando una corriente ininterrumpida de campesinos y mercaderes. Algunos llevaban niños cargados sobre los hombros y otros traían mulas o rebaños de cabras, pero todos se dirigían al mercado de la plaza mayor.

Alaïs y sus acompañantes cabalgaban en silencio. Cuando pasaron de los espacios abiertos de los pantanos a la sombra de los sauces de la ciénaga, la joven se dejó llevar por la marea de sus pensamientos. Reconfortada por el familiar movimiento de su cabalgadura, así como por el canto de los pájaros y la charla interminable de las cigarras entre los juncos, estuvo a punto de olvidar el propósito de la expedición.

Su aprensión regresó cuando alcanzaron los límites del bosque. Situándose uno detrás de otro, prosiguieron su tortuoso recorrido entre los árboles. Su padre se volvió brevemente para sonreírle. Alaïs se lo agradeció. Estaba nerviosa, alerta, pendiente de la menor señal de alarma. Los sauces de los pantanos parecían alzarse en maligna actitud sobre su cabeza y, en su imaginación, las oscuras sombras tenían ojos que los miraban pasar y aguardaban. Cada crujido del sotobosque, cada batir de alas le aceleraba el pulso.

Alaïs no sabía bien lo que esperaba encontrar, pero cuando llegaron al claro, todo estaba quieto y en calma. Su capazo seguía bajo los árboles, tal como lo había dejado, con los extremos de las plantas sobresaliendo de los envoltorios de paño. Desmontó, le entregó las riendas a François y se dirigió hacia el río. Sus herramientas estaban intactas, donde se habían quedado.

La sobresaltó el contacto de la mano de su padre sobre el codo.

—Muéstrame dónde está —le dijo él.

Sin decir palabra, la joven condujo a su padre por la orilla, hasta el lugar que buscaba. Al principio no vio nada, y por un breve instante se preguntó si no habría sido una pesadilla. Pero allí, flotando en el agua entre los juncos, un poco más río arriba que antes, estaba el cadáver.

Lo señaló.

—Ahí. Junto a la consuelda.

Para su asombro, en lugar de llamar a François, su padre se quitó la capa y se adentró andando en el río.

—Tú quédate aquí —le dijo por encima del hombro.

Alaïs se sentó en la orilla, con las rodillas flexionadas bajo la barbilla, observando cómo su padre avanzaba laboriosamente por la zona baja del río, sin prestar atención al agua que lo salpicaba hasta más arriba de las botas. Cuando llegó al cadáver, se detuvo y desenvainó la espada. Dudó un instante, como preparándose para lo peor, y después, con el extremo de la hoja, levantó cuidadosamente del agua el brazo izquierdo del hombre. La mano mutilada, hinchada y azul, se mantuvo un momento en equilibrio y después resbaló por la plateada hoja plana de la espada, hasta la empuñadura, como animada de vida propia. Finalmente volvió a hundirse en el río con un chapoteo sordo.

El senescal envainó la espada, se inclinó y volvió el cadáver boca arriba. El cuerpo fluctuó en el agua, con la cabeza agitándose pesadamente, como si intentara desprenderse del cuello.

Alaïs apartó en seguida la mirada. No quería ver la huella de la muerte en la cara del desconocido.

El estado de ánimo de su padre fue muy diferente en el camino de vuelta a Carcasona. Estaba notoriamente aliviado, como si se hubiese quitado un peso de encima. Iba hablando con François de cosas sin importancia y, cada vez que su mirada se encontraba con la de su hija, le sonreía afectuosamente.

Pese al cansancio y a la frustración de no entender el significado de lo ocurrido, una sensación de bienestar se había adueñado de Alaïs. Era como en los viejos tiempos, cuando salían a cabalgar juntos y tenían tiempo para disfrutar de la mutua compañía.

Mientras se alejaban del río y subían la cuesta hacia el castillo, la curiosidad finalmente pudo con ella y Alaïs hizo acopio del coraje necesario para formular a su padre la pregunta que tenía en la punta de la lengua desde que habían emprendido el regreso.

—¿Habéis descubierto lo que necesitabais saber, *paire*?

—Así es.

Alaïs aguardó, hasta que se hizo evidente que iba a tener que arrancarle la explicación palabra por palabra.

—No era él, ¿verdad?

Su padre le lanzó una mirada aguda.

—Por mi descripción, creisteis que era alguien que conocíais, ¿no es así? —insistió ella—. Por eso quisisteis ver el cuerpo con vuestros propios ojos, ¿verdad?

Por el brillo de su mirada, Alaïs supo que había acertado.

—Creí que *quizá* fuera un conocido mío —reconoció él finalmente—. De mi época en Chartres. Alguien a quien yo apreciaba mucho.

—Pero éste era un judío.

Pelletier arqueó la cejas.

—En efecto.

—Un judío —repitió ella—, ¿y aun así un amigo?

Silencio. Alaïs insistió:

—Pero no era él, ¿verdad? No era ese amigo vuestro.

Esta vez, Pelletier sonrió.

—No, no era él.

—¿Quién era entonces?

—No lo sé.

La joven guardó silencio un momento. Estaba segura de que su padre nunca le había mencionado a ese amigo. Era un buen hombre, un hombre tolerante; pero aun así, si alguna vez hubiese mencionado a un amigo como ése, a un judío de Chartres, ella no lo habría olvidado. Sabiendo de sobra que era inútil insistir en un tema contra la voluntad de su padre, intentó un enfoque diferente.

—No ha sido un robo, ¿verdad? Yo tenía razón.

Su padre pareció feliz de poder darle una respuesta.

—No. Sólo querían matarlo. La herida era demasiado profunda, demasiado intencionada. Además, se han dejado casi todo lo de valor.

—¿*Casi* todo?

Pero Pelletier no respondió.

—¿Los habrá interrumpido alguien? —sugirió ella, arriesgándose a preguntar un poco más.

—No creo.

—O quizá estaban buscando algo en concreto.

—Basta ya, Alaïs. Éste no es el momento, ni el lugar.

La joven abrió la boca, sin resignarse a renunciar al tema, pero volvió a cerrarla. Era evidente que la conversación había terminado. No iba a averiguar nada más. Era mucho mejor esperar a que su padre quisiera hablar. Recorrieron el resto del camino en silencio.

Cuando tuvieron a la vista la puerta del oeste, François se adelantó.

—Sería aconsejable no mencionar a nadie nuestra salida de esta mañana —se apresuró a decir el senescal.

—¿Ni siquiera a Guilhelm?

—No creo que a tu marido le complazca saber que has ido al río sin compañía —replicó él secamente—. Los rumores circulan con rapidez. Deberías tratar de descansar y quitarte de la cabeza este desagradable incidente.

Alaïs lo miró a los ojos con expresión inocente.

—Claro que sí. Como mandéis. Os doy mi palabra, *paire*. No hablaré de esto con nadie, salvo con vos.

Pelletier titubeó, como si sospechara que la joven lo estaba engañando, pero después sonrió.

—Eres una hija obediente, Alaïs. Sé que puedo confiar en ti.

A su pesar, Alaïs se ruborizó.

CAPÍTULO 4

Desde su privilegiada posición en el tejado de la taberna, el chico de ojos color ámbar y cabello rubio oscuro se volvió para ver de dónde venía el alboroto.

Un mensajero subía galopando por las atestadas calles de la Cité desde la puerta de Narbona, con el más completo desprecio por quien se interpusiera en su camino. Los hombres le gritaban que desmontara. Las mujeres apartaban a sus hijos de debajo de los cascos del caballo. Un par de perros que andaban sueltos se abalanzaron sobre el corcel, ladrando, gruñendo e intentando morderle la grupa. El jinete no les prestó atención.

El caballo sudaba terriblemente. Incluso a tanta distancia, Sajhë podía ver líneas de espuma blanca en la cruz y en los belfos del animal. Con un brusco viraje, el jinete se encaminó hacia el puente que conducía al Château Comtal.

Sajhë se puso de pie para ver mejor, en precario equilibrio sobre el borde afilado de las tejas desiguales, a tiempo para ver al senescal Pelletier saliendo de entre las torres de la puerta, montado sobre un corpulento caballo gris, seguido de Alaïs, también a caballo. La joven le pareció preocupada, y se preguntó qué habría ocurrido y adónde irían. No iban vestidos para cazar.

A Sajhë le gustaba Alaïs. Solía hablar con él cuando iba a visitar a su abuela, Esclarmonda, a diferencia de otras muchas damas de la casa, que fingían no verlo, demasiado ansiosas por las pociones y medicinas que iban a pedirle a la *menina*, a la abuela, y que ésta les preparaba para bajar la fiebre, reducir una hinchazón o provocar un parto, o bien para resolver asuntos del corazón.

Pero en todos los años que llevaba adorando a Alaïs, Sajhë nunca la había visto tan trastornada como acababa de verla. El chico bajó arrastrándose por las tejas rojizas hasta el borde del techo, desde donde se dejó caer para ir a aterrizar, con un golpe seco, casi encima de una cabra que estaba atada a un carro volteado.

—¡Eh! ¡Más cuidado con lo que haces! —le gritó una mujer.

—¡Si ni siquiera la he tocado! —exclamó él, alejándose a toda prisa del radio de alcance de su escoba.

La Cité vibraba con los colores, los olores y los sonidos de un día de mercado. Los postigos de madera chocaban contra los muros de piedra en cada calle y calleja, mientras las señoras y criadas abrían las ventanas al aire, antes de que el calor se volviera demasiado agobiante. Los toneleros vigilaban a sus aprendices, que hacían rodar sus barriles por el empedrado, traqueteando, saltando y dando tumbos, en competencia para llegar a las tabernas antes que sus rivales. Los carros se sacudían torpemente por el terreno desigual, con las ruedas chirriando y atascándose de vez en cuando, en un estruendoso recorrido hacia la plaza Mayor.

Sajhë conocía todos los atajos de la Cité y se movía con soltura entre la maraña de brazos y piernas, escabulléndose entre rebaños de ovejas y cabras, entre mulas y burros cargados de cestas y mercancías, y entre piaras de cerdos que circulaban a paso lento y perezoso. Un chico mayor de expresión colérica iba conduciendo un insumiso grupo de ocas, que trompeteaban, se picaban entre sí y lanzaban picotazos a las piernas de dos niñas que tenían cerca. Sajhë les hizo un guiño a las chicas e intentó hacerlas reír. Se situó detrás de la más fea de las aves y aleteó con los brazos.

—¡Eh! ¿Qué estás haciendo? —le gritó el chico de las ocas—. ¡Fuera, fuera!

Las niñas soltaron una carcajada. Sajhë imitó el trompeteo de las aves, justo en el preciso instante en que la vieja oca gris se daba la vuelta, alargaba el cuello y resoplaba malignamente en la cara del chico.

—Te está bien empleado, *pèc* —dijo el muchacho—. ¡Idiota!

Sajhë dio un salto atrás, para sustraerse al amenazador pico anaranjado.

—Deberías controlarlas mejor.

—Sólo los bebés tienen miedo de las ocas —replicó el chico con sorna, haciendo frente a Sajhë—. ¿Te dan miedo las ocas, *nenon*?

—Yo no tengo miedo —se ufanó Sajhë—. Pero ellas sí —añadió, señalando a las dos niñas escondidas detrás de las faldas de su madre—. Deberías tener más cuidado.

—Y a ti qué te importa lo que yo haga, ¿eh?

—Sólo te digo que tengas más cuidado.

El otro chico se acercó un poco más, sacudiendo la vara delante de la cara de Sajhë.

—¿Y quién va a obligarme? ¿Tú?

El chico le sacaba la cabeza a Sajhë y su piel era una masa de magulladuras y marcas rojizas. Sajhë dio un paso atrás y levantó las manos.

—He dicho que quién va a obligarme —repitió el chico, poniéndose en guardia para pelear.

Las palabras habrían cedido paso a los puños de no haber sido porque un viejo borracho que dormitaba contra una pared se despertó y empezó a vociferarles que se marcharan y lo dejaran en paz. Sajhë aprovechó la distracción para esfumarse.

El sol acababa de trepar a los tejados de las casas más altas, inundando de listones de luz algunos tramos de la calle y haciendo resplandecer la herradura que colgaba sobre la puerta del taller del herrero. Sajhë se detuvo y miró al interior, sintiendo en la cara el calor de la fragua, incluso desde la calle.

Había unos cuantos hombres esperando su turno alrededor de la forja, así como varios escuderos con los yelmos, los escudos y las cotas de sus amos, todo lo cual requería atención. El chico supuso que el herrero del castillo debía de estar desbordado de trabajo.

Sajhë no tenía la cuna ni la estirpe para servir de paje, pero eso no le impedía soñar con llegar a ser *chavalièr* algún día, con sus propios colores. Sonrió a un par de chicos de su edad, pero ellos hicieron como que no lo veían, como hacían siempre y seguirían haciendo.

El niño se dio la vuelta y se alejó.

La mayoría de los vendedores del mercado acudían todas las semanas y se instalaban siempre en el mismo sitio. El olor a grasa caliente llenó la nariz de Sajhë en el instante en que pisó la plaza. Se quedó remoloneando en un tenderete donde un hombre freía tortitas, dándoles vueltas sobre una reja caliente. El olor del espeso guiso de alubias y del tibio pan *mitadenc*, hecho con la misma cantidad de trigo que de cebada, le abrió el apetito. Pasó junto a puestos donde vendían hebillas y caperuzas, pieles, cueros y paños de lana, mercancías locales y otros artículos más exóticos, como cinturones y monederos de Córdoba o de lugares todavía más lejanos, pero no se paró a mirar. Se detuvo en cambio un momento delante de un puesto que ofrecía tijeras para esquilar y cuchillos, antes de continuar hasta el rincón de la plaza donde se concentraba la mayoría de los corrales para animales. Siempre había allí gran cantidad de pollos y capones en jaulas de madera, y a veces alondras y jilgueros, que silbaban y gorjeaban. Sus preferidos eran los conejos, amontonados unos junto a otros formando una pila de pelos blancos, negros y marrones.

Sajhë pasó delante de los tenderetes de grano y sal, carne en salazón, cerveza y vino, hasta llegar a un puesto de hierbas y especias exóticas. Delante de la mesa había un mercader. El chico nunca había visto a un hombre tan alto y negro como aquél. Vestía una túnica larga, de un azul iridiscente, un turbante de seda brillante, y puntiagudas babuchas rojas y doradas. Tenía la tez aún más oscura que la de los gitanos que llegaban de Navarra y Aragón, atravesando las montañas. Sajhë supuso que debía de ser sarraceno, aunque nunca había visto ninguno.

El mercader había desplegado su mercancía formando un círculo: verdes y amarillos, naranjas, castaños, rojos y ocres. Al frente había romero y perejil, ajo, caléndula y lavanda, pero al fondo estaban las especias más caras, cardamomo, nuez moscada y azafrán. Sajhë no reconoció ninguna de las otras, pero ardía en deseos de contarle lo visto a su abuela.

Estaba a punto de acercarse un poco más para ver mejor, cuando el sarraceno rugió con voz atronadora. Su mano oscura y pesada acababa de aferrar la muñeca de un ladronzuelo que había intentado sustraerle una moneda del saquillo bordado que llevaba colgado de la cintura, en el extremo de una cuerda roja trenzada. Le dio al pillastre un bofetón que le hizo volver la cara y lo lanzó contra una mujer que venía detrás y que a su vez soltó un alarido. En seguida empezó a congregarse una pequeña muchedumbre.

Sajhë se escabulló del lugar. No quería meterse en líos.

Dejó atrás la plaza y se encaminó hacia la taberna de Sant Joan dels Evangèlis. Como no llevaba dinero, había concebido el vago proyecto de ofrecerse para hacer algún recado a cambio de una taza de caldo. Entonces oyó que alguien lo llamaba por su nombre.

Sajhë se volvió y vio a *na* Martí, una amiga de su abuela, sentada en su tenderete con su marido, haciéndole señas para que se acercara. Ella era hilandera y su marido, cardador, y casi todas las semanas se instalaban en el mismo sitio, para peinar la lana, hilarla y preparar las madejas.

El chico le devolvió el saludo. Al igual que Esclarmonda, *na* Martí era seguidora de la nueva iglesia. Su marido, el *sènher* Martí, no era uno de los fieles, pero el día de Pentecostés había estado en casa de Esclarmonda con su esposa, escuchando la prédica de los *bons homes*.

Na Martí le revolvió el pelo.

—¿Qué tal estás, muchacho? ¡Cuánto has crecido! ¡Casi no te reconozco!

—Bien, gracias —le respondió él sonriendo. Después se volvió hacia el marido, que estaba peinando la lana en madejas listas para vender—. *Bonjorn, sènher.*

—¿Y Esclarmonda? —prosiguió *na* Martí—. ¿También está bien? ¿Mirando por todos, como siempre?

El chico sonrió.

—Como siempre.

—*Ben, ben.*

Sajhë se sentó, con las piernas cruzadas, a los pies de la mujer, y se puso a contemplar la rueda de la rueca, dando vueltas y más vueltas.

—*Na* Martí —dijo al cabo de un rato—, ¿por qué ya no venís a orar con nosotros?

El *sènher* Martí detuvo lo que estaba haciendo y cruzó con su esposa una mirada inquieta.

—Oh, ya sabes cómo es esto —replicó *na* Martí rehuyendo sus ojos—. ¡Tenemos tanto trabajo últimamente! No es fácil hacer el viaje a Carcassona con tanta frecuencia como quisiéramos.

Ajustó el huso y siguió hilando, mientras el balanceo del pedal llenaba el silencio que había caído entre ellos.

—La *menina* os echa de menos.

—Yo también, pero las amigas no siempre pueden estar juntas.

Sajhë frunció el entrecejo.

—Pero entonces, ¿por qué...?

El *sènher* Martí le dio un golpecito seco en el hombro.

—No hables tan alto —dijo en voz baja—. Estas cosas no deben salir de entre nosotros.

—¿Qué cosas no deben salir de entre nosotros? —preguntó el chico desconcertado—. Yo solamente...

—Ya te hemos oído, Sajhë —dijo el *sènher* Martí, mirando por encima del hombro—. Todo el mercado te ha oído. Ahora ya basta de hablar de prédicas, ¿me has entendido?

Sin comprender qué había podido decir que hiciera enfadar tanto al *sènher* Martí, Sajhë se puso en pie rápidamente y trastabillando. *Na* Martí se volvió hacia su marido. Parecían haber olvidado su presencia.

—Eres demasiado duro con él, Rogier —dijo ella en un susurro—. No es más que un chiquillo.

—Basta con que uno solo se vaya de la lengua para que nos encierren con los demás. No podemos correr ningún riesgo. Si la gente piensa que nos juntamos con herejes...

—¡Vaya con el hereje! —le replicó ella—. ¡Si no es más que un niño!

—No me refiero al chico. Hablo de Esclarmonda. Todo el mundo sabe que es una de ellos. Y si se llega a saber que hemos ido a orar a su casa, nos acusarán de ser seguidores de los *bons homes* y nos juzgarán a nosotros también.

—Entonces, ¿qué? ¿Abandonamos a nuestros amigos? ¿Solamente porque has oído unas cuantas historias que te han metido miedo?

El *sènher* Martí bajó el tono de voz.

—Lo único que digo es que debemos tener cuidado. Ya sabes lo que andan diciendo. Que viene un ejército a expulsar a los herejes.

—Hace años que lo dicen. Le das demasiada importancia. En cuanto a los «hombres de Dios», los legados del papa, ya sabes que llevan años dando vueltas por estos parajes y de momento no han hecho más que matarse a beber. De ahí nunca saldrá nada. Deja que los obispos se peleen entre ellos, mientras los demás seguimos viviendo nuestra vida.

Se volvió, dándole la espalda a su marido.

—No le hagas caso —le dijo a Sajhë, mientras le apoyaba una mano en el hombro—. Tú no has hecho nada malo.

Sajhë bajó los ojos, para que no notara que estaba llorando.

Na Martí prosiguió la conversación, en un tono artificialmente animado.

—Bien, bien. ¿No me decías un día que querías comprarle un regalo a Alaïs? ¿Qué te parece si le buscamos algo?

Sajhë asintió con la cabeza. Sabía que sólo intentaba reconfortarlo, pero se sentía confundido y turbado.

—No tengo nada con qué pagar —dijo.

—Por eso no te preocupes. Estoy segura de que por esta vez podemos pasar por alto ese detalle. Ven, echa un vistazo —lo animó *na* Martí, recorriendo con los dedos las madejas multicolores—. ¿Qué te parece ésta? ¿Crees que le gustará? Es justo del color de sus ojos.

Sajhë palpó las delicadas hebras cobrizas.

—No sé, no estoy seguro.

—Pues yo creo que sí le gustará. ¿Te la envuelvo?

Se volvió en busca de un trozo cuadrado de paño para proteger la madeja. Como no quería parecer desagradecido, Sajhë trató de pensar en algo inocuo que decir.

—Hace un rato la he visto.

—¿Ah, sí? ¿Has visto a Alaïs? ¿Cómo está? ¿Iba su hermana con ella? El chico hizo una mueca.

—No. Pero aun así no parecía muy contenta.

—Bien —dijo *na* Martí—. Si la has visto decaída, es el mejor momento para hacerle un regalo. La animará. Alaïs suele venir al mercado por la mañana, ¿no es así? Si mantienes los ojos bien abiertos y prestas atención, seguro que te la encuentras.

Feliz de poder abandonar la tensa compañía, Sajhë se metió el paquete debajo de la camisa y se despidió. Después de un par de pasos, se volvió para saludar. El *sènher* Martí y su mujer estaban de pie, uno junto a otro, mirándolo sin decir nada.

El sol estaba alto en el cielo. Sajhë iba de aquí para allá, preguntando por Alaïs. Nadie la había visto.

Tenía hambre y ya había decidido volver a casa, cuando de pronto divisó a la chica, de pie delante de un puesto donde vendían queso de cabra. Corrió hacia ella y se le acercó sigilosamente por detrás, para echarle los brazos a la cintura.

—*Bonjorn.*

Alaïs se dio la vuelta y lo recompensó con una amplia sonrisa, al ver que era él.

—¡Sajhë! —exclamó, dándole unas palmaditas en la cabeza—. ¡Me has sorprendido!

—Te he estado buscando por todas partes —sonrió él—. ¿Estás bien? Te he visto antes. Parecías preocupada.

—¿Antes?

—Salías del castillo a caballo, con tu padre. Poco después de que entrara el mensajero.

—Ah, *òc* —dijo ella—. Tranquilo, estoy bien. Es sólo que he tenido una mañana agotadora. Pero me alegro de ver tu preciosa carita —añadió, dándole un beso en la coronilla que le encendió las mejillas y lo obligó a concentrar furiosamente la vista en los pies para que ella no lo notara—. Y ya que estás aquí, ayúdame a elegir un buen queso.

Los lisos y redondos quesos frescos de cabra estaban dispuestos siguiendo una pauta perfectamente regular, sobre un lecho de paja prensada, en unas bandejas de madera. Las piezas más secas, de corteza amarillenta, eran de sabor más fuerte y tenían tal vez unos quince días. Las otras, de fabricación más reciente, relucían húmedas y blandas. Alaïs preguntó los precios, señalando esta o aquella pieza y pidiendo consejo a Sajhë, hasta que por fin encontraron la que ella quería. La joven le dio una moneda para que se la entregara al vendedor, mientras ella sacaba una tabla de madera lustrada en la que colocar el queso.

Los ojos de Sajhë relampaguearon de sorpresa cuando vio el motivo grabado en el reverso de la tabla. ¿Por qué tenía aquello Alaïs? ¿Cómo? En su confusión, dejó caer al suelo la moneda. Turbado, se agachó bajo la mesa para ganar tiempo. Cuando volvió a incorporarse, notó aliviado que Alaïs no se había percatado de nada, por lo que apartó el asunto de su mente. En lugar de pensar en eso, una vez concluida la transacción, hizo acopio de valor para darle el regalo a Alaïs.

—Tengo una cosa para ti —le dijo con timidez, colocando bruscamente el paquete en sus manos.

—¡Qué amable! —exclamó ella—. ¿Me lo envía Esclarmonda?

—No, yo.

—¡Qué encantadora sorpresa! ¿Puedo abrirlo?

El chico asintió, con expresión seria pero con los ojos brillantes de expectación mientras Alaïs desenvolvía con cuidado el paquete.

—¡Oh, Sajhë, es preciosa! —dijo la joven, levantando la madeja de reluciente lana castaña—. Es una preciosidad.

—No la he robado —se apresuró a decir el chico—. *Na* Martí me la ha dado. Creo que intentaba resarcirme.

En el instante en que las palabras abandonaron su boca, Sajhë lamentó haberlas pronunciado.

—¿Resarcirte de qué? —replicó Alaïs prestamente.

Justo entonces se oyó un grito. No lejos de donde ellos estaban, un hombre señaló hacia arriba. Grandes pájaros negros surcaban a baja altura el cielo de la ciudad, de oeste a este, en una bandada que dibujaba la forma de una flecha. El sol arrancaba destellos de su oscuro y brillante plumaje, como chispas de un yunque. Alguien a su lado dijo que se trataba de un presagio, aunque nadie sabía si bueno o malo.

Sajhë no solía creer en ese tipo de supersticiones, pero esa vez se estremeció. Alaïs también pareció sentir algo, porque rodeó con un brazo los hombros del chico y lo atrajo hacia ella.

—¿Qué ocurre? —preguntó él.

—*Res* —respondió ella con excesiva premura. Nada.

En lo alto, ajenas al mundo de los hombres, las aves prosiguieron su vuelo, hasta convertirse en una mera mancha borrosa en el cielo.

CAPÍTULO 5

Cuando Alaïs consiguió deshacerse de su sombra fiel y regresar al Château Comtal, ya sonaban en Sant Nazari las campanas del mediodía.

Exhausta, trastabilló varias veces al subir la escalera, que le pareció más empinada que de costumbre. Lo único que quería era acostarse en la intimidad de su alcoba y descansar.

Le sorprendió encontrar la puerta cerrada. Para entonces, los criados ya debían de haber pasado y terminado sus tareas. Abrió y vio que las cortinas seguían corridas alrededor de la cama. En la media luz, comprobó que François había puesto su capazo sobre la mesa baja, junto a la chimenea, tal como ella le había ordenado.

Dejó sobre la mesilla de noche la tabla con el queso y se dirigió a la ventana para abrir los postigos. Hubiesen debido estar abiertos desde mucho antes, para ventilar la estancia. La luz del día entró a raudales, revelando una capa de polvo sobre el mobiliario y unas manchas en las cortinas del baldaquino, allí donde el material estaba más desgastado.

Alaïs fue hacia la cama y descorrió las cortinas.

Para su asombro, Guilhelm seguía acostado, durmiendo, tal como lo había dejado antes del alba. La joven dejó escapar una exclamación de sorpresa. Su marido parecía estar tan a gusto, y encontrarse muy bien. Incluso Oriane, que nunca tenía muchas cosas buenas que decir de nadie, reconocía que Guilhelm era uno de los *chavalièrs* más apuestos de todos los del vizconde Trencavel.

Alaïs se sentó en la cama, a su lado, y deslizó una mano por su piel dorada. Después, sintiéndose inexplicablemente atrevida, hundió un dedo en el blando y húmedo queso de cabra y extendió una pequeña cantidad sobre los labios de su marido. Guilhelm murmuró algo y cambió de postura bajo las mantas. No abrió los ojos, pero sonrió lánguidamente y sacó una mano.

Alaïs contuvo el aliento. El aire a su alrededor pareció vibrar, cargado de expectación y ansias, cuando dejó que él la atrajera hacia sí.

La intimidad del momento quedó destrozada por el sonido de unas pesadas zancadas en el pasillo. Alguien llamaba a gritos a Guilhelm, una voz familiar, distorsionada por la ira. Alaïs se puso en pie de un salto, mortificada por la idea de que su padre pudiera presenciar una escena tan privada entre ambos. Los ojos de Guilhelm se abrieron de par en par, lo mismo que la puerta, cuando Pelletier irrumpió en la habitación, con François pisándole los talones.

—Es tarde, Du Mas —gritó, mientras arrancaba una capa de la silla más cercana y la arrojaba a la cabeza de su yerno—. ¡Levántate! Todos los demás ya están en la Gran Sala, esperando.

Guilhelm se puso en pie como pudo.

—¿En la Sala?

—El vizconde Trencavel convoca a sus *chavalièrs*, y tú aquí, tumbado en la cama. ¿Te crees que solamente importas tú? —Su figura se cernía sobre Guilhelm—. ¿Y bien? ¿Qué tienes que decir a eso?

De pronto, Pelletier advirtió que su hija estaba de pie, al otro lado de la cama. Su expresión se suavizó.

—Discúlpame, *filha*. No te había visto. ¿Estás mejor?

—Gracias a vos, *messer*, estoy muy bien.

—¿Mejor? —preguntó Guilhelm, confuso—. ¿Estás indispuesta? ¿Ha ocurrido algo?

—¡Levántate! —gritó el senescal, concentrando otra vez su atención en la cama—. Dispones del tiempo que me llevará a mí bajar la escalera y atravesar la plaza, Du Mas. Si para entonces no estás en la Gran Sala, ¡atente a las consecuencias!

Sin añadir una palabra más, Pelletier giró sobre sus talones y salió en tromba de la habitación.

En el penoso silencio que siguió a su partida, Alaïs se quedó clavada en el suelo por la turbación, aunque no hubiese podido decir si se sentía incómoda por sí misma o por su marido.

Guilhelm estalló.

—¿Cómo se atreve a irrumpir en mi alcoba como si yo le perteneciera? ¿Quién se cree que es?

Con una patada salvaje, arrojó las mantas al suelo y saltó de la cama.

—El deber me llama —dijo en tono sarcástico—. No vayamos a hacer esperar al gran senescal Pelletier.

Alaïs intuyó que cualquier cosa que dijera empeoraría el malhumor de Guilhelm. Hubiese querido contarle lo sucedido en el río, al menos para distraerlo de su propia ira, pero le había dado a su padre su palabra de no revelárselo a nadie.

Guilhelm ya había atravesado la estancia y se estaba vistiendo, de espaldas a ella. Tenía los hombros tensos, mientras se ponía una túnica corta y se ceñía el cinturón.

—Puede que haya noticias... —empezó a decir ella.

—No es excusa —replicó él con brusquedad—. Nadie me había avisado.

—Yo...

Alaïs dejó que sus palabras se apagaran. «¿Qué puedo decir?»

Recogió del suelo su capa y se la alcanzó.

—¿Tardarás mucho? —dijo suavemente.

—¿Cómo puedo saberlo, si ni siquiera sé para qué se me convoca al Consejo? —replicó, todavía colérico.

Repentinamente, su irritación pareció esfumarse. Con los hombros relajados, se volvió para mirarla a la cara, disipado ya el gesto de disgusto.

—Perdóname, Alaïs. Tú no eres responsable de los actos de tu padre. —Con un dedo siguió la línea de su mentón—. Ven. Ayúdame con la capa.

Guilhelm se inclinó hacia adelante para que Alaïs llegara más fácilmente a la hebilla. Aun así, la joven tuvo que ponerse de puntillas para cerrar el broche circular de plata y cobre.

—*Mercé, mon còr* —dijo él cuando ella hubo terminado—. Bien. Ahora vayamos a ver qué ocurre. Seguramente no será nada de importancia.

—Esta mañana, cuando salíamos a la Cité, llegó un mensajero —dijo ella sin pararse a pensar.

De inmediato, Alaïs deseó no haberlo dicho. Ahora sí que le preguntaría adónde había ido tan temprano, y además con su padre, pero toda la atención de su marido estaba concentrada en recuperar la espada que había caído debajo de la cama, y no reparó en las palabras de ella.

Alaïs se encogió al oír el áspero ruido metálico de la espada entrando en la vaina. Más que ningún otro, era el sonido que simbolizaba el paso de su marido del mundo de ella al mundo de los hombres.

Cuando Guilhelm se dio la vuelta, su capa arrastró la tabla con el queso, que seguía en precario equilibrio al borde de la mesa y que cayó con gran estruendo, dando tumbos sobre el suelo de piedra.

—No importa —dijo rápidamente Alaïs, que no quería arriesgarse a avivar aún más la cólera de su padre, demorando a Guilhelm—. Los criados se ocuparán de esto. Tú vete. Y vuelve cuanto antes.

Guilhelm sonrió y se marchó.

Cuando dejó de oír el ruido de sus pasos, Alaïs volvió a la alcoba y observó el desastre. Grumos de queso blanco, húmedos y viscosos, se habían pegado a las esteras de esparto que cubrían el suelo. Suspiró y se agachó para recoger la tabla.

Yacía de lado, apoyada contra el travesaño de madera de la cama. Cuando la levantó, sus dedos rozaron algo en la cara inferior. Le dio la vuelta para mirar.

Había un laberinto labrado en la pulida superficie de la madera oscura.

—*Meravilhós*. Precioso —murmuró.

Cautivada por las líneas perfectas de los círculos que se curvaban en torno a otros círculos de dimensiones decrecientes, Alaïs repasó el grabado con los dedos. El tacto suave y sin mella hablaba de una obra de amor, hecha con cuidado y precisión.

Sintió que un recuerdo se removía en el fondo de su mente. Levantó la tabla, segura de haber visto algo parecido en otra ocasión, pero el recuerdo era esquivo y se negaba a salir de la oscuridad. Ni siquiera recordaba de dónde había salido aquella tabla. Al final, renunció a perseguir y atrapar el huidizo pensamiento.

Llamó a su criada, Severine, para que limpiara la habitación. Después, para mantener la mente apartada de lo que estaría sucediendo en la Gran Sala, concentró la atención en las hierbas que había recogido en el río al alba.

Habían quedado descuidadas demasiado tiempo. Las tiras de paño se habían secado, las raíces se habían vuelto quebradizas y las hojas habían perdido la mayor parte de la humedad. Confiando en poder salvar aún alguna cosa, Alaïs roció con agua el capazo y se puso manos a la obra.

Pero durante todo el tiempo dedicado a moler las raíces y coser saquitos para guardar las flores y perfumar el ambiente, durante todo el rato dedicado a preparar el ungüento para la pierna de Jacques, sus ojos no dejaron de desviarse una y otra vez hacia la tabla, que yacía muda sobre la mesa, frente a ella, y rehusaba revelarle sus secretos.

Guilhelm atravesó la plaza corriendo, sintiendo que la capa le golpeaba molestamente las rodillas, y maldiciendo la mala suerte de que lo hubieran pillado justo ese día de entre todos los días.

No era corriente que los *chavalièrs* participaran en el Consejo, y el hecho de haber sido convocados en la Gran Sala, y no en el *donjon*, permitía suponer que se trataba de algo grave.

¿Habría dicho la verdad Pelletier cuando afirmó haber enviado antes un mensajero personal a la habitación de Guilhelm? No podía estar seguro. ¿Y si François había estado allí y había notado su ausencia? ¿Qué diría Pelletier al respecto?

En cualquier caso, el resultado era el mismo. Tenía problemas.

La pesada puerta que conducía a la Gran Sala estaba abierta. Guilhelm subió apresuradamente los peldaños, de dos en dos.

Cuando sus ojos se habituaron a la penumbra del pasillo, vio la inconfundible figura de su suegro, de pie junto a la entrada de la sala. Guilhelm hizo una profunda inspiración y siguió andando, cabizbajo. Pelletier extendió un brazo, impidiéndole el paso.

—¿Dónde estabas? —preguntó.

—Disculpadme, *messer*. No recibí el aviso.

El rostro de Pelletier era de un rojo profundo y tormentoso.

—¿Cómo te atreves a llegar tarde? —dijo en tono acerado—. ¿Crees que las órdenes no valen para ti? ¿Que un *chavalièr* de tanto renombre como tú puede ir y venir como le plazca y no como le ordene su señor?

—Os juro por mi honor, *messer*, que de haber sabido...

Pelletier soltó una amarga carcajada.

—¡Tu honor! —dijo ferozmente, hundiendo un dedo acusador en el pecho de Guilhelm—. ¿Me tomas por tonto, Du Mas? Envié a mi propio criado a tus habitaciones para que te diera el mensaje. Tuviste tiempo más que suficiente para estar listo. Aun así, he tenido que ir yo personalmente a buscarte. ¡Y cuando lo he hecho, te he encontrado en la cama!

Guilhelm abrió la boca, pero volvió a cerrarla. Podía ver gotitas de saliva en las comisuras de la boca de Pelletier y en las cerdas grises de su barba.

—¡Ya no es tanto tu engreimiento, por lo que veo! ¿Qué? ¿No tienes nada que decir? Te lo advierto, Du Mas, el hecho de que estés casado con mi hija no me impedirá administrarte un castigo ejemplar.

—Señor, yo...

Sin previo aviso, el puño de Pelletier le golpeó el estómago. El puñetazo no fue muy fuerte, pero sí lo suficiente para hacerle perder el equilibrio, al no encontrarse en guardia.

Trastabillando hacia atrás, Guilhelm cayó contra la pared del fondo.

En seguida, la manaza del senescal lo cogió por el cuello y le empujó la cabeza contra la piedra. Por el rabillo del ojo, Guilhelm pudo ver al guarda apostado junto a la puerta, que se inclinaba hacia adelante para ver mejor lo que estaba ocurriendo.

—¿Ha quedado suficientemente claro? —escupió Pelletier en la cara de su yerno, aumentando otra vez la presión. Guilhelm no podía hablar—. No te oigo, *gojat* —dijo el senescal—. ¿Ha quedado suficientemente claro?

Esta vez, el joven consiguió articular sofocadamente unas palabras.

—*Òc, messer.*

Sentía que se estaba poniendo de color morado. La sangre le martillaba en la cabeza.

—Te lo advierto, Du Mas. Estaré observando. Estaré esperando. Y si das un paso en falso, me ocuparé de que lo lamentes. ¿Me has entendido bien?

Guilhelm abrió la boca buscando aire. Había conseguido asentir con la cabeza, rasguñándose el cuello con la superficie rugosa de la pared, cuando Pelletier le propinó un último y malicioso empujón que le aplastó las costillas contra la dura piedra, antes de soltarlo.

En lugar de entrar en la Gran Sala, el senescal salió en tromba en dirección opuesta, hacia la plaza.

En cuanto se hubo marchado, Guilhelm se dejó caer, doblado por la cintura, tosiendo, frotándose el cuello e inhalando aire a grandes bocanadas, como alguien a punto de ahogarse. Se masajeó la garganta y se limpió la sangre del cuello.

Poco a poco, su respiración volvió a la normalidad. Se arregló la ropa. Su cabeza ya bullía con las mil maneras en que haría pagar a Pelletier la humillación sufrida. Dos veces en el espacio de un día. El insulto era demasiado grande como para pasarlo por alto.

De pronto, consciente del murmullo ininterrumpido de voces que desbordaba del interior de la Gran Sala, Guilhelm advirtió que debía reunirse con sus compañeros antes de que regresara Pelletier y lo encontrara aún de pie en la puerta.

El guardia no hizo el menor intento por ocultar lo mucho que se estaba divirtiendo.

—¿Y tú qué miras? —le espetó Guilhelm—. Mantén la boca cerrada, ¿me oyes?, o lo lamentarás.

No era una amenaza vacía. De inmediato, el guardia bajó la vista y se apartó para dejar pasar a Guilhelm.

—Así está mejor.

Con las amenazas de Pelletier resonando aún en sus oídos, Guilhelm entró en la sala intentando pasar inadvertido. Sólo sus mejillas encendidas y el ritmo desbocado de su corazón delataban lo ocurrido.

CAPÍTULO 6

El vizconde Raymond-Roger Trencavel estaba de pie sobre una plataforma, en el extremo más alejado de la Gran Sala. Advirtió que Guilhelm du Mas, al fondo, entraba subrepticiamente y con retraso, pero a quien él esperaba era a Pelletier.

Trencavel iba vestido para la diplomacia, no para la guerra. La túnica roja de manga larga, con ribetes dorados en torno al cuello y los puños, le llegaba a las rodillas. Llevaba una capa azul sujeta al cuello por un broche de oro grande y redondo, refulgente a la luz del sol que se colaba a través de las alargadas ventanas alineadas en lo alto de la pared meridional de la estancia. Sobre su cabeza había un gran escudo con el emblema de los Trencavel y dos pesadas picas de metal cruzadas debajo, en forma de aspa. Era la misma enseña que lucía en los estandartes, los ropajes de ceremonia y las armaduras, y que colgaba sobre el rastrillo de la puerta de Narbona, detrás del foso, para dar la bienvenida a los amigos y recordarles el vínculo histórico entre la dinastía Trencavel y sus vasallos. A la izquierda del escudo había un tapiz con un unicornio danzante, que llevaba generaciones suspendido del mismo muro.

Del otro lado de la plataforma, hundida en la pared, una puerta pequeña daba paso a los aposentos privados del vizconde, en la torre Pinta, que era la torre del vigía y la parte más antigua del Château Comtal. La puerta estaba flanqueada por largas cortinas azules, con tres franjas bordadas con los armiños del escudo de los Trencavel. Las cortinas brindaban cierta protección contra las frías corrientes de aire que soplaban por la Gran Sala en invierno, pero ahora estaban sujetas con un único y pesado torzal dorado.

Raymond-Roger Trencavel había pasado los primeros años de su infancia en aquellas salas, y después había regresado para vivir entre aquellos antiguos muros con su esposa, Agnès de Montpelhièr, y su hijo y heredero de dos años de edad. Se arrodillaba en la misma capilla diminuta donde habían orado sus padres, y dormía en su cama, donde él mismo había venido al mundo. En días de verano como aquél, miraba el amanecer a través de las mismas ventanas y contemplaba el sol poniente, que pintaba de rojo el cielo sobre el Pays d'Òc.

Visto de lejos, Trencavel parecía sereno e impasible, con el pelo castaño que descansaba levemente sobre sus hombros y las manos entrelazadas a la espalda. Pero la expresión de su rostro era ansiosa y su mirada se clavaba una y otra vez en la puerta principal.

Pelletier sudaba profusamente. La rígida ropa le molestaba bajo los brazos y se le pegaba a la base de la espalda. Se sentía viejo e insuficiente para la tarea que le aguardaba.

Esperaba que el aire fresco le aclarara las ideas. No fue así. Todavía estaba enfadado consigo mismo por haber perdido los estribos y dejado que la animosidad contra su yerno lo desviara de la tarea que tenía entre manos. De momento no podía permitirse pensar en ello. Ya se ocuparía de Du Mas más adelante, llegado el caso. Ahora su lugar estaba al lado del vizconde.

Siméon tampoco estaba lejos de sus pensamientos. Aún podía sentir el miedo candente que le había aherrojado el corazón cuando volteó el cuerpo en el agua, y el alivio al ver el rostro abotargado de un desconocido que le devolvía la mirada con sus ojos muertos.

El calor en el interior de la Gran Sala era agobiante. Más de un centenar de hombres de iglesia y estado llenaban la estancia, tórrida y apenas ventilada, que apestaba a sudor, ansiedad y vino. Había un persistente goteo de conversación agitada e incómoda.

Los criados más cercanos a la puerta se inclinaron cuando Pelletier apareció y se apresuraron a servirle vino. Justo enfrente de él, en el lado opuesto de la estancia, había una fila de sitiales de respaldo alto y lustrosa madera oscura, semejantes a la sillería del coro de la catedral de Sant Nazari, ocupados por la nobleza del Mediodía, los señores de Mirepoix y Fanjeaux, Coursan y Termenès, Albí y Mazamet. Todos ellos habían sido invitados a Carcasona para celebrar la festividad de Sant Nazari, pero en lugar de eso se habían encontrado con la convocatoria al Consejo. Pelletier podía ver la tensión en sus caras.

Se abrió paso entre los grupos de hombres, los cónsules de Carcasona y los principales burgueses de los suburbios comerciales de Sant-Vicens y Sant Miquel, examinando el recinto con su experimentada mirada, sin dejar traslucir que lo estaba haciendo. Varios clérigos y monjes disimulaban su presencia entre las sombras de la pared septentrional, con el rostro medio oculto por las capuchas y las manos escondidas en el interior de las amplias mangas de sus hábitos negros.

Los *chavalièrs* de Carcasona, entre ellos Guilhelm du Mas, aguardaban de pie delante de la colosal chimenea de piedra, que se extendía desde el suelo hasta el techo en el lado opuesto de la estancia. El *escrivan* Jehan Congost, escribano de Trencavel y marido de Oriane, la hija mayor de Pelletier, estaba sentado ante su mesa alta de escritorio, al frente de la sala.

Pelletier se detuvo delante del estrado e hizo una reverencia. Una expresión de alivio recorrió la cara del vizconde Trencavel.

—Disculpadme, *messer*.

—No hay nada que disculpar, Bertran —dijo, haciéndole un gesto para que se le acercara—, puesto que ya estás aquí.

Intercambiaron unas palabras, con las cabezas a muy escasa distancia para que nadie pudiera oír lo que decían, y después, a instancias de Trencavel, Pelletier dio un paso al frente.

—Caballeros —dijo alzando la voz—. Caballeros, os ruego silencio para oír a vuestro señor, Raymond-Roger Trencavel, vizconde de Carcassona, Besièrs y Albí.

Trencavel se adelantó, con las manos abiertas en un gesto de bienvenida. La Gran Sala guardó silencio. Nadie se movió. Nadie habló.

—*Benvenguts*, mis caballeros, mis leales amigos —dijo. Su voz, nítida y firme como el tañido de una campana, delataba su juventud—. *Benvenguts a Carcassona*. Gracias por vuestra paciencia y por vuestra presencia. Os estoy agradecido a todos.

Pelletier recorrió con la mirada el mar de rostros, intentando calibrar el estado de ánimo colectivo. Veía curiosidad, entusiasmo, ambición y nerviosismo, y comprendía cada una de esas emociones. Mientras no supieran para qué los habían convocado ni —más importante aún— lo que Trencavel quería de ellos, ninguno sabría cómo comportarse.

—Es mi ferviente deseo —prosiguió Trencavel— que el torneo y la fiesta se celebren a final de este mes, tal como estaba previsto. Sin embargo, hoy hemos recibido una información tan grave y de tan importantes consecuencias que creo oportuno compartirla con vosotros. Porque nos afecta a todos.

»En atención a quienes no estuvieron presentes en nuestro último Consejo, permitidme que os recuerde cómo está la situación. Hace un año, por Pascua, contrariado por el fracaso de sus legados y predicadores en su intento de persuadir a los hombres libres de estas tierras para que rindieran pleitesía a la Iglesia de Roma, el papa Inocencio III predicó una cruzada para liberar a la cristiandad de lo que él llamó «el cáncer de la herejía», que a su entender se extendía sin coto por el Pays d'Òc.

»Para él, los pretendidos herejes, los *bons homes*, eran peores que los mismísimos sarracenos. Sin embargo, su prédica apasionada y retórica cayó en oídos sordos. El rey de Francia no se inmutó. Los apoyos tardaron en llegar.

»El objeto de su veneno era mi tío, Raymond VI, conde de Tolosa. De hecho, las acciones intemperantes de los hombres de mi tío, implicados en la muerte de Pedro de Castelnau, el legado papal, fueron el motivo de que su santidad fijara su atención en el Pays d'Òc desde un principio. Mi tío fue acusado de tolerar la expansión de la herejía en sus dominios e, implícitamente, en los nuestros. —Trencavel dudó y en seguida se corrigió—. No, no de tolerar la herejía, sino de incitar a los *bons homes* a buscar refugio en sus dominios.

Un monje de aspecto ascético y combativo, que estaba de pie cerca del estrado, levantó la mano para pedir la palabra.

—Hermano —dijo rápidamente Trencavel—, te ruego que tengas un poco más de paciencia. Cuando haya concluido lo que tengo que decir, todos tendréis ocasión de hablar. Entonces llegará la hora del debate.

Con una mueca de disgusto, el monje dejó caer el brazo.

—La frontera entre la tolerancia y la incitación es muy tenue amigos míos —prosiguió en tono sereno. Pelletier hizo un gesto de silenciosa aprobación, aplaudiendo para sus adentros su astuto manejo de la situación—. Por mi parte, si bien estaba dispuesto a reconocer que mi tío no tiene precisamente fama de piadoso —Trencavel hizo una pausa, dejando que la implícita crítica calara en su audiencia—, y aunque aceptaba que su conducta no estaba más allá de todo reproche, consideré que no nos correspondía a nosotros juzgar sus yerros o sus aciertos. —Sonrió—.

¡Que discutieran los curas de teología y nos dejaran en paz a los demás!

Hizo una pausa. Su rostro se ensombreció. Su voz perdió toda la luz.

—No era la primera vez que la independencia y la soberanía de nuestras tierras se veían amenazadas por invasores del norte. No pensé que fuera a derivarse nada de ello. No podía creer que fuera a derramarse sangre cristiana, en suelo cristiano, con la bendición de la Iglesia católica.

»Mi tío, en Tolosa, no compartía mi optimismo. Desde el principio creyó que la amenaza de la invasión era real. Para proteger su tierra y su soberanía, nos ofreció una alianza. Mi respuesta, como recordaréis, fue que nosotros, los del Pays d'Òc, vivimos en paz con nuestros vecinos, ya sean *bons homes*, judíos o incluso sarracenos. Si acatan nuestras leyes, si respetan nuestras costumbres y tradiciones, entonces son de los nuestros. Fue mi respuesta entonces. —Hizo una pausa—. Y habría seguido siendo mi respuesta ahora.

Pelletier asintió con un gesto, mientras observaba la oleada de aprobación que se extendía por la Gran Sala, alcanzando incluso a obispos y sacerdotes. Sólo el monje solitario de antes, dominico a juzgar por su hábito, pareció inconmovible.

—Nuestras interpretaciones de lo que es la tolerancia son diferentes —murmuró con su marcado acento español.

Desde más atrás, resonó otra voz.

—Disculpadme, *messer*, pero todo eso ya lo sabemos. Son noticias viejas. ¿Qué ha ocurrido ahora? ¿Por qué hemos sido convocados al Consejo?

Pelletier reconoció el tono arrogante y cansino del más pendenciero de los cinco hijos de Berengier de Massabrac, y habría intervenido de no haber sentido la mano del vizconde apoyada en su brazo.

—Thierry de Massabrac —dijo Trencavel, en tono engañosamente benevolente—, agradecemos tu pregunta. Has de tener en cuenta, sin embargo, que algunos de los presentes no dominamos tan bien como tú los complejos caminos de la diplomacia.

Varios hombres se echaron a reír y a Thierry se le encendieron las mejillas.

—Pero haces bien en preguntar. Os he convocado hoy aquí porque la situación ha cambiado.

Aunque nadie habló, el ambiente de la Gran Sala se transformó. Si el vizconde advirtió el aumento de la tensión, no lo dejó traslucir y en cambio siguió hablando en el mismo tono de confiada autoridad, como notó Pelletier con gran satisfacción.

—Esta mañana recibimos la noticia de que la amenaza del ejército del norte es más contundente e inmediata de lo que creíamos. La Hueste, *la Ost*, como se hace llamar esa tropa impía, se congregó en Lyon para la fiesta de San Juan Bautista. Calculamos que unos veinte mil *chavalièrs* inundaron la ciudad, acompañados por quién sabe cuántos miles de escuderos, mozos, palafreneros, carpinteros, clérigos y herreros. La Hueste ha partido de Lyon encabezada por ese lobo blanco de Arnald-Amalric, el abad de Cîteaux. —Hizo una pausa y recorrió con la mirada la sala.

—Ya sé que su nombre se hincará como un puñal en el corazón de muchos de vosotros —prosiguió.

Pelletier vio que los señores más ancianos hacían gestos afirmativos.

—Con él están los arzobispos católicos de Reims, Sens y Rouen, así como los obispos de Autun, Clermont, Nevers, Bayeux, Chartres y Lisieux. En cuanto al poder temporal, aunque el rey Felipe de Francia no ha prestado oídos a la convocatoria, ni ha permitido que su hijo acuda en su lugar, muchos de los barones y príncipes más poderosos del Norte han respondido al llamamiento. Congost, por favor.

Al oír su nombre, el *escrivan* depositó ostentosamente la pluma sobre la mesa. El pelo lacio le caía a ambos lados de la cara. Su piel blanca y esponjosa era casi traslúcida, por toda una vida transcurrida en interiores. Congost convirtió en aparatosa exhibición el simple hecho de agacharse y buscar en su enorme bolsa de cuero un rollo de pergamino que pareció cobrar vida propia entre sus manos sudorosas.

—¡Vamos, hombre! —masculló Pelletier entre dientes.

Congost hinchó el pecho y se aclaró varias veces la garganta, antes de proceder finalmente a dar lectura al documento.

—Eudes, duque de Borgoña; Hervé, conde de Nevers; el conde de Sant Pol; el conde de Auvernia; Pierre de Auxerre; Hervé de Ginebra; Guy d'Evreux; Gaucher de Châtillon; Simón de Montfort...

La voz de Congost era chillona e inexpresiva, pero cada nombre parecía caer como una piedra en un pozo seco, reverberando por toda la sala. Eran enemigos poderosos, influyentes barones del norte y del este, con recursos, dinero y hombres a su disposición. Eran adversarios temibles, que era preciso tener en cuenta.

Poco a poco, fueron cobrando forma las dimensiones y la naturaleza del ejército que se estaba concentrando contra el sur. Incluso Pelletier, que ya había leído la lista en silencio, sintió que un estremecimiento le recorría la espalda.

Se extendió por la estancia un rumor bajo y continuado: sorpresa, ira y escepticismo. Pelletier distinguió al obispo cátaro de Carcasona. Estaba escuchando con atención, con el rostro inexpresivo, rodeado de varios destacados sacerdotes cátaros, los llamados *parfaits*. Después, la aguda mirada del senescal localizó la expresión acongojada de Berengier de Rochefort, el obispo católico de Carcasona, semioculta bajo una capucha; estaba de pie en el lado opuesto de la Gran Sala, con los brazos cruzados, flanqueado por los sacerdotes de la catedral de Sant Nazari y otros de Sant Sarnin.

Pelletier confiaba en que, al menos de momento, Rochefort se mantuviera fiel al vizconde Trencavel y no al papa. Pero ¿por cuánto tiempo? Un hombre con la lealtad dividida no era digno de confianza. Iba a cambiar de bando, tan cierto como que el sol salía por el este y se ponía por el oeste. Pelletier se preguntó —y no era la primera vez que lo hacía— si no hubiese sido aconsejable despedir en ese momento a los clérigos, para que no oyeran nada que luego se sintieran obligados a referir a sus superiores.

—¡Podemos hacerles frente, no importa cuántos sean! —se oyó gritar al fondo—. ¡Carcassona es inexpugnable!

—¡También lo es Lastours! —exclamó otro.

Al momento hubo voces procedentes de todos los rincones de la Gran Sala, reverberando sobre cada una de sus superficies, como truenos atrapados en los valles y barrancos de la Montagne Noire.

—¡Que vengan a las colinas! —aulló un tercero—. ¡Les enseñaremos lo que es luchar!

Levantando una mano, Raymond-Roger agradeció con una sonrisa el apoyo demostrado.

—Caballeros, amigos —dijo, casi gritando para hacerse oír—, gracias por vuestro coraje y vuestra lealtad inquebrantable. —Hizo una pausa, esperando a que se disipara el alboroto—. Esos hombres del norte no nos deben ninguna fidelidad, ni nosotros a ellos, más allá de los vínculos que unen a todos los hombres de este mundo bajo Dios nuestro Señor. Sin embargo, de quien no esperaba traición es de alguien que por todos los lazos de obligación, familia y deber tendría que proteger nuestras tierras y a nuestra gente. Me refiero a mi tío y señor, Raymond, conde de Tolosa.

Un pesado silencio descendió sobre la asamblea.

—Hace unas semanas, me llegó la noticia de que mi tío se había sometido a un ritual tan humillante que me avergüenza hablar de ello. Pedí que fueran comprobados los rumores. Han resultado ser ciertos. En la gran catedral de Saint Gile, en presencia del legado del papa, el conde de Tolosa ha sido recibido de nuevo en el seno de la Iglesia católica. Desnudo de cintura para arriba, con la soga de penitente en torno al cuello, fue azotado por los sacerdotes, mientras se arrastraba de rodillas implorando perdón.

Trencavel hizo una breve pausa, esperando a que sus palabras surtieran efecto.

—Mediante esa vil degradación, fue recibido una vez más en el seno de la Santa Madre Iglesia. —Un murmullo de desprecio se extendió por el Consejo—. Pero hay más, amigos míos. No me cabe duda de que su ignominiosa actuación tenía por objeto demostrar la fortaleza de su fe y su oposición a la herejía. Sin embargo, parece que ni siquiera así ha podido evitar el peligro que él sabía próximo. Ha cedido el control de sus dominios a los legados del papa. Lo que he sabido hoy... —Hizo una pausa—. Lo que he sabido hoy es que Raymond, conde de Tolosa, se encuentra en Valença, a menos de una semana de marcha de aquí, con varios cientos de sus hombres. Solamente aguarda una orden para conducir a los invasores del norte a través del río, en Belcaire, hacia nuestras tierras. —Se detuvo una vez más—. Trae consigo la cruz de los cruzados. Caballeros, piensa marchar contra nosotros.

Finalmente, la sala estalló en gritos indignados.

—¡Silencio! —aulló Pelletier hasta quedarse sin voz, intentando en vano poner orden en el caos—. ¡Silencio, os lo ruego! ¡Silencio!

Fue una batalla desigual, una sola voz contra tantas otras.

El vizconde se adelantó hasta el borde del estrado, colocándose directamente bajo el escudo de armas de los Trencavel. Tenía las mejillas encendidas, pero sus ojos brillaban con la luz de la batalla y su rostro irradiaba desafiante bravura. Extendió los brazos abiertos, como para abarcar la sala entera y a todos cuantos estaban en ella. El gesto los hizo callar.

—Ahora me presento ante vosotros, mis amigos y aliados, con el antiguo espíritu del honor y la lealtad que a todos nos une, para pedir vuestro consejo. A los hombres del Mediodía sólo nos quedan dos caminos y muy poco tiempo para decidir cuál de los dos hemos de tomar. La pregunta es ésta. *Per Carcassona, per lo Miègjorn*, ¿qué hemos de hacer? ¿Someternos o luchar?

Cuando Trencavel volvió a sentarse en su sitial, agotado por el esfuerzo, el ruido en la Gran Sala, a su alrededor, volvió a hacerse ensordecedor.

Pelletier no pudo contenerse. Se inclinó hacia adelante y apoyó una mano sobre el hombro del joven.

—Bien dicho, *messer* —dijo en tono sereno—. ¡Con cuánta nobleza habéis obrado, mi señor!

CAPÍTULO 7

Durante horas, el debate arreció. Los criados iban y venían a toda prisa, llevando cestas de pan y de uvas, bandejas de carne y queso blanco, y llenando y rellenando interminablemente grandes jarras de vino. Nadie comía mucho, pero todos bebían, lo cual encendía su ira y nublaba su juicio.

El mundo fuera del Château Comtal seguía su marcha habitual. Las campanas de las iglesias marcaban las horas de las plegarias. Los monjes cantaban y las monjas oraban entre los muros de Sant Nazari. En las calles de Carcasona, los burgueses se ocupaban de sus asuntos, y en los suburbios y caseríos del otro lado de las murallas, los niños jugaban, las mujeres trabajaban y los mercaderes, labradores y artesanos comían y jugaban a los dados.

Dentro de la Gran Sala, la argumentación razonada empezaba a ceder el paso a los insultos y las recriminaciones. Una facción quería plantar cara. Otra se inclinaba a favor de una alianza con el conde de Toulouse, aduciendo que, de ser correcto el cálculo de las fuerzas congregadas en Lyon, ni siquiera todas sus fuerzas combinadas iban a ser suficientes para hacer frente a tamaño enemigo.

Todos los hombres oían los tambores de la guerra resonando en su cabeza. Algunos imaginaban el honor y la gloria en el campo de batalla, y el entrechocar del acero. Otros veían las colinas y las llanuras cubiertas de sangre y un interminable río de heridos y desposeídos, derrotados, recorriendo trabajosamente una tierra en llamas.

Pelletier iba y venía incansable por la estancia, buscando signos de disensión u oposición, o de desafío a la autoridad del vizconde. Nada de lo que vio le ofreció un motivo real de preocupación. Consideraba que su señor había hecho lo suficiente para asegurarse la lealtad de todos y esperaba que los señores del Pays d'Òc, al margen de sus intereses personales, hicieran causa común con el vizconde de Trencavel, cualquiera que fuese la decisión que éste finalmente tomara.

Las líneas entre ambas facciones estaban trazadas más por criterios geográficos que ideológicos. Los que tenían sus tierras en las llanuras más vulnerables se inclinaban por las negociaciones, mientras que aquellos cuyos dominios se encontraban en las altas laderas de la Montagne Noire, al norte, o en las montañas del Sabarthès y los Pirineos, al sur y al oeste, preferían oponerse con firmeza a la Hueste y luchar.

Pelletier sabía que el corazón del vizconde Trencavel estaba con estos últimos. Estaba hecho de la misma pasta que los señores de las montañas y compartía su fiera independencia de espíritu. Pero el senescal también sabía que la cabeza de Trencavel le estaba diciendo que su única oportunidad de conservar intactos sus dominios y proteger a su gente era tragarse el orgullo y negociar.

A última hora de la tarde, la estancia olía a frustración y las discusiones se habían estancado. Pelletier estaba agotado. Estaba harto de escuchar cómo los demás removían viejas rencillas y repetían una y otra vez frases altisonantes sin llegar a nada. Le dolía la cabeza. Se sentía rígido y viejo, demasiado viejo para todo aquello, según pensó mientras hacía girar el anillo que siempre llevaba en el pulgar, consiguiendo que se le enrojeciera la piel callosa de debajo.

Era hora de llegar a una conclusión.

Envió a un criado a buscar agua, mojó un cuadrado de lienzo en la jarra y se lo dio al vizconde.

—Aquí tenéis, *messer* —dijo.

Trencavel cogió agradecido el paño y se refrescó con él la frente y el cuello.

—¿Crees que les hemos concedido suficiente tiempo?

—Así lo creo, *messer* —replicó Pelletier.

Trencavel asintió. Estaba sentado con las manos firmemente apoyadas sobre los apoyabrazos de madera labrada de la silla, con un aspecto tan sereno como el que tenía al principio de la asamblea, cuando se había puesto en pie para dirigirse al Consejo. A muchos hombres mayores y con más experiencia les habría costado mantener el control de una reunión como aquélla, pensó Pelletier. La fortaleza de su carácter le daba el valor de seguir hasta el final.

—¿Está todo tal como hemos hablado antes, *messer*?

—Así es —respondió Trencavel—. Aunque no todos coinciden, creo que la minoría aceptará los deseos de la mayoría en este... —Hizo una pausa, y por primera vez una nota de indecisión, o quizá de tristeza, tiñó sus palabras—. Pero, Bertran, me gustaría que hubiera otro modo.

—Lo sé, *messer* —dijo suavemente el senescal—. A mí me pasa igual. Pero por mucho que nos duela, no hay otra opción. Vuestra única esperanza de proteger a vuestro pueblo es negociar una tregua con vuestro tío.

—Quizá se niegue a recibirme, Bertran —dijo en voz baja—. La última vez que nos vimos, dije cosas que no hubiese debido decir. Nos despedimos de malos modos.

Pelletier apoyó una mano sobre el brazo de Trencavel.

—Es un riesgo que tendremos que correr —repuso, aunque compartía la misma preocupación—. El tiempo ha pasado desde entonces. Los hechos de este asunto hablan por sí mismos. Si la Hueste realmente es tan grande como dicen, e incluso si es la mitad de grande de lo que cuentan, no tenemos más alternativa. Dentro de la Cité estaremos a salvo, pero ¿qué hay de vuestra gente fuera de las murallas? ¿Quién la protegerá? La decisión del conde de sumarse a la cruzada ha hecho de nosotros, o mejor dicho, ha hecho de vos, *messer*, el único blanco posible de los ataques. La Hueste no se disolverá ahora. Necesita un enemigo contra el cual luchar.

Pelletier bajó la vista hacia el rostro atormentado de Raymond-Roger y vio pesadumbre y dolor. Hubiese querido ofrecerle algún consuelo, decirle algo, cualquier cosa, pero no podía. Cualquier flaqueza de ánimo en ese instante habría sido fatal. No podía haber debilidad, no podía haber dudas. De la decisión de Trencavel dependía mucho más de lo que el joven vizconde podía imaginar.

—Habéis hecho todo lo que habéis podido, *messer*. Debéis permanecer firme. Tenéis que poner fin a esto. Los hombres empiezan a inquietarse.

Trencavel miró el escudo de armas por encima de su cabeza y una vez más volvió la vista hacia Pelletier. Por un momento, se sostuvieron las respectivas miradas.

—Llama a Congost —dijo.

Con un profundo suspiro de alivio, Pelletier se acercó rápidamente al escritorio donde estaba sentado el *escrivan*, masajeándose los rígidos dedos. Como accionado por un muelle, Congost levantó la cabeza, pero no dijo nada, mientras empuñaba la pluma y se erguía para dejar constancia de la decisión final del Consejo.

Por última vez, Raymond-Roger se puso en pie.

—Antes de anunciar mi decisión, debo daros las gracias a todos. Señores de Carcassès, Razès y Albigeois, y de los dominios más lejanos, reconozco vuestra fortaleza, firmeza y lealtad. Hemos hablado durante muchas horas y habéis hecho gala de gran paciencia y ánimo. No tenemos nada que reprocharnos. Somos las víctimas inocentes de una guerra que no hemos buscado. Algunos de vosotros quedaréis decepcionados por lo que voy a decir, y otros, complacidos. Ruego para que todos encontremos el valor, con la ayuda y la gracia de Dios, de permanecer unidos.

Asumió una postura más erguida.

—Por el bien de todos nosotros, y por la seguridad de nuestra gente, pediré audiencia con mi tío y señor, Raymond, conde de Tolosa. No podemos saber lo que saldrá de esto. Ni siquiera es seguro que me reciba, y el tiempo no corre a nuestro favor. Por lo tanto, es importante disimular nuestras intenciones. Los rumores se difunden con rapidez, y si algo de nuestros propósitos llegara a oídos de mi tío, nuestra posición en la negociación se vería debilitada. Así pues, los preparativos para el torneo proseguirán tal como estaba previsto. Me propongo regresar mucho antes de la fiesta del santo, espero que con buenas noticias.

Hizo una pausa.

—Mi intención es partir mañana, con la primera luz del alba, llevando conmigo sólo una pequeña comitiva de *chavalièrs* y algunos representantes, con vuestro permiso, de la gran casa de Cabaret y de las de Minerve, Foix, Quilhan...

—¡Mi espada es vuestra, *messer*! —exclamó un *chavalièr*.

—¡Y la mía! —gritó otro.

Uno a uno, los hombres fueron poniéndose de rodillas por toda la sala.

Sonriendo, Trencavel levantó una mano.

—Vuestro coraje y valor nos honra a todos —dijo—. Mi ayudante informará a aquellos cuyos servicios serán requeridos. Ahora, amigos míos, me despido de vosotros. Os sugiero que volváis a vuestras habitaciones y descanséis. Nos reuniremos para cenar.

En la conmoción que acompañó la salida del vizconde Trencavel de la Gran Sala, nadie reparó en una figura solitaria, cubierta por una larga capa azul con capucha, que se deslizaba entre las sombras y salía furtivamente por la puerta.

CAPÍTULO 8

Hacía mucho que las campanas de vísperas habían callado, cuando finalmente Pelletier emergió de la torre Pinta.

Sintiendo cada uno de sus cincuenta y dos años, apartó la cortina y volvió a la Gran Sala. Se frotó las sienes con manos cansadas, intentando aliviar el dolor palpitante y persistente en su cabeza.

El vizconde Trencavel había pasado todo el tiempo desde el final del Consejo en compañía del más poderoso de sus aliados, debatiendo el mejor modo de abordar al conde de Toulouse. Habían hablado durante horas. Una a una, se habían tomado decisiones y los mensajeros habían partido al galope del Château Comtal, llevando misivas no sólo para Raymond VI, sino para los legados papales, el abad de Cîteaux y los cónsules y vegueros de Trencavel en Béziers. Los *chavalièrs* elegidos para acompañar al vizconde habían sido informados. En los establos y la herrería, los preparativos habían empezado y continuarían toda la noche.

Un silencio contenido pero expectante llenaba la estancia. Debido a la temprana hora de la partida, al día siguiente, el banquete previsto había sido sustituido por una cena más informal. Se habían instalado largas mesas sobre caballetes, sin manteles, en filas dispuestas de norte a sur a través de la sala. Unas velas parpadeaban con tenue luz en el centro de cada mesa. En los candelabros de las altas paredes, las antorchas ardían ferozmente, agitando las sombras en animada danza.

Al otro lado de la sala, los criados entraban y salían con manjares más suculentos que ceremoniosos. Carne de venado, muslos de pollo, cuencos de barro llenos de alubias y embutidos, pan blanco recién horneado, rojas ciruelas guisadas en miel, vino rosado de los viñedos de Corbières y jarras de cerveza para los de cabeza más débil.

Pelletier hizo un gesto aprobador. Estaba complacido. François lo había suplido muy bien en su ausencia. Todo estaba tal como debía estar y el cariz del agasajo era el que los huéspedes del vizconde Trencavel tenían derecho a esperar.

François era un buen criado, pese a su desdichado comienzo en la vida. Era hijo de padre desconocido. Su madre había estado al servicio de Marguerite, la esposa francesa de Pelletier, pero había sido ahorcada por ladrona cuando François aún era un niño. A la muerte de Marguerite, nueve años atrás, Pelletier se había hecho cargo de François, le había enseñado y le había dado una posición. De vez en cuando se permitía sentir satisfacción por lo bueno que había resultado el muchacho.

El senescal salió a la plaza de armas. El aire fresco le hizo demorarse un momento en la puerta. Alrededor del pozo había niños jugando, que, cuando sus bulliciosos juegos se volvían demasiado vehementes, se ganaban de tanto en tanto algún coscorrón de sus cuidadoras. Las niñas mayores paseaban del brazo a la luz tenue del crepúsculo, hablando y contándose sus secretos entre susurros.

Al principio, Pelletier no reparó en el niño de cabellos oscuros, sentado contra el muro, al lado de la capilla, con las piernas cruzadas.

—*Messer, messer!* —gritó el muchacho, poniéndose en pie con dificultad—. Tengo algo para vos.

El senescal no le prestó atención.

—*Messer* —insistió el chico, tironeándole de la manga para llamar su atención—. ¡Señor senescal, por favor! Es importante.

Sintió que le ponía algo entre las manos. Bajó la vista y vio que era una carta escrita en grueso pergamino color crema. Le dio un vuelco el corazón. Por fuera se leía su nombre, trazado con una escritura familiar e inconfundible que Pelletier nunca habría esperado volver a ver.

El senescal agarró al chico por el cuello.

—¿De dónde has sacado esto? —le preguntó, sacudiéndolo con fuerza—. ¡Habla!

El niño se agitaba como un pez en el extremo de un sedal, intentando soltarse.

—¡Dímelo! ¡Rápido, ahora mismo!

—Me lo ha dado un hombre en la puerta —gimió el chico—. No me hagáis daño. No he hecho nada malo.

Pelletier lo sacudió con más violencia aún.

—¿Qué clase de hombre?

—Un hombre cualquiera.

—Tendrás que decirme algo más que eso —repuso secamente el senescal, subiendo el tono de voz—. Hay una moneda para ti si me dices lo que quiero saber. ¿Era joven? ¿Viejo? ¿Era soldado? —Hizo una pausa—. ¿Judío?

Pelletier fue enlazando pregunta tras pregunta, hasta arrancarle al muchacho toda la información que podía darle. No era mucha. Pons, que así se llamaba el niño, le dijo que estaba jugando con sus amigos en el foso del Château Comtal, tratando de pasar de un lado al otro del puente sin ser vistos por los guardias. Al atardecer, cuando la luz empezaba a atenuarse, un hombre se les había acercado y les había preguntado si alguno de ellos conocía de vista al senescal Pelletier. Cuando Pons respondió que sí, el hombre le dio una moneda para que le entregara la carta. Le había dicho que era importante y muy urgente.

El hombre no tenía ningún rasgo especial que llamara la atención. Era de edad mediana, ni joven ni viejo. Su tez no era muy oscura, ni particularmente clara. No tenía marcas de viruela ni cicatrices de heridas en la cara. Pons no se había fijado en si llevaba anillo, porque tenía las manos ocultas bajo una capa.

Finalmente, convencido de haber averiguado todo lo posible, Pelletier buscó una moneda en la bolsa y se la dio al chico.

—Aquí tienes. Por la molestia. Ahora vete.

El pequeño no esperó a que se lo dijera dos veces. Se soltó de las manos de Pelletier y corrió tan velozmente como se lo permitieron las piernas.

El senescal volvió a entrar, apretando la carta contra su pecho. Sus ojos no registraban nada ni a nadie, mientras recorría el pasillo hacia sus aposentos.

La puerta estaba cerrada con llave. Maldiciendo su propia precaución, Pelletier luchó un momento con las llaves, con la torpeza propia de la premura. François había encendido los *calelh*, las lámparas de aceite, y le había preparado una bandeja para la noche con una jarra de vino y dos vasos de barro sobre la mesa, en el centro de la habitación, como hacía siempre. La bruñida superficie de latón de la bandeja resplandecía bajo la luz dorada y parpadeante.

Pelletier se sirvió un poco de vino para serenarse, con la cabeza llena de imágenes polvorientas, recuerdos de Tierra Santa y de las largas sombras rojas del desierto, de los tres libros y del antiguo secreto contenido en sus páginas.

El áspero vino le supo agrio en el paladar y le golpeó la garganta como un aguijón. Se lo bebió de un trago y volvió a llenar el vaso. Muchas veces había intentado imaginar qué experimentaría en ese momento. Y ahora que finalmente había llegado, se sentía aturdido.

Se sentó y colocó la carta sobre la mesa, entre sus manos extendidas. Conocía su contenido. Era el mensaje que había estado esperando y temiendo durante muchos años, desde su llegada a Carcasona. En aquella época, las tolerantes y prósperas tierras del Mediodía le parecieron un sitio seguro donde ocultarse.

Con el tiempo, a medida que una estación se transformaba en otra y ésta en la siguiente, las expectativas de Pelletier de ser convocado se fueron disipando. La vida cotidiana se impuso. El recuerdo de los libros se borró de su mente. Al final, casi había olvidado que estaba esperando.

Habían pasado más de veinte años desde la última vez que vio al autor de la carta. Se dio cuenta de que hasta ese momento no había sabido siquiera si su maestro y mentor aún continuaba con vida. Harif le había enseñado a leer a la sombra de los bosquecillos de olivos, en las colinas de las afueras de Jerusalén. Le había abierto los sentidos a un mundo más glorioso y magnífico que todo lo que Pelletier hubiera conocido hasta entonces. Harif le había enseñado que sarracenos, judíos y cristianos seguían diferentes caminos hacia el único Dios. Y le había revelado que más allá de todo lo conocido había una verdad mucho más antigua, mucho más atávica y absoluta que cualquiera de las cosas que el mundo moderno pudiera ofrecer.

La noche de su iniciación en la *Noublesso de los Seres* persistía tan clara y nítida en su memoria como la noche anterior: las reverberantes túnicas doradas y el blanquísimo paño del altar, resplandeciente como las torres de las fortalezas que relucían en lo alto de los montes de Alepo, entre cipreses y naranjales; el aroma del incienso, la modulación de las voces que susurraban en la oscuridad; la iluminación.

Esa noche, hacía ya toda una vida, o al menos así se lo parecía a Pelletier, miró al corazón del laberinto y juró proteger el secreto con su vida.

Atrajo hacia sí la vela. Incluso sin la autenticación del sello, no habría dudado de que la carta era de Harif. Habría reconocido su letra en cualquier parte: la distintiva elegancia del trazo y las proporciones exactas de la escritura.

Sacudió la cabeza, intentando eludir recuerdos que amenazaban con abrumarlo. Inspiró profundamente y deslizó su cuchillo bajo el sello. La cera se quebró y la carta se abrió con un suave chasquido. El senescal alisó el pergamino.

La misiva era breve. En la cabecera de la hoja estaban los signos que Pelletier recordaba haber visto en las amarillas paredes de la cueva del laberinto, en las colinas de las afueras de la Ciudad Santa. Escritos en la antigua lengua de los antepasados de Harif, no significaban nada, excepto para los iniciados en la *Noublesso*.

Al comienzo del tiempo

en la tierra de Egipto

el maestro de los secretos

otorgó la palabra y la escritura

Pelletier leyó las palabras en voz alta, sintiéndose reconfortado por su sonido familiar, antes de prestar atención a la carta de Harif.

Fraire:

Ha llegado el momento. La oscuridad está llegando a estas tierras. Hay perversidad en el aire y la maldad destruirá y corromperá todo lo que es bueno. Los textos ya no están a salvo en las llanuras del Pays d'Òc. Ha llegado el momento de volver a unir la Trilogía. Tu hermano te aguarda en Besièrs; tu hermana, en Carcassona. A ti te corresponde llevar los libros a un lugar más seguro.

Date prisa. Los pasos estivales a Navarra estarán cerrados para Todos los Santos, quizá antes si la nieve se adelanta. Te espero para la Natividad.

Pas a pas, se va luènh.

La silla crujió cuando Pelletier se recostó en el respaldo. Era lo que esperaba, ni más ni menos. Las instrucciones de Harif eran claras. No le pedía a Pelletier más de lo que éste se había comprometido a dar. Aun así, se sentía como si le hubieran succionado el alma del interior del cuerpo, dejando en su lugar un espacio hueco.

Había prestado voluntariamente el juramento de custodiar los libros, pero lo había hecho en las sencillas circunstancias de la juventud. Ahora, al final de la madurez, todo era más complicado. Se había construido una vida diferente en Carcasona. Tenía otras lealtades, otras personas a quienes amaba y servía.

Sólo ahora se daba cuenta de lo muy profundamente convencido que había estado de que el momento de cumplir su promesa no iba a llegar nunca, de que nunca iba a verse obligado a elegir entre sus responsabilidades y su fidelidad al vizconde Trencavel y su obligación para con la *Noublesso*.

Volvió a leer la carta, rezando para que se le revelara una solución. Esta vez, ciertas palabras, ciertas frases destacaron: «*Tu hermano te aguarda en Besièrs*».

Harif sólo podía referirse a Siméon. Pero, ¿en Béziers? Pelletier se llevó el vaso a los labios y bebió, sin percibir el sabor. Era muy extraño que el recuerdo de Siméon le hubiese asaltado tan poderosamente ese mismo día, después de tantos años de ausencia.

¿Giro del destino? ¿Fruto del azar? Pelletier no creía en ninguno de los dos. ¿Cómo explicar entonces el pavor que había sentido cuando Alaïs le describió el cuerpo del hombre asesinado que había hallado en aguas del Aude? No había razón para creer que fuera Siméon y, sin embargo, por un momento lo había creído con certeza.

Y: «*tu hermana, en Carcassona*».

Intrigado, Pelletier trazó un dibujo con el dedo en la superficie clara del polvo que cubría la mesa. Un laberinto.

¿Habría designado Harif a una mujer como guardiana? ¿Habría estado ella en Carcasona todo ese tiempo, delante de sus propios ojos? Sacudió la cabeza. Imposible.

CAPÍTULO 9

Alaïs estaba junto a la ventana, esperando el regreso de Guilhelm. El cielo sobre Carcasona, de un azul aterciopelado y profundo, extendía un suave manto sobre el paisaje. El seco viento nocturno del norte, el *cers*, soplaba suavemente desde las montañas, haciendo murmurar las hojas de los árboles y los juncos a orillas del Aude y trayendo consigo la promesa de un aire más fresco.

Diminutos puntos de luz brillaban en Sant Miquel y Sant-Vicens. Las calles empedradas de la Cité estaban animadas con gente comiendo y bebiendo, narrando historias y cantando canciones de amor, coraje y dolor. A la vuelta de la esquina de la plaza Mayor, ardía aún el fuego de la forja.

«Esperando. Siempre esperando.»

Alaïs se había frotado los dientes con hierbas, para blanquearlos, y se había cosido una bolsita de nomeolvides al escote del vestido, para perfumarse. La alcoba estaba llena del dulce aroma del braserillo donde había quemado lavanda.

Hacía cierto tiempo que el Consejo había terminado y desde entonces Alaïs esperaba que Guilhelm subiera, o al menos le hiciera llegar un mensaje. Fragmentos de conversación le llegaban flotando desde la plaza, como penachos de humo. Brevemente divisó a Jehan Congost, el marido de su hermana, que se deslizaba por la plaza de armas. Contó siete u ocho *chavalièrs* de la casa, con sus escuderos, andando a paso decidido hacia la herrería. Poco antes había visto a su padre regañando a un muchachito que holgazaneaba cerca de la capilla.

Ni rastro de Guilhelm.

Alaïs suspiró, contrariada por haberse quedado encerrada en su habitación inútilmente. Volvió la vista hacia la alcoba y comenzó a ir y venir de la mesa a la silla, con los dedos inquietos en busca de algo en que ocuparse. Se detuvo delante del telar y se quedó mirando el pequeño tapiz que estaba haciendo para *dòmna* Agnès, un complicado bestiario de salvajes criaturas de largas colas que subían por los muros de un castillo, arrastrándose o trepando. Por lo general, cuando el mal tiempo o sus obligaciones en la casa la mantenían confinada en su habitación, Alaïs se distraía con la delicada labor.

Esa noche no consiguió hacer nada. Las agujas estaban intactas en el bastidor y la madeja que le había regalado Sajhë yacía al lado, sin abrir. Las pociones que antes había preparado con la angélica y la consuelda estaban pulcramente etiquetadas y alineadas sobre un estante de madera, en la parte más fresca y oscura de la estancia. Le había dado tantas vueltas a la tabla de queso para examinarla, que su sola vista empezaba a hastiarla y ya le dolían los dedos de tanto repasar con las yemas el dibujo del laberinto. Esperando, esperando.

—*Es totjorn lo meseis* —murmuró. Siempre lo mismo.

Se acercó al espejo y contempló su reflejo. Le devolvió la mirada una carita de expresión seria, en forma de corazón, con inteligentes ojos castaños y pálidas mejillas, ni corriente ni hermosa. Alaïs se ajustó la línea del cuello del vestido, como había visto hacer a otras chicas, para hacerlo parecer más a la moda. Quizá si le cosiera una pieza de encaje en...

Un golpe seco en la puerta interrumpió sus pensamientos.

Perfin. Por fin.

—Estoy aquí —respondió.

Se abrió la puerta. La sonrisa se desprendió de su rostro.

—François. ¿Qué quieres?

—El señor senescal requiere vuestra presencia, *dòmna*.

—¿A esta hora?

François desplazó torpemente el peso del cuerpo de un pie al otro.

—Os está esperando en su habitación. Creo que tiene cierta prisa, Alaïs.

Ella lo miró, sorprendida de que la llamara por su nombre. No recordaba que hubiese cometido nunca ese error.

—¿Ocurre algo? —preguntó rápidamente—. ¿No se siente bien mi padre?

François titubeó.

—Está muy... preocupado, *dòmna*. Vuestra compañía lo alegrará.

La joven suspiró.

—Está visto que hoy nada me sale bien.

El criado pareció asombrado.

—*Dòmna?*

—No me hagas caso, François. Es sólo que esta noche estoy de mal humor. Claro que iré, si mi padre lo desea. ¿Vamos?

En otra alcoba, en el extremo opuesto de la parte del castillo reservada a los aposentos de sus habitantes, Oriane estaba sentada en su cama, con las largas y bien torneadas piernas recogidas bajo el cuerpo.

Tenía los ojos verdes entrecerrados, como un gato. En su rostro había una sonrisa autocomplaciente, mientras se dejaba pasar el peine a través de la cascada de rizos negros. De vez en cuando, sentía el ligero contacto, delicado y sugerente, de los dientes de hueso sobre la piel.

—Es muy... sedante —dijo.

A su lado había un hombre de pie. Tenía el torso desnudo y se adivinaba un tenue viso de sudor entre sus hombros anchos y fuertes.

—¿Sedante, *dòmna?* —dijo en tono ligero—. No era ésa mi intención.

La joven sintió en el cuello su aliento caliente, cuando él se inclinó hacia adelante para retirarle el pelo de la cara y depositarlo sobre su espalda en una coleta retorcida.

—Eres preciosa —susurró.

Empezó a masajearle los hombros y el cuello, suavemente al principio y con creciente firmeza después. Oriane dejó caer la cabeza, mientras él repasaba con manos hábiles el contorno de sus pómulos, su nariz y su mentón, como queriendo memorizar sus facciones. De vez en cuando, las manos se deslizaban más abajo, hacia la suave y blanca piel del cuello.

Oriane se llevó una de las manos de él a la boca y le humedeció con la lengua las yemas de los dedos. El hombre la atrajo de espaldas hacia sí. Ella sintió el calor y el peso de su cuerpo y, así comprimida, la prueba de lo mucho que la deseaba. Él la hizo volverse, le separó los labios con los dedos y lentamente comenzó a besarla.

Ella no prestó atención al ruido de pasos en el pasillo, hasta que alguien empezó a aporrear la puerta.

—¡Oriane! —llamó una voz malhumorada y aguda—. ¿Estás ahí?

—¡Es Jehan! —masculló ella entre dientes, abriendo los ojos, más contrariada que alarmada por la interrupción—. ¿No habías dicho que no iba a regresar todavía?

El hombre miró en dirección a la puerta.

—No creí que fuera a volver tan pronto. Cuando me marché, parecía que todavía tuviera para un buen rato con el vizconde. ¿Has cerrado con llave?

—Claro que sí —replicó ella.

—¿No le parecerá raro?

Oriane se encogió de hombros.

—Se guardaría mucho de entrar sin ser invitado. De todos modos, será mejor que te escondas. —Le señaló un pequeño rincón, detrás de un tapiz colgado del otro lado de la cama—. No te preocupes. —Le sonrió al ver la expresión de su rostro—. Me desharé de él tan rápidamente como pueda.

—¿Y cómo vas a hacerlo?

Ella le rodeó el cuello con las manos y lo atrajo hacia sí, lo bastante cerca para hacerle sentir sus pestañas rozándole la piel. Él se agitó contra ella.

—¿Oriane? —chilló Congost, levantando cada vez más la voz—. ¡Abre la puerta ahora mismo!

—Ya lo verás —murmuró ella, inclinándose para besar el torso del hombre y su firme vientre, un poco más abajo—. Ahora debes desaparecer. Ni siquiera alguien como él se avendría a quedarse para siempre en el pasillo.

En cuanto estuvo segura de tener a su amante bien oculto, Oriane se acercó de puntillas a la puerta, giró la llave en el cerrojo sin hacer ruido, volvió corriendo a la cama y arregló las cortinas a su alrededor. Estaba lista para divertirse.

—¡Oriane!

—Esposo mío —contestó ella con afectación—, no hay necesidad de tanto alboroto. Está abierto.

Oriane oyó un forcejeo y la puerta que se abría y cerraba con un golpe. Su marido irrumpió en la habitación. La joven oyó el choque del metal con la madera, cuando él dejó la candela sobre la mesa.

—¿Dónde estás? —dijo con impaciencia—. ¿Y por qué está tan oscuro aquí dentro? No estoy de humor para juegos.

Oriane sonrió. Se recostó sobre las almohadas, para que su marido la viera con las piernas ligeramente separadas y los suaves brazos desnudos levantados en torno a la cabeza. No quería dejar nada librado a su imaginación.

—Aquí estoy, marido.

—La puerta no estaba abierta cuando lo intenté la primera vez —estaba diciendo él en tono irritado mientras descorría las cortinas, pero al verla se quedó sin habla.

—No habrás... empujado... lo suficiente —replicó ella.

Oriane vio cómo la cara de él se volvía blanca y después roja como una manzana. Los ojos se le salían de las órbitas y se quedó boquiabierto, a la vista de sus pechos firmes y rotundos y sus pezones oscuros; su pelo suelto, desplegado en abanico a su alrededor, sobre la almohada, como una masa de retorcidas serpientes; la curva de su cintura, la suave colina de su vientre y el triángulo de encrespado vello negro entre sus muslos.

—¿Qué demonios haces así? —chilló él—. ¡Tápate ahora mismo!

—Estaba durmiendo, esposo mío —explicó ella—. Me has despertado.

—¿Te he despertado? ¿Te he *despertado*? —escupió él—. ¿Estabas durmiendo de esa guisa? ¿Así estabas durmiendo?

—La noche es calurosa, Jehan. ¿Acaso no puedo permitirme dormir como me plazca en la intimidad de mi alcoba?

—Habría podido verte cualquiera. Tu hermana, tu doncella Guiranda. ¡Cualquiera!

Oriane se incorporó lentamente y lo miró con expresión desafiante, mientras enroscaba un mechón de pelo entre los dedos.

—¿Cualquiera? —dijo en tono sarcástico—. He despedido a Guiranda —añadió con serena frialdad—. Ya no necesitaba sus servicios.

La joven notaba que su marido deseaba desesperadamente mirar hacia otro lado, pero no lo conseguía. El deseo y la aversión se mezclaban a partes iguales en su torrente sanguíneo.

—Cualquiera habría podido entrar —dijo una vez más, pero con menos seguridad.

—Sí, supongo que sí. Pero no ha entrado nadie. Excepto tú, mi marido —dijo sonriendo. Tenía la mirada de un animal a punto de atacar—. Y ahora, ya que estás aquí, quizá puedas decirme dónde has estado.

—Sabes bien dónde he estado —replicó él secamente—. En el Consejo.

Ella volvió a sonreír.

—¿En el Consejo? ¿Todo este tiempo? El Consejo se disolvió mucho antes de que cayera la noche.

Congost enrojeció.

—No te corresponde a ti desafiarme.

Oriane entrecerró los ojos.

—¡Por Sainte Foy, qué pomposo eres, Jehan! «No te corresponde a ti...»

La imitación era perfecta y de una crueldad que hizo encogerse de disgusto a ambos.

—¡Vamos, Jehan, cuéntame dónde has estado! —prosiguió ella—. ¿Discutiendo algún *asuntillo* de estado, quizá? ¿O tal vez has estado con una amante, eh, Jehan? ¿Tienes una amante escondida en alguna parte del castillo?

—¿Cómo te atreves a hablarme así? Yo...

—Otros maridos cuentan a sus esposas dónde han estado. ¿Por qué tú no? ¿No será tal vez, como digo, que tienes una buena razón para no hacerlo?

Para entonces, Congost estaba gritando.

—¡Esos otros maridos deberían aprender a tener la boca cerrada! ¡Sus asuntos no son cosa de mujeres!

Oriane se desplazó lentamente hacia él, a través de la cama.

—No son cosa de mujeres —repitió—. ¿Eso crees?

Su voz era grave y cargada de rencor. Congost sabía que estaba jugando con él, pero no entendía las reglas del juego. Nunca las había entendido.

Oriane extendió sorpresivamente una mano y apretó el bulto revelador debajo de su túnica. Con satisfacción, vio pánico y estupor en sus ojos, cuando ella empezó a mover la mano arriba y abajo.

—¿Y bien, esposo mío? —dijo con desprecio—. Dime qué asuntos consideras que son cosa de mujeres. ¿El amor? —preguntó, apretando con más fuerza—. ¿Esto? ¿Cómo lo llamarías? ¿Ansia?

Congost intuía una trampa, pero estaba hechizado por su mano y no sabía qué decir ni qué hacer. No podía evitar inclinarse hacia ella. Boqueaba como un pez, con los labios húmedos, y apretaba con fuerza los ojos cerrados. Puede que la despreciara, pero ella era capaz de obligarlo a desearla. Era como cualquier otro hombre, dominado por lo que tenía entre las piernas, pese a todas sus lecturas y a lo mucho que escribía. Ella lo despreciaba a él.

Una vez conseguida la reacción que buscaba, retiró la mano.

—Bien, Jehan —dijo fríamente—. Si no tienes nada que estés dispuesto a decirme, entonces puedes irte. Aquí no te necesito para nada.

Oriane notó que algo en él se quebraba, como si todos los desengaños y frustraciones que había padecido en su vida estuvieran desfilando por su mente.

Antes de comprender lo que estaba sucediendo, él la había golpeado, con suficiente fuerza como para tumbarla de espaldas en la cama.

La sorpresa la dejó boquiabierta.

Congost estaba inmóvil, cabizbajo y contemplando fijamente su mano, como si no tuviera nada que ver con él.

—Oriane, yo...

—¡Eres patético! —le gritó ella, sintiendo en la boca el sabor de la sangre—. Te he dicho que te fueras. ¡Vete! ¡Fuera de mi vista!

Por un momento, Oriane pensó que iba a intentar disculparse. Pero cuando él levantó la vista, no vio arrepentimiento en sus ojos, sino odio. Soltó un suspiro de alivio. Todo saldría tal como había planeado.

—¡Me das asco! —le estaba gritando él, alejándose de la cama—. ¡Eres como un animal! ¡No! ¡Eres peor que un animal, porque tú sabes lo que estás haciendo! —Agarró la capa azul de ella, que yacía de cualquier modo en el suelo, y se la arrojó a la cara—. ¡Y cúbrete! ¡No quiero encontrarte así cuando vuelva, pavoneándote como una puta!

Cuando estuvo segura de que se había marchado, Oriane volvió a echarse en la cama y tiró de la capa para cubrirse, algo agitada, pero eufórica. Por primera vez en cuatro años de matrimonio, el viejo estúpido, débil y enclenque con quien su padre la había obligado a casarse había conseguido asombrarla. Ella lo había provocado deliberadamente, desde luego, pero no esperaba que fuera a pegarle. Y menos con tanta fuerza. Se pasó los dedos por la piel, todavía dolorida por el golpe. Había querido hacerle daño. ¿Le quedaría marca? Eso podría valer algo. Quizá pudiera enseñarle a su padre adónde la había conducido su decisión.

Oriane detuvo el curso de sus pensamientos con una amarga carcajada. Ella no era Alaïs. A su padre sólo le importaba Alaïs, por mucho que intentara disimularlo. Oriane se parecía demasiado para su gusto a la madre de ambas, tanto físicamente como por su carácter. Aunque Jehan la golpeara hasta dejarla medio muerta, a su padre no le importaría. Pensaría que lo tenía merecido.

Por un momento, dejó que los celos que ocultaba a todos excepto a Alaïs se filtraran a través de la máscara perfecta de su rostro hermoso e impenetrable. Dejó que se viera su resentimiento por su falta de poder y de influencia, su decepción. ¿Qué valor tenían su juventud y su belleza, si estaba atada a un hombre sin ambición ni perspectivas, un hombre que jamás había empuñado una espada? No era justo que Alaïs, su hermana menor, tuviera todo lo que ella deseaba y le era negado, todo lo que debía ser suyo por derecho propio.

Oriane retorció entre los dedos la tela de la capa, como si estuviera pellizcando el brazo pálido y huesudo de Alaïs. Feúcha, malcriada, consentida Alaïs. Apretó con más fuerza, mientras visualizaba mentalmente el violáceo hematoma extendiéndose por su piel.

—No deberías provocarlo.

La voz de su amante rasgó el silencio. Casi había olvidado que estaba allí.

—¿Por qué no? —dijo ella—. Es el único goce que me procura.

El hombre se deslizó a través de la cortina y le tocó la mejilla con los dedos.

—¿Te ha hecho daño? Te ha dejado una marca.

El tono de preocupación en su voz la hizo sonreír. ¡Qué poco la conocía en realidad! Veía solamente lo que quería ver, una imagen de la mujer que creía que era.

—No es nada —replicó ella.

La cadena de plata que él llevaba al cuello rozó su piel cuando se inclinó para besarla. Podía oler su necesidad de poseerla. Oriane cambió de posición, dejando que el paño azul resbalara de su cuerpo como si fuera agua. Pasó las manos por los muslos de su amante, de piel pálida y suave en comparación con la dorada morenez de su espalda, sus brazos y su pecho, y poco a poco levantó la vista. Sonrió. Ya lo había hecho esperar lo suficiente.

Oriane se inclinó para abarcarlo con su boca, pero él la empujó para que volviera a tumbarse en la cama y se arrodilló a su lado.

—Entonces, ¿qué goce deseáis de mí, señora? —dijo él, separándole suavemente las piernas—. ¿Éste?

Ella murmuró algo, cuando él se inclinó para besarla.

—¿O éste?

La boca de él se deslizó hacia abajo, hacia su espacio más privado y oculto. Oriane contuvo el aliento, mientras la lengua de él jugaba a través de su piel, mordiendo, lamiendo e incitando.

—¿O quizá éste?

Sintió sus manos, fuertes y firmes alrededor de su cintura, mientras él la atraía hacia sí. Oriane le rodeó la espalda con las piernas.

—¿O quizá sea esto lo que de verdad quieres? —susurró él, con la voz tensa de deseo mientras se hundía profundamente en su interior. Ella gruñó de satisfacción, arañándole la espalda, reclamándolo—. ¿De modo que tu marido piensa que eres una puta? —dijo él—. Veamos si podemos demostrar que está en lo cierto.

CAPÍTULO 10

Pelletier iba y venía por la habitación, esperando a Alaïs.

El tiempo había refrescado, sin embargo había sudor en su ancha frente y tenía la cara arrebolada. Hubiese debido estar en las cocinas, supervisando a los criados y asegurándose de que todo estuviese bajo control. Pero estaba abrumado por la importancia del momento. Se sentía en una encrucijada, con senderos que se extendían en todas direcciones y conducían a un futuro incierto. Todo lo que había sucedido antes en su vida y todo lo que aún tenía que suceder, dependía de lo que decidiera en ese instante.

¿Por qué Alaïs tardaba tanto?

Pelletier cerró con fuerza el puño alrededor de la carta. Ya se sabía las palabras de memoria.

Se alejó de la ventana y dejó vagar la mirada hacia algo brillante que resplandecía entre el polvo y las sombras, detrás del marco de la puerta. Se agachó para recogerlo. Era una pesada hebilla de plata con detalles de cobre, lo suficientemente grande como para ceñir una capa o un manto.

Frunció el entrecejo. No era suya.

La acercó a la luz de una vela para verla mejor. No tenía ningún rasgo distintivo. Había cientos como aquélla de venta en el mercado. Le dio unas vueltas entre las manos. Era de bastante calidad, como perteneciente a alguien de buena posición, pero no de gran fortuna.

No podía llevar mucho tiempo allí. François arreglaba la habitación todas las mañanas; lo habría visto. Ningún otro criado podía entrar en la alcoba, que había estado todo el día cerrada con llave.

Pelletier miró a su alrededor buscando otros signos de intrusión. Se sintió incómodo. ¿Eran imaginaciones suyas o estaban ligeramente desordenados los objetos de su escritorio? ¿Estaba desarreglada su ropa de cama? Esa noche, todo lo inquietaba.

—*Paire?*

Alaïs habló en voz baja, pero aun así lo sobresaltó. Rápidamente, se guardó la hebilla en la bolsa que llevaba colgada al cinto.

—Padre —repitió ella—, ¿me habéis mandado llamar?

Pelletier se rehízo.

—Sí, así es. Ven, pasa.

—¿Se os ofrece algo más, *messer*? —preguntó François desde la puerta.

—No. Pero espera fuera, por si te necesito.

Esperó a que la puerta estuviera cerrada y con un gesto le indicó a Alaïs que se sentara junto a la mesa. Le sirvió un vaso de vino y volvió a llenar el suyo, pero él no se sentó.

—Pareces cansada.

—Y lo estoy un poco.

—¿Qué se comenta del Consejo, Alaïs?

—Nadie sabe qué pensar, *messer*. Corren muchas historias. Todos rezan para que las cosas no estén tan mal como parece. Se dice que el vizconde saldrá mañana hacia Montpelhièr, acompañado de una pequeña comitiva, para pedir audiencia a su tío, el conde de Tolosa. —Levantó la cabeza—. ¿Es verdad?

Su padre asintió.

—Pero también dicen que el torneo se celebrará de todos modos.

—También es cierto. El vizconde tiene intención de completar su misión y estar de vuelta en dos semanas. Antes de final de julio, con toda seguridad.

—¿Tiene buenas perspectivas de éxito la misión del vizconde?

Pelletier no contestó, sino que siguió recorriendo la habitación, arriba y abajo. Le estaba contagiando a Alaïs su ansiedad.

La muchacha bebió un sorbo de vino para armarse de valor.

—¿Será Guilhelm de la partida?

—¿No te lo ha informado él mismo? —le preguntó su padre secamente.

—No lo he visto desde que se levantó la sesión del Consejo —reconoció ella.

—¡En nombre de Sainte Foy! ¿Dónde se ha metido? —dijo Pelletier.

—Por favor, decidme sí o no.

—Guilhelm du Mas ha sido elegido, aunque debo decir que contra mi voluntad. El vizconde lo aprecia.

—Y con razón, *paire* —replicó ella serenamente—. Es un hábil *chavalièr*.

Pelletier se inclinó hacia adelante para servirle un poco más de vino.

—Dime, Alaïs, ¿confías en él?

La pregunta la sorprendió con la guardia baja, pero respondió sin vacilaciones.

—¿Acaso no deben confiar todas las esposas en sus maridos?

—Desde luego, desde luego. No esperaría de ti otra respuesta —contestó él, agitando una mano con gesto impaciente—. Pero ¿te ha preguntado por lo sucedido esta mañana en el río?

—Me ordenasteis que no le hablara a nadie al respecto —dijo ella— y, naturalmente, os he obedecido.

—Yo también esperaba que mantuvieras tu palabra —repuso él—. Pero no has respondido a mi pregunta. ¿Te ha preguntado Guilhelm dónde habías estado?

—No ha habido ocasión —le dijo ella en tono desafiante—. Como ya os he dicho, no lo he visto.

Pelletier se acercó a la ventana.

—¿Temes que estalle la guerra? —dijo él, dándole la espalda.

Aunque desconcertada por el abrupto cambio de tema, Alaïs respondió sin el menor titubeo.

—La idea me atemoriza, lo reconozco, *messer* —replicó cautamente—. Pero seguramente no estallará, ¿verdad?

—No, quizá no.

El senescal apoyó las manos en el alféizar de la ventana, aparentemente perdido en sus pensamientos y ajeno a la presencia de su hija.

—Sé que mi pregunta te ha parecido impertinente, pero te la he hecho por una causa. Mira en lo profundo de tu corazón. Sopesa con cuidado tu respuesta y dime la verdad. ¿Confías en tu marido? ¿Confías en él para que te proteja, para que cuide de ti?

Alaïs sabía que las palabras más importantes permanecían inexpresadas y ocultas bajo la superficie, pero temía responder. No quería ser desleal con Guilhelm, pero tampoco se avenía a mentirle a su padre.

—Ya sé que no lo apreciáis, *messer* —dijo en tono sereno—, aunque no comprendo qué ha podido hacer para ofenderos...

—Sabes perfectamente lo que hace para ofenderme —soltó Pelletier con impaciencia–. Te lo digo con suficiente frecuencia. Sin embargo, mi opinión personal de Du Mas, buena o mala, no tiene importancia. Puedes detestar a un hombre y aun así reconocer su valor. Por favor, Alaïs, responde a mi pregunta. De lo que digas dependen muchas cosas.

Imágenes de Guilhelm durmiendo. De sus ojos oscuros como la calamita, de la curva de sus labios besando el íntimo interior de su muñeca. Recuerdos tan poderosos que la aturdían.

–No puedo responder –dijo finalmente.

–Ah –suspiró él–. Bien, bien. Ya veo.

–Con todos mis respetos, *paire*, no veis nada –se encrespó Alaïs–. No he dicho nada.

El senescal se volvió.

–¿Le has dicho a Guilhelm que yo te había mandado llamar?

–Ya os he dicho que no lo he visto y... y no es justo que me interroguéis de este modo. Ni que me obliguéis a elegir entre mi lealtad hacia vos o hacia él. –Alaïs hizo ademán de levantarse–. Así pues, *messer*, a menos que haya alguna razón por la que hayáis requerido mi presencia a hora tan avanzada, os pido permiso para retirarme.

Pelletier intentó calmar la situación.

–Siéntate, siéntate. Veo que te he ofendido. Perdóname. No era mi intención.

Le tendió una mano y, al cabo de un momento, Alaïs la aceptó.

–No pretendo hablar en acertijos. Lo que no sé... Necesito aclarar mis propias ideas. Esta noche he recibido un mensaje de la mayor importancia, Alaïs. He pasado las últimas horas decidiendo qué hacer, sopesando las alternativas. Aunque creía haber tomado una resolución, y por eso te mandé llamar, las dudas persistían.

La mirada de Alaïs encontró la de su padre.

–¿Y ahora?

–Ahora mi camino se muestra claramente ante mí. En efecto. Estoy convencido de que sé lo que debo hacer.

El color se retiró de las mejillas de la joven.

–Entonces habrá guerra –dijo ella, suavizando repentinamente el tono de su voz.

–Me parece inevitable, sí. Los signos no son buenos –dijo el senescal, sentándose–. Estamos atrapados en una situación de implicaciones demasiado vastas para que podamos controlarla, por más que queramos convencernos de lo contrario. —Dudó un momento—. Pero hay algo más importante que eso, Alaïs. Y si las cosas se tuercen para nosotros en Montpelhièr, es posible que nunca tenga oportunidad de... de decirte la verdad.

—¿Qué puede ser más importante que la amenaza de guerra?

—Antes de que siga hablando, debes darme tu palabra de que todo lo que te diga esta noche quedará entre nosotros.

—¿Por eso me habéis preguntado por Guilhelm?

—En parte, sí —admitió él—, pero no es ésa la única razón. Antes que nada, tienes que asegurarme que nada de lo que te diga saldrá de estas cuatro paredes.

—Tenéis mi palabra —dijo ella sin dudarlo.

Una vez más, Pelletier suspiró, pero en esta ocasión ella no notó ansiedad, sino alivio en su voz. La suerte estaba echada. El senescal había tomado una decisión. Ahora sólo restaba actuar con determinación para llegar hasta el final, fueran cuales fuesen las consecuencias.

Alaïs se acercó un poco más. La luz de las velas bailaba y titilaba en sus ojos pardos.

—Ésta es una historia —dijo él— que comienza en las antiguas tierras de Egipto, hace varios miles de años. Es la verdadera historia del Grial.

Pelletier habló hasta que el aceite de las lámparas se hubo consumido.

En la plaza, con la retirada de los últimos noctámbulos, había caído el silencio. Alaïs estaba exhausta. Tenía blancos los dedos y manchas violáceas bajo los ojos, como cardenales.

También Pelletier parecía más viejo y cansado después de hablar.

—Respondiendo a tu pregunta, te diré que no tienes que hacer nada. Todavía no, o quizá nunca. Si mañana tenemos éxito con nuestras peticiones, dispondré del tiempo y la oportunidad que necesito para llevar yo mismo los libros a un lugar seguro, como es mi deber.

—Pero ¿y si no fuera así, *messer*? ¿Y si os ocurriera algo? —estalló Alaïs, sintiendo el miedo en la garganta.

—Aún es posible que todo salga bien —dijo él, pero su voz carecía de vida.

—Pero ¿y si no sale bien? —insistió ella, sin aceptar sus palabras tranquilizadoras—. ¿Qué pasará si no volvéis? ¿Cómo sabré cuándo actuar?

El senescal sostuvo un momento su mirada. Entonces buscó en su bolsa hasta encontrar un paquete pequeño, envuelto en paño color crema.

—Si me ocurre algo, recibirás una pieza como ésta.

Colocó el paquete sobre la mesa y lo empujó hacia ella.

—Ábrelo.

Así lo hizo Alaïs, apartando el paño pliegue a pliegue, hasta revelar un pequeño disco de piedra clara, con dos letras labradas. Lo levantó para verlo a la luz y leyó en voz alta las letras.

—¿NS?

—*Noublesso de los Seres*.

—¿Qué es eso?

—Un *merel*, un emblema secreto que se hace pasar entre el pulgar y el índice. También tiene otra función, más importante, pero no hace falta que la conozcas. Te indicará que el portador es persona de confianza.

Alaïs asintió.

—Ahora dale la vuelta.

Tallado del otro lado había un laberinto, idéntico al motivo labrado en el dorso de la tabla de madera.

Alaïs contuvo la respiración.

—Lo he visto antes.

Pelletier se quitó el anillo que llevaba en el pulgar y se lo enseñó.

—Está grabado por dentro —dijo—. Todos los guardianes llevamos un anillo como éste.

—No, aquí, en el castillo. Esta mañana compré queso en el mercado. Había llevado una tabla para traerlo a casa. Este motivo está grabado en la cara inferior de la tabla.

—Imposible. No puede ser el mismo.

—Os juro que lo es.

—¿De dónde ha salido esa tabla? —preguntó—. ¡Piénsalo, Alaïs! ¿Te la ha dado alguien? ¿Ha sido un regalo?

Alaïs sacudió la cabeza.

—No lo sé, no lo sé —dijo con desesperación—. Llevo todo el día intentando recordarlo sin éxito. Lo más extraño es que estaba segura de haber visto ese motivo en algún otro sitio, aunque la tabla no me era familiar.

—¿Dónde está ahora?

—La dejé sobre la mesa, en mi alcoba —respondió—. ¿Por qué? ¿Os parece importante?

—Entonces cualquiera ha podido verla —repuso él contrariado.

—Eso creo —replicó ella nerviosamente—. Guilhelm, cualquiera de los criados... No puedo saberlo.

Alaïs miró el anillo que le había dado su padre y de pronto todas las piezas encajaron.

—Creisteis que el hombre del río era Siméon, ¿verdad? —dijo lentamente—. ¿También es guardián?

Pelletier asintió.

—No había razón para creer que fuera él, pero aun así estaba convencido.

—¿Y los otros guardianes? ¿Sabéis dónde están?

Pelletier se inclinó hacia su hija y cerró los dedos de la mano de ella en torno al *merel*.

—No más preguntas, Alaïs. Cuídalo bien. Mantenlo en lugar seguro. Y guarda la tabla con el laberinto fuera del alcance de miradas indiscretas. Me ocuparé de todo cuando regrese.

Alaïs se puso de pie.

—¿Y qué hay de la tabla?

Pelletier sonrió ante su insistencia.

—Ya lo pensaré, *filha*.

—Pero ¿significa su presencia aquí que alguien del castillo sabe de la existencia de los libros?

—No es posible que nadie lo sepa —dijo él con firmeza—. Si albergara la menor sospecha, te lo diría. Te lo juro.

Eran las palabras de un valiente, eran palabras de lucha, pero su expresión las suavizaba.

—Pero si...

—Basta ya —dijo él suavemente, levantando los brazos—. Basta.

Alaïs se dejó envolver en su abrazo de gigante. Su olor familiar le llenó los ojos de lágrimas.

—Todo saldrá bien —dijo él en tono firme—. Tienes que tener valor. Haz únicamente lo que te he pedido, nada más —añadió, besándola en la coronilla—. Ven a despedirnos al amanecer.

Alaïs asintió, sin atreverse a hablar.

—*Ben, ben*. Ahora date prisa. Y que Dios te guarde.

Alaïs corrió por el pasillo oscuro y salió al patio sin tomar aliento, viendo fantasmas y demonios en cada sombra. La cabeza le daba vueltas. El viejo mundo familiar parecía de pronto una imagen especular de sí mismo, reconocible pero radicalmente diferente. Parecía como si el paquete que ocultaba bajo el vestido le estuviera quemando y horadando la piel.

Fuera, el aire estaba fresco. Casi todos se habían retirado ya a dormir, aunque todavía se veían algunas luces en las habitaciones que daban a la plaza de armas. Un estallido de carcajadas de los guardias, en la torre de entrada, la sobresaltó. Por un instante creyó ver una silueta en una de las habitaciones de arriba. Pero entonces un murciélago que pasó volando delante de ella hizo que desviase la mirada; cuando volvió a mirar, la ventana estaba oscura.

Apretó el paso. Las palabras de su padre giraban en su mente, junto con todas las preguntas que debió hacerle y no le hizo.

Unos pasos más y empezó a sentir un hormigueo en la nuca. Miró por encima del hombro.

−¿Quién anda ahí?

Nadie respondió. Volvió a preguntar. Había algo maligno en la oscuridad; podía olerlo, sentirlo. Alaïs se apresuró aún más, convencida de que la estaban siguiendo. Podía distinguir un amortiguado ruido de pasos y el sonido de una respiración pesada.

−¿Quién anda ahí? −repitió.

De repente, una mano recia y callosa que apestaba a cerveza le atenazó la boca. La joven lanzó un grito, poco antes de sentir un brusco golpe en la nuca; entonces se desplomó.

Pareció tardar mucho tiempo en llegar al suelo. Después sintió unas manos que reptaban por su cuerpo, como ratas en una bodega, hasta encontrar lo que buscaban.

−Aquí está.

Fue lo último que Alaïs oyó antes de que la oscuridad se cerrara sobre ella.

CAPÍTULO 11

Pico de Soularac
Montes Sabarthès
Sudoeste de Francia

LUNES 4 DE JULIO DE 2005

A lice! ¡Alice! ¿Me oyes?
Sus ojos parpadearon y se abrieron.

El aire era gélido y húmedo, como en una iglesia sin caldear. No estaba flotando, sino tumbada en el suelo duro y frío.

«¿Dónde demonios estoy?» Sentía la tierra húmeda, áspera y desigual bajo los brazos y las piernas. Se movió. Piedras de aristas agudas y trozos de grava le rozaron dolorosamente la piel.

No, no era una iglesia. Recuperó el destello de un recuerdo. Iba andando por un túnel largo y oscuro, hacia una cámara de piedra. Y entonces, ¿qué? Las imágenes eran borrosas y se deshilachaban por los márgenes. Alice intentó mover la cabeza. Fue un error. El dolor le estalló en la base del cráneo. Sintió chapotear la náusea en su estómago, como el agua acumulada en la sentina de un barco con la madera podrida.

—Alice, ¿me oyes?

Alguien le hablaba. Una voz preocupada, angustiada, una voz que conocía.

—¡Alice! ¡Despierta!

Intentó levantar la cabeza. Esta vez el dolor no fue tan intenso. Gradualmente, con mucho cuidado, pudo incorporarse un poco.

—Gracias a Dios —murmuró Shelagh con alivio.

Sintió unas manos bajo los brazos que la ayudaron a sentarse. Todo era siniestro y oscuro, excepto los círculos danzarines de la luz de las linternas. Dos linternas. Alice forzó la vista y reconoció a Stephen, uno de los miembros de más edad del equipo, de pie detrás de Shelagh, con la luz reflejada en las gafas de montura metálica.

−Alice, dime algo. ¿Me oyes? −dijo Shelagh.

«No estoy segura. Quizá.»

Alice intentó hablar, pero tenía la boca paralizada y no le salieron las palabras. Trató de hacer un gesto afirmativo, pero la cabeza le daba vueltas de puro agotamiento. Tuvo que apoyarla sobre las rodillas para no desmayarse.

Con Shelagh a un lado y Stephen al otro, se fue incorporando centímetro a centímetro, hasta quedar sentada en el escalón de piedra, con las manos sobre las rodillas. Todo parecía moverse adelante y atrás y de un lado a otro, como en una película desenfocada.

Shelagh se arrodilló frente a ella. Le hablaba, pero Alice no conseguía entender lo que decía. Sus palabras sonaban distorsionadas, como un disco sonando a otra velocidad. La embistió una nueva oleada de náuseas, mientras la inundaban más recuerdos inconexos: el ruido de la calavera que se alejaba rodando por el suelo, en la oscuridad; su mano tendida para recoger el anillo, y la certeza de haber perturbado algo que dormitaba en los rincones más profundos de la montaña, algo maligno.

Después, nada.

Tenía frío. Sintió la carne de gallina en los brazos y las piernas desnudos. Sabía que no podía haber estado inconsciente mucho tiempo, no más de unos cuantos minutos, como máximo. Unos minutos de nada. Pero por lo visto habían sido suficientes para desplazarse de un mundo a otro.

Alice se estremeció. Otro recuerdo. El de soñar otra vez el mismo sueño. Primero, la sensación de paz y ligereza, cuando todo era blanco y claro. Después, la caída en picado a través del cielo vacío, y el suelo que subía aceleradamente a su encuentro. No había colisión, no había impacto; sólo las verdes columnas oscuras de los árboles sobre su cabeza. Después, el fuego, el rugiente muro rojo, dorado y amarillo de las llamas.

Se rodeó el cuerpo con los brazos. ¿Por qué había vuelto a tener ese sueño? Durante toda su infancia, la había atormentado, siempre la misma pesadilla que no conducía a ninguna parte. Mientras sus padres dormían sin sospechar nada en su habitación, del otro lado de la casa, Alice pasaba noche tras noche despierta en la oscuridad, agarrada a las mantas, decidida a derrotar sola sus demonios.

Pero de eso hacía años. Hacía años que aquel sueño no la molestaba.

—¿Te parece que intentemos ponerte de pie? —le estaba diciendo Shelagh.

«No significa nada. Que haya sucedido una vez no significa que vaya a empezar de nuevo.»

—Alice —dijo Shelagh, en tono un poco más seco e impaciente—, ¿te sientes capaz de ponerte de pie? Tenemos que llevarte al campamento, para que te reconozcan.

—Creo que sí —dijo por fin. La voz no parecía suya—. No tengo muy bien la cabeza.

—Puedes hacerlo, Alice. Vamos, inténtalo, ahora.

Alice bajó la vista y reparó en su muñeca, roja e hinchada. «Mierda.» No se acordaba bien, no quería acordarse.

—No sé muy bien qué ha pasado. Esto de aquí —dijo, levantando la mano— sucedió fuera.

Shelagh rodeó a Alice con los brazos, para cargar con su peso.

—¿Está bien así?

Alice le pasó un brazo por el hombro y dejó que Shelagh la ayudara a ponerse en pie. Stephen la cogió por el otro brazo. La joven se balanceó un poco de lado a lado, buscando el equilibrio, pero al cabo de unos segundos el mareo había pasado y sus embotadas extremidades comenzaron a recuperar la sensibilidad. Con cuidado, empezó a flexionar y estirar los dedos, sintiendo el tirón de la piel sobre los nudillos.

—Estoy bien. Dadme sólo un minuto.

—¿Cómo diablos se te ha podido ocurrir venir sola hasta aquí?

—Estaba...

Alice se interrumpió sin saber qué decir. Era típico de ella quebrantar las reglas y acabar metida en problemas.

—Hay algo que tenéis que ver. Ahí abajo. En el nivel inferior.

Shelagh siguió con su linterna la dirección de la mirada de Alice. Las sombras parecieron escabullirse por las paredes y el techo de la cueva.

—No, ahí no —dijo Alice—. Abajo.

Shelagh bajó el haz de luz.

—Delante del altar.

—¿Altar?

La potente luz blanca cortó como un foco antiaéreo la negrura de tinta de la caverna. Durante una fracción de segundo, la sombra del altar se recortó contra la pared rocosa que tenía detrás, como una letra griega «pi» dibujada sobre el laberinto labrado en la piedra. Entonces

Shelagh movió la mano, la imagen se desvaneció y la linterna encontró el sepulcro. Los pálidos huesos saltaron hacia ellos desde la oscuridad.

De inmediato, el ambiente cambió. Shelagh hizo una breve y profunda inspiración. Como una autómata, bajó uno, después dos y finalmente tres peldaños. Parecía haberse olvidado de Alice.

Stephen hizo ademán de seguirla.

—No —dijo ella secamente—. Quédate ahí.

—Sólo iba a...

—Lo que puedes hacer es ir a buscar al doctor Brayling. Cuéntale lo que hemos encontrado. ¡Ahora! —añadió con un grito, al ver que no se movía.

Stephen dejó su linterna en manos de Alice y desapareció por la galería sin decir nada. La joven pudo oír el crujido de sus botas sobre la grava, cada vez más tenue, hasta que la oscuridad se tragó el sonido.

—No tenías por qué gritarle —empezó a decir Alice. Shelagh la interrumpió con brusquedad.

—¿Has tocado algo?

—No exactamente, pero...

—Pero ¿qué?

Otra vez, la misma agresividad.

—Había algunas cosas en la tumba —prosiguió Alice—. Te las puedo enseñar.

—¡No! —gritó Shelagh—. No —añadió en seguida, un poco más serena—. No quiero que nadie baje ahí a pisotearlo todo.

Alice estuvo a punto de decirle que era un poco tarde para eso, pero se contuvo. No tenía ningún deseo de acercarse otra vez a los esqueletos. Las órbitas ciegas y los huesos desmoronados estaban impresos con demasiada claridad en su mente.

La figura de Shelagh se cernía sobre la tumba poco profunda. Había algo desafiante en la forma en que movía el haz de la linterna sobre los cadáveres, arriba y abajo, como examinándolos. Era casi irrespetuoso. La luz incidió sobre la hoja roma del cuchillo cuando Shelagh se arrodilló junto a los esqueletos, de espaldas a Alice.

—¿Dices que no has tocado nada? —preguntó bruscamente, volviéndose para echar una mirada flamígera por encima del hombro—. ¿Y cómo es que están aquí tus pinzas?

Alice se ruborizó.

—Me has interrumpido antes de que pudiera terminar. Lo que iba a decirte es que cogí un anillo, *con* las pinzas, antes de que me preguntes, y que se me cayó cuando oí que veníais por el túnel.

−¿Un anillo? −repitió Shelagh.

−Debe de haber rodado y quizá se haya metido debajo de algo.

−No lo veo −dijo Shelagh, poniéndose de pie súbitamente y volviendo junto a Alice−. Salgamos de aquí. Tenemos que hacer que te miren esas heridas.

Alice la miró desconcertada. No le devolvía la mirada el rostro de una amiga, sino el de una extraña. Irritada, dura, severa.

−Pero ¿no quieres...?

−¡Santo Dios, Alice! −dijo, agarrándola por un brazo−. ¿No has hecho ya suficiente? ¡Tenemos que irnos!

Después de la oscuridad aterciopelada de la cueva, cuando emergieron de la sombra de la roca el día resultaba tremendamente luminoso. El sol pareció estallar en la cara de Alice, como un fuego de artificio en un negro cielo de noviembre.

Se protegió los ojos con las manos. Se sentía totalmente desorientada, incapaz de situarse en el tiempo ni en el espacio. Era como si el mundo se hubiera parado mientras ella estaba en la cámara subterránea. Era el mismo paisaje familiar, pero transformado en algo diferente.

«¿O será sólo que lo veo con otros ojos?»

Los reverberantes picos de los Pirineos, a lo lejos, habían perdido su definición. Los árboles, el cielo e incluso la montaña misma parecían tener menos sustancia, ser menos reales. Alice sintió que cualquier cosa que tocara se desplomaría como la escenografía de un estudio cinematográfico, revelando el verdadero mundo oculto detrás.

Shelagh no dijo nada. Iba bajando a paso rápido la montaña, con el móvil pegado al oído, sin molestarse en comprobar si Alice se encontraba bien. Ésta se apresuró para darle alcance.

−Shelagh, aguarda un momento. Espera. −Tocó el brazo de Shelagh−. Oye, lo siento mucho. Ya sé que no debí entrar ahí yo sola. No sé en qué estaría pensando.

Shelagh no pareció oírla. Ni siquiera se volvió, pero cerró el teléfono con un golpe seco.

−No vayas tan rápido. No puedo seguirte.

—De acuerdo —dijo Shelagh, dándose la vuelta para mirarla—. Ya me he parado.

—¿Qué está pasando aquí?

—Dímelo tú. ¿Qué es exactamente lo que quieres que te diga? ¿Que no tiene importancia? ¿Que te consuele después de que lo has fastidiado todo?

—No, yo...

—Porque *sí* tiene importancia, ¿sabes? Ha sido una completa, increíble y jodida imbecilidad que te metieras ahí dentro tú sola. Has contaminado el yacimiento y Dios sabe qué más. ¿A qué demonios estás jugando?

Alice levantó las manos.

—Lo sé, lo sé, y de verdad que lo siento —repetía, consciente de lo inadecuadas que sonaban sus palabras.

—¿Tienes idea de cómo me dejas a mí? *Yo* di la cara por ti. *Yo* convencí a Brayling para que te dejara venir. ¡Gracias por jugar a Indiana Jones! Probablemente la policía suspenderá toda la excavación. Brayling me culpará a mí. Todo lo que he hecho para llegar hasta aquí, para conseguir un lugar en esta excavación... El tiempo que he dedicado...

Shelagh se interrumpió y se pasó los dedos por el pelo cortísimo y decolorado.

«No es justo.»

—Oye, espera un poco. —Aunque sabía que Shelagh tenía todo el derecho a estar enfadada, Alice no pudo soportarlo más—. Estás siendo injusta. Reconozco que fue una estupidez entrar. Debí pensármelo mejor, lo admito. Pero ¿no crees que estás exagerando? ¡Mierda, no lo he hecho adrede! No creo que Brayling vaya a llamar a la policía. Prácticamente no he tocado nada. Nadie se ha hecho daño.

Shelagh se soltó con tanta fuerza de la mano de Alice que estuvo a punto de hacerle perder el equilibrio.

—Brayling llamará a las autoridades —dijo Shelagh hirviendo de ira—, porque como tú misma sabrías si alguna vez te molestaras en escuchar una maldita palabra de lo que digo, el permiso para excavar fue concedido contra la opinión de la policía, y con la condición de que todo hallazgo de restos humanos fuera inmediatamente denunciado a la *Police Judiciaire*.

Alice sintió el estómago en los pies.

—Pensé que no era más que retórica burocrática. Nadie parecía to-márselo en serio. Todos se pasaban el día gastando bromas al respecto.

—¡Obviamente, *tú* no te lo tomabas en serio! —exclamó Shelagh—. Pero ¡los demás sí que nos lo tomábamos en serio, siendo como somos profesionales y sintiendo como sentimos un mínimo de respeto por lo que hacemos!

«Esto no tiene sentido.»

—Pero ¿por qué iba a interesarle a la policía una excavación arqueo-lógica?

Shelagh estalló.

—¡Dios santo, Alice! Sigues sin entenderlo, ¿verdad? Ni siquiera ahora. El porqué no importa una mierda. Las cosas son así. No te co-rresponde a ti decidir qué reglas respetar y cuáles ignorar.

—Nunca he dicho...

—¿Por qué tienes que cuestionarlo todo *siempre*? Siempre crees sa-ber más que los demás; siempre quieres quebrantar las reglas, ser dife-rente.

Para entonces, Alice también estaba gritando.

—¡Eso es completamente injusto! Yo no soy así y tú lo sabes. Es sólo que no pensé que...

—Ahí está el problema. No piensas nunca en nada, excepto en ti misma. Y en conseguir lo que quieres.

—Esto es una locura, Shelagh. ¿Por qué iba a querer complicarte las cosas deliberadamente? Escucha tú misma lo que estás diciendo. —Alice hizo una profunda inspiración, tratando de controlar su temperamento—. Mira, reconoceré ante Brayling que la culpa ha sido mía; pero bueno, ha sido eso y nada más... Tú sabes muy bien que en circunstancias norma-les yo no irrumpiría sola en un sitio como ése, pero...

Hizo otra pausa.

—¿Pero...?

—Va a parecerte estúpido, pero de alguna manera me atrajo. Sabía que la cámara subterránea estaba ahí. No puedo explicarlo, simple-mente lo sabía. Una intuición. Un *déjà vu*. Como si ya hubiese estado antes.

—¿Crees que así lo mejoras? —dijo Shelagh en tono sarcástico—. ¡Dios santo, no me lo puedo creer! ¡Una intuición! Es patético.

Alice sacudió la cabeza.

—Fue algo más que eso.

—Sea como sea, ¿qué demonios hacías excavando ahí, tú sola? ¿Ves como tengo razón? Quebrantas las reglas porque sí, sin motivo.

—No —dijo—, no ha sido eso. Vi algo debajo del peñasco y, como era mi último día, pensé que podría hacer un poco más. —Su voz se fue apagando—. Solamente quería averiguar si merecía la pena investigar —dijo, dándose cuenta de su error cuando ya era tarde—. No pretendía...

—¿Me estás diciendo que, además de todo lo otro, has encontrado algo? ¡Mierda! ¿Has encontrado algo y no te has molestado en decírselo a nadie?

—Yo...

Shelagh tendió la mano.

—Dámelo.

Alice sostuvo su mirada por un momento; después se puso a rebuscar en el bolsillo de sus vaqueros recortados, sacó el objeto envuelto en el pañuelo y se lo dio. No respondía de sus nervios si se ponía a hablar.

Se quedó mirando, mientras Shelagh abría los pliegues blancos de algodón, dejando al descubierto la hebilla que había dentro. Alice no pudo evitar tender una mano.

—Es preciosa, ¿verdad? La manera en que el cobre de las esquinas refleja la luz, aquí y aquí... —Dudó un momento—. Creo que quizá perteneció a alguno de los que están en la cueva.

Shelagh levantó la vista. Su estado de ánimo había sufrido otra transformación. La cólera había desaparecido.

—No tienes idea de lo que has hecho, Alice. Ni la menor idea —dijo doblando el pañuelo—. Yo llevaré esto abajo.

—Yo...

—Déjalo ya, Alice. No me apetece hablar contigo ahora. Lo que digas no hará más que empeorar las cosas.

«¿Qué demonios es todo esto?»

Alice se quedó parada, sin salir de su asombro, mientras Shelagh se alejaba. El acceso de ira había salido de la nada y había sido exagerado incluso para Shelagh, que era capaz de sulfurarse por una nadería, pero se había esfumado con idéntica rapidez.

Alice se sentó en la roca más próxima y apoyó la muñeca magullada sobre la rodilla. Le dolía todo el cuerpo y estaba completamente exhausta, pero también sentía herido el corazón. Sabía que la excavación tenía financiación privada, y no de una universidad ni de ninguna otra institución, por lo que no estaba sujeta a las reglamentaciones restrictivas que pesaban sobre otras expediciones. Como resultado, la competencia para entrar en el equipo había sido feroz. Shelagh estaba trabajando en Mas d'Azil, unos kilómetros al noroeste de Foix, cuando oyó hablar por primera vez de la excavación en los montes Sabarthès. Según ella misma contó, había bombardeado al director, el doctor Brayling, con cartas, mails y recomendaciones, hasta que finalmente, dieciocho meses atrás, había vencido su resistencia. Incluso entonces, Alice se había preguntado por qué estaría Shelagh tan obsesionada.

Alice miró hacia abajo. Shelagh la había adelantado tanto que casi se había perdido de vista, su alargada y enjuta figura semiescondida entre los matorrales y las hierbas altas de las laderas más bajas. Ya no había esperanza de darle alcance, aunque lo hubiese querido.

Alice suspiró. Estaba al límite de sus fuerzas. «Como siempre.» Estaba sola. «Mejor así.» Era orgullosamente autosuficiente y prefería no confiar en ninguna otra persona. Pero en ese instante no estaba segura de tener bastante reserva de energía como para llegar al campamento. El sol era demasiado despiadado y sus piernas demasiado débiles. Bajó los ojos para mirar el corte que tenía en el brazo. Había empezado a sangrar otra vez, peor que nunca.

Alice recorrió con la vista el abrasado paisaje estival de los montes Sabarthès, todavía en su paz intemporal. Por un momento se sintió bien. Después, bruscamente, fue consciente de otra sensación, un pinchazo en la base de la columna. Anticipación, una sensación de expectación. Reconocimiento.

«Todo termina aquí.»

Alice hizo una profunda inspiración. El corazón empezó a latirle más de prisa.

«Termina donde empezó.»

De pronto, sintió la cabeza llena de sonidos susurrados e inconexos, como ecos en el tiempo. Las palabras inscritas en lo alto de los peldaños volvieron a resonar en su mente. *Pas a pas.* Daban vueltas y más vueltas en su cabeza, como una cancioncilla infantil recordada a medias.

«Es imposible. Es una tontería.»

Conmocionada, Alice apoyó las manos sobre las rodillas y se obligó a ponerse de pie. Tenía que volver al campamento. Golpe de calor, deshidratación. Tenía que apartarse del sol y beber un poco de agua.

Poco a poco, empezó a descender, sintiendo en las piernas cada pequeña irregularidad del suelo de la montaña. Tenía que alejarse de las rocas y de sus ecos, y de los espíritus que allí vivían. No sabía lo que le estaba ocurriendo, sólo que tenía que huir.

Apresuró cada vez más el paso, casi hasta correr, trastabillando con las piedras y los pedruscos de aristas aguzadas que sobresalían de la tierra seca. Pero las palabras habían arraigado en su mente y se repetían con sonora claridad, como un mantra.

«Paso a paso nos abrimos camino. Paso a paso.»

CAPÍTULO 12

El termómetro rozaba los treinta y tres grados a la sombra. Eran casi las tres de la tarde. Sentada bajo el toldo de lona, Alice sorbía obediente una Orangina que le habían puesto entre las manos. Las burbujas tibias le crepitaban en la garganta, mientras el azúcar entraba aceleradamente en su torrente sanguíneo. Había un olor intenso a vendajes, apósitos y antisépticos.

El corte en el interior del codo había sido desinfectado y vendado. Le habían aplicado un blanco vendaje nuevo en la muñeca, hinchada como una pelota de tenis, y le habían desinfectado los pequeños cortes y abrasiones que le cubrían las rodillas y las espinillas.

«Tú te lo has buscado.»

Se contempló en el pequeño espejo que colgaba del mástil de la tienda. Una carita en forma de corazón, con inteligentes ojos castaños, le devolvió la mirada. Debajo de las pecas y la piel bronceada, estaba pálida. Tenía un aspecto lamentable, con el pelo lleno de polvo y manchas de sangre seca en el delantero de la camiseta.

Lo único que quería era volver a su hotel, en Foix, quitarse la mugrienta ropa y darse una larga ducha de agua fría. Después bajaría a la plaza, pediría una botella de vino y no se movería durante el resto del día.

«Y no pensaría en lo sucedido.»

No parecía muy probable que pudiera hacerlo.

La policía había llegado media hora antes. En el aparcamiento, al pie de la ladera, una fila de vehículos oficiales azules y blancos aparecía alineada junto a los deteriorados Citroën y Renault de los arqueólogos. Era como una invasión.

Alice había supuesto que primero se ocuparían de ella, pero aparte de preguntarle si había sido quien había hallado los esqueletos y de anunciarle que la interrogarían a su debido tiempo, la habían dejado sola. No se le acercaba nadie. Alice lo comprendía. Ella era la culpable de todo el ruido, el caos y la confusión. No era mucho lo que podía hacer al respecto. De Shelagh no había ni rastro.

La presencia de la policía había cambiado el carácter del campamento. Parecía haber docenas de agentes, todos con camisas azul claro, botas negras hasta las rodillas y pistolas en las caderas, concentrados como un enjambre de avispas sobre la ladera de la montaña, levantando una polvareda y gritándose instrucciones en un francés demasiado rápido y cerrado para que ella pudiera entenderlo.

De inmediato acordonaron la cueva, extendiendo una tira de cinta plástica a través de la entrada. El ruido de sus actividades reverberaba en el aire quieto de la montaña. Alice podía oír el zumbido del rebobinado automático de las cámaras de fotos, compitiendo con el canto de las cigarras.

Unas voces transportadas por la brisa le llegaron flotando desde el aparcamiento. Alice se volvió y vio al doctor Brayling subiendo la escalera, en compañía de Shelagh y del corpulento oficial de policía que parecía estar al mando.

—Obviamente, esos esqueletos no pueden pertenecer a las dos personas que están buscando —insistió el doctor Brayling—. Esos huesos tienen claramente cientos de años. Cuando se lo notifiqué a las autoridades, ni por un momento pensé que éste iba a ser el resultado —añadió, haciendo un amplio gesto con las manos—. ¿Tiene idea del daño que están causando sus hombres? Le aseguro que no estoy nada conforme.

Alice estudió al inspector, un hombre de mediana edad, bajo, moreno y pesado, con más barriga que pelo. Estaba sin aliento y era evidente que el calor lo hacía sufrir mucho. Apretaba un pañuelo flácido, que usaba para enjugarse el sudor de la cara y el cuello con muy escasos resultados. Incluso a distancia, Alice distinguía los círculos de sudor bajo sus axilas y en los puños de su camisa.

—Le ruego disculpe la molestia, *monsieur le directeur* —dijo lenta y ceremoniosamente—. Pero tratándose de una excavación privada, estoy seguro de que podrá explicar la situación a su patrocinador.

—El hecho de que tengamos la suerte de que nos financie un particular y no una institución pública es irrelevante. Lo verdaderamente irritante, por no mencionar los inconvenientes de índole práctica, es la suspensión de los trabajos sin motivo alguno. Nuestra tarea aquí es de la mayor importancia.

—Doctor Brayling —dijo el inspector Noubel, como si llevaran un buen rato hablando de lo mismo—, tengo las manos atadas. Estamos en medio de una investigación de asesinato. Ya ha visto los carteles de las dos personas desaparecidas, *oui*? Así pues, con o sin inconvenientes, hasta que quede demostrado a nuestra entera satisfacción que los huesos hallados no son los de nuestros desaparecidos, sus trabajos quedarán suspendidos.

—¡Por favor, inspector! Pero ¡si es evidente que los esqueletos tienen cientos de años!

—¿Los ha examinado?

—A decir verdad, no —respondió Brayling—. No como es debido, desde luego que no. Pero es obvio. Sus forenses me darán la razón.

—Estoy seguro de que así será, doctor Brayling, pero hasta entonces —Noubel se encogió de hombros—, no puedo decir nada más.

—Comprendo su situación, inspector —intervino Shelagh—, pero ¿puede al menos darnos una idea de cuándo cree que habrán terminado aquí?

—*Bientôt*. Pronto. Yo no pongo las reglas.

El doctor Brayling levantó los brazos en un gesto de desesperación.

—¡En ese caso, me veré obligado a saltarme la jerarquía y acudir a alguien con más autoridad! ¡Esto es completamente ridículo!

—Como quiera —replicó Noubel—. Mientras tanto, además del nombre de la señorita que encontró los cadáveres, necesito una lista de todos los que hayan entrado en la cueva. Cuando hayamos concluido nuestra investigación preliminar, retiraremos los cuerpos de la cueva, y entonces usted y su equipo podrán irse si así lo desean.

Alice observaba el desarrollo de la escena.

Brayling se marchó. Shelagh apoyó una mano en el brazo del inspector, pero en seguida la retiró. Parecieron hablar. En cierto momento, se dieron la vuelta y miraron el aparcamiento que tenían a sus espaldas. Alice siguió la dirección de sus miradas, pero no vio nada de interés.

Pasó media hora y tampoco se le acercó nadie.

Alice rebuscó en su mochila (que probablemente habrían bajado de la montaña Stephen o Shelagh) y sacó un lápiz y un bloc de dibujo, que abrió por la primera página en blanco.

«Imagínate de pie en la entrada, mirando el túnel.»

Alice cerró los ojos y se vio a sí misma, con las manos apoyadas a ambos lados de la angosta entrada. Lisa. La roca era asombrosamente lisa, como pulida o desgastada por el roce. Un paso adelante, en la oscuridad.

«El suelo era cuesta abajo.»

Alice empezó a dibujar, trabajando de prisa, después de fijar las dimensiones del espacio en su cabeza. Túnel, abertura, cámara. En una segunda hoja, dibujó el área inferior, desde los peldaños hasta el altar, con los esqueletos en medio. Además de bosquejar la tumba, escribió una lista de los objetos: el cuchillo, la bolsa de cuero, el fragmento de paño, el anillo. La cara superior de éste era totalmente lisa y plana, asombrosamente gruesa, con un surco estrecho a lo largo del centro. Era raro que el grabado estuviera en la cara inferior, donde nadie podía verlo. Sólo la persona que lo usara sabría de su existencia. Era una réplica en miniatura del laberinto tallado en el muro de detrás del altar.

Alice se recostó en la silla, renuente en cierto modo a plasmar la imagen en el papel. ¿Qué tamaño tendría? ¿Unos dos metros de diámetro? ¿Más? ¿Cuántas vueltas?

Trazó un círculo que ocupaba casi toda la hoja y entonces se detuvo. ¿Cuántas líneas? Alice sabía que reconocería el motivo si volvía a verlo, pero como sólo había tenido el anillo en la mano un par de segundos y había visto el relieve desde cierta distancia y en la oscuridad, le resultaba difícil recordarlo con exactitud.

En algún lugar del desordenado desván de su memoria estaban los conocimientos que necesitaba: las lecciones de historia y latín que había estudiado encogida en el sofá, mientras sus padres veían los documentales de la BBC; en su habitación, una pequeña librería de madera, con su libro favorito en el estante más bajo, una enciclopedia ilustrada de mitología, con las hojas brillantes y multicolor desgastadas en las esquinas de tanto leerla.

«Había un dibujo de un laberinto.»

Con los ojos de la mente, Alice encontró la página justa.

«Pero era diferente.» Colocó las imágenes recordadas una junto a otra, como en el pasatiempo de los periódicos que consiste en descubrir las diferencias.

Cogió un lápiz y lo intentó de nuevo, resuelta a hacer algún progreso. Trazó otro círculo dentro del primero y trató de conectarlos entre sí. El resultado no la convenció. Su segundo intento no fue mejor, ni tampoco el siguiente. Comprendió que no sólo era cuestión de determinar cuántos anillos procedían en espiral hacia el centro, sino que había algo fundamentalmente erróneo en su dibujo.

Alice prosiguió, con su entusiasmo inicial sustituido por una gris frustración. La montaña de papeles arrugados a sus pies no hacía más que crecer.

—*Madame Tanner?*

Alice dio un brinco, que le hizo rayar toda la hoja con el lápiz.

—*Docteur Tanner* —corrigió ella automáticamente al inspector, mientras se ponía de pie.

—*Je vous demande pardon, docteur. Je m'appelle Noubel. Police Judiciaire, département de l'Ariège.*

Noubel le enseñó brevemente su identificación. Alice hizo como que la leía, al tiempo que guardaba apresuradamente todas sus cosas en la mochila. No quería que el inspector viera sus bosquejos fallidos.

—*Vous préférez parler en anglais?*

—Sí, creo que sería lo más sensato, gracias.

El inspector Noubel iba acompañado de un oficial uniformado, de mirada atenta y penetrante. Parecía tener apenas edad suficiente para haber salido de la academia. No le fue presentado.

Noubel acomodó su voluminosa anatomía en otra de las raquíticas sillas de camping. No le fue fácil. Los muslos sobresalían del asiento de lona.

—*Et alors, madame.* Su nombre completo, por favor.

—Alice Grace Tanner.

—¿Fecha de nacimiento?

—Siete de enero de 1974.

—¿Casada?

—¿Es importante? —replicó ella secamente.

—A efectos de información, doctora Tanner —dijo el inspector suavemente.

—No —contestó ella—, no estoy casada.

—¿Domicilio?

Alice le dio las señas del hotel de Foix donde se alojaba y la dirección de su casa en Inglaterra, deletreándole las palabras que para un francés resultarían poco familiares.

—¿No queda Foix un poco lejos para venir desde allí todos los días?

—Como no había sitio en la casa de la expedición...

—Bien. Tengo entendido que es usted voluntaria. ¿Es así?

—Así es. Shelagh, es decir, la doctora O'Donnell, es amiga mía desde hace muchísimo tiempo. Fuimos juntas a la universidad, antes de...

«Limítate a responder sus preguntas. No necesita saber la historia de tu vida.»

—He venido de visita. La doctora O'Donnell conoce bien esta parte de Francia. Cuando supo que tenía unos asuntos que atender en Carcasona, Shelagh me propuso que diera un rodeo hasta aquí, para que pudiéramos pasar unos días juntas. Unas vacaciones de trabajo.

Noubel garabateaba en su libreta.

—¿Es usted arqueóloga?

Alice sacudió la cabeza.

—No, pero creo que es frecuente recurrir a voluntarios, ya sean aficionados o estudiantes de arqueología, para hacer las tareas más sencillas.

—¿Cuántos voluntarios más hay aquí?

Se le encendieron las mejillas, como si la hubieran sorprendido mintiendo.

—A decir verdad, ninguno, al menos de momento. Son todos arqueólogos o estudiantes.

Noubel la miró fijamente.

—¿Y hasta cuándo piensa quedarse?

—Hoy es mi último día. O por lo menos lo era... incluso antes de esto.

—¿Y Carcasona?

—Tengo una reunión allí el miércoles por la mañana y pienso quedarme unos días para hacer un poco de turismo. Vuelvo a Inglaterra el domingo.

—Una ciudad preciosa —dijo Noubel.

—No he estado nunca.

Noubel suspiró y volvió a enjugarse con el pañuelo el sudor de la frente enrojecida.

—¿Y qué tipo de reunión es ésa?

—No lo sé exactamente. Alguien de la familia que vivía en Francia me ha dejado algo en herencia. —Hizo una pausa, reacia a explicar nada más—. Sabré algo más el miércoles, cuando haya hablado con la notaria.

Noubel hizo otra anotación. Alice intentó ver lo que estaba escribiendo, pero no pudo descifrar su escritura mirándola del revés. Para su alivio, cambió de tema.

—Entonces es usted doctora...

Noubel dejó el comentario en suspenso.

—Sí, pero no soy médico —replicó, aliviada al sentirse sobre terreno más seguro—. Soy profesora, tengo un doctorado. En literatura inglesa —Noubel no pareció entenderla—. *Pas médecin. Pas généraliste* —explicó ella—. *Je suis professeur.*

Noubel suspiró e hizo otra anotación.

—*Bon. Aux affaires.* —Su tono ya no era cordial—. Estaba trabajando sola allá arriba. ¿Es una práctica habitual?

De inmediato, Alice se puso en guardia.

—No —dijo lentamente—, pero como era mi último día, quise seguir. Estaba segura de que encontraríamos algo.

—¿Debajo del peñasco que protegía la entrada? Sólo para aclarar este punto, ¿puede decirme cómo se decide quién excava en cada sitio?

—El doctor Brayling y Shelagh, es decir, la doctora O'Donnell, tienen un plan del terreno que esperan abrir, dentro del tiempo disponible, y dividen el yacimiento en consecuencia.

—Entonces, ¿fue el doctor Brayling quien la envió a esa zona? ¿O la doctora O'Donnell?

«El instinto. Simplemente sabía que había algo ahí.»

—En realidad, no. Subí por la ladera de la montaña porque estaba segura de que había algo. —Dudó un momento—. No pude encontrar a la doctora O'Donnell para pedirle permiso, de modo que... tomé una... una decisión práctica.

Noubel frunció el ceño.

—Ya veo. Entonces, estaba trabajando. El peñasco se soltó. Cayó. ¿Qué ocurrió después?

Había auténticas lagunas en su memoria, pero Alice respondió lo mejor que pudo. El inglés de Noubel era bueno, aunque demasiado formal, y sus preguntas eran directas.

—Oí algo en el túnel, detrás de mí, y...

De pronto, las palabras se le secaron en la garganta. Algo que había suprimido en su mente volvió a ella con un golpe seco, con una sensación punzante en el pecho, como si...

«¿Como si qué?»

Alice se respondió a sí misma. «Como si me hubiesen apuñalado.» Así lo había sentido. La hoja de una arma blanca hundiéndose en su carne, precisa y limpia. No había habido dolor, sólo una ráfaga de aire frío y un tenue espanto.

«¿Y después?»

La luz brillante, gélida e insustancial. Y oculto en su interior, un rostro. Un rostro de mujer.

La voz de Noubel se abrió paso a través de los recuerdos que afloraban, dispersándolos.

—¿Doctora Tanner?

«¿Habían sido alucinaciones?»

—¿Doctora Tanner? ¿Mando buscar a alguien?

Alice se lo quedó mirando por un instante, con ojos vacíos.

—No, no, gracias. Estoy bien. Ha sido sólo el calor.

—Me estaba diciendo que la había sorprendido un ruido...

Se obligó a concentrarse.

—Así es. La oscuridad me desorientaba. No podía determinar de dónde venía el ruido y eso me dio miedo. Ahora me doy cuenta de que no eran más que Shelagh y Stephen.

—¿Stephen?

—Stephen Kirkland. K-i-r-k-l-a-n-d.

Noubel le enseñó brevemente la página de su libreta, para que confirmara la grafía. Alice asintió con la cabeza.

—Shelagh vio que caía el peñasco y subió a ver qué pasaba. Stephen la siguió, supongo —volvió a titubear—. No estoy segura de lo que sucedió después. —Esta vez, la mentira acudió fácilmente a sus labios—. Debí de tropezar con los peldaños o algo así. Lo siguiente que recuerdo es que Shelagh me llamaba por mi nombre.

—La doctora O'Donnell dice que estaba usted inconsciente cuando la encontraron.

—Sólo por unos instantes. No creo que perdiera el conocimiento más de uno o dos minutos. Sea como sea, no me pareció mucho tiempo.

—¿Ha sufrido desmayos en otras ocasiones, doctora Tanner?

Alice se sobresaltó al venirle a la mente el recuerdo aterrador de la primera vez que le había sucedido.

—No —mintió.

Noubel no reparó en su repentina palidez.

—Dice que estaba oscuro —señaló— y que por eso tropezó. Pero ¿antes de eso tenía alguna luz?

—Tenía un mechero, pero se me cayó cuando oí el ruido. Y también el anillo.

La reacción del inspector fue inmediata.

—¿Un anillo? —preguntó secamente—. No había mencionado ningún anillo.

—Había un anillo pequeño de piedra entre los esqueletos —dijo, alarmada por la expresión del rostro del policía—. Lo recogí con las pinzas, para verlo mejor, pero antes de...

—¿Qué clase de anillo? —la interrumpió él—. ¿De qué material?

—No lo sé. Algún tipo de piedra; no era de oro, ni de plata, ni nada de eso. No tuve ocasión de verlo bien.

—¿Tenía algo grabado? ¿Letras, un sello, algún dibujo?

Alice abrió la boca para responder, pero en seguida la cerró. De repente, no quiso decirle nada más.

—No sé, lo siento. Fue todo tan rápido.

Noubel se la quedó mirando un momento y después chasqueó los dedos, para llamar la atención del joven oficial que tenía detrás. Alice pensó que él también parecía agitado.

—*Biau, on a trouvé quelque chose comme ça?*

—*Je ne sais pas, monsieur l'inspecteur.*

—*Dépêchez-vous, alors. Il faut le chercher... Et informez-en monsieur Authié. Allez! Vite!*

Alice notaba una persistente franja de dolor detrás de los ojos, a medida que el efecto de los analgésicos empezaba a disiparse.

—¿Tocó alguna otra cosa, doctora Tanner?

—Desplacé accidentalmente uno de los cráneos con el pie —respondió ella, frotándose las sienes con los dedos—. Pero aparte de eso y del anillo, nada. Como ya le he dicho.

—¿Y qué me dice del objeto que encontró debajo del peñasco?

—¿La hebilla? Se la di a la doctora O'Donnell cuando salimos de la cueva —replicó, levemente molesta por el recuerdo—. No tengo idea de lo que habrá hecho con ella.

Pero Noubel ya no la escuchaba. No hacía más que mirar por encima del hombro. Finalmente, dejó de fingir que le prestaba atención y cerró la libreta.

—Voy a rogarle que espere un poco, doctora Tanner. Es posible que tenga que hacerle algunas preguntas más.

—Pero no tengo nada más que decirle —empezó a protestar ella—. ¿No puedo ir con los demás, al menos?

—Más tarde. De momento, preferiría que se quedara aquí.

Alice volvió a hundirse en su silla, contrariada y exhausta, mientras Noubel salía pesadamente de la tienda y se dirigía montaña arriba, donde un grupo de agentes uniformados examinaba el peñasco.

Al acercarse Noubel, el círculo se abrió, justo lo suficiente para que Alice tuviera un breve atisbo de un hombre alto vestido de paisano, de pie en el centro.

Contuvo el aliento.

El hombre, que lucía un elegante traje veraniego de color verde pálido, sobre una fresca camisa blanca, estaba claramente al mando. Su autoridad era evidente. Se le veía acostumbrado a dar órdenes y a que las obedecieran. Noubel le pareció desmañado y torpe en comparación. Alice sintió un hormigueo de incomodidad.

No era únicamente la ropa y el porte del hombre lo que lo distinguía. Incluso desde la distancia que los separaba, Alice podía sentir la fuerza de su personalidad y su carisma. Tenía la tez pálida y el rostro enjuto, impresión acentuada por la forma en que llevaba el pelo, peinado hacia atrás desde la ancha frente despejada. Tenía un aire monacal. Un aire que le resultaba familiar.

«No seas tonta. ¿De qué vas a conocerlo?»

Alice se puso de pie y se dirigió hacia la puerta de la tienda, observando con atención a los dos hombres mientras éstos se apartaban del grupo. Estaban hablando. O mejor dicho, Noubel hablaba y el otro escuchaba. Al cabo de un par de segundos, el hombre se dio la vuelta y subió hasta la entrada de la cueva. El agente de guardia levantó la cinta, el hombre se agachó para pasar y se perdió de vista.

Sin ningún motivo que lo explicara, Alice tenía las palmas de las manos húmedas de angustia. El vello de la nuca se le erizó, lo mismo que cuando había oído el ruido en la cámara subterránea. Apenas podía respirar.

«La culpa es tuya. Tú lo has traído.»

De inmediato, se recompuso.

«¿De qué estás hablando?»

Pero la voz en el interior de su cabeza se negaba a guardar silencio.

«Tú lo has traído.»

Sus ojos volvieron a la entrada de la cueva, como atraídos por un imán. No pudo evitarlo. La idea de que él estuviera allí dentro, después de todo lo que habían hecho para mantener oculto el laberinto...

«Lo encontrará.»

—¿Encontrar qué? —murmuró para sí misma. No lo sabía con certeza.

Pero deseó haberse llevado el anillo cuando tuvo oportunidad de hacerlo.

CAPÍTULO 13

Noubel no entró en la cueva. En lugar de eso, se quedó esperando fuera, a la sombra gris de la cornisa rocosa, con el rostro enrojecido.

«Sabe que algo no va bien», pensó Alice. De vez en cuando, el inspector dirigía algún comentario al agente de guardia y fumaba cigarrillo tras cigarrillo, encendiendo el último con la colilla del anterior. Alice escuchaba música para ayudarse a pasar el tiempo. Las canciones de Nickelback estallaban en su cabeza, borrando todos los demás sonidos.

Al cabo de quince minutos, el hombre del traje volvió a aparecer. Noubel y el agente parecieron crecer cinco o seis centímetros. Alice se quitó los auriculares y devolvió la silla al sitio donde estaba antes de sacarla a la entrada de la tienda.

Observó cómo los dos hombres bajaban juntos desde la cueva.

—Empezaba a creer que se había olvidado de mí, inspector —dijo en cuanto éste pudo oírla.

Noubel murmuró una disculpa, pero eludió su mirada.

—Doctora Tanner, *je vous présente monsieur Authié.*

De cerca, la primera impresión de Alice de que el hombre tenía presencia y carisma se vio reforzada. Pero sus ojos grises eran fríos y clínicos. De inmediato, sintió que se ponía en guardia. Reprimiendo su antipatía, le tendió la mano. Tras un instante de vacilación, Authié se la estrechó. Sus dedos eran fríos y su tacto, inmaterial. Se le puso la carne de gallina.

Lo soltó tan rápidamente como pudo.

—¿Entramos? —dijo él.

—¿Usted también es de la *Police Judiciaire*, monsieur Authié?

El fantasma de una respuesta pareció brillar en sus ojos, pero no dijo nada. Alice aguardó, preguntándose si sería posible que no la hubiese oído. Noubel se movió, incómodo con el silencio.

—Monsieur Authié es de la *mairie*, del ayuntamiento. De Carcasona.

—¿De veras?

Le pareció sorprendente que Carcasona perteneciera a la misma jurisdicción que Foix.

Authié se apropió de la silla de Alice, obligándola a sentarse de espaldas a la entrada. Desconfiaba de él, sentía que debía obrar con cautela.

Su sonrisa era la ensayada sonrisa de los políticos: oportuna, atenta y superficial. Sin los ojos.

—Tengo una o dos preguntas para usted, doctora Tanner.

—No creo que pueda decirle nada más. Ya le he contado al inspector todo lo que recuerdo.

—El inspector Noubel me ha hecho un cumplido resumen de su declaración, pero aun así necesito que la repita. Hay discrepancias, ciertos puntos de su historia que requieren aclaración. Puede que haya olvidado algunos detalles, aspectos que antes quizá le hayan parecido carentes de importancia.

Alice se mordió la lengua.

—Se lo he contado todo al inspector —insistió obstinadamente.

Authié apretó las yemas de los dedos de ambas manos, haciendo oídos sordos a sus objeciones. No sonrió.

—Empecemos por el momento en que entró en la cámara subterránea, doctora Tanner. Paso a paso.

La elección de las palabras sobresaltó a Alice. *¿Paso a paso? ¿La estaba poniendo a prueba?* Su rostro no revelaba nada. Los ojos de ella se posaron en una cruz dorada que él llevaba al cuello, antes de volver a sus ojos grises, que la seguían mirando fijamente.

Consciente de que no tenía otra opción, empezó de nuevo la historia. Al principio, Authié la escuchó con intenso y reconcentrado silencio. Después comenzó el interrogatorio. «Está intentando acorralarme.»

—¿Eran legibles las palabras inscritas en lo alto de los peldaños, doctora Tanner? ¿Se tomó el tiempo de leerlas?

—La mayor parte de las letras estaban borradas por el roce —dijo ella en tono desafiante, como retándolo a contradecirla. Al ver que no lo hacía, sintió un estallido de satisfacción—. Bajé hasta el nivel inferior, hacia el altar. Entonces vi los cadáveres.

—¿Los tocó?

—No.

El hombre dejó escapar un sonido leve, como de descreimiento, y entonces metió la mano en el bolsillo interior de la americana.

—¿Es suyo esto? —dijo, abriendo la mano para revelar un mechero azul de plástico.

Alice estiró la mano para cogerlo, pero él retiró el brazo.

—¿Me lo da, por favor?

—¿Es suyo, doctora Tanner?

—Sí.

El hombre hizo un gesto afirmativo con la cabeza y volvió a metérselo en el bolsillo.

—Sostiene que no tocó los cuerpos, pero antes le dijo al inspector Noubel que sí lo había hecho.

Alice se ruborizó.

—Fue un accidente. Le di con el pie a uno de los cráneos, pero no puede decirse que los tocara.

—Doctora Tanner, todo será más sencillo si se limita a responder a mis preguntas.

La misma voz, fría y severa.

—No veo qué...

—¿Qué aspecto tenían? —cortó él con sequedad.

Alice notó que a Noubel le disgustaba su tono intimidatorio, pero no hizo nada por detenerlo. Con el estómago encogido por el nerviosismo, la joven siguió contestando lo mejor que pudo.

—¿Y qué vio entre los cuerpos?

—Una daga, una especie de cuchillo. También una bolsa pequeña, de cuero, creo. —«No te dejes amedrentar»—. Pero no lo sé con certeza, porque no la toqué.

Authié entrecerró los ojos.

—¿Miró dentro de la bolsa?

—Ya le he dicho que no he tocado nada.

—Excepto el anillo.

De pronto, se inclinó hacia delante, como una serpiente preparada para atacar.

—Y eso es lo que me parece misterioso, doctora Tanner. No entiendo que el anillo le interesara tanto como para pararse a recogerlo y que sin embargo no tocara nada de lo demás. ¿Comprende mi confusión?

La mirada de Alice se cruzó con la suya.

—Simplemente, me llamó la atención. Eso es todo.

—¿En la negrura casi absoluta de la cueva se fijó usted en ese objeto diminuto? —preguntó él con una sonrisa sarcástica—. ¿Cómo era de grande? ¿Del tamaño de una moneda de un euro, por ejemplo? ¿Un poco más? ¿Un poco menos?

«No le digas nada.»

—Le hubiese creído capaz de calcular sus dimensiones por sí mismo —replicó ella fríamente.

Él sonrió. Con sensación de zozobra, Alice se dio cuenta de que acababa de seguirle el juego.

—Ojalá pudiera, doctora Tanner —dijo él suavemente—. Pero ahí esta el quid del asunto. No hay ningún anillo.

Alice se contrajo cuando Authié colocó sus manos sobre la silla de ella y puso su cara pálida y huesuda muy cerca de la suya.

—¿Qué ha hecho con el anillo, Alice? —le susurró.

«No te dejes amedrentar. No has hecho nada malo.»

—Le he contado con toda exactitud lo sucedido —contestó, luchando para no dejar traslucir el miedo en su voz—. El anillo se deslizó de mi mano cuando se me cayó el mechero. Si no está allí ahora, es porque alguien lo habrá cogido. Y no he sido yo —añadió, lanzando una mirada rápida a Noubel—. Si lo hubiese cogido yo, ¿para qué iba a mencionarlo?

—Nadie más que usted dice haber visto ese misterioso anillo —prosiguió él, sin hacerle caso—, lo cual nos deja dos posibilidades: o bien se equivoca al contar lo que ha visto, o bien lo ha cogido usted.

El inspector Noubel finalmente intervino.

—Señor Authié, no creo que...

—A usted no le pagan para que crea o deje de creer —dijo en tono cortante, sin mirar siquiera al inspector. Noubel enrojeció. Authié siguió mirando fijamente a Alice—. No hago más que exponer los hechos.

Alice sintió que estaba librando una batalla cuyas reglas no le había explicado nadie. Estaba diciendo la verdad, pero no veía el modo de convencerlo.

—Muchísima gente ha entrado en la cueva después que yo —dijo con obstinación—. Los forenses, la policía, el inspector Noubel, usted —añadió con mirada desafiante—. Usted ha estado allí dentro mucho rato.

Noubel contuvo el aliento.

—Shelagh O'Donnell puede confirmar lo que le digo acerca del anillo —insistió Alice—. ¿Por qué no se lo pregunta a ella?

—Ya lo he hecho —replicó él con la misma media sonrisa—. Dice que no sabe nada del anillo.

—Pero ¡si se lo he contado! —exclamó Alice—. Ella misma estuvo mirando.

—¿Me está diciendo que la doctora O'Donnell ha examinado la tumba? —preguntó él secamente.

El miedo impedía a Alice pensar con serenidad. Su mente había arrojado la toalla. Ya no recordaba lo que le había dicho a Noubel ni lo que le había ocultado.

—¿Fue la doctora O'Donnell quien la autorizó a trabajar allí arriba?

—No, no sucedió de ese modo —respondió ella, sintiendo crecer el pánico.

—Entonces, ¿hizo ella algo para *impedir* que trabajara usted en esa parte de la montaña?

—No es tan sencillo.

Authié volvió a recostarse en su silla.

—En ese caso —dijo—, me temo que no me deja otra opción.

—¿Otra opción que qué?

La mirada de él se posó como un dardo sobre la mochila. Alice se lanzó para cogerla, pero fue demasiado lenta. Authié llegó antes y se la arrojó al inspector Noubel.

—¡No tiene absolutamente ningún derecho! —gritó—. No puede hacer una cosa así, ¿verdad? —preguntó, volviéndose hacia el inspector—. ¿Por qué no hace algo?

—¿Por qué se opone, si no tiene nada que ocultar? —dijo Authié.

—¡Es una cuestión de principios! ¡Usted no puede registrar mis cosas!

—*Monsieur Authié, je ne suis pas sûr...*

—Limítese a hacer lo que le dicen, Noubel.

Alice intentó coger la mochila. El brazo de Authié se disparó como una catapulta y la cogió por la muñeca. El contacto físico la trastornó tanto que se quedó congelada.

Empezaron a temblarle las piernas, no sabía si de rabia o de miedo.

Sacudió el brazo para soltarse de Authié y volvió a recostarse en la silla, respirando pesadamente en tanto Noubel registraba los bolsillos de la mochila.

—Continuez. Dépêchez-vous.

Alice miraba, mientras el inspector pasaba a la sección principal de la bolsa. Sabía que en cuestión de segundos Noubel encontraría su bloc de dibujo. La mirada del inspector se cruzó brevemente con la suya. «Él también detesta todo esto.» Por desgracia, también Authié se había percatado del leve titubeo de Noubel.

—¿Qué ocurre, inspector?

—Pas de bague.

—¿Qué ha encontrado? —dijo Authié, tendiendo la mano. Con renuencia, Noubel le entregó el bloc. Authié pasó rápidamente las hojas, con expresión condescendiente. De pronto, su mirada se concentró y, por un instante, Alice percibió auténtico asombro en sus ojos, antes de que volvieran a caer los párpados.

Authié cerró el bloc con un gesto seco.

—Merci de votre... collaboration, docteur Tanner —dijo.

Alice se puso de pie.

—Mis dibujos, por favor —dijo, intentando controlar la voz.

—Le serán devueltos oportunamente —contestó él, guardándose el bloc en el bolsillo—. También la mochila. El inspector Noubel le dará un recibo y hará que mecanografíen su declaración, para que usted la firme.

El repentino y abrupto fin de la entrevista la pilló por sorpresa. Cuando consiguió recomponerse, Authié ya había salido de la tienda, llevándose consigo sus pertenencias.

—¿Por qué no se lo impide? —dijo ella, volviéndose a Noubel—. ¡No creerá que voy a permitir una cosa así!

La expresión del inspector se endureció.

—Le devolveré su mochila, doctora Tanner. Le aconsejo que siga con sus vacaciones y olvide todo esto.

—¡De ninguna manera voy a permitir una cosa así! —gritó ella, pero Noubel ya se había marchado, dejándola sola en medio de la tienda, sin saber muy bien qué demonios acababa de suceder.

Por un momento, no supo qué hacer. Estaba tan furiosa consigo misma como con Authié, por haberse dejado intimidar tan fácilmente. «Él es diferente.» Ninguna otra persona le había provocado una reacción tan fuerte en toda su vida.

Poco a poco, la conmoción se disipó. Sintió la tentación de presentarse en ese mismo instante ante el doctor Brayling o incluso ante Shelagh, para protestar por la actitud de Authié. Quería hacer algo, pero descartó la idea. Teniendo en cuenta que se había convertido en persona non grata, nadie estaría de su parte.

Se vio obligada a contentarse con redactar mentalmente una carta de protesta, mientras repasaba lo sucedido e intentaba encontrarle sentido. Poco después, otro agente de policía le llevó su declaración para que la firmara. La leyó con detenimiento, pero era una relación exacta de todo lo sucedido, de modo que garabateó su firma al pie del texto sin la menor vacilación.

Los Pirineos estaban bañados en una suave luz rojiza, cuando finalmente sacaron los huesos de la cueva.

Todos guardaron silencio, mientras la macabra procesión bajaba la ladera hacia el aparcamiento, donde la fila de coches blancos y azules de la policía los estaba esperando. Una mujer se persignó a su paso.

Alice se reunió con todos los demás, para ver cómo la policía cargaba el vehículo fúnebre. Nadie hablaba. Se cerraron las puertas y acto seguido la furgoneta arrancó y aceleró, saliendo del aparcamiento en medio de una lluvia de grava y polvo. La mayoría de sus compañeros se fueron de inmediato a recoger sus pertenencias, vigilados por dos oficiales que tenían órdenes de precintar el lugar en cuanto todos se hubiesen marchado. Alice se quedó un momento rezagada para no encontrarse con nadie, porque sabía que la amabilidad iba a resultarle todavía más difícil de soportar que la hostilidad.

Desde su perspectiva privilegiada en lo alto de la colina, vio la solemne caravana zigzaguear valle abajo y volverse cada vez más diminuta, hasta no ser más que una pequeña mancha en el horizonte.

A su alrededor había caído el silencio sobre el campamento. Comprendió que no podía demorarse mucho más y estaba a punto de irse también, cuando se percató de que Authié aún estaba allí. Se acercó un poco más al borde de la cornisa, para ver cómo el hombre depositaba cuidadosamente su americana en el asiento trasero de su coche gris metalizado, de aspecto ostentoso. Cerró la puerta de un golpe y sacó del bolsillo un teléfono. Alice pudo distinguir el suave golpeteo de sus dedos sobre el techo del automóvil, mientras esperaba la conexión.

Cuando habló, su mensaje fue breve y directo al grano.

—*Ce n'est plus là* —fue todo lo que dijo. «Ya no está allí.»

CAPÍTULO 14

Chartres

L a gran catedral gótica de Nuestra Señora de Chartres se erguía por encima del mosaico de tejados, aguilones y casas de entramado de madera y piedra caliza que componen el centro histórico de la ciudad. Al pie del compacto laberinto de calles estrechas y curvas, a la sombra de los edificios, el río Eure discurría aún a la tamizada luz del sol de la tarde.

Los turistas se empujaban unos a otros para entrar por el portal oeste de la catedral. Los hombres empuñaban sus cámaras de vídeo como armas, registrando más que percibiendo el brillante caleidoscopio de color que se derramaba de las tres ventanas ojivales, por encima de la puerta Real.

Hasta el siglo XVIII, los nueve accesos que llevan a la catedral se podían clausurar en época de peligro. Las puertas habían desaparecido mucho tiempo atrás, pero la actitud mental persistía. Chartres era todavía una ciudad partida en dos mitades, la antigua y la nueva. Las calles más selectas eran las de la parte norte del claustro, donde antiguamente se levantaba el palacio episcopal. Los edificios de piedra clara miraban imperiosamente hacia la catedral, imbuidos de una atmósfera varias veces centenaria de influencia y poder eclesiásticos.

La casa de la familia De l'Oradore dominaba la Rue du Cheval Blanc. Había sobrevivido a la revolución y a la ocupación, y se mantenía como sólido testimonio de las viejas fortunas. Su aldaba y su buzón de bronce resplandecían, y los arbustos ornamentales de los tiestos colocados a ambos lados de los peldaños, delante de la doble puerta, estaban perfectamente podados.

La puerta delantera daba paso a un vestíbulo impresionante. El suelo era de lustrosa madera oscura y un pesado jarrón de cristal, con lirios blancos recién cortados, destacaba sobre una mesa ovalada en el centro. Las vitrinas dispuestas en torno a las esquinas, conectadas todas a un discreto sistema de alarmas, contenían una valiosa colección de piezas egipcias, adquiridas por la familia De l'Oradore tras el regreso triunfal de Napoleón de sus campañas norteafricanas, a comienzos del siglo XIX. Era una de las principales colecciones privadas de arte egipcio.

La actual cabeza de familia, Marie-Cécile de l'Oradore, comerciaba con antigüedades de todos los períodos, pero compartía las preferencias de su difunto abuelo por el pasado medieval. Dos importantes tapices franceses colgaban de la pared artesonada frente a la puerta delantera, ambos adquiridos después de que la señora recibiera su herencia, cinco años antes. Las piezas más valiosas de la familia —cuadros, joyas y manuscritos— estaban a buen recaudo en la caja fuerte, fuera de la vista de los curiosos.

En el dormitorio principal del primer piso de la casa, que dominaba la Rue du Cheval Blanc, Will Franklin, actual amante de Marie-Cécile, yacía boca arriba bajo el dosel de la cama, con la sábana subida hasta la cintura.

Tenía los brazos flexionados debajo de la cabeza. Su pelo castaño claro, veteado de rubio por sus veranos de infancia transcurridos en Martha's Vineyard, encuadraba un rostro cautivador, con una sonrisa de niñito perdido.

Marie-Cécile, por su parte, estaba sentada con las largas piernas cruzadas, en una ornamentada butaca Luis XIV, junto al fuego. El fulgor marfileño de su camisola de seda reverberaba sobre el azul profundo del tapizado de terciopelo.

Tenía el perfil característico de la familia De l'Oradore —una pálida y aguileña belleza—, pero sus labios eran rotundos y sensuales, y unas oscuras y generosas pestañas enmarcaban sus ojos verdes de gata. Los rizos negros, dominados por un corte perfecto, rozaban unos hombros bien cincelados.

—Esta habitación es fantástica —dijo Will—. El escenario perfecto para ti. Elegante, lujosa y sutil.

Los diminutos diamantes de los pendientes centellearon cuando ella se inclinó para apagar el cigarrillo.

—Originalmente era el cuarto de mi abuelo.

Su inglés era perfecto, con una levísima reverberación de acento francés que él aún encontraba excitante. Marie-Cécile se puso de pie y atravesó la habitación hacia él, sin hacer ruido sobre la espesa alfombra azul claro.

Will sonrió expectante, mientras aspiraba el singular olor que la caracterizaba: sexo, Chanel y una insinuación de Gauloises.

–Vuélvete –dijo ella, describiendo en el aire un movimiento giratorio con un dedo–. Date la vuelta.

Will obedeció. Marie-Cécile empezó a masajearle el cuello y los anchos hombros. Él sentía que su cuerpo se estiraba y relajaba al contacto de sus manos. Ninguno de los dos prestó atención al ruido de la puerta delantera que se abría y se cerraba en el piso de abajo. Él ni siquiera percibió las voces en el vestíbulo, ni los pasos que subían de dos en dos los peldaños y recorrían a grandes zancadas el pasillo.

Hubo un par de golpes secos en la puerta del dormitorio.

–*Maman!*

Will se puso tenso.

–Nada. Es mi hijo –dijo ella–. *Oui? Qu'est-ce que c'est?*

–*Maman! Je veux parler avec toi.*

Will levantó la cabeza.

–Creí que no lo esperabas hasta mañana.

–Y no lo esperaba.

–*Maman!* –repitió François-Baptiste–. *C'est important.*

–Si molesto... –dijo Will, incómodo.

Marie-Cécile siguió masajeándole los hombros.

–Él ya sabe que no tiene que importunarme. Hablaré con él más tarde.

Levantó la voz:

–*Pas maintenant, François-Baptiste.* –Y a continuación añadió en inglés, para que Will la entendiera, mientras deslizaba las manos por su espalda–: Ahora no es... buen momento.

Will rodó para ponerse boca arriba y se sentó, incómodo con la situación. Hacía tres meses que conocía a Marie-Cécile y nunca había visto a su hijo. François-Baptiste había estado primero en la universidad y después de vacaciones, con unos amigos. Sólo entonces se le ocurrió pensar que quizá todo había sido idea de Marie-Cécile.

–¿No vas a hablar con él?

–Si eso te hace feliz... –replicó ella, bajando de la cama. Entreabrió la puerta. Hubo un sofocado diálogo, que Will no pudo oír, tras lo cual sus pasos se alejaron por el pasillo, pisando con fuerza. Ella hizo girar la llave en la cerradura y se volvió hacia él.

—¿Mejor así? —dijo con suavidad.

Lentamente, regresó a su lado, mirándolo por entre sus largas pestañas oscuras. Había algo deliberado en sus movimientos, como una actuación, pero Will sintió que su cuerpo reaccionaba igual.

Ella lo empujó contra la cama y montó a horcajadas sobre él, rodeándole los hombros con sus brazos esbeltos. Sus afiladas uñas dejaron tenues arañazos en la piel de su amante, que sentía las rodillas de ella oprimiéndole los flancos. Will tendió las manos y recorrió con los dedos los brazos lisos y firmes de ella, mientras sentía el roce de sus pechos a través de la seda. Los finos tirantes de la camisola resbalaron fácilmente por sus bien formados hombros.

Sonó el teléfono móvil sobre la mesilla. Will no le hizo caso. Deslizando la delicada prenda por el esbelto cuerpo de ella, se la bajó hasta la cintura.

—Ya volverán a llamar si es importante.

Marie-Cécile echó una mirada al número que había aparecido en la pantalla. De inmediato, su expresión cambió.

—Tengo que contestar —dijo.

Will intentó impedirlo, pero ella lo apartó con impaciencia.

—Ahora no.

Cubriéndose, se fue hacia la ventana.

—*Oui, j'écoute.*

Will oyó la crepitación de una mala línea.

—*Trouve-le alors!* —dijo ella, antes de cortar la conexión. Con el rostro encendido de ira, Marie-Cécile cogió un cigarrillo y lo encendió. Las manos le temblaban.

—¿Algún problema?

Al principio, Will pensó que no lo había oído. Parecía incluso que se hubiera olvidado de que él estaba en la habitación. Después, se volvió y lo miró.

—Ha surgido algo —dijo ella.

Will se quedó expectante, hasta comprender que no habría más explicaciones y que ella estaba esperando que se marchara.

—Lo siento —añadió Marie-Cécile en tono conciliador—. Preferiría quedarme contigo, *mais...*

Contrariado, Will se levantó y se puso los vaqueros.

—¿Nos veremos para la cena?

Ella hizo una mueca.

—Tengo un compromiso. De negocios, ¿recuerdas? —Se encogió de hombros—. Más tarde, *oui*?

—¿Qué hora es «más tarde»? ¿Las diez? ¿Las doce?

Ella se acercó y entrelazó sus dedos con los de él.

—Lo siento.

Will intentó soltarse, pero ella no lo dejó.

—Siempre haces lo mismo. Nunca sé lo que está pasando.

Ella se le acercó un poco más, hasta hacerle sentir los senos apretados contra su pecho a través de la fina seda. Pese al enfado, él sintió que su cuerpo reaccionaba.

—Son sólo negocios —murmuró ella—. No hay ninguna razón para estar celoso.

—No estoy celoso. —Había perdido la cuenta de las veces que habían tenido la misma conversación—. Es sólo que...

—*Ce soir* —dijo ella, soltándolo—. Ahora tengo que arreglarme.

Sin darle tiempo a oponer ninguna objeción, desapareció en el cuarto de baño y cerró la puerta tras de sí.

Cuando Marie-Cécile salió de la ducha, sintió alivio al ver que Will se había marchado. No la habría sorprendido encontrarlo todavía tumbado en la cama, con su expresión de niñito perdido.

Sus requerimientos empezaban a irritarla. Cada vez le exigía más tiempo y le pedía más atención de la que ella estaba dispuesta a darle. No parecía entender la naturaleza de su relación. Marie-Cécile iba a tener que hacer algo al respecto.

Apartó a Will de su mente. Miró a su alrededor. La criada había estado allí y había ordenado la habitación. Sus cosas estaban listas y bien dispuestas sobre la cama. Sus zapatillas doradas, hechas a mano, aguardaban al lado, en el suelo.

Encendió otro cigarrillo que sacó de la pitillera. Fumaba demasiado, pero esa noche estaba nerviosa. Golpeó el extremo del filtro contra la tapa de la pitillera, antes de encenderlo. Era otro gesto más heredado de su abuelo, como tantas otras cosas.

Marie-Cécile se acercó al espejo y dejó que el albornoz de seda blanca le resbalara de los hombros y cayera al suelo, alrededor de sus pies.

Inclinó la cabeza a un lado y contempló con mirada crítica la imagen del espejo: el cuerpo estilizado y esbelto, de una palidez anticuada, los pechos altos y generosos, la piel sin mácula... Dejó vagar la mano por los pezones oscuros y después más abajo, trazando los contornos de las caderas y el vientre plano. Tenía quizá algunas líneas más alrededor de los ojos y la boca, pero aparte de eso, estaba poco marcada por el tiempo.

El reloj de bronce dorado sobre la repisa de la chimenea comenzó a dar la hora justa, recordándole que debía empezar sus preparativos. Tendió la mano y cogió de la percha la diáfana túnica, larga hasta el suelo. Alta en la espalda y con un profundo cuello en pico en la parte de delante, había sido confeccionada a su medida.

Marie-Cécile cerró los broches sobre sus hombros angulosos, se ajustó las finas tiras doradas y se sentó delante del tocador. Se cepilló el pelo, retorciendo los rizos entre los dedos, hasta hacer brillar su cabellera como el azabache pulido. Adoraba ese momento de metamorfosis, cuando dejaba de ser ella y se convertía en la Navigatairé. El proceso la conectaba, a través del tiempo, con todos los que habían desempeñado la misma función antes que ella.

Sonrió. Sólo su abuelo hubiese podido entender cómo se sentía en ese momento. Eufórica, exaltada, invencible. Esa noche no, pero la vez siguiente se encontraría allí donde habían estado sus antepasados. Él no, sin embargo. Era doloroso saber lo cerca que había estado la cueva del lugar donde se habían llevado a cabo las excavaciones de su abuelo cincuenta años antes. Él había estado en lo cierto todo el tiempo. Sólo unos pocos kilómetros más al este y habría sido su abuelo, y no ella, la persona destinada a cambiar el curso de la historia.

Marie-Cécile había heredado el negocio de la familia De l'Oradore a la muerte de su abuelo, cinco años antes. Era un papel para el que la había estado preparando desde que tenía memoria. Su padre, hijo único de su abuelo, había sido una gran decepción para él. Marie-Cécile lo sabía desde muy pequeña. A los seis años, su abuelo había tomado a su cargo su educación: social, académica y filosófica. Era un apasionado de las cosas buenas de la vida y tenía una sensibilidad excepcional para el color y la maestría artesanal. En mobiliario, tapizados, confección, cuadros y libros, su buen gusto era impecable. Todo lo que ella valoraba de sí misma lo había aprendido de él.

También le había enseñado lo que era el poder, cómo usarlo y cómo conservarlo. A los dieciocho años, cuando consideró que estaba preparada, su abuelo había desheredado formalmente a su propio hijo y la había nombrado su heredera universal.

Una sola contrariedad se había interpuesto en su relación: su imprevisto e indeseado embarazo. Pese a su dedicación a la búsqueda del antiguo secreto del Grial, la fe católica de su abuelo era sólida y ortodoxa, y jamás hubiese permitido el nacimiento de un niño fuera del vínculo del matrimonio. La posibilidad del aborto ni siquiera se planteaba, ni tampoco la de dar al niño en adopción. Sólo cuando su abuelo comprendió que la maternidad no había alterado su determinación, y que en todo caso había acentuado su ambición y su carácter despiadado, le permitió que volviera a formar parte de su vida.

Inhaló profundamente el cigarrillo, recibiendo agradecida el humo ardiente que se arremolinaba en su garganta y sus pulmones, sobrecogida por la intensidad de los recuerdos. Habían pasado casi veinte años y el recuerdo de su exilio la llenaba aún de fría desesperación. Su *excomunión*, lo había llamado él.

Era una buena descripción. Para ella, había sido como estar muerta.

Marie-Cécile sacudió la cabeza para deshacerse de los pensamientos tristes. No quería que nada perturbara su estado de ánimo. No podía permitir que nada ensombreciera esa noche. No quería errores.

Se volvió hacia el espejo. Primero se aplicó una base clara y a continuación unos polvos faciales dorados que reflejaban la luz. Después, se perfiló los párpados y las cejas con un grueso lápiz de kohl, que acentuaba sus pestañas oscuras y sus negras pupilas y, acto seguido, se aplicó una sombra verde de ojos, iridiscente como la cola de un pavo real. Para los labios, eligió un brillo metálico cobrizo con reflejos dorados, y besó un pañuelo de papel para sellar el color. Por último, pulverizó una neblina de perfume en el aire y dejó que cayera como si fuera bruma sobre la superficie de su piel.

Había tres estuches alineados sobre la mesa del tocador, los tres de piel roja y bisagras metálicas, lustrosos y relucientes. Cada joya ceremonial tenía cientos de años, pero había sido confeccionada imitando otras piezas miles de años más antiguas. En el primer estuche había un tocado de oro, una especie de tiara culminada en punta en el centro; en el segundo, dos amuletos de oro en forma de serpientes, con refulgentes esmeraldas talladas a modo de ojos, y en el tercero, un collar, una cinta de oro macizo, con el símbolo suspendido del centro. Las esplendentes superficies reverberaban con un imaginario recuerdo del polvo y el calor del antiguo Egipto.

Cuando estuvo lista, Marie-Cécile se acercó a la ventana. A sus pies, las calles de Chartres se extendían como una postal, con las tiendas, los coches y los restaurantes de todos los días, acurrucados a la sombra de la gran catedral gótica. Pronto, de esas mismas casas saldrían los hombres y mujeres elegidos para participar en el ritual de esa noche.

Cerró los ojos ante el familiar contorno de la ciudad y el horizonte cada vez más oscuro. Ya no veía la torre ni las grises tracerías. En lugar de eso, con los ojos de la mente, vio el mundo entero como un mapa resplandeciente, extendido ante ella.

Por fin a su alcance.

CAPÍTULO 15

Foix

Alice se despertó, sobresaltada por el ruido del persistente timbre que le sonaba en el oído.

«¿Dónde demonios estoy?» El teléfono beige de la repisa sobre la cama volvió a sonar.

«¡Claro!» Su habitación de hotel en Foix. Había vuelto del yacimiento, había guardado algunas cosas en la maleta y se había duchado. Lo último que recordaba era haberse tumbado en la cama cinco minutos.

Buscó el teléfono a tientas.

—*Oui? Allô?*

El propietario del hotel, monsieur Annaud, tenía un marcado acento local, con vocales abiertas y consonantes nasales. Alice tenía dificultades para entenderlo incluso en persona. Por teléfono, sin la ayuda de la expresión y los gestos, le resultaba imposible. Sonaba como un personaje de dibujos animados.

—*Plus doucement, s'il vous plaît* —dijo, intentando que hablara más pausadamente—. *Vous parlez trop vite. Je ne comprends pas.*

Hubo una pausa. Se oyeron unos murmullos rápidos al fondo. Entonces se puso madame Annaud y le explicó que había una persona esperándola en la recepción.

—*Une femme?* —dijo ella, esperanzada.

Alice le había dejado a Shelagh una nota en la casa de la expedición y un par de mensajes en el buzón de voz, pero no había tenido noticias suyas.

—*Non, c'est un homme* —respondió madame Annaud.

—Bien —replicó ella, decepcionada—. *J'arrive. Deux minutes.*

Se pasó un peine por el pelo todavía húmedo, se puso una falda y una camiseta, se calzó un par de alpargatas y bajó la escalera, preguntándose quién demonios sería.

El grueso del equipo de arqueólogos se alojaba en un pequeño albergue cerca del lugar de la excavación. En cualquier caso, ella ya se había despedido de todo el que había querido oírla. Nadie más conocía su paradero y, desde que había roto con Oliver, tampoco tenía a nadie a quien contárselo.

La recepción estaba desierta. Alice escudriñó la zona más oscura, esperando ver a madame Annaud sentada detrás del alto mostrador de madera, pero allí no había nadie. Después se asomó por una esquina, para echar un vistazo rápido al vestíbulo. Las viejas butacas de mimbre, polvorientas por debajo, estaban vacías, como también lo estaban los grandes sofás de piel dispuestos perpendicularmente junto a la chimenea, que estaba rodeada de herraduras y de otros ornamentos ecuestres, así como de testimonios de huéspedes agradecidos. El expositor giratorio de postales, medio inclinado y cargado de gastadas vistas de todo lo que Foix y el Ariège podían ofrecer al turista, estaba inmóvil.

Alice volvió al mostrador e hizo sonar la campanilla. Se oyó un cascabeleo de cuentas en la puerta cuando monsieur Annaud salió de las habitaciones privadas de la familia.

—*Quelqu'un a demandé pour moi?*

—*Là* —dijo él, inclinándose por encima del mostrador para señalar.

Alice negó con la cabeza:

—*Personne.*

El hombre rodeó el mostrador para salir a mirar y se encogió de hombros, sorprendido al ver que el vestíbulo estaba vacío.

—*Dehors?* ¿Fuera? —preguntó, al tiempo que imitaba el gesto de un hombre fumando.

El hotel estaba en una pequeña calle secundaria, entre la avenida principal (con sus bloques de oficinas, sus restaurantes de comida rápida y el extraordinario edificio de correos de los años treinta de estilo *art déco*) y el pintoresco centro medieval de Foix, con sus bares y sus tiendas de antigüedades.

Alice miró primero a la izquierda y después a la derecha, pero no parecía que hubiese nadie esperando. Todas las tiendas estaban cerradas a esa hora del día y la calle estaba prácticamente vacía.

Intrigada, ya se había dado la vuelta para entrar de nuevo, cuando un hombre salió de un portal. Debía de tener poco más de veinte años y vestía un traje claro de verano que le iba un poco pequeño. Llevaba muy corto el espeso pelo negro y unas gafas oscuras ocultaban sus ojos. Tenía un cigarrillo en la mano.

—*Docteur Tanner?*

—*Oui* —dijo ella cautelosamente—. *Vous me cherchez?*

El hombre introdujo una mano en el bolsillo superior.

—*C'est pour vous. Tenez* —dijo, mientras le tendía imperiosamente un sobre. No dejaba de lanzar nerviosas miradas a un lado y a otro, claramente temeroso de que alguien los viera. De pronto, Alice lo reconoció como el joven agente uniformado que iba con el inspector Noubel.

—*Je vous ai déjà vu, non? Au pic de Soularac.*

Entonces él intentó hablar en inglés.

—Por favor —dijo con urgencia—. Tenga esto.

—*Vous étiez avec l'inspecteur Noubel?* —insistió ella.

El sudor perlaba la frente del joven. Para sorpresa de Alice, la agarró por una mano y la obligó a coger el sobre.

—¡Eh! —protestó ella—. ¿Qué hace?

Pero él ya había desaparecido, como tragado por una de las muchas callejas que subían hasta el castillo.

Por un momento, Alice se quedó mirando el espacio vacío de la calle, casi resuelta a ir tras él. Pero lo reconsideró. A decir verdad, sintió miedo. Bajó los ojos para contemplar la carta que tenía entre las manos como si fuera una bomba a punto de estallar. Hizo una profunda inspiración y deslizó un dedo bajo el doblez. Dentro del sobre había una sola hoja de papel barato, con la palabra APPELEZ, garabateada en infantiles letras mayúsculas. Debajo, un número de teléfono: 02 68 72 31 26.

Alice frunció el ceño. No era local. El prefijo del Ariège era el 05.

Dio la vuelta a la hoja, para ver si había algo escrito del otro lado, pero estaba en blanco. Estuvo a punto de tirarla a la papelera, pero se lo pensó mejor. «De momento me la quedaré.» Se la guardó en el bolsillo, tiró el sobre entre los envoltorios de helado y volvió a entrar, profundamente intrigada.

Alice no reparó en un hombre que salía del bar de la acera de enfrente. Cuando éste llegó a la papelera para recoger el sobre, ella ya estaba en su habitación.

Con la adrenalina bombeándole en las venas, Yves Biau finalmente dejó de correr. Doblándose por la cintura, apoyó las manos en las rodillas para recuperar el aliento.

En lo alto, el gran castillo de Foix se cernía sobre la ciudad como lo había hecho durante más de mil años. Era el símbolo de la independencia de la región, la única fortaleza importante que había resistido durante la cruzada contra el Languedoc, un refugio para los cátaros y los combatientes por la libertad expulsados de las ciudades y las tierras bajas.

Biau sabía que lo estaban siguiendo. Ellos (fueran quienes fuesen) no habían intentado disimularlo. Su mano buscó el arma que llevaba bajo la americana. Al menos había hecho lo que Shelagh le había pedido. Si ahora conseguía pasar la frontera y entrar en Andorra antes de que descubrieran que se había marchado, estaría a salvo. Comprendía que era demasiado tarde para detener el curso de los acontecimientos que había contribuido a poner en marcha. Había hecho todo lo que le habían pedido, pero ella siempre pedía más. Hiciera lo que hiciese, nunca sería suficiente.

El paquete había salido con el último correo hacia la casa de su abuela. Ella sabría qué hacer. Era lo único que se le había ocurrido para reparar el daño que había hecho.

Biau miró a uno y otro lado de la calle. Nadie.

Echó a andar y se puso en camino, dispuesto a volver a su casa por una ruta ilógica y llena de rodeos, por si acaso lo estaban esperando. Acercándose desde una dirección inesperada, tendría más probabilidades de verlos antes de que ellos lo vieran a él.

Mientras atravesaba el mercado cubierto, su subconsciente registró el Mercedes gris metalizado en la Place Saint-Volusien, pero le prestó poca atención. No oyó el suave carraspeo del motor que aguardaba encendido, ni el cambio de marchas cuando el coche empezó a deslizarse por la pendiente, retumbando sobre el empedrado de la ciudad medieval.

Cuando Biau puso un pie en la calzada para cruzar la calle, el vehículo aceleró violentamente, lanzado como un avión por la pista de despegue. El joven se volvió, con una expresión de asombro congelada en la cara. Un golpe seco le arrebató las piernas de debajo del cuerpo y su masa ingrávida voló por encima del parabrisas. Por una fracción de segundo, le pareció estar flotando, antes de salir despedido con violencia contra uno de los pilares de hierro forjado que sustentaban la cubierta inclinada del mercado.

Allí se quedó, suspendido en el aire contra el pilar, como un niño en una de esas atracciones de feria que aprovechan la fuerza centrífuga. Pero en seguida se impuso la gravedad y Biau se desplomó al suelo, dejando un rastro rojo de sangre sobre el metal negro de la columna.

El Mercedes no se detuvo.

El ruido hizo salir a la calle a los clientes de los bares. Dos mujeres se asomaron a la ventana de sus casas, que daban a la plaza. El propietario del café PMU echó un vistazo y entró corriendo a llamar a la policía. Una mujer empezó a gritar, pero en seguida guardó silencio, mientras la gente se congregaba alrededor de la víctima.

Al principio, Alice no prestó atención al ruido. Pero cuando el aullido de las sirenas estuvo más cerca, salió a la ventana para mirar, como todos los demás.

«No tiene nada que ver contigo.»

No había razón para involucrarse. Aun así, por algún motivo que no hubiese podido explicar, Alice se sorprendió abandonando la habitación y encaminándose hacia la plaza.

Había un coche de policía bloqueando la callejuela que bajaba hasta la plaza, con las luces parpadeando en silencio. Justo al otro lado, un grupo de transeúntes formaba un semicírculo alrededor de algo o alguien que yacía en el suelo.

—No hay seguridad en ninguna parte —murmuraba una norteamericana hablando con su marido—, ni siquiera en Europa.

La sensación de mal presagio de Alice se fue haciendo más intensa a medida que se acercaba. No soportaba la idea de lo que quizá iba a ver, pero por alguna causa, no podía detenerse. Un segundo coche de policía asomó de una calle secundaria y frenó con un chirrido delante del primero. Las caras se volvieron y la selva de brazos, piernas y torsos se abrió justo lo suficiente como para que Alice pudiera ver el cuerpo en el suelo. Traje claro, pelo negro y unas gafas de sol con cristales marrones y montura metálica tiradas al lado.

«No puede ser él.»

Alice se abrió paso a empujones, apartando a la gente, hasta ponerse delante. El chico yacía inmóvil en el suelo. Automáticamente, su mano fue en busca del papel que tenía en el bolsillo. «No puede ser coincidencia.»

Muda de estupor, Alice retrocedió con paso vacilante. La puerta de un coche se cerró de golpe. Sobresaltada, se volvió a tiempo de ver al inspector Noubel emergiendo con dificultad del asiento del conductor. Se encogió, intentando confundirse con la multitud. «Que no te vea.» El instinto la envió al otro lado de la plaza, lejos de Noubel, con la cabeza gacha.

Nada más doblar la esquina, echó a correr.

–*S'il vous plaît* –gritaba Noubel, despejando un camino a través de los curiosos–. *Police. S'il vous plaît.*

Yves Biau yacía desmadejado sobre el duro suelo, con los brazos extendidos en ángulo recto. Tenía una pierna doblada bajo el cuerpo, claramente rota, con un blanco hueso del tobillo asomando a través de los pantalones. La otra yacía plana, torcida hacia un lado de manera antinatural. Uno de los mocasines marrones se le había salido.

Noubel se agachó e intentó encontrarle el pulso. El chico aún respiraba, con jadeos breves y superficiales, pero su piel resultaba viscosa al tacto y sus ojos estaban cerrados. A lo lejos, Noubel distinguió el bienvenido aullido de una ambulancia.

–*S'il vous plaît* –volvió a gritar–. *Écartez.* Apártense.

Llegaron otros dos coches de policía. Se había dado por radio la noticia de la caída de un agente, por lo que había más policías que civiles. Acordonaron la calle y separaron a los testigos de los curiosos. Eran eficaces y metódicos, pero sus caras revelaban la tensión.

–No ha sido un accidente, inspector –dijo la norteamericana–. El coche ha ido directo hacia él, a toda velocidad. No le ha dado la menor oportunidad.

Noubel concentró en ella su mirada.

–¿Usted ha visto el accidente, señora?

–Claro que sí.

–¿Ha visto qué clase de coche era? ¿La marca?

La mujer sacudió la cabeza.

–Gris metalizado. Es todo lo que puedo decirle. –Se volvió hacia su marido.

—Mercedes —dijo el hombre de inmediato—. No vi muy bien el accidente. Sólo me di la vuelta al oír el ruido.

—¿Pudo ver la matrícula?

—Creo que el último número era un once. Sucedió demasiado rápido.

—La calle estaba prácticamente vacía, inspector —repitió ella, como temiendo que no la tomaran en serio.

—¿Vio cuánta gente viajaba en el coche?

—Delante, una sola persona, con toda seguridad. No sabría decirle si había alguien más en el asiento de atrás.

Noubel se la pasó a un agente, para que tomara nota de su declaración, y después se acercó a la parte trasera de una ambulancia, donde estaban cargando a Biau en una camilla. Tenía el cuello y la cabeza fijados con un collarín, pero una corriente continua de sangre fluía por debajo del vendaje que le envolvía la herida, manchándole de rojo la camisa.

Tenía la piel de un blanco antinatural, del color de la cera. Llevaba un tubo pegado con esparadrapo a la comisura de la boca y una vía intravenosa adherida a la mano.

—*S'en tirera, vous croyez?* ¿Se salvará?

El enfermero hizo una mueca.

—Yo en su lugar —respondió mientras cerraba las puertas— llamaría a sus parientes más próximos.

Noubel dio un puñetazo a un lado de la ambulancia que ya arrancaba y, tras asegurarse de que sus hombres estaban haciendo un buen trabajo, regresó a su coche, maldiciéndose a sí mismo. Se agachó para acomodarse en el asiento delantero, consciente de cada uno de sus cincuenta años, sin dejar de repasar las decisiones equivocadas que había tomado durante el día y que habían llevado a aquella situación. Deslizó un dedo bajo el cuello de la camisa y se aflojó la corbata.

Sabía que hubiese debido hablar antes con el chico. Biau no había sido el mismo desde el momento en que llegó al pico de Soularac. Habitualmente su actitud era entusiasta y era el primero en ofrecerse para todo. Pero ese día había estado inquieto e irritado, y había desaparecido a media tarde.

Noubel golpeteó nerviosamente el volante con los dedos. Authié había dicho que Biau no le había transmitido el mensaje del anillo. ¿Por qué iba a mentir acerca de algo así?

La sola imagen de Paul Authié le provocó a Noubel un dolor agudo en el abdomen. Para aliviar el ardor, se metió una pastilla de menta en la boca. Ése había sido otro error. No hubiese debido permitir que Authié se acercara a la doctora Tanner, aunque pensándolo bien, no sabía con certeza qué hubiese podido hacer para evitarlo. Cuando le llegó la noticia de los esqueletos hallados en Soularac, el informe venía acompañado de órdenes de facilitarle a Authié el acceso al lugar y ofrecerle toda la ayuda posible. Noubel aún no había podido averiguar cómo había hecho Authié para enterarse tan rápidamente del hallazgo, y menos aún para abrirse paso hasta el sitio.

Era la primera vez que Noubel veía a Authié en persona, pero lo conocía de oídas, como casi todos los del cuerpo de policía. El abogado era famoso por su extremismo en materia religiosa y, según se decía, tenía a toda la *Police Judiciaire* y a la gendarmería del sur de Francia en el bolsillo. Más concretamente, un colega de Noubel había sido testigo en un caso en el que Authié actuaba como defensor. Se acusaba a dos miembros de un grupo de extrema derecha del asesinato de un taxista argelino en Carcasona. Hubo rumores de intimidación y amenazas. Al final, los dos acusados fueron absueltos y varios oficiales de policía se vieron obligados a retirarse.

Noubel bajó la vista hacia las gafas de sol de Biau y las recogió del suelo. Antes se había sentido incómodo. Ahora la situación le gustaba aún menos.

La radio del coche cobró vida con un chisporroteo, ofreciendo la información que necesitaba acerca de los parientes más próximos de Biau. El inspector aplazó un poco más el momento. Después empezó a hacer las llamadas.

CAPÍTULO 16

Eran las once cuando Alice llegó a las afueras de Toulouse. Estaba demasiado cansada para seguir hasta Carcasona, de modo que decidió dirigirse al centro de la ciudad y buscar un lugar donde dormir esa noche.

El viaje se le había pasado en un abrir y cerrar de ojos. Su mente estaba llena de imágenes confusas de los esqueletos y del cuchillo al lado de éstos, del pálido rostro que la contemplaba a la luz gris y mortecina, del cuerpo tendido en el suelo, delante del mercado en Foix. ¿Estaría muerto?

«Y el laberinto.» Siempre, al final, volvía al laberinto. Alice se dijo que se estaba volviendo paranoica, que todo aquello no tenía nada que ver con ella. «Simplemente, estabas en un mal sitio, en un mal momento.» Pero por muchas veces que se lo repitiera, no acababa de creérselo.

Se quitó de un puntapié los zapatos y se tumbó en la cama sin desvestirse. Todo en la habitación era barato. Plástico y tableros de aglomerado, baldosas grises y parquet de imitación. Las sábanas estaban demasiado almidonadas y le rascaban la piel como si fueran de papel.

Sacó de la mochila la botella de Bushmills *single malt*. Todavía quedaban dos dedos. De pronto se le hizo un nudo en la garganta. Se los había estado reservando para su última noche en la excavación. Volvió a intentarlo, pero en el teléfono de Shelagh seguía saliendo el buzón de voz. Reprimiendo la irritación, dejó otro mensaje. Esperaba que Shelagh abandonara ya ese juego.

Se tomó un par de analgésicos con el whisky, se metió en la cama y apagó a luz. Estaba completamente exhausta, pero no encontraba una postura cómoda. Le palpitaba la cabeza, tenía la muñeca caliente e hinchada y el corte del brazo le dolía terriblemente. Más que nunca.

Hacía calor y el aire de la habitación era sofocante. Después de acomodarse y dar vueltas en la cama, y de oír las campanas dando las doce y la una, Alice se levantó y abrió la ventana para que entrara el aire. No sirvió de nada. Su mente no se estaba quieta. Intentó evocar arenas blancas y transparentes aguas azules, playas caribeñas y atardeceres hawaianos, pero su pensamiento regresaba una y otra vez a la roca gris y el gélido aire subterráneo de la montaña.

Le daba miedo dormir. ¿Y si volvía a tener el mismo sueño?

Las horas pasaban reptando. Tenía la boca seca y el corazón vacilante por efecto del whisky. Sólo cuando el pálido y blanco amanecer comenzó a arrastrarse bajo los bordes desgastados de las cortinas, su mente finalmente cedió.

Esta vez, el sueño fue diferente.

Iba montada en un caballo alazán a través de la nieve. El pelaje invernal del animal era espeso y brillante, y las crines y la cola, que eran blancas, estaban trenzadas con cintas rojas. Ella iba vestida para cazar, envuelta en su mejor capa, con capucha y orlas de piel de ardilla, y largos guantes de cuero forrados de piel de marta, que le llegaban hasta los codos.

Un hombre cabalgaba a su lado en un animal más grande y recio, de pelo gris y crines y cola negras. Tiraba repetidamente de las riendas para controlarlo. Llevaba el cabello castaño, demasiado largo para un hombre, rozándole los hombros. Su capa de terciopelo azul ondeaba tras él mientras cabalgaba. Alice vio que llevaba una daga a la cintura. Alrededor del cuello lucía una cadena de plata, de la que colgaba una solitaria piedra verde, que le golpeaba el pecho al ritmo del paso del caballo.

El hombre no dejaba de mirarla con una mezcla de orgullo y posesividad. La conexión entre ambos era íntima e intensa. En sueños, Alice cambió de postura y sonrió.

A cierta distancia, el sonido seco y agudo de un cuerno, en el aire frío de diciembre, proclamaba que los perros iban sobre la pista de un lobo. Ella sabía que era diciembre, un mes especial. También sabía que era feliz.

Después, la luz cambió.

Ahora estaba sola en una parte del bosque que no reconoció. Los árboles eran más altos y compactos, y sus ramas, negras y desnudas, se retorcían contra un cielo blanco y cargado de nieve, como los dedos de un muerto. En algún lugar tras ella, invisibles y amenazadores, los perros ganaban terreno, excitados por la promesa de sangre.

Ya no era la cazadora, sino la presa.

El bosque reverberaba con un millar de cascos atronadores, que se acercaban más y más. Ahora podía oír los aullidos de los cazadores. Se hablaban a gritos en una lengua que no entendía, pero ella sabía que la estaban buscando.

Su caballo tropezó. Alice salió despedida sobre la cabeza del animal y cayó en el frío y duro suelo. Oyó el crujido del hueso del hombro y sintió el dolor desgarrador. Bajó la vista, espantada. Una ramita, que la helada había vuelto dura y sólida como una punta de flecha, le había atravesado la manga y se le había hundido en el brazo.

Con dedos entumecidos y desesperados, Alice tiró de la astilla hasta arrancarla, cerrando los ojos para no sentir el dolor lacerante. En seguida empezó a manar la sangre, pero no podía dejar que eso la detuviera.

Conteniendo la hemorragia con el borde de la capa, Alice logró ponerse en pie y se obligó a continuar a través de las ramas desnudas y los zarzales petrificados. Las ramas, quebradizas, crepitaban bajo sus pies y el aire gélido le aguijoneaba las mejillas y le hacía llorar los ojos.

El campanilleo en sus oídos se volvió más fuerte e insistente, y se sintió a punto de desmayarse. Inmaterial como un espectro.

De pronto, el bosque desapareció y Alice se encontró de pie al borde de un acantilado. No le quedaba ningún sitio adonde ir. A sus pies, el suelo caía en picado hacia un boscoso precipicio. Frente a ella había montañas coronadas de nieve, que se extendían hasta donde alcanzaba la vista. Estaban tan cerca que tenía la impresión de poder tocarlas si extendía la mano.

En sueños, Alice se movió, inquieta.

«Despierta. Por favor, despierta.»

Intentó despertar, pero no lo consiguió. El sueño la tenía firmemente atrapada en su abrazo.

Los perros irrumpieron a través de la cortina de árboles que tenía detrás, ladrando y gruñendo. Su aliento nubló el aire, mientras sus fauces se abrían y cerraban, con hilos de baba y sangre colgando de los dientes.

En la penumbra del crepúsculo, refulgían las puntas de las lanzas empuñadas por los cazadores, en cuyos ojos había odio y exaltación. Podía oír sus voces, susurrando y burlándose de ella en tono provocador.

—*Héréticque, héréticque.*

En esa fracción de segundo, tomó su decisión. Si le había llegado la hora de morir, no lo haría a manos de aquellos hombres. Alice levantó los brazos, los abrió y saltó, encomendando su cuerpo al aire.

De inmediato, el mundo guardó silencio.

El tiempo dejó de tener sentido, mientras caía, lenta y suavemente, con la verde falda hinchándose a su alrededor. Entonces se percató de que llevaba algo colgado a la espalda, un trozo de tela en forma de estrella. No, no era una estrella, sino una cruz. Una cruz amarilla. *Roiele.* Mientras la palabra desconocida avanzaba y retrocedía en su mente, la cruz se soltó y se alejó flotando, como una hoja cayendo de un árbol en otoño.

El suelo no se acercaba. Alice ya no tenía miedo. Porque en el instante en que las imágenes del sueño comenzaron a resquebrajarse y desaparecer, su subconsciente comprendió lo que su mente consciente no podía entender: que no era ella, Alice, quien caía, sino otra mujer.

Y que aquello no era un sueño, sino un recuerdo. Un fragmento de una vida vivida hacía mucho, mucho tiempo.

CAPÍTULO 17

Carcassona

JULHET 1209

Las ramas y las hojas crujieron cuando Alaïs cambió de postura. Había un generoso olor a musgo, líquenes y tierra en su nariz y su boca. Algo afilado le horadó el dorso de la mano, una puñalada diminuta que en seguida empezó a escocerle. Un mosquito o una hormiga. Podía sentir el veneno destilando en su sangre. Alaïs se movió para ahuyentar al insecto. El movimiento le produjo náuseas.

«¿Dónde estoy?»

La respuesta, como un eco. Fuera.

Estaba tumbada boca abajo en el suelo. Tenía la piel viscosa y ligeramente fría por el rocío. ¿Era el amanecer o el crepúsculo? Su ropa, enredada en torno a ella, estaba húmeda. Poco a poco, Alaïs logró incorporarse hasta quedar sentada, con la espalda apoyada sobre un tronco de haya para mantenerse erguida.

Lentamente, con cuidado.

A través de los árboles, en lo alto de la ladera, podía ver un cielo blanco que contrastaba con el rosa del horizonte. Nubes achatadas flotaban como barcos al pairo. Podía distinguir los negros contornos de los sauces llorones. Tras ellos había perales y cerezos, pardos y desnudos de color por lo avanzado del verano.

Así pues era el alba. Alaïs intentó concentrarse en su entorno. Parecía muy brillante, enceguecedor, aunque no había sol. A escasa distancia se oía una corriente de agua, poco profunda y perezosa, sobre un lecho pedregoso, y a lo lejos, el grito inconfundible de un búho real, volviendo de su cacería nocturna.

Alaïs se miró los brazos, marcados con pequeñas y coléricas picaduras. Se examinó también los cortes y rasguños de las piernas. Además de las picaduras de insectos, tenía aros de sangre seca en torno a los tobillos. Levantó las manos para vérselas mejor. Los nudillos estaban amoratados y doloridos, y tenía líneas de un rojo herrumbroso entre los dedos.

Un recuerdo. De ser arrastrada sujeta por los brazos.

No, antes de eso.

«Iba andando por la plaza de armas. Había luces en las ventanas de arriba.»

El miedo le aguijoneó la nuca. Pasos en la oscuridad, una mano encallecida sobre su boca y, después, el golpe.

Peligro.

Se tocó la cabeza y no pudo evitar encogerse cuando sus dedos tomaron contacto con la masa pegajosa de sangre y pelo que tenía detrás de la oreja. Cerró con fuerza los ojos, intentando suprimir el recuerdo de las manos que le habían recorrido el cuerpo como ratas. Dos hombres. El olor habitual a caballo, cerveza y heno.

«¿Habrán encontrado el *merel*?»

Alaïs intentó ponerse en pie. Tenía que contarle a su padre lo sucedido. Iba a salir para Montpellier, era todo lo que recordaba. Pero antes tenía que hablar con él. Trató de incorporarse, pero las piernas no la sostuvieron. La cabeza volvió a darle vueltas y otra vez se encontró cayendo y cayendo, a punto de sumirse en un sueño ingrávido. Intentó combatirlo y permanecer despierta, pero no le sirvió de nada. Pasado, presente y futuro formaban parte de un tiempo infinito que se extendía ante ella. Color, sonido y luz dejaron de tener sentido.

CAPÍTULO 18

Con una última y ansiosa mirada por encima del hombro, Bertran Pelletier salió cabalgando por la puerta del este, junto al vizconde Trencavel. No comprendía por qué Alaïs no había acudido a despedirlos.

El senescal iba en silencio, perdido en sus pensamientos, prestando poca atención a la charla insustancial que se desarrollaba a su alrededor. Tenía el espíritu turbado por la ausencia de su hija, que no había acudido a la plaza de armas para verlo marchar ni para desear suerte a la expedición. Estaba sorprendido y también decepcionado, aunque le costara admitirlo. Ahora lamentaba no haber enviado a François para despertarla.

Pese a lo temprano de la hora, las calles estaban abarrotadas de gente que los saludaba y aclamaba. Para el viaje sólo los mejores caballos habían sido escogidos, corceles de resistencia y entereza a toda prueba, palafrenes de las cuadras del Château Comtal, seleccionados por su vivacidad y su fuerza. Raymond-Roger Trencavel montaba su favorito, un garañón bayo que él mismo había domado cuando era un potro. El pelaje del animal era del color de un zorro en invierno y en la frente tenía una estrella blanca distintiva, con la forma exacta —o al menos eso decían— de las tierras de Trencavel.

En todos los escudos lucía el emblema de Trencavel. Su divisa estaba bordada en cada estandarte y en la gonela que cada caballero lucía sobre la armadura de viaje. El sol naciente resplandecía en los yelmos, las espadas y las bridas relucientes. Hasta las alforjas de los caballos de carga habían sido lustradas hasta que los mozos vieron reflejarse sus caras en el cuero.

No había sido fácil decidir las dimensiones precisas de la comitiva:

demasiado pequeña, y habría parecido que Trencavel era un aliado menor y sin importancia, por no hablar del riesgo de sufrir un ataque de bandoleros; demasiado grande, y habría podido interpretarse como una declaración de guerra.

Finalmente, dieciséis *chavalièrs* habían sido elegidos, entre ellos Guilhem du Mas, pese a las objeciones de Pelletier. Con sus escuderos, más un puñado de sirvientes y clérigos, Jehan Congost y un herrero para reparar las herraduras de los caballos sobre la marcha, el cortejo sumaba en total unas treinta personas.

Su destino era Montpellier, principal ciudad de los dominios del vizconde de Nîmes y cuna de *dòmna* Agnès, la esposa de Raymond-Roger. Al igual que Trencavel, el vizconde de Nîmes era vasallo del rey de Aragón, Pedro II, por lo que aun cuando Montpellier era una ciudad católica y Pedro un enérgico y resuelto enemigo de la herejía, era razonable esperar que pudieran transitar sin problemas.

Habían calculado tres días de viaje desde Carcasona. Era imposible saber quién sería el primero en llegar a la ciudad, si Trencavel o el conde de Toulouse.

Al principio marcharon hacia el este, siguiendo el curso del Aude en dirección a levante. En Trèbes, torcieron al noroeste, hacia las tierras del Minervois, por la antigua vía romana que atravesaba La Redorte, la ciudad fortificada de Azille, sobre un altozano, y, más adelante, Olonzac.

Las mejores tierras se reservaban a los cultivos de cáñamo, que se extendían hasta donde alcanzaba la vista. A la derecha había viñas, algunas podadas y otras silvestres, creciendo sin freno junto al camino, detrás de setos exuberantes. A la izquierda estaba el mar verde esmeralda de los campos de cebada, que se volverían de oro para la época de la cosecha. Los campesinos, con el rostro oscurecido bajo grandes sombreros de paja, ya estaban trabajando duramente, recogiendo el último trigo de la temporada, con la curva de hierro de las guadañas atrapando de vez en cuando un reflejo de sol.

Más allá de la ribera, bordeada de robles y hierba de San Antonio, estaban los bosques profundos y silenciosos que sobrevolaban las águilas. En ellos abundaban los venados, los linces y los osos, y también los lobos y los zorros en invierno. A lo lejos, por encima de los montes y la espesura del llano, se cernían los oscuros bosques de la Montaigne Noire, donde reinaba el jabalí.

Con la energía y el optimismo de la juventud, el vizconde Trencavel estaba de buen humor y cabalgaba intercambiando anécdotas graciosas y escuchando historias de hazañas pasadas. Iba discutiendo con sus hombres sobre los mejores perros de caza, galgos o mastines, y acerca del precio que alcanzaba una buena hembra reproductora, además de prestar oídos a las últimas habladurías sobre quién había perdido qué jugando a los dados o a los dardos.

Nadie hablaba del propósito de la expedición, ni de lo que sucedería si el vizconde fracasaba en sus peticiones a su tío.

Un grito áspero a la cola de la comitiva llamó la atención de Pelletier, que miró por encima del hombro. Guilhelm du Mas iba cabalgando en línea de tres, junto a Alzeu de Preixan y Tièrry Cazanon, *chavalièrs* que también habían aprendido el arte de guerrear en Carcasona y habían sido armados caballeros el mismo domingo de Pascua.

Consciente de la expresión crítica del viejo, Guilhelm irguió la cabeza y buscó sus ojos con actitud insolente. Por un momento, se sostuvieron la mirada. Después, el más joven inclinó ligeramente la cabeza, en insincero gesto de reconocimiento, y desvió la cara. Pelletier sintió que se le calentaba la sangre, tanto peor porque sabía que no podía hacer nada.

Hora tras hora, cabalgaron por la llanura. La conversación se fue apagando hasta agotarse, cuando la exaltación que había acompañado la salida de la Cité cedió el paso a la aprensión.

El sol estaba cada vez más alto en el cielo. Los clérigos eran quienes más sufrían, con sus hábitos negros de lana. Riachuelos de sudor chorreaban de la frente del obispo, y la esponjosa tez de Jehan Congost había adquirido un desagradable tono con manchas rojas, semejante al de las flores de la dedalera. Abejas, grillos y cigarras chirriaban y zumbaban entre la hierba parda. Los mosquitos picaban manos y muñecas, y las moscas atormentaban a los caballos, que sacudían irritados las crines y la cola.

Sólo cuando el sol estuvo en el cenit, sobre sus cabezas, el vizconde Trencavel los condujo fuera del camino para que descansaran un rato. Se instalaron en un claro, junto a un riachuelo perezoso, tras asegurarse de que no había peligro. Los escuderos desensillaron los caballos, les refrescaron la piel con hojas de sauce mojadas en el agua de la corriente y curaron los cortes y las picaduras con hojas de acedera o cataplasmas de mostaza.

Los *chavalièrs* se quitaron las armaduras de viaje y las botas, y se lavaron el polvo y el sudor de las manos y el cuello. Un pequeño contingente de sirvientes fue enviado a la granja más cercana, de donde regresó poco después con pan, embutidos, queso de cabra, aceitunas y el recio vino del país.

Cuando se difundió la noticia de que el vizconde Trencavel estaba acampado en los alrededores, una corriente incesante de granjeros y campesinos, ancianos y muchachas, tejedores y cerveceros, comenzó a llegar al modesto campamento instalado bajo los árboles, con regalos para el *sènhor*: cestas de cerezas y ciruelas recién recogidas, una oca, sal y pescado.

Pelletier estaba inquieto. El movimiento los retrasaría y consumiría un tiempo muy valioso. Aún quedaba mucho camino por recorrer antes de que se alargaran las sombras del atardecer y pudieran acampar para la noche. Pero lo mismo que su padre y su madre antes que él, Raymond-Roger disfrutaba recibiendo a sus súbditos y jamás habría rechazado a ninguno.

—Por esto es por lo que olvidamos el orgullo y vamos a negociar la paz con mi tío —dijo serenamente—: para proteger todo lo bueno, inocente y verdadero que hay en nuestra forma de vivir, ¿no crees? Y si es necesario, lucharemos por ello.

Como los antiguos reyes guerreros, el vizconde Trencavel los recibió a todos a la sombra de un roble y aceptó con encanto, gracia y dignidad los tributos ofrecidos. Sabía que aquel día se convertiría en una historia digna de ser atesorada y entretejida en la memoria de la aldea.

Una de los últimos en acercarse fue una bonita niña de cinco o seis años, de piel morena y ojos brillantes como las zarzamoras. Tras hacer una leve reverencia, tendió al vizconde un ramillete de capuchinas, aquileas y trébol blanco. Las manos le temblaban.

Agachándose a la altura de la niña, el vizconde Trencavel se sacó del cinturón un pañuelo de hilo blanco y se lo dio. Incluso Pelletier sonrió cuando los dedos menudos se alargaron tímidamente para coger el blanco cuadrado de tela almidonada.

—¿Y cómo os llamáis, *domnaisela*? —preguntó el vizconde.

—Ernestine, *messer* —susurró ella.

Trencavel asintió.

—Muy bien, *domnaisela* Ernestine —prosiguió él, mientras separaba una flor rosa del ramillete y se la ponía en la gonela—. Llevaré esta flor aquí para que me dé buena suerte y como recuerdo de la gentileza del pueblo de Picheric.

Sólo cuando el último de los visitantes abandonó el campamento, Raymond-Roger Trencavel se soltó la espada y se sentó a comer. Una vez saciado el apetito, uno a uno, hombres y muchachos se tumbaron en la hierba suave o se apoyaron contra el tronco de un árbol y se quedaron dormidos, con el vientre lleno de vino y la cabeza pesada por el calor de la tarde.

Pelletier fue el único que no descansó. Cuando se hubo asegurado de que el vizconde Trencavel ya no lo necesitaba, salió a caminar junto al riachuelo, deseoso de soledad.

Había chinches barqueras deslizándose por el agua e iridiscentes libélulas que rozaban la superficie y surcaban como dardos el aire agobiante.

En cuanto perdió de vista el campamento, Pelletier se sentó sobre el tronco ennegrecido de un árbol caído y sacó del bolsillo la carta de Harif. No la leyó. Ni siquiera la abrió; sólo la mantuvo apretada entre el índice y el pulgar, como un talismán.

No podía dejar de pensar en Alaïs. Sus cavilaciones iban y venían, balanceándose como los platos de una romana. En determinado momento, se arrepintió de haber confiado en su hija. Pero ¿de quién iba a fiarse, si no de Alaïs? No había nadie más que mereciera su confianza. Al instante siguiente, temió haberle contado demasiado poco.

Dios mediante, todo saldría bien. Si su petición al conde de Toulouse era bien recibida, volverían triunfalmente a Carcasona antes de fin de mes, sin que se derramara ni una sola gota de sangre. Entonces Pelletier se reuniría con Siméon en Béziers y averiguaría la identidad de la «hermana» a quien se refería Harif en su escrito.

Si así lo quería el destino.

El senescal suspiró. Contempló el sereno paisaje que se extendía ante él, pero en su fuero interno vio lo contrario. En lugar del viejo mundo, inalterado e inmutable, vio caos, devastación y destrucción. El final de todas las cosas.

Agachó la cabeza. No podía haber obrado de otra manera. Si no regresaba a Carcasona, al menos moriría seguro de haber hecho cuanto estaba a su alcance para proteger la Trilogía. Alaïs cumpliría con su obligación. Haría suyos los votos que él había pronunciado. El secreto no se perdería en el fragor de la batalla, ni se pudriría en una mazmorra francesa.

Los ruidos del campamento, que ya cobraba vida, devolvieron a Pelletier al presente. Había que ponerse en marcha. Quedaban muchas horas de cabalgata antes del crepúsculo.

Pelletier volvió a guardar en la bolsa la carta de Harif y regresó apresuradamente al campamento, consciente de que momentos como aquél, de paz y serena contemplación, quizá no abundaran en los días que tenía por delante.

CAPÍTULO 19

Cuando Alaïs se despertó de nuevo, estaba acostada entre sábanas de hilo y no sobre la hierba. Oía un murmullo bajo y sordo, como un viento otoñal silbando entre los árboles. Su cuerpo le pareció curiosamente pesado y lastrado, como si no le perteneciera. Había soñado que Esclarmonda estaba allí con ella, poniéndole la mano fresca en la frente para ahuyentar la fiebre.

Sus párpados temblaron y se abrieron. Sobre su cabeza vio el familiar dosel de su cama, con las cortinas de color azul oscuro apartadas y sujetas hacia un lado. La alcoba estaba sumida en la suave luz dorada del crepúsculo. El aire, aunque pesado y caluroso, ya prometía el frescor de la noche. Distinguió un leve perfume de hierbas recién quemadas. Romero y un aroma de lavanda.

También oyó voces de mujeres, roncas y sofocadas, en algún lugar cercano. Estaban susurrando, como para no despertarla. Las palabras crepitaban como la grasa cayendo de un espetón al fuego. Poco a poco, Alaïs volvió la cabeza sobre la almohada en dirección al ruido. Alziette, la poco agraciada esposa del jefe de caballerizos, y Ranier, una chismosa alborotadora y rencorosa, casada con un hombre tosco y aburrido, conocidas ambas por ser dos liantes, estaban sentadas junto a la chimenea vacía, como un par de cuervos viejos. Su hermana Oriane solía llamarlas para que le hicieran recados, pero Alaïs desconfiaba de ellas y no podía entender cómo habían entrado en sus habitaciones. Su padre jamás lo habría permitido.

Entonces recordó. Su padre no estaba en el castillo. Se había ido a Saint Gilles o a Montpellier, no lo recordaba bien. También Guilhelm.

—Entonces, ¿dónde estaban? —murmuró Ranier con voz sibilante, ávida de escándalos.

—En el huerto, bajando por el riachuelo, junto a los sauces —contestó Alziette—. La chica mayor de Mazelle los vio cuando salían para allá. Ladina como es, se fue directamente a decírselo a su madre. Entonces Mazelle salió corriendo al patio, retorciéndose las manos y gritando que era una vergüenza y que hubiese querido ser la última en contármelo.

—Siempre le ha tenido envidia a tu chica. Todas sus hijas están gordas como cerdas y tienen la cara llena de hoyos. Todas, por mucho que le duela. —Ranier acercó un poco más su cabeza a la de Alziette—. ¿Qué hiciste entonces?

—¿Qué podía hacer, aparte de ir a ver por mí misma? Los encontré nada más bajar. Tampoco es que se esforzaran mucho por esconderse. Agarré a Raolf por los pelos, esa pelambre marrón tan fea que tiene, y le di de puñetazos en las orejas. Mientras tanto, él se sujetaba el cinturón con una mano. Tenía la cara roja de vergüenza, por haber sido descubierto. Cuando me volví hacia Joana, el miserable se me escabulló y salió huyendo, sin mirar atrás ni una sola vez.

Ranier chasqueó la lengua a modo de reprobación.

—Mientras tanto, Joana no dejaba de chillar, erre que erre, diciendo que Raolf la adoraba y que quería casarse con ella. Oyéndola, se hubiese dicho que era la primera chica que se ha dejado engañar por unas cuantas palabras bonitas.

—¿No serán honestas las intenciones del mozo?

Alziette resopló.

—No está en situación de casarse —se quejó—. Tiene cinco hermanos mayores y sólo dos están casados. Su padre se pasa el día y la noche en la taberna. Hasta la última moneda que pasa por sus manos acaba en los bolsillos de Gaston.

Alaïs intentó cerrar los oídos al chismorreo de las mujeres. Eran como buitres consumiendo carroña.

—En cualquier caso —dijo Ranier insidiosamente—, no hay mal que por bien no venga. Si las circunstancias no te hubieran llevado allí, no la habrías encontrado *a ella*.

Alaïs se puso tensa, al sentir que ambas cabezas se volvían en su dirección.

—Así es —convino Alziette—, y espero recibir una recompensa cuando vuelva su padre.

Alaïs se quedó escuchando, pero no averiguó nada más. Las sombras se alargaron. Siguió durmiendo y despertando a ratos.

Finalmente, una de las doncellas favoritas de su hermana se presentó para sustituir a Alziette y Ranier. El ruido de la mujer arrastrando el camastro de madera agrietada, para sacarlo de debajo de la cama, despertó a Alaïs. Oyó un golpe sordo cuando la criada se tumbó sobre el jergón y el peso de su cuerpo expulsó el aire alojado entre la paja seca del relleno. Al cabo de un momento, los gruñidos, los trabajosos ronquidos, los silbidos y los resoplidos que llegaban de los pies de la cama le anunciaron que la mujer se había quedado dormida.

De pronto, Alaïs despertó por completo. Tenía la cabeza llena de las últimas instrucciones que le había dado su padre: poner a buen recaudo la tabla con el laberinto. Se incorporó hasta quedar sentada y miró entre las velas y los retales.

La tabla ya no estaba.

Con cuidado para no despertar a la doncella, Alaïs abrió la puerta de la mesilla de noche. La bisagra estaba rígida por falta de uso y rechinó al girar. Alaïs repasó con los dedos los bordes de la cama, por si la tabla se hubiera deslizado entre el colchón y el marco de madera. Tampoco estaba allí.

Nada.

No le gustaba la deriva que estaban tomando sus pensamientos. Su padre había rechazado la sugerencia de que hubiesen descubierto su identidad, pero ¿no se habría equivocado? «Han desaparecido el *merel* y la tabla.»

Alaïs pasó las piernas por encima de la cama y recorrió de puntillas la habitación, hasta la silla donde solía sentarse para hacer sus labores. Necesitaba asegurarse. Su capa colgaba del respaldo. Alguien había intentado limpiarla, pero el fango cubría el rojo dobladillo y tapaba en algunos sitios los puntos del bordado. Olía como la plaza de armas o las cuadras, un olor acre y amargo. Sus manos salieron vacías, tal como esperaba. Su bolsa había desaparecido y, con ella, el *merel*.

Todo sucedía con excesiva rapidez. De pronto, las viejas sombras familiares le parecían amenazadoras. Sentía el peligro por todas partes, incluso en los ronquidos que le llegaban de los pies de la cama.

«¿Y si mis atacantes están todavía en el castillo? ¿Y si vuelven a buscarme?»

Alaïs se vistió rápidamente, recogió el candil y ajustó la llama. La idea de atravesar sola la plaza oscura la atemorizaba, pero no podía quedarse quieta en su habitación, simplemente esperando a que pasara algo.

Valor.

Alaïs atravesó corriendo la plaza de armas, hasta la torre Pinta, protegiendo con una mano la llama mortecina. Tenía que encontrar a François.

Entreabrió la puerta y lo llamó por su nombre en la oscuridad. No hubo respuesta. Se deslizó dentro de la habitación.

—François —volvió a susurrar.

La lámpara proyectaba un pálido resplandor amarillo, suficiente para ver que había alguien tumbado en el camastro al pie de la cama de su padre.

Tras apoyar la lámpara en el suelo, Alaïs se inclinó y lo tocó levemente en el hombro. En seguida retiró el brazo, como si se le hubieran quemado los dedos. Había notado algo raro.

—¿François?

Tampoco hubo respuesta. Alaïs agarró el borde irregular de la manta, contó hasta tres y la levantó.

Debajo había un montón de ropa y pieles viejas de carnero, todo ello cuidadosamente apilado para imitar los contornos de un hombre dormido. Sintió alivio, pero a la vez confusión y aturdimiento.

Fuera, en el pasillo, un ruido llamó su atención. Alaïs levantó la lámpara del suelo, apagó la llama y se escondió entre las sombras, detrás de la cama.

Oyó que la puerta se abría con un chirrido. El intruso vaciló, quizá al percibir el olor de la lámpara de aceite o al reparar en las mantas desordenadas, y desenvainó el puñal.

—¿Quién anda ahí? —preguntó—. ¡Sal para que te vea!

—¡François! —exclamó Alaïs con alivio, saliendo de detrás de las cortinas—. Soy yo. Puedes guardar el arma.

El hombre pareció mucho más sorprendido que ella.

—¡Perdonadme, *dòmna*, no os había visto!

Ella lo estudió con interés. El criado respiraba agitadamente, como si hubiese estado corriendo.

—La culpa ha sido mía, pero ¿dónde estabas tú a estas horas? —preguntó ella.

—Yo...

Una mujer, supuso ella, aunque no comprendía por qué lo turbaba tanto que lo hubiesen descubierto. Sintió pena por él.

—A decir verdad, François, no tiene importancia. He venido porque eres la única persona en quien confío, para que me cuentes lo que me ha ocurrido.

El color se retiró de la cara del criado.

—Yo no sé nada, *dòmna* —se apresuró a decir con voz ahogada.

—¿Cómo es eso? Seguramente habrás oído algo. Algún rumor en las cocinas...

—Muy poco.

—Bueno, intentemos reconstruir juntos la historia —dijo ella, intrigada por su actitud—. Recuerdo que volvía de los aposentos de mi padre, después de que tú fueras a buscarme para que acudiera a verlo. Entonces me atacaron dos hombres. Me desperté en un huerto, cerca de un riachuelo. Era temprano, por la mañana. Cuando volví a despertarme, estaba en mi habitación.

—¿Reconoceríais a esos dos hombres, *dòmna*?

Alaïs lo miró con atención.

—No. Estaba oscuro y todo sucedió demasiado de prisa.

—¿Se llevaron algo?

Ella dudó.

—Nada de valor —dijo finalmente, incómoda con la mentira—. Después, por lo que sé, Alziette Baichère dio la noticia. La he oído presumiendo al respecto hace un momento, aunque no acabo de comprender qué hacía ella en mis habitaciones. ¿Por qué no estaba conmigo Rixenda? ¿O cualquiera de mis doncellas?

—Instrucciones de *dòmna* Oriane, *dòmna*. Se ha hecho cargo personalmente de vuestro cuidado.

—¿Y a nadie le ha parecido extraña tanta preocupación? —dijo ella. Era totalmente impropio de su carácter—. Mi hermana no destaca precisamente por esas... habilidades.

François asintió.

—Pero ¡insistió tanto, *dòmna*!

Alaïs sacudió la cabeza. Una lejana reminiscencia encendió un destello en su mente. El fugaz recuerdo de estar encerrada en un espacio reducido, pero no de madera, sino de piedra, y un hedor acre a orina de animales y a dejadez. Cuanto más se esforzaba por atrapar el recuerdo, más se le escabullía y se alejaba.

Volvió al asunto que la ocupaba.

—Supongo, François, que mi padre ya habrá salido hacia Montpelhièr.

El hombre hizo un gesto afirmativo.

—Hace dos días, *dòmna*.

—Entonces es miércoles —murmuró ella, estupefacta. Había perdido dos días—. Dime, François —añadió, frunciendo el ceño—, cuando se marcharon, ¿no se extrañó mi padre de que yo no saliera a despedirlos?

—Así fue, *dòmna*, pero... me prohibió que os despertara.

«Eso no tiene sentido.»

—¿Y mi marido? ¿No dijo Guilhelm que yo no había regresado esa noche a nuestros aposentos?

—Creo que el *chavalièr* Du Mas pasó la primera parte de la noche en la forja, *dòmna*, y que después asistió a la misa de bendición con el vizconde Trencavel, en la capilla. Parecía tan sorprendido por vuestra ausencia como el senescal Pelletier, y además...

Se hizo un silencio incómodo.

—Adelante. Di lo que estás pensando, François. No te culparé.

—Con todos mis respetos, *dòmna*, creo que el *chavalièr* Du Mas no debía de querer revelarle a vuestro padre que ignoraba vuestro paradero.

En cuanto las palabras salieron de la boca del criado, Alaïs supo que tenía razón.

La animadversión entre su marido y su padre pasaba por su peor momento. Alaïs apretó los labios, para no delatar que pensaba lo mismo.

—Corrieron un riesgo muy grande —dijo ella, refiriéndose otra vez a sus captores—. Atacarme en el corazón del Château Comtal ya fue locura suficiente, pero multiplicar su crimen tomándome prisionera... ¿Cómo pudieron tener la menor esperanza de salirse con la suya?

Se interrumpió secamente, al darse cuenta de lo que acababa de decir.

—Todos estaban muy atareados, *dòmna*. No había toque de queda, y si bien la puerta del oeste estaba cerrada, la del este permaneció abierta toda la noche. No habrá sido difícil para dos hombres llevaros entre los dos, siempre que se cuidaran de ocultar vuestro rostro y vuestras ropas. Hay muchas damas... muchas mujeres, quiero decir... ya me entendéis...

Alaïs reprimió una sonrisa.

—Sí, François, te entiendo perfectamente.

La sonrisa se esfumó de su cara. Necesitaba pensar, decidir lo que iba a hacer a continuación. Estaba más confusa que nunca, y su ignorancia del porqué de lo ocurrido y de la manera en que había sucedido todo no hacía más que acrecentar su temor. «Es difícil actuar contra un enemigo sin rostro.»

—Convendría hacer circular el rumor de que no recuerdo nada del ataque, François —dijo ella al cabo de un momento—. De ese modo, si mis atacantes están todavía en el castillo, no se sentirán amenazados.

La idea de hacer otra vez el mismo recorrido de vuelta por la plaza de armas le heló la sangre. Además, no soportaba la idea de dormir bajo la mirada de una criada de Oriane. Alaïs no tenía la menor duda de que la había enviado su hermana para espiarla.

—Pasaré aquí el resto de la noche —añadió.

Para su sorpresa, François pareció horrorizado.

—Pero, *dòmna*, no es apropiado para vos...

—Siento tener que echarte de tu cama —dijo ella, suavizando su orden con una sonrisa—, pero la compañera que tengo en mis aposentos no es de mi agrado.

Una expresión impasible y hermética descendió sobre el rostro del criado.

—Aun así, François —prosiguió ella—, te agradeceré que te quedes cerca, por si te necesito.

El hombre no le devolvió la sonrisa.

—Lo que vos digáis, *dòmna*.

Alaïs se lo quedó mirando un momento, pero se dijo que estaba sacando demasiadas conclusiones apresuradas. Le pidió que encendiera la lámpara y a continuación lo despidió.

En cuanto François se hubo marchado, Alaïs se acostó hecha un ovillo en la cama de su padre. Al quedarse sola otra vez, volvió a sentir el pesar por la ausencia de Guilhelm, como un sordo dolor físico. Intentó conjurar mentalmente la imagen de su rostro, sus ojos y el contorno de su mandíbula, pero sus rasgos desdibujados se negaron a concretarse. Alaïs sabía que su incapacidad para fijar la imagen de su marido era fruto de su ira. Una y otra vez intentó recordar que Guilhelm estaba cumpliendo con sus obligaciones de *chavalièr*. No había error ni deslealtad en su conducta. De hecho, había actuado como era menester. En vísperas de tan importante misión, se debía ante todo a su señor y a quienes iban a hacer el viaje con él, y no a su esposa. Sin embargo, por mucho que Alaïs se lo repitiera, no conseguía acallar las voces en su mente. Lo que pudiera decir no cambiaba lo que sentía: que cuando había necesitado su protección, Guilhelm le había fallado. Por injusto que fuera su pensamiento, culpaba a Guilhelm.

Si su ausencia se hubiera descubierto con la primera luz del alba, quizá habrían atrapado a sus atacantes.

«Y mi padre no se habría marchado pensando mal de mí.»

CAPÍTULO 20

En una granja desierta, en las afueras de Aniane, en las llanas y feraces tierras del oeste de Montpellier, un anciano *parfait* cátaro y sus ocho *credentes*, sus fieles, aguardaban agazapados en el rincón de un granero, detrás de un montón de viejos arneses para bueyes y mulas.

Uno de los hombres estaba malherido. Colgajos de carne rosa y gris se desplegaban en torno a los blancos huesos astillados de lo que había sido su cara. Uno de los ojos había sido desalojado de su órbita por la fuerza del golpe que le había destrozado la mejilla. La sangre empezaba a coagularse en torno al hueco. Cuando la casa donde se habían congregado para orar fue atacada por un pequeño grupo de militares desgajado del grueso del ejército francés, sus amigos se habían resistido a abandonarlo.

Pero la presencia del herido había ralentizado su marcha y neutralizado la ventaja que les confería su mejor conocimiento del terreno. Los cruzados los habían perseguido todo el día. La noche no los había protegido y ahora se encontraban acorralados. Los cátaros podían oír los gritos de los soldados en el patio y también el sonido del fuego prendiendo en la madera seca. Estaban encendiendo una hoguera.

El *parfait* sabía que se acercaba su fin. No podían esperar piedad de hombres como aquéllos, impulsados por el odio, la ignorancia y el fanatismo. Nunca había habido un ejército como aquél en suelo cristiano. El *parfait* no lo habría creído si no lo hubiese visto con sus propios ojos. Había viajado hacia el sur, siguiendo en paralelo el avance de la Hueste. Había visto las barcazas enormes que bajaban flotando por el Ródano, cargadas de material y suministros, así como de cofres de madera cerrados con bandas de acero, que contenían valiosas reliquias sagradas para el buen fin de la expedición. Los cascos de los miles de caballos con sus jinetes, cabalgando junto al río, levantaban una gigantesca tolvanera que envolvía a toda la Hueste.

Desde el principio, la gente había cerrado a cal y canto las puertas de sus pueblos y ciudades, y había observado al ejército desde detrás de las murallas, rezando para que siguiera su camino sin detenerse. Circulaban rumores de creciente violencia y horror. Se hablaba de granjas quemadas y de campesinos que habían sufrido las represalias de los soldados al tratar de impedirles que saquearan sus tierras. Fieles cátaros acusados de herejía habían sido ejecutados en la hoguera en Puylaroque. Toda la comunidad judía de Montélimar —hombres, mujeres y niños— había sido pasada por las armas y sus cabezas sangrantes habían sido plantadas en picas fuera de las murallas de la ciudad, para pasto de los cuervos.

En Saint-Paul de Trois Châteaux, un *parfait* había sido crucificado por una pequeña banda de asaltantes gascones. Lo habían atado a una improvisada cruz, fabricada con dos maderos atados con sogas, y le habían clavado las manos a martillazos. Desgarrado por el peso de su propio cuerpo, no se retractó ni abjuró de su fe. Al final, aburridos por la lentitud de la agonía, los soldados lo destriparon y lo dejaron pudrirse.

Esos y otros actos de barbarie fueron desmentidos por el abad de Cîteaux y los barones franceses, o bien atribuidos a unos pocos renegados. Pero acurrucado en la oscuridad, el *parfait* sabía que las palabras de los señores, los clérigos y los legados papales no les servían de nada allí donde estaban. Podía oler el ansia de sangre en el aliento de los hombres que los habían acorralado en aquel pequeño rincón de esa creación diabólica que era el mundo.

Reconocía el Mal.

Lo único que podía hacer era intentar salvar las almas de sus fieles, para que pudieran contemplar el rostro de Dios. Su tránsito de este mundo al otro no iba a ser nada llevadero.

El herido todavía estaba consciente. Gemía suavemente, pero una quietud definitiva se había adueñado de él y su piel se había teñido con el gris de la muerte. El *parfait* impuso sus manos sobre la cabeza del hombre, le administró los últimos sacramentos de su religión y dijo unas palabras de *consolament*.

Los otros fieles unieron las manos en un círculo y comenzaron a rezar.

—Padre santo, Dios de la justicia y las almas buenas, Tú que no te dejas engañar, que nunca mientes ni dudas, permítenos saber...

Los soldados ya la habían emprendido a patadas con la puerta, entre risotadas y exabruptos. En poco tiempo, los encontrarían. La menor de las mujeres, que tenía apenas catorce años, se echó a llorar. Las lágrimas rodaban desesperadamente y en silencio por sus mejillas.

–... permítenos saber lo que Tú sabes y amar lo que Tú amas, porque nosotros no somos de este mundo y este mundo no es para nosotros, y tememos encontrar aquí la muerte, en los dominios de un dios extraño.

El *parfait* levantó la voz cuando la viga horizontal que mantenía cerrada la puerta saltó partida en dos. Astillas agudas como puntas de flecha se proyectaron por el granero cuando los hombres irrumpieron en él. A la luz del resplandor anaranjado del fuego que ardía en el patio, vio sus ojos vidriosos e inhumanos. Contó diez hombres, cada uno con su espada.

Su mirada se fijó después en el capitán, que entró detrás. Un hombre alto, de tez pálida y ojos inexpresivos, tan sereno y controlado como vehementes e indisciplinados eran sus hombres. Tenía un aire de cruel autoridad, el de un hombre acostumbrado a ser obedecido.

Siguiendo sus órdenes, los soldados sacaron a rastras a los fugitivos de su escondite. El capitán levantó el brazo y hundió la espada en el pecho del *parfait*. Por un instante, sostuvo su mirada. Los ojos del francés, grises como el pedernal, rebosaban desprecio. Alzó el brazo por segunda vez e hincó el acero en lo alto del cráneo del viejo, salpicando la paja de pulpa roja y sesos grises.

Asesinado el sacerdote, se desató el pánico. Los otros intentaron huir, pero el suelo estaba resbaladizo de sangre. Un soldado agarró a una mujer por el pelo y le clavó una estocada en la espalda. El padre de la víctima intentó apartarlo, pero el hombre se dio la vuelta y le abrió el vientre de un tajo. Los ojos del desdichado se abrieron de conmocionado asombro, mientras el soldado revolvía el acero en la herida y empujaba con el pie a su víctima para extraerle el arma.

El soldado más joven vomitó sobre la paja.

Al cabo de unos minutos, todos los hombres estaban muertos y sus cuerpos yacían dispersos por el granero. El capitán ordenó a los soldados que se llevaran fuera a las dos mujeres mayores. Se quedó a la chica y también al muchacho que había vomitado. El chico tenía que endurecerse.

Ella retrocedió, con el miedo aleteando en sus ojos. El capitán sonrió. No tenía prisa y la joven no podía huir. Dio unas vueltas a su alrededor, como un lobo contemplando a su presa, y entonces, sin previo aviso, atacó. De un solo movimiento, la agarró por el cuello, le golpeó la cabeza contra la pared y le desgarró el vestido. La chica gritó con fuerza, dando patadas y manotazos desesperados al vacío. Él le dio un puñetazo en la cara, notando con satisfacción el tacto de los huesos astillados.

Las piernas de ella cedieron. Cayó de rodillas, dejando un rastro de sangre sobre la madera. El hombre se inclinó y le agarró la túnica, desgarrándola de arriba abajo de un solo gesto. Ella gimió, mientras él le apartaba la tela, descubriendo su cuerpo.

—No debemos permitir que se apareen y traigan otros como ellos al mundo —dijo con frialdad, al tiempo que desenvainaba el puñal.

No tenía intención de contaminar su carne tocando a la hereje. Empuñando el arma, hundió cuanto pudo la hoja en las entrañas de la chica. Con todo el odio que le inspiraban los de su clase, clavó el cuchillo en su vientre una y otra vez, hasta tener ante sí su cuerpo tendido e inmóvil. Como acto final de profanación, le dio la vuelta y, con dos rápidos movimientos del cuchillo, le grabó el signo de la cruz en la espalda desnuda. Perlas de sangre, como rubíes, brotaron sobre la piel blanca.

—Espero que esto sirva de lección para cualquier otro de estos que pase por aquí —dijo serenamente—. Ahora remátala.

Después de limpiar la hoja del arma en el vestido desgarrado de la joven, se puso de pie.

El chico estaba sollozando. Tenía la ropa manchada de vómito y sangre. Intentó hacer lo que su capitán le ordenaba, pero con demasiada lentitud.

El hombre cogió al muchacho por el cuello.

—He dicho que la remates. Rápido. Si no quieres acabar como ellos.

Le dio un puntapié en la base de la espalda, dejándole en la gonela una huella de sangre, polvo y fango. Un soldado de estómago delicado no le servía para nada.

La improvisada hoguera en mitad del patio ardía ferozmente, avivada por el cálido viento nocturno que soplaba desde el Mediterráneo.

Los soldados se mantenían retirados, con las manos sobre la cara para protegerse del calor. Sus caballos, atados a la cancela, piafaban agitados. Tenían el hedor de la muerte en los ollares y eso los ponía nerviosos.

A las mujeres las habían desnudado y las habían obligado a arrodillarse en el suelo, delante de sus captores, con los pies atados y las manos fuertemente amarradas a la espalda. La expresión de sus rostros y los arañazos en su pecho y hombros testimoniaban lo que acababan de soportar, pero permanecían en silencio. Una de ellas lanzó una apagada exclamación cuando les arrojaron delante el cadáver de la muchacha.

El capitán se dirigió hacia la pira. Ya estaba aburrido; no veía el momento de marcharse. Matar herejes no era lo que lo había llevado a unirse a la cruzada. La brutal incursión era un regalo para sus hombres. Había que mantenerlos ocupados para que no bajaran la guardia y evitar que se enfrentaran entre sí.

El cielo nocturno estaba lleno de estrellas blancas alrededor de la luna llena. Se dio cuenta de que debía de ser pasada la medianoche, quizá más tarde. Había contado con estar de vuelta mucho antes, por si llegaba algún aviso.

—¿Las echamos a la hoguera, señor?

Con un único y repentino gesto, desenvainó la espada y cercenó de un mandoble la cabeza de la mujer que tenía más cerca. La sangre empezó a manar de una vena del cuello, salpicándole a él las piernas y los pies. El cráneo cayó al suelo con un golpe sordo. De un puntapié, el hombre derribó en el polvo el cuerpo que aún se retorcía.

—Matad al resto de estas perras herejes y después quemad los cuerpos, y también el granero. Ya nos hemos demorado demasiado.

CAPÍTULO 21

Alaïs se despertó cuando el alba se filtraba en la habitación. Por un momento no consiguió recordar qué hacía en los aposentos de su padre. Desperezándose para desprenderse del sueño, se sentó en la cama y esperó, hasta que el recuerdo de la víspera regresó vívido e intenso.

En algún momento durante las largas horas entre la medianoche y el alba, había tomado una decisión. Pese a lo entrecortado de su sueño nocturno, tenía la mente clara como un torrente de montaña. No podía quedarse sentada, esperando pasivamente el regreso de su padre. No tenía manera de juzgar las consecuencias de cada día de demora. Cuando él le habló de su deber sagrado con la *Noublesso de los Seres* y el secreto que sus integrantes custodiaban, le hizo saber más allá de toda duda que su honor y su orgullo dependían de su capacidad para cumplir los votos pronunciados. Ella tenía el deber de buscarlo, contarle lo sucedido y volver a poner el asunto en sus manos.

«Mejor actuar que quedarse impasible.»

Alaïs se acercó a la ventana y abrió los postigos para dejar entrar el aire de la mañana. A lo lejos, la Montaigne Noire reverberaba en tonos violáceos a la luz creciente del alba, sempiterna e intemporal. El espectáculo de las montañas fortaleció su resolución. El mundo la estaba llamando para que se uniera a él.

Una mujer viajando sola correría riesgos. Su padre lo habría tildado de temeridad. Pero era una excelente amazona, rápida e intuitiva, y confiaba en su capacidad para huir cabalgando de cualquier grupo de asaltadores de caminos o bandoleros. Además, hasta donde tenía noticias, no se conocían ataques de bandoleros en las tierras del vizconde Trencavel.

Alaïs se llevó la mano a la herida de la nuca, testimonio de que alguien había intentado hacerle daño. Si le había llegado la hora, entonces prefería plantar cara a la muerte con la espada en la mano a quedarse sentada, esperando a que sus enemigos volvieran a atacar.

Cuando Alaïs recogió de la mesa la lámpara apagada, vio casualmente su reflejo en el vidrio veteado de negro. Estaba pálida, con la piel del color del suero de la leche, y los ojos velados por la fatiga. Pero había en su expresión una determinación que antes no poseía.

Alaïs hubiese deseado no tener que volver a su habitación, pero no le quedaba más remedio. Después de pasar con cuidado por encima de François, atravesó la plaza de armas y volvió a la zona de castillo donde se encontraban sus aposentos. No había nadie.

Guiranda, la taimada sombra de Oriane, dormía en el suelo junto a la puerta de su señora, con su bonito y enfurruñado rostro sumido en el sueño, cuando Alaïs pasó de puntillas a su lado.

El silencio que encontró al entrar en su habitación le indicó que la otra criada ya no estaba. Presumiblemente se habría despertado y, al descubrir su ausencia, se habría marchado.

Alaïs puso manos a la obra, sin perder un minuto. El éxito de su plan dependía de su habilidad para lograr que todos creyeran que se sentía demasiado débil como para alejarse del castillo. Nadie de la casa debía saber que se dirigía a Montpellier.

Sacó de su guardarropa el más ligero de sus vestidos de caza, de un marrón rojizo similar al pelaje de las ardillas, con mangas añadidas de un pálido gris piedra, amplias bajo los brazos y terminadas en punta. Se ciñó un fino cinturón de piel, del que colgó su cuchillo y su bolsa, la que usaba cuando salía a cazar en invierno.

Se calzó las botas de caza, que le llegaban justo hasta debajo de las rodillas; se ajustó los lazos de piel en torno a la caña de las botas, para sujetar un segundo puñal; cerró las hebillas, y se puso una sencilla capa marrón con capucha y sin adornos.

Cuando estuvo vestida, cogió del cofre joyero varias gemas y algunas joyas, entre ellas su collar de aventurina y su anillo de turquesa con gargantilla a juego. Podían serle de utilidad como moneda de cambio o para comprar el derecho a transitar o a refugiarse en algún sitio, sobre todo cuando hubiera dejado atrás las fronteras de las tierras del vizconde Trencavel.

Por último, satisfecha al comprobar que no olvidaba nada, sacó la espada de su escondite detrás de la cama, donde había permanecido intacta desde su boda. Alaïs la empuñó firmemente con la mano derecha y la levantó, calibrando la hoja sobre la palma. Seguía recta y equilibrada, pese a la falta de uso. Dibujó en el aire la figura de un ocho, recordando el peso y el carácter del arma. Sonrió. La sentía cómoda en su mano.

Alaïs entró subrepticiamente en la cocina y le pidió a Jaume pan de cebada, higos, pescado salado, un trozo de queso y una jarra de vino. El hombre le dio mucho más de lo que necesitaba, como siempre hacía. Una vez más, Alaïs agradeció su generosidad.

Después despertó a su doncella, Rixenda, y le susurró un mensaje para *dòmna* Agnès: debía decirle que Alaïs se sentía mejor y que pensaba reunirse con las señoras de la casa, después de tercias. Rixenda pareció sorprendida, pero no hizo ningún comentario. Sabía que a Alaïs le disgustaba esa parte de sus deberes y que solía excusar su presencia siempre que podía. Se sentía enjaulada en compañía de las mujeres y la aburría la charla insustancial durante las labores de bordado. Sin embargo, ese día, aquélla sería la prueba perfecta de que tenía pensado regresar al castillo.

Alaïs esperaba que no repararan en su ausencia hasta más tarde. Si tenía suerte, sólo cuando la campana de la capilla tocara a vísperas se percatarían de que no había vuelto y darían la voz de alarma.

«Y para entonces hará mucho tiempo que me habré ido.»

—Rixenda, no te presentes ante *dòmna* Agnès hasta que haya desayunado —le indicó—. Espera a que los primeros rayos del sol lleguen al muro del oeste de la plaza, ¿de acuerdo? *Òc ben?* Hasta entonces, a todo el que venga en mi busca, aunque se trate del criado de mi padre, puedes decirle que he salido a cabalgar al campo, del otro lado de Sant Miquel.

Las caballerizas estaban en la esquina nororiental de la plaza de armas, entre la torre de las Casernas y la torre del Mayor. Varios caballos piafaron, levantaron las orejas al oírla acercarse y relincharon suavemente, con la esperanza de que viniera a darles heno. Alaïs se detuvo en la primera cuadra y acarició el ancho testuz de su vieja yegua gris, que tenía el tupé y la crin estriados de pelos blancos.

—Hoy no, vieja amiga —dijo—. No podría pedirte tanto.

Su otra montura estaba en la cuadra vecina. Era una yegua árabe de seis años, *Tatou*, regalo sorpresa de su padre el día de su boda. Era alazana, del color de las bellotas en invierno, con la cola y la crin blancas y calzada en los cuatro remos. Alta hasta los hombros de Alaïs, tenía la cara achatada de los corceles de su raza, huesos densos, dorso firme y temperamento apacible. Más importante aún, era resistente y muy veloz.

Para alivio de Alaïs, la única persona presente en los establos era Amiel, el hijo del herrero, adormilado sobre el heno en el rincón más alejado de las cuadras. En cuanto la vio, se puso en pie apresuradamente, avergonzado por haber sido sorprendido durmiendo.

Alaïs interrumpió sus disculpas.

Amiel examinó los cascos y las herraduras de la yegua, para asegurarse de que el animal estaba en condiciones de salir; le puso una manta y, a instancias de Alaïs, una silla de viaje en lugar de los arreos de caza que pensaba ponerle. Alaïs sentía una opresión en el pecho. El menor sonido procedente de la plaza la hacía sobresaltarse, y se volvía cada vez que oía una voz.

Sólo cuando el mozo hubo terminado, Alaïs sacó la espada de debajo de la capa.

—La hoja está desafilada —dijo.

Sus miradas se encontraron. Sin decir palabra, Amiel cogió la espada y la llevó al yunque en la forja. El fuego estaba encendido, alimentado día y noche por una sucesión de niños que apenas alcanzaban el tamaño suficiente para transportar los pesados y puntiagudos haces de leña de un extremo a otro de la fragua.

Alaïs vio las chispas que salían despedidas de la piedra y observó la tensión en los hombros de Amiel, cada vez que el muchacho dejaba caer el martillo sobre la hoja, para afilarla, aplanarla y reequilibrarla.

—Es una buena espada, *dòmna* Alaïs —dijo el mozo con naturalidad—. Os será muy útil, aunque... ruego a Dios que no tengáis que usarla.

—*Eu autressí* —sonrió ella. «Yo también.»

La ayudó a montar y la condujo a través de la plaza. Alaïs sintió que se le desbocaba el corazón, por temor a que la vieran en el último momento y su plan fracasara.

Pero no había nadie y pronto llegaron a la puerta del este.

—Que Dios os proteja, *dòmna* Alaïs —susurró Amiel, mientras la joven depositaba una moneda en su mano. Los guardias abrieron las puertas y Alaïs dirigió a *Tatou*, con el corazón palpitante, a través del puente y más allá, por las calles matinales de Carcasona. Había superado el primer obstáculo.

Nada más dejar atrás la puerta de Narbona, Alaïs aflojó las riendas de *Tatou*.

«*Libertat*.»

Cabalgando hacia el sol naciente, Alaïs se sintió en armonía con el mundo. El pelo se le apartó de la cara y el viento le devolvió el color a las mejillas. Mientras *Tatou* galopaba por la llanura, ella se preguntó si eso sería lo que sentiría el alma cuando abandonaba el cuerpo al partir para sus cuatro días de viaje hacia el cielo. ¿Tendría esa misma sensación de la gracia de Dios, esa trascendencia, ese desprendimiento de toda bajeza, de todo lo físico, hasta que sólo quedara el espíritu?

Alaïs sonrió. Los *parfaits* predicaban que llegaría el día en que todas las almas se salvarían y todas las preguntas recibirían respuesta en el cielo. Pero de momento, estaba dispuesta a esperar. Había demasiado que hacer en el mundo para que ella pensara en dejarlo.

Arrastrando su sombra tras de sí, todos los pensamientos de Oriane y de la casa, y todos los temores se desvanecieron. Era libre. A sus espaldas, las paredes y torres color arena de la Cité se fueron volviendo cada vez más pequeñas, hasta desaparecer por completo.

CAPÍTULO 22
Toulouse

MARTES 5 DE JULIO DE 2005

E n Blagnac, el aeropuerto de Toulouse, el oficial de seguridad prestó más atención a las piernas de Marie-Cécile de l'Oradore que a los pasaportes de los otros pasajeros.

Las cabezas se iban volviendo tras ella, mientras recorría la extensión de austeras baldosas grises y blancas. Sus simétricos rizos negros, su traje sastre color rojo, su inmaculada camisa blanca, todo la señalaba como alguien importante, como una persona que no guardaba cola ni estaba dispuesta a que la hicieran esperar.

Su chófer habitual la estaba aguardando junto a la puerta de llegadas, destacando con su traje oscuro entre la multitud de parientes de pasajeros y entre los turistas con camiseta y pantalones cortos. Ella le sonrió y le preguntó por su familia mientras se dirigían al coche, aunque tenía la cabeza en otras cosas. Al encender el móvil, había un mensaje de Will, que ella borró en seguida.

Cuando el coche se incorporó suavemente al torrente de tráfico del cinturón de Toulouse, Marie-Cécile se permitió relajarse. La ceremonia de la noche anterior había sido más emocionante que nunca. Sabiendo que la cueva había sido localizada, se había sentido transfigurada, colmada por el ritual y seducida por el poder heredado de su abuelo. Cuando levantó las manos y recitó el conjuro, había sentido energía pura fluyendo por sus venas.

Incluso la tarea de silenciar a Tavernier, un iniciado que había demostrado ser poco fiable, se había consumado sin dificultad. A condición de que ninguno hablara −y ahora estaba segura de nadie lo haría−, no había nada de que preocuparse. Marie-Cécile no había perdido el tiempo dándole la oportunidad de defenderse. La transcripción de las conversaciones que había mantenido con una periodista era prueba suficiente, en lo que a ella concernía.

Sin embargo... Marie-Cécile cerró los ojos.

Había algunos detalles al respecto que la inquietaban: la forma en que la indiscreción de Tavernier había salido a la luz, el hecho de que las notas de la periodista fueran asombrosamente concisas y coherentes, y la desaparición de la propia periodista.

Lo que más le preocupaba era la coincidencia en el tiempo. No había razón para relacionar el hallazgo de la cueva en el pico de Soularac con una ejecución ya planeada –y posteriormente llevada a cabo– en Chartres, pero en su mente ambos hechos habían quedado vinculados.

El coche ralentizó la marcha. Abrió los ojos y vio que el conductor se había detenido para retirar el ticket de la autopista. Golpeó el cristal.

–*Pour le péage* –dijo, entregándole un billete de cincuenta euros, enrollado entre sus bien manicurados dedos. No quería dejar rastros de papel.

Marie-Cécile tenía asuntos que atender en Avignonet, a unos treinta kilómetros al sureste de Toulouse. Saldría para Carcasona desde allí. Su reunión estaba prevista a las nueve en punto, pero tenía pensado llegar antes. El tiempo de su estancia en Carcasona dependía del hombre con quien iba a reunirse.

Cruzó las largas piernas y sonrió. No veía la hora de comprobar si estaba a la altura de su reputación.

CAPÍTULO 23

Carcasona

Poco después de las diez, el hombre conocido como Audric Baillard salió de la estación de la SNCF en Carcasona y se encaminó hacia el centro. Delgado y menudo, con su traje claro producía la impresión de una persona distinguida aunque algo anticuada. Caminaba de prisa, empuñando un largo bastón como un báculo entre sus dedos flacos. Su sombrero panamá le protegía los ojos del resplandor del sol.

Atravesó el Canal du Midi y pasó ante el magnífico hotel Terminus, con sus ostentosos espejos de estilo *art déco* y sus sinuosas rejas de hierro forjado. Carcasona había cambiado mucho. Veía pruebas de ello por todas partes mientras recorría la calle peatonal que atraviesa el corazón de la Basse Ville. Nuevas tiendas de ropa, pastelerías, librerías y joyerías. Se respiraban aires de prosperidad. La ciudad volvía a ser un destino. Un lugar en el centro de los acontecimientos.

Las blancas baldosas de la Place Carnot brillaban al sol. Eso era nuevo. La espléndida fuente decimonónica había sido restaurada y el agua manaba cristalina. Por toda la plaza había terrazas con mesas y sillas de colores vivos. Baillard volvió la vista hacia el bar Félix y sonrió al ver sus familiares toldos desgastados, a la sombra de las limas. Algunas cosas, por lo menos, no habían cambiado.

Subió por una estrecha y animada calle secundaria que conducía al Pont Vieux. Los rótulos marrones que aludían a la categoría mundial de la Cité, la ciudadela medieval fortificada, eran otra señal de que Carcasona había dejado de ser un lugar que simplemente «merecía un rodeo», según la guía Michelin, para convertirse en destino turístico internacional, declarada patrimonio de la humanidad por la Unesco.

Salió a un espacio abierto y allí estaba. *La Ciutat*. Baillard sintió, como siempre, la aguda sensación de estar regresando al hogar, aunque ya no era el lugar que había conocido.

Habían instalado una decorativa valla delante del Pont Vieux, para impedir el acceso de vehículos. En otra época había sido preciso aplastarse contra la pared para eludir el torrente de caravanas, remolques, camiones y motocicletas que se abrían paso resoplando por el estrecho puente, cuyas piedras mostraban las cicatrices de décadas de contaminación. Ahora el parapeto estaba limpio. Tal vez incluso demasiado limpio. Pero sobre la castigada piedra, Jesús colgaba aún de su cruz como un muñeco de trapo, en el centro del puente, marcando el límite entre la Bastide de Saint-Louis y la antigua ciudadela fortificada.

Baillard sacó un pañuelo amarillo del bolsillo superior y se enjugó cuidadosamente la cara y la frente, bajo el ala del sombrero. Las orillas del río, muy por debajo de él, se veían cuidadas y cubiertas de vegetación, con senderos de color arena serpenteando entre los árboles y los arbustos. En la ribera septentrional, entre amplias extensiones de hierba, había primorosos parterres rebosantes de grandes flores exóticas. También se podía ver a señoras bien vestidas, sentadas en bancos metálicos a la sombra de los árboles, contemplando el agua y charlando, mientras sus perrillos jadeaban pacientemente a su lado o intentaban morder los talones del ocasional deportista que pasaba haciendo *jogging*.

El Pont Vieux conducía directamente al Quartier de la Trivalle, que había dejado de ser un suburbio gris, para convertirse en la puerta de entrada a la Cité medieval. Habían instalado barandillas de hierro negro a intervalos a lo largo de las aceras, para evitar que aparcaran los coches. Flores de intensos tonos naranja, violeta y carmesí desbordaban de las jardineras, como melenas derramándose por la espalda de una joven. Mesas y sillas cromadas resplandecían en las terrazas de los cafés y unas ornamentales farolas con cubierta de cobre habían desplazado a las otras más prosaicas que antes alumbraban las calles. Hasta los viejos canalones de hierro y plástico, que goteaban y se resquebrajaban con la fuerza de los chubascos y el calor, habían sido reemplazados por elegantes desagües metálicos, con extremos semejantes a bocas de coléricos peces.

La panadería y la tienda de ultramarinos habían sobrevivido, lo mismo que el Hôtel du Pont Vieux, pero la carnicería había pasado a vender antigüedades y la mercería se había transformado en emporio del

New Age y ofrecía una selección de cristales, naipes de tarot y libros sobre la iluminación espiritual.

¿Cuántos años habían pasado desde la última vez que había estado allí? Había perdido la cuenta.

Al girar a la derecha por la Rue de la Gaffe, Baillard advirtió más signos del insidioso aburguesamiento del lugar. La calle, apenas del ancho suficiente para dejar pasar un coche, era poco más que un pasaje, pero en una de sus esquinas había una galería de arte, La Maison du Chavalièr, con dos grandes ventanas de arco, cuyos barrotes metálicos recordaban las puertas de los castillos en las escenografías de Hollywood. Había seis escudos de madera pintada sobre el muro y un aro metálico junto a la puerta, para que los clientes ataran a sus perros allí donde antes ataban a los caballos.

Había varias puertas recién pintadas. Los números de los portales estaban escritos sobre baldosas blancas con bordes azules y amarillos, entre orlas de flores diminutas. De vez en cuando algún mochilero, cargado de planos y botellas de agua, se paraba a preguntar en vacilante francés por el camino a la Cité, pero aparte de eso había poco movimiento.

Jeanne Giraud vivía en una casa pequeña, que daba la espalda a las verdes y empinadas laderas al pie de las murallas medievales. En su tramo de calle había menos fincas rehabilitadas y algunas estaban en ruinas o abandonadas. Dos viejos, un hombre y una mujer, estaban sentados en la acera, en sillas sacadas de la cocina. Baillard se levantó el sombrero y les deseó buenos días al pasar por su lado. Conocía de vista a varios de los vecinos de Jeanne y a lo largo de los años había llegado a saludar a algunos con un breve gesto de la cabeza.

Jeanne estaba sentada a la sombra, delante de su portal, esperando su llegada. Tenía el aspecto pulcro y eficiente de siempre, con una sencilla blusa de manga larga y una falda recta de color oscuro. Llevaba el pelo recogido en un moño, en la base de la nuca. Parecía la maestra de escuela que había sido hasta su jubilación, veinte años antes. En todos los años que hacía que la conocía, nunca la había visto de otra manera que no fuera perfectamente arreglada para un encuentro formal.

Audric sonrió, recordando la curiosidad de ella en los primeros tiempos y sus incesantes preguntas. ¿Dónde vivía? ¿Qué hacía durante los largos meses en que no se veían? ¿Adónde iba?

Viajaba, le había dicho él. Investigaba y reunía material para sus libros, visitaba a amigos.

¿Qué amigos?, le había preguntado ella.

Colegas, gente con la que había estudiado y compartido experiencias. Le había hablado de su amistad con Grace.

Al poco tiempo le había confiado que tenía su casa en un pueblo de los Pirineos, cerca de Montségur. Pero le había revelado muy poco más acerca de su vida y, con el paso de los decenios, ella había dejado de preguntar.

Jeanne era una investigadora intuitiva y metódica, además de diligente, minuciosa y nada sentimental, todo lo cual resultaba invalorable. Hacía aproximadamente treinta años que colaboraba con él en todos sus libros, sobre todo en el último, aún inconcluso: la biografía de una familia cátara, en la Carcasona del siglo XIII.

Para Jeanne, había sido una labor detectivesca. Para Audric, un acto de amor.

Jeanne levantó una mano cuando lo vio llegar.

—Audric —sonrió—. ¡Cuánto tiempo!

Él cogió sus manos entre las suyas.

—*Bonjorn*.

Ella retrocedió un paso para mirarlo de arriba abajo.

—Tienes buen aspecto.

—*Tè tanben* —respondió él. «Tú también.»

—No has tardado mucho en llegar.

—El tren ha sido puntual.

Jeanne pareció escandalizada.

—¡No habrás venido andando desde la estación!

—No está tan lejos —sonrió él—. Reconozco que quería ver cuánto ha cambiado Carcasona desde la última vez que estuve aquí.

Baillard la siguió al fresco interior de la casita. Las baldosas marrones y ocres del suelo y las paredes conferían al conjunto un aspecto sombrío y anticuado. En el centro de la sala había una pequeña mesa ovalada, con las deslucidas patas asomando por debajo de un mantel de hule amarillo y azul. En un rincón se veía una mesa de escritorio, con una vieja máquina de escribir encima, junto a una puerta de doble hoja que daba a un balcón.

Jeanne salió de la cocina llevando una bandeja con una jarra de agua, una cubitera con hielo, un plato con panecillos de especias, un cuenco de aceitunas verdes amargas y un platillo para dejar los huesos. Apoyó con cuidado la bandeja sobre la mesa y tendió una mano hacia la estrecha repisa de madera que rodeaba toda la habitación, a la altura del hombro. Allí encontró una botella de *guignolet*, licor amargo de cerezas que, como él bien sabía, ella sólo guardaba para sus raras visitas.

El hielo crujió y tintineó en los vasos, mientras el brillante licor rojo se derramaba sobre los cubitos. Por un instante permanecieron sentados en amistoso silencio, como tantas veces habían hecho en el pasado. De vez en cuando se filtraba desde la Cité algún fragmento de explicación, enunciado en varios idiomas, mientras el tren turístico realizaba su periódico circuito por las murallas.

Audric dejó con cuidado su vaso sobre la mesa.

—Y bien —dijo—, cuéntame lo sucedido.

Jeanne acercó su silla a la mesa.

—Mi nieto Yves trabaja como sabes en la *Police Judiciaire, département de l'Ariège*, y vive en el mismo Foix. Ayer lo llamaron de una excavación arqueológica en los montes Sabarthès, cerca del pico de Soularac, donde habían sido hallados dos esqueletos. A Yves le sorprendió que sus superiores trataran el lugar del hallazgo como posible escenario de un crimen, cuando era evidente que los cuerpos llevaban allí mucho tiempo. —Hizo una pausa—. Yves no interrogó directamente a la mujer que encontró los cadáveres, pero estuvo presente en el interrogatorio. Mi nieto conoce a grandes rasgos el trabajo que he estado haciendo para ti, lo suficiente como para comprender que el descubrimiento de esa cueva podía ser interesante.

Audric contuvo el aliento. Durante muchos años había intentado imaginar cómo se sentiría en ese momento. Nunca había perdido la esperanza de averiguar finalmente, algún día, la verdad sobre aquellas últimas horas.

Pero fueron pasando los decenios. Fue testigo del interminable ciclo de las estaciones: el verde de la primavera disolviéndose en el oro del verano, la tostada paleta del otoño perdiéndose bajo el blanco austero del invierno, y las primeras aguas del deshielo bajando en primavera por los torrentes de las montañas.

No había tenido ninguna noticia. ¿Y ahora?

—¿Entró Yves personalmente en la cueva? —preguntó.

Jeanne asintió.

—¿Qué vio?

—Había un altar y, detrás, grabado en la roca, el símbolo de un laberinto.

—¿Y los cuerpos? ¿Dónde estaban?

—En una tumba, que en realidad no era mucho más que un pequeño desnivel en el suelo, frente al altar. Varios objetos yacían entre los cuerpos, pero había demasiada gente para que Yves pudiera acercarse lo suficiente y mirar bien.

—¿Cuántos eran?

—Dos. Dos esqueletos.

—Pero eso... —Se interrumpió—. No importa. Continúa, por favor, Jeanne.

—Debajo de... de ellos, recogió esto.

Jeanne empujó un objeto pequeño a través de la mesa.

Audric no se movió. Después de tanto tiempo, temía tocarlo.

—Yves me llamó desde la estafeta de Foix ayer por la tarde. La línea era mala y no se oía bien, pero dijo que había cogido el anillo porque no se fiaba de la gente que lo estaba buscando. Parecía preocupado. —Jeanne hizo una pausa—. No, Audric, parecía asustado. No estaban haciendo bien las cosas. No estaban siguiendo los procedimientos habituales. Había toda clase de gente en el lugar que no hubiese debido estar allí. Me hablaba susurrando, como si temiera que lo oyeran.

—¿Quiénes saben que él ha entrado en la cueva?

—No lo sé. Los otros agentes. Su superior. Probablemente habrá otros.

Baillard contempló el anillo sobre la mesa y después tendió la mano y lo cogió. Sujetándolo entre el pulgar y el índice, lo inclinó a la luz. El delicado motivo del laberinto, labrado en la cara inferior, era claramente visible.

—¿Es su anillo? —preguntó Jeanne.

Audric no se atrevió a contestar. Se estaba preguntando por el azar que había puesto el anillo en sus manos. Se preguntaba si de verdad había sido un azar.

—¿Mencionó Yves adónde han llevado los esqueletos?

La anciana sacudió la cabeza.

—¿Podrías preguntarle? Y, si es posible, pídele que haga una lista de todos los que estaban ayer allí, cuando abrieron la cueva.

—Se lo pediré. Estoy segura de que nos ayudará, si puede.

Baillard se deslizó el anillo en el pulgar.

—Transmite a Yves mi agradecimiento. Debe de haberle costado mucho coger esto. Ni siquiera imagina la importancia que puede tener a la postre su rapidez de reflejos —dijo sonriendo—. ¿Ha dicho qué otra cosa se ha descubierto junto a los cuerpos?

—Un puñal, una bolsa pequeña de piel sin nada dentro, una lámpara sobre...

—*Vuèg?* —exclamó con incredulidad—. ¿Vacía? ¡Imposible!

—El inspector Noubel, el oficial al mando, le insistió aparentemente a la mujer sobre ese punto. Yves dijo que ella no cedió. Dijo que no había tocado nada, excepto el anillo.

—¿Y a tu nieto le pareció de fiar?

—No me lo dijo.

—Sí... Tiene que habérselo llevado otra persona —murmuró entre dientes, frunciendo el ceño en gesto reflexivo—. ¿Qué te ha dicho Yves de esa mujer?

—Muy poco. Es inglesa, tiene veintitantos años y no es arqueóloga, sino voluntaria. Estaba en Foix por invitación de una amiga, que era la segunda persona al frente de la excavación.

—¿Te ha dicho su nombre?

—Taylor, creo que dijo. —Arrugó el entrecejo—. No, Taylor no. Quizá Tanner. Sí, eso es. Alice Tanner.

El tiempo pareció detenerse.

¿Será cierto? Su nombre despertaba ecos en el interior de su cabeza.

—*Es vertat?* —repitió en un suspiro.

¿Se habría llevado el libro? ¿Lo habría reconocido? No, no. Se contuvo. No tenía sentido. Si se había llevado el libro, ¿por qué no el anillo?

Baillard apoyó las manos planas sobre la mesa, para que le dejaran de temblar, y buscó con la mirada los ojos de Jeanne.

—¿Crees que podrías preguntarle a Yves si tiene una dirección? Si sabe dónde encontrar a *donaisela*...

Se interrumpió, incapaz de continuar.

—Puedo preguntarle —respondió ella, y en seguida añadió—: ¿Te sientes bien, Audric?

—Cansado —replicó él, intentando sonreír—. Nada más.

—Esperaba verte algo más... alegre. Esto es, o al menos podría ser, la culminación de todos tus años de trabajo.

—Hay mucho que asimilar.

—Pareces más conmocionado que entusiasmado con la noticia.

Baillard imaginó el aspecto que debía de tener: los ojos demasiado brillantes, la cara demasiado pálida, las manos temblorosas.

—Estoy entusiasmado —dijo—. Y sobre todo agradecido a Yves, y a ti también, desde luego, pero... —Hizo una profunda inspiración—. ¿Crees que podrías llamar a Yves ahora? ¿Podría hablar yo con él directamente? ¿Tal vez quedar para vernos?

Jeanne se levantó de la mesa y fue hasta el vestíbulo, donde el teléfono estaba sobre una mesita, al pie de la escalera.

A través de la ventana, Baillard se puso a contemplar las laderas que subían hasta las murallas de la Cité. Una imagen de ella cantando, mientras trabajaba, se abrió paso en su mente, una visión de la luz que caía en franjas luminosas entre las ramas de los árboles, proyectando un difuminado resplandor sobre el agua. A su alrededor se desplegaban los sonidos y los olores de la primavera, sobre pequeñas notas de color dispersas en el sotobosque: azules, rosas y amarillos, la tierra generosa y profunda, el aroma embriagador de los arbustos de boj a ambos lados de la senda rocosa. La promesa del calor y de los días de verano que aún tenían que llegar.

Se sobresaltó cuando la voz de Jeanne lo hizo regresar de los suaves colores del pasado.

—No contesta —dijo.

CAPÍTULO 24

Chartres

En la cocina de la Rue du Cheval Blanc, en Chartres, Will Franklin se bebió la leche directamente de la botella de plástico, para intentar matar de su aliento el olor a brandy rancio.

El ama de llaves había dejado la mesa puesta desde muy temprano por la mañana, antes de marcharse en su día libre. La cafetera italiana estaba sobre la cocina. Will dedujo que sería para François-Baptiste, ya que habitualmente la criada no se tomaba tantas molestias por él cuando Marie-Cécile no estaba en casa. Supuso que François-Baptiste también dormiría hasta tarde, porque todo estaba intacto, sin una cucharilla ni un cuchillo fuera de su sitio. Dos cuencos, dos platos y dos tazas con sus platillos. Cuatro variedades de mermelada y un bote de miel, junto a una fuente grande. Bajo el paño blanco que cubría la fuente, Will encontró melocotones, nectarinas y melón, y algunas manzanas.

No tenía apetito. La noche anterior, para matar el tiempo hasta el regreso de Marie-Cécile, había bebido primero una copa, después otra y después una tercera. Cuando ella llegó, era pasada la medianoche; para entonces, Will se había emborrachado hasta el aturdimiento. Marie-Cécile se encontraba en estado de salvaje excitación, ansiosa por compensar la discusión que habían tenido. No se durmieron hasta el alba.

Los dedos de Will apretaron con fuerza el papel que tenía en la mano. Marie-Cécile ni siquiera se había molestado en escribirle personalmente la nota. Una vez más, había encargado al ama de llaves que fuera ella quien le informara de su salida de la ciudad por negocios, de la que esperaba estar de vuelta antes del fin de semana.

Will y Marie-Cécile se habían conocido en la fiesta de inauguración de una galería de arte en Chartres, la primavera anterior, a través de amigos de unos amigos de los padres de él. Will iniciaba un viaje sabático de seis meses por Europa, y Marie-Cécile era una de las propietarias de la galería. Ella lo abordó a él, y no él a ella. Atraído y halagado por la atención, Will se encontró contándole la historia de su vida, mientras compartían una botella de champán. Habían salido juntos de la galería y desde entonces seguían juntos.

«Técnicamente juntos», pensó Will con amargura. Abrió el grifo y se salpicó la cara con agua fría. La había llamado esa mañana, sin saber muy bien qué iba a decirle, pero su teléfono estaba apagado. Estaba harto de esa fluctuación constante, de no saber nunca cuál era su situación.

Will miró por la ventana el jardincillo del fondo. Como todo lo de aquella casa, era perfecto en su diseño y precisión. No había nada que respetara los designios de la naturaleza. Guijarros gris claro; jardineras altas de barro cocido con limoneros y naranjos a lo largo de la pared del fondo, orientada al sur y, en la ventana, hileras de geranios rojos con los pétalos hinchados por el sol. Cubriendo la pequeña reja de hierro forjado, sobre el muro, había una hiedra centenaria. Todo hablaba de permanencia. Todo seguiría allí mucho después de que Will se hubiese marchado.

Se sentía como alguien que hubiese despertado de un sueño para descubrir que el mundo real no era como lo había imaginado. Lo más sensato habría sido salvar lo que aún conservaba y seguir adelante por su cuenta, sin rencores. Por muy desilusionado que estuviera con la relación, Marie-Cécile había sido generosa y amable con él y –tenía que admitirlo– había cumplido su parte del trato. Su decepción era fruto de unas expectativas poco realistas. No era culpa de ella. Marie-Cécile no había roto ninguna promesa.

Sólo entonces reparó Will en la ironía de haber decidido pasar los últimos tres meses en una casa exactamente igual a la suya, de la que había intentado escapar con su viaje a Europa. Diferencias culturales aparte, el ambiente le recordaba la atmósfera de la casa de sus padres en América, elegante y selecta, diseñada más como escaparate social que como un hogar. Entonces, lo mismo que ahora, Will pasaba gran parte del tiempo solo, vagando de una habitación inmaculada a la siguiente.

El viaje era su oportunidad de decidir lo que quería hacer con su vida. En un principio, su plan había sido recorrer Francia y España, reuniendo ideas e inspiración para sus escritos, pero desde que había llegado a Chartres prácticamente no había escrito ni una sola frase. Sus temas eran la rebeldía, la ira y la angustia, la *non sancta* trinidad de la vida norteamericana. En casa de sus padres encontraba mil cosas contra las cuales rebelarse. Allí se había quedado sin nada que decir. El único tema que ocupaba su mente era Marie-Cécile y era el único tema que no le estaba permitido tocar.

Se terminó la leche y tiró la botella al cubo de la basura. Echó otro vistazo a la mesa y decidió salir a desayunar fuera. La idea de hablar de intrascendencias con François-Baptiste le revolvía el estómago.

Recorrió el pasillo. El vestíbulo de la entrada, de techos altos, estaba en silencio, excepto por el puntual tictac del ornamentado reloj de péndulo.

A la derecha de la escalera, una puerta estrecha daba paso a las amplias bodegas de la casa. Will descolgó su chaqueta vaquera del pomo de la escalera, y se disponía ya a atravesar el vestíbulo cuando advirtió que uno de los tapices estaba torcido. Era un desvío mínimo, pero en la perfecta simetría del resto de la estancia, llamaba la atención.

Tendió la mano para enderezarlo, pero titubeó. Se veía una delgada franja de luz en la pared, detrás de los lustrosos paneles de madera. Levantó la vista hacia la ventana que había sobre la puerta y la escalera, aun sabiendo que a esa hora del día no daba el sol en esa parte de la casa.

La luz parecía provenir de detrás de la madera oscura que cubría la pared. Intrigado, separó el tapiz de la misma. Disimulada entre los paneles, había una puerta pequeña, cuyos bordes coincidían con los de aquéllos. Tenía un diminuto pestillo de latón, hundido en la madera oscura, y un tirador circular plano, semejante al de las puertas de las pistas de squash. Todo muy discreto.

Will probó con el pestillo. Estaba bien engrasado y cedió sin dificultad. Con un suave chirrido, la puerta se abrió ante él, liberando un sutil olor a espacios subterráneos y sótanos escondidos. Apoyando las manos sobre el canto de la puerta, se asomó al interior y descubrió de inmediato la fuente de la luz: una solitaria bombilla blanca, en lo alto de un empinado tramo de escalera, que descendía hacia la oscuridad.

Justo al lado de la puerta, encontró dos interruptores. Uno de ellos correspondía a la bombilla encendida, y el otro, a una hilera de lámparas amarillas más tenues, suspendidas de unas alcayatas metálicas hincadas en la piedra, sobre la pared de la izquierda, que seguían todo el recorrido de la escalera hasta abajo. A ambos lados, una cuerda azul trenzada, pasada a través de unos aros metálicos negros, hacía las veces de pasamanos.

Will bajó el primer escalón. El techo era bajo, una mezcla de ladrillos viejos y piedra, a no más de cinco centímetros de su cabeza. El espacio era estrecho, pero el aire estaba limpio y fresco. No daba la sensación de un lugar olvidado.

Cuanto más bajaba, más frío hacía. Veinte peldaños y aún quedaban más. Pero el ambiente no estaba húmedo y, aunque no se veían extractores ni ninguna otra forma de ventilación, parecía haber una corriente de aire fresco procedente de algún sitio.

Al llegar abajo, Will se encontró en un pequeño vestíbulo. No había nada en las paredes, ningún signo, sólo la escalera a sus espaldas y una puerta delante, que ocupaba todo el ancho y la altura del pasillo. La iluminación eléctrica proyectaba sobre el ambiente un enfermizo resplandor amarillo.

A Will se le disparó la adrenalina al acercarse a la puerta.

La voluminosa llave antigua de la cerradura giró con facilidad. Cuando hubo franqueado la entrada, la atmósfera cambió de inmediato. Un pasillo cuyo suelo ya no era de hormigón, sino que estaba cubierto con una espesa alfombra color burdeos que se tragaba el sonido de sus pasos. La iluminación funcional había sido sustituida por ornamentados candelabros metálicos. Las paredes eran de la misma combinación de ladrillo y piedra que antes, pero estaban decoradas con tapices, imágenes de caballeros medievales, doncellas de piel de porcelana y sacerdotes con capirotes y túnicas blancas, inclinada la cabeza y extendidos los brazos.

También se distinguía en el aire una insinuación de algo más: incienso, un aroma pesado y dulzón que le recordaba las olvidadas Navidades y las Pascuas de su infancia.

Will miró por encima del hombro. La visión de la escalera que conducía de regreso a la casa, del otro lado de la puerta abierta, lo tranquilizó. El breve pasillo terminaba en una gruesa cortina de terciopelo que colgaba de una barra negra de hierro. Estaba cubierta de símbolos bordados en oro, una mezcla de jeroglíficos egipcios, indicaciones astrológicas y signos del zodíaco.

Extendió una mano y apartó la cortina.

Detrás había otra puerta, claramente mucho más antigua que la anterior. Fabricada con la misma madera oscura de los paneles del vestíbulo, tenía el marco decorado con volutas y otros motivos, pero la puerta en sí misma era totalmente lisa, marcada únicamente por orificios de carcoma, no más grandes que la cabeza de un alfiler. No había ningún picaporte a la vista, ni tampoco una cerradura, ni modo alguno de abrirla.

Coronaba el dintel un elaborado relieve tallado en piedra, no en madera. Will deslizó los dedos por encima de éste, en busca de algún tipo de mecanismo. Tenía que haber alguna manera de abrir. Recorrió uno de los lados de la puerta desde el suelo hasta arriba, después la parte superior y a continuación el otro lado, hasta que finalmente dio con lo que buscaba: una pequeña muesca justo por encima del nivel del suelo.

Se agachó y apretó con todas sus fuerzas. Oyó un chasquido neto y sonoro, como el de una canica cayendo sobre un suelo de baldosas. El mecanismo cedió y la puerta se abrió.

Will se incorporó, con la respiración algo acelerada y las palmas húmedas. Se le había erizado el vello de la nuca y de los brazos. En un par de minutos —se dijo— saldría de allí. Sólo quería echar un vistazo rápido. Nada más. Apoyó firmemente la mano en la puerta y empujó.

En el interior reinaba la más completa oscuridad, aunque de inmediato percibió que se encontraba en un espacio más amplio, quizá una bodega. El olor a incienso quemado era allí mucho más intenso.

Will buscó a tientas un interruptor en la pared, pero no encontró nada. Cayó en la cuenta de que si descorría la cortina del pasillo, entraría algo de luz, de modo que ató el pesado terciopelo en un voluminoso nudo y se volvió para hacer frente a lo que le esperaba delante, fuera lo que fuese.

Lo primero que vio fue su propia sombra, alargada y escuálida, proyectada a través del umbral. Después, a medida que sus ojos se habituaron a la parda penumbra, distinguió finalmente lo que había más adelante, en la oscuridad.

Se encontraba en el extremo de una larga cámara rectangular. El techo era alto y abovedado. Monásticos bancos de madera, como los de un refectorio, se alineaban junto a las dos paredes más largas en toda su longitud y se prolongaban hasta más allá de donde alcanzaba su vista. Arriba, donde las paredes se encontraban con el techo, había un friso que repetía un motivo de palabras y símbolos. Parecían los mismos símbolos egipcios que había visto fuera, en la cortina.

Will se secó las manos en los vaqueros. Justo delante, en el centro de la cámara, se veía un impresionante cofre de piedra, como un sarcófago. Lo rodeó por completo deslizando la mano sobre su superficie al caminar. Parecía liso, a excepción de un gran motivo circular en el centro. Se inclinó hacia adelante para ver mejor y repasó las líneas con los dedos. Era una especie de motivo de círculos decrecientes, como los anillos de Saturno.

Cuando sus ojos se habituaron un poco más a la penumbra, pudo distinguir que sobre cada uno de los lados había una letra tallada en la piedra: *E* a la cabeza, *N* y *S* sobre los lados más largos, una frente a otra, y *O* al pie. ¿Los puntos cardinales?

Después reparó en un pequeño bloque de piedra, de unos treinta centímetros de altura, colocado en la base del cofre, en línea con la letra *E*. Tenía una curva poco profunda en el centro, como el bloque de un verdugo.

El suelo a su alrededor parecía más oscuro que el resto. Estaba húmedo, como si lo hubieran fregado poco antes. Will se agachó y pasó los dedos por la marca. Desinfectante y algo más, un olor agrio, como a óxido. Había algo pegado a una de las esquinas de piedra. Will lo desprendió con las uñas.

Era un trozo de tela de hilo o algodón, deshilachado en los bordes, como si hubiese quedado enganchado en un clavo y se hubiese desgarrado. En los cantos tenía pequeñas manchas marrones. Como de sangre seca.

Will dejó caer la tela y echó a correr, dando un portazo y desanudando la cortina antes de darse cuenta de lo que estaba haciendo. Salió a toda carrera por el pasillo, atravesó las dos puertas y subió en tromba la estrecha y empinada escalera, saltando los peldaños de dos en dos, hasta que estuvo en el vestíbulo de la casa.

Se dobló por la cintura, con las manos apoyadas en las rodillas, e intentó recuperar el aliento. Después, al comprender que pasara lo que pasase no podía arriesgarse a que nadie llegara y descubriera que había estado allá abajo, metió una mano y apagó las luces. Con dedos temblorosos, cerró el pestillo de la puerta y devolvió el tapiz a su sitio, hasta que ya nada fue visible desde fuera.

Por un instante, se quedó parado donde estaba. El reloj de péndulo le indicó que no habían pasado más de veinte minutos.

Will se miró las manos, volviéndolas de un lado y del otro, como si no fueran suyas. Frotó la yema del índice con la del pulgar y olió. Era sangre.

CAPÍTULO 25

Toulouse

Alice se despertó con un dolor de cabeza monumental. Por un momento, no tuvo ni idea de dónde se encontraba. Entreabrió los párpados y, por el rabillo del ojo, vio la botella vacía sobre la mesilla de noche. «Te está bien empleado.»

Rodó hacia un costado y cogió el reloj.

Las once menos cuarto.

Con un gruñido, volvió a dejarse caer sobre la almohada. Tenía la boca rancia como el cenicero de un pub y en la lengua el sabor agrio del whisky.

«Necesito una aspirina. Agua.»

Entró trastabillando en el baño y se miró al espejo. Se veía tan mal como se sentía. Su frente era un moteado caleidoscopio de magulladuras verdes, violáceas y amarillas. Tenía bolsas oscuras bajo los ojos. Conservaba una lejana memoria de haber soñado con bosques y ramas invernales quebradizas por la helada. ¿Había visto el laberinto reproducido sobre un trozo de tela dorada? No podía recordarlo.

Su viaje desde Foix, la noche anterior, también parecía envuelto en una nube. Ni siquiera podía recordar por qué se había dirigido a Toulouse y no a Carcasona, como habría sido lo más lógico. Dejó escapar un gruñido. Foix, Carcasona, Toulouse. No pensaba moverse, pasara lo que pasase, hasta sentirse mejor. Se recostó en la cama y esperó a que los analgésicos hicieran efecto.

Veinte minutos después, seguía sintiéndose mal, pero el doloroso latido detrás de los ojos se había convertido en una simple jaqueca. Se quedó bajo el chorro de la ducha hasta que el agua empezó a salir fría. Sus pensamientos volvieron a Shelagh y al resto del equipo. Se preguntó qué estarían haciendo en ese momento. Habitualmente, el equipo subía al yacimiento a las ocho en punto y se quedaba allí hasta que caía la noche. Vivían y respiraban excavación. No podía imaginar cómo iba a hacer ninguno de ellos para arreglárselas sin su rutina diaria.

Envuelta en la diminuta y raída toalla del hotel, Alice miró si tenía mensajes en el móvil. Nada todavía. La noche anterior esa ausencia la había entristecido, hoy la fastidiaba. Más de una vez, durante sus diez años de amistad, Shelagh se había sumido en rencorosos silencios que habían durado semanas. En cada ocasión le había tocado a Alice arreglar las cosas, y ahora se daba cuenta de que estaba dolida.

«Que sea ella la que corra esta vez.»

Tras repasar el contenido de su neceser, Alice encontró un viejo tubo de crema correctora, raramente usada, que empleó para tapar los peores cardenales. Después se puso perfilador de ojos y un toque de pintalabios. Se secó el pelo con los dedos y por último eligió la más cómoda de sus faldas y una blusa azul nueva sin mangas. Guardó todo lo demás y, antes de salir a explorar Toulouse, bajó a la recepción para comunicar que se marchaba del hotel.

Todavía se sentía mal, pero no era nada que el aire fresco y una buena dosis de cafeína no pudieran curar.

Tras colocar las maletas en el coche, Alice pensó que sería mejor simplemente caminar y ver hacia dónde la llevaban sus pasos. El aire acondicionado de su coche no funcionaba muy bien, por lo que decidió esperar a que bajara la temperatura, antes de partir hacia Carcasona.

Paseando a la sombra de los plátanos, mirando la ropa y los perfumes de los escaparates, volvió a sentirse ella misma. Estaba avergonzada por la forma en que había reaccionado la noche anterior. Totalmente paranoica, completamente exagerada. Por la mañana, la idea de que alguien la estuviera persiguiendo le pareció absurda.

Sus dedos buscaron el número de teléfono que llevaba en el bolsillo. «Sin embargo, esto no lo has imaginado.» Alice apartó el pensamiento. Iba a ser positiva, tenía que mirar adelante. Disfrutaría al máximo su estancia en Toulouse.

Recorrió las callejas y pasajes serpenteantes de la ciudad vieja, dejando que sus pies la guiaran. Las ornamentadas fachadas de ladrillo y piedra rosa eran sobrias y elegantes. Los nombres en los rótulos de las calles, en las fuentes y monumentos proclamaban la larga y gloriosa historia de Toulouse: generales, santos medievales, poetas del siglo XVIII y luchadores por la libertad del siglo XX, todo el noble pasado de la ciudad, desde la época romana hasta el presente.

Alice entró en la catedral de Saint-Étienne, en parte para refugiarse del sol. Le gustaban la tranquilidad y la paz de las catedrales y las iglesias, herencia de los viajes que había hecho con sus padres cuando niña, de modo que pasó una agradable media hora vagando por el templo, leyendo sin prestar mucha atención los carteles de los muros y contemplando las vidrieras.

Al notar que empezaba a sentir hambre, decidió terminar con un breve recorrido por los claustros y salir en busca de algún lugar donde almorzar. No había dado más que unos cuantos pasos, cuando oyó un llanto infantil. Se volvió para mirar, pero no había nadie. Sintiendo un vago malestar, siguió andando. Los sollozos parecieron aumentar de volumen. Entonces oyó a alguien murmurar. Una voz de hombre, muy cerca, susurrándole al oído.

—*Héréticque, héréticque...*

Alice se volvió.

—¿Sí? *Allô? Il y a quelqu'un?*

Allí no había nadie. Como un rumor de fondo maligno, la palabra se repetía una y otra vez dentro de su cabeza.

—*Héréticque, héréticque...*

Se tapó los oídos con las manos. De los pilares y los muros de piedra gris, parecían estar surgiendo rostros. Bocas torturadas y manos retorcidas tendidas pidiendo ayuda, sobresalían de cada rincón oculto.

Entonces Alice vislumbró una silueta al frente, casi fuera del alcance de su vista. Era una mujer con un vestido verde de falda larga y capa roja, que entraba y salía de las sombras. En la mano llevaba una cesta de mimbre. Alice le gritó para llamar su atención, justo en el instante en que tres hombres, tres monjes, salían de detrás de una columna. La mujer dio un alarido cuando la atraparon y no dejó de debatirse mientras la arrastraban para llevársela.

Alice intentó llamarlos, pero de su boca no salió ningún sonido. Sin embargo, la mujer sí pareció oírla, porque se volvió y la miró directamente a los ojos. Para entonces, los monjes la habían rodeado y extendían a su alrededor sus voluminosas mangas, como alas negras.

—¡Dejadla! —gritó Alice, mientras echaba a correr hacia ellos. Pero cuanto más avanzaba, más distantes se volvían las figuras, hasta que finalmente desaparecieron por completo. Era como si se hubieran disuelto en las paredes del claustro.

Desconcertada, Alice recorrió la piedra con las manos. Se volvió a izquierda y derecha, en busca de una explicación, pero el espacio estaba completamente vacío. Finalmente, fue presa del pánico. Corrió hacia la salida que daba a la calle, convencida de que los hombres de hábitos negros la perseguirían y también se abalanzarían sobre ella.

Fuera, todo estaba igual que antes.

«Todo está bien. Tú estás bien.» Respirando pesadamente, Alice apoyó la espalda contra la pared. Mientras intentaba controlarse, se dio cuenta de que ya no era terror la emoción que sentía, sino tristeza. No necesitaba un libro de historia para saber que algo terrible había sucedido en aquel lugar. Había allí una atmósfera de sufrimiento, cicatrices que ni el hormigón ni la piedra podían disimular. Los fantasmas contaban su propia historia. Cuando se llevó una mano a la cara, descubrió que estaba llorando.

En cuanto sus piernas tuvieron fuerzas para sostenerla, se encaminó de vuelta al centro de la ciudad. Estaba resuelta a poner tanta distancia como fuera posible entre ella y Saint-Étienne. No podía explicar lo que le estaba sucediendo, pero no iba a rendirse.

Tranquilizada por el ritmo normal de la vida diaria a su alrededor, Alice se encontró en una pequeña plazoleta peatonal. En la esquina que tenía a su derecha, había una cervecería bajo un toldo rosa fuerte, una terraza con varias hileras de relucientes sillas plateadas y mesas redondas.

Alice ocupó la única mesa libre y de inmediato hizo su pedido, intentando por todos los medios serenarse. Después de beberse de un trago un par de vasos de agua, se recostó en la silla y trató de disfrutar de la caricia del sol sobre su cara. Se sirvió una copa de vino rosado, le añadió unos cubitos de hielo y bebió un sorbo. No era propio de ella horrorizarse con tanta facilidad.

«Pero emocionalmente estás bastante tocada.»

Llevaba todo el año viviendo a toda máquina. Se había separado de su novio de toda la vida. La relación llevaba años haciendo aguas y para ella era un alivio estar libre, pero no por eso le resultaba menos penosa la ruptura. Sentía castigado el orgullo y herido el corazón. Para olvidarlo, había trabajado y se había divertido con demasiado ahínco. Cualquier cosa, antes que pararse a pensar en lo que había ido mal. Se suponía que las dos semanas en el sur de Francia iban a servirle para recargar baterías y reponerse.

Alice hizo una mueca. «Menudas vacaciones.»

La llegada de un camarero interrumpió su introspección. La tortilla era perfecta, amarilla y blanda por dentro, con generosos tropezones de champiñón y mucho perejil. Alice comió con voraz concentración. Sólo cuando estaba rebañando con el pan los últimos hilillos de aceite de oliva, empezó a preguntarse qué iba a hacer el resto de la tarde.

Cuando le trajeron el café, ya lo sabía.

La biblioteca de Toulouse era un vasto edificio cuadrado de piedra. Alice le enseñó su tarjeta de lectora de la Biblioteca Británica a la distraída bibliotecaria que encontró detrás de un mostrador y ésta la dejó pasar. Después de perderse un par de veces por las escaleras, llegó a la extensa sección de historia general. A ambos lados del pasillo central, había largas y lustrosas mesas de madera, con una espina dorsal de lámparas de lectura en el centro. Había pocas sillas ocupadas, a esa hora de una calurosa tarde de julio.

En el extremo opuesto, ocupando todo el ancho de la sala, estaba lo que Alice buscaba: una fila de terminales de ordenador. Se inscribió en el mostrador de recepción, donde le dieron una contraseña y le asignaron un terminal.

Nada más conectarse, tecleó la palabra «laberinto» en la ventana del buscador. La barra verde de carga al pie de la pantalla no tardó en llenarse. En lugar de confiar en su memoria, estaba segura de que encontraría un laberinto como el suyo en algún lugar, entre los cientos de sitios enumerados. Era algo tan obvio que no podía creer que no se le hubiera ocurrido antes.

Ante todo, las diferencias entre un laberinto tradicional y su recuerdo de la imagen labrada en la pared de la cueva y en el anillo eran evidentes. Los laberintos clásicos estaban formados por círculos concéntricos con intrincadas conexiones entre sí, que conducían hacia el centro, en círculos decrecientes; pero ella estaba bastante segura de que el laberinto del pico de Soularac era una combinación de vías sin salida y líneas rectas, que volvían sobre sí mismas y no conducían a ninguna parte. Era más bien una maraña.

Los verdaderos orígenes antiguos del símbolo del laberinto y de las mitologías asociadas eran complejos y difíciles de rastrear. Los primeros dibujos tenían al parecer más de 3.000 años. Se habían descubierto símbolos de laberinto tallados en madera, en la roca de las montañas, en ladrillos y en piedra, así como tejidos en tapices o integrados en el medio natural como laberintos de setos o arbustos.

Los primeros laberintos europeos databan de la Edad del Bronce y de comienzos de la Edad del Hierro, entre 1200 y 500 a. J.C., y habían sido descubiertos alrededor de los antiguos centros comerciales del Mediterráneo. Relieves datados entre 900 y 500 a. J.C. habían sido hallados en Val Camonica, en el norte de Italia, así como en Pontevedra, en Galicia, y en el extremo noroccidental de la península Ibérica, en el cabo de Finisterre. Alice miró fijamente la ilustración. Se asemejaba más a lo que había visto en la cueva que cualquiera de las figuras vistas hasta entonces. Inclinó a un lado la cabeza. Se parecía mucho, pero no era igual.

Era razonable pensar que el símbolo hubiera viajado desde el este con los mercaderes y comerciantes de Egipto y la periferia del Imperio romano, adaptándose y modificándose por la interacción con otras culturas. También era razonable pensar que el laberinto, un símbolo evidentemente precristiano, hubiera sido adoptado por la Iglesia. Tanto la bizantina como la romana habían absorbido símbolos y mitos mucho más antiguos y los habían incorporado a su ortodoxia religiosa.

Había varias webs dedicadas al laberinto más famoso de todos: el de Cnossos, en la isla de Creta, donde, según la leyenda, el mítico Minotauro, mitad toro y mitad hombre, se hallaba prisionero. Alice no les prestó atención, pues el instinto le decía que esa línea de investigación no iba a dar frutos. El único punto interesante era la alusión a los diseños laberínticos minoicos de 1550 a. J.C., hallados en las excavaciones de la antigua ciudad de Avaris, en Egipto, así como en los templos de Kom Ombo, en Egipto, y en Sevilla.

Alice archivó la información en algún rincón de su mente.

A partir de los siglos XII y XIII, el símbolo del laberinto aparecía regularmente en manuscritos medievales copiados a mano, que circulaban por los monasterios y las cortes de Europa. Los diferentes escribas embellecían y desarrollaban las ilustraciones, creando imágenes propias y características de cada uno de ellos.

En la primera mitad de la Edad Media, un laberinto matemáticamente perfecto de once circuitos, doce muros y cuatro ejes llegó a ser el más popular. Alice vio la reproducción de un laberinto labrado en un muro de la iglesia de San Pantaleón, del siglo XIII, en Arcera, en el norte de España, y de otro sólo un poco más antiguo, perteneciente a la catedral de Lucca, en Toscana. Después hizo clic para abrir un mapa que mostraba la distribución de los laberintos en las iglesias, capillas y catedrales europeas.

«Es extraordinario.»

Alice no daba crédito a sus ojos. Había más laberintos en Francia que en Italia, Bélgica, Alemania, España, Inglaterra e Irlanda juntas. Los había en Amiens, Saint-Quentin, Arras, Saint-Omer, Caen y Bayeux, en el norte de Francia; en Poitiers, Orleans, Sens y Auxerre, en el centro; en Toulouse y Mirepoix, en el suroeste, y la lista continuaba.

El más famoso de los laberintos sobre pavimento se encontraba en el norte de Francia, en medio de la nave central de la principal y más impresionante de las catedrales góticas, la de Chartres.

Alice golpeó con una mano la mesa, lo cual provocó que varias cabezas se levantaran a su alrededor con gesto desaprobador. ¡Claro! ¿Cómo había sido tan tonta? El municipio de Chartres estaba hermanado con su ciudad natal de Chichester, en la costa meridional de Inglaterra. De hecho, su primer viaje al extranjero había sido una excursión escolar a Chartres, cuando contaba once años. Tenía vagos recuerdos de que había llovido todo el tiempo y de estar de pie, envuelta en un impermeable, mojada y con frío, bajo unas bóvedas y unas columnas impresionantes. Pero no recordaba el laberinto.

No había ningún laberinto en la catedral de Chichester, pero la ciudad también estaba hermanada con Rávena, en Italia. Alice recorrió con el dedo la pantalla, hasta encontrar lo que estaba buscando. En el suelo de mármol de la iglesia de San Vitale, en Rávena, había un laberinto. Según el epígrafe, era sólo la cuarta parte de grande que el laberinto de Chartres y databa de un período muy anterior en la historia, quizá incluso del siglo V, pero ahí estaba.

Alice terminó de copiar y pegar la información que le interesaba en un documento de texto y pulsó IMPRIMIR. Mientas tanto, tecleó «catedral Chartres Francia» en la ventana del buscador.

Aunque ya en el siglo VIII había habido algún tipo de construcción en el lugar, Alice averiguó que la actual catedral de Chartres databa del siglo XIII. Desde entonces, diversas creencias y teorías esotéricas se habían asociado al edificio. Había rumores de que bajo sus bóvedas y sus elaboradas columnas de piedra se escondía un secreto de suma importancia. Pese a los ingentes esfuerzos de la Iglesia católica, las leyendas y mitos se mantenían.

Nadie sabía quién había mandado construir el laberinto ni con qué fines.

Alice seleccionó los párrafos que le interesaban y cerró la aplicación.

La última página terminó de imprimirse y la máquina guardó silencio. A su alrededor, la gente empezaba a recoger sus cosas. La bibliotecaria de expresión agria cruzó con ella una mirada y se señaló el reloj.

Alice asintió, reunió sus papeles y se puso a la cola delante de mostrador, para pagar. La fila avanzaba con lentitud. Los rayos del sol de la tarde se colaban por las altas ventanas, formando escaleras de luz donde bailaban partículas de polvo.

La mujer que iba delante de Alice llevaba los brazos cargados de libros para pedir en préstamo y parecía tener una pregunta acerca de cada uno de ellos. Alice dejó que sus pensamientos se concentraran en la inquietud que la había estado preocupando toda la tarde. ¿Sería posible que en los cientos de imágenes que había visto, en los cientos de miles de palabras, no hubiera una sola coincidencia exacta con el laberinto labrado en la roca, en el pico de Soularac?

«Posible, pero no probable.»

El hombre que tenía detrás estaba demasiado cerca de ella, como cuando alguien en el metro intenta leer el periódico por encima del hombro de otro pasajero. Alice se volvió y lo miró a la cara. El hombre retrocedió un paso. Su rostro le resultaba vagamente familiar.

—*Oui, merci* —dijo ella, cuando llegó al mostrador y pagó las páginas que había impreso. Casi treinta en total.

Cuando salió a la escalinata de la biblioteca, las campanas de Saint-Étienne estaban dando las siete. Había estado dentro más tiempo del que creía.

Ansiosa por ponerse en camino, volvió a toda prisa al lugar donde había aparcado el coche, al otro lado del río. Iba tan absorta en sus pensamientos que no reparó en el hombre de la cola, que la seguía por el puente manteniéndose a una distancia prudencial. Tampoco notó que sacaba un teléfono del bolsillo y hacía una llamada, mientras ella se incorporaba con su coche al lento río del tráfico.

LOS GUARDIANES DE LOS LIBROS

CAPÍTULO 26
Besièrs

JULHET 1209

Estaba anocheciendo cuando Alaïs llegó a la llanura de las afueras de la ciudad de Coursan. Había avanzado a buen ritmo, siguiendo la antigua vía romana a través del Minervois, en dirección a Capestang, a través de los cultivos de cáñamo y del mar esmeralda de los campos de cebada.

Cada día, desde su salida de Carcasona, Alaïs cabalgaba hasta que el sol se volvía demasiado despiadado. Entonces *Tatou* y ella buscaban refugio y descansaban, para luego seguir viajando hasta el crepúsculo, cuando el aire se poblaba de insectos picadores y de murciélagos, y reverberaban las voces de búhos y arrendajos.

La primera noche encontró alojamiento en la ciudad fortificada de Azille, en casa de amigos de Esclarmonda. A medida que avanzaba hacia el este, fue hallando menos gente en los campos y poblados, y la poca que había parecía suspicaz, con la desconfianza pintada en los ojos oscuros. Oyó rumores de atrocidades cometidas por bandas de militares franceses desgajados del grueso del ejército, o por forajidos, mercenarios o bandidos. Cada historia era más sangrienta y siniestra que la anterior.

Alaïs puso a *Tatou* al paso, sin decidirse entre continuar hasta Coursan o buscar refugio en las cercanías. Las nubes se deslizaban premurosas a través de un cielo cada vez más colérico y gris, pero el aire estaba inmóvil. A lo lejos se distinguía el ocasional retumbo de un trueno, gruñendo como un oso que despertara del sueño invernal. Alaïs no quería arriesgarse a que la tormenta la sorprendiera a la intemperie.

Tatou estaba nerviosa. Alaïs sentía los tendones del animal tensándose bajo la piel y, en dos ocasiones, la yegua se había sobresaltado por el brusco movimiento de alguna liebre o de un zorro entre los matorrales del borde del camino.

Un poco más adelante había un pequeño bosquecillo de robles y fresnos. No era lo bastante espeso como para ser la guarida estival de animales corpulentos, como jabalíes o linces; pero los árboles eran altos y frondosos, y las copas parecían densamente entretejidas, como dedos entrecruzados, y seguramente darían buen cobijo. La existencia misma de un sendero despejado, una sinuosa cinta de tierra desnuda abierta por infinidad de pasos, indicaba que aquel bosquecillo era un atajo muy frecuentado en el camino a la ciudad.

Alaïs sintió que *Tatou* se movía inquieta bajo su peso, cuando un rayo iluminó brevemente el cielo del anochecer. Eso la ayudó a decidirse. Esperaría hasta que pasara la tormenta.

Susurrando palabras de aliento, persuadió a la yegua para que se adentrara en el verde abrazo del bosque.

Hacía rato que los hombres habían perdido la pista de su presa. Sólo la amenaza de una tormenta impidió que se dieran la vuelta y regresaran al campamento.

Después de varias semanas cabalgando, su pálida tez francesa se había vuelto morena por el fiero sol meridional. Sus armaduras de viaje y las gonelas con el emblema de su señor yacían ocultas en la espesura. Pero todavía esperaban sacar algún provecho de su misión fallida.

Un ruido. El crujido de una rama seca, la marcha serena de un caballo embridado, el hierro de sus cascos chocando ocasionalmente con un guijarro.

Un hombre de dientes desiguales y ennegrecidos se adelantó, arrastrándose por el suelo, para ver mejor. A cierta distancia, pudo distinguir la figura de un pequeño alazán árabe que se acercaba por el bosque. Una sonrisa maliciosa se pintó en su cara. Quizá su incursión no iba a ser una pérdida de tiempo, después de todo. Las ropas del jinete eran sencillas y no valían mucho, pero por un caballo así había gente dispuesta a pagar mucho dinero.

Le arrojó un guijarro a su compañero, que yacía escondido del otro lado del sendero.

—*Lève-toi!* —dijo, sacudiendo la cabeza en dirección a Alaïs—. *Regarde.* Mira eso —murmuró—. *Une femme. Et seule.*

—¿Seguro que está sola?

—No se oye a nadie más.

Los dos hombres cogieron los extremos de la cuerda tendida a través del sendero y oculta bajo las hojas, y esperaron a que la mujer llegara hasta donde ellos estaban.

El valor de Alaïs empezó a flaquear a medida que se adentraba por el bosque.

La capa más superficial del suelo estaba húmeda, pero la tierra de debajo seguía seca y dura. Las hojas a ambos lados del sendero crujían bajo los cascos de *Tatou*. Alaïs intentó concentrarse en el sonido familiar de los pájaros en las copas de los árboles, pero tenía erizado el vello de los brazos y la nuca. El silencio no era apacible, sino amenazador.

«No es más que tu imaginación.»

Tatou también lo sentía. De repente, algo se levantó del suelo, con el sonido de un arco disparando una flecha.

«¿Una becada? ¿Una serpiente?»

Tatou se encabritó, azotando salvajemente el aire con las patas delanteras y relinchando de terror. Alaïs no tuvo tiempo de reaccionar. La capucha le dejó la cara al descubierto y las riendas se le escaparon de las manos, mientras caía de espaldas a tierra. El dolor le estalló en el hombro cuando golpeó con fuerza el suelo, sintiendo que se le cortaba la respiración. Jadeando, rodó para apoyarse sobre un costado e intentó ponerse de pie. Tenía que tratar de sujetar a *Tatou*, antes de que la yegua huyera desbocada.

—*Tatou, douçament* —gritó, incorporándose con dificultad—. *Tatou!*

Alaïs avanzó con paso tambaleante y se paró en seco. Había un hombre delante de ella en el sendero, que le bloqueaba el paso y le sonreía a través de unos dientes ennegrecidos. En la mano tenía un cuchillo, con la hoja roma descolorida y marrón en la punta.

Notó un movimiento a su derecha. La mirada de Alaïs se desplazó rápidamente a un lado. Un segundo hombre, con el rostro desfigurado por una tortuosa cicatriz que le recorría desde el ojo izquierdo hasta la comisura de la boca, sujetaba las riendas de *Tatou* y blandía un palo.

—¡No! —se oyó gritar a sí misma—. ¡Soltadla!

Pese al dolor que sentía en el hombro, su mano buscó la empuñadura de la espada. «Dales lo que quieren y tal vez no te hagan daño.» El primer hombre dio un paso hacia ella. Alaïs desenvainó el acero, describiendo un arco en el aire. Sin quitar la vista de la cara de su enemigo, rebuscó en la bolsa y arrojó un puñado de monedas en el sendero.

—Cogedlas. Es lo único de valor que tengo.

Tras contemplar las piezas de plata dispersas por el suelo, el hombre escupió desdeñosamente. Se secó la boca con el dorso de la mano y dio un paso más.

Alaïs levantó la espada.

—Te lo advierto. ¡No te acerques! —exclamó, trazando un ocho en el aire, para mantenerlo a distancia.

—*Lie-la* —ordenó el primer hombre al segundo. Átala.

Alaïs se quedó helada. Por un instante, sintió flaquear su coraje. No eran bandoleros, sino soldados franceses. Las historias que había oído durante el viaje le volvieron a la mente.

Pero en seguida se repuso y volvió a blandir la espada.

—No os acerquéis más —gritó, con la voz ronca de terror—, u os mataré antes de que...

Alaïs se volvió y se lanzó sobre el segundo hombre, que se le había aproximado por detrás. Gritando, le hizo volar de la mano la vara que blandía contra ella. El hombre se sacó un puñal del cinturón y, rugiendo, se abalanzó a su vez sobre ella. Empuñando la espada con las dos manos, Alaïs descargó ahora el arma sobre la mano de él, arrojándosele encima como un oso sobre un cebo. La sangre manó a chorros del brazo.

Cuando levantaba los brazos para asestar un segundo golpe, estallaron en su cabeza un millar de estrellas, blancas y violáceas. Cayó tras dar un par de pasos tambaleantes, por la fuerza del golpe. El dolor le arrancó lágrimas de los ojos, mientras una mano la agarraba por el pelo y la obligaba a ponerse otra vez de pie. Sintió en la garganta la punta fría de un cuchillo.

—*Putain* —sibiló el hombre, cruzándole la cara con la mano ensangrentada—. *Jette-la*. Tírala.

Acorralada, Alaïs dejó caer la espada. El segundo hombre apartó el arma de un puntapié, antes de sacarse del cinturón una capucha de hilo basto y taparle con ella la cabeza. Alaïs se debatía para soltarse, pero el olor agrio de la tela polvorienta se le metió en la boca y la hizo toser.

Aun así, siguió debatiéndose, hasta que un puñetazo en el vientre la dejó tendida y doblada sobre sí misma en el sendero.

Cuando le retorcieron los brazos a la espalda y le ataron las muñecas, no le quedaron fuerzas para resistirse.

—*Reste ici.* Quédate aquí.

Se alejaron. Alaïs podía oírlos rebuscando en sus alforjas, levantando las solapas de cuero y tirando al suelo lo que encontraban. Hablaban, o quizá discutían. Le resultaba difícil distinguir la diferencia, en su áspera lengua.

«¿Por qué no me han matado?»

De pronto, la respuesta se abrió paso en su mente como un espectro al que nadie había invitado. «Antes quieren divertirse.»

Alaïs luchó desesperadamente por librarse de sus ataduras, aun sabiendo que aunque lograra soltarse las manos no llegaría muy lejos. La perseguirían y la alcanzarían. Ahora se estaban riendo. Bebían. No tenían prisa.

Lágrimas de desesperación acudieron a sus ojos. Su cabeza volvió a caer, exhausta, sobre el duro suelo.

Al principio, no hubiese podido decir de dónde procedía el retumbo, pero en seguida se dio cuenta. Caballos. Era el ruido de unos cascos galopando por la llanura. Apoyó con más fuerza el oído en el suelo. Cinco, quizá seis caballos, se dirigían al bosque.

A lo lejos, atronaba la tormenta. También la borrasca se estaba acercando. Por fin había algo que podía hacer. Si conseguía alejarse lo suficiente, quizá tuviera una oportunidad.

Poco a poco, tan silenciosamente como pudo, empezó a apartarse del sendero, hasta que sintió las zarzas pinchándole las piernas. Tras conseguir con mucho esfuerzo ponerse de rodillas, levantó y bajó la cabeza hasta aflojarse la capucha. «¿Estarán mirando?»

Nadie gritó. Arqueando el cuello, se puso a sacudir la cabeza de un lado a otro, con suavidad primero y con más fuerza después, hasta que la tela se soltó y cayó. Alaïs inhaló ávidamente el aire un par de veces y después intentó orientarse.

Estaba justo fuera de la línea de visión de los franceses, pero si se daban la vuelta y advertían que ya no estaba, no les llevaría más de unos instantes encontrarla. Alaïs apoyó una vez más el oído contra el suelo. Los jinetes venían de Coursan. ¿Una partida de caza? ¿Exploradores?

Un trueno retumbó en el bosque espantando a los pájaros, que levantaron vuelo de los nidos más altos. Presas del pánico, batieron en el aire las alas, se alzaron y descendieron, antes de sumirse una vez más en el abrazo protector de los árboles. *Tatou* relinchó y piafó, inquieta.

Rezando para que la tormenta siguiera disimulando el ruido de los jinetes hasta que se hubieran acercado lo suficiente, Alaïs se arrastró hacia la espesura, reptando sobre piedras y ramitas.

−*Ohé!*

Su movimiento se congeló. La habían visto. Se tragó un grito, mientras los hombres acudían corriendo a donde ella estaba echada. El fragor de un trueno hizo que levantaran la vista, con el miedo pintado en las caras. «No están acostumbrados a la violencia de nuestras tormentas meridionales.» Incluso desde el suelo, podía oler su miedo. La piel de los hombres lo exudaba.

Aprovechando la vacilación de sus captores, Alaïs intentó algo más. Se puso de pie y echó a correr.

No fue lo bastante rápida. El de la cicatriz se lanzó sobre ella, le asestó un golpe en la sien y la derribó.

−*Héréticque* −le gritó mientras se le echaba encima con todo su peso, inmovilizándola contra el suelo. Alaïs intentó soltarse, pero el hombre era demasiado pesado y ella tenía la falda enredada en las espinas de los matorrales. Podía oler la sangre de la mano herida, mientras el hombre le aplastaba la cara contra las ramas y las hojas del suelo.

−Te advertí que te quedaras quieta, *putain*.

El hombre se desabrochó el cinturón y lo arrojó lejos de sí, jadeando. «Ojalá que no haya oído todavía a los jinetes.» Alaïs se sacudió para quitárselo de encima, pero pesaba demasiado. Dejó escapar un gruñido desde lo más profundo de su garganta, cualquier cosa con tal de disimular el ruido de los caballos que se acercaban.

El hombre volvió a golpearla y le partió el labio. Alaïs sintió el sabor de su propia sangre en la boca.

−*Putain!*

De pronto, se oyeron otras voces:

−*Ara, ara!* ¡Ahora, ahora!

Alaïs oyó la vibración de un arco y el vuelo de una flecha solitaria a través del aire, y después otra y otra más, a medida que una lluvia de proyectiles salía volando de entre las verdes sombras, resquebrajando la madera y la corteza allí donde caía.

−*Enant! Ara, enant!*

El francés se levantó de un salto, justo en el instante en que una flecha le alcanzaba el pecho con un golpe seco, haciéndolo girar como una peonza. Por un momento, pareció quedar suspendido en el aire, pero después empezó a balancearse con los ojos congelados, con la pétrea mirada de una estatua. Una sola gota de sangre apareció en la comisura de su boca y le rodó por la barbilla.

Se le doblaron las piernas. Cayó de rodillas, como si estuviera rezando, y después, muy despacio, se desplomó hacia adelante, como un tronco talado en el bosque. Alaïs reaccionó a tiempo y, arrastrándose, se apartó justo cuando el cuerpo se estrellaba pesadamente contra el suelo.

—*Anem!* ¡Adelante!

Los jinetes fueron tras el otro francés. El hombre había corrido al bosque a buscar refugio, pero volaron más flechas. Una lo alcanzó en el hombro y lo hizo trastabillar. La siguiente le dio en el muslo. La tercera, en la base de la espalda, lo derribó. Su cuerpo cayó al suelo entre espasmos y después se quedó inmóvil.

La misma voz ordenó el fin del ataque.

—*Arrestancatz!* Dejad de disparar. —Finalmente, los cazadores abandonaron su escondite y se dejaron ver—. Dejad de disparar.

Alaïs se puso en pie. «¿Amigos u otros hombres, también de temer?» El jefe vestía una túnica de caza azul cobalto bajo la capa, y las dos prendas eran de buena calidad. Sus botas, su cinturón y su aljaba de cuero eran de piel pálida, confeccionados al estilo local, y las pesadas botas no estaban gastadas. Parecía un hombre de fortuna moderada, un hombre del sur.

Ella todavía tenía los brazos atados a la espalda. Era consciente de que su posición no era muy ventajosa. Tenía el labio hinchado y sangrante, y la ropa manchada.

—*Sènhor*, gracias por vuestra ayuda —dijo, intentando que su voz sonara confiada—. Levantaos la visera e identificaos, para que pueda ver el rostro de mi salvador.

—¿Ésa es toda la gratitud que merezco, *dòmna*? —replicó él, haciendo lo que ella le decía. Alaïs sintió alivio al ver que estaba sonriendo.

El caballero desmontó y sacó un cuchillo de su cinturón. Alaïs retrocedió.

—Es para cortar vuestras ataduras —dijo él en tono ligero.

Alaïs se ruborizó y le ofreció las muñecas.

—Desde luego. *Mercé.*

Él le hizo una breve reverencia.

—Soy Amiel de Coursan. Estos bosques son de mi padre.

Alaïs dejó escapar un suspiro de alivio.

—Disculpad mi descortesía, pero tenía que asegurarme de que vos...

—Vuestra cautela es razonable y comprensible, dadas las circunstancias. ¿Y ahora puedo preguntaros quién sois vos, *dòmna*?

—Alaïs de Carcassona, hija del senescal Pelletier, asistente del vizconde Trencavel, y esposa de Guilhelm du Mas.

—Es un honor conoceros, *dòmna* Alaïs —dijo besándole la mano—. ¿Estáis herida?

—Sólo unos cuantos cortes y rasguños, aunque me duele un poco el hombro, donde me golpeé al caerme.

—¿Qué ha sido de vuestra escolta?

Alaïs dudó un momento.

—Viajo sola.

El hombre se la quedó mirando, sorprendido.

—No es la época más indicada para aventurarse por el mundo sin protección, *dòmna*. Estas llanuras están plagadas de soldados franceses.

—No tenía intención de cabalgar hasta tan tarde. Estaba buscando refugio de la tormenta.

Alaïs levantó la vista, advirtiendo de pronto que aún no había empezado a llover.

—Solamente es el cielo protestando —dijo él, interpretando su mirada—. Una falsa tormenta, nada más.

Cuando Alaïs hubo calmado a *Tatou*, los hombres de Coursan recibieron la orden de despojar a los cadáveres de sus armas y sus ropas. En lo profundo del bosque, encontraron sus armaduras y estandartes, ocultos en el lugar donde habían atado sus caballos. Levantando con la espada la esquina de la tela, De Coursan dejó al descubierto, bajo una capa de barro, un destello de plata sobre fondo verde.

—Chartres —dijo De Coursan con desprecio—. Son los peores. Chacales, todos ellos. Hemos oído más historias de...

Se interrumpió bruscamente.

Alaïs lo miró.

—¿Historias de qué?

—No importa —replicó él rápidamente—. ¿Volvemos a la ciudad?

Cabalgando en hilera, uno tras otro, llegaron al extremo opuesto del bosque y salieron a la llanura.

—¿Tenéis algo que hacer por aquí, *dòmna* Alaïs?

—Voy a buscar a mi padre, que está en Montpelhièr con el vizconde Trencavel. Tengo noticias de gran importancia, que no podían esperar a su regreso a Carcassona.

La cara del De Coursan se contrajo en un gesto de preocupación.

—¿Qué? —dijo Alaïs—. ¿Sabéis algo de mi padre?

—Pasaréis la noche con nosotros, *dòmna* Alaïs. Cuando vuestras heridas hayan sido debidamente atendidas, mi padre os dirá lo que hemos oído. Al alba, yo mismo os escoltaré hasta Besièrs.

Alaïs se volvió para mirarlo.

—¿A Besièrs, *messer*?

—Si los rumores son ciertos, es en Besièrs donde encontraréis a vuestro padre y al vizconde Trencavel.

CAPÍTULO 27

El sudor se escurría por el pelaje de su garañón, mientras el vizconde Trencavel conducía a sus hombres hacia Béziers, con la tormenta pisándoles los talones.

El sudor formaba espumarajos en las bridas de los caballos, y de las comisuras de sus quijadas colgaban hilos de baba. Tenían los flancos y el lomo veteados de sangre, allí donde las espuelas y la fusta los habían obligado a seguir su camino, incesantemente, a través de la noche. La luna plateada asomó detrás de unas nubes negras y desgarradas, que se movían a gran velocidad sobre el horizonte, iluminando la niebla blanca sobre los ollares de los caballos.

Pelletier cabalgaba al lado del vizconde, con los labios apretados. Las cosas habían salido mal en Montpellier. Teniendo en cuenta la animadversión existente entre el vizconde y su tío, el senescal no esperaba que fuera fácil persuadir a éste de la conveniencia de una alianza, incluso a pesar de los lazos familiares y los compromisos de vasallaje que unían a los dos hombres. Aun así, había abrigado la esperanza de que el conde se aviniera a interceder en nombre de su sobrino.

Al final, ni siquiera lo recibió. Fue un insulto deliberado e inequívoco. Trencavel se vio obligado a una larga e impaciente espera a las puertas del campamento francés, hasta recibir la noticia de que le había sido concedida una audiencia.

Autorizado a asistir acompañado únicamente de Pelletier y de dos de sus *chavalièrs*, el vizconde Trencavel fue conducido a la tienda de campaña del abad del Císter, donde les indicaron que debían despojarse de las armas. Así lo hicieron. Una vez dentro, el vizconde no fue recibido por el abad, sino por dos legados papales.

Raymond-Roger prácticamente no tuvo ocasión de decir nada, mientras los dos legados lo reprendían por haber permitido que la herejía se extendiera sin freno por sus dominios. Criticaron su política de nombrar judíos para los altos cargos de las principales ciudades. Lo acusaron de cerrar los ojos ante la conducta pérfida y perniciosa de los obispos cátaros en sus territorios, y citaron varios ejemplos.

Por último, cuando hubieron terminado, los legados despidieron al vizconde Trencavel como si se tratara del amo de algún señorío insignificante y no del señor de una de las casas más poderosas del Mediodía. A Pelletier le hervía la sangre cada vez que lo recordaba.

Los espías del abad habían informado bien a los legados. Cada una de las acusaciones era infundada en cuanto a su interpretación, pero no en lo referente a los hechos, que eran ciertos y venían respaldados por el testimonio de testigos directos. Este aspecto, más aún que la calculada afrenta a su honor, convenció a Pelletier de que el vizconde Trencavel estaba llamado a ser el nuevo enemigo. La Hueste necesitaba a alguien contra quien luchar y, tras la capitulación del conde de Toulouse, no había otro candidato.

Habían abandonado de inmediato el campamento de las afueras de Montpellier. Contemplando la luna, Pelletier calculó que si mantenían el ritmo de la marcha, llegarían a Béziers al alba. El vizconde Trencavel quería avisar personalmente a los habitantes de la ciudad de que el ejército francés se encontraba a escasas quince leguas, con intenciones belicosas. La vía romana que discurría de Montpellier a Béziers se abría a su paso y no había modo de bloquearla.

Instaría a las autoridades de la ciudad a prepararse para el asedio y, al mismo tiempo, pediría refuerzos para apoyar a sus mesnadas en Carcasona. Cuanto más tiempo se demorara la Hueste en Béziers, más tiempo tendría él a su disposición para preparar las fortificaciones. Además, tenía intención de ofrecer refugio en Carcasona a los más amenazados por los franceses: los judíos, los pocos mercaderes sarracenos llegados de España y los *bons homes*. No lo hacía solamente por cumplir su deber como señor feudal. De hecho, gran parte de la administración y la organización de Béziers estaba en manos de diplomáticos y mercaderes judíos. Hubiera o no amenaza de guerra, no estaba dispuesto a prescindir de los servicios de personas tan valiosas y capacitadas.

La decisión de Trencavel facilitó la tarea de Pelletier. Apoyó la mano sobre la carta de Harif, que tenía oculta en la bolsa. Cuando llegaran a

Béziers, sólo tendría que excusarse el tiempo suficiente para encontrar a Siméon.

Un sol pálido se levantaba sobre el río Orb, mientras los hombres, exhaustos, cabalgaban a través del gran puente sobre arcos de piedra.

Béziers se erguía orgullosa y elevada sobre ellos, majestuosa y aparentemente inexpugnable detrás de sus antiguas murallas. Las esbeltas torres de la catedral y de las grandes iglesias consagradas a María Magdalena, san Judas y la Virgen resplandecían a la luz del crepúsculo.

Pese al cansancio, Raymond-Roger Trencavel no había perdido su porte ni su natural autoridad, mientras azuzaba a su caballo para que subiera por la maraña de pasadizos y empinadas callejas serpenteantes que conducían a las puertas principales. El entrechocar de los cascos de los caballos sobre el empedrado iba arrancando del sueño a los pobladores de los tranquilos suburbios de extramuros.

Pelletier desmontó y llamó a la guardia para que les abriera las puertas y los dejara entrar. Al haberse difundido la noticia de que el vizconde Trencavel estaba en la ciudad, el gentío les impidió avanzar con rapidez, pero finalmente llegaron a la residencia del soberano.

Raymond-Roger saludó a éste con genuino afecto. Era un viejo amigo y aliado, con talento para la diplomacia y la administración, y leal con la dinastía de los Trencavel. Pelletier aguardó mientras los dos hombres se saludaban según la usanza del Mediodía e intercambiaban regalos como muestra de su mutua estima. Tras completar las formalidades con inusual premura, Trencavel fue directo al grano. El soberano lo escuchaba con creciente preocupación. En cuanto el vizconde hubo finalizado su discurso, envió mensajeros para convocar a los cónsules de la ciudad a una reunión del Consejo.

Mientras hablaban, una mesa había sido dispuesta en medio de la sala, con pan, carne, queso, fruta y vino.

—*Messer* —dijo el soberano—, será un honor para mí que aceptéis mi hospitalidad mientras esperamos.

Pelletier vio su oportunidad. Se adelantó discretamente y habló al oído del vizconde Trencavel.

—*Messer* —le dijo—, ¿podéis prescindir de mí por un momento? Quisiera ver con mis propios ojos cómo se encuentran nuestros hombres;

asegurarme de que tienen todo lo necesario, y comprobar que mantienen la boca cerrada y el ánimo firme.

Trencavel levantó la vista, con expresión de asombro.

—¿Ahora, Bertran?

—Si me lo permitís, *messer*.

—No me cabe la menor duda de que nuestros hombres están siendo bien atendidos —dijo, sonriendo a su anfitrión—. Deberías comer y descansar un poco.

—Os ruego aceptéis mis humildes disculpas, pero suplico una vez más vuestra venia para retirarme.

Raymond-Roger escrutó el rostro de Pelletier, en busca de una explicación que no halló.

—Muy bien —dijo finalmente, todavía intrigado—. Tienes una hora.

En las calles había gran bullicio, y se iban poblando cada vez más de curiosos a medida que se extendían los rumores. Una muchedumbre se estaba congregando en la plaza Mayor, delante de la catedral.

Pelletier conocía bien Béziers, pues la había visitado muchas veces con el vizconde Trencavel, pero iba a contracorriente y sólo su corpulencia y su autoridad lo salvaron de ser derribado por la marea de gente. Nada más llegar a la judería, empezó a preguntar a los transeúntes si conocían a Siméon, mientras apretaba con fuerza en el puño la carta de Harif. De pronto, sintió que le tironeaban de la manga. Bajó la vista y vio a una bonita niña de ojos y cabellos oscuros.

—Yo sé dónde vive —dijo la pequeña—. Sígame.

La niña lo condujo al barrio comercial, donde tenían sus negocios los prestamistas, y luego, a través de un dédalo de callejas aparentemente idénticas, atestadas de talleres y viviendas. Se detuvo delante de una puerta sin ningún rasgo distintivo.

El senescal miró a su alrededor hasta encontrar lo que buscaba: el emblema del encuadernador grabado sobre las iniciales de Siméon. Pelletier esbozó una sonrisa de alivio. Era la casa. Dio las gracias a la pequeña, le puso una moneda en la mano y la despidió. Después levantó la pesada aldaba de bronce y llamó a la puerta tres veces.

Hacía mucho tiempo, más de quince años. ¿Habría subsistido la corriente de afecto que tan fácilmente fluía entre ellos?

La puerta se entreabrió lo suficiente como para revelar a una mujer que lo miraba con expresión suspicaz. Sus ojos negros eran hostiles. Llevaba puesto un velo verde que le cubría el pelo y la mitad inferior del rostro, y lucía los tradicionales bombachos anchos y claros, ajustados al tobillo, que vestían las judías en Tierra Santa. Su larga casaca amarilla le llegaba a las rodillas.

—Quisiera hablar con Siméon —dijo él.

Ella sacudió la cabeza e intentó cerrar la puerta, pero él la mantuvo abierta, usando el pie a modo de cuña.

—Entrégale esto —dijo, aflojándose el anillo del pulgar y colocándolo en la mano de la mujer—. Dile que Bertran Pelletier está aquí.

Su suspiro de sorpresa fue audible. De inmediato, la mujer se apartó para dejarlo pasar. Pelletier la siguió a través de una pesada cortina roja, decorada con círculos dorados cosidos arriba y abajo en sendas orlas.

—*Esperatz* —dijo ella, indicándole con un gesto que se quedara donde estaba.

Sus brazaletes y ajorcas tintinearon, mientras se alejaba por el largo pasillo hasta desaparecer.

Desde fuera, la casa parecía alta y estrecha; pero una vez dentro, Pelletier pudo comprobar que la impresión era engañosa. El pasillo central se ramificaba en salas y vestíbulos, a izquierda y derecha. Pese a la urgencia de su misión, el senescal contemplaba el ambiente con deleite. El suelo no era de madera, sino de baldosas azules y blancas, y preciosos tapices colgaban de las paredes. El ambiente le recordaba las elegantes y exóticas casas de Jerusalén. Habían pasado muchos años, pero los colores, las texturas y los olores de aquella tierra extraña todavía le hablaban.

—¡Por todo lo que hay de sagrado en este cansado y viejo mundo! ¡Bertran Pelletier!

El senescal se volvió hacia la voz y vio una figura menuda, enfundada en una larga sobretúnica violeta, que avanzaba presurosa en su dirección, con los brazos extendidos. Su corazón dio un brinco al ver a su viejo amigo. Sus ojos negros centelleaban con el brillo de siempre. Pelletier estuvo a punto de caer derribado por la fuerza del abrazo de Siméon, aunque le sacaba por lo menos la cabeza.

—¡Bertran, Bertran! —exclamó afectuosamente Siméon, con una voz profunda que retumbaba en el pasillo silencioso—. ¿Por qué has tardado tanto?

—¡Siméon, mi viejo amigo! —rió él, aferrándolo por el hombro, mientras recuperaba el aliento–. ¡Cuánto bien le hace a mi espíritu verte en tan buena forma! ¡Mírate! –añadió, tirando de la larga barba negra de su amigo, que siempre había sido su mayor motivo de vanidad–. Unas pocas canas aquí y allá, pero ¡mejor que nunca! ¿Te ha tratado bien la vida?

Siméon se encogió de hombros.

–Habría podido ser mejor, pero también peor –replicó, retrocediendo unos pasos–. ¿Y qué me dices de ti, Bertran? Un par de arrugas más en la cara, quizá, pero la misma fiereza en la mirada, ¡y esos hombros tan anchos! –Le dio un golpe en el pecho con la palma de la mano–. ¡Sigues fuerte como un buey!

Con un brazo sobre los hombros de Siméon, Pelletier se dejó conducir a una pequeña habitación al fondo de la casa, que daba a un patio de reducidas dimensiones. Había en ella dos grandes sofás cubiertos de cojines de seda rojos, violáceos y azules. En torno a la sala había varias mesas pequeñas de ébano, adornadas con delicados jarrones y bandejas llenas de bizcochitos de almendra.

–Ven, quítate las botas. Estèr nos traerá el té. –Se apartó un poco y volvió a mirar a Pelletier de arriba abajo–. ¡Bertran Pelletier! –exclamó una vez más, sacudiendo la cabeza–. ¿Me puedo fiar de estos viejos ojos? ¿Después de tantos años de verdad estás aquí? ¿O eres un fantasma? ¿El producto de la imaginación de un viejo?

Pelletier no sonrió.

–Ojalá hubiese venido en circunstancias más propicias, Siméon.

Su amigo hizo un gesto de asentimiento.

–Claro, claro. Ven, Bertran, ven aquí. Siéntate.

–He venido con nuestro señor Trencavel, Siméon, para prevenir a Besièrs de que un ejército se acerca desde el norte. ¿Oyes las campanas, convocando al Consejo a las autoridades de la ciudad?

–Es difícil no oír vuestras campanas cristianas –replicó Siméon, alzando las cejas–, aunque habitualmente no tañen en beneficio nuestro.

–Esto afectará a los judíos tanto o más que a aquellos que llaman herejes, y tú lo sabes.

–Como siempre –dijo el otro serenamente–. ¿Es tan grande la Hueste como cuentan?

–Unos veinte mil hombres, tal vez más. No podemos enfrentarnos a ellos en combate abierto, Siméon, su ventaja numérica es demasiado aplastante. Si Besièrs pudiera retener aquí un tiempo al invasor, entonces al menos tendríamos la oportunidad de reunir un ejército en el oeste y preparar la defensa de Carcassona. Todos los que así lo deseen podrán refugiarse allí.

—Aquí he sido feliz. Esta ciudad me ha tratado... *nos* ha tratado bien.

—Besièrs ya no es segura. Ni para ti, ni para los libros.

—Lo sé. Aun así —suspiró—, lamentaré tener que irme.

—Si Dios quiere, no será por mucho tiempo. —Pelletier hizo una pausa, desconcertado por el imperturbable aplomo con que su amigo aceptaba la situación—. Es una guerra injusta, Siméon, predicada con mentiras y engaños. ¿Cómo puedes aceptarla tan fácilmente?

Siméon hizo un amplio gesto con las manos abiertas.

—¿Aceptarla, Bertran? ¿Qué quieres que haga? ¿Qué quieres que diga? Uno de vuestros santos cristianos, Francisco, le rogó a Dios que le concediera la fuerza de aceptar lo que no podía cambiar. Lo que tenga que ser, será, lo quiera yo o no. De modo que sí, la acepto. Pero eso no significa que me guste, ni que no hubiese preferido que las cosas fueran diferentes.

Pelletier sacudió la cabeza.

—La ira no sirve de nada. Debes tener fe. La creencia en un significado superior, por encima de nuestras vidas y nuestro conocimiento, requiere un esfuerzo de fe. Todas las grandes religiones tienen sus propias historias, la Biblia, el Qur'an y la Torá, para encontrar sentido a estas insignificantes vidas nuestras. —Siméon hizo una pausa, con los ojos brillantes de malicia—. Pero los *bons homes* no intentan explicarse las acciones de los malvados. Su fe les enseña que ésta no es la tierra de Dios, una creación perfecta, sino un mundo imperfecto y corrupto. No esperan que la bondad y el amor triunfen sobre la adversidad. Saben que en nuestra vida terrena nunca lo harán. —Sonrió—. Y aun así, Bertran, todavía te asombras cuando el Mal se te enfrenta cara a cara. Es raro, ¿no?

Pelletier levantó bruscamente la cabeza, como si hubiese sido descubierto. ¿Lo sabría Siméon? ¿Cómo era posible?

Siméon sorprendió su gesto, pero no volvió a hacer ninguna alusión al respecto.

—Mi fe, en cambio, me enseña que el mundo fue creado por Dios y es perfecto en todos sus detalles. Pero cuando los hombres se apartan de la palabra de los profetas, el equilibrio entre Dios y los hombres se altera, y entonces viene el castigo, tan cierto como que al día le sigue la noche.

Pelletier abrió la boca para hablar, pero cambió de idea.

—Esta guerra no es asunto nuestro, Bertran, a pesar de tus obligaciones con el vizconde Trencavel. Tú y yo tenemos un cometido más grande. Estamos unidos por nuestros votos. Eso es lo que debe guiar ahora nuestros pasos e informar nuestras decisiones —dijo, tendiendo una mano para apretarle un hombro a Pelletier—. Por eso, amigo mío, reserva tu ira y ten lista tu espada para las batallas que puedas ganar.

—¿Cómo lo has sabido? —preguntó—. ¿Alguien te ha dicho algo?

Siméon se echó a reír.

—¿Saber qué? ¿Que eres un seguidor de la nueva iglesia? No, no, nadie me ha dicho nada al respecto. Es una conversación que tendremos en algún momento en el futuro, si Dios quiere, pero ahora no. Aunque me gustaría mucho hablar contigo de teología, Bertran, ahora hay otros asuntos más acuciantes que debemos atender.

La llegada de la criada con una infusión caliente de menta y bizcochitos dulces interrumpió la conversación. Colocó la bandeja en la mesa, delante de ellos, antes de ir a sentarse en un banco bajo, en un rincón apartado de la sala.

—No te inquietes —dijo Siméon, notando la expresión preocupada de Pelletier al ver que su conversación iba a tener testigos—. Estèr vino conmigo de Chartres. Solamente habla hebreo y un poco de francés. No entiende ni una palabra de tu lengua.

—Muy bien.

Pelletier sacó la carta de Harif y se la entregó a Siméon.

—Recibí una como ésta en *Shauvot*, hace un mes —dijo cuando hubo terminado de leerla—. Me anunciaba tu llegada, aunque he de confesar que has tardado más de lo que esperaba.

Pelletier dobló la carta y la devolvió a su bolsa.

—Entonces, ¿los libros siguen en tu poder, Siméon? ¿Aquí, en esta casa? Debemos llevarlos a...

El estruendo de alguien aporreando con fuerza la puerta desgarró la tranquilidad de la habitación. De inmediato, Estèr se puso de pie, con la alarma pintada en los ojos almendrados. A un signo de Siméon, salió en seguida al pasillo.

—¿Todavía tienes los libros? —repitió Pelletier, ahora con urgencia, repentinamente angustiado al ver la expresión en el rostro de Siméon—. ¿No se habrán perdido?

—No es que se hayan perdido, amigo mío... —empezó a decir, pero fueron interrumpidos por Estèr.

—Maestro, hay una señora que pide que la dejen pasar.

Las palabras en hebreo salieron atropelladas de su boca, con demasiada rapidez para que el deshabituado oído de Pelletier pudiera comprenderlas.

—¿Qué señora?

Estèr sacudió la cabeza.

—No lo sé, maestro. Dice que es menester que vea a su invitado, el senescal Pelletier.

Todos se volvieron al oír ruido de pasos en el pasillo, a sus espaldas.

—¿La has dejado sola? —preguntó Siméon, inquieto, poniéndose en pie con dificultad.

Pelletier también se levantó, mientras la mujer irrumpía en la habitación. El senescal parpadeó, sin acabar de dar crédito a sus ojos. Hasta el pensamiento de su misión desapareció de su mente cuando vio a Alaïs que se detenía bajo el dintel de la puerta. Tenía las mejillas encendidas y en sus vivaces ojos castaños se leía la disculpa y la determinación.

—Perdonadme esta intrusión —dijo, desplazando la mirada de Siméon a su padre y de su padre a Siméon—, pero pensé que vuestra criada no iba a dejarme pasar.

En dos zancadas, Pelletier atravesó la habitación y la estrechó entre sus brazos.

—No os enfadéis conmigo por haberos desobedecido —dijo ella, más tímidamente—, pero tenía que venir.

—Y esta encantadora dama es... —dijo Siméon.

Pelletier cogió a Alaïs de la mano y la condujo al centro de la habitación.

—¡Claro! Estoy olvidando las formas. Siméon, permíteme que te presente a mi hija Alaïs, aunque cómo y con qué medios ha llegado a Besièrs no podría decírtelo. —Alaïs hizo una leve inclinación con la cabeza—. Y éste, Alaïs, es el más antiguo y querido de mis amigos, Siméon de Chartres, antes de la Ciudad Santa de Jerusalén.

La cara de Siméon se llenó de sonrisas.

—La hija de Bertran. Alaïs —le cogió las manos—, sed bienvenida.

CAPÍTULO 28

Me hablaréis ahora de vuestra amistad? —dijo Alaïs en cuanto se sentó en el sofá junto a su padre—. Ya se lo pedí antes una vez —añadió volviéndose hacia Siméon—, pero entonces no estaba dispuesto a confiar en mí.

Siméon era mayor de lo que ella había imaginado. Tenía la espalda encorvada y la cara surcada de arrugas: el mapa de una vida que había visto dolores y pérdidas, pero también grandes alegrías y risas. Sus cejas eran gruesas y espesas, y sus ojos de mirada luminosa revelaban una inteligencia brillante. Su pelo rizado era más bien gris, pero su larga barba, perfumada y ungida con aceites aromáticos, todavía era negra como ala de cuervo. Ahora comprendía que su padre hubiera confundido con su amigo al hombre del río.

Discretamente, Alaïs bajó la vista hasta las manos de Siméon y sintió un destello de satisfacción. Había supuesto bien. En el pulgar izquierdo llevaba un anillo idéntico al de su padre.

—Por favor, Bertran —estaba diciendo Siméon—, se ha ganado la historia. Después de todo, ¡ha cabalgado desde muy lejos para escucharla!

Alaïs sintió que su padre se quedaba inmóvil a su lado. Lo miró. Su boca era una línea apretada.

«Está enfadado, ahora que ha cobrado conciencia de lo que he hecho.»

—¿No habrás venido desde Carcassona sin escolta? —preguntó él—. ¿No habrás cometido la estupidez de hacer sola el viaje? ¿No habrás corrido ese riesgo?

—Yo...

—Respóndeme.

—Parecía lo más razonable.

—¡Lo más razonable! —estalló él—. ¡De todas las...!

Siméon se echó a reír.

—¡Aún conservas el mismo temperamento, Bertran!

Alaïs reprimió una sonrisa, mientras apoyaba la mano sobre el brazo de su padre.

—*Paire* —dijo paciente—, ya veis que estoy sana y salva. No ha pasado nada.

Pelletier observó las heridas en las manos de su hija, pero ella rápidamente se las cubrió con la capa.

—No ha pasado casi nada —añadió—. No ha sido nada. Un pequeño corte.

—¿Ibas armada?

Ella hizo un gesto afirmativo.

—Desde luego.

—Entonces, ¿dónde está tu...?

—No me pareció razonable deambular por las calles de Besièrs con ella encima —dijo Alaïs, mirándolo con ojos inocentes.

—Claro, claro —murmuró él entre dientes—. ¿Y dices que no te sobrevino ninguna desgracia? ¿No estás herida?

Consciente de su hombro contusionado, Alaïs miró a su padre a los ojos.

—No me ha pasado nada —mintió.

El senescal frunció el ceño, pero pareció algo más calmado.

—¿Cómo supiste que estábamos aquí?

—Me lo dijo Amiel de Coursan, el hijo del *sènhor*, que generosamente se ofreció para escoltarme.

Siméon asintió con la cabeza.

—Es muy admirado en estas comarcas.

—Has sido muy afortunada —dijo Pelletier, reacio todavía a abandonar el tema—. Afortunada y enormemente imprudente. Podrían haberte asesinado. Todavía no puedo creer que hayas...

—Ibas a contarle cómo nos conocimos, Bertran —intervino Siméon en tono ligero—. Las campanas han dejado de sonar, por lo que el Consejo ya habrá comenzado. Disponemos de un poco de tiempo.

Por un momento, Pelletier mantuvo la expresión severa, pero en seguida cayeron sus hombros y una expresión de resignación invadió su rostro.

—Muy bien, muy bien. Puesto que ambos lo deseáis.

Alaïs intercambió una mirada con Siméon.

—Lleva un anillo como el vuestro, *paire*.

Pelletier sonrió.

—Siméon fue reclutado por Harif en Tierra Santa, lo mismo que yo, pero cierto tiempo antes, y nuestras sendas no se cruzaron. Cuando la amenaza de Saladino y sus ejércitos se volvió acuciante, Harif envió a Siméon de regreso a su ciudad natal de Chartres. Yo seguí su camino unos meses después, llevando conmigo los tres pergaminos. El viaje me llevó más de un año, pero cuando finalmente llegué a Chartres, Siméon me estaba esperando, tal como Harif había prometido. —Los recuerdos lo hicieron sonreír—. ¡Cómo detesté el frío y la humedad de Chartres, después del calor y la luz de Jerusalén! ¡Era un lugar tan pálido y desolado! Pero Siméon y yo nos entendimos de maravilla desde el principio. Su labor consistía en encuadernar los pergaminos en tres volúmenes distintos. Mientras él trabajaba con los libros, yo llegué a admirar su erudición, su sabiduría y su buen humor.

—Oh, Bertran... —protestó Siméon entre dientes, aunque Alaïs se daba cuenta de que se sentía halagado por el cumplido.

—En cuanto a Siméon —prosiguió Pelletier—, tendrás que preguntarle tú misma lo que vio en un soldado sin cultura ni instrucción como tu padre. Yo no llego a comprenderlo.

—Estabas dispuesto a aprender, amigo mío, a escuchar —dijo Siméon suavemente—. Eso te diferenciaba de la mayoría de los de tu fe.

—Yo siempre supe que los libros debían ser separados —continuó Pelletier—. En cuanto Siméon hubo finalizado su tarea, recibí un mensaje de Harif anunciándome que tenía que regresar a mi ciudad natal, donde me esperaba un cargo de senescal en la corte del nuevo vizconde Trencavel. Ahora, cuando vuelvo la vista atrás con la perspectiva que dan los años, me parece extraordinario no haber preguntado nunca por el destino de los otros dos libros. Supuse que Siméon iba a quedarse con uno de ellos, aunque nunca lo supe con certeza. ¿Y el otro? Ni siquiera lo pregunté. Hoy me avergüenzo de mi falta de curiosidad, pero simplemente cogí el libro que me confiaron y emprendí el viaje al sur.

—No debes avergonzarte —dijo Siméon con suavidad—. Hiciste lo que se te pidió, con la conciencia limpia y el corazón firme.

—Antes de que tu aparición borrara de mi mente cualquier otro pensamiento, estábamos hablando de los libros, Alaïs.

Siméon se aclaró la garganta.

—Del libro —dijo—. Sólo tengo uno.

—¿Qué? —reaccionó vivamente Pelletier—. Pero, la carta de Harif... Leyéndola, supuse que ambos estaban en tu poder, o al menos que sabías dónde estaban los dos.

Siméon sacudió la cabeza.

—Antes, sí. Pero ya no, desde hace muchos años. El *Libro de los números* está aquí. En cuanto al otro, he de confesarte que esperaba que tú me trajeras noticias al respecto.

—Si tú no lo tienes, ¿quién entonces? —dijo con urgencia Pelletier—. Pensaba que te habías llevado los dos contigo cuando saliste de Chartres.

—Y así fue.

—Pero...

Alaïs apoyó su mano sobre el brazo de su padre.

—Dejad que Siméon se explique.

Por un momento pareció que Pelletier iba a perder los estribos, pero finalmente hizo un gesto de aquiescencia.

—De acuerdo —dijo con un gruñido—. Cuenta tu historia.

—¡Cuánto se parece a ti, amigo mío! —rió Siméon—. Poco después de que partieras de Chartres, recibí un mensaje del *Navigatairé*, anunciándome la llegada de un guardián que venía a llevarse el segundo libro, el *Libro de las pociones*, pero sin ninguna indicación acerca de la identidad del visitante. Me preparé para su llegada y constantemente lo estuve esperando. Pasó el tiempo, me hice viejo, pero no vino nadie. Después, en el año 1194 de los cristianos, poco después del terrible incendio que destruyó la catedral y gran parte de la ciudad de Chartres, se presentó finalmente un hombre, un cristiano, un caballero que se hizo llamar Philippe de Saint-Mauré.

—Su nombre me resulta familiar. Estuvo en Tierra Santa al mismo tiempo que yo, pero nunca coincidimos —dijo Pelletier—. ¿Por qué tardó tanto? —preguntó frunciendo el ceño.

—Eso mismo me pregunté yo entonces, amigo mío. Saint-Mauré me entregó un *merel* y lo hizo de la manera debida. Llevaba el anillo que con tanto orgullo llevamos tú y yo. No tenía motivos para dudar de él... y sin embargo —Siméon se encogió de hombros—, había en él algo falso. Sus ojos eran agudos como los de un zorro. No pude confiar en él. No me pareció el tipo de hombre que Harif habría escogido. No había honor en su porte. Por eso decidí ponerlo a prueba, a pesar de las prendas de buena fe que traía consigo.

—¿Cómo?

La pregunta había escapado de labios de Alaïs antes de que pudiera reprimirla.

—¡Alaïs! —la reconvino su padre.

—Déjala, Bertran. Fingí no entender. Me retorcí las manos con gesto humilde, le pedí disculpas, le aseguré que debía de estar confundiéndome con otra persona. Entonces desenvainó su espada.

—Lo cual confirmó tus sospechas de que no era quien pretendía ser...

—Me maldijo y me amenazó, pero vinieron mis sirvientes y tuvo que ceder por ser ellos más numerosos. No le quedó más remedio que retirarse —Siméon se inclinó hacia adelante, bajando la voz hasta convertirla en un suspiro—. En cuanto estuve seguro de que se había marchado, envolví los dos libros en un fardo de ropa vieja y busqué refugio en casa de una familia cristiana vecina, que confiaba que no me traicionaría. No sabía qué hacer. No estaba seguro de nada. ¿Sería aquel hombre un impostor? ¿O quizá un guardián auténtico, cuyo corazón se había oscurecido por la codicia o por la promesa de poder y riquezas? ¿Nos habría traicionado? Si lo primero era cierto, entonces aún era posible que el verdadero guardián llegara a Chartres y descubriera que yo ya no estaba. Si era cierto lo segundo, sentí que era mi deber averiguar todo lo que me fuera posible. Ni siquiera ahora sé si elegí con tino.

—Hicisteis lo que os pareció correcto —dijo Alaïs, sin prestar atención a la callada advertencia de su padre de permanecer en silencio—. No se puede actuar mejor.

—Correcto o equivocado, lo cierto es que permanecí en la ciudad dos días más. Entonces hallaron el cuerpo mutilado de un hombre flotando en el río Eure. Le habían arrancado los ojos y la lengua. Corrió el rumor de que era un caballero al servicio del hijo mayor de Charles d'Evreux, cuyas tierras no se encuentran lejos de Chartres.

—Philippe de Saint-Mauré.

Siméon hizo un gesto afirmativo.

—Acusaron del asesinato a los judíos y en seguida empezaron las represalias. Yo era un chivo expiatorio muy conveniente. Se rumoreaba que me estaban buscando. Se decía que varios testigos lo habían visto llamando a mi puerta, testigos dispuestos a jurar que habíamos discutido e intercambiado golpes. Entonces me decidí. Quizá ese Saint-Mauré era quien decía ser. Quizá era un hombre honesto, o quizá no. Pero ya no importaba. Había muerto, según deduje, por lo que había averiguado acerca de la Trilogía del Laberinto. Su muerte y la manera en que le había sobrevenido me convencieron de que había otros implicados, de que el secreto del Grial había sido traicionado.

—¿Cómo escapasteis? —preguntó Alaïs.

—Mis criados ya se habían marchado y yo esperaba que estuvieran a salvo. Me escondí hasta la mañana siguiente. En cuanto abrieron las puertas de la ciudad, con las barbas bien afeitadas, me escabullí disfrazado de anciana. Estèr me acompañó.

—Entonces, ¿no estabas allí cuando construyeron el laberinto de piedra en la nueva catedral? —dijo Pelletier. A su hija le sorprendió ver que sonreía, como si se tratara de una antigua broma entre ambos—. ¡No lo has visto!

—¿De qué habláis? —quiso saber ella.

Siméon se echó a reír, dirigiéndose únicamente a Pelletier.

—No, pero creo que está cumpliendo bien su cometido. Son muchos los que llegan atraídos por ese anillo de piedra muerta. Miran y buscan, sin comprender que bajo sus pies yace sólo un falso secreto.

—¿Qué es ese laberinto? —insistió Alaïs.

Pero tampoco esa vez le prestaron atención.

—Yo te habría acogido en Carcassona. Te habría dado un techo, protección. ¿Por qué no viniste en mi busca?

—Créeme, Bertran, que nada me hubiera gustado más. Pero olvidas cuán diferente es el norte de estas tolerantes tierras del Pays d'Òc. No podía viajar libremente, amigo mío. La vida era dura para los judíos en esa época. Regía el toque de queda y cada poco tiempo nos atacaban y saqueaban nuestros comercios. —Hizo una pausa para respirar—. Además, nunca me habría perdonado conducirlos hasta ti, fueran quienes fuesen. Cuando huí de Chartres aquella mañana, no pensé en dirigirme a ningún lugar concreto. Me pareció que lo más seguro y razonable era desaparecer hasta que se calmara el alboroto. Al final, el incendio me quitó todo lo demás de la cabeza.

—¿Cómo llegasteis a Besièrs? —preguntó Alaïs, resuelta a participar otra vez en la conversación—. ¿Os envió Harif?

Siméon sacudió la cabeza.

—No fue fruto de una decisión, Alaïs, sino del azar y la buena suerte. Primero viajé a la Champaña, donde pasé el invierno. En primavera, cuando se fundió la nieve, emprendí el camino al sur. Tuve la suerte de coincidir con un grupo de judíos ingleses, que huían de la persecución en su país. Se dirigían a Besièrs. Me pareció un destino tan bueno como cualquier otro. La ciudad tenía fama de tolerante; había judíos en cargos de confianza y autoridad, y se nos respetaba por nuestros conocimientos y habilidades. Por la proximidad a Carcassona, pensé que estaría fácilmente disponible si Harif me necesitaba. −Se volvió hacia Bertran−. Sólo Dios sabe lo mucho que me costó saberte a pocos días de distancia y no ir nunca en tu busca, pero la cautela y la sensatez dictaron que así debía ser. Se echó hacia adelante en su asiento, con sus vivaces ojos negros chispeando−. Ya entonces −añadió−, había versos y trovas circulando por las cortes del norte. En Champaña, juglares y trovadores hablaban en sus cantos de una copa mágica, de un elixir de la vida, todo demasiado próximo a la verdad como para ignorarlo. −Pelletier asintió. Él también había oído esas canciones−. Por eso, sopesándolo todo, era más seguro que yo me mantuviera al margen. Nunca me habría perdonado acabar llevándolos a tu puerta, amigo mío.

Pelletier dejó escapar un largo suspiro.

−Me temo, Siméon, que a pesar de nuestros esfuerzos hemos sido traicionados, aunque carezco de pruebas firmes e irrevocables al respecto. Hay gente que sabe de la conexión entre nosotros, estoy convencido de ello, aunque no sabría decir si además conocen la naturaleza de nuestro vínculo.

−¿Ha sucedido algo que te haga pensar así?

−Hace poco más de una semana, Alaïs halló el cadáver de un hombre flotando en el río Aude, un judío. Lo habían degollado y le habían cortado el pulgar izquierdo. No le robaron nada. Sin que hubiera ninguna razón para ello, pensé en ti. Pensé que lo habrían confundido contigo. −Hizo una pausa−. Antes de eso, hubo otros indicios. Le confié parte de mi responsabilidad a Alaïs, por si me pasaba algo y no podía regresar a Carcassona.

«Ahora es el momento de decirle por qué has venido.»

−Padre, desde que os...

Pelletier levantó una mano, para impedirle que interrumpiera la conversación.

−Siméon, ¿ha habido alguna cosa que te haya hecho pensar que tu paradero ha sido descubierto, ya sea por los que te fueron a buscar en Chartres o por otros?

Siméon negó con la cabeza.

—Últimamente, no. Han pasado más de veinte años desde que vine al sur y, en todo este tiempo, puedo asegurarte que no ha pasado un día sin que temiera sentir el tacto de un cuchillo en el cuello. Pero si te refieres a algo fuera de lo común, no.

Alaïs ya no pudo quedarse callada.

—Padre, lo que tengo que decir guarda relación con este asunto. Es preciso que os cuente lo que sucedió desde que os marchasteis de Carcassona. ¡Por favor!

Cuando Alaïs finalizó su relación de los hechos, la cara de su padre se había vuelto escarlata. La joven temió que fuera a perder los estribos. El senescal no se dejó tranquilizar por Alaïs ni por Siméon.

—¡La Trilogía ha sido descubierta! —exclamó—. ¡No cabe duda alguna al respecto!

—Cálmate, Bertran —le dijo Siméon con firmeza—. Tu cólera sólo sirve para ensombrecer tu juicio.

Alaïs se volvió hacia la ventana, al notar que el bullicio de la calle iba en aumento. También Pelletier, al cabo de un instante de vacilación, levantó la cabeza.

—Vuelven a tocar las campanas —dijo finalmente—. Tengo que regresar a la casa del soberano. El vizconde Trencavel me espera. —Se puso de pie—. Debo pensar más detenidamente en lo que has contado, Alaïs, y reflexionar sobre lo que ha de hacerse. De momento, debemos concentrar nuestros esfuerzos en la partida. —Se volvió hacia su amigo—. Tú vendrás con nosotros, Siméon.

Mientras Pelletier hablaba, Siméon abría un cofre de madera primorosamente labrada, que se encontraba al otro lado de la habitación. Alaïs se acercó. La tapa estaba forrada por dentro con terciopelo púrpura, drapeado en pliegues profundos, como las cortinas en torno a una cama.

Siméon sacudió la cabeza.

—No iré con vosotros. Seguiré a mi pueblo. Por eso, para mayor seguridad, deberíais llevaros esto.

Alaïs vio que Siméon deslizaba la mano por el fondo del cofre. Se oyó un chasquido y entonces, de la base, salió un pequeño cajón. Cuando Siméon se incorporó, Alaïs vio que en la mano sostenía un objeto envuelto en cuero.

Los dos hombres cruzaron una mirada, y entonces Pelletier aceptó el libro que le tendía Siméon y lo ocultó bajo su capa.

—En su carta, Harif menciona a una hermana en Carcassona —dijo Siméon.

Pelletier hizo un gesto afirmativo.

—Una amiga de la *Noublesso*, según mi interpretación de sus palabras. Me resisto a creer que quiera decir algo más que eso.

—Una mujer fue quien vino a pedirme el segundo libro, Bertran —dijo Siméon con voz serena—. Como tú, he de confesar que en su momento supuse que se trataría de una enviada y nada más, pero a la luz de tu carta...

Pelletier desechó la idea con un gesto de la mano.

—No, no puedo creer que Harif designe guardián a una mujer, sean cuales sean las circunstancias. No correría semejante riesgo.

Alaïs estuvo a punto de decir algo, pero se mordió la lengua.

Siméon se encogió de hombros.

—Deberíamos considerar la posibilidad.

—Muy bien, ¿qué clase de mujer era? —replicó con impaciencia Pelletier—. ¿Alguien de quien razonablemente pueda esperarse que se haga cargo de la custodia de un objeto tan valioso?

Siméon sacudió la cabeza.

—A decir verdad, no. No era de alta cuna, pero tampoco de los estamentos más bajos. Había pasado ya la edad de concebir, pero vino acompañada de un niño. Iba de camino a Carcassona, pasando por Servian, su ciudad natal.

Alaïs dio un respingo.

—Bien poca información tenemos —se quejó Bertran—. ¿No te dijo su nombre?

—No, ni tampoco se lo pregunté, ya que traía una carta de Harif. Le di pan, queso y fruta para el viaje, y se marchó.

Para entonces, habían llegado a la puerta de la calle.

—No me gusta la idea de dejaros —dijo bruscamente Alaïs, temiendo de pronto por él.

Siméon sonrió.

—No me pasará nada, pequeña. Estèr preparará las cosas que quiero llevarme a Carcassona. Viajaré anónimamente con la multitud. Será más seguro para todos nosotros.

Pelletier hizo un gesto afirmativo.

—El barrio judío está junto al río, al este de Carcassona, junto al suburbio de Sant-Vicens. Mándame un mensaje cuando llegues.

—Así lo haré.

Los dos hombres se abrazaron y Pelletier salió a la calle, que para entonces estaba atestada de gente. Alaïs se disponía a seguirlo, pero Siméon le apoyó una mano en el brazo para retenerla.

—Eres muy valerosa, Alaïs. Has cumplido con tenacidad y firmeza tus obligaciones con tu padre y también con la *Noublesso*. Pero vigílalo. Su temperamento puede perderlo, y se acercan tiempos difíciles, decisiones difíciles.

Mirando por encima del hombro, Alaïs bajó la voz para que su padre no la oyera.

—¿De qué trata el segundo libro que esa mujer se llevó a Carcassona, el libro que aún queda por encontrar?

—Es el *Libro de las pociones* —replicó él—. Una lista de hierbas y plantas. A tu padre le fue confiado el *Libro de las palabras*, y a mí, el *Libro de los números*.

«A cada uno, su habilidad.»

—¿Supongo que eso te dice lo que querías saber? —dijo Siméon, con una mirada cargada de intención bajo las pobladas cejas—. ¿Quizá has confirmado una suposición?

Ella sonrió.

—*Benlèu*. Quizá.

Alaïs le dio un beso y echó a correr, para dar alcance a su padre.

«Comida para el viaje. Quizá también una tabla.»

Alaïs decidió guardarse para sí sus suposiciones hasta estar segura, aunque para entonces estaba prácticamente convencida de que sabía dónde encontrar el libro. La miríada de conexiones que unía sus vidas, como una tela de araña, se volvió de pronto meridianamente clara: todas las pequeñas pistas e indicios que no habían visto, porque no habían mirado.

CAPÍTULO 29

Mientras volvían atravesando la ciudad a toda prisa, pudieron ver que el éxodo ya había comenzado.

Judíos y sarracenos se desplazaban hacia las puertas principales, algunos a pie y otros en carros vencidos bajo el peso de sus pertenencias: libros, mapas y muebles. Los prestamistas llevaban caballos ensillados y transportaban cestas, baúles, balanzas y rollos de pergamino. Alaïs advirtió que entre la multitud también había algunas familias cristianas.

El patio del palacio del soberano había perdido todo su color bajo el sol despiadado de la mañana. Cuando franquearon las puertas, Alaïs vio la expresión de alivio en la cara de su padre al comprobar que la reunión del Consejo aún no había terminado.

—¿Sabe alguien más que estás aquí?

Alaïs se detuvo en seco, asustada al percatarse de que no había pensado en Guilhelm ni por un momento.

—No. Fui directamente a buscaros.

Le resultó irritante el destello de satisfacción en el rostro de su padre mientras éste hacía un gesto afirmativo con la cabeza.

—Espera aquí —dijo él—. Informaré al vizconde Trencavel de tu presencia y le pediré permiso para que te sumes a nuestro grupo. También habría que decírselo a tu marido.

Alaïs se quedó mirándolo, mientras él desaparecía en la penumbra de las salas. Sin nada más que hacer, se volvió y se puso a observar a su alrededor. Había animales descansando a la sombra, con el pelaje aplastado contra los fríos y pálidos muros, ajenos a las vicisitudes de los hombres. Pese a su propia experiencia y a las historias que Amiel de Coursan le había referido, allí, en la tranquilidad del palacio, le costaba creer que la amenaza fuera tan inminente como decían.

Detrás de ella, se abrieron de par en par las puertas y una oleada de hombres invadió la escalinata y el patio. Alaïs apretó la espalda contra una columna para evitar que la arrastrara la corriente.

La plaza de armas estalló en gritos, instrucciones y órdenes dictadas y obedecidas, y hubo una marea de escuderos corriendo a buscar los caballos de sus amos. En un abrir y cerrar de ojos, el palacio dejó de ser la sede de la administración, para transformarse en el corazón del ejército.

En medio de la conmoción, Alaïs oyó que alguien la llamaba por su nombre. Era Guilhelm. El corazón se le desbocó. Se volvió, esforzándose por descubrir de dónde venía su voz.

—¡Alaïs! —exclamó él incrédulo—. ¿Cómo es posible? ¿Qué haces aquí?

Ya podía verlo, avanzando a grandes zancadas entre la multitud, abriéndose una senda, hasta levantarla entre sus brazos y estrecharla con tanta fuerza que ella sintió como si fuera a extraerle hasta el último aliento del cuerpo. Por un instante, su imagen y su olor borraron de su mente todo lo demás. Lo olvidó todo, lo perdonó todo. Se sentía casi tímida, cautivada por el evidente placer y el deleite que sentía él al verla. Alaïs cerró los ojos e imaginó que ambos estaban solos, mágicamente de regreso en el Château Comtal, como si las tribulaciones de los últimos días no hubiesen sido más que una pesadilla.

—¡Cuánto te he echado de menos! —dijo Guilhelm, besándole el cuello y las manos. Alaïs intentó zafarse de su abrazo.

—*Mon còr*, ¿qué es esto?

—Nada —replicó ella rápidamente.

Guilhelm levantó su capa y vio la contusión violentamente morada en su hombro.

—¿Nada? ¡Por Sainte Foy! ¿Cómo, en nombre de...?

—Me caí —dijo ella—. El hombro se llevó la peor parte. Parece peor de lo que es. No te inquietes, por favor.

Guilhelm parecía ahora confuso, indeciso entre la preocupación y la duda.

—¿Así es como llenas tus horas cuando no estoy? —dijo, con la sombra de una sospecha en la mirada. Después retrocedió un paso—. ¿Por qué has venido, Alaïs?

Ella titubeó.

—Para traer un mensaje a mi padre.

En el instante mismo en que las palabras salían de sus labios, Alaïs se dio cuenta de que se había equivocado. Su intenso placer se transmutó de inmediato en angustia. Su frente se ensombreció.

—¿Qué mensaje?

Se le quedó la mente en blanco. ¿Qué habría dicho su padre? ¿Qué posible excusa podía dar?

—Yo...

—¿Qué mensaje, Alaïs?

Ella contuvo el aliento. Deseaba más que nada en el mundo que reinara la confianza entre ambos, pero le había dado su palabra a su padre.

—Esposo mío, perdóname, pero no puedo decirlo. Es algo que sólo él podía escuchar.

—¿No puedes o no quieres decirlo?

—No puedo, Guilhelm —dijo ella con dolor—. Me gustaría mucho que las cosas fuesen diferentes.

—¿Ha enviado él a por ti? —preguntó Guilhelm con furia—. ¿Te ha mandado llamar sin mi autorización?

—No, nadie me ha mandado llamar —dijo ella llorando—. Vine por voluntad propia.

—Pero aun así, te niegas a decirme por qué.

—Te lo imploro, Guilhelm. No me pidas que rompa la promesa que le hice a mi padre. Por favor. Intenta comprenderlo.

Él la agarró de los brazos y la zarandeó.

—¿No vas a decírmelo? ¿No? —Dejó escapar una seca y amarga carcajada—. ¡Y pensar que yo te creía mía! ¡Qué ingenuo he sido!

Alaïs intentó impedir que se marchara, pero su marido ya se alejaba a grandes zancadas entre la muchedumbre.

—¡Guilhelm! ¡Espera!

—¿Qué sucede?

Cuando la joven se dio la vuelta, vio a su padre, que había llegado y estaba tras ella.

—Se ha disgustado por mi negativa a confiarle lo que sé.

—¿Le has dicho que yo te he prohibido hablar al respecto?

—Lo he intentado, pero no está dispuesto a escucharme.

Pelletier hizo una mueca de desdén.

—No tiene derecho a pedirte que rompas una promesa.

Alaïs se mantuvo firme, sintiendo que la ira crecía en su interior.

—Con todo respeto, *paire*, tiene todo el derecho. Es mi marido. Merece mi obediencia y mi lealtad.

—No le estás siendo desleal —replicó Pelletier con impaciencia—. Su disgusto pasará. No es el momento ni el lugar para enfadarse.

—Él es muy sensible. Las ofensas lo afectan muy profundamente.

—Como a todos —repuso su padre—. A todos nos afectan profundamente las afrentas, pero no dejamos que las emociones gobiernen nuestro juicio. ¡Alaïs, por favor! Apártalo de tu mente. Guilhelm está aquí para servir a su señor, no para discutir con su mujer. En cuanto estemos de vuelta en Carcassona, estoy seguro de que todo se resolverá entre vosotros dos. —Pelletier depositó un beso en la cabeza de su hija—. Déjalo correr —añadió—. Y ahora, ve a buscar a *Tatou*. Debes prepararte para la partida.

Lentamente, ella se volvió y siguió a su padre a las cuadras.

—Tenéis que hablar con Oriane sobre su papel en esto, *paire*. Estoy convencida de que sabe algo de lo que me ha sucedido.

Pelletier hizo un gesto vago con una mano.

—Juzgas mal a tu hermana, créeme. Hace demasiado tiempo que entre vosotras dos hay discordia, y yo no he hecho nada por ponerle freno, creyéndola pasajera.

—Perdonadme, *paire*, pero no creo que conozcáis su auténtico carácter.

Pelletier pasó por alto el comentario de su hija.

—Juzgas a Oriane con excesiva severidad, Alaïs. Yo, por mi parte, creo que si se hizo cargo de tus cuidados, fue con la mejor de las intenciones. ¿Te has molestado al menos en preguntárselo?

Por toda respuesta, Alaïs se ruborizó.

—¿Lo ves? Tu expresión me dice que no lo has hecho. —Hizo una nueva pausa—. Es tu hermana, Alaïs. Tienes que ser más amable con ella.

La injusticia del comentario encendió la cólera que anidaba en su pecho.

—¡No soy yo la que...!

—Muy bien. Si finalmente tengo oportunidad de hacerlo, hablaré con Oriane —dijo él con firmeza, dejando claro que el tema quedaba zanjado.

A Alaïs se le encendieron las mejillas, pero se contuvo y no dijo nada. Siempre se había sabido la hija preferida y, como tal, comprendía que la falta de afecto de su padre hacia Oriane suscitaba en él una mala conciencia que le impedía ver sus fallos. De ella, en cambio, siempre esperaba más.

Frustrada, Alaïs lo siguió.

—¿Intentaréis buscar a los que se llevaron el *merel*? ¿Haréis...?

—Ya basta, Alaïs. No podemos hacer nada más hasta que regresemos a Carcassona. Ahora, pidamos a Dios celeridad y buena suerte para llegar cuanto antes a casa. —Pelletier se detuvo y miró a su alrededor—. Y quiera el Altísimo que Besièrs tenga fuerza suficiente como para retenerlos aquí.

CAPÍTULO 30
Carcasona

A lice sintió que se le levantaba el ánimo mientras se alejaba de Toulouse.

La carretera seguía una línea recta a través de un fértil paisaje verde y marrón de sembrados. De vez en cuando veía campos de girasoles, con las caras inclinadas al sol del atardecer. Durante gran parte del viaje, las vías del tren de alta velocidad discurrían paralelas a la carretera. Después de las montañas y los ondulados valles del Ariège, que habían sido su primer contacto con esa parte de Francia, el paisaje le pareció más manso.

Había pueblecitos arracimados en lo alto de las colinas, casas aisladas con postigos en las ventanas y pequeñas torres cuyas campanas se dibujaban sobre el cielo rosa del crepúsculo. Leía los nombres de los pueblos a medida que los iba dejando atrás –Avignonet, Castelnaudary, Saint-Papoul, Bram, Mirepoix–, haciéndolos rodar sobre la lengua como si fueran vino. En su imagen mental, todos prometían un secreto de calles empedradas e historia sepultada entre pálidos muros de piedra.

Alice atravesó el departamento del Aude. Un cartel marrón indicativo de patrimonio anunciaba: *Vous êtes en Pays Cathare*. Sonrió. País cátaro. Rápidamente estaba aprendiendo que la región se definía tanto por su pasado como por su presente. No sólo Foix, sino Toulouse, Béziers y Carcasona, todas las grandes ciudades del suroeste, vivían aún a la sombra de sucesos ocurridos casi ochocientos años atrás. Libros, recuerdos, postales, vídeos y toda una industria turística se habían desarrollado sobre esa base. Como las sombras del anochecer que se alargaban hacia el oeste, los carteles parecían conducirla hacia Carcasona.

A las nueve, Alice había pagado el peaje y estaba siguiendo las señales hacia el centro de la ciudad. Se sentía nerviosa y excitada, extrañamente aprensiva, mientras se orientaba a través de grises suburbios industriales y polígonos comerciales. Estaba cerca, podía sentirlo.

Cuando los semáforos se pusieron verdes, Alice prosiguió su marcha, arrastrada por la corriente del tráfico, a través de puentes y rotondas, hasta que de pronto estuvo otra vez en campo abierto: matorrales a lo largo del cinturón de la ciudad, malas hierbas y árboles retorcidos, que el viento había hecho asumir un porte horizontal.

Pero al llegar a lo más alto de la colina, la vio.

La Cité medieval dominaba el paisaje. Era mucho más impresionante de lo que Alice había imaginado, mucho más sustancial y completa. A la distancia a que se encontraba, con las violáceas montañas nítidamente recortadas a lo lejos, parecía un reino mágico flotando en el cielo.

De inmediato se enamoró del lugar.

Se detuvo a un lado de la carretera y bajó del coche. Había dos conjuntos de murallas, un anillo interior y otro exterior. Podía distinguir la catedral y el castillo. Una torre simétrica de planta rectangular, muy alta y delgada, destacaba sobre todo lo demás.

La Cité estaba en la cima de una colina cubierta de hierba, cuyas laderas descendían hacia unas calles llenas de rojos tejados. En el llano, al pie del monte, había viñedos, campos de higueras y olivos, e hileras de tomateras cargadas de tomates maduros.

Sin decidirse a acercarse un poco más por temor a romper el hechizo, Alice vio la puesta de sol, que despojó de su color a todas las cosas. Se estremeció, sintiendo el aire del anochecer repentinamente frío sobre sus brazos desnudos.

Su memoria le brindó las palabras que necesitaba. «Llegaremos al punto de partida y por primera vez conoceremos el lugar.»

Por primera vez, Alice comprendió exactamente lo que quiso decir Eliot.

CAPÍTULO 31

El bufete de Paul Authié estaba en el corazón de la Basse Ville de Carcasona.

Su negocio se había expandido en los dos últimos años y sus oficinas reflejaban el éxito: un edificio de cristal y acero, diseñado por un arquitecto conocido. Un elegante patio ajardinado separaba los espacios de trabajo y los pasillos. Discreto y selecto.

Authié se encontraba en su despacho privado, en el cuarto piso. El ventanal, orientado al oeste, dominaba la catedral de Saint-Michel y el cuartel del regimiento de paracaidistas. La sala era un reflejo del hombre: pulcra y con un aire estrictamente controlado de opulencia y buen gusto ortodoxo.

Toda la pared exterior de la sala era de cristal. A esa hora, las persianas venecianas estaban cerradas para proteger el recinto del sol de la tarde. Fotografías enmarcadas cubrían las otras tres paredes, junto con diplomas y certificados. Había varios mapas antiguos, que no eran reproducciones sino originales. Algunos ilustraban las rutas de las cruzadas y otros mostraban las cambiantes fronteras históricas del Languedoc. El papel se había vuelto amarillo, y los rojos y verdes de la tinta se habían borrado en algunos puntos, produciendo una distribución moteada y desigual del color.

Frente a la ventana se veía una mesa de escritorio ancha y alargada, diseñada a medida. Estaba casi vacía, excepto por la gran almohadilla de papel secante con reborde de cuero y unas pocas fotografías enmarcadas, una de las cuales era una imagen de estudio de su ex esposa y sus dos hijos, que Authié mantenía a la vista porque a los clientes les reconfortaba ver pruebas de estabilidad familiar.

Había otras tres fotos: la primera era un retrato suyo a los veintiún años, cuando estudiaba en la Escuela Nacional de Administración de París, estrechando la mano de Jean-Marie Le Pen, el líder del Frente Nacional; la segunda había sido tomada en Santiago de Compostela, y la tercera, del año anterior, lo mostraba a él junto al abad de Cîteaux, entre otras personalidades, con ocasión de su más reciente y sustancial donativo a la Compañía de Jesús.

Cada fotografía le recordaba lo lejos que había llegado.

Sonó el teléfono de su despacho.

—*Oui?*

Era su secretaria, para anunciarle la llegada de sus visitantes.

—Que suban —ordenó.

Javier Domingo y Cyrille Braissart eran ex policías. Braissart había sido expulsado del cuerpo en 1999 por uso excesivo de la fuerza durante el interrogatorio de un sospechoso, y Domingo un año después, acusado de intimidación y de aceptar sobornos. El hecho de que ambos se hubiesen librado de la cárcel obedecía a la habilidad de Authié. Desde entonces, los dos trabajaban a sus órdenes.

—¿Y bien? —dijo el abogado—. Si tenéis alguna explicación, éste es el momento de darla.

Los hombres cerraron la puerta y permanecieron en silencio delante de la mesa.

—¿No? ¿Nada que decir? —preguntó, asaeteando el aire con un dedo—. Ya podéis empezar a rezar para que Biau no vuelva en sí y recuerde a los ocupantes del coche.

—No lo hará, señor.

—¿Ahora resulta que eres médico, Braissart?

—Su estado se ha deteriorado a lo largo del día.

Authié les volvió la espalda, con las manos apoyadas en las caderas, y se puso a mirar por la ventana en dirección a la catedral.

—Bien, ¿qué tenéis para mí?

—Biau le ha pasado una nota —dijo Domingo.

—Que se ha esfumado —comentó Authié con ironía—, junto con la chica. ¿Para qué has venido, Domingo, si no tienes nada nuevo que decirme? ¿Por qué me haces perder el tiempo?

La tez de Domingo adquirió un desagradable tono rojizo.

—Sabemos dónde está, señor. Santini la encontró hoy mismo en Toulouse.

—¿Y bien?

—Salió de Toulouse hace una hora, más o menos —dijo Braissart—. Pasó la tarde en la Biblioteca Nacional. Santini va a enviarnos por fax una lista de los sitios que ha visitado.

—¿Habéis pensado en seguir el coche? ¿O es demasiado pedir?

—Lo estamos siguiendo. Viene en dirección a Carcasona.

Authié se sentó en su silla y los miró fijamente a través de la vasta extensión de la mesa de escritorio.

—Entonces supongo que tendréis pensado esperarla en el hotel, ¿no es así, Domingo?

—Así es, señor. ¿En qué hot...?

—Montmorency —replicó él secamente, mientras juntaba los dedos—. No quiero que se percate de que la estamos vigilando. Registrad la habitación, el coche, todo, pero no dejéis que ella lo advierta.

—¿Buscamos algo más, aparte del anillo y la nota, señor?

—Un libro —dijo él—, más o menos así de alto. Tapas gruesas, atado con cintas de cuero. Muy valioso y sumamente delicado.

Abrió una carpeta que tenía sobre la mesa y les tendió una fotografía.

—Parecido a éste —les dijo. Dejó que Domingo estudiara la foto durante unos segundos y volvió a guardarla—. Y si eso es todo...

—También hemos conseguido esto, de una enfermera del hospital —se apresuró a interrumpirlo Braissart, tendiéndole un papel—. Biau lo tenía en el bolsillo.

Authié lo cogió. Era el resguardo de un paquete franqueado desde la central de correos de Foix, a última hora del lunes por la tarde, a una dirección de Carcasona.

—¿Quién es Jeanne Giraud? —dijo.

—La abuela de Biau por parte de madre.

—¿Ah, sí? —dijo el abogado con suavidad, antes de tender la mano y pulsar el botón del interfono de su escritorio—. Aurélie, necesito información sobre una tal Jeanne Giraud. G-i-r-a-u-d. Vive en la Rue de la Gaffe. Lo antes posible. —Authié se reclinó en su silla—. ¿Sabe ya lo que le ha sucedido a su nieto?

El silencio de Braissart respondió a su pregunta.

—Averígualo —dijo Authié secamente—. O mejor aún, mientras Domingo visita a la doctora Tanner, acércate a casa de madame Giraud y echa un vistazo... discreto. Te veré en el aparcamiento frente a la puerta de Narbona, en... —miró brevemente el reloj— treinta minutos.

El interfono volvió a zumbar.

—¿A qué estáis esperando? —dijo a sus visitantes, despidiéndolos con un gesto de la mano. Esperó a que la puerta se cerrara para contestar.

—¿Sí, Aurélie?

Mientras escuchaba, se llevó la mano al crucifijo de oro que le colgaba del cuello.

—¿Ha dicho por qué quiere aplazar una hora la cita? ¡Claro que es una molestia! —exclamó, interrumpiendo las disculpas de su secretaria.

Extrajo el teléfono móvil del bolsillo de la americana. No había mensajes. En el pasado, siempre establecía todos los contactos directamente y en persona.

—Voy a tener que salir, Aurélie —dijo—. Cuando vayas hacia tu casa, deja de paso el informe sobre Giraud en mi apartamento. Antes de las ocho.

Después Authié descolgó su americana del respaldo de la silla, cogió un par de guantes y salió.

Audric Baillard estaba sentado ante un pequeño escritorio, en la habitación de la casa de Jeanne Giraud que daba al frente. Los postigos estaban entrecerrados y el cuarto estaba sumido en la penumbra irregular que producía la luz parcialmente filtrada del crepúsculo. A sus espaldas había una anticuada cama individual, con pies y cabecero de madera labrada, recién hecha con sencillas sábanas blancas de algodón.

Jeanne le había reservado esa misma habitación muchos años atrás, para que la tuviera a su disposición siempre que la necesitara. En un gesto que lo había conmovido profundamente, había reunido en la habitación ejemplares de todas sus publicaciones, que había alineado en una repisa de madera, sobre la cama.

Baillard tenía escasas posesiones. Lo único que guardaba en el cuarto era una muda de ropa y material para escribir. Al comienzo de su larga colaboración, Jeanne se burlaba cordialmente de su preferencia por la tinta y la pluma y por un tipo de papel casi tan grueso como el pergamino. Él se limitaba a sonreír, diciéndole que era demasiado viejo para cambiar de hábitos.

Se preguntaba qué iba a pasar ahora. El cambio sería inevitable.

Se reclinó en la silla, pensando en Jeanne y en lo mucho que su amistad había significado para él. En cada época de su vida, había encontrado mujeres y hombres buenos que lo habían ayudado, pero Jeanne era especial. A través de Jeanne había localizado a Grace Tanner, aunque las dos mujeres no se conocían.

El entrechocar de los cazos devolvió al presente sus pensamientos. Baillard empuñó la pluma y sintió que los años se desvanecían, una repentina ausencia de edad y de experiencia. Volvió a sentirse joven.

De golpe, las palabras acudieron con facilidad a su mente y se puso a escribir. La carta era breve e iba directa al grano. Cuando terminó, Audric secó la tinta reluciente y plegó pulcramente el papel en tres, para meterlo en un sobre. En cuanto tuviera la dirección, podría enviar la carta.

A partir de ahí, todo quedaba en manos de ella. Sólo ella podía decidir.

—*Si es atal, es atal*. Lo que tenga que ser, será.

Sonó el teléfono. Baillard abrió los ojos. Oyó que Jeanne contestaba y, después, un grito agudo. Primero creyó que el grito procedía de la calle, pero después distinguió el ruido del auricular golpeando contra el suelo de baldosas.

Sin saber cómo, se encontró de pie, intuyendo un cambio en el ambiente. Se volvió hacia el sonido de los pasos de Jeanne subiendo la escalera.

—*Qu'es?* —dijo en seguida—. ¡Jeanne! —añadió con más apremio—. ¿Qué ha pasado? ¿Quién era?

Ella lo miró con expresión vacía.

—Un accidente. Yves.

Audric se la quedó mirando con horror.

—*Quora?* ¿Cuándo?

—Anoche. El conductor huyó. Hasta ahora no habían conseguido localizar a Claudette. Ha sido ella quien me ha llamado.

—¿Cómo está?

Jeanne no parecía estar escuchándolo.

—Van a enviar a alguien para que me lleve al hospital de Foix.

—¿A quién? ¿Lo está organizando Claudette?

—La policía.

—¿Quieres que te acompañe?

—Sí —replicó ella, tras un instante de vacilación. Después, como una sonámbula, salió de la habitación y atravesó el vestíbulo. Segundos después, Baillard oyó que se cerraba la puerta de su dormitorio.

Impotente y temeroso de una mala noticia, volvió a su habitación. Sabía que no era coincidencia. Su mirada se posó en la carta que había escrito. Hizo ademán de cogerla, pensando que aún era posible frenar la inevitable cadena de acontecimientos, mientras estuviera a tiempo.

Pero en seguida desistió. Sin embargo, quemar la carta habría reducido a la nada todo aquello por lo que había luchado, todo cuanto había padecido.

Tenía que seguir la senda hasta el final.

Baillard cayó de rodillas y se puso a rezar. Las viejas palabras le sonaron rígidas en los labios, pero no tardaron en fluir con facilidad, como antes, conectándolo con todos los que las habían pronunciado en el pasado.

El claxon de un coche que sonaba en la calle lo devolvió al presente. Sintiéndose entumecido y cansado, le costó ponerse de pie. Deslizó la carta en el bolsillo interior de la chaqueta, descolgó la prenda del gancho de la puerta y fue a decirle a Jeanne que había que salir.

Authié estacionó su vehículo en uno de los grandes y anónimos aparcamientos municipales frente a la puerta de Narbona. Por todas partes había enjambres de extranjeros, armados con cámaras y guías turísticas. Todo le parecía despreciable: la explotación de la historia y la descerebrada comercialización de su pasado para entretenimiento de japoneses, norteamericanos e ingleses. Aborrecía las murallas restauradas y el falso revestimiento de pizarra gris de las torres, envoltorio de un pasado imaginado para imbéciles e impíos.

Braissart lo estaba esperando, tal como habían acordado, y le informó rápidamente de lo averiguado. La casa estaba vacía y era fácil acceder por detrás, atravesando los patios traseros. Según los vecinos, un coche de policía había recogido a madame Giraud haría unos quince minutos. Un hombre mayor iba con ella.

—¿Quién?

—Lo han visto antes por aquí, pero nadie sabe su nombre.

Tras despedir a Braissart, Authié siguió bajando la ladera. La casa estaba a unas tres cuartas partes del camino cuesta abajo, a mano izquierda. La puerta estaba atrancada y los postigos, cerrados, pero aún se percibía un aire de presencia humana reciente.

Pasó de largo hasta el final de la calle, giró a la izquierda por la Rue de Barbarcane y la Place de Saint-Gimer. A las puertas de las casas había algunos vecinos sentados, mirando los coches aparcados en la plaza. Un grupo de niños con bicicletas, con el pecho descubierto y morenos por el sol, holgazaneaban en la escalera de la iglesia. Authié no les prestó atención. Siguió andando a paso rápido, por el acceso asfaltado que discurría por detrás de las primeras casas y jardines de la Rue de la Gaffe. Después subió por la derecha, para seguir por un estrecho camino de tierra que serpenteaba a través de las laderas cubiertas de hierba, al pie de las murallas de la Cité.

Muy pronto tuvo a la vista la fachada trasera de la casa de madame Giraud. Los muros estaban pintados del mismo amarillo oscuro que el frente. Una pequeña cancela de madera sin atrancar conducía al patio embaldosado. Higos como péndulos, casi negros de tan maduros, colgaban de un árbol generoso que hurtaba de la vista de los vecinos la mayor parte del patio. Las baldosas de barro cocido tenían manchas violetas allí donde habían caído y estallado los higos.

Las puerta-ventanas traseras estaban enmarcadas en un porche de madera cubierto de hiedra. Mirando a través de ellas, Authié vio que, aunque la llave estaba puesta en la cerradura, las puertas tenían los dos pasadores cerrados, el de arriba y el de abajo. Como no quería dejar rastros, siguió investigando, en busca de otra manera de entrar.

Junto a las puerta-ventanas estaba la pequeña ventana de la cocina, que había quedado abierta por la parte superior. Authié se puso los guantes de goma, deslizó el brazo a través del hueco y manipuló el anticuado sistema de cierre hasta liberarlo. Estaba rígido y los goznes chirriaron como quejándose al abrirse. Cuando el hueco fue lo suficientemente grande, metió un dedo y liberó la parte inferior de la ventana.

Un agradable aroma a pan y aceitunas lo recibió cuando se encaramó y entró en la fresca cocina con despensa. Una rejilla de alambre protegía la tabla de quesos. En las repisas se alineaban botellas y frascos de conservas en vinagre, mermeladas y mostaza. Sobre la mesa había una tabla de picar y un paño blanco de cocina que cubría unos pocos mendrugos de una *baguette* del día anterior. En un colador, dentro de la pila, unos albaricoques que esperaban a ser lavados, y en el escurridor, dos vasos boca abajo.

Authié prosiguió hacia el salón, en uno de cuyos rincones había un buró con una vieja máquina de escribir eléctrica. Movió el interruptor y el aparato cobró vida. Introdujo un folio y pulsó un par de teclas. Las letras aparecieron en una nítida fila negra sobre el papel. Apartó la máquina de escribir y se puso a revisar los archivadores que había detrás. Jeanne Giraud era una mujer ordenada y todo estaba claramente etiquetado y clasificado: las facturas, en la primera sección; la correspondencia personal, en la segunda; los recibos de la pensión y las pólizas de seguros, en la tercera, y los documentos varios, en la cuarta.

Nada de eso suscitó el interés de Authié, que concentró su atención en los cajones. En los dos primeros encontró el material habitual de papelería: bolígrafos, clips, sobres, sellos y paquetes de folios blancos de formato A4. El último cajón estaba cerrado con llave. Deslizó con cuidado y habilidad la hoja de un abrecartas por el espacio entre el cajón y el marco del buró e hizo ceder el cerrojo.

Dentro había una sola cosa: un pequeño sobre almohadillado, lo suficientemente grande como para contener un anillo, pero no el libro. Estaba franqueado en Ariège, a las dieciocho veinte del 4 de julio de 2005.

Authié introdujo los dedos. Estaba vacío, a excepción de una copia del recibo firmado, que confirmaba que madame Giraud había recibido el paquete a las ocho y veinte. Coincidía con el resguardo que le había dado Domingo.

Authié se lo guardó en el bolsillo interior de la chaqueta.

No era una prueba incontrovertible de que Biau hubiera cogido el anillo y se lo hubiese enviado a su abuela, pero apuntaba en ese sentido. Authié siguió buscando el objeto. Tras completar el registro de la planta baja, siguió en el piso de arriba. La puerta del dormitorio que daba al fondo estaba justo delante de la escalera. Era a todas luces la habitación de madame Giraud: luminosa, limpia y femenina. Authié revisó el armario y los cajones de la cómoda, recorriendo con dedos expertos la ropa interior y las prendas de calle, que eran pocas pero de buena calidad. Todo estaba pulcramente doblado y ordenado, y olía vagamente a agua de rosas.

En el tocador, delante del espejo, había un cofre joyero, en cuyo interior convivían dos o tres broches, un collar de perlas amarilleadas y una pulsera de oro, mezclados con varios pares de pendientes y un crucifijo de plata. Los anillos de boda y de pedida estaban rígidamente insertos en el raído terciopelo rojo, como si rara vez hubiesen salido de allí.

El dormitorio que daba al frente, por contraste, le pareció sobrio y despojado, casi vacío, a excepción de una cama individual y un escritorio junto a la ventana, con una lámpara encima. Le gustó. Le recordaba las austeras celdas de la abadía.

Había signos de ocupación reciente. En la mesilla de noche había un vaso de agua a medio beber junto a un libro de poesía occitana de René Nelli, con los bordes desgastados. Authié se acercó al escritorio, donde encontró un portaplumas con plumín, un frasco de tinta y una pila de hojas de papel grueso. También había un trozo de papel secante, casi sin usar.

Le costó dar crédito a lo que estaba viendo. Alguien había estado en esa mesa escribiéndole una carta a Alice Tanner. El nombre resultaba perfectamente legible en el papel secante.

Authié dio la vuelta a éste e intentó descifrar la firma, apenas visible, al pie del texto. La escritura era anticuada y algunas letras se confundían con otras, pero al final consiguió formar el esqueleto de un nombre.

Dobló el áspero papel y se lo guardó en el bolsillo delantero de la chaqueta. Cuando se volvió para abandonar la habitación, su mirada se vio atraída por algo tirado en el suelo, atrapado entre el panel y el marco de la puerta. Lo recogió. Era el fragmento de un billete de tren, sólo de ida, con fecha de ese mismo día. El destino, Carcasona, se leía con claridad, pero faltaba el nombre de la estación de origen.

El sonido de las campanas de Saint-Gimer dando la hora le recordó que no le quedaba mucho tiempo para marcharse. Tras un último vistazo para comprobar que todo estaba tal como lo había encontrado, se fue por donde había entrado.

Veinte minutos después, estaba sentado en el balcón de su apartamento en el muelle de Paicherou, contemplando la fortaleza medieval al otro lado del río. En la mesa, delante de él, había una botella de Château Villerambert Moureau y dos copas. Sobre sus rodillas, una carpeta con la información que su secretaria había logrado reunir en la última hora sobre Jeanne Giraud. La otra carpeta contenía el informe preliminar del forense acerca de los cuerpos hallados en la cueva.

Tras reflexionar unos instantes, Authié sacó varias hojas del informe sobre madame Giraud. Después volvió a cerrar el sobre, se sirvió una copa de vino y se dispuso a esperar a la persona que iba a visitarlo.

CAPÍTULO 32

A lo largo del alto Quai de Paicherou, hombres y mujeres sentados en bancos metálicos contemplaban el Aude. Multicolores macizos de flores y cuidados senderos animaban las extensiones de césped del enjardinado público. Los amarillos, violeta y anaranjados encendidos del parque infantil rivalizaban con los tonos luminosos de los parterres, desbordantes de trítomos rojos, lirios enormes, geranios y espuelas de caballero.

Marie-Cécile dedicó una mirada apreciativa al edificio donde vivía Paul Authié. Era tal como había esperado, situado en una zona sobria y discreta que no llamaba la atención, en medio de una mezcla de edificios de apartamentos y viviendas unifamiliares. Mientras miraba, pasó una mujer en bicicleta, con un pañuelo de seda violeta anudado al cuello y una blusa de color rojo brillante.

Entonces notó que alguien la estaba mirando. Sin mover la cabeza, levantó la vista y vio a un hombre de pie en el balcón del último piso, con las dos manos apoyadas en la baranda de hierro forjado, observando su coche desde arriba. Marie-Cécile sonrió. Reconoció a Paul Authié por sus fotografías. A esa distancia, no parecía que le hicieran justicia.

Ella había escogido cuidadosamente su ropa: vestido de hilo tostado sin mangas y chaqueta a juego, formal, pero sin exageraciones. Simple y con estilo.

De cerca, su primera impresión se vio reforzada. Authié era alto y parecía en forma, enfundado en traje informal pero bien cortado y camisa blanca. El pelo peinado hacia atrás dejaba la frente al descubierto y acentuaba la fina estructura ósea de su cara de tez pálida. Su mirada era fría, pero por debajo de la refinada imagen exterior, Marie-Cécile intuía la determinación de un luchador capaz de batirse en la calle a puñetazos.

Diez minutos más tarde, después de aceptar una copa de vino, sintió que ya era capaz de situar al hombre con quien estaba tratando. Marie-Cécile sonrió, mientras se inclinaba hacia delante para apagar el cigarrillo en el pesado cenicero de cristal.

—*Bon, aux affaires.* Creo que estaremos mejor dentro.

Authié se apartó para dejarla pasar por la doble puerta acristalada que conducía al cuarto de estar, pulcro pero impersonal: alfombras y lámparas de colores claros y sillones en torno a una mesa de cristal.

—¿Un poco más de vino? ¿O prefiere beber otra cosa?

—*Pastis*, si tiene.

—¿Con hielo? ¿Con agua?

—Con hielo.

Marie-Cécile se sentó en una de las butacas de piel color crema dispuestas en ángulo junto a la mesa baja de cristal y lo observó mientras preparaba las copas. El suave olor del anís llenó la habitación.

Authié le dio la copa antes de sentarse en la otra butaca, frente a la suya.

—Gracias —sonrió ella—. Entonces, Paul, si no le importa, me gustaría que repasara una vez más la secuencia exacta de los acontecimientos.

Si él se irritó, al menos no lo aparentó. Ella siguió con atención su discurso, pero su relación de los hechos fue clara y precisa, idéntica en todos los aspectos a cuanto le había dicho antes.

—¿Y los esqueletos? ¿Se los han llevado a Toulouse?

—Al departamento de anatomía forense de la universidad, sí.

—¿Cuándo cree que tendremos noticias?

En lugar de responderle, él le entregó el sobre de formato A4 que aguardaba encima de la mesa. «Un pequeño golpe de efecto», pensó ella.

—¿Ya? Ha sido un trabajo muy rápido.

—Llamé para pedir el favor.

Marie-Cécile apoyó el informe sobre sus rodillas.

—Gracias, lo leeré después —dijo en tono monocorde—. De momento, ¿qué le parece si me lo resume? Imagino que lo habrá leído...

—Es sólo un informe preliminar, pendiente del resultado de otros análisis más detallados —le advirtió.

—Entiendo —le aseguró ella, reclinándose en la butaca.

—Los huesos corresponden a un hombre y a una mujer. La antigüedad estimada es de setecientos a novecientos años. El esqueleto masculino presenta indicios de lesiones sin cicatrizar en la pelvis y la parte superior del fémur, que pudieron ser causadas poco antes de la muerte. Hay señales de fracturas más antiguas, ya cicatrizadas, en el brazo derecho y la clavícula.

—¿Edad?

—Adulto, ni muy joven ni muy viejo: entre veinte y sesenta años. Probablemente podrán concretarnos un poco más estos datos cuando hayan efectuado más análisis. La mujer está en el mismo tramo de edad. Su bóveda craneal presenta una depresión en un costado, que pudo haber sido causada por un golpe o una caída. Tuvo por lo menos un hijo. Hay indicios de una fractura cicatrizada en el pie derecho y de otra sin cicatrizar en el cúbito izquierdo, entre el codo y la muñeca.

—¿Causa de la muerte?

—El forense no se arriesga a señalar ninguna en concreto en esta fase tan temprana de la investigación, y piensa que no será fácil aislar una sola claramente identificable. Teniendo en cuenta la época a la que nos referimos, es probable que ambos murieran por el efecto combinado de las heridas, la pérdida de sangre y, posiblemente, el hambre.

—¿Cree que aún estaban vivos cuando fueron sepultados en la cueva?

Authié hizo un gesto de indiferencia, pero Marie-Cécile distinguió un chispazo de interés en sus ojos grises. Sacó un cigarrillo de la cajetilla y lo hizo rodar por un instante entre los dedos, mientras reflexionaba.

—¿Qué hay de los objetos hallados entre los cuerpos? —preguntó, inclinándose hacia adelante para que él le diera fuego.

—Con las mismas salvedades de antes, el informe los sitúa entre finales del siglo XII y comienzos del XIII. La lámpara del altar podría ser un poco más antigua; es de diseño árabe, posiblemente española, aunque con más probabilidad de algún lugar más lejano. El cuchillo es corriente, de los que se usaban para cortar la carne y la fruta. Hay indicios de sangre en la hoja; los análisis revelarán si es de animal o humana. La bolsa es de cuero, fabricada en la zona, típica del Languedoc de aquella época. No hay pistas sobre lo que pudo contener, aunque hay partículas de metal en el forro y vestigios de piel de oveja en las costuras.

Marie-Cécile mantuvo la voz tan firme como pudo.

—¿Qué más?

—La mujer que descubrió la cueva, la doctora Tanner, encontró una hebilla grande de cobre y plata debajo del peñasco que cerraba la entrada de la gruta. También corresponde al mismo período y al parecer es de fabricación local o posiblemente aragonesa. Hay una fotografía en el sobre.

Marie-Cécile hizo un ademán desdeñoso.

—No me interesan las hebillas, Paul —dijo, mientras exhalaba una espiral de humo—. Pero me interesa saber por qué no ha encontrado el libro.

Vio cómo sus largos dedos se crispaban sobre los apoyabrazos de la butaca.

—No hay indicios de que el libro estuviera allí —dijo él con calma—, aunque no cabe duda de que la bolsa de cuero es lo bastante grande como para contener un libro del tamaño del que busca.

—¿Y el anillo? ¿También duda de que estuviera allí?

Tampoco esa vez dejó el abogado que la provocación lo afectara.

—Al contrario. Tengo la certeza de que lo estaba.

—¿Entonces?

—Estaba allí, pero alguien lo sustrajo en algún momento entre el descubrimiento de la cueva y mi llegada con la policía.

—Sin embargo, no tiene indicios que demuestren su afirmación —dijo ella, en tono más seco—. Y si no me equivoco, tampoco tiene el anillo.

Marie-Cécile se quedó mirándolo, mientras Authié sacaba una hoja del bolsillo.

—La doctora Tanner insistió mucho en ese punto, tanto que hizo este dibujo —dijo él, tendiéndoselo—. Es un poco tosco, lo admito, pero coincide bastante bien con la descripción que me hizo usted, ¿no cree?

Ella aceptó el boceto. El tamaño, la forma y las proporciones no eran idénticos, pero guardaban suficiente parecido con el diagrama del anillo del laberinto que Marie-Cécile conservaba en su caja fuerte en Chartres. Nadie, excepto la familia De l'Oradore, lo había visto en ochocientos años. Tenía que ser auténtico.

—Una buena dibujante —murmuró—. ¿Es el único bosquejo que ha hecho?

Los ojos grises de Authié le sostuvieron la mirada, sin la menor vacilación.

—Hay otros, pero éste es el único que merecía atención.

—¿Por qué no me permite que sea yo quien lo juzgue? —preguntó ella con calma.

—Lo siento, madame De l'Oradore, pero sólo me quedé con éste. Los otros no me parecieron relevantes. —Authié se encogió de hombros, como pidiendo disculpas–. Además, al inspector Noubel, el oficial a cargo de la investigación, ya le pareció suficientemente sospechoso mi interés.

–La próxima vez... –empezó a decir ella, pero se interrumpió. Apagó el cigarrillo, apretando con tanta fuerza la colilla que el tabaco se desparramó como un abanico–. Supongo que habrá registrado las pertenencias de la doctora Tanner.

Él asintió.

–El anillo no estaba.

–Es pequeño. Podría haberlo ocultado con facilidad en cualquier parte.

–Técnicamente, sí –convino él–, pero no creo que lo haya hecho. Si lo hubiese robado, ¿para qué iba a mencionarlo por propia iniciativa? Además –se inclinó hacia adelante y golpeó el papel con un dedo–, si tenía el original, ¿para qué iba a molestarse en hacer un dibujo?

Marie-Cécile lo observó.

–Es de una precisión asombrosa para estar hecho de memoria.

–Cierto.

–¿Dónde está ella ahora?

–Aquí. En Carcasona. Parece ser que mañana tiene una cita con un notario.

–¿Para qué?

Él se encogió de hombros.

–Algo referente a una herencia. Tiene previsto coger el vuelo de regreso el domingo.

Las dudas que Marie-Cécile albergaba desde la víspera, cuando recibió la noticia del hallazgo, no hacían más que aumentar cuanto más hablaba con Authié. Había algo que no encajaba.

–¿Cómo entró la doctora Tanner en el equipo de excavación? –preguntó–. ¿Iba recomendada?

Authié pareció sorprendido.

–En realidad, la doctora Tanner no formaba parte del equipo –replicó con levedad–. Estoy seguro de haberlo mencionado.

Ella apretó los labios.

–No lo ha hecho.

–Lo siento –dijo él con suavidad–. Hubiera jurado que sí. La doctora Tanner colaboraba como voluntaria. La mayoría de las excavaciones dependen del trabajo de voluntarios; por eso, cuando se presentó una solicitud para que ella se uniera al equipo esta semana, no pareció que hubiera ningún motivo para rechazarla.

—¿Quién la presentó?

—Shelagh O'Donnell, según creo —dijo él sin darle importancia—. La número dos en el yacimiento.

—¿La doctora Tanner es amiga de Shelagh O'Donnell? —repuso ella, haciendo un esfuerzo para disimular su asombro.

—Obviamente, me pasó por la mente la idea de que la doctora Tanner le hubiera dado el anillo a ella. Por desgracia, no tuve oportunidad de interrogarla el lunes y ahora parece ser que se ha esfumado.

—¿Esfumado? —preguntó Marie-Cécile secamente—. ¿Cuándo? ¿Cómo lo sabe?

—Anoche O'Donnell estaba en la casa del yacimiento. Recibió una llamada y poco después salió. Desde entonces, no la han vuelto a ver.

Marie-Cécile encendió otro cigarrillo para serenarse.

—¿Por qué nadie me había dicho nada de esto antes?

—No pensé que pudiera interesarle algo tan marginal y tan poco relacionado con sus principales preocupaciones. Le ruego me disculpe.

—¿Han informado a la policía?

—Todavía no. El doctor Brayling, el director del yacimiento, ha concedido unos días libres a todo el equipo. Le parece posible, e incluso probable, que O'Donnell sencillamente se haya marchado sin molestarse en despedirse de nadie.

—No quiero que la policía se inmiscuya —dijo ella con firmeza—. Sería muy lamentable.

—Totalmente de acuerdo, madame De l'Oradore. Brayling no es ningún tonto. Si cree que O'Donnell ha sustraído algo del yacimiento, no querrá involucrar a las autoridades, por su propio interés.

—¿Cree que O'Donnell ha robado el anillo?

Authié eludió responder a la pregunta.

—Creo que deberíamos encontrarla.

—No es eso lo que le he preguntado. ¿Y el libro? ¿Cree que también pudo habérselo llevado ella?

Authié la miró directamente a los ojos.

—Como le he dicho, estoy abierto a todas las posibilidades respecto a la presencia del libro en ese lugar. —Hizo una pausa—. Pero si efectivamente estaba allí, no creo que haya podido sacarlo del yacimiento sin que nadie lo viera. El anillo es otra historia.

—Alguien tiene que habérselo llevado —repuso ella en tono exasperado.

—Si es que estaba allí, como ya le he dicho.

Marie-Cécile se puso en pie de un salto sorprendiéndolo con su rápido movimiento, y rodeó la mesa hasta situarse delante de él. Por primera vez, ella vio un chispazo de alarma en los ojos grises del abogado. Marie-Cécile se inclinó y apoyó la palma de la mano contra el pecho del hombre.

—Siento palpitar su corazón —dijo suavemente—. Palpita con mucha fuerza. ¿Por qué será, Paul?

Sosteniendo su mirada, lo empujó hasta hacerlo recostar contra el respaldo del sillón.

—No tolero errores —añadió—. Y no me gusta que no me mantengan informada. —Ambos se sostuvieron la mirada—. ¿Entendido?

Authié no respondió. Marie-Cécile no esperaba que lo hiciera.

—Lo único que tenía que hacer era entregarme los objetos prometidos. Para eso le pago. Ahora encuentre a esa chica inglesa y negocie con Noubel, si hace falta; el resto es cosa suya. No quiero saber nada al respecto.

—Si he hecho algo que pudiera darle la impresión de que...

Ella le puso los dedos sobre los labios y sintió que el contacto físico lo hacía retraerse.

—No quiero saber nada.

Aflojó la presión y se apartó de él para volver a salir al balcón. El anochecer había despojado de color a todas las cosas, convirtiendo los edificios y los puentes en meras siluetas recortadas contra un cielo cada vez más oscuro.

Al cabo de un momento, Authié salió y se situó junto a ella.

—No dudo de que hace cuanto está a su alcance, Paul —dijo ella con calma. Él colocó sus manos junto a las de ella sobre la baranda y, por un segundo, los dedos de ambos se rozaron—. Como podrá suponer, hay otros miembros de la *Noublesso Véritable* en Carcasona que lo harían igual de bien. Sin embargo, dado el alcance de su participación hasta el momento...

Dejó la frase en suspenso. Por la forma en que se le tensaron los hombros y la espalda, ella notó que la advertencia había calado. Levantó una mano para llamar la atención de su chófer, que la esperaba abajo.

—Me gustaría ir personalmente al pico de Soularac.

—¿Piensa quedarse en Carcasona? —se apresuró a preguntar él.

Ella disimuló una sonrisa.

—Sí, unos días.

—Tenía la impresión de que no quería entrar en la cámara hasta la noche de la ceremonia...

—He cambiado de idea —dijo ella, volviéndose para quedar frente a frente—. Ahora estoy aquí. —Sonrió—. Tengo cosas que hacer, así que si me recoge a la una, tendré tiempo de leer su informe. Me alojo en el hotel de la Cité.

Marie-Cécile volvió a entrar, cogió el sobre y lo guardó en el bolso.

—Bien. *À demain*, Paul. Que duerma bien.

Consciente de tener su mirada en la espalda mientras bajaba la escalera, Marie-Cécile no pudo menos que admirar el autocontrol de Authié. Pero mientras se acomodaba en el coche, tuvo la satisfacción de oír que una copa de cristal se estrellaba contra la pared y se partía en mil pedazos en el apartamento del abogado, dos pisos más arriba.

El vestíbulo del hotel estaba lleno de humo de puro. Tomando la copa de la sobremesa, numerosos huéspedes enfundados en trajes de verano o vestidos de noche conversaban en los mullidos sillones de piel o a la discreta sombra de los reservados de caoba.

Marie-Cécile subió lentamente por la escalinata. Fotografías en blanco y negro la contemplaban desde lo alto, recuerdo del esplendoroso pasado finisecular del hotel.

Cuando llegó a su habitación, se quitó la ropa y se puso el albornoz. Como siempre hacía antes de irse a la cama, se miró fríamente al espejo, como examinando una obra de arte. Piel traslúcida, pómulos altos, el típico perfil de los De l'Oradore.

Marie-Cécile se pasó los dedos por la piel de la cara y el cuello. No permitiría que su belleza se desvaneciera con el paso de los años. Si todo iba bien, conseguiría lo que su abuelo había soñado. Eludiría la vejez. Derrotaría a la muerte.

Frunció el entrecejo. Eso sólo si lograban encontrar el libro y el anillo. Cogió su teléfono móvil y marcó un número. Con renovada determinación, Marie-Cécile encendió un cigarrillo y se acercó a la ventana, contemplando los jardines mientras esperaba que respondieran a su llamada. Susurradas conversaciones nocturnas subían flotando desde la terraza. Más allá de las almenas de los muros de la Cité, del otro lado del río, las luces de la Basse Ville resplandecían como adornos baratos de Navidad, anaranjados y blancos.

—¿François-Baptiste? *C'est moi.* ¿Ha llamado alguien a mi número privado en las últimas veinticuatro horas? —Escuchó un momento—. ¿No? ¿Te ha llamado ella a ti? —Esperó—. Acaban de decirme que ha habido un problema por aquí —Mientras él hablaba, ella se puso a tamborilear con los dedos sobre la mesa—. ¿Alguna novedad sobre el otro asunto?

La respuesta no fue la que ella esperaba.

—¿Nacional o solamente local? —Una pausa—. Mantenme al corriente. Llámame si surge alguna otra cosa; de lo contrario, estaré de vuelta el jueves por la noche.

Después de colgar, Marie-Cécile dejó que sus pensamientos derivaran hacia el otro hombre que había en su casa. Will era un encanto y hacía cuanto podía por agradar, pero la relación entre ambos había cumplido su ciclo. Era demasiado exigente y sus celos adolescentes empezaban a irritarla. Siempre estaba haciendo preguntas. En ese momento, no quería complicaciones.

Además, necesitaban la casa para ellos.

Encendió la lámpara de lectura y sacó de su portafolios el informe sobre los esqueletos que le había dado Authié, así como un dossier sobre el propio Authié, redactado dos años antes, cuando lo habían propuesto para ingresar en la *Noublesso Véritable.*

Repasó por encima el documento, aunque ya lo conocía bien. Había un par de acusaciones de acoso sexual durante su época de estudiante. Supuso que las dos mujeres habrían recibido algún dinero, porque ninguna de las dos presentó denuncia formal. Había imputaciones de ataque a una mujer argelina durante una manifestación proislámica, aunque tampoco había sido presentada denuncia, y pruebas de colaboración con una publicación antisemita en la universidad, así como alegaciones de abuso físico y sexual por parte de su ex esposa, que tampoco habían tenido ninguna consecuencia.

Más significativos eran los donativos frecuentes y cada vez más sustanciosos a la Compañía de Jesús, los jesuitas. En los últimos dos o tres años, sus contribuciones a grupos fundamentalistas contrarios al Vaticano II y a la modernización de la Iglesia también habían aumentado.

En opinión de Marie-Cécile, esos indicios de compenetración con la línea dura religiosa no cuadraban del todo con la pertenencia a la *Noublesso.* Authié había ofrecido sus servicios a la organización y hasta entonces había sido útil. Había preparado con eficacia la excavación en el pico de Soularac y con igual celeridad le había puesto fin. La advertencia acerca del fallo de seguridad en Chartres había llegado a través de uno de sus contactos. Su información confidencial siempre había sido clara y fidedigna.

Aun así, Marie-Cécile no confiaba en él. Era demasiado ambicioso. Contra sus éxitos pesaban los fallos cometidos en las últimas cuarenta y ocho horas. No creía que fuera tan tonto como para llevarse el anillo o el libro, pero tampoco parecía el tipo de hombre que se deja escamotear las cosas bajo sus propias narices.

Vaciló, pero al final hizo una segunda llamada.

—Tengo un trabajo para ti. Estoy interesada en un libro, de unos veinte centímetros de alto por diez de ancho, cubierta de piel sujeta con lazos de cuero. También un anillo de hombre, de piedra, dorso plano, con una fina línea en el centro y un grabado en la cara inferior. Es posible que vaya acompañado de una pequeña pieza, una especie de ficha del tamaño de una moneda de diez francos. —Hizo una pausa—. En Carcasona. Un piso en el Quai de Paicherou y unas oficinas en la Rue de Verdun. Los dos pertenecen a Paul Authié.

CAPÍTULO 33

El hotel de Alice estaba justo enfrente de la puerta principal de la Cité medieval, entre hermosos parques, invisible desde la carretera.

La condujeron a una confortable habitación de la primera planta. Una vez allí, abrió de par en par las ventanas para dejar entrar el mundo. Olores a carne cocida, ajo, vainilla y humo de cigarro se colaron en la estancia.

Deshizo rápidamente la maleta, se duchó y llamó otra vez a Shelagh, más por costumbre que con la esperanza de recibir respuesta. No la hubo. Se encogió de hombros. No podían acusarla de no haberlo intentado.

Llevando la guía turística que había comprado en una gasolinera durante el trayecto desde Toulouse, salió del hotel y cruzó la calle en dirección a la Cité. Una empinada escalera de hormigón conducía a un pequeño parque flanqueado por arbustos, altas coníferas y plataneros. Una noria decimonónica brillantemente iluminada destacaba en el extremo más alejado del parque, con chillones adornos finiseculares que parecían fuera de lugar a la sombra de las fortificaciones medievales de arenisca. Bajo su cubierta de lona a rayas blancas y marrones, animada con un friso pintado a mano de caballeros, doncellas y blancos corceles, todo era rosa o dorado: los caballos al galope, las tazas giratorias y los carruajes de cuento de hadas. Hasta la taquilla de las entradas parecía un quiosco de feria. Sonó una campanilla y los niños chillaron cuando la noria empezó a girar, mientras emitía con lentitud su anticuada cancioncilla mecánica.

Más allá de la noria, Alice distinguió las cabezas y hombros grises de las tumbas y las lápidas, detrás de los muros del cementerio, donde una fila de tejos y cipreses protegía de la mirada de los curiosos a los que allí reposaban. A la derecha de la entrada, unos hombres jugaban a la petanca.

Por un momento, Alice se quedó inmóvil ante las puertas de la Cité, preparándose para entrar. A su derecha había una columna de piedra, desde la cual la contemplaba una fea gárgola de expresión desvergonzada e implacable en su cara chata. Parecía recientemente restaurada.

SUM CARCAS. Soy Carcas.

Era *dòmna* Carcas, la esposa sarracena del rey Balaack, de quien la ciudad había tomado su nombre, según se decía, después de resistir el asedio de Carlomagno, que duró cinco años.

Alice recorrió el puente levadizo cubierto, pequeño y achaparrado, hecho de piedra, cadenas y madera. Los tablones crujieron y vibraron bajo sus pies. No había agua en el foso, sino hierba moteada de flores silvestres.

El puente conducía a las Lizas, una área extensa y polvorienta entre el anillo exterior de las fortificaciones y el interior. A izquierda y derecha, había niños que trepaban por las murallas o libraban batallas con espadas de juguete. Enfrente tenía la puerta de Narbona. Cuando pasó bajo el arco alto y estrecho, Alice levantó la vista. Para su asombro, una benigna imagen en piedra de la Virgen le devolvió la mirada.

En el instante en que Alice franqueó las puertas, toda sensación de espacio se desvaneció. La Rue Cros-Mayrevieille, la empedrada calle principal, era muy estrecha y describía una curva sobre la cuesta. Las construcciones eran tan compactas y estaban tan cerca unas de otras, que una persona podía asomarse del último piso de una casa y estrecharle la mano a alguien que estuviera en la casa de enfrente.

De los altos edificios se escapaba el ruido. Gritos en diferentes idiomas, risas y gesticulaciones saludaron el paso de un coche, que avanzaba reptando con menos de un palmo de espacio libre a ambos lados. Las tiendas salieron al encuentro de Alice, con postales, guías turísticas, un maniquí que anunciaba un museo inquisitorial de instrumentos de tortura, jabones, cojines, vajillas y, por todas partes, réplicas de espadas y escudos antiguos. Torneados soportes de hierro forjado asomaban de las paredes, con carteles colgantes de madera: L'Éperon Médieval, la Espuela Medieval, vendía espadas y muñecas de porcelana, y À Saint-Louis, jabón, recuerdos y vajilla.

Alice dejó que sus pasos la guiaran a la plaza principal, la Place Marcou, pequeña y llena de restaurantes, bajo plataneros podados. Las extensas ramas de los árboles, anchas como entrelazadas manos protectoras, sobre las mesas y las sillas, competían con los toldos de vivos colores, en los que destacaban los nombres de los cafés: Le Marcou, Le Trouvère o Le Menèstrel.

Alice recorrió el empedrado hasta el lado opuesto de la plaza y prosiguió hasta la confluencia de la Rue Cros-Mayrevieille con la Place du Château, donde un triángulo de tiendas, creperías y restaurantes rodeaban un obelisco de piedra de unos dos metros y medio de alto, coronado por un busto del siglo XIX del historiador Jean-Pierre Cros-Mayrevieille. Al pie, había un friso de bronce que representaba unas fortificaciones.

Siguió caminando hasta situarse frente a la extensa muralla semicircular que protegía el Château Comtal. Detrás de las impresionantes puertas cerradas se erguían los torreones y las almenas del castillo. «Una fortaleza dentro de otra fortaleza.»

Alice se detuvo, comprendiendo que ése había sido desde el principio el destino de su paseo. El Château Comtal, hogar de la familia Trencavel.

Curioseó a través de las altas puertas de madera. Todo le resultaba familiar, como si hubiese vuelto a un lugar visitado en algún momento del pasado y olvidado desde hacía mucho tiempo. A ambos lados de la puerta había taquillas acristaladas para la venta de entradas, con las persianas bajadas y unos carteles impresos que indicaban los horarios de apertura. Detrás, una gris extensión de polvo y grava, sin nada de hierba, conducía hasta un puente llano y estrecho, de unos dos metros de ancho.

Alice se alejó de las puertas, prometiéndose volver al día siguiente, nada más levantarse. Giró a la derecha y siguió las señales hacia la puerta de Rodez, situada entre dos distintivas torres en forma de herradura. Bajó los anchos peldaños, erosionados en el centro por el roce de incontables pies.

La diferente antigüedad de las fortificaciones internas y externas se apreciaba sobre todo en ese punto. Las murallas exteriores, que según había leído habían sido construidas en el siglo XIII y restauradas en el XIX, eran grises, y los bloques eran todos más o menos del mismo tamaño. Los detractores decían que precisamente en eso se notaba la torpeza de la restauración. Alice no prestó atención a ese detalle. El espíritu del lugar la conmovió. La fortificación interior, incluido el muro oeste del Château Comtal, era una mezcla de bloques rojos de la muralla original galo-romana y de deteriorada arenisca del siglo XII.

Alice experimentó una sensación de paz después del bullicio de la Cité: la sensación de que pertenecía a aquel lugar, entre aquellas montañas y aquel cielo. Con los brazos apoyados en las almenas, se quedó un rato mirando el río, imaginando el frío contacto del agua entre los dedos de los pies.

Sólo cuando los restos del día cedieron paso a las sombras, Alice se dio la vuelta y echó a andar rumbo a la Cité.

CAPÍTULO 34

Carcassona

JULHET 1209

Cabalgaban en fila cuando llegaron a las proximidades de Carcasona, con Raymond-Roger Trencavel al frente, seguido de cerca por Bertran Pelletier. El *chavalièr* Guilhelm du Mas cerraba la marcha.

Alaïs iba detrás, con los clérigos.

Menos de una semana había transcurrido desde su marcha, pero a ella le parecía mucho más. Los ánimos habían decaído. Aunque los estandartes de Trencavel flameaban intactos en la brisa y regresaba el mismo número de hombres que había partido, la expresión en el rostro del vizconde revelaba el fracaso de la misión.

Los caballos redujeron su marcha al paso al acercarse a las puertas. Alaïs se inclinó hacia adelante y palmoteó a *Tatou* en el cuello. La yegua estaba cansada y había perdido una herradura, pero ni una sola vez había desfallecido.

Cuando pasaron bajo el escudo de armas que colgaba de las dos torres de la puerta de Narbona, varias filas de curiosos los miraban desde ambos lados de la misma. Los niños corrían junto a los caballos, echando flores a su paso y dando vítores. En las ventanas más altas, las mujeres sacudían pañuelos e improvisadas enseñas, mientras Trencavel conducía a su comitiva por las calles, rumbo al Château Comtal.

Alaïs sintió alivio cuando atravesaron el estrecho puente y franquearon la puerta del este. La plaza Mayor estalló en una barahúnda en la que todo eran saludos y gritos. Los escuderos se apresuraron a hacerse cargo de los caballos de sus amos, mientras los sirvientes corrían a poner a punto la casa de baños y los niños de las cocinas acarreaban cubos de agua para preparar un banquete.

Entre el bosque de manos que saludaban y rostros que sonreían, Alaïs divisó a Oriane. Junto a ella, un poco más atrás, estaba François, el criado de su padre. Alaïs sintió que se le encendían las mejillas al recordar cómo lo había engañado y se había escabullido delante de sus narices.

Vio a Oriane recorriendo la multitud con la mirada. Los ojos de la joven se detuvieron un instante en su marido, Jehan Congost. Una expresión de desdén tembló en su rostro, antes de proseguir y ver, para su desagrado, a su hermana Alaïs. Ésta hizo como que no lo notaba, pero pudo sentir los ojos de Oriane, mirándola a través de un mar de cabezas. Cuando volvió a mirar, su hermana se había marchado.

Alaïs desmontó con cuidado para no lastimarse el hombro herido, y entregó las riendas de *Tatou* a Amiel, que condujo la yegua a las cuadras. El alivio de estar de vuelta en casa se había desvanecido, y fue sustituido por una melancolía que se depositó sobre ella como una niebla invernal. Todos los demás parecían estar en brazos de alguien: una esposa, una madre, una tía, una hermana... Buscó a Guilhelm, pero no lo vio por ninguna parte. «Probablemente ya estará en la casa de baños.» Hasta su padre se había marchado.

Alaïs se encaminó hacia un patio más pequeño, en busca de soledad. No podía quitarse de la cabeza un verso de Raymond de Mirval, que sin embargo no hacía más que empeorar su estado de ánimo. *Res contr'amors non es guirens, lai on sos poders s'atura.* Nada nos protege del amor, una vez éste ejerce su poder.

Cuando Alaïs oyó por primera vez ese poema, las emociones expresadas eran desconocidas para ella. Pero incluso entonces, sentada en la plaza de armas con los flacos bracitos en torno a sus rodillas de niña, prestando oídos al trovador que cantaba sobre un corazón desgarrado, había comprendido bien el sentimiento que había detrás de las palabras.

Las lágrimas acudieron a sus ojos. Irritada, se las enjugó con el dorso de la mano. No cedería a la autocompasión. Se sentó en un banco apartado, a la sombra.

Guilhelm y ella recorrían a menudo aquel patio, el del Mediodía, en los días anteriores a su boda. Los árboles se estaban volviendo ahora dorados y una alfombra de hojas otoñales, del color del ocre y el cobre quemado, tapizaba el suelo. Alaïs hizo un dibujo en el polvo con la punta de la bota, preguntándose cómo podría reconciliarse con Guilhelm. A ella le faltaba la habilidad y a él, la inclinación.

Oriane dejaba de hablarse con su marido durante días enteros. Después, el silencio se levantaba tan rápidamente como había caído y Oriane volvía a ser dulce y atenta con Jehan, hasta la vez siguiente. Los escasos recuerdos que tenía del matrimonio de sus padres contenían similares períodos de luces y oscuridad.

Alaïs no esperaba que también fuera ése su destino. Se había presentado en la capilla con su velo rojo, ante el sacerdote, y había pronunciado los votos del matrimonio. Las temblorosas llamas de los encarnados cirios de la Natividad proyectaban sombras danzarinas sobre el altar engalanado con flores invernales de espino. En aquel entonces creía en un amor que durara para siempre y aún conservaba esa fe en su corazón.

Su amiga y mentora, Esclarmonda, vivía asediada por enamorados que buscaban pociones y hierbas capaces de ganar o recuperar un afecto: vino caliente con hojas de menta y chirivías, flores de nomeolvides para asegurarse la fidelidad del amado y ramilletes de prímulas amarillas. Pese al respeto que le merecían las habilidades de Esclarmonda, Alaïs siempre había desdeñado esas creencias como necedades supersticiosas. Se negaba a creer que fuera tan sencillo engañar al amor o comprarlo.

Había otros, como bien sabía, que ofrecían una magia más peligrosa: maleficios para hechizar al ser amado o dañar al amante infiel. Esclarmonda la había prevenido contra esos poderes oscuros, manifestación evidente del dominio que ejercía el Diablo sobre el mundo. Nada bueno podía nacer de tanta maldad.

Aquel día, por primera vez en su vida, Alaïs tuvo un atisbo de las razones que podían empujar a algunas mujeres a tomar medidas tan desesperadas.

—*Filha.*

Alaïs se sobresaltó.

—¿Dónde estabas? —preguntó Pelletier, sin aliento—. Te he estado buscando por todas partes.

—No os había oído, *paire* —respondió ella.

–Los trabajos para preparar la *Ciutat* empezarán en cuanto el vizconde Trencavel se haya reunido con su esposa y su hijo. En los próximos días, no tendremos ni un respiro.

–¿Cuándo creéis que llegará Siméon?

–Dentro de uno o dos días. –Frunció el entrecejo–. Ojalá hubiese podido persuadirlo para que viajara con nosotros. Pero él dijo que llamaría menos la atención si viajaba con su gente. Puede que tenga razón.

–Y cuando esté aquí –insistió ella–, ¿decidiréis lo que hay que hacer? Tengo una idea acerca de...

Alaïs se interrumpió, al darse cuenta de que prefería poner a prueba su teoría antes de quedar como una tonta delante de su padre. *Y de él.*

–¿Una idea? –dijo el senescal.

–Oh, nada –replicó ella–. Sólo quería preguntaros si puedo estar presente cuando Siméon y vos os reunáis para hablar.

La consternación palpitó en el rostro envejecido de su padre. Era evidente que no le resultaba fácil decidir.

–Teniendo en cuenta el servicio que has prestado hasta ahora –dijo finalmente–, puedes oír lo que tengamos que decir. Sin embargo –añadió levantando un dedo a modo de advertencia–, debe quedar claro que estarás allí solamente como observadora. Toda participación activa en este asunto ha terminado. No permitiré que vuelvas a correr ningún riesgo.

Alaïs sintió que una burbuja de exaltación crecía en su interior. «Ya lo convenceré de lo contrario cuando llegue el momento.»

Bajó la vista y cruzó las manos sobre el regazo, en actitud sumisa.

–Desde luego, *paire*. Será como vos digáis.

Pelletier la miró con suspicacia, pero no dijo nada.

–Hay otro favor que debo pedirte, Alaïs. El vizconde Trencavel quiere celebrar públicamente su regreso a salvo a Carcassona, antes de que se difunda la noticia del fracaso de nuestra embajada ante el conde de Tolosa. *Dòmna* Agnès irá a misa de vísperas en Sant Nazari esta tarde, en lugar de quedarse aquí en su capilla. –Hizo una pausa–. Quiero que también vayáis tú y tu hermana.

Alaïs se sorprendió. De vez en cuando asistía a los servicios de la capilla del Château Comtal, pero nunca iba a misa a la catedral, y su padre jamás había cuestionado su decisión.

–Comprendo que estés cansada, pero el vizconde Trencavel considera importante que no pueda haber críticas justificadas de su proceder, ni de la conducta de sus allegados más directos, en un momento como éste. Si hay espías dentro de la *Ciutat* (y con seguridad los hay), no queremos que nuestras flaquezas espirituales (pues así serán interpretadas) lleguen a oídos de nuestros enemigos.

—No es cuestión de cansancio —replicó ella con furia—. El obispo de Rochefort y sus sacerdotes son unos hipócritas. Predican una cosa y hacen otra.

A Pelletier se le encendieron las mejillas, pero Alaïs no pudo distinguir si era por ira o por turbación.

—Entonces, ¿vos también asistiréis? —preguntó ella.

El senescal rehuyó su mirada.

—Como comprenderás, estaré ocupado con el vizconde Trencavel.

Alaïs lo miró fijamente.

—Muy bien —dijo por fin—. Os obedeceré, *paire*. Pero no esperéis que me arrodille y rece ante la imagen de un hombre destrozado, clavado a una cruz de madera.

Por un instante, creyó que había hablado de más. Después, para su asombro, su padre se echó a reír a carcajadas.

—Bien dicho —replicó—. No esperaba otra cosa de ti; pero ten cuidado, Alaïs. No expreses esas opiniones a la ligera. Pueden estar vigilándonos.

Alaïs pasó las horas siguientes en sus aposentos. Se preparó una cataplasma de mejorana fresca para el dolor del cuello y el hombro, mientras escuchaba el amable parloteo de su doncella.

Según Rixenda, las opiniones acerca de la fuga de Alaïs del castillo al rayar el alba estaban divididas. Algunos expresaban admiración por su fortaleza y su valor. Otros, entre ellos Oriane, la criticaban. Al actuar de forma tan intempestuosa, había dejado mal parado a su marido y, peor aún, había comprometido el resultado de la misión. Alaïs esperaba que Guilhelm no opinara lo mismo, pero se temía lo contrario. Sus pensamientos solían discurrir por sendas muy transitadas. Además, era muy susceptible, y Alaïs sabía por experiencia propia que su deseo de ser admirado y reconocido dentro de la casa lo empujaba a veces a hacer o decir cosas contrarias a su verdadera naturaleza. Si se sentía humillado, era imposible saber cómo reaccionaría.

—Pero ahora ya no pueden decir nada de eso, *dòmna* Alaïs —prosiguió Rixenda, mientras retiraba los restos de la cataplasma—, porque todos habéis regresado sanos y salvos. Si eso no es prueba suficiente de que Dios está de nuestra parte, no sé lo que es.

Alaïs sonrió débilmente. Sospechaba que Rixenda vería las cosas de otro modo cuando se difundiera por la Cité la noticia del verdadero estado de los acontecimientos.

Las campanas repicaban bajo un cielo veteado de rosa y blanco, mientras ellos recorrían andando el camino entre el Château Comtal y Sant Nazari. Encabezaba la procesión un sacerdote con sus mejores galas blancas, que enarbolaba un crucifijo de oro. Le seguían más sacerdotes, monjas y frailes.

Detrás iban *dòmna* Agnès y las esposas de los cónsules, con sus doncellas cerrando la marcha. Alaïs se había visto obligada a situarse al lado de su hermana.

Oriane no le dirigió ni una sola palabra, buena o mala. Como siempre, era el objeto de todas las miradas y la admiración de la multitud. Vestía un traje rojo oscuro, con un delicado cinturón negro y oro, estrechamente ceñido para acentuar la curva de su talle y la opulencia de sus caderas. Llevaba el pelo negro recién lavado y ungido con aceite aromático, y las manos unidas en piadosa actitud, dejando bien a la vista la limosnera, que colgaba de su cintura.

Alaïs dedujo que la limosnera sería regalo de algún admirador, y de alguno bastante acaudalado, a juzgar por las perlas que orlaban la boca y por el lema bordado en hilo de oro.

Por debajo del ceremonial y el boato, Alaïs intuía una corriente de aprensión y suspicacia.

No reparó en François hasta que éste llamó su atención con un par de golpecitos en su brazo.

—Esclarmonda ha regresado —le susurró al oído—. Vengo directamente de allí.

Alaïs se volvió para mirarlo de frente.

—¿Has hablado con ella?

El criado titubeó.

—Todavía no, *dòmna*.

De inmediato, la joven se salió de la fila.

—Iré yo.

—Os sugeriría, *dòmna*, que esperaseis al final de la misa —dijo él, con la vista fija en el portal de la iglesia. Alaïs siguió su mirada. Tres monjes con capuchas negras montaban guardia, prestando ostentosa atención a los que estaban presentes y a los que no—. Sería una pena que vuestra ausencia tuviera repercusiones negativas para *dòmna* Agnès o para vuestro padre. Podría interpretarse como señal de vuestra simpatía por la nueva iglesia.

—Claro, tienes razón —replicó ella, quedándose pensativa por un momento—. Pero, por favor, ve y dile a Esclarmonda que iré a verla en cuanto pueda.

Alaïs hundió los dedos en la pila del agua bendita y se persignó, por si alguien la estaba mirando.

Encontró un sitio en el atestado crucero norte, para sentarse tan lejos de Oriane como fuera posible sin llamar la atención. En lo alto de la nave temblaban las llamas de las lámparas suspendidas del techo que, desde abajo, parecían colosales ruedas de hierro, listas para desplomarse y aplastar a los pecadores allí concentrados.

Pese a la sorpresa de ver llena su iglesia, que llevaba tanto tiempo vacía, la voz del obispo sonaba débil e insustancial, apenas audible sobre la masa de gente que respiraba y resoplaba en el calor de la tarde. ¡Qué diferente de la sencilla iglesia de Esclarmonda!

Que era también la de su padre.

Los *bons homes* valoraban más la fe interior que las manifestaciones externas. No necesitaban edificios consagrados, ni humillantes reverencias, ni rituales supersticiosos destinados a mantener al hombre corriente apartado de Dios. Ellos no adoraban imágenes, ni se postraban delante de ídolos ni de instrumentos de tortura. Para los *bons chrétiens*, el poder de Dios residía en la palabra. Sólo necesitaban libros y plegarias, palabras dichas y leídas en voz alta. Lá salvación no tenía nada que ver con las limosnas, ni con las reliquias, ni con las oraciones del domingo enunciadas en una lengua que sólo los sacerdotes entendían.

Para ellos todos eran iguales en la gracia del Señor: judíos o sarracenos, hombres o mujeres, bestias del campo o avecillas que surcaban el aire. No habría infierno ni día del juicio, porque la gracia divina los salvaría a todos, aunque muchos estaban destinados a volver repetidamente a la vida hasta ganar la entrada en el reino de Dios.

Alaïs nunca había asistido a uno de sus servicios, pero a través de Esclarmonda conocía sus oraciones y rituales. Lo más importante en esos tiempos de creciente oscuridad era que los *bons chrétiens* eran hombres buenos y tolerantes, gente de paz que adoraba a un Dios de luz, en lugar de temer constantemente la ira del Dios cruel de los católicos.

Cuando Alaïs oyó por fin las palabras del *Benedictus*, supo que había llegado el momento de escabullirse. Inclinó la cabeza y, lentamente, con las manos crispadas y extremando las precauciones para no llamar la atención, se fue acercando poco a poco a la puerta.

Momentos después, estaba libre.

CAPÍTULO 35

L a casa de Esclarmonda se encontraba a la sombra de la torre de
Balthazar.

Alaïs dudó un momento antes de llamar con un golpe en los postigos, mientras miraba a su amiga moviéndose en el interior, a través de la
amplia ventana que daba a la calle. Llevaba un sencillo vestido verde y
se había recogido hacia atrás el pelo veteado de gris.

«Sé que no me equivoco.»

Alaïs sintió brotar el afecto. Estaba segura de que sus sospechas se
verían confirmadas. Esclarmonda alzó la vista y en seguida levantó el
brazo y saludó, con el rostro iluminado por una sonrisa.

—¡Alaïs, bienvenida! Te hemos echado mucho de menos, Sajhë y yo.

El familiar aroma a hierbas y especias inundó los sentidos de Alaïs,
en cuanto ésta pasó bajo el dintel para entrar en la única estancia de que
constaba la vivienda. El agua de un caldero hervía sobre un pequeño
fuego en el centro de la habitación. Había una mesa, un banco y dos sillas, dispuestos contra la pared.

Una pesada cortina separaba el frente y el fondo de la habitación,
donde Esclarmonda atendía las consultas. Como en ese momento no tenía clientes, la cortina estaba descorrida, dejando a la vista varias filas de
recipientes de barro, alineados sobre largas repisas. Haces de hierba y
ramilletes de flores secas colgaban del techo. Sobre la mesa había una
lámpara y un mortero idéntico al que Alaïs tenía en casa, que había sido
el regalo de bodas de Esclarmonda.

Una escalerilla conducía a la pequeña plataforma donde dormían
Esclarmonda y Sajhë, sobre la zona de la consulta. El chico, que estaba
arriba, lanzó un chillido al ver quién era la visitante. Bajó precipitada-

mente y la abrazó por la cintura. De inmediato emprendió una detallada descripción de todo lo que había hecho, visto y oído desde su último encuentro.

Sajhë era bueno contando historias con todos sus pormenores y colorido; sus ojos color ámbar centelleaban de entusiasmo mientras hablaba.

—Necesito que lleves un par de mensajes, *minhòt* —dijo Esclarmonda, tras dejar que hablara a sus anchas durante un rato—. *Dòmna* Alaïs sabrá disculpar tu ausencia.

El chico estuvo a punto de objetar algo, pero la expresión en el rostro de su abuela hizo que cambiara de idea.

—No te llevará mucho tiempo.

Alaïs le revolvió el pelo.

—Eres buen observador, Sajhë, y hábil con las palabras. ¿Has pensado en hacerte poeta cuando seas mayor?

Sajhë sacudió la cabeza.

—Quiero ser armado caballero, *dòmna*. Quiero batallar.

—Ahora préstame atención, Sajhë —intervino Esclarmonda con voz severa.

Tras indicarle los nombres de las personas que debía visitar, le pidió que les transmitiera el mensaje de que, tres noches después, dos *parfaits* de Albí estarían en el bosquecillo al este del suburbio de Sant Miquel.

—¿Estás seguro de haberlo entendido bien?

El chico asintió con la cabeza.

—Bien —sonrió ella, besándolo en la coronilla para luego llevarse un dedo a los labios en señal de silencio—. Y no lo olvides: sólo a las personas que te he dicho. Ahora ve. Cuanto antes te marches, antes estarás de vuelta para contarle más historias a *dòmna* Alaïs.

—¿No temes que alguien lo oiga? —preguntó Alaïs, mientras Esclarmonda cerraba la puerta.

—Sajhë es un chico sensato. Sabe que sólo puede hablar con los destinatarios del mensaje. —Se acercó a la ventana y cerró los postigos—. ¿Sabe alguien que estás aquí?

—Sólo François. Fue él quien me dijo que habías regresado.

Una extraña mirada se asomó a los ojos de Esclarmonda, pero no dijo nada al respecto.

—Mejor así. Que nadie más lo sepa.

Se sentó a la mesa y con un ademán le indicó a Alaïs que también lo hiciera.

—Ahora cuéntame, Alaïs. ¿Ha sido satisfactorio tu viaje a Besièrs?

Alaïs se sonrojó.

—¿Te lo han dicho?

—Toda Carcassona lo sabe. No se hablaba de otra cosa. —Su expresión se volvió severa—. Me inquieté mucho cuando lo supe, sobre todo porque acababan de atacarte.

—¿También sabes eso? Como no me hiciste llegar ningún mensaje, supuse que estarías fuera.

—Nada de eso. Me presenté en el castillo en cuanto te encontraron, pero ese mismo François vuestro me impidió entrar. Tu hermana le había ordenado que no dejara pasar a nadie sin su autorización.

—No me lo dijo —replicó Alaïs, desconcertada por la omisión—. Ni tampoco Oriane, aunque eso me sorprende menos.

—¿Por qué?

—Me estuvo vigilando todo el tiempo, y no por simple afecto, sino por algún motivo propio, o al menos así me lo pareció. —Alaïs hizo una pausa—. Perdona que no te confiara mis planes, Esclarmonda, pero el tiempo entre la decisión y la ejecución fue demasiado breve.

Esclarmonda rechazó las disculpas con un gesto de la mano.

—Deja que te cuente lo que sucedió aquí mientras estabas fuera. Unos días después de tu partida del castillo, vino un hombre preguntando por Raolf.

—¿Raolf?

—El muchacho que te encontró en el huerto. —Esclarmonda sonrió con benévola ironía—. Desde tu ataque, adquirió cierta fama y fue ampliando su papel, hasta el punto de que, oyéndolo hablar, hubieses dicho que se había enfrentado en solitario con los ejércitos de Saladino para salvarte la vida.

—No lo recuerdo para nada —dijo Alaïs, sacudiendo la cabeza—. ¿Crees que pudo ver algo?

Esclarmonda se encogió de hombros.

—Lo dudo. Llevabas más de un día ausente cuando empezó a cundir la alarma. No creo que Raolf presenciara el ataque, pues de lo contrario habría hablado antes. En cualquier caso, el extraño abordó a Raolf y se lo llevó a la taberna de Sant Joan dels Evangèlis, donde lo engatusó con cerveza y halagos. Pese a toda su cháchara y su pavoneo, Raolf es como un niño, y además tiene muy pocas luces, de modo que cuando Gaston se disponía a cerrar, el muchacho era incapaz de poner un pie delante del otro. El extraño se ofreció para acompañarlo a su casa.

—¿Y bien?

—No llegó. Desde entonces, nadie lo ha vuelto a ver.

—¿Y el hombre?

—Se esfumó, como si nunca hubiese existido. En la taberna dijo ser de Alzonne. Mientras tú estabas en Besièrs, estuve por allí. Nadie lo conocía.

—Entonces por ese lado no podemos averiguar nada.

Esclarmonda sacudió la cabeza.

—¿Qué hacías en el patio a esa hora de la noche? —preguntó. Su voz era firme y serena, pero dejaba traslucir la intención que había detrás de sus palabras.

Alaïs se lo dijo. Cuando hubo terminado, Esclarmonda guardó silencio un momento.

—Tengo dos preguntas —dijo finalmente—. La primera es quién sabía que tu padre te había mandado llamar, porque no creo que tus atacantes estuvieran allí por casualidad. Y la segunda, en nombre de quién actuaban, suponiendo que no fueran ellos mismos los responsables del complot.

—No se lo había dicho a nadie. Mi padre me lo había prohibido.

—François te llevó el mensaje.

—Así es —admitió Alaïs—, pero no creo que François...

—Numerosos sirvientes pudieron ver que entraba en tus aposentos y espiar vuestra conversación —la interrumpió, observándola con su mirada directa e inteligente—. ¿Por qué fuiste a Besièrs a buscar a tu padre?

El cambio de tema fue tan repentino e inesperado que cogió a Alaïs por sorpresa.

—Estaba... —empezó, en tono sobrio pero cauteloso. Había acudido a Esclarmonda en busca de respuestas a sus preguntas y, en lugar de eso, estaba siendo interrogada—. Mi padre me había dado una pequeña pieza de piedra —dijo, sin apartar la vista de la cara de Esclarmonda—, una pequeña pieza con el dibujo de un laberinto. Los ladrones se la llevaron. Por lo que mi padre me había dicho, temí que cada día transcurrido sin que él supiera lo sucedido pusiera en peligro la...

Se interrumpió, sin saber muy bien cómo continuar.

En lugar de parecer alarmada, Esclarmonda estaba sonriendo.

—¿También le hablaste de la tabla, Alaïs? —preguntó suavemente.

—La víspera de su partida, sí, poco antes de... del ataque. Estaba muy alterado, sobre todo cuando reconocí que no sabía de dónde había salido. —Hizo una pausa—. Pero ¿cómo sabías que yo...?

—Sajhë la vio cuando estuviste comprando queso en el mercado, y me habló al respecto. Como tú misma has dicho, es muy observador.

—No es el tipo de cosas que llaman la atención de un niño de once años.

—Reconoció la importancia que podía tener para mí —replicó Esclarmonda.

—Como el *merel*.

Sus miradas se encontraron.

Esclarmonda vaciló.

—No —respondió, escogiendo con cuidado sus palabras—, no exactamente.

—¿Tienes tú la tabla? —preguntó Alaïs lentamente.

Esclarmonda hizo un gesto afirmativo.

—Pero ¿por qué no me la pediste, simplemente? Te la habría dado de buen grado.

—Sajhë estuvo allí la noche de tu desaparición, precisamente para pedírtela. Esperó y esperó y, finalmente, al ver que no regresabas, se la llevó. Dadas las circunstancias, obró bien.

—¿Y aún la tienes?

Esclarmonda afirmó con la cabeza.

Alaïs sintió una oleada de triunfal satisfacción, orgullosa de haber acertado en lo tocante a su amiga, la última de los guardianes.

«Descubrí la pauta. Fue como si me hablara.»

—Dime, Esclarmonda —añadió, en tono apremiante a causa de la exaltación—, si la tabla es tuya, ¿cómo es que mi padre no lo sabe?

—Por la misma razón que ignora por qué la tengo. Porque Harif lo quiso así. Por la seguridad de la Trilogía.

Alaïs no se decidía a hablar.

—Bien. Ahora que nos hemos comprendido, debes decirme todo lo que sabes.

Esclarmonda escuchó con atención hasta que Alaïs llegó al final de su historia.

—¿Y dices que Siméon viene hacia Carcassona?

—Sí, pero le ha dado el libro a mi padre para que cuide de él.

—Sabia precaución —asintió la anciana—. Estoy deseando conocerlo mejor. Parece un buen hombre.

—A mí me ha gustado muchísimo —reconoció Alaïs—. En Besièrs, mi padre se llevó una gran decepción al ver que Siméon sólo tenía uno de los libros. Esperaba que tuviera los dos.

Esclarmonda estaba a punto de responder cuando de pronto se oyeron golpes en la puerta y los postigos.

Las dos mujeres se pusieron en pie de un salto.

—¡Atención! ¡Atención!

—¿Qué es esto? ¿Qué sucede? —exclamó Alaïs.

—¡Los soldados! En ausencia de tu padre, ha habido una serie de registros.

—¿Qué están buscando?

—Dicen que criminales, pero en realidad buscan a los *bons homes*.

—Pero ¿con qué autoridad? ¿Por orden de los cónsules?

Esclarmonda sacudió la cabeza.

—Por orden de Berengier de Rochefort, nuestro noble obispo, o quizá del monje español Domingo de Guzmán y sus frailes predicadores, o tal vez de los legados, ¡quién sabe! No lo anuncian.

—Es contrario a nuestras leyes hacer...

Esclarmonda se llevó un dedo a los labios.

—Chis. Quizá aún pasen de largo.

En ese momento, un salvaje puntapié envió astillas de madera volando por toda la habitación. El cerrojo cedió y la puerta se abrió, estrellándose violentamente contra el muro de piedra con un golpe seco. Dos hombres de armas, con las facciones ocultas bajo las celadas, irrumpieron en la habitación.

—Soy Alaïs du Mas, hija del senescal Pelletier. Exijo saber con qué autoridad actuáis.

No bajaron las armas ni se levantaron las viseras.

—Insisto...

Hubo un destello rojo a la entrada y, para horror de Alaïs, Oriane entró por la puerta.

—¡Hermana! ¿Qué te trae por aquí de este modo?

—Me envía nuestro padre para que te lleve de vuelta al castillo. Tu precipitada salida de misa de vísperas ya ha llegado a sus oídos y, temiendo que alguna catástrofe se abatiera sobre ti, me ha pedido que saliera a buscarte.

«Mentira.»

—Él nunca te pediría semejante cosa a menos que tú se lo metieras en la cabeza —replicó de inmediato Alaïs, mirando a los soldados—.

¿También fue suya la idea de hacerte acompañar por guardias armados?

—Todos queremos lo mejor para ti —repuso su hermana, con una leve sonrisa—. Admito que quizá se excedieron en su celo.

—No es necesario que te preocupes. Volveré al Château Comtal cuando haya terminado.

Alaïs comprendió de pronto que Oriane no le estaba prestando atención. Sus ojos recorrían la habitación. Sintió una sensación dura y fría en el estómago. ¿Habría oído Oriane su conversación?

Inmediatamente, cambió de táctica.

—Aunque pensándolo bien, creo que te acompañaré ahora mismo. Lo que venía a hacer aquí ya está hecho.

—¿Venías a hacer algo, hermana?

Oriane empezó a recorrer la habitación, repasando con la mano los respaldos de las sillas y la superficie de la mesa. Levantó la tapa del cofre que había en el rincón y la dejó caer con un golpe. Alaïs la miraba angustiada.

Su hermana se detuvo en el umbral de la consulta de Esclarmonda.

—¿Qué haces ahí dentro, hechicera? —preguntó con desdén, reconociendo por primera vez la presencia de Esclarmonda—. ¿Pociones y filtros para las mentes débiles? —Asomó la cabeza al interior y luego la retiró, con expresión de disgusto en la cara—. Muchos aseguran que eres bruja, Esclarmonda de Servian, una *faitelière*, como dicen vulgarmente.

—¡Cómo te atreves a hablarle así! —exclamó Alaïs.

—Mirad cuanto queráis, *dòmna* Oriane, si así os place —dijo Esclarmonda suavemente.

Oriane agarró a Alaïs por un brazo.

—Ya has tenido suficiente —dijo, hundiendo sus afiladas uñas en la piel de Alaïs—. Has dicho que estabas lista para volver al castillo, de modo que nos vamos.

Antes de darse cuenta, Alaïs se encontró en la calle. Los soldados estaban tan cerca que podía sentir su aliento en la nuca. En su mente hubo un efímero destello de olor a cerveza y de una mano callosa que le tapaba la boca.

—¡De prisa! —exclamó Oriane, empujándola por la espalda.

Por el bien de Esclarmonda, Alaïs comprendió que no tenía más opción que acatar los deseos de Oriane. Antes de doblar la esquina, consiguió echar un último vistazo por encima del hombro. Esclarmonda estaba de pie en la puerta, mirando. Con un rápido gesto, se llevó un dedo a los labios. Una clara advertencia para que no hablara.

CAPÍTULO 36

En la torre del homenaje, Pelletier se frotó los ojos y estiró los brazos, para aliviar la rigidez de las articulaciones.

Durante muchas horas había estado enviando mensajeros desde el Château Comtal, con misivas para los sesenta vasallos de Trencavel que aún no habían partido hacia Carcasona. Los más poderosos de sus vasallos eran por completo independientes, excepto nominalmente, por lo que Pelletier debía tener en cuenta la necesidad de persuadir y atraer, más que de ordenar. Cada carta exponía la amenaza con una claridad meridiana. Los franceses estaban concentrados en las fronteras preparándose para una invasión como el Mediodía no había visto jamás. Era preciso fortalecer la guarnición de Carcasona. Los vasallos debían cumplir con su obligación y acudir con tantos hombres como pudieran reunir.

—*Perfin* —dijo Trencavel, ablandando la cera sobre la llama de una vela, antes de imponer su sello en la última de las cartas. Por fin.

Pelletier volvió al lado de su señor, no sin antes dedicar un gesto de aprobación a Jehan Congost. Habitualmente prestaba poca atención al marido de Oriane, pero en esa ocasión tenía que admitir que Congost y su equipo de escribanos habían trabajado incansablemente y con eficacia. Mientras un criado entregaba la última misiva al último mensajero que aún estaba aguardando, Pelletier indicó a los *escrivans* que ya podían retirarse. El primero en levantarse fue Congost, y los otros lo siguieron uno a uno, haciéndose chasquear las articulaciones de los dedos, frotándose los ojos cansados y recogiendo rollos de pergamino, plumas y frascos de tinta. Pelletier esperó hasta quedarse a solas con el vizconde Trencavel.

—Deberíais descansar, *messer* —dijo—. Tenéis que reservar vuestras fuerzas.

Trencavel se echó a reír.

—*Fòrça e vertut!* —exclamó, haciéndose eco del discurso pronunciado en Béziers. Fuerza y virtud—. No te inquietes, Bertran. Estoy bien. Nunca he estado mejor. —El vizconde apoyó una mano sobre el hombro de Pelletier—. En cambio tú sí que pareces necesitar un descanso, mi viejo amigo.

—Confieso que la idea me resulta tentadora, *messer* —reconoció el senescal. Después de varias semanas de sueño fragmentario, le pesaba cada uno de sus cincuenta y dos años.

—Esta noche dormiremos en nuestras camas, Bertran, aunque me temo que aún no ha llegado la hora de retirarnos, al menos para nosotros. —Su agraciado rostro se volvió solemne—. Es esencial que me reúna con los cónsules cuanto antes, con tantos como sea posible reunir en tan breve plazo.

Pelletier asintió.

—¿Tenéis alguna solicitud en particular?

—Aunque todos mis vasallos presten oídos a mi llamada y acudan con un contingente razonable de hombres, necesitaremos más.

Extendió las manos.

—¿Queréis que los cónsules reúnan un fondo de guerra?

—Necesitamos suficiente oro como para pagar los servicios de mercenarios disciplinados y aguerridos en el campo de batalla. Aragoneses o catalanes. Cuanto más cerca estén, mejor será.

—¿Habéis considerado aumentar los impuestos? ¿Sobre la sal, quizá? ¿Sobre el trigo?

—Todavía no. De momento prefiero recaudar los fondos necesarios voluntariamente y no por obligación. —Hizo una pausa—. Si fracasamos, recurriré a medidas más estrictas. ¿Cómo progresa el trabajo en las fortificaciones?

—Han sido convocados todos los albañiles de la *Ciutat*, de Sant-Vicens y de Sant Miquel, y también de los pueblos del norte. Ya están desmontando la sillería del coro de la catedral y el refectorio de los sacerdotes.

Trencavel sonrió con amargura.

—A Berengier de Rochefort no le gustará.

—El obispo tendrá que aceptarlo —gruñó Pelletier—. Necesitamos lo antes posible toda la madera que podamos conseguir; para empezar a construir parapetos y matacanes. En su palacio y en sus claustros hay gran cantidad de madera, y la tenemos a nuestro alcance.

Raymond-Roger levantó las manos en jocosa actitud de rendición.

—No estoy cuestionando tu decisión —rió—. Los preparativos para la lucha son más importantes que la comodidad del obispo. Dime, Bertran, ¿ha llegado ya Pierre-Roger de Cabaret?

—Aún no, *messer*, pero se espera que esté aquí en cualquier momento.

—Dile que venga a verme en cuanto llegue, Bertran. Si es posible, me gustaría aplazar la reunión con los cónsules hasta que él esté aquí. Lo tienen en muy alta estima. ¿Alguna noticia de Termenès o de Foix?

—Aún no, *messer*.

Momentos más tarde, Pelletier, con las manos apoyadas en las caderas, contemplaba la plaza de armas, complacido ante la rapidez con que avanzaban las obras. El ruido de sierras y martillos, el retumbo de las carretillas cargadas de madera, clavos y brea y el rugido de las llamas en la fragua ya llenaba el ambiente. Por el rabillo del ojo, vio a Alaïs, que corría a su encuentro a través de la plaza. Frunció el ceño.

—¿Por qué enviasteis a Oriane a buscarme? —exigió saber su hija en cuanto llegó a su lado.

El senescal pareció asombrado.

—¿Oriane? ¿A buscarte? ¿Dónde?

—Estaba al sur de la *Ciutat*, de visita en casa de una amiga, Esclarmonda de Servian, cuando Oriane se presentó acompañada de dos soldados, afirmando que vos la habíais enviado para que me trajera de vuelta al castillo.

La joven se quedó estudiando con detenimiento la cara de su padre, intentando discernir los signos de alguna reacción, pero no vio más que estupor.

—¿Es verdad? —añadió.

—Ni siquiera he visto a Oriane.

—¿Habéis hablado con ella, tal como prometisteis, acerca de su conducta en vuestra ausencia?

—No he tenido ocasión.

—No la subestiméis, os lo suplico. Estoy segura de que sabe algo, alguna cosa que puede perjudicaros.

La cara de Pelletier enrojeció.

—¡No permitiré que acuses a tu hermana! ¡Esto ha llegado demasiado...!

—¡La tabla con el laberinto pertenece a Esclarmonda! —exclamó ella de pronto.

El senescal se interrumpió, como si su hija le hubiese dado una bofetada.

—¿Qué? ¿Qué quieres decir?

—Siméon se la dio a la mujer que fue a buscar el segundo libro, ¿recordáis?

—¡Imposible! —replicó él, con tanta fuerza que Alaïs tuvo que retroceder un paso.

—Esclarmonda es el otro guardián —insistió Alaïs, hablando precipitadamente antes de que su padre la interrumpiera—, la hermana de Carcassona a quien se refería Harif. Además, sabía lo del *merel*.

—¿Te ha dicho Esclarmonda que es una guardiana? —preguntó el senescal—. Porque si lo ha hecho...

—No se lo he preguntado directamente —replicó Alaïs con firmeza—. Todo encaja, *paire* —añadió—. Es exactamente el tipo de persona que Harif elegiría.

Hizo una pausa.

—¿Qué sabéis de Esclarmonda? —preguntó a su padre.

—Conozco su reputación de sabia y tengo razones para agradecerle el afecto y las atenciones que ha tenido contigo. ¿Me has dicho que tiene un nieto?

—Sí, *messer*. Sajhë, de once años. Esclarmonda vino de Servian a Carcassona cuando Sajhë era un bebé. Todas las fechas coinciden con lo dicho por Siméon.

—¡Senescal Pelletier!

Los dos se volvieron al oír que un criado se acercaba corriendo hacia ellos.

—*Messer*, mi señor el vizconde requiere vuestra presencia inmediatamente en sus aposentos. Pierre-Roger, señor de Cabaret, acaba de llegar.

—¿Dónde está François?

—No lo sé, *messer*.

Pelletier lo miró contrariado y luego volvió la vista hacia Alaïs.

—Dile al vizconde que acudiré con presteza —dijo bruscamente—. Después, encuentra a François y envíalo aquí conmigo. Ese hombre nunca está donde debe estar.

—Hablad con Esclarmonda, al menos. Escuchad lo que tenga que decir. Yo le llevaré vuestro mensaje.

El senescal dudó por un momento y finalmente cedió.

—Cuando llegue Siméon, escucharé lo que esa sabia mujer tenga que decirme.

Pelletier subió la escalera a grandes zancadas y se detuvo en lo alto.

—Sólo una cosa, Alaïs. ¿Cómo supo Oriane dónde encontrarte?

—Debió de seguirme desde Sant Nazari, aunque... —Se interrumpió, al percatarse de que Oriane no había tenido tiempo de ir a buscar la ayuda de los dos soldados y regresar tan rápidamente—. No lo sé —admitió—, pero estoy segura de que...

Para entonces, Pelletier ya se había marchado. Mientras atravesaba la plaza de armas, Alaïs sintió alivio al ver que Oriane ya no se veía por ninguna parte. Entonces se paró en seco.

«¿Y si ha vuelto a casa de Esclarmonda?»

Alaïs se recogió las faldas y echó a correr.

En cuanto dobló la esquina de la calle, Alaïs vio justificados sus temores. Los postigos colgaban de un alambre y la puerta había sido arrancada del marco.

—¡Esclarmonda! —gritó—. ¿Estás ahí?

Alaïs entró. Los muebles estaban volcados, con las patas de las sillas quebradas como huesos rotos. El contenido del cofre yacía desperdigado, y los rescoldos del fuego habían sido esparcidos a puntapiés, levantando nubecillas de suave ceniza gris que habían manchado el suelo.

La joven subió unos cuantos peldaños de la escalerilla. Paja, mantas y plumas cubrían las tablas de madera de la plataforma que hacía las veces de alcoba, donde todo estaba roto y desgarrado. Las marcas de picas y espadas destacaban claramente allí donde se habían hundido.

El caos en la consulta de Esclarmonda era aún peor. La cortina había sido arrancada del techo. Botes de barro rotos y cuencos destrozados yacían por todas partes, entre charcos de líquidos derramados y cataplasmas pardas, blancas y bermejas. Sobre el suelo de tierra había hierbas, flores y hojas pisoteadas.

¿Estaría Esclarmonda presente cuando los soldados regresaron?

Alaïs salió corriendo a la calle, con la esperanza de encontrar a alguien que pudiera darle razón de lo sucedido. A su alrededor, todas las puertas estaban cerradas y los postigos trabados.

—*Dòmna* Alaïs.

Al principio, creyó haberlo imaginado.

—*Dòmna* Alaïs.

—¿Sajhë? —susurró—. ¿Sajhë? ¿Dónde estás?

—Aquí arriba.

Alaïs salió de la sombra de la casa y levantó la vista. En la creciente oscuridad apenas pudo divisar una masa de rizos castaños y unos ojos color ámbar·que la espiaban entre los aleros inclinados.

—¡Sajhë! —exclamó aliviada—. ¡Vas a matarte!

—Nada de eso —sonrió él—. Lo he hecho miles de veces. También puedo entrar y salir del Château Comtal saltando por los tejados.

—Pues a mí me estás dando vértigo. Baja.

Alaïs contuvo la respiración mientras Sajhë se balanceaba colgado del borde y caía al suelo frente a ella.

—¿Qué ha pasado? ¿Dónde está Esclarmonda?

—La *menina* está a salvo. Me dijo que me quedara a esperaros hasta que vinierais. Sabía que vendríais.

Mirando por encima del hombro, Alaïs lo empujó hasta el reparo de un portal.

—¿Qué ha pasado? —repitió con apremio.

Sajhë se miró los pies con gesto abrumado.

—Volvieron los soldados. La primera vez lo escuché casi todo a través de la ventana. Desde que vuestra hermana se os llevó al castillo, la *menina* temía que regresaran, de modo que en cuanto os fuisteis, reunimos todas las cosas importantes y las escondimos en el sótano. —El chico hizo una profunda inspiración—. Fueron muy rápidos. Los oímos mientras iban de puerta en puerta, haciendo preguntas sobre nosotros, interrogando a los vecinos. Podía oír sus pasos retumbando y sacudiendo el suelo sobre nuestras cabezas, pero no encontraron la trampilla. Pasé mucho miedo —confesó, con una voz que había perdido su habitual tono travieso—. Rompieron los frascos de la *menina*. Todas sus medicinas.

—Ya lo sé —dijo ella suavemente—. Lo he visto.

—No paraban de gritar. Decían que estaban buscando herejes, pero creo que mentían, porque no hacían las preguntas que suelen hacer.

Alaïs puso los dedos bajo la barbilla del chico y le hizo levantar la vista.

—Esto es muy importante, Sajhë. ¿Eran los mismos soldados que vinieron antes? ¿Los viste?

—No los vi.

—No importa —repuso ella rápidamente, viendo que el muchacho estaba a punto de echarse a llorar—. Veo que has sido muy valiente. Esclarmonda se habrá alegrado mucho de que estuvieras con ella. —Dudó un momento—. ¿Había alguien más con ellos?

—No lo creo —dijo el chico tristemente—. No pude detenerlos.

Alaïs lo rodeó con sus brazos, cuando la primera lágrima rodó por su mejilla.

—Tranquilo, todo saldrá bien. No temas. Has hecho todo cuanto podías, Sajhë. Nadie podría haber hecho más.

Él asintió con la cabeza.

—¿Dónde está ahora Esclarmonda?

—Hay una casa en Sant Miquel —dijo él, tragando saliva—. Me ha dicho que esperaremos allí, hasta que nos anunciéis la visita del senescal Pelletier.

Alaïs sintió que se ponía en guardia.

—¿Eso ha dicho Esclarmonda, Sajhë? —preguntó rápidamente—. ¿Que está esperando un mensaje de mi padre?

Sajhë pareció desconcertado.

—¿Se equivoca, entonces?

—No, no, es sólo que no veo cómo... —Alaïs se interrumpió—. Déjalo, no importa —añadió, enjugándose la cara con un pañuelo—. Ya está, ya me siento mejor. Es cierto que mi padre desea hablar con Esclarmonda, pero está esperando la llegada de otro... de un amigo que viene desde Besièrs.

Sajhë hizo un gesto afirmativo.

—Siméon.

Alaïs lo miró asombrada.

—Sí —dijo la joven, que para entonces estaba sonriendo—. Siméon. Dime, Sajhë, ¿hay algo que tú no sepas?

El chico consiguió esbozar una sonrisa.

—No mucho.

—Ve y dile a Esclarmonda que le contaré a mi padre lo sucedido, pero que de momento debe permanecer en Sant Miquel, y tú también.

Sajhë la sorprendió cogiéndola de una mano.

—Decídselo vos misma —sugirió—. Se alegrará de veros y podréis hablar un poco más con ella. La *menina* dijo que tuvisteis que marcharos antes de terminar de hablar.

Alaïs miró sus ojos color ámbar, brillantes de entusiasmo.

—¿Vendréis?

Se echó a reír.

—¿Por ti, Sajhë? ¡Claro que sí! Pero ahora no. Es demasiado peligroso. La casa podría estar vigilada. Os enviaré un recado.

Sajhë asintió con la cabeza y desapareció tan rápidamente como había aparecido.

—*Deman ser* —gritó.

CAPÍTULO 37

Jehan Congost había visto muy poco a su esposa desde su regreso de Montpellier. Oriane no lo había recibido como hubiese sido menester, ni había mostrado el menor respeto por las penurias y humillaciones padecidas por él. Tampoco olvidaba Congost su impúdica conducta en la alcoba, poco antes de su partida.

Recorrió rápidamente la plaza, mascullando para sus adentros, hasta llegar a la zona de las viviendas. Se cruzó con François, el criado de Pelletier. Congost no le tenía confianza. Le parecía que se preocupaba demasiado de sí mismo, y estaba siempre merodeando y corriendo a informar de todo a su amo. A esa hora del día, no tenía nada que hacer en esa parte del castillo.

—Escribano —lo saludó François, con una inclinación de la cabeza.

Congost no le devolvió el saludo.

Cuando finalmente llegó a sus aposentos, sus cavilaciones habían inducido en él un frenesí de virtuosa indignación. Ya era hora de darle una lección a Oriane. No podía permitir que sus provocaciones y su deliberada desobediencia quedaran impunes. Abrió la puerta de par en par, sin detenerse a llamar.

—¡Oriane! ¿Dónde estás? ¡Ven aquí!

La habitación estaba vacía. En su frustración al comprobar la ausencia de su esposa, barrió con una mano todo cuanto había sobre la mesa; varios cuencos se rompieron, y un candelabro rodó traqueteando por el suelo. Avanzó a grandes zancadas hasta el arcón de la ropa, lo vació y después arrancó las mantas de la cama, escenario de su lascivia.

Furioso, Congost se dejó caer en una silla y contempló su obra. Telas desgarradas, cacharros rotos, cirios desperdigados. La culpa era de Oriane. Su mal comportamiento era la causa de todo.

Salió a buscar a Guiranda, para que ordenara la habitación, mientras pensaba en la forma de meter en vereda a su rebelde esposa.

El aire estaba húmedo y pesado cuando Guilhelm emergió de la casa de baños y se encontró con Guiranda, que lo estaba esperando con una leve sonrisa dibujada en la ancha boca.

Su ánimo se ensombreció.

La doncella se echó a reír, mientras lo contemplaba a través de una espesa orla de pestañas oscuras.

—¿Y bien? —dijo él secamente—. Si tienes algo que decir, dilo ya, o márchate y déjame en paz.

Guiranda se adelantó y le susurró algo al oído.

El hombre enderezó la espalda.

—¿Qué quiere?

—No lo sé, *messer*. Mi señora no me confía sus deseos.

—Mientes muy mal, Guiranda.

—¿Algún mensaje para ella?

Guilhelm dudó un momento.

—Dile a tu señora que iré en cuanto pueda. —Puso una moneda en la mano de la doncella—. Y mantén la boca cerrada.

La observó marcharse; después caminó hasta el centro del patio y se sentó bajo el olmo. No tenía por qué ir. ¿Para qué exponerse a la tentación? Era demasiado peligroso. *Ella* era demasiado peligrosa.

Nunca se había propuesto llegar tan lejos. Una noche de invierno, pieles de animales envolviendo la piel desnuda, su sangre templada por el vino caliente y la exaltación de la persecución... Una especie de locura se había adueñado de él. Estaba hechizado.

A la mañana siguiente había despertado lleno de remordimientos y había jurado que nunca volvería a suceder. Los primeros meses después de la boda había mantenido la promesa. Pero después había habido otra noche como aquélla, y una tercera, y una cuarta. Ella lo abrumaba y cautivaba sus sentidos.

En ese momento, dadas las circunstancias, estaba más desesperado que nunca por evitar cualquier filtración que pudiera provocar un escándalo. Pero debía actuar con cautela. Era importante poner fin a la aventura con destreza. Acudiría a la cita solamente para decirle a Oriane que debían dejar de verse.

Se puso de pie y se encaminó hacia el huerto antes de que desfalleciera su valor. Una vez en la cancela, se detuvo, con la mano en el pasador, sin decidirse a continuar. Entonces la vio, de pie bajo el sauce: una sombría figura a la tenue luz del atardecer. El corazón le dio un vuelco. Parecía un ángel de las tinieblas, con el cabello brillando como el azabache en la penumbra, en una caudalosa cascada de rizos que se derramaban por su espalda.

Guilhelm hizo una inspiración profunda. Tenía que marcharse. Pero en ese momento, como si hubiese percibido su indecisión, Oriane se dio la vuelta, y entonces él sintió el poder de su mirada, que lo atraía hacia sí. Tras pedirle a su escudero que se quedara vigilando en la cancela, atravesó la valla hasta la suave hierba y se dirigió hacia la mujer.

—Temía que no vinieras —dijo ella, en cuanto él estuvo a su lado.

—No puedo quedarme.

Sintió el roce de las yemas de sus dedos y el tacto de sus manos sobre sus muñecas.

—Entonces te pido perdón por importunarte —murmuró ella, apretándose contra él.

—Podrían vernos —repuso él en un susurro, intentando apartarse.

Oriane inclinó el rostro y él percibió su perfume, pero hizo cuanto pudo por ignorar los aguijonazos del deseo.

—¿Por qué me hablas con tanta dureza? —prosiguió ella en tono suplicante—. Aquí no hay nadie que pueda vernos. He puesto un guardia en la cancela. Además, esta noche todos están demasiado ocupados como para prestarnos atención.

—Nadie está tan absorto en sus cosas como para no darse cuenta —dijo él—. Todo el mundo está escuchando, vigilando. Todos esperan descubrir algo que puedan usar en su beneficio.

—¡Qué pensamientos tan desagradables! —murmuró ella, acariciándole el pelo—. Olvida a los demás y piensa sólo en mí.

Para entonces, Oriane estaba tan cerca que Guilhelm podía sentir su corazón palpitando a través de la fina tela del vestido.

—¿Por qué estáis tan frío, *messer*? ¿Acaso he dicho algo que pudiera ofenderos? —insistió ella.

La determinación de Guilhelm empezó a flaquear, a medida que la sangre se le calentaba.

—Oriane, esto es un pecado y tú lo sabes. Ofendemos a tu marido y a mi esposa con nuestro réprobo...

—¿... amor? —sugirió ella, echándose a reír con una hermosa risa cantarina que turbó el corazón de Guilhelm—. El amor no es un pecado, sino «una virtud que vuelve buenos a los malos y hace mejores a los buenos». ¿No has oído a los trovadores?

Sin proponérselo, se encontró sosteniendo el precioso rostro de Oriane entre sus manos.

—Eso no es más que una canción. La realidad de los votos que hemos hecho es muy diferente. ¿O acaso estás empeñada en no entenderme? —Hizo una profunda inspiración—. Lo que quiero decirte es que no debemos vernos nunca más.

Sintió que ella se quedaba inmóvil entre sus brazos.

—¿Ya no me queréis, *messer*? —murmuró. Su pelo, suelto y espeso, le había caído sobre el rostro, ocultándolo de la vista.

—No —repuso él, aunque su determinación desfallecía.

—¿Hay algo que pueda hacer para demostrar mi amor por vos? —dijo ella, con una voz tan débil y quebrada que resultaba apenas perceptible—. Si en algo no os he complacido, *messer*, entonces decídmelo.

Guilhelm entrelazó sus dedos con los de ella.

—No has hecho nada malo. Eres bellísima, Oriane, eres...

Se interrumpió, incapaz ya de pensar las palabras justas. El broche de la capa de Oriane se abrió y la prenda cayó al suelo, dejando la reverberante y luminosa tela azul arrugada a sus pies, como el agua de una laguna. La joven parecía tan vulnerable e indefensa que Guilhelm tuvo que hacer un esfuerzo para no levantarla entre sus brazos.

—No —murmuró—, no puedo...

Guilhelm intentó convocar el rostro de Alaïs e imaginar su mirada sincera y su sonrisa confiada. A diferencia de la mayoría de los hombres de su rango y condición, él creía de verdad en los votos del matrimonio. No quería traicionarla. Muchas noches, en los primeros tiempos de su unión, mirándola dormir en el silencio de su alcoba, había sentido que podía ser un hombre mejor solamente porque ella lo amaba.

Intentó soltarse. Pero para entonces no oía más que la voz de Oriane, mezclada con los ecos de las maliciosas habladurías de la servidumbre comentando que Alaïs lo había dejado en ridículo al seguirlo hasta Béziers. El rumor en su cabeza se volvió más sonoro, hasta ahogar la débil voz de Alaïs. Su imagen se tornó más tenue y pálida. Se estaba alejando de él, dejándolo solo ante la tentación.

—Te adoro —le susurró Oriane, deslizándole una mano entre las piernas. Pese a su determinación, Guilhelm cerró los ojos, incapaz de resistirse al suave murmullo de la voz de Oriane, que era como el viento entre los árboles—. Desde tu regreso de Besièrs, casi no te he visto.

Guilhelm intentó hablar, pero tenía la garganta seca.

—Dicen que el vizconde Trencavel te prefiere a ti por encima de todos sus *chavalièrs* —prosiguió ella.

Guilhelm ya no podía distinguir una palabra de otra. Su sangre palpitaba con demasiado estruendo, con demasiada fuerza en su cabeza, sofocando cualquier otro sonido o sensación.

La tumbó en el suelo.

—Cuéntame lo que pasó entre el vizconde y su tío —le murmuró ella al oído—. Dime lo que sucedió en Besièrs.

Guilhelm se quedó sin aliento cuando ella enredó sus piernas en torno a las de él y lo atrajo hacia sí.

—Dime cómo cambió vuestra suerte —insistió Oriane.

—No puedo contar nada de eso a nadie —jadeó él, consciente únicamente de los movimientos del cuerpo de ella debajo del suyo.

Oriane le mordió el labio.

—A mí sí puedes contármelo.

Él gritó su nombre, sin importarle ya quién pudiera estar escuchando o espiando. No vio la expresión de satisfacción en los ojos verdes de Oriane, ni los rastros de sangre (de su propia sangre) en sus labios.

Pelletier miró a su alrededor, disgustado al notar la ausencia de Oriane y de Alaïs en la mesa de la cena.

Pese a los preparativos de guerra que se desarrollaban alrededor, había un aire de celebración en la Gran Sala, porque el vizconde Trencavel y su comitiva habían regresado sanos y salvos.

La reunión con los cónsules había ido bien. Pelletier estaba seguro de que reunirían los fondos necesarios. Hora tras hora llegaban mensajeros de los castillos más próximos a Carcasona. Hasta entonces, ningún vasallo había rehusado prestar ayuda enviando hombres o dinero.

En cuanto el vizconde Trencavel y *dòmna* Agnès se hubieron retirado, Pelletier se excusó y salió a tomar el aire. Una vez más, la indecisión era una pesada carga sobre sus hombros.

«Tu hermano te aguarda en Besièrs; tu hermana, en Carcassona.»

El destino le había devuelto a Siméon y el segundo libro mucho antes de lo que hubiese creído posible. Ahora, si las sospechas de Alaïs eran correctas, el tercer libro también podía estar cerca.

La mano de Pelletier se deslizó hacia el libro de Siméon, que llevaba siempre junto al corazón.

Alaïs se despertó con el estruendoso golpeteo de un postigo contra la pared. Se incorporó sobresaltada, con el corazón desbocado. En su sueño se había visto de vuelta en el bosque de las afueras de Coursan, con las manos atadas e intentando quitarse la capucha de hilo basto.

Cogió una de las almohadas, todavía tibia de sueño, y la apretó contra su pecho. El aroma de Guilhelm todavía flotaba en la cama, aunque hacía más de una semana que su marido no apoyaba su cabeza junto a la suya.

Hubo otro estruendo, cuando el postigo volvió a golpear contra el muro. Un viento tormentoso silbaba entre las torres y barría la superficie del tejado. Lo último que recordaba era haberle pedido a Rixenda que le trajera algo de comer.

Rixenda llamó a la puerta y entró tímidamente en la habitación.

—Perdonadme, *dòmna*, yo no quería despertaros, pero él insistió.

—¿Guilhelm? —preguntó ella ansiosamente.

Rixenda sacudió la cabeza.

—Vuestro padre. Quiere que os reunáis con él en la puerta del este.

—¿Ahora? Pero ¡si debe de ser pasada la medianoche!

—Aún no, *dòmna*.

—¿Por qué te ha enviado a ti y no a François?

—No lo sé, *dòmna*.

Tras pedirle a Rixenda que se quedara a vigilar sus aposentos, Alaïs se echó la capa sobre los hombros y bajó apresuradamente la escalera. Los truenos resonaban aún sobre las montañas cuando atravesó corriendo la plaza para reunirse con su padre.

—¿Adónde vamos? —gritó, para hacerse oír por encima del ruido del viento, mientras salían a toda prisa por la puerta del este.

—A Sant Nazari —dijo—, al lugar donde está oculto el *Libro de las palabras*.

Oriane yacía en su cama, perezosa como una gata, escuchando el viento. Guiranda había hecho un buen trabajo, tanto devolviendo el orden a la habitación como describiendo los daños causados por su marido. ¿Qué podía haberle provocado ese acceso de ira? Oriane no lo sabía, ni le importaba.

Todos los hombres, ya fueran cortesanos, escribanos, caballeros o sacerdotes, eran iguales bajo la piel. Por mucho que hablaran de honor, su determinación era quebradiza como las ramitas de los árboles en invierno. La primera traición era la más difícil. A partir de ahí, nunca dejaba de asombrarla la celeridad con que los secretos manaban de sus labios desleales, ni la forma en que sus acciones contrariaban todo aquello que decían amar.

Había averiguado más de lo que esperaba. Irónicamente, Guilhelm ni siquiera sospechaba la importancia de lo que le había revelado esa noche. Desde un principio, Oriane sospechaba que Alaïs había ido a Béziers a buscar a su padre. Ahora sabía que estaba en lo cierto. También sabía parte de lo que había pasado entre ellos la noche antes de la partida de su padre.

Oriane se había interesado por la recuperación de Alaïs únicamente con la esperanza de engatusar a su hermana para que traicionara la confianza de su padre, pero no le había dado resultado. Lo único digno de atención había sido la inquietud de Alaïs ante la desaparición de una tabla de madera, que al parecer guardaba en su alcoba. La había mencionado en sueños, mientras se movía y daba vueltas. Pero hasta entonces, pese a sus esfuerzos, todos los intentos de conseguir la tabla habían fracasado.

Oriane estiró los brazos por encima de su cabeza. Ni en sus sueños más alocados habría podido imaginar que su padre poseía algo de tanto poder e influencia que había hombres dispuestos a pagar el rescate de un rey con tal de conseguirlo. Sólo debía tener paciencia.

Después de lo que le había dicho Guilhelm esa noche, se daba cuenta de que la tabla era menos importante de lo que creía. Si hubiese tenido más tiempo, le habría sonsacado el nombre de la persona a quien su padre había visitado en Béziers. Si es que lo sabía.

Oriane se incorporó en la cama. ¡François tenía que saberlo! Llamó con unas palmadas.

—Llévale esto a François —le dijo a Guiranda—. ¡Que nadie te vea!

CAPÍTULO 38

Había caído la noche sobre el campamento de los cruzados.

Guy d'Evreux se limpió las manos grasientas en el paño que un nervioso criado le estaba tendiendo. Vació la copa y miró en dirección al abad de Cîteaux, sentado en la cabecera, para ver si ya podía levantarse de la mesa.

Aún no.

Altanero y arrogante con sus hábitos blancos, el abad se había situado entre el duque de Borgoña y el conde de Nevers. Las constantes maniobras por el lugar que ocupaban los dos caballeros y sus seguidores habían empezado antes incluso de que la Hueste partiera de Lyon.

Por la vidriosa expresión que congelaba los rostros, era evidente que Arnald-Amalric los estaba sermoneando una vez más: herejía, las llamas del infierno, los peligros de la lengua vernácula y todos los temas con los que era capaz de abrumar a una audiencia durante horas.

Evreux no sentía el menor respeto por ninguno de los dos. Consideraba patéticas sus ambiciones: unas pocas monedas de oro, vino, mujerzuelas, unos cuantos combates y vuelta a casa cargados de gloria, después de sus cuarenta días de servicio a su señor. Sólo Montfort, sentado un poco más allá, parecía prestar atención. Sus ojos resplandecían con un ardor desagradable, únicamente comparable al fanatismo del abad.

Evreux sólo conocía a Montfort de oídas, aunque los dominios de ambos se encontraban muy próximos entre sí. Evreux había heredado unas tierras al norte de Chartres, donde abundaba la caza. Gracias a una serie de matrimonios de conveniencia y a una estricta política impositiva, su familia había incrementado de forma considerable su fortuna en los últimos cincuenta años. No tenía hermanos que le disputaran el título, ni deudas dignas de mención.

Las tierras de Montfort estaban en las afueras de París, a menos de dos días de viaje de la finca de Evreux. Era sabido que Montfort se había unido a la cruzada como favor personal al duque de Borgoña, pero también era conocida su ambición, lo mismo que su devoción y su valor. Era un veterano de las campañas orientales de Siria y Palestina, y uno de los pocos cristianos que se habían negado a participar en el asedio de la ciudad cristiana de Zara, durante la Cuarta Cruzada en Tierra Santa.

Aunque pasaba de los cuarenta, Montfort aún conservaba la fuerza de un buey.

Impulsivo y reservado, inspiraba en sus hombres una lealtad desmesurada, pero suscitaba desconfianza entre muchos de los barones, que lo consideraban retorcido y más ambicioso de lo que correspondía a su rango. Evreux lo despreciaba, lo mismo que a todos los que pretendían que sus acciones eran obra de Dios.

Evreux se había unido a la cruzada por una única razón. En cuanto cumpliera su propósito, regresaría a Chartres con los libros que llevaba media vida buscando. No tenía intención de morir en aras de las creencias de otros hombres.

—¿Qué hay? —gruñó al criado que había aparecido junto a su hombro.

—Ha llegado un mensajero para vos, señor.

Evreux levantó la vista.

—¿Dónde está? —preguntó secamente.

—Aguardando a la entrada del campamento. No ha querido decir su nombre.

—¿De Carcassonne?

—No ha querido decirlo, señor.

Haciendo una breve reverencia a la cabecera de la mesa, Evreux se excusó y salió discretamente, con la pálida tez encendida. A paso rápido, sorteando tiendas y animales, llegó al claro que se extendía en el límite oriental del campamento.

Al principio no vio más que sombras indefinidas en la penumbra entre los árboles. Cuando estuvo un poco más cerca, reconoció al criado de uno de sus informantes en Béziers.

—¿Y bien? —dijo, con la voz endurecida por la decepción.

—Hemos encontrado sus cadáveres en el bosque, en las afueras de Coursan.

Sus ojos grises se entrecerraron.

—¿Coursan? ¿No se suponía que debían seguir a Trencavel y a sus hombres? ¿Qué habían ido a hacer a Coursan?

—No lo sé, señor —tartamudeó el mensajero.

A una mirada suya, dos de sus soldados salieron de detrás de los árboles, con las manos levemente apoyadas en la empuñadura de sus espadas.

—¿Qué más habéis hallado?

—Nada, señor. La ropa, las armas, los caballos y hasta las flechas que los mataron... se habían esfumado. Los cuerpos habían sido, despojados de todo. No les dejaron nada.

—¿Se sabe entonces quiénes eran?

El criado retrocedió un paso.

—En el castillo no se habla más que del coraje de Amiel de Coursan, señor. A nadie parece importarle la identidad de los dos hombres. Había una chica, la hija del senescal del vizconde Trencavel. Alaïs.

—¿Viajaba sola?

—No lo sé, señor, pero el señor de Coursan la escoltó personalmente hasta Béziers. Allí se reunió con su padre en la judería, donde permanecieron un buen rato. En casa de un judío.

Evreux hizo una pausa.

—¿Ah, sí? —murmuró, mientras se formaba una sonrisa en sus labios finos—. ¿Y cómo dices que se llama ese judío?

—No he podido averiguar su nombre, señor.

—¿Forma parte del éxodo hacia Carcasona?

—Sí, señor.

Evreux se sintió aliviado, pero no lo demostró. Se llevó la mano a la daga que tenía en el cinturón.

—¿Quién más sabe lo que acabas de contarme?

—Nadie, señor, lo juro. No se lo he dicho a nadie.

Evreux atacó sin previo aviso, hundiéndole limpiamente el cuchillo en la garganta. Con los ojos inflamados por la sorpresa y la conmoción, el hombre empezó a sofocarse, mientras sus agónicos jadeos sibilaban a través de la herida y la sangre manaba a chorros, salpicando la tierra a su alrededor.

El mensajero se desplomó de rodillas, manoteándose desesperadamente la garganta para arrancarse el puñal, que le hirió las manos. Después cayó de bruces al suelo.

Durante unos instantes, su cuerpo siguió sacudiéndose violentamente sobre la tierra manchada; a continuación tuvo un estremecimiento, y se quedó inmóvil.

El rostro de Evreux no expresaba ninguna emoción. Extendió la mano, con la palma hacia arriba, a la espera de que uno de los soldados le devolviera la daga. Limpió la hoja en una esquina de la capa del moribundo y la volvió a envainar.

—Deshaceos de él —dijo Evreux, empujando el cuerpo con la punta de la bota—. Necesito encontrar al judío. Quiero saber si aún está aquí o si ya ha llegado a Carcasonne. ¿Lo conocéis físicamente?

Un soldado asintió.

—Bien. A menos que haya noticias al respecto, no quiero que nadie vuelva a importunarme esta noche.

CAPÍTULO 39

Carcasona

A lice nadó veinte largos en la piscina del hotel y después tomó el desayuno en la terraza, contemplando los rayos del sol que avanzaban poco a poco sobre los árboles. A las nueve y media se había puesto a la cola de la taquilla del Château Comtal, esperando a que abrieran. Pagó la entrada y recibió un folleto escrito en un extravagante inglés, con la historia del castillo.

Habían construido plataformas de madera sobre dos tramos de las murallas, a la derecha de la puerta, y otra que parecía la cofa de un buque, en torno a la torre de las Casernas, en forma de herradura.

La plaza de armas quedaba casi completamente en la sombra. Ya eran muchos los visitantes que al igual que ella paseaban, leían y curioseaban. En la época de los Trencavel, había crecido un olmo en el centro de la plaza, bajo cuyas ramas habían dispensado justicia tres generaciones de vizcondes, pero ya no quedaba ni rastro de ese árbol. En su lugar, había dos plataneros perfectamente proporcionados, cuyas hojas proyectaban su sombra en el muro occidental de la plaza a medida que el sol iba asomando su rostro por encima de las fortificaciones del lado opuesto.

En el rincón más apartado, al norte de la plaza de armas, el sol ya daba de lleno. Varias palomas anidaban en las puertas vacías, en las grietas de las paredes y en los arcos abandonados de la torre del Mayor y la torre del Trono. De pronto, el destello de un recuerdo: la sensación de una escalera de madera basta, con cuerdas que aseguraban las riostras, trepando de un piso a otro como un niño travieso.

Alice levantó la vista, tratando de distinguir mentalmente entre lo que tenía delante de los ojos y la sensación física en las yemas de los dedos.

Había poco que ver.

Después, una devastadora sensación de pérdida se adueñó de ella. La congoja le dejó el corazón como un puño.

«Allí yacía él. Allí lo lloró ella.»

Alice miró al suelo. Dos líneas sobresalientes de bronce marcaban el lugar donde antaño se había levantado un edificio. Había una fila de letras grabadas en el suelo. Se agachó y leyó que allí había estado la capilla del Château Comtal, consagrada a la Virgen.

No quedaba nada de ella.

Alice sacudió la cabeza, agobiada por la intensidad de sus emociones. El mundo que había existido ochocientos años antes, bajo aquellos anchurosos cielos meridionales, seguía existiendo, debajo de la superficie. La sensación de que algo la contemplaba por encima de su hombro era muy poderosa, como si la frontera entre su presente y el pasado de otra se estuviera desintegrando.

Cerró los ojos, para bloquear los colores, las formas y los sonidos de la edad moderna, e imaginó a la gente que había vivido allí, dejando que sus voces le hablaran.

Había sido un buen lugar para vivir. Cirios rojos con llamas tremolantes sobre un altar, flores de espino, manos unidas en matrimonio...

Las voces de otros visitantes la devolvieron al presente; el pasado se desvaneció, y ella reanudó su recorrido. Desde el interior del castillo, vio que las galerías de madera construidas sobre las murallas estaban completamente abiertas por detrás. En los muros pudo ver gran cantidad de los mismos orificios cuadrados que había observado la tarde anterior en su paseo por las Lizas. Según el folleto, marcaban el lugar donde habían estado las vigas de los pisos superiores.

Echando un vistazo a la hora, Alice comprobó con satisfacción que aún le quedaba tiempo para visitar el museo, antes de su cita. Las salas de los siglos XII y XIII, lo único que se conservaba del edificio original, albergaban una colección de presbiterios, columnas, ménsulas, fuentes y sarcófagos de piedra, desde la época romana hasta el siglo XV.

Recorrió el museo sin demasiado interés. Las poderosas sensaciones que la habían invadido en la plaza se habían esfumado, dejándole un sentimiento de vaga inquietud. Siguió el sentido de las flechas por las salas hasta llegar a la Sala Redonda, que, pese a su nombre, era rectangular.

Allí se le erizó el vello de la nuca. El techo era de bóvedas de cañón y en las dos paredes más largas se conservaban restos de un mural que representaba escenas de combate. Según el cartel explicativo, Bernard Anton Trencavel, que había participado en la Primera Cruzada y había batallado contra los moros en España, había encargado el mural a finales del siglo XI. Entre las fabulosas criaturas que decoraban el friso, había un leopardo, un cebú, un cisne, un toro y algo semejante a un camello.

Alice contempló con admiración el techo azul celeste, agrietado y desvaído, pero hermoso aún. En el panel de la izquierda, luchaban dos *chavaliers*. El que vestía de negro y empuñaba un escudo redondo estaba destinado a seguir cayendo para siempre bajo la lanza del otro. En el muro de enfrente se libraba un combate entre sarracenos y caballeros cristianos. Estaba mejor conservado y era más completo que el otro, y Alice se acercó para verlo mejor. En el centro luchaban dos *chavaliers*, uno de ellos montado en un caballo alazán, y el otro, que empuñaba un escudo ovalado, en un corcel blanco. Sin pararse a pensar, Alice tendió la mano para tocar la pintura, pero la vigilante sacudió la cabeza en un gesto de desaprobación.

El último lugar que visitó antes de abandonar el castillo fue un pequeño jardín junto a la plaza de armas, el patio del Mediodía. Totalmente en ruinas, sólo conservaba el recuerdo de las altas ventanas arqueadas que aún se mantenían en pie. Verdes zarcillos de hiedra y otras plantas se extendían entre las columnas solitarias y las grietas de las paredes. Había un ambiente de mortecina majestuosidad.

Recorriendo el lugar, antes de volver a salir a pleno sol, Alice se sintió invadida por una sensación que no era de dolor, como antes, sino de nostalgia.

Las calles de la Cité estaban aún más animadas cuando Alice salió del Château Comtal.

Todavía tenía que hacer algo de tiempo antes de reunirse con la notaria, por lo que giró en sentido opuesto al de la tarde anterior y fue andando hasta la Place Saint-Nazaire, dominada por la basílica. La fachada finisecular del hotel de la Cité, grandiosa en su sobriedad, acaparó su atención. Cubierta de hiedra, con rejas de hierro forjado, vidrieras en las ventanas y toldos del color de las cerezas maduras; todo en ella hablaba de opulencia.

Mientras miraba, se abrieron las puertas, revelando un interior de artesonados y paredes cubiertas de tapices, del que salió una mujer de elevada estatura, pómulos altos, pelo negro impecablemente cortado y recogido, y gafas de sol con montura dorada. La blusa tostada sin mangas, con pantalones a juego, parecía reverberar y reflejar la luz cuando se movía. Con un brazalete de oro en la muñeca y una gargantilla al cuello, parecía una princesa egipcia.

Alice estaba segura de haberla visto antes. ¿En una revista, en una película? ¿Quizá en la televisión?

La mujer entró en un coche. Alice se la quedó mirando hasta que estuvo fuera de su vista y después siguió andando hasta la basílica. Junto a la puerta había una mendiga. Alice buscó en el bolsillo, puso una moneda en la mano de la mujer y se dispuso a entrar en el templo.

De repente se quedó inmóvil, a punto de abrir la puerta. Sentía como si se hubiese quedado atrapada en un túnel de aire frío.

«No seas tonta.»

Una vez más, Alice hizo ademán de entrar, resuelta a no ceder a un impulso irracional. El mismo terror que la había sobrecogido en Saint-Étienne, en Toulouse, le impedía continuar.

Tras pedir disculpas a los que venían detrás, Alice se salió de la fila y se dejó caer sobre un reborde de piedra, a la sombra, junto a la puerta norte.

«¿Qué demonios me está pasando?»

Sus padres la habían enseñado a rezar. Cuando tuvo edad suficiente para cuestionar la presencia del mal en el mundo y advirtió que la Iglesia no le ofrecía respuestas satisfactorias, ella misma se había enseñado a no hacerlo más. Pero recordaba la sensación de orden y sentido que la religión puede conferir a las cosas. La certidumbre o promesa de salvación, en algún lugar más allá de las nubes, nunca la había abandonado. Siempre que tenía tiempo, como Larkin, se paraba y entraba. Se sentía a gusto en las iglesias. Evocaban en ella una sensación de historia y de pasado compartido, que le hablaban a través de la arquitectura, las vidrieras y la sillería del coro.

«Pero aquí no.»

En esas catedrales católicas del Mediodía francés, no sentía paz, sino algo que la amenazaba. El hedor del mal y del odio parecía manar de los ladrillos como la sangre. Levantó la vista hacia las repulsivas gárgolas que le sonreían burlonas desde arriba, con sus bocas tortuosas distorsionadas en muecas desdeñosas.

Se incorporó rápidamente y se marchó de la plaza. No dejaba de mirar por encima del hombro, diciéndose que eran imaginaciones suyas, pero sin conseguir librarse de la sensación de que alguien venía pisándole los talones.

«Es tu imaginación.»

Incluso cuando salió de la Cité y empezó a bajar por la Rue Trivalle hacia el centro de la ciudad moderna, seguía igual de nerviosa. Por mucho que intentara decirse que no, estaba segura de que alguien la estaba siguiendo.

El despacho de Daniel Delagarde estaba en la Rue George Brassens. El letrero de bronce en la pared relucía a la luz del sol. Todavía era pronto para su cita, de modo que se paró a leer los nombres antes de entrar. El de Karen Fleury, una de las dos mujeres del despacho, estaba más o menos hacia la mitad de la larga lista de procuradores y notarios.

Alice subió los peldaños de piedra gris, empujó la doble puerta de cristal y pasó a una recepción embaldosada. Dijo su nombre a una mujer que estaba sentada detrás de una lustrosa mesa de caoba y ésta le indicó que aguardara en la sala de espera. El silencio era opresivo. Un hombre de aspecto más bien pueblerino, próximo a los sesenta años, la saludó con una inclinación de la cabeza al verla entrar. Sobre una amplia mesa baja, en el centro de la habitación, había varios ejemplares de *Paris-Match*, *Immo Média* y muchos números atrasados de *Vogue*, pulcramente apilados. En la repisa de mármol blanco de la chimenea había un reloj bajo una campana de cristal, y más abajo, sobre la reja de la estufa, un florero rectangular de vidrio, lleno de girasoles.

Alice se sentó en un sillón negro de piel, junto a la ventana, e hizo como que leía.

—¿La señora Tanner? Soy Karen Fleury. Encantada de conocerla.

Alice se puso de pie. El aspecto de la notaria le gustó nada más verla. Tenía treinta y tantos años e irradiaba profesionalidad, con un sombrío traje negro y blusa blanca. Llevaba el pelo rubio muy corto y lucía en el cuello un crucifijo de oro.

—Voy vestida de luto —explicó, al advertir la mirada de Alice—. Con este tiempo, se pasa bastante calor.

—Me lo imagino.

Sostuvo la puerta abierta, para que Alice pasara.

—¿Vamos?

—¿Cuánto hace que trabaja en Francia? —preguntó Alice, mientras avanzaban por una red de pasillos de aspecto cada vez más descuidado.

—Nos trasladamos hace un par de años. Mi marido es francés. Muchísimos ingleses se están instalando aquí, en el sur, y necesitan notarios que los ayuden, de modo que nos está yendo bastante bien.

Karen la condujo hasta un pequeño despacho, al fondo del edificio.

—Es fantástico que haya podido venir personalmente —dijo, indicándole a Alice una silla para que se sentara—. Pensaba que íbamos a arreglar la mayoría de los asuntos por teléfono.

—Todo ha sido muy oportuno. Poco después de recibir su carta, una amiga que está trabajando en las afueras de Foix me invitó para que viniera a visitarla. Me pareció una oportunidad demasiado buena para dejarla pasar. —Hizo una pausa—. Además, teniendo en cuenta la importancia y la naturaleza de la herencia, consideré que venir personalmente era lo menos que podía hacer.

Karen sonrió.

—Bien. Su presencia me facilita mucho las cosas, y hará que los trámites sean más rápidos —dijo, tendiéndole una carpeta marrón—. Por lo que me dijo por teléfono, creo que no conocía mucho a su tía.

Alice hizo una mueca.

—De hecho, nunca la había oído nombrar. No sabía que mi padre tuviera parientes vivos, y menos aún una media hermana. Tenía entendido que mis padres eran hijos únicos. A mi casa nunca venía ningún tío de visita para las Navidades o los cumpleaños.

Karen echó un vistazo a las notas que tenía sobre la mesa.

—Veo que perdió a sus padres hace ya cierto tiempo.

—Murieron en accidente de tráfico cuando yo tenía dieciocho años —dijo ella—. En mayo de 1993. Poco antes de mi examen final de bachillerato.

—Debió de ser terrible para usted.

Alice asintió. ¿Qué más hubiese podido añadir?

—¿No tiene hermanos?

—Supongo que mis padres lo aplazaron demasiado. Cuando yo nací, ya eran relativamente mayores. Tenían más de cuarenta.

Karen hizo un gesto afirmativo.

—Bien, dadas las circunstancias, creo que lo mejor será que pasemos directamente a la documentación que obra en mi poder, en relación con la finca de su tía y las cláusulas de su testamento. Cuando hayamos terminado, podrá ir a ver la casa, si así le parece. Está en un pueblecito, a una hora de viaje por carretera, aproximadamente. Se llama Sallèles d'Aude.

—Suena bien.

—Vamos a ver, aquí lo tengo —prosiguió Karen, apoyando una mano sobre la carpeta—. Son unos datos bastante escuetos: nombres, fechas y poco más. Seguramente, cuando visite la casa, se hará una idea más clara de cómo era ella, repasando sus papeles y efectos personales. Una vez que haya estado allí, podrá decidir si quiere que nos ocupemos de vaciar la casa o si prefiere hacerlo usted misma. ¿Cuánto tiempo se quedará?

—En principio, hasta el domingo, pero estoy pensando en prolongar mi estancia. No hay nada desesperadamente urgente que tenga que hacer en casa.

Karen asintió, mientras repasaba sus notas.

—Bien, empecemos. Grace Alice Tanner era hermanastra de su padre. Nació en Londres en 1912, y era la menor y única superviviente de cinco hijos. Había otras dos chicas que murieron siendo niñas y dos chicos que cayeron en combate durante la primera guerra mundial. La madre falleció en... —hizo una pausa, recorriendo la página con un dedo, hasta encontrar la fecha que buscaba—... 1928, tras una larga enfermedad, y la familia se deshizo. Para entonces, Grace se había marchado de casa. El padre se fue a vivir a otro sitio y se casó en segundas nupcias. De ese segundo matrimonio nació su padre, al año siguiente. A partir de entonces, por lo que se desprende de los documentos, no parece que la señorita Tanner y su padre (es decir el abuelo de usted) tuvieran mucho contacto, si es que tuvieron alguno.

—Yo no sabía nada, pero ¿cree usted que mi padre estaba al corriente de que tenía una hermanastra?

—No lo sé. Diría que no.

—Sin embargo, es obvio que Grace sí sabía de su existencia.

—Así es, aunque tampoco puedo decirle cómo ni cuándo lo averiguó. Lo importante es que ella sabía de usted. En 1993, tras el mortal accidente de sus padres, revisó su testamento y la nombró única heredera. Para entonces, llevaba cierto tiempo viviendo en Francia.

Alice frunció el entrecejo.

—Si sabía de mi existencia y estaba al corriente de lo sucedido, ¿por qué no se puso en contacto conmigo?

Karen se encogió de hombros.

—Quizá pensara que no iba a ser bien recibida. Puesto que no sabemos lo que causó la ruptura de la familia, cabe la posibilidad de que pensara que su padre podía estar prejuiciado contra ella. En casos como éste, no es raro suponer (a veces con razón) que cualquier intento de acercamiento será rechazado. Cuando se interrumpe el contacto, es difícil reparar los daños.

—No fue usted quien preparó el testamento, ¿verdad?

Karen sonrió.

—No, es muy anterior a mi época. Pero he hablado con el colega que lo hizo. Ahora está jubilado, pero recuerda a su tía. Era una mujer muy práctica, poco dada al sentimentalismo y las efusiones. Sabía exactamente lo que quería: dejárselo todo a usted.

—¿Tiene una idea del motivo que la trajo a vivir aquí?

—No, lo siento. —Hizo una pausa—. Pero en lo que a nosotros respecta, todo resulta relativamente sencillo. Así que, como ya le he dicho, lo mejor que puede hacer es ir a la casa y mirar un poco. Quizá de ese modo averigüe algo más sobre ella. Puesto que piensa quedarse unos días más, podemos volver a vernos más adelante, esta misma semana. Mañana y el viernes estaré en los tribunales, pero puedo recibirla el sábado por la mañana, si le va bien. —Se puso de pie y le tendió la mano—. Déjele un mensaje a mi secretaria cuando lo haya decidido.

—Me gustaría visitar su tumba, ya que estoy aquí.

—Desde luego. Le conseguiré los datos. Si no recuerdo mal, había algo inusual.

Al salir, Karen se detuvo delante de la mesa de su secretaria.

—Dominique —le dijo—, ¿puedes buscarme el número de la parcela de cementerio de madame Tanner? En el cementerio de la Cité... Gracias.

—¿Inusual? ¿En qué sentido? —preguntó Alice.

—Madame Tanner no fue sepultada en Sallèles d'Aude, sino aquí, en Carcasona, en el cementerio que hay al pie de las murallas, en el panteón familiar de una amiga.

Karen cogió la información impresa que le tendía su secretaria, y repasó los datos.

—¡Ah, sí! Ahora lo recuerdo: Jeanne Giraud, de Carcasona. Pero al parecer, las dos mujeres ni siquiera se conocían. También encontrará la dirección de madame Giraud junto a los datos de la parcela.

—Gracias. Ya la llamaré.

—Dominique le enseñará el camino —sonrió la notaria—. Manténgame al corriente.

CAPÍTULO 40

Ariège

Paul Authié esperaba que Marie-Cécile aprovechara el viaje al Ariège para continuar la conversación de la noche anterior o para interrogarlo acerca del informe. Pero al margen de algún comentario ocasional, no dijo nada.

En el reducido espacio del coche, era físicamente consciente de ella. Su perfume, el aroma de su piel, le invadía la nariz. Ese día llevaba una blusa tostada sin mangas y pantalones a juego. Unas gafas de sol ocultaban sus ojos, y sus labios y uñas lucían el mismo color rojo quemado.

Authié se arregló los puños de la camisa, lanzando una mirada discreta al reloj. Calculando un par de horas en el yacimiento y el tiempo del viaje de vuelta, era poco probable que estuvieran de regreso en Carcasona mucho antes del crepúsculo. Resultaba irritante.

—¿Alguna novedad de O'Donnell? —preguntó ella.

Authié se sorprendió al oír sus pensamientos enunciados en voz alta.

—De momento, nada.

—¿Y el policía? —dijo ella, volviéndose para mirarlo.

—Ha dejado de ser un problema.

—¿Desde cuándo?

—Desde esta mañana a primera hora.

—¿Le sonsacaron algo más?

Authié sacudió la cabeza.

—Con tal de que no lo relacionen con usted, Paul...

—No lo harán.

Tras unos instantes de silencio, Marie-Cécile preguntó:

—¿Y la inglesa?

—Llegó a Carcasona ayer por la noche. Tengo a alguien siguiéndola.

–¿No cree que quizá haya pasado por Toulouse para dejar el anillo o el libro?

–No, a menos que se lo haya dado a alguien dentro del hotel. No recibió ninguna visita. No habló con nadie, ni en la calle ni en la biblioteca.

Llegaron al pico de Soularac poco después de la una. Alrededor del aparcamiento habían levantado una valla de madera y la verja de entrada estaba cerrada a cal y canto. Conforme a lo estipulado, no había nadie trabajando que pudiera presenciar su llegada.

Authié abrió la verja y entró con el coche. El yacimiento estaba inusualmente tranquilo después de la agitación del lunes por la tarde. Un aire de soledad parecía haberse adueñado del lugar. Las tiendas estaban recogidas, y los cazos, cacharros y herramientas se alineaban en pulcras filas, cuidadosamente etiquetados.

–¿Dónde está la entrada?

Authié señaló hacia arriba, donde la cinta del cordón policial aún ondulaba con la brisa.

Sacó una linterna de la guantera. Ascendieron la ladera en silencio, sintiendo el peso del opresivo calor de la tarde. Authié le indicó a Marie-Cécile el peñasco, que todavía yacía derribado, como la cabeza de un ídolo caído, y después la guió en los últimos metros hasta la entrada de la cueva.

–Me gustaría entrar sola –dijo ella, cuando llegaron a la cima.

Authié no dejó traslucir su irritación. Confiaba en que no hubiera nada allí que ella pudiera encontrar. Él mismo había registrado cada centímetro de la cueva. Le entregó la linterna.

–Como quiera –replicó.

La siguió con la mirada por el interior del túnel, mientras el haz de luz se volvía cada vez más débil y distante, hasta desvanecerse del todo.

Se apartó de la entrada hasta una distancia donde ella no pudiera oírlo.

Con sólo estar cerca de la cámara, sentía que se encendía su ira. Se llevó la mano al crucifijo que llevaba al cuello, como un talismán capaz de protegerlo del mal que anidaba en aquel lugar.

–En el nombre del Padre, del Hijo y del Espíritu Santo –se persignó. Después esperó a recuperar el ritmo normal de la respiración, antes de llamar a la oficina.

—¿Tenéis algo para mí?

Una mirada de satisfacción iluminó su rostro mientras escuchaba.

—¿En el hotel? ¿Se hablaron? —Escuchó la respuesta—. Bien. No dejes de seguirla y observa todo lo que haga.

Sonrió y puso fin a la llamada. Algo más que añadir al interrogatorio de O'Donnell.

Su secretaria había averiguado muy poco acerca de Baillard, asombrosamente poco. No tenía coche, ni pasaporte. No figuraba en el censo electoral ni tenía teléfono. No había nada registrado en el sistema. Ni siquiera tenía número de la Seguridad Social. Oficialmente, no existía. Era un hombre sin pasado.

Authié pensó que tal vez era un antiguo miembro de la *Noublesso Véritable*, que había abandonado sus filas. Su edad, sus antecedentes, su interés por la historia de los cátaros y su conocimiento de los jeroglíficos lo relacionaban con la Trilogía del Laberinto.

Tenía que haber alguna conexión, solamente había que descubrirla. Authié habría destruido la cueva en ese mismo momento, sin un instante de vacilación, de no haber sido porque aún no estaba en posesión de los libros. Era un instrumento de Dios, mediante el cual una herejía cuatro veces milenaria sería barrida por fin de la faz de la Tierra. Actuaría solamente cuando los pergaminos profanos fueran devueltos a la cámara. Entonces entregaría al fuego todo y a todos.

El pensamiento de que sólo le quedaban dos días para encontrar el libro lo espoleó para volver a la acción. Con una expresión de convicción en sus agudos ojos grises, Authié hizo una llamada más.

—Mañana por la mañana —dijo—. Que esté lista.

Audric Baillard era consciente del taconeo de los zapatos marrones de Jeanne sobre el linóleo gris mientras recorrían en silencio los pasillos del hospital de Foix.

Todo lo demás era blanco. La ropa de él, color tiza, los uniformes de los técnicos, su calzado de suela de goma, las paredes, los gráficos, las carpetas... El inspector Noubel, despeinado y con la ropa arrugada, destacaba en medio del ambiente aséptico. Se hubiese dicho que llevaba días sin cambiarse.

Un carrito avanzaba hacia ellos por el pasillo, con las ruedas chirriando penosamente en medio del silencio. Se apartaron para dejarlo pasar. La enfermera que lo empujaba les agradeció la amabilidad con una leve inclinación de la cabeza.

Baillard advirtió que todos trataban a Jeanne con especial deferencia. Su compasión, indudablemente genuina, se mezclaba con la inquietud por los efectos que pudieran tener en ella las malas noticias. Esbozó una sonrisa sombría. Los jóvenes siempre olvidaban que la generación de Jeanne había visto y vivido mucho más que la suya. La guerra, la ocupación, la Resistencia... Los viejos habían luchado y matado, habían visto caer a sus amigos. Estaban endurecidos. Nada los sorprendía, excepto quizá la empecinada capacidad de resistencia del espíritu humano.

Noubel se detuvo delante de una gran puerta blanca. La empujó para abrirla y se apartó para que los otros pasaran primero. Una ráfaga de aire frío y un olor acre a desinfectante salieron a su encuentro. Baillard se quitó el sombrero y se lo apoyó en el pecho.

Para entonces, los aparatos estaban en silencio. En el centro de la habitación estaba la cama, bajo la ventana, con una forma cubierta por una sábana que colgaba torcida a los lados.

—Hicieron todo lo posible —murmuró Noubel.

—¿A mi nieto lo mataron, inspector? —preguntó Jeanne. Era la primera vez que hablaba desde su llegada al hospital, cuando se enteró de que habían llegado tarde.

Baillard vio el nervioso temblor de las manos del inspector, a su lado.

—Es demasiado pronto para decirlo, madame Giraud, pero...

—¿Considera sospechosa su muerte, inspector, sí o no?

—Sí.

—Gracias —dijo ella con el mismo tono de voz—. Es todo lo que quería saber.

—Si no hay nada más que pueda hacer por ustedes —dijo Noubel, acercándose a la puerta—, los dejaré a solas con el cuerpo. Estaré con madame Claudette en la sala de los familiares, por si me necesitan.

La puerta se cerró con un chasquido. Jeanne dio un paso hacia la cama. Tenía la cara gris y los labios apretados, pero su espalda y sus hombros estaban tan erguidos como siempre.

Levantó la sábana. La inmovilidad de la muerte se difundió por la habitación. Baillard pudo ver el aspecto que presentaba el joven Yves. La piel blanca y lisa, sin una sola arruga, el cuero cabelludo cubierto de vendajes, con mechones de pelo negro asomando por los bordes. Tenía las manos, con los nudillos rojos y rasguñados, plegadas sobre el pecho, como las de un faraón niño.

Baillard vio cómo Jeanne se inclinaba y besaba a su nieto en la frente. Después, con mano firme, el hombre le cubrió la cara y se dio la vuelta.

—¿Nos vamos? —preguntó ella, cogiéndose del brazo a Baillard.

Recorrieron otra vez el pasillo vacío. Baillard miró a izquierda y derecha, y después condujo a Jeanne hasta una fila de ministeriales sillas de plástico, fijadas a la pared. El silencio era opresivo. Automáticamente bajaron la voz, aunque no había nadie cerca que pudiera oírlos.

—Llevaba cierto tiempo preocupada por él, Audric —dijo ella—. Había notado un cambio. Se había vuelto nervioso, reservado.

—¿Le preguntaste qué le pasaba?

Ella asintió con la cabeza.

—Dijo que no era nada. Solamente estrés y exceso de trabajo.

Audric apoyó una mano en su brazo.

—Te quería mucho, Jeanne. Quizá no era nada. O quizá era algo. —Hizo una pausa—. Si estuvo implicado en algo malo, lo hizo violentando su propia naturaleza. Lo atormentaría su conciencia. Pero al final, en lo que más importaba, hizo lo que tenía que hacer. Te envió el anillo, sin importarle las consecuencias.

—El inspector Noubel me preguntó por el anillo. Quería saber si yo había hablado con Yves el lunes.

—¿Qué le respondiste?

—La verdad. Que no había hablado con él.

Audric lanzó un suspiro de alivio.

—Pero tú crees que a Yves le estaban pagando para que pasara información, ¿no es así, Audric? —dijo ella con voz vacilante, pero firme—. Dímelo. Prefiero oír la verdad.

Él hizo un amplio gesto con las manos.

—¿Cómo voy a decirte la verdad, si no la conozco?

—Entonces dime lo que *sospechas*. No saber lo que está pasando... —se le quebró la voz— es lo peor que hay.

Baillard imaginó el momento en que el peñasco caía sobre la entrada de la cueva, atrapándolos a ambos dentro. No saber lo que le estaba pasando a ella. El rugido de las llamas, los soldados gritando mientras ellos corrían. No saber si ella estaba viva o muerta.

—*Es vertat* —dijo él suavemente—. Lo más insoportable es no saber.

Suspiró una vez más.

—Muy bien —prosiguió—. Es cierto. Creo que a Yves le estaban pagando por pasar información, más que nada sobre la Trilogía, pero probablemente también sobre otras cosas. Supongo que al principio le debió de parecer inofensivo (una llamada telefónica aquí o allá, detalles sobre quién pudiera ser una persona o con quién podría hablar), pero sospecho que pronto empezaron a pedirle más de lo que estaba dispuesto a dar.

—¿Dices que empezaron? ¿Quiénes? ¿Sabes quiénes son los responsables?

—Nada más que especulaciones —respondió él rápidamente—. Quién fuera no supone mucho cambio, Jeanne. Superficialmente, parecemos diferentes. Avanzamos, desarrollamos nuevas reglas y alcanzamos nuevos niveles de vida. Cada generación reafirma los valores modernos y desdeña los antiguos, orgullosa de su sofisticación y su sabiduría. En apariencia, tenemos poco en común con los que nos precedieron. Pero debajo de este envoltorio de carne —dijo golpeándose el pecho—, el corazón humano palpita igual que siempre. La codicia, las ansias de poder y el miedo a la muerte son emociones que no cambian. Tampoco cambian —añadió en un tono más suave— las cosas buenas de la vida. El amor, el coraje, la voluntad de dar la vida por aquello en lo que crees, la bondad...

—¿Terminará alguna vez?

Baillard vaciló.

—Rezo para que así sea.

Sobre sus cabezas, el reloj marcaba el paso del tiempo. En el extremo más apartado del pasillo se oyeron brevemente voces apagadas, pasos y el chirrido de unas suelas de goma sobre el suelo embaldosado, que no tardó en desaparecer.

—¿No vas a decírselo a la policía? —dijo finalmente Jeanne.

—No me parece oportuno.

—¿No confías en el inspector Noubel?

—*Benlèu*. Quizá. ¿Te devolvió la policía los efectos personales de Yves? ¿La ropa que llevaba puesta cuando lo ingresaron, el contenido de sus bolsillos?

—Su ropa estaba... irrecuperable. El inspector Noubel me ha dicho que no había nada en sus bolsillos, excepto la cartera y las llaves.

—¿Nada en absoluto? ¿No llevaba el carnet de identidad, papeles, un teléfono? ¿No le pareció raro?

—No dijo nada —replicó ella.

—¿Y su apartamento? ¿Encontraron algo allí? ¿Papeles?

Jeanne se encogió de hombros.

—No lo sé. —Hizo una pausa—. Le pedí a uno de sus amigos que me hiciera una lista de las personas que estaban en el yacimiento el lunes por la tarde —añadió, entregándole a Baillard un papel con los nombres garabateados—. No es completa.

Él bajó la vista.

—¿Y esto? —preguntó, señalando el nombre de un hotel.

Jeanne miró.

—Querías saber dónde se alojaba la inglesa —respondió—. Ésta es la dirección que le ha dado al inspector.

—Alice Tanner —murmuró él entre dientes. Después de tanto tiempo, había venido—. Entonces le enviaré allí mi carta.

—Yo misma podría echarla al correo cuando volvamos a casa.

—No —dijo él secamente. Jeanne alzó la mirada, sorprendida—. Discúlpame —se apresuró a añadir él—. Eres muy amable, pero... No creo que sea juicioso que vuelvas a casa. Al menos de momento.

—¿Por qué no?

—No les llevará mucho tiempo descubrir que Yves te mandó el anillo, si no lo saben ya. Quédate en casa de algún amigo, te lo ruego. Sal de la ciudad, vete a cualquier parte con Claudette. Aquí no estás a salvo.

Para su asombro, no se lo discutió.

—Desde que llegaste, te has estado comportando como si te persiguieran.

Baillard sonrió. Creía haber disimulado bien su nerviosismo.

—¿Y tú, Audric?

—Para mí es diferente —contestó él—. Llevo esperando esto desde... desde hace más tiempo del que puedo decir, Jeanne. Será lo que tenga que ser, para bien o para mal.

Durante un momento, Jeanne no dijo nada.

—¿Quién es, Audric? —preguntó luego con voz suave—. ¿Quién es esa chica inglesa? ¿Por qué es tan importante para ti?

Él sonrió, pero no podía responder.

—¿Adónde irás ahora? —añadió ella a continuación.

Baillard contuvo el aliento. Una imagen de su pueblo, como había sido entonces, le vino a la mente.

—A *l'ostal* —replicó suavemente—. Volveré a casa. *Perfin.* Por fin.

CAPÍTULO 41

Shelagh se había habituado a la oscuridad.

La tenían encerrada en un establo o algún tipo de corral para animales. Había un hedor acre y penetrante a excrementos, orina y paja, mezclado con un olor nauseabundo a carne rancia. Un haz de luz blanca se colaba bajo la puerta, pero Shelagh no distinguía si era el final de la tarde o el amanecer. Ni siquiera sabía con certeza en qué día estaba.

La cuerda en torno a las piernas le rozaba e irritaba la piel abierta y lacerada de los tobillos. Tenía las muñecas atadas, unidas a su vez a una de las muchas argollas de metal que colgaban de las paredes.

Cambió de postura, buscando estar más cómoda. Tenía insectos caminándole por la cara y las manos. Estaba cubierta de picaduras. Le dolían las muñecas por la rozadura de la cuerda y sentía los hombros agarrotados, después de tanto tiempo con las manos atadas a la espalda. Ratones o ratas correteaban entre la paja, en las esquinas del corral, pero se había acostumbrado a su presencia, del mismo modo que había dejado de sentir el dolor.

¡Ojalá hubiese llamado a Alice! Otro error. Se preguntó si Alice seguiría intentándolo o si ya se habría dado por vencida. Si ella llamaba a la casa del yacimiento y se enteraba de su desaparición, quizá pensara que había algo sospechoso. ¿Y qué habría sido de Yves? ¿Habría llamado Brayling a la policía...?

Shelagh sintió que se le llenaban los ojos de lágrimas. Lo más probable era que ni siquiera hubiesen advertido su ausencia. Varios de sus colegas habían anunciado la intención de tomarse unos días libres hasta que se resolviera la situación. Pensarían que ella había seguido su ejemplo.

Hacía tiempo que no notaba el hambre, pero estaba sedienta. Sentía como si se hubiera tragado un bloc de papel de lija. La pequeña cantidad de agua que le habían dejado se había terminado y sus labios estaban agrietados de tanto lamérselos. Intentó recordar cuánto tiempo podía sobrevivir una persona sana y saludable sin agua. ¿Un día? ¿Una semana?

De pronto oyó un crujido sobre la grava. Se le contrajo el corazón y la adrenalina le inundó el cuerpo, como cada vez que oía ruidos fuera. Hasta entonces no había entrado nadie.

Con un esfuerzo, consiguió sentarse, mientras abrían el candado. Hubo un grave sonido metálico cuando cayó la cadena, plegándose sobre sí misma en una espiral de monótona cháchara y, a continuación, el ruido de la puerta, basculando con un chirrido sobre los goznes. Shelagh desvió la cara cuando el sol, agresivamente luminoso, hizo irrupción en la penumbra del recinto, y un hombre oscuro y de aspecto achaparrado se agachó para pasar por debajo del dintel. Iba con chaqueta, a pesar del calor, y llevaba los ojos ocultos detrás de unas gafas de sol. Instintivamente, Shelagh retrocedió y se pegó a la pared, avergonzada del nudo de pánico que se le había formado en el estómago.

El hombre atravesó el corral en dos zancadas. Agarró la cuerda, arrastró a Shelagh hasta sus pies y sacó un cuchillo del bolsillo.

Ella se retrajo, intentando apartarse.

—*Non* —musitó—. ¡Por favor!

El tono suplicante de su voz le parecía despreciable, pero no podía evitarlo. El terror la había despojado de su orgullo.

El hombre sonrió mientras acercaba la hoja del puñal a su garganta, revelando unos dientes picados y amarilleados por el humo del tabaco. Prolongó el gesto hasta su espalda y cortó la cuerda que la ataba a la pared. Después sacudió la soga y la soltó, empujándola hacia adelante. Débil y desorientada, Shelagh perdió el equilibrio y cayó de rodillas.

—No puedo caminar. Tendrá que desatarme. —Señaló sus pies con la mirada—. *Mes pieds.*

El hombre titubeó un momento y finalmente cortó las cuerdas más gruesas de los tobillos, como si estuviera trinchando carne.

—*Lève-toi. Vite!*

Levantó el brazo como si fuera a golpearla, pero en lugar de eso volvió a tirar de la cuerda, arrastrándola hacia sí.

—*Vite!*

Ella tenía las piernas agarrotadas, pero estaba demasiado asustada como para desobedecer. Alrededor de los tobillos, un anillo de piel lacerada se tensaba a cada paso e irradiaba aguijonazos de dolor por las pantorrillas.

El suelo se sacudía y temblaba bajo sus pies mientras ella avanzaba trastabillando hacia la luz. El sol era despiadado. Sintió que le quemaba las retinas. El aire, húmedo y caluroso, parecía haberse aposentado sobre el patio y las construcciones, como un Buda maligno.

Mientras recorría la corta distancia desde su cárcel improvisada, Shelagh se obligó a mirar a su alrededor, consciente de que aquélla podía ser su única oportunidad de averiguar adónde la habían llevado. Y quiénes eran sus carceleros, añadió para sus adentros. Pese a todo, no estaba segura.

Todo había comenzado en marzo. Su interlocutor había sido amable, halagador y casi se había disculpado por importunarla. Según le explicó, trabajaba para otra persona, alguien que prefería mantener el anonimato. Lo único que le pedía era que hiciera una llamada telefónica. Información, nada más. Estaba dispuesto a pagarle una fortuna.

Poco después, el trato cambió: la mitad a cambio de información, y el resto cuando entregara las piezas. Shelagh no recordaba con certeza cuándo había empezado a sospechar.

El cliente no encajaba en el perfil normal del coleccionista obsesivo, dispuesto a pagar más de lo razonable sin hacer preguntas. Para empezar, tenía voz de persona joven. Por lo general, los coleccionistas solían ser como los cazadores de reliquias medievales: supersticiosos, susceptibles, necios y obstinados. Él no era ninguna de esas cosas. Sólo por eso debieron encenderse sus alarmas.

Ahora le parecía absurdo no haberse parado nunca a pensar por qué estaba dispuesto a tomarse tanto trabajo, si era cierto que el anillo y el libro sólo tenían un valor sentimental.

Las objeciones morales que Shelagh hubiese podido tener respecto a robar y vender piezas antiguas habían desaparecido hacía años. Había sufrido lo suficiente por culpa de museos anticuados e instituciones académicas elitistas como para creer que los tesoros antiguos estarían mejor custodiados entre sus muros que en manos de coleccionistas privados. Ella se llevaba el dinero y ellos lo que deseaban. Todos quedaban contentos. Lo que sucediera después no era su problema.

En retrospectiva, se daba cuenta de que ya estaba asustada mucho antes de la segunda llamada telefónica, por lo menos varias semanas antes de invitar a Alice al pico de Soularac. Después, cuando Yves Biau se había puesto en contacto con ella y habían comparado sus respectivas historias... El nudo en su pecho se comprimió aún más.

Si le había pasado algo a Alice, era culpa suya.

Llegaron a la casa, una construcción de medianas dimensiones, rodeada de edificios auxiliares medio derruidos: un garaje y una bodega. La pintura de los postigos y la puerta delantera estaba descascarillada, y las ventanas eran como negras bocas abiertas.

Aparte de los dos coches aparcados delante, el lugar parecía completamente abandonado.

Alrededor había una vista ininterrumpida de valles y montañas. Por lo menos todavía estaba en los Pirineos. Por algún motivo, eso le dio cierta esperanza.

La puerta estaba abierta, como si los esperaran. El interior estaba fresco, aunque a primera vista parecía desierto. Una capa de polvo lo cubría todo. Era como si la casa hubiese sido un hostal o un albergue. Delante había un mostrador de recepción y encima de éste una fila de ganchos, todos vacíos, con aspecto de haber servido alguna vez para colgar llaves.

El hombre tiró de la cuerda para que ella siguiera caminando. A tan corta distancia, olía a sudor, loción barata para después del afeitado y tabaco rancio. Shelagh percibió un sonido de voces procedente de una habitación a su izquierda. La puerta estaba entreabierta. Forzó la vista para intentar ver algo y consiguió vislumbrar la figura de un hombre de pie, delante de una ventana, de espaldas a ella. Llevaba calzado de piel y las piernas enfundadas en pantalones ligeros de verano.

Tuvo que subir la escalera hasta el piso superior, seguir después por un largo pasillo y ascender finalmente por una estrecha escalerilla hasta un trastero mal ventilado, que ocupaba casi toda la planta alta de la casa. Se detuvieron delante de una puerta, en la parte abuhardillada de la estancia.

El hombre abrió el cerrojo y la empujó por la base de la espalda, proyectándola hacia adelante. Shelagh cayó pesadamente, golpeándose el codo contra el suelo, mientras él cerraba de un portazo. Pese al dolor, Shelagh se abalanzó sobre la puerta, gritando y aporreando con los puños el revestimiento metálico; pero era una puerta blindada, como pudo comprobar por los destellos de metal visibles en torno a los bordes.

Al final se dio por vencida y se volvió, para inspeccionar su nuevo hogar. Había un colchón arrimado a la pared del fondo, con una manta pulcramente doblada encima, y frente a la puerta, una ventana pequeña, con barras de metal añadidas por el lado de dentro. Shelagh atravesó trabajosamente la habitación y vio que estaba en la parte trasera de la casa. Las barras eran sólidas y no se movieron cuando tiró de ellas. En cualquier caso, la altura era considerable.

En una esquina había un lavabo pequeño, con un cubo al lado. Hizo sus necesidades y luego, con dificultad, abrió el grifo. Las tuberías carraspearon y tosieron como un fumador de dos paquetes diarios y, por fin, al cabo de dos escupitajos, apareció un chorro fino de agua. Ahuecando las manos, Shelagh bebió hasta que le dolieron las entrañas. Después se aseó lo mejor que pudo, tocándose con cuidado las rozaduras de las cuerdas en las muñecas y los tobillos, incrustadas de sangre seca.

Poco después, el hombre le trajo algo de comer. Más de lo habitual.

—¿Por qué estoy aquí?

El hombre dejó la bandeja en el suelo, en medio de la habitación.

—¿Por qué me habéis traído aquí? *Pourquoi je suis ici?*

—*Il te le dira.*

—¿Quién? ¿Quién hablará conmigo?

El hombre señaló la comida con un gesto.

—*Mange.*

—Tendrás que desatarme.

Después insistió:

—¿Quién? Dímelo.

El hombre empujó la bandeja con el pie.

—Come.

Cuando se hubo ido, Shelagh se abalanzó sobre la comida. Comió hasta la última migaja, hasta el corazón y las pipas de la manzana, y volvió a la ventana. Los primeros rayos del sol asomaban sobre la cresta montañosa, transmutando en blanco el gris del mundo.

Oyó a lo lejos el ruido de un coche que se acercaba lentamente a la casa.

CAPÍTULO 42

L as indicaciones de Karen eran correctas. Una hora después de salir de Carcasona, Alice estaba en las afueras de Narbona. Siguió las señales hacia Cuxac d'Aude y Capestang, por una agradable carretera flanqueada a ambos lados por cañas de bambú y altas hierbas, que ondeaban al viento protegiendo campos verdes y feraces. Era muy diferente de las montañas del Ariège o el carrascal de Corbières.

Hacia las dos del mediodía, Alice entró en Sallèles d'Aude y aparcó bajo las limas y el parasol de los pinos que bordean el Canal du Midi, a escasa distancia de las compuertas, y anduvo por bonitas callejuelas, hasta llegar a la Rue des Burgues.

La casita de tres plantas de Grace estaba en una esquina y se abría directamente a la calle. Un rosal de cuento de hadas, con pimpollos carmesí colgando pesadamente de las ramas, enmarcaba la puerta de aspecto anticuado y los grandes postigos pardos. La cerradura estaba endurecida, por lo que Alice tuvo que mover la pesada llave de latón hasta que consiguió hacerla girar. Después dio un fuerte empujón, combinado con un buen puntapié, y la puerta se abrió con un chirrido, arañando las baldosas blancas y negras y los periódicos gratuitos que la bloqueaban desde dentro.

Alice entró a una planta baja de un solo ambiente, con cocina a la izquierda y una zona más grande que hacía las veces de sala de estar, a la derecha. La casa parecía fría y húmeda, con el sombrío olor de un hogar abandonado. El aire gélido le envolvió las piernas desnudas, rodeándoselas como un gato. Alice probó el interruptor de la luz, pero la llave general estaba apagada. Recogió el correo comercial y las circulares, lo dejó todo encima de la mesa para quitarlo del camino y, tras inclinarse sobre el fregadero, abrió la ventana y estuvo luchando un rato con el ornamentado pestillo hasta que consiguió abrir los postigos.

Una tetera eléctrica y una anticuada cocina con reja de hierro sobre los quemadores eran lo más próximo que había tenido su tía en cuanto a aparatos modernos. La encimera estaba despejada y el fregadero limpio, pero había un par de esponjas, rígidas como viejos huesos resecos, metidas como cuñas detrás de los grifos.

Alice atravesó la estancia, abrió el ventanal de la sala de estar y empujó contra la pared los pesados postigos marrones. De inmediato, el sol inundó el ambiente, transformándolo. Alice se asomó por la ventana y respiró el aroma de las rosas, relajándose por un momento y dejando que el suave contacto del aire cálido del verano disipara su sensación de malestar. Se sentía como una intrusa, curioseando sin permiso en la vida de otra persona.

Había dos sillones dispuestos en ángulo junto a la chimenea, cuyo marco era de piedra gris, con varios adornos de porcelana sobre la repisa cubiertos de polvo. Los restos ennegrecidos de un fuego que había ardido mucho tiempo atrás se conservaban sobre la reja. Alice los empujó con un pie y se desmoronaron, produciendo una nube de fina ceniza gris que por un instante se quedó flotando en el ambiente.

Colgado de la pared, junto a la chimenea, había un cuadro pintado al óleo, con la imagen de una casa de piedra de tejado rojo, entre viñedos y campos de girasoles. Alice se acercó para ver la firma garabateada en la esquina inferior derecha: BAILLARD.

Una mesa de comedor, cuatro sillas y un aparador ocupaban el fondo de la estancia. Alice abrió las puertas del aparador y encontró un juego de posavasos y manteles individuales decorados con figuras de catedrales francesas, una pila de servilletas de hilo y un cajón con una cubertería de plata, que tintineó sonoramente al cerrarlo. Las piezas de porcelana de mejor calidad —varias fuentes, una jarra, platos de postre y una salsera— estaban guardadas aparte, en los estantes inferiores.

En la esquina opuesta de la habitación había dos puertas. La primera resultó ser la del cuarto de la limpieza, donde encontró una tabla de planchar, una fregona, una escoba, bayetas para quitar el polvo, un par de ganchos para colgar abrigos y una enorme cantidad de bolsas del supermercado Géant, metidas unas dentro de otras. La segunda puerta daba a la escalera.

Sus sandalias parecían pegarse a los peldaños de madera cuando subió hacia la oscuridad. Lo primero que encontró fue un cuarto de baño limpio y funcional, revestido de baldosas color rosa, con un trozo de jabón reseco sobre el lavabo y una toalla rígida, colgada de un gancho, al lado de un sencillo espejo.

El dormitorio de Grace estaba a la izquierda. La cama individual estaba hecha, con sábanas, mantas y un voluminoso edredón de plumas. Sobre un armario bajo de caoba, junto a la cama, había un frasco de leche de magnesia, con una costra blanca alrededor del cuello, y una biografía de Leonor de Aquitania, escrita por Alison Weir.

El anticuado punto de lectura que marcaba una de las páginas la conmovió. Podía imaginar a Grace apagando la luz para dormir, después de colocar el punto de lectura en su sitio. Pero su tiempo se había agotado. Moriría antes de terminar el libro. En un acceso de sentimentalismo poco corriente en ella, Alice lo apartó, con la idea de llevárselo consigo y darle un hogar.

En el cajón de la mesilla de noche encontró una bolsita de lavanda con una cinta rosa descolorida por el paso del tiempo, una receta médica y una caja de pañuelos nuevos. Varios libros ocupaban el estante de abajo. Alice se agachó e inclinó la cabeza para leer los títulos en los lomos, incapaz de resistirse, como siempre, a curiosear los libros que la gente guardaba en sus estanterías. Encontró más o menos lo que esperaba. Uno o dos libros de Mary Stewart, un par de novelas de Joanna Trollope, una vieja edición Club del Libro de *Peyton Place* y un delgado volumen sobre los cátaros, con el nombre del autor impreso en letras mayúsculas: A. S. BAILLARD. Alice levantó las cejas. ¿El mismo que había pintado el óleo del piso de abajo? Debajo estaba impreso el nombre de la traductora: J. GIRAUD.

Alice dio la vuelta al libro y leyó la nota biográfica del autor: una traducción al occitano del Evangelio de San Juan, varias obras sobre el antiguo Egipto y una laureada biografía de Jean-François Champollion, el estudioso del siglo XIX que descifró el enigma de los jeroglíficos.

Una chispa se encendió en la mente de Alice. Vio de nuevo la biblioteca de Toulouse, con mapas, gráficos y dibujos parpadeando delante de sus ojos. «Otra vez Egipto.»

La ilustración de la portada del libro de Baillard era la fotografía de un castillo en ruinas, envuelto en una neblina violácea y temerariamente asomado a un acantilado de roca viva. Alice lo reconoció por las postales y las guías turísticas como Montségur.

Abrió el libro. Las páginas se apartaron por sí solas a unos dos tercios del grosor del volumen, donde alguien había insertado un trozo de cartulina. Alice empezó a leer:

La ciudadela fortificada de Montségur se encuentra en la cima de la montaña, a casi una hora de ascenso desde el pueblo del mismo nombre. Oculto a menudo por las nubes, el castillo tiene tres de sus lados tallados en la pared misma de la montaña. Es una extraordinaria fortaleza natural. Las ruinas no datan del siglo XIII, sino de guerras de ocupación más recientes. Aun así, el espíritu del lugar recuerda siempre al visitante su trágico pasado.

Hay infinidad de leyendas asociadas con Montségur, la «montaña segura». Algunos creen que fue un templo solar; otros, que fue la inspiración para el Mensalvat de Wagner, el refugio o montaña del Grial de *Parsifal*, su obra cumbre. Otros lo consideran el lugar definitivo de reposo del Grial. Se ha dicho que los cátaros eran los guardianes del cáliz de Cristo y de otros muchos tesoros procedentes del templo de Salomón en Jerusalén, o quizá del oro de los visigodos y de otras riquezas de origen impreciso.

Si bien se dice que el legendario tesoro de los cátaros fue sacado subrepticiamente de la ciudadela asediada en enero de 1244, poco antes de la derrota final, el tesoro nunca ha sido hallado. Los rumores de que el más valioso de sus objetos se ha perdido son inexactos.*

Alice leyó la nota a pie de página a la que remitía el asterisco. En lugar de una aclaración, encontró una cita del Evangelio de San Juan, capítulo ocho, versículo treinta y dos: «Y conoceréis la verdad, y la verdad os hará libres.»

Levantó las cejas. No parecía guardar ninguna relación con el texto.

Alice puso el libro de Baillard junto a las otras cosas que pensaba llevarse y cruzó el pasillo hasta el dormitorio del fondo.

Había una vieja máquina de coser Singer, incongruentemente inglesa en aquella casa francesa de gruesas paredes. Su madre había tenido una exactamente igual y solía pasarse horas cosiendo, llenando la casa con el reconfortante traqueteo del pedal.

Alice pasó la mano sobre la superficie cubierta de polvo. Parecía estar en buen estado de funcionamiento. Abrió uno a uno los pequeños cajones y en su interior halló carretes de hilo, agujas, alfileres, trozos de cinta y de encaje, una cartulina con viejos broches de presión plateados y una caja con botones variados.

Se volvió hacia la mesa de escritorio de roble, junto a la ventana que daba a un pequeño patio cerrado, al fondo de la casa. Los dos primeros cajones estaban forrados con papel pintado, pero completamente vacíos. El tercero estaba cerrado con llave, pero asombrosamente, la llave estaba puesta en la cerradura.

Con una mezcla de fuerza y habilidad, Alice hizo girar la minúscula llave y consiguió abrirlo. Al fondo del cajón había una caja de zapatos. La sacó y la colocó sobre el escritorio.

Todo en su interior estaba sumamente ordenado. Había una pila de fotografías atadas con una cinta. Suelta y colocada encima, una carta dirigida a Mme. Tanner, con una fina caligrafía de trazos negros, como patas de araña. Había sido franqueada el 16 de marzo de 2005 en Carcasona y llevaba un sello con la palabra PRIORITAIRE en tinta roja. Al dorso no figuraba la dirección del remitente, sino únicamente un nombre, escrito por la misma mano: Expéditeur Audric S. Baillard.

Alice deslizó los dedos dentro del sobre y sacó una sola hoja de grueso papel crema. No había fecha, ni encabezamiento, ni explicación alguna, sino simplemente un poema, escrito con la misma caligrafía de patas de araña.

Bona nuèit, bona nuèit...
Braves amics, pica mieja-nuèit
Cal finir velhada
E jos la flassada

Un vago recuerdo agitó levemente la superficie de su subconsciente, como una canción olvidada desde hacía mucho tiempo. Las palabras grabadas en los escalones más altos de la cueva...

Era la misma lengua, hubiese podido jurarlo, ya que su subconsciente era capaz de establecer las conexiones que su mente consciente no distinguía.

Alice se apoyó en la cama. La fecha era el 16 de marzo, un par de días antes de la muerte de su tía. ¿La habría guardado ella misma en la caja o lo habría hecho otra persona? ¿Quizá el propio Baillard?

Apartando a un lado el poema, Alice deshizo el nudo de la cinta.

Había diez fotografías en total, todas en blanco y negro, y dispuestas por orden cronológico. El mes, el lugar y la fecha estaban escritos al dorso, a lápiz, con letras mayúsculas. La primera foto era un retrato de estudio de un niño muy serio, con uniforme de colegial y raya al lado en el pelo repeinado. Alice le dio la vuelta. FREDERICK WILLIAM TANNER, SEPTIEMBRE 1937, leyó al dorso. Estaba escrito en tinta azul y la letra era diferente.

El corazón le dio un vuelco. Ese mismo retrato de su padre había estado en su casa, sobre la repisa de la chimenea, junto a la foto de la boda de sus padres y un retrato de la propia Alice a los seis años, con un vestido de fiesta de mangas abombadas. Repasó con los dedos las líneas de la cara. Era como mínimo la prueba de que Grace sabía de la existencia de su hermano menor, aunque nunca se hubieran encontrado.

Alice la apartó y pasó a la siguiente fotografía, tras lo cual examinó metódicamente toda la pila. La más antigua que encontró de su tía era asombrosamente reciente, pues había sido tomada en una fiesta al aire libre, en julio de 1958.

Decididamente, tenía un aire de familia. Como Alice, Grace era menuda y de rasgos delicados, casi de duendecillo, pero tenía el pelo liso y gris, y lo llevaba radicalmente corto. En la imagen, miraba de frente a la cámara, con el bolso firmemente sujeto delante del cuerpo, como una barrera.

La última fotografía era otra instantánea de Grace, varios años más tarde, junto a un hombre mayor. Alice arrugó el ceño. Él le recordaba a alguien. Movió ligeramente la foto, para que la luz incidiera de otra forma sobre la imagen.

Estaban de pie, delante de un viejo muro de piedra. Había cierto acartonamiento en la pose de ambos, como si no se conocieran bien. Por la ropa, era verano o quizá el final de la primavera. Grace llevaba un vestido veraniego de manga corta, ceñido en la cintura. Su compañero era un hombre alto y muy delgado, que vestía un traje de color claro. Tenía el rostro ensombrecido por el ala del sombrero panamá, pero las manos manchadas y arrugadas delataban su edad.

En el muro que había detrás se veía parte de la placa con el nombre de una calle francesa. Forzando la vista para descifrar las diminutas letras, Alice consiguió leer: Rue des Trois Degrés. La inscripción al dorso estaba escrita en la fina caligrafía de Baillard: *AB e GT, junh 1993, Chartres.*

Chartres otra vez. Tenían que ser Grace y Audric Baillard. Y 1993 era el año de la muerte de sus padres.

Apartando también esa foto, Alice sacó el único objeto que quedaba en la caja: un libro pequeño de aspecto antiguo. La agrietada piel negra de la cubierta se mantenía unida con un oxidado cierre de cremallera y en la tapa destacaban las palabras HOLY BIBLE, grabadas en letras doradas. Era una biblia.

Tras varios intentos, Alice consiguió abrir la cremallera. A primera vista, le pareció semejante a cualquier otra edición corriente en lengua inglesa. Sólo cuando había pasado rápidamente las tres cuartas partes de las páginas, descubrió un hueco abierto en las finísimas hojas, para crear un escondite rectangular, poco profundo, de unos siete por diez centímetros.

Dentro, doblados y apretados, había varios folios, que Alice comenzó a desplegar con mucho cuidado. Un disco de color claro, del tamaño de una moneda de diez francos, salió de dentro y cayó en su falda. Era plano y muy delgado, y no era metálico, sino de piedra. Sorprendida, lo cogió para mirarlo. Tenía dos letras grabadas: *NS.* ¿Puntos cardinales? ¿Las iniciales de algún nombre? ¿La moneda de algún país?

Alice dio la vuelta al disco. En la otra cara había un laberinto grabado, idéntico en todos los aspectos al que había visto en la cara inferior del anillo y en la pared de la cueva.

Aunque el sentido común le decía que tenía que haber una explicación perfectamente aceptable para la coincidencia, no se le ocurrió ninguna. Miró con aprensión los folios en cuyo interior había estado el disco. Le inquietaba lo que pudiera descubrir, pero era demasiado curiosa para no abrirlos.

«No puedes detenerte ahora.»

Alice empezó a desplegar los folios. Tuvo que contenerse para no dejar escapar un suspiro de alivio. Era sólo un árbol genealógico, como pudo ver por el encabezamiento de la primera página: ARBRE GÉNÉALOGIQUE. La mayoría de los nombres estaban escritos en negro, pero en la segunda línea, un nombre, ALAÏS PELLETIER-DU MAS (1193-), aparecía escrito en tinta roja. Alice no consiguió descifrar el nombre que había al lado pero, en la línea inmediatamente inferior, ligeramente a la derecha, sí distinguió otro nombre, SAJHË DE SERVIAN, escrito en verde.

Junto a ambos nombres había un motivo pequeño y delicado, destacado con tinta dorada. Alice cogió el disco de piedra y lo colocó junto al símbolo, con el lado del dibujo hacia arriba. Eran idénticos.

Una por una, fue pasando las páginas, hasta llegar a la última. Allí encontró el nombre de Grace, con la fecha de su muerte escrita en una tinta de diferente color. Debajo y a un lado, figuraban los padres de Alice.

El último nombre era el suyo: ALICE HELENA (1975-), destacado en tinta roja. A su lado, el símbolo del laberinto.

Con las rodillas recogidas bajo la barbilla y los brazos alrededor de las piernas, Alice perdió la cuenta del tiempo que pasó en la habitación silenciosa y abandonada. Finalmente, lo comprendió. Lo quisiera o no, el pasado había regresado en su busca.

CAPÍTULO 43

El viaje de regreso de Sallèles d'Aude a Carcasona transcurrió en una confusa nube.

Cuando Alice llegó al hotel, el vestíbulo del mismo estaba atestado de recién llegados, de modo que ella misma descolgó la llave del gancho y subió sin que nadie reparara en ella.

Al ir a abrir la puerta, se dio cuenta de que ya estaba abierta.

Tras un momento de vacilación, dejó la caja de zapatos y los libros en el suelo del pasillo y, con mucha cautela, empujó la puerta para abrirla del todo.

—*Allô?* ¿Hola?

Sin entrar, recorrió la habitación con la vista. Todo parecía estar tal como lo había dejado. Aún con aprensión, Alice pasó por encima de las cosas que había dejado en el suelo y dio un paso cauteloso hacia el interior del cuarto. En seguida se detuvo. Olía a vainilla y a tabaco rancio.

Percibió un movimiento detrás de la puerta y el corazón le saltó hasta la garganta. Se volvió, justo a tiempo de vislumbrar una americana gris y una cabellera negra reflejadas en el espejo, antes de recibir un fuerte golpe en el pecho que la proyectó hacia atrás. Se golpeó la cabeza contra el espejo de la puerta del armario y las perchas que había dentro repiquetearon como canicas cayendo sobre un techo de hojalata.

Los bordes de la habitación se volvieron borrosos. Todo a su alrededor le pareció desenfocado y movedizo. Alice parpadeó. Oyó al hombre corriendo por el pasillo.

«¡Síguelo! ¡Rápido!»

Se puso en pie con dificultad y salió en su persecución. Bajó trastabillando la escalera, hasta el vestíbulo, donde un nutrido grupo de italianos le bloqueaba la salida. Presa del pánico, recorrió con la vista la animada recepción, justo a tiempo de ver que el hombre se escabullía por la puerta lateral.

Alice se abrió paso entre un bosque de gente y equipaje, tropezando con las maletas, y salió al jardín tras él. El hombre ya estaba al final del sendero. Haciendo acopio hasta del último gramo de energía, Alice echó a correr, pero él resultó ser mucho más veloz.

Cuando finalmente llegó a la calle principal, ya había desaparecido. Se había esfumado entre la multitud de turistas que bajaban de la Cité.

Alice apoyó las manos en las rodillas, intentando recuperar el aliento. Después enderezó la espalda y se palpó la nuca con los dedos. Ya se le estaba formando un bulto. Tras una última mirada a la calle, se dio la vuelta y volvió andando al hotel. Disculpándose, fue directamente al mostrador, sin guardar cola.

—*Pardon, mademoiselle, vous l'avez vu?*

La chica que atendía la recepción pareció irritada.

—Estaré con usted en cuanto termine de atender a este caballero —dijo.

—Me temo que lo mío no puede esperar —contestó Alice—. Había un extraño en mi habitación. Acaba de salir corriendo. Hace un par de minutos.

—Una vez más, *madame*, le ruego que tenga la amabilidad de esperar un momento...

Alice levantó la voz para que todos la oyeran.

—*Il y avait quelqu'un dans ma chambre. Un voleur.*

«Un ladrón.» Todo el vestíbulo atestado de gente se quedó en silencio. La chica abrió mucho los ojos, se deslizó de su taburete y desapareció por el fondo. Segundos después hizo acto de presencia el propietario del hotel, que guió a Alice fuera del área principal de recepción.

—¿Cuál es el problema, *madame*? —preguntó en voz baja.

Alice se lo explicó.

—La puerta no ha sido forzada —dijo él, examinando la cerradura, cuando la acompañó a su habitación.

Con el propietario observando desde la puerta, Alice comprobó si faltaba algo. Para su asombro, todo seguía allí. Su pasaporte todavía estaba en el armario, aunque había sido desplazado. Lo mismo podía decirse del contenido de su mochila. No faltaba nada, pero todo estaba ligeramente fuera de su lugar. Como prueba, era muy poco convincente.

Alice miró en el baño. Por fin, había encontrado algo.

—*Monsieur, s'il vous plaît* —llamó al dueño del hotel. Le señaló el lavabo—. *Regardez.*

Había un penetrante olor a lavanda allí donde su jabón había sido cortado a trozos pequeños. También el tubo de la pasta de dientes había sido cortado y abierto, y su contenido había sido exprimido.

—*Voilà. Je vous l'ai déjà dit.* Ya se lo había dicho.

El propietario del hotel parecía preocupado, pero dubitativo. ¿Quería que llamara a la policía? Preguntaría a los otros huéspedes, desde luego, por si hubieran visto algo, pero teniendo en cuenta que no faltaba nada... Dejó la frase inconclusa.

De pronto, Alice sintió la conmoción. No era un caso corriente de robo como otro cualquiera. Aquel hombre, fuera quien fuese, iba en busca de algo concreto, algo que suponía que estaba en su poder.

¿Quiénes sabían que ella se alojaba allí? Noubel, Paul Authié, Karen Fleury y el resto de los empleados del bufete, Shelagh y, que ella supiera, nadie más.

—No —repuso ella rápidamente—. A la policía no, puesto que no falta nada. Pero me gustaría cambiarme en otra habitación.

El hombre empezó a protestar, diciendo que el hotel estaba completo, pero se detuvo al ver la expresión de su rostro.

—Veré lo que puedo hacer.

Veinte minutos más tarde, Alice estaba instalada en una ala diferente del hotel.

Estaba nerviosa. Por segunda o tercera vez, comprobó que la puerta estuviera cerrada y las ventanas aseguradas. Se sentó en la cama, con sus cosas alrededor, intentando decidir qué hacer. Después se levantó, anduvo por la diminuta habitación, volvió a sentarse y volvió a levantarse. Todavía no estaba segura de que no le conviniera mudarse a otro hotel.

«¿Y si vuelve esta noche?»

De pronto, sonó una alarma. Alice dio un salto, antes de advertir que era simplemente el teléfono móvil, que sonaba en el bolsillo interior de su chaqueta.

—*Allô, oui?*

Fue un alivio oír la voz de Stephen, uno de los colegas de Shelagh en la excavación.

—Hola, Steve. No, lo siento. Acabo de llegar. No he tenido tiempo de ver si tenía mensajes. ¿Qué hay?

Mientras escuchaba, el color abandonó su cara al oírle decir que iban a clausurar la excavación.

—Pero ¿por qué? ¿Qué razón ha podido dar Brayling?

—Ha dicho que no dependía de él.

—¿Sólo por los esqueletos?

—La policía no ha dicho nada.

El corazón de Alice se aceleró.

—¿Estaba ahí la policía cuando Brayling os lo dijo? —preguntó.

—Estaban aquí en parte por Shelagh —empezó a decir él, pero se interrumpió—. Me estaba preguntando, Alice, si no habrás tenido alguna noticia suya desde que te marchaste.

—Nada en absoluto desde el lunes. Ayer intenté hablar con ella varias veces, pero no me ha devuelto ninguna de las llamadas. ¿Por qué lo dices?

Alice se puso de pie casi sin darse cuenta, mientras esperaba la respuesta de Stephen.

—Es como si se hubiera esfumado —dijo él finalmente—. Brayling parece inclinarse por una interpretación siniestra del caso. Sospecha que ha robado algo del yacimiento.

—Shelagh nunca haría nada semejante —exclamó ella—. Ni remotamente. No es el tipo de...

Pero mientras hablaba, le volvió a la mente la imagen de la cara de Shelagh, pálida y desfigurada por la ira. Aunque le pareció una deslealtad, de pronto sintió que ya no le tenía tanta confianza.

—¿También lo cree la policía? —preguntó.

—No lo sé. Todo es un poco raro —contestó él vagamente—. Uno de los policías que estuvieron en el yacimiento el lunes ha muerto atropellado en Foix por un conductor que después se dio a la fuga —prosiguió—. Venía en el periódico. Parece ser que Shelagh y él se conocían.

Alice se desplomó en la cama.

—Perdona, Steve, pero todo esto me está resultando difícil de asimilar. ¿Alguien la está buscando? ¿Alguien está haciendo algo?

—Hay una cosa —respondió él con voz vacilante—. Lo haría yo mismo, pero vuelvo a casa mañana, a primera hora. No tiene sentido quedarse más tiempo.

—¿Qué es?

—Antes del comienzo de la excavación, sé que Shelagh pasó unos días en casa de unos amigos, en Chartres. He pensado que quizá ha vuelto con ellos y simplemente se le ha olvidado decirlo.

A Alice le pareció poco verosímil, pero era mejor que nada.

—He llamado a ese teléfono. El chico que respondió dijo que no conocía a Shelagh, pero estoy seguro de que era el número que ella me dio. Lo tenía grabado en mi móvil.

Alice buscó lápiz y papel.

—Dámelo. Yo también lo intentaré —dijo, mientras se disponía a escribir.

En cuanto oyó el número la mano se le heló.

—Lo siento Steven. —Su voz sonaba a hueco, como si hablara desde una enorme distancia—. ¿Podrías repetírmelo?

—Es el 02 68 72 31 26 —dijo él—. ¿Me avisarás si averiguas alguna cosa?

Era el número que le había dado Biau.

—Déjalo en mis manos —dijo ella, casi sin darse cuenta de lo que estaba diciendo—. Estaremos en contacto.

Alice sabía que hubiese debido llamar a Noubel para poner en su conocimiento el falso robo y su encuentro con Biau, pero dudaba. No estaba segura de poder confiar en él, que no había hecho nada para frenar a Authié.

Buscó en su mochila y sacó un mapa de carreteras de Francia. «Es una locura. Son por lo menos ocho horas al volante.»

Algo se removía en el fondo de su mente. Repasó las notas que había tomado en la biblioteca.

Entre la montaña de palabras dedicadas a la catedral de Chartres, había visto una alusión marginal al Santo Grial. Allí también había un laberinto. Alice encontró el párrafo que estaba buscando. Volvió a leerlo un par de veces para estar segura de que no lo había entendido mal. Entonces apartó de un tirón la silla que había debajo del escritorio y se sentó, con el libro de Audric Baillard abierto por la página señalada.

Otros lo consideran el lugar definitivo de reposo del Grial. Se ha dicho que los cátaros eran los guardianes del cáliz de Cristo...

El tesoro de los cátaros había sido sustraído de Montségur. ¿Y llevado al pico de Soularac? Alice consultó el mapa que había al comienzo del libro. De Montségur a los montes Sabarthés no había mucha distancia. ¿Estaría escondido allí el tesoro?

«¿Cuál es la conexión entre Chartres y Carcasona?»

Oyó a lo lejos los primeros rugidos de la tormenta. La habitación estaba bañada por una extraña luz naranja, producida por el reflejo de las farolas de la calle en la cara inferior de las nubes del cielo nocturno. Se había levantado un viento que hacía batir las persianas y formaba remolinos de basura en los aparcamientos.

Mientras Alice cerraba las cortinas, empezaron a caer los primeros goterones de lluvia, que estallaban como manchas de tinta negra en el alféizar de la ventana. Hubiese querido salir de inmediato, pero era tarde y no quería arriesgarse a conducir en medio de la tormenta.

Cerró con llave y pasador la puerta y las ventanas, puso el despertador y se metió en la cama sin desvestirse, a esperar que llegara la mañana.

Al principio, todo era como siempre, familiar y apacible. Estaba flotando en el blanco mundo ingrávido, transparente y silencioso. Después, como al abrirse de un golpe seco la trampilla del suelo del cadalso, sintió una repentina sacudida y cayó a través del cielo abierto hacia una ladera boscosa que subía rápidamente a su encuentro.

Sabía dónde estaba. En Montségur, a comienzos del verano.

Empezó a correr en cuanto sus pies tocaron el suelo, trastabillando por un empinado y agreste sendero de montaña, entre dos hileras de árboles muy altos. Sus frondosas copas lo dominaban todo con su altura y se cernían sobre ella. Intentó agarrarse a las ramas para ralentizar su avance, pero sus manos las atravesaron. Se le pegaron a los dedos montoncitos de hojas diminutas, como pelos en un cepillo, que le pintaron de verde las yemas.

El sendero descendía bajo sus pies. Alice se dio cuenta de que el crujido de la grava y la piedra había reemplazado a la tierra blanda, el musgo y la hierba del tramo superior. Pero, aun así, no se oía ningún ruido. No había aves cantando, ni voces llamando, ni nada más que su propia respiración agitada.

El sendero viraba y se enroscaba sobre sí mismo, lanzándola primero en una dirección y luego en otra, hasta que dobló un recodo y vio el silencioso muro de llamas que bloqueaba el camino más adelante. Levantó las manos para protegerse la cara de las llamas, que rugían y resoplaban azotando y agitando el aire, como juncos bajo la superficie de un río.

Después, el sueño empezó a cambiar. Esta vez, en lugar de la multitud de rostros que cobraban forma entre las llamas, hubo uno solo, el de una joven de expresión amable pero firme, que tendía la mano y cogía el libro de manos de Alice.

Estaba cantando, con una voz que era un hilillo de plata. «*Bona nuèit, bona nuèit.*»

Esta vez, no hubo dedos fríos que la agarraran de los tobillos ni la amarraran al suelo. El fuego ya no la llamaba. Ahora subía en espiral por el aire como un penacho de humo, con los delgados y fuertes brazos de la mujer rodeándola en un estrecho abrazo. Estaba a salvo.

Braves amics, pica mièja nuèit.

Alice sonrió mientras las dos ascendían más y más hacia la luz, dejando el mundo muy lejos, allá abajo.

CAPÍTULO 44
Carcassona

Julhet 1209

Alaïs se levantó temprano, tras despertarse con el ruido de las sierras y los martillos en la plaza de armas. Miró por la ventana y vio las galerías de madera y los entablados que estaban levantando sobre las murallas de piedra del Château Comtal.

El impresionante esqueleto de madera estaba cobrando forma rápidamente. Como una pasarela cubierta tendida a través del cielo, ofrecía la perfecta posición privilegiada desde la cual los arqueros podrían hacer caer una lluvia de proyectiles sobre el enemigo, en la improbable eventualidad de que las murallas de la Cité no pudieran resistir su avance.

Se vistió rápidamente y corrió a la plaza. En la forja rugía el fuego. Los martillos cantaban sobre los yunques, modelando las armas y aguzando su filo. Los trabajadores de las murallas se gritaban unos a otros, en secos y breves estallidos, mientras otros preparaban las hachas, las cuerdas y los contrapesos de las *peireiras*, las catapultas más grandes.

De pie junto a las cuadras, Alaïs vio a Guilhelm. El corazón le dio un vuelco. «Mírame.» Él no se volvió ni alzó la vista. Alaïs levantó la mano para llamar su atención, pero se arrepintió y la dejó caer. No pensaba humillarse suplicando su afecto si él no estaba dispuesto a dárselo.

Las industriosas escenas del interior del Château Comtal encontraban eco en la Cité, donde habían apilado piedras desde las Corbières hasta la plaza central, listas para las ballestas y las catapultas. Un acre hedor a orina emanaba de la curtiduría, donde estaban preparando pieles de animales para proteger del fuego las galerías. Una continua procesión de carros entraba por la puerta de Narbona, llevando comida para abastecer la Cité:

carne de La Piège y el Lauragais, vino del Carcassès, cebada y trigo de las llanuras, y alubias y lentejas de las huertas de Sant Miquel y Sant-Vicens.

Una sensación de determinación y orgullo impregnaba toda la actividad. Sólo las nubes de aciago humo negro sobre el río y las ciénagas del norte, donde el vizconde Trencavel había ordenado que se quemaran los molinos y se destruyeran las cosechas, recordaban el carácter real e inminente de la amenaza.

Alaïs esperó a Sajhë en el lugar acordado. Su mente bullía de preguntas que deseaba hacerle a Esclarmonda, interrogantes que iban y venían en su cabeza, primero uno y después otro, como pajarillos sobre un río. Cuando finalmente llegó Sajhë, Alaïs casi no podía hablar por la expectación.

Lo siguió a través de calles sin nombre hasta el suburbio de Sant Miquel, donde se detuvieron ante una puerta baja que daba a las murallas exteriores. El ruido de los excavadores abriendo zanjas para impedir que el enemigo se acercara e intentara socavar las murallas era estruendoso. Sajhë tenía que gritar para hacerse oír.

—La *menina* os espera dentro —dijo, con una expresión repentinamente solemne.

—¿Tú no entras?

—Me ha dicho que os acompañara y que luego regresara al castillo, a buscar al senescal Pelletier.

—Lo encontrarás en la plaza de armas —le informó ella.

—Bien —dijo el chico, que había vuelto a sonreír—. Hasta luego.

Alaïs empujó la puerta y llamó a Esclarmonda, ansiosa por verla, pero en seguida se detuvo. En la penumbra, distinguió una segunda figura, sentada en una silla en un rincón de la habitación.

—Pasa, pasa —dijo Esclarmonda, con una sonrisa que se traslucía en su voz—. Creo que ya conoces a Siméon.

Alaïs estaba asombrada.

—¿Siméon? ¿Tan pronto? —exclamó con deleite, corriendo hacia él y cogiendo sus manos—. ¿Qué hay de nuevo? ¿Cuándo llegasteis a Carcassona? ¿Dónde os alojáis?

Siméon dejó escapar una larga y sonora carcajada.

—¡Cuántas preguntas! ¡Cuánta prisa por saberlo todo en seguida! Bertran me ha contado que, de niña, no parabas de preguntar.

Alaïs reconoció con una sonrisa la veracidad de lo dicho. Se acomodó sobre el banco que había junto a la mesa y aceptó la copa de vino que le ofrecía Esclarmonda, mientras escuchaba el resto de la conversación de Siméon con la sabia mujer. Entre ellos ya parecía haberse establecido un vínculo, una facilidad de trato.

Hábil narrador, Siméon estaba entretejiendo historias de su vida en Chartres y Béziers con sus recuerdos de Tierra Santa. El tiempo pasó casi sin darse cuenta, oyéndolo hablar de las colinas de Judea en primavera y las llanuras de Sefal, cubiertas de lirios, azucenas azules y amarillas y almendros color rosa, que se extendían como una alfombra hasta los confines del mundo. Alaïs escuchaba extasiada.

Las sombras se alargaron y la atmósfera fue cambiando sin que Alaïs lo advirtiera. De pronto fue consciente de un nervioso aleteo en el estómago, un adelanto de lo que iba a suceder. Se preguntó si era así como Guilhelm y su padre se sentirían en vísperas de una batalla, con esa sensación de que el tiempo pendía de un hilo.

Miró a Esclarmonda, que tenía las manos recogidas sobre el regazo y la expresión serena. Su actitud era compuesta y tranquila.

—Estoy segura de que mi padre vendrá en seguida —dijo Alaïs, sintiéndose responsable de su persistente ausencia—. Me dio su palabra.

—Lo sabemos —replicó Siméon, dándole un par de golpecitos en la mano. Tenía la piel reseca como el pergamino.

—No creo que podamos esperar mucho tiempo más —terció Esclarmonda, contemplando la puerta, que seguía obstinadamente cerrada—. Los dueños de la casa volverán en cualquier momento.

Alaïs sorprendió un intercambio de miradas entre ellos. Incapaz de seguir soportando la tensión, se decidió a hablar.

—Ayer no respondiste a mi pregunta, Esclarmonda. —La asombró la firmeza de su propia voz—. ¿Tú también eres guardiana? ¿Tienes en tu poder el libro que mi padre está buscando?

Por un instante, sus palabras parecieron quedar flotando en el aire entre ellos, sin nadie que las reclamara para sí. Después, para sorpresa de Alaïs, Siméon se echó a reír.

—¿Cuánto te ha contado tu padre acerca de la *Noublesso*? —preguntó, con un destello de luz en los ojos negros.

—Me ha dicho que siempre hay cinco guardianes, juramentados para proteger los libros de la Trilogía del Laberinto —respondió ella con arrojo.

—¿Y te ha explicado por qué son cinco?

Alaïs sacudió la cabeza.

—El *Navigatairé*, el jefe, cuenta siempre con la ayuda de cuatro iniciados. Juntos representan los cinco puntos del cuerpo humano y el poder del número cinco. Cada guardián es escogido por su fortaleza, su determinación y su lealtad. No importa que sea cristiano, sarraceno o judío. Lo importante no es la sangre, la cuna o la raza, sino el espíritu y el coraje. Así, se incorpora también la naturaleza del secreto que hemos jurado proteger, que pertenece a todas las confesiones y a ninguna. —Sonrió—. La *Noublesso de los Seres* existe desde hace más de dos mil años (aunque no siempre con el mismo nombre), para custodiar el secreto y protegerlo. A veces hemos ocultado nuestra presencia; otras, la hemos proclamado abiertamente.

Alaïs se volvió hacia Esclarmonda.

—Mi padre es reacio a aceptar tu identidad. No puede creer que seas una guardiana.

—Porque contradice sus expectativas.

—Bertran siempre ha sido así —rió Siméon.

—Jamás había imaginado que el quinto guardián pudiera ser una mujer —repuso Alaïs, saliendo en defensa de su padre.

—No habría sido tan raro en épocas pasadas —dijo Siméon—. Egipto, Asiria, Roma, Babilonia, otras antiguas culturas de las que habrás oído hablar sentían más respeto por la condición femenina que estos oscuros tiempos nuestros.

Alaïs estuvo pensando un momento.

—¿Creéis que Harif está en lo cierto al considerar que los libros estarán más seguros en las montañas?

Siméon hizo un amplio gesto con las manos.

—No nos corresponde a nosotros buscar la verdad, ni cuestionar lo que será o no será. Nuestra labor consiste simplemente en custodiar los libros y protegerlos de todo daño, para que estén listos cuando sea necesario.

—Por eso Harif decidió que fuera tu padre quien los transportara, y no nosotros —prosiguió Esclarmonda—. Por su posición, es el mejor *messatgièr*. Tiene acceso a hombres y caballos, y puede viajar con más libertad que cualquiera de nosotros.

Alaïs titubeó. No quería ser desleal a su padre.

—Le cuesta dejar al vizconde. Se siente desgarrado entre sus viejos compromisos y sus nuevas fidelidades.

—Todos padecemos esos conflictos —replicó Siméon—. Todos nos hemos encontrado ante la disyuntiva de tener que elegir el mejor camino para nosotros. Bertran ha sido afortunado, porque ha vivido mucho tiempo sin tener que tomar esa decisión. —Cogió la mano de la joven entre las suyas—. Pero ya no puede retrasarla más, Alaïs. Debes animarlo a asumir su responsabilidad. Carcassona no ha caído hasta ahora, pero eso no significa que no vaya a caer.

Alaïs sentía sus miradas sobre ella. Se incorporó y se acercó al fuego. De pronto, a medida que una idea cobraba forma en su mente, se le aceleró el corazón.

—¿Está permitido que otra persona actúe en su nombre? —dijo en tono neutro.

Esclarmonda lo comprendió.

—No creo que tu padre lo permitiera. Eres demasiado valiosa para él.

Alaïs se volvió para encararse con ellos.

—Antes de su partida a Montpelhièr, él mismo me consideró a la altura de la tarea. En la práctica, ya me ha dado su autorización.

Siméon asintió con la cabeza.

—Es cierto, pero la situación cambia diariamente. A medida que los franceses se aproximan a las fronteras de los dominios del vizconde Trencavel, los caminos se vuelven cada vez más peligrosos, como yo mismo he podido comprobar. Dentro de poco, cualquier viaje será arriesgado.

Alaïs se mantuvo firme.

—Pero yo viajaré en sentido contrario —dijo ella, desplazando la mirada de uno a otro—. Y no habéis respondido a mi pregunta. Si las tradiciones de la *Noublesso* no impiden que alivie de esta carga los hombros de mi padre, me ofrezco para servir en su lugar. Soy perfectamente capaz de cuidarme sola. Soy buena amazona, y hábil con el arco y la espada. Nadie sospechará jamás que yo...

Siméon levantó una mano.

—Malinterpretas nuestra vacilación, niña mía. No pongo en duda tu osadía ni tu valor.

—Entonces dadme vuestra bendición.

Siméon suspiró y se volvió hacia Esclarmonda.

—¿Qué dices tú, hermana? En el supuesto de que Bertran esté de acuerdo, naturalmente.

—Te lo ruego, Esclarmonda —suplicó Alaïs—. Habla en mi favor. Conozco a mi padre.

–No puedo prometer nada –dijo finalmente–, pero no argumentaré en tu contra.

Alaïs dejó que una sonrisa se abriera paso en su rostro.

–Sin embargo, deberás respetar su decisión –prosiguió Esclarmonda–. Si no te da su permiso, tendrás que aceptarlo.

«No puede negarse. No lo dejaré.»

–Lo obedeceré, desde luego –replicó ella.

La puerta se abrió y Sajhë irrumpió en la habitación, seguido de Bertran Pelletier.

Éste abrazó a Alaïs, saludó a Siméon con gran alivio y afecto, y finalmente dedicó un saludo más formal a Esclarmonda. Alaïs y Sajhë fueron en busca de vino y pan, mientras Siméon exponía lo dicho hasta ese momento.

Para sorpresa de Alaïs, su padre escuchó en silencio, sin hacer ningún comentario. Al principio, Sajhë seguía la escena con los ojos muy abiertos, pero al final sintió sueño y se acurrucó junto a su abuela. Alaïs no participó en la conversación, pues sabía que Siméon y Esclarmonda defenderían mejor que ella su punto de vista, pero de vez en cuando echaba una mirada a su padre.

El senescal tenía la tez gris y arrugada, y parecía agotado. Su hija notó que no sabía qué hacer.

Finalmente, no hubo nada más que decir. Un silencio expectante cayó sobre la minúscula estancia. Todos esperaban y ninguno estaba seguro de cuál sería la decisión.

Alaïs se aclaró la garganta.

–Y bien, *paire*, ¿qué decidís? ¿Me daréis permiso para partir?

Pelletier suspiró.

–No quiero exponerte a ningún peligro.

La joven sintió que se le hundía el ánimo.

–Ya lo sé, y os agradezco vuestro amor por mí. Pero quiero ayudar y soy capaz de hacerlo.

–Tengo una sugerencia que quizá os satisfaga a ambos –intervino Esclarmonda serenamente–. Permitid que Alaïs se ponga en camino con la Trilogía, pero solamente hasta Limoux, por ejemplo. Tengo amigos allí que podrían ofrecerle alojamiento seguro. Cuando hayáis cumplido con vuestras obligaciones y el vizconde Trencavel pueda prescindir de vuestra presencia, podréis reuniros con ella y hacer juntos el resto del viaje a las montañas.

El senescal hizo una mueca.

—No veo en qué puede ayudarnos eso. La locura de emprender un viaje en un momento de tanta agitación como éste llamará la atención, que es lo que menos nos interesa. Además, no puedo saber durante cuánto tiempo mis responsabilidades me retendrán en Carcassona.

Los ojos de Alaïs refulgieron.

—Es fácil. Podría difundir el rumor de que estoy cumpliendo una promesa hecha el día de mi boda —dijo, improvisando mientras hablaba—. Podría decir que he prometido un donativo a la abadía de Sant-Hilaire. Desde allí, hay un corto recorrido hasta Limoux.

—Tu repentino acceso de devoción no convencería a nadie —dijo Pelletier, con un imprevisto destello de humor—, y menos aún a tu marido.

Siméon negó con un dedo.

—¡No, Bertran! ¡Es una idea excelente! Nadie criticaría un peregrinaje en este momento. Además, Alaïs es la hija del senescal de Carcassona. Nadie se atrevería a poner en duda sus intenciones.

Pelletier desplazó su silla, con el empecinamiento pintado en la cara.

—Sigo creyendo que la Trilogía está mejor custodiada aquí, en la *Ciutat*. Harif no conoce la situación actual como nosotros. Carcassona resistirá.

—Toda las ciudades pueden caer, por muy fortificadas que estén y por muy indómitas que sean, y tú lo sabes. El *Navigatairé* nos ha dado instrucciones de entregarle a él los libros en las montañas. —Miró fijamente a Pelletier con sus ojos negros—. Entiendo que no estés dispuesto a abandonar al vizconde Trencavel en este momento. Lo has dicho y lo aceptamos. Tu conciencia ha hablado, para bien o para mal. —Hizo una pausa—. Sin embargo, si tú no vas, alguien tendrá que ir en tu lugar.

Alaïs podía ver con cuánto dolor luchaba su padre por reconciliar sus emociones enfrentadas. Conmovida, se inclinó hacia él y puso las manos sobre las suyas. Su padre no dijo nada, pero reaccionó a su gesto estrechándole los dedos.

—*Aiçò es vòstre* —dijo ella suavemente. Dejadme hacer esto por vos.

Pelletier dejó que un largo suspiro acudiera a sus labios.

—Vas a correr un gran peligro, *filha*. —Alaïs asintió con la cabeza—. ¿Y aun así deseas hacerlo?

—Será un honor para mí serviros de esta manera.

Siméon apoyó la mano sobre el hombro de Pelletier.

—Es valiente esta hija tuya. Firme como una roca. Como tú, mi viejo amigo.

Alaïs casi no se atrevía a respirar.

—Mi corazón se opone —dijo finalmente Pelletier—, pero mi cabeza mantiene la opinión contraria, de modo que... —Se detuvo, como si temiera lo que estaba a punto de decir—. Si tu marido y *dòmna* Agnès te lo permiten, y Esclarmonda se aviene a acompañarte, tienes mi autorización.

Alaïs se inclinó sobre la mesa y besó a su padre en los labios.

—Has decidido sabiamente —dijo Siméon, resplandeciente.

—¿Cuántos hombres podéis asignarnos, senescal Pelletier? —preguntó Esclarmonda.

—Cuatro hombres de armas, seis como mucho.

—¿Y con qué celeridad podréis tenerlo todo dispuesto?

—En una semana —respondió el senescal—. Si nos precipitamos en exceso, llamaremos la atención. Yo pediré autorización a *dòmna* Agnès y tú a tu marido, Alaïs.

Ella abrió la boca, para decir que su marido probablemente ni siquiera notaría su ausencia, pero se contuvo.

—Para que este plan tuyo funcione, *filha* —prosiguió Pelletier—, hay que respetar el protocolo.

Con el último rastro de indecisión desterrado de sus palabras y sus gestos, el senescal se incorporó, para marcharse.

—Alaïs —dijo—, vuelve al Château Comtal y busca a François. Anúnciale tus planes con la mayor circunspección posible y dile que no tardaré.

—¿No venís?

—En un momento.

—Bien. ¿No debería llevarme el libro de Esclarmonda?

Pelletier sonrió con ironía.

—Puesto que Esclarmonda va a acompañarte, Alaïs, estoy convencido de que el libro estará a salvo si permanece un poco más de tiempo en su poder.

—No pretendía sugerir...

Pelletier dio unas palmaditas sobre el bolsillo oculto bajo su capa.

—El libro de Siméon, en cambio...

Metió una mano bajo la capa y extrajo la funda de piel de cordero que Alaïs había visto brevemente en Béziers, cuando Siméon se la había entregado a su padre.

—Llévalo al castillo. Cóselo al forro de tu capa de viaje. Después iré a buscar el *Libro de las palabras*.

Alaïs cogió el libro, lo metió en su bolsa y levantó la vista hacia su padre.

—Gracias, *paire*, por depositar en mí vuestra confianza.

Pelletier se sonrojó. Trabajosamente, Sajhë se puso en pie.

—Yo me aseguraré de que *dòmna* Alaïs llegue a casa sana y salva —dijo, y todos se echaron a reír.

—Será mejor que así sea, *gent òme* —repuso Pelletier, golpeándole amigablemente la espalda—. Todas nuestras esperanzas reposan sobre sus hombros.

—Veo en ella tus cualidades —dijo Siméon, mientras se dirigían andando a las puertas que conducían de Sant Miquel a la judería—. Es valiente, empecinada, leal. No se da por vencida fácilmente. ¿También se parece a ti tu hija mayor?

—Oriane ha salido más a su madre —se apresuró a responder el senescal—. Tiene el físico y el temperamento de Marguerite.

—Suele suceder. A veces un hijo se parece al padre y otras veces a la madre. —Hizo una pausa—. Tengo entendido que está casada con el *escrivan* del vizconde Trencavel...

Pelletier suspiró.

—No es un matrimonio feliz. Congost no es joven, y es intolerante con la forma de ser de ella. Pero ocupa un lugar destacado dentro de la casa.

Anduvieron unos pasos más en silencio.

—Si se parece a Marguerite, debe de ser hermosa.

—Oriane destaca por su encanto y su gracia. Muchos hombres la cortejarían. Algunos ni siquiera se toman el trabajo de ocultarlo.

—Tus hijas deben de ser un gran consuelo para ti.

Pelletier lanzó una mirada furtiva a Siméon.

—Alaïs, sí. —Tuvo un instante de vacilación—. Supongo que yo soy el culpable, pero encuentro la compañía de Oriane menos... Intento ser ecuánime, pero me temo que tampoco hay demasiado afecto entre ellas.

—Una pena —murmuró Siméon.

Habían llegado a las puertas. Pelletier se detuvo.

—Ojalá pudiera convencerte para que te alojaras dentro de la *Ciutat*.

O por lo menos en Sant Miquel. Si viene el enemigo, fuera de las murallas no podré protegerte.

Siméon apoyó una mano sobre el brazo de Pelletier.

—Te preocupas demasiado, amigo mío. Yo ya he cumplido mi papel. Te he dado el libro que me había sido confiado. Los otros dos también están dentro de las murallas. Tienes a Esclarmonda y a Alaïs para ayudarte. ¿Quién querría algo de mí ahora? —Se quedó mirando fijamente a su amigo, con sus ojos oscuros y chispeantes—. Mi lugar está con mi gente.

Había algo en el tono de Siméon que alarmó a Pelletier.

—No voy a aceptar que esta despedida sea definitiva —dijo con determinación—. Estaremos bebiendo vino juntos antes de que termine el mes, recuerda mis palabras.

—No son tus palabras lo que me inquieta, amigo mío, sino las espadas de los franceses.

—Te apuesto que cuando llegue la primavera todo habrá terminado. Los franceses habrán regresado a casa cojeando y con el rabo entre las piernas; el conde de Tolosa estará buscando nuevos aliados, y tú y yo nos sentaremos junto al fuego, a rememorar nuestra juventud perdida.

—*Pas a pas, se va luènh* —respondió Siméon, abrazándolo—. Y saluda calurosamente de mi parte a Harif. ¡Dile que aún estoy esperando aquella partida de ajedrez que me prometió hace treinta años!

Pelletier levantó la mano en gesto de despedida, mientras Siméon atravesaba las puertas. Su amigo no se volvió para mirar atrás.

—¡Senescal Pelletier!

Pelletier siguió contemplando la multitud que bajaba hacia el río, pero ya no podía distinguir a Siméon.

—*Messer!* —repitió el mensajero, sonrojado y sin aliento.

—¿Qué hay?

—Os necesitan en la puerta de Narbona, *messer.*

CAPÍTULO 45

Alaïs abrió de un empujón la puerta de su habitación y entró corriendo.

—¿Guilhelm?

Aunque necesitaba soledad y no esperaba otra cosa, se sintió decepcionada al hallar vacía su alcoba.

Cerró la puerta, se soltó la bolsa de la cintura, la puso sobre la mesa y sacó el libro de su funda protectora. Era del tamaño de un salterio de señora. Las cubiertas eran de madera forrada de piel, simples y desgastadas en las esquinas.

Alaïs desató las tiras de cuero y dejó que el libro cayera abierto en sus manos, como una mariposa desplegando sus alas. La primera página estaba vacía, a excepción de un minúsculo cáliz pintado en el centro en pan de oro, que refulgía como una joya sobre el grueso pergamino color crema. No era más grande que el motivo del anillo de su padre o del *merel* que había estado brevemente en su poder.

Volvió la página. Cuatro líneas de negra caligrafía la contemplaron, escritas con una letra ornamentada y elegante.

En los bordes había dibujos y símbolos que parecían seguir una pauta repetitiva, como los puntos de la costura en la alforza de una capa. Aves y otros animales, y personajes de largos brazos y dedos afilados. Alaïs contuvo la respiración.

«Son las caras y las figuras de mis sueños.»

Una a una, fue pasando las páginas. Cada una estaba cubierta con líneas de escritura en tinta negra, por una sola cara. Reconoció algunas palabras de la lengua de Siméon, pero no sabía interpretarlas. La mayor parte del libro estaba escrito en su propio idioma. La primera letra de cada página estaba iluminada en rojo, azul o amarillo sobre fondo de oro, pero las demás eran sencillas. No había ilustraciones en los márgenes, ni otras letras destacadas en el cuerpo del texto, y las palabras se sucedían una tras otra, sin huecos ni señales que indicaran dónde acababa un pensamiento y empezaba el siguiente.

Alaïs llegó al pergamino oculto en el centro del libro. Era más grueso y oscuro que el resto de las páginas, y no estaba hecho con piel de ternera, sino de cabra. En lugar de símbolos o ilustraciones, había en él solamente unas pocas palabras, acompañadas de hileras de números y medidas. Parecía una especie de mapa.

Sólo pudo distinguir flechas minúsculas que apuntaban en diferentes direcciones, doradas algunas y negras la mayoría.

Alaïs intentó leer la página de arriba abajo y de izquierda a derecha, pero no consiguió encontrarle ningún sentido y no llegó a ninguna parte. Después intentó descifrarla de abajo arriba y de derecha a izquierda, como se leían las vidrieras de las iglesias, pero tampoco así logró comprender nada. Por último, trató de leer alternando las líneas o escogiendo una palabra de cada tres, pero siguió sin entender nada en absoluto.

«Mira más allá de las imágenes visibles, los secretos ocultos detrás.»

Se esforzó por seguir pensando. A cada guardián, según sus habilidades y conocimientos. Esclarmonda tenía habilidad para sanar, por eso Harif le había confiado el *Libro de las pociones*. Siméon era un estudioso de la antigua Cábala judía, por eso había tenido a su cargo el *Libro de los números*. «Este libro.»

¿Qué había impulsado a Harif a escoger a su padre como guardián del *Libro de las palabras*?

Sumida en sus pensamientos, Alaïs encendió la lámpara y se acercó a su mesilla de noche, de donde sacó pergamino, tinta y pluma. Pelletier se había empeñado en que sus hijas aprendieran a leer y escribir, tras comprender en Tierra Santa el valor de esas habilidades. A Oriane sólo le interesaban las destrezas propias de una señora, como la danza, el canto o el bordado. La escritura —como nunca se cansaba de repetir— era para los viejos y los curas. Alaïs, en cambio, había aprovechado la oportunidad con entusiasmo. Había aprendido con rapidez y, aunque no tenía muchas ocasiones de aplicar sus conocimientos, los tenía en muy alta estima.

Dispuso sobre la mesa su material de escribir. No entendía el texto del pergamino, pero tenía esperanzas de igualar su exquisito arte, colores y estilo, así que al menos podía intentar copiarlo mientras tuviera ocasión de hacerlo.

Le llevó cierto tiempo, pero finalmente lo terminó y dejó la copia sobre la mesa para que se secara. Después, consciente de que su padre regresaría en cualquier momento al castillo con el *Libro de las palabras*, se concentró en la tarea de ocultar el de los números, tal como éste le había indicado.

Su capa roja preferida no le pareció adecuada. La tela era demasiado delicada y el doblez abultaba. En su lugar, eligió una pesada capa marrón. Era una prenda invernal para salir de caza, pero no tenía alternativa. Con dedos expertos, Alaïs separó el aplique del delantero, hasta conseguir un hueco suficiente por donde insertar el libro. Después, cogió el ovillo que Sajhë le había traído del mercado, que era exactamente del color de la capa, y cosió el volumen por dentro, en lugar seguro.

Alaïs sostuvo la capa y se la echó por los hombros. Colgaba desequilibrada, pero en cuanto también tuviera cosido el libro de su padre, quedaría mucho mejor.

Sólo le faltaba una cosa por hacer. Dejando la capa colgada sobre el respaldo de una silla, Alaïs se acercó a la mesa para ver si la tinta se había secado. Inquieta por la posibilidad de ser interrumpida en cualquier momento, plegó el pergamino y lo introdujo en una bolsita de lavanda. Cosió con cuidado la abertura, para que nadie descubriera accidentalmente su contenido, y volvió a colocarlo debajo de su almohada.

Miró a su alrededor, satisfecha con lo hecho hasta entonces y se dispuso a recoger y ordenar su material de costura.

Entonces se oyó un golpe en la puerta. Alaïs corrió a abrir, esperando ver a su padre, pero en su lugar encontró a Guilhelm, que aguardaba en el umbral, sin saber si era bienvenido. Su familiar media sonrisa, sus ojos de niño perdido...

—¿Me permitís pasar, *dòmna*? —preguntó suavemente.

Ella sintió el impulso instintivo de echarle los brazos al cuello, pero la prudencia la contuvo. Se habían dicho demasiadas cosas. Y se habían perdonado muy pocas.

—¿Me lo permitís?

—Estáis en vuestra habitación –dijo ella en tono ligero–. ¿Cómo podría yo impediros que paséis?

—¡Cuánta formalidad! –replicó Guilhelm, cerrando la puerta tras él–. Preferiría que fuera el placer, y no el deber, lo que os hiciera hablar así.

—Yo... –dijo ella en tono vacilante, sobrecogida por el intenso anhelo que la invadía–. Me alegro de veros, *messer*.

—Pareces cansada –dijo él, tendiendo una mano para tocarle la cara.

¡Qué fácil habría sido ceder! Entregarse a él por completo.

Cerró los ojos, sintiendo sus dedos recorriendo su piel. Una caricia, leve como un susurro y natural como la propia respiración. Alaïs se imaginó a sí misma inclinándose hacia él y dejando que la abrazara. Su presencia la embriagaba, la hacía sentirse débil.

«No puedo. No debo.»

Se obligó a abrir los ojos y retrocedió un paso.

—No –murmuró–. Por favor, no lo hagas.

Guilhelm cogió la mano de ella entre las suyas. Alaïs pudo ver que estaba nervioso.

—Pronto... a menos que intervenga Dios, les haremos frente. Cuando llegue el momento, Alzeu, Tièrry y los demás saldremos a su encuentro y quizá no regresemos.

—Sí –dijo ella suavemente, deseando devolver un poco de vida al rostro de su marido.

—Desde nuestro regreso de Besièrs me he portado mal contigo, Alaïs, sin causa ni justificación. Estoy arrepentido y he venido a pedirte perdón. Con demasiada frecuencia siento celos, y los celos me impulsan a decir cosas... cosas que después lamento.

Alaïs le sostuvo la mirada, pero no se atrevió a hablar, insegura de sus propios sentimientos.

Guilhelm se acercó un poco más.

—Pero no te disgusta verme...

Ella sonrió.

—Has estado ausente de mí tanto tiempo, Guilhelm, que ya no sé lo que siento.

—¿Prefieres que me vaya?

Alaïs sintió que las lágrimas acudían a sus ojos, pero eso mismo le dio el valor de mantenerse firme. No quería que él la viera llorar.

—Creo que será lo mejor. –Del cuello de su vestido sacó un pañuelo, que depositó en las manos de él–. Todavía hay tiempo para arreglar las cosas entre nosotros.

–Tiempo es lo único que no tenemos, pequeña Alaïs –dijo él suavemente–. Pero a menos que Dios o los franceses lo impidan, mañana volveré.

Alaïs pensó en los libros y en la responsabilidad que pesaba sobre sus hombros. En cómo muy pronto ella tendría que partir. «Quizá no lo vea nunca más.» Sus defensas se agrietaron. Vaciló un instante, y luego lo abrazó con fiereza, como queriendo imprimir su contorno en su figura.

Después, tan repentinamente como lo había abrazado, lo soltó.

–Todos estamos en manos de Dios –dijo–. Ahora vete, Guilhelm.

–¿Mañana?

–Ya veremos.

Alaïs se quedó inmóvil como una estatua, con las manos entrelazadas delante del cuerpo para impedir que le temblaran, hasta que la puerta se hubo cerrado y Guilhelm se hubo ido. Luego, perdida en sus cavilaciones, se acercó lentamente a la mesa, preguntándose qué lo habría impulsado a regresar. ¿El amor? ¿El arrepentimiento? ¿O alguna otra cosa?

CAPÍTULO 46

Siméon levantó la vista al cielo. Grises nubarrones se empujaban unos a otros, disputándose el cielo y oscureciendo el sol. Ya había recorrido parte de la distancia que lo separaba de la Cité, pero quería llegar antes de que se desencadenara la tormenta.

Cuando alcanzó los límites del bosque, redujo el paso. Le faltaba el aliento. Estaba demasiado viejo para hacer a pie un trayecto tan largo. Se apoyó pesadamente en el bastón y se aflojó el cuello de la túnica. Estèr lo estaría esperando con la comida y quizá con un poco de vino. La idea lo reanimó. ¿Quizá Bertran estaba en lo cierto? Quizá todo habría terminado en primavera. Siméon no advirtió a los dos hombres que saltaron al sendero tras él. No reparó en el brazo levantado, ni en el mazo que se abatía sobre su cabeza, hasta que sintió el golpe y la oscuridad descendió sobre él.

Cuando Pelletier llegó a la puerta de Narbona, ya se había congregado allí una multitud.

—¡Dejadme pasar! —gritó, apartando a todos los que se interponían en su camino, hasta ponerse delante. Allí había un hombre apoyado a cuatro patas en el suelo, con sangre manándole de una herida en la frente.

Dos soldados se cernían sobre él, con las picas apuntándole al cuello. El herido era a todas luces un músico ambulante. Le habían pinchado el tamboril y su flauta yacía a un lado, partida en dos como los huesos después de un festín.

—¡En nombre de Sainte Foy! ¿Qué está pasando aquí? —preguntó Pelletier—. ¿Qué crimen ha cometido este hombre?

—No se detuvo cuando le dimos el alto —replicó el mayor de los soldados, cuyo rostro era un mosaico de cicatrices y viejas heridas—. No tiene autorización.

Pelletier se agachó junto al músico.

—Soy Bertran Pelletier, senescal del vizconde. ¿Qué has venido a hacer a Carcassona?

Tras un parpadeo, los ojos del hombre se abrieron.

—¿Senescal Pelletier? —murmuró, apretando el brazo de Pelletier.

—El mismo. Habla, amigo.

—*Besièrs es presa.* Béziers ha caído.

Muy cerca, una mujer sofocó un grito llevándose una mano a la boca.

Conmocionado hasta la médula, Pelletier consiguió ponerse nuevamente en pie.

—¡Vosotros! —ordenó—. Id en busca de refuerzos para que os releven aquí y ayudad a este hombre a llegar al castillo. Si a causa de vuestros malos tratos no puede hablar, sufriréis las consecuencias. —Pelletier se volvió hacia la muchedumbre—. ¡Y vosotros, prestadme atención! —gritó—. Nadie hablará de lo que ha visto aquí. No tardaremos en averiguar si hay algo de cierto en lo que ha dicho.

Cuando llegaron al Château Comtal, Pelletier ordenó que llevaran al músico a las cocinas para que vendaran sus heridas, mientras él iba a informar de inmediato al vizconde Trencavel. Poco después, reconfortado por la dulzura del vino con miel, el músico fue conducido a la torre del homenaje.

Estaba pálido, pero volvía a ser dueño de sí mismo. Temiendo que sus piernas no lo sostuvieran, Pelletier ordenó que trajeran un taburete, para que pudiera dar su testimonio sentado.

—Dinos tu nombre, *amic* —dijo.

—Pierre de Murviel, *messer.*

El vizconde Trencavel estaba sentado en el centro, con sus vasallos formando un semicírculo a su alrededor.

—*Benvengut,* Pierre de Murviel —dijo—. Tienes noticias para nosotros.

Intentando mantener la espalda erguida, con las manos sobre las rodillas y el rostro pálido como la leche, el hombre se aclaró la garganta y empezó a hablar. Había nacido en Béziers, pero había pasado los últimos años en las cortes de Navarra y Aragón. Era músico y había aprendido el oficio del mismísimo Raimon de Mirval, el mejor trovador del Mediodía, lo cual le había valido una invitación del soberano de Béziers. Viendo en ello la oportunidad de volver a ver a su familia, había aceptado y había regresado a su tierra natal.

Hablaba con un hilo de voz y los presentes tenían que aguzar el oído para distinguir lo que estaba diciendo.

—Háblanos de Besièrs —dijo Trencavel—, y no omitas ningún detalle.

—El ejército francés llegó a los muros de la ciudad en vísperas de la festividad de María Magdalena y plantó campamento en la ribera izquierda del Orb. Junto al río se instalaron peregrinos y mercenarios, limosneros y desdichados, una desastrada turba de gente con los pies desnudos y sin más prenda que calzones y camisas. Un poco más allá, los gallardetes de los barones y los clérigos ondeaban sobre los pabellones, en una masa de verdes, oros y rojos. Levantaron mástiles para los estandartes y talaron árboles para los corrales de los animales.

—¿Quién fue el enviado para parlamentar?

—El obispo de Besièrs, Renaud de Montpeyroux.

—Dicen que es un traidor, *messer* —intervino Pelletier, inclinándose para hablar al oído a Trencavel—. Dicen que ya se ha unido a la cruzada.

—El obispo Montpeyroux volvió con una lista de presuntos herejes, elaborada por los legados del papa. No sé cuántos nombres habría en el pergamino, *messer*, pero sin duda eran cientos. Figuraban en él algunos de los ciudadanos más influyentes, acaudalados y nobles de Besièrs, así como los seguidores de la nueva iglesia y los acusados de ser *bons chrétiens*. Si los cónsules se avenían a entregar a los herejes, Besièrs sería perdonada. De lo contrario...

Dejó sus palabras en suspenso.

—¿Qué respondieron los cónsules? —preguntó Pelletier. Sería la primera prueba de la fortaleza de su alianza contra los franceses.

—Que antes preferían ahogarse en la salmuera del mar que rendirse o traicionar a sus conciudadanos.

Trencavel dejó escapar un levísimo suspiro de alivio.

—El obispo abandonó la ciudad, acompañado por un reducido número de sacerdotes católicos, mientras el comandante de nuestra guarnición, Bernart de Servian, empezaba a organizar la defensa.

Se detuvo y tragó audiblemente. Incluso Congost, inclinado sobre su pergamino, interrumpió su trabajo y levantó la cabeza.

—La mañana del veintidós de julio amaneció serena. Hacía calor, incluso de madrugada. Un puñado de cruzados que ni siquiera eran soldados, sino simples seguidores de la Hueste, bajaron al río, justo al pie de las fortificaciones del sur de la ciudad. Desde los muros, los observaban. Hubo insultos. Uno de los *routiers* se acercó al puente, pavoneándose y lanzando injurias. Las ofensas encolerizaron a nuestros jóvenes, que se armaron con lanzas y mazas, y hasta improvisaron un tambor y un estandarte. Resueltos a dar una lección a los franceses, abrieron la puerta y, antes de que nadie pudiera darse cuenta, salieron a la carga, ladera abajo, gritando a voz en cuello, y atacaron a aquel hombre. En un momento, todo había terminado. Desde el puente lanzaron al río el cadáver del *routier*.

Pelletier miró al vizconde Trencavel, que había palidecido.

—Desde las murallas, la gente de la ciudad llamaba a los chicos para que regresaran, pero éstos estaban demasiado embriagados por su arrojo como para prestarle oídos. El alboroto llamó la atención del capitán de los mercenarios (el *roi*, como lo llaman los franceses), que viendo abierta la puerta, dio órdenes de atacar. Finalmente, los jóvenes se percataron del peligro, pero ya era tarde. Los *routiers* los aniquilaron allí mismo. Los pocos que lograron regresar intentaron proteger la puerta, pero los *routiers* eran mucho más rápidos e iban mejor armados que ellos. Se abrieron paso y la mantuvieron abierta.

»Al cabo de un momento, los soldados franceses habían llegado a las murallas, armados con picas y azadones, y empezaron a trepar por sus escaleras de mano. Bernart de Servian hizo cuanto pudo por defender la fortaleza y conservar el castillo, pero todo sucedió con excesiva rapidez. Los mercenarios se hicieron fuertes en la puerta.

»Cuando los cruzados entraron, comenzó la matanza. Había cuerpos por todas partes, muertos y mutilados; el río de sangre nos llegaba a las rodillas. Los niños fueron arrancados de brazos de sus madres y traspasados con picas y espadas. Cientos de cabezas fueron arrancadas de sus cuerpos y clavadas sobre las murallas para pasto de los buitres, de tal modo que se hubiese dicho que una hilera de gárgolas sangrientas, hechas de carne y hueso, y no de piedra, contemplaban boquiabiertas nuestra derrota. Los mercenarios mataron a todos los que encontraron, sin distinguir edad ni sexo.

El vizconde Trencavel no pudo seguir guardando silencio.

—¿Cómo es posible que ni los legados ni los barones franceses impidieran la matanza? ¿No sabían nada al respecto?

El de Murviel levantó la cabeza.

—Lo sabían, *messer*.

—Pero la matanza de inocentes contradice todo código de honor y toda convención de conducta en la guerra —intervino Pierre-Roger de Cabaret—. No puedo creer que el abad de Cîteaux, por muy grande que sea su celo y muy profundo su odio a la herejía, permita que se dé muerte a mujeres y niños cristianos sin brindarles la oportunidad de confesar sus pecados.

—Dicen que cuando le preguntaron al abad qué era menester hacer para reconocer a los buenos católicos de los herejes, él respondió: «Matadlos a todos. Dios reconocerá a los suyos» —replicó el de Murviel con voz hueca—. Al menos eso dicen.

Trencavel y Cabaret cruzaron una mirada.

—Continúa —ordenó en tono sombrío Pelletier—. Termina tu relato.

—Las grandes campanas de Besièrs tocaban a rebato. Mujeres y niños atestaban la iglesia de San Judas y la de Santa María Magdalena, en la parte alta de la ciudad, donde miles de personas se apretujaban como animales en un corral. Los sacerdotes católicos intentaron hacer oír su voz y empezaron a entonar el Réquiem, pero los cruzados echaron las puertas abajo y los mataron a todos.

Su voz se quebró.

—En el espacio de breves horas, toda la ciudad quedó convertida en un inmenso matadero. Entonces comenzó el saqueo. Nuestras mejores casas fueron despojadas de todos sus tesoros, por la codicia y la barbarie. Sólo entonces los barones franceses intentaron controlar a los *routiers*, pero no por piedad, sino para satisfacer su propia avidez de riquezas. Los mercenarios, por su parte, se enfurecieron al ver que intentaban privarlos del botín que habían conquistado, de modo que prendieron fuego a la ciudad para que nadie sacara provecho. Las viviendas de madera de los barrios pobres se inflamaron como la yesca. Las vigas del techo de la catedral ardieron y se desplomaron, atrapando a todos cuantos se habían refugiado en el interior del edificio. Las llamas eran tan feroces que la catedral se partió por la mitad.

—Dime, *amic* —dijo el vizconde—, ¿cuántos sobrevivieron?

El músico bajó la cabeza.

—Nadie, *messer*, excepto los pocos que conseguimos huir de la ciudad. Todos los demás han muerto.

—Veinte mil muertos en el espacio de una sola mañana —murmuró horrorizado Raymond-Roger—. ¿Cómo es posible?

Nadie respondió. No había palabras para expresar el horror.

Trencavel levantó la cabeza y miró al músico.

—Has visto escenas que ningún hombre debería ver, Pierre de Murviel. Has dado muestras de gran arrojo y coraje al traernos la noticia. Carcassona está en deuda contigo y haré que recibas una buena recompensa. —Hizo una pausa—. Pero antes de que te marches, quisiera hacerte otra pregunta. ¿Sabes si mi tío Raymond, conde de Toulouse, participó en el saqueo de la ciudad?

—No lo creo, *messer*. Se rumorea que permaneció en el campamento francés.

Trencavel miró a Pelletier.

—Eso es algo, al menos.

—Y mientras venías a Carcassona —intervino Pelletier—, ¿te cruzaste con alguien por el camino? ¿Se ha extendido la noticia de esta matanza?

—No lo sé, *messer*. Me mantuve apartado de las rutas principales, siguiendo los viejos pasos a través de los barrancos de Lagrasse. Pero no vi soldados.

El vizconde miró a sus cónsules, por si tenían preguntas que hacer, pero ninguno habló.

—Muy bien —dijo entonces, volviéndose hacia el músico—. Puedes retirarte. Una vez más, tienes nuestro agradecimiento.

En cuanto el músico hubo abandonado la sala, Trencavel se volvió hacia Pelletier.

—¿Por qué no hemos recibido ninguna noticia? Resulta difícil creer que ni siquiera nos hayan llegado rumores. Han pasado cuatro días desde la matanza.

—Si la historia del de Murviel es cierta, pocos habrán quedado para transmitir la noticia —dijo Cabaret en tono sombrío.

—Aun así —replicó Trencavel, desechando el comentario con un gesto de la mano—. Enviad de inmediato exploradores, tantos como podamos permitirnos. Tenemos que averiguar si la Hueste sigue acampada junto a Besièrs o si ya ha emprendido la marcha hacia el este. La victoria dará celeridad a su avance.

Cuando se puso de pie, todos se inclinaron.

—Bertran, ordena a los cónsules que difundan por toda la *Ciutat* la mala noticia. Ahora iré a la *capèla* de la Virgen. Dile a mi esposa que se reúna allí conmigo.

Pelletier sentía como si tuviera las piernas enfundadas en una armadura, mientras subía la escalera hacia sus aposentos. Parecía tener algo en torno a su pecho, como una banda o una atadura, que le impedía respirar con libertad.

Alaïs lo estaba esperando junto a la puerta.

—¿Habéis traído el libro? —le preguntó ansiosamente, pero la expresión del rostro paterno hizo que se interrumpiera en seco—. ¿Qué pasa? ¿Ha sucedido algo?

—No he ido a Sant Nazari, *filha*. Han llegado noticias.

Pelletier se dejó caer pesadamente en su silla.

—¿Qué clase de noticias?

El senescal distinguió la aprensión en la voz de su hija.

—Besièrs ha caído —respondió—. Hace tres o cuatro días. No ha habido supervivientes.

Con dificultad, Alaïs consiguió llegar al banco y sentarse.

—¿Han muerto todos? —preguntó, sobrecogida por el horror—. ¿También las mujeres y los niños?

—Nos encontramos al borde mismo de la perdición —respondió su padre—. Si son capaces de perpetrar tales atrocidades contra personas inocentes...

Alaïs se sentó a su lado.

—¿Qué pasará ahora? —dijo ella.

Por primera vez desde que tenía memoria, Pelletier percibió miedo en la voz de su hija.

—No podemos hacer nada más que esperar —respondió. Más que oír, intuyó que su hija hacía una profunda inspiración.

—Pero eso no cambia nada de lo que hemos acordado, ¿verdad? —dijo ella cautelosamente—. Nos permitiréis llevar la Trilogía a un lugar seguro.

—La situación ha cambiado.

Una mirada de fiera determinación centelleó en el rostro de la joven.

—Con todo respeto, *paire*, ahora hay incluso más razones que antes para que nos dejéis partir. Si no lo hacemos, los libros quedarán atrapados dentro de la *Ciutat*. No querréis que eso suceda, ¿verdad? —Hizo una pausa, pero él no contestó—. Después de todos los sacrificios que habéis hecho Siméon, Esclarmonda y tú, después de tantos años de esconder los libros y mantenerlos a salvo, vais a fallar al final.

—Lo que sucedió en Besièrs no sucederá aquí —repuso él con firmeza—. Carcassona puede resistir un asedio y lo resistirá. Los libros estarán más seguros aquí.

Alaïs estiró el brazo sobre la mesa y cogió la mano de su padre.

—Mantened vuestra palabra, os lo suplico.

—*Laissa estar*, Alaïs —dijo él secamente—. No sabemos dónde está el ejército. La tragedia que se ha abatido sobre Besièrs ya es una noticia antigua. Han pasado varios días desde esos nefastos sucesos, aunque son nuevos para nosotros. Puede que ya haya una avanzadilla dispuesta a atacar la *Ciutat*. Si te dejo ir, estaría firmando tu sentencia de muerte.

—Pero...

—Te lo prohíbo. Es demasiado peligroso.

—Estoy dispuesta a correr el riesgo.

—No, Alaïs —exclamó el senescal—, no te sacrificaré. La obligación es mía, no tuya.

—Entonces ¡venid conmigo! —exclamó ella—. ¡Esta noche! ¡Reunamos los libros y vayámonos ahora, mientras aún podemos!

—Es demasiado peligroso —repitió él empecinadamente.

—¿Creéis que no lo sé? Sí, es posible que las espadas francesas pongan fin a nuestro viaje. Pero seguramente será mejor morir en el intento que permitir que el miedo a lo que pueda suceder nos despoje de nuestro valor.

Para su sorpresa, y para su frustración, su padre sonrió.

—Tu ánimo te honra, *filha* —dijo él, en tono de derrota—. Pero los libros se quedan en la *Ciutat*.

Alaïs lo miró horrorizada, se dio la vuelta y salió corriendo de la habitación.

CAPÍTULO 47
Besièrs

Durante dos días después de su inesperada victoria en Béziers, los cruzados permanecieron en los fértiles prados y los campos generosos que rodeaban la ciudad. Haber conseguido tan importante trofeo prácticamente sin sufrir bajas era un milagro. Dios no hubiese podido ofrecerles una señal más clara de la justicia de su causa.

Sobre ellos se cernían las ruinas humeantes de una ciudad antaño grandiosa. Fragmentos de grises cenizas subían en espiral hacia un incongruente cielo azul estival y eran dispersadas por el viento sobre el territorio derrotado. De vez en cuando se oía el ruido inconfundible de las paredes y los escombros desmoronándose y el estallido de la madera quebrándose.

A la mañana siguiente, la Hueste levantó el campamento y emprendió la marcha hacia el sur, por campo abierto, en dirección a la ciudad romana de Narbona. Al frente de la columna marchaba el abad de Cîteaux flanqueado por los legados papales, cuya autoridad secular se había visto reforzada por la arrolladora derrota de la ciudad que había osado dar refugio a la herejía. Cada cruz blanca o dorada parecía refulgir como el más rico de los paños sobre las espaldas de los guerreros de Dios. Cada crucifijo parecía concentrar los rayos de un sol reluciente.

El ejército conquistador zigzagueaba como una serpiente por un paisaje de salinas, pantanos y amarillas extensiones de matorrales azotadas por los feroces vientos que soplaban desde el golfo de León. La vid crecía silvestre a la vera de los caminos, junto a olivos y almendros.

Los soldados franceses, inexpertos y poco habituados al extremo clima del sur, no habían visto nunca un paisaje semejante. Se persignaban, viendo en ello la prueba de que habían entrado en un país dejado de la mano de Dios.

Una delegación encabezada por el arzobispo de Narbona y el vizconde de la ciudad se reunió con los cruzados en Capestang, el 25 de julio.

Narbona era un rico puerto comercial del Mediterráneo, aunque el núcleo de la ciudad se hallaba a cierta distancia de la costa. Con los rumores acerca de los horrores infligidos a Béziers aún frescos en la mente y con la esperanza de salvar Narbona de correr la misma suerte, la Iglesia y el estado se avinieron a sacrificar su independencia y su honor. En presencia de testigos, el obispo y el vizconde de Narbona se arrodillaron ante el abad de Cîteaux e hicieron protestas de total y completo sometimiento a la autoridad de la Iglesia. Acordaron entregar a los legados a todos los herejes conocidos, confiscar las propiedades de cátaros y judíos, e incluso pagar diezmos sobre sus propias posesiones, para financiar la cruzada.

En cuestión de horas, el acuerdo era firme. Narbona se salvó de la destrucción. Nunca un botín de guerra se había ganado con tanta facilidad.

Si el abad y sus legados se sorprendieron por la celeridad con que los narboneses renunciaron a sus derechos, no lo dejaron traslucir. Si los hombres que marchaban bajo los bermejos estandartes del conde de Toulouse se abochornaron por la falta de arrojo de sus compatriotas, no lo confesaron.

Se dio orden de cambiar de rumbo. Pernoctarían en las afueras de Narbona y por la mañana emprenderían la marcha hacia Olonzac. A partir de ahí, quedarían sólo unos días de marcha hasta Carcasona.

Al día siguiente, se rindió la ciudad fortificada de Azille, situada sobre una colina, que abrió de par en par sus puertas a los invasores. Varias familias acusadas de herejía fueron quemadas en una hoguera precipitadamente instalada en la plaza del mercado. El humo negro serpenteó por las estrechas y empinadas callejuelas, atravesó los gruesos muros de la ciudad y alcanzó las llanuras que había a lo lejos.

Una a una, las pequeñas ciudades y fortalezas se fueron rindiendo sin un solo cruce de espadas. La ciudad vecina de La Redorte siguió el ejemplo de Azille, como la mayoría de pueblos y caseríos de pequeñas viviendas que había en el camino. Algunas ciudadelas fueron abandonadas y los cruzados las encontraron desiertas.

La Hueste se abasteció a placer en los graneros y los huertos frutales y prosiguió su marcha. La escasa resistencia que encontraron fue sofocada con inmediatas y violentas represalias. Gradualmente, la salvaje reputación del ejército se fue difundiendo, como una sombra maligna que extendiera ante él su negro manto. Poco a poco, el antiguo vínculo entre el pueblo del Languedoc oriental y la dinastía Trencavel se quebró.

En vísperas de la festividad de Sant Nazari, una semana después de su victoria sobre Béziers, la avanzadilla de la Hueste llegó a Trèbes, dos días antes que el grueso del ejército.

A lo largo de la tarde, la humedad del aire fue en aumento. La neblinosa luz vespertina se transmutó en un gris lechoso. Se vio el violento relampagueo de los rayos seguido por el rugido de varios truenos. Mientras los cruzados atravesaban las puertas de la ciudad, que habían quedado abiertas y sin custodia, empezaron a caer las primeras gotas de lluvia.

Las calles estaban fantasmagóricamente desiertas. Todos sus habitantes se habían esfumado como arrebatados por duendes o espíritus. El cielo era una interminable extensión negra y violácea, con amoratadas nubes que se perseguían sobre el horizonte.

Cuando se abatió la tormenta, barriendo las llanuras que rodeaban la ciudad, los truenos estallaron y rugieron en lo alto como si el cielo mismo se estuviera desintegrando.

Los caballos resbalaban y patinaban sobre el empedrado de las calles. Cada pasaje y cada callejón se transformó en un río. La lluvia aporreaba con ferocidad escudos y celadas. Las ratas trepaban por la escalera de la iglesia para salvarse de los arremolinados torrentes. El campanario fue alcanzado por un rayo, pero no llegó a incendiarse.

Los soldados del norte cayeron de rodillas, persignándose y suplicando a Dios que se apiadara de ellos. Nunca habían visto nada comparable a aquella tormenta en las llanuras de Chartres, en los campos de Borgoña o en los bosques de la Champaña.

Tan rápidamente como se había desatado, como una bestia voluminosa y torpe, la tormenta pasó. El aire se volvió límpido y apacible. Los cruzados oyeron que las campanas del monasterio cercano empezaban a repicar, como agradecimiento por el fin de la tempestad. Tomándolo como signo de que lo peor ya había pasado, salieron de sus escondites y se pusieron a trabajar. Los escuderos comenzaron a buscar prados donde los caballos pudieran pastar a salvo, mientras los criados descargaban las pertenencias de sus amos e iban en busca de leña seca para el fuego.

Gradualmente, el campamento fue cobrando forma.

Llegó el crepúsculo. El cielo era un mosaico de rosas y violetas. Cuando los últimos penachos de nubes blancas se disiparon, los invasores del norte tuvieron su primer atisbo de las torres y torreones de Carcasona, revelados de pronto en el horizonte.

La Cité parecía flotar por encima de la tierra, como una fortaleza de piedra en el cielo, contemplando majestuosa el mundo de los hombres. Nada de lo que habían oído hasta entonces los había preparado para la primera visión del lugar que habían ido a conquistar. Las palabras no hacían justicia a su esplendor.

Era magnífica, dominante. Inexpugnable.

CAPÍTULO 48

Cuando recuperó el sentido, Siméon ya no estaba en el bosque, sino en una especie de establo. Tenía cierta noción de haber recorrido un largo camino. Las costillas le dolían por el movimiento del caballo.

El hedor era terrible, una mezcla de olor a sudor, cabra, paja seca y algo que no acababa de identificar. Algo enfermizo, como flores en descomposición. Había varios arreos colgados de la pared y un tridente apoyado en un rincón, junto a la puerta, que no era más alta que los hombros de un hombre adulto. En la pared opuesta, se veía cinco o seis argollas de metal para atar animales.

Siméon bajó la vista. La capucha que le habían puesto para taparle la cabeza yacía en el suelo, a su lado. Todavía tenía las manos atadas, lo mismo que los pies.

Tosiendo e intentando escupir las ásperas hebras de tela que se le habían quedado en la boca, encontró un apoyo sobre el cual hizo palanca para sentarse. Entumecido y dolorido, se fue arrastrando hacia atrás por el suelo hasta llegar a la puerta. Le llevó cierto tiempo, pero el alivio de sentir algo sólido donde apoyar los hombros y la espalda fue enorme. Pacientemente, consiguió ponerse en pie y casi tocó el techo con la cabeza. Se puso a golpear la puerta con el cuerpo. La madera crujía y se abombaba, pero estaba atrancada por fuera y no cedió.

Siméon no tenía idea de dónde podía encontrarse, ni si aún estaba cerca de Carcasona o lejos de la ciudad. Conservaba el recuerdo borroso de haber sido transportado a caballo, primero por una zona de bosques y después por un llano. Lo poco que conocía del terreno le permitió deducir que quizá estuviera cerca de Trèbes.

Podía ver un resto de luz a través de la pequeña rendija en la base de la puerta, de un azul oscuro que no era aún el negro profundo de la noche. Cuando apoyó la oreja en el suelo, distinguió el bisbiseo de sus captores en las proximidades.

Estaban esperando la llegada de alguien. La idea le heló la sangre, pues era la prueba —por si aún fuera necesaria— de que su apresamiento no había sido fruto del azar.

Arrastrándose, Siméon volvió al fondo de la cuadra. De vez en cuando se quedaba dormido, se desplomaba hacia un lado y se despertaba sobresaltado, pero en seguida volvía a adormilarse.

La voz de alguien gritando lo despejó. De inmediato, hasta el último nervio de su cuerpo se puso en estado de alerta. Oyó a unos hombres poniéndose en pie y, poco después, un golpe seco al ser retirada la pesada viga de madera que aseguraba la puerta.

Tres sombrías figuras aparecieron por la abertura, recortadas contra la luz de un día soleado. Siméon parpadeó, incapaz de verlos bien.

—*Ou est il?* ¿Dónde está?

Era una voz con acento del norte, educada, fría y apremiante. Hubo una pausa. La antorcha se levantó un poco más y reveló a Siméon en su rincón, parpadeando en las sombras.

—Traedlo aquí.

Apenas tuvo tiempo de mirar al jefe de la emboscada, cuando lo agarraron por los brazos y lo arrojaron de rodillas delante del francés.

Lentamente, Siméon levantó la vista. El hombre tenía un rostro afilado y cruel, y unos ojos inexpresivos del color del pedernal. Su túnica y sus calzas eran de buena calidad, cortadas al estilo del norte, pero no ofrecían indicio alguno de su categoría o posición.

—¿Dónde lo tienes? —le preguntó el hombre.

Siméon levantó la cabeza.

—No entiendo —replicó en hebreo.

El puntapié lo cogió por sorpresa. Sintió que una costilla se le quebraba y cayó de espaldas, con las piernas mal flexionadas debajo del cuerpo. Unas manos ásperas lo agarraron por las axilas y volvieron a levantarlo.

—Sé quién eres, judío —dijo el hombre—. Es inútil que intentes ese juego conmigo. Volveré a preguntártelo. ¿Dónde está el libro?

Siméon levantó nuevamente la cabeza, pero no dijo nada.

Esta vez, el hombre le apuntó a la cara. El dolor estalló en su cabeza, mientras la boca se le abría desgarrada y los dientes le crujían en la mandíbula. Siméon sintió el punzante sabor de la sangre y la saliva en la lengua y la garganta.

—Te he perseguido como a un animal, judío —dijo el hombre—. He ido tras de ti todo el camino desde Chartres hasta Béziers y desde Béziers hasta aquí. Te he rastreado como a un animal. Has consumido gran parte de mi tiempo y se me está agotando la paciencia. —Se le acercó un poco más, de modo que Siméon pudo distinguir el odio en sus ojos grises de mirada inerte—. Una vez más: ¿dónde está el libro? ¿Se lo has dado a Pelletier? *Est ce?*

Dos ideas acudieron simultáneamente a la mente de Siméon: la primera, que ya no podía salvar su vida, y la segunda, que debía proteger a sus amigos. Todavía conservaba ese poder. Los ojos se le cerraban por la hinchazón y la sangre se acumulaba en las grietas de sus párpados.

—Tengo derecho a conocer el nombre de mi acusador —dijo a través de una boca demasiado herida para hablar—. Así podré rezar por ti.

Los ojos del hombre se estrecharon.

—No te engañes. Acabarás diciéndome dónde has escondido el libro.

Siméon sacudió la cabeza.

Lo pusieron de pie. Le arrancaron la ropa y lo arrojaron contra un carro. Uno de los hombres lo agarró por las manos y otro por las piernas, dejando expuesta su espalda. Siméon oyó el chasquido seco del cuero en el aire antes de que la hebilla tocara su piel desnuda. Un agónico estremecimiento le sacudió el cuerpo.

—¿Dónde está?

Siméon cerró los ojos, mientras el cinturón volvía a silbar en el aire.

—¿Está en Carcasona o aún lo tienes contigo, judío? —gritaba el hombre, siguiendo el ritmo de los golpes—. Me lo dirás. Lo harás tú o lo harán ellos.

La sangre manaba de su espalda lacerada. Siméon comenzó a orar según la tradición de sus mayores, arrojando a la oscuridad palabras antiguas y sagradas que desviaban su mente del dolor.

—*Où - est - le - livre?* —insistió el hombre, marcando cada palabra con un golpe.

Fue lo último que oyó Siméon, antes de que la oscuridad lo alcanzara y lo invadiera.

CAPÍTULO 49

La avanzadilla de la cruzada fue divisada por primera vez desde Carcasona el día de la festividad de Sant Nazari, por el camino de Trèbes. Los guardias de la torre Pinta encendieron los fuegos y las campanas tocaron a rebato.

Al atardecer de ese primero de agosto, el campamento francés del otro lado del río había crecido con tiendas y pabellones, estandartes y cruces doradas resplandeciendo al sol. Había barones del norte, mercenarios gascones, soldados de Chartres, Borgoña y París, zapadores, arqueros, sacerdotes y toda la muchedumbre que sigue a un ejército.

Al sonar el toque de vísperas, el vizconde Trencavel subió a las murallas, acompañado de Pierre-Roger de Cabaret, Bertran Pelletier y uno o dos de sus vasallos. A lo lejos, espirales de humo ascendían al cielo. El río era una cinta de plata.

—¡Son tantos!

—No más de los que esperábamos, *messer* —replicó Pelletier.

—¿Cuándo crees que llegará el grueso del ejército?

—Es difícil decirlo con certeza —respondió el senescal—. Unas fuerzas tan numerosas viajan con lentitud, el calor las retrasa...

—Retrasarlas, sí —dijo el vizconde—, pero no las detiene.

—Estamos listos para recibir al enemigo, *messer*. La *Ciutat* está bien abastecida. Hemos abierto fosos para proteger nuestras murallas de sus zapadores; todas las brechas y puntos débiles han sido reparados y bloqueados; todas las torres están vigiladas. —Pelletier hizo un amplio gesto con la mano—. Hemos cortado las sogas que retenían en su sitio las aceñas en el río y hemos quemado las cosechas. Los franceses encontrarán muy pocas provisiones en los alrededores.

Con los ojos centelleantes, Trencavel se volvió de pronto hacia Cabaret.

—Ensillemos nuestros caballos y hagamos una incursión. Antes de que caiga la tarde y el sol se esconda, saquemos a cuatrocientos de nuestros mejores hombres, a los más hábiles con la lanza y la espada, y expulsemos a los franceses de nuestras laderas. No esperan que les presentemos batalla. ¿Qué me decís?

Pelletier compartía su deseo de ser el primero en atacar, pero sabía que habría sido un acto de suprema demencia.

—Hay batallones en las llanuras, *messer*. Hay *routiers*, pequeños contingentes de la avanzadilla...

Pierre-Roger de Cabaret era de la misma opinión.

—No sacrifiquéis a vuestros hombres, Raymond.

—Pero si pudiésemos asestar el primer golpe...

—Nos hemos preparado para un asedio, *messer*, no para presentar batalla en campo abierto. La guarnición es poderosa. Los *chavalièrs* más animosos y experimentados están aquí, esperando la ocasión de demostrar su valía...

—¿Pero? —suspiró Trencavel.

—Pero su sacrificio sería inútil —contestó Cabaret con firmeza.

—Vuestros hombres confían en vos y os aman —dijo Pelletier—. Están dispuestos a dar su vida por vos, si es necesario. Pero debemos esperar. Que sean ellos quienes nos traigan la batalla.

—Me temo que mi orgullo nos ha empujado a esta situación —murmuró el vizconde—. No sé por qué, pero no esperaba que todo sucediera tan pronto. —Sonrió—. ¿Recuerdas, Bertran, cuando mi madre llenaba el castillo de danzas y canciones? Todos los grandes trovadores y juglares venían a actuar para ella: Aiméric de Pegulham, Arnaut de Carcassès y hasta Guilhelm Fabre y Bernat Alanham de Narbona. Siempre había banquetes y celebraciones...

—He oído que la vuestra era la mejor corte de todo el Pays d'Òc —dijo Cabaret, apoyando una mano sobre el hombro de su señor—. Y volverá a serlo.

Las campanas callaron. Todas las miradas se dirigían al vizconde Trencavel.

Cuando éste habló, Pelletier se enorgulleció al comprobar que todo rastro de vacilación había desaparecido de la voz de su señor. Ya no era un chico recordando su infancia, sino un capitán en vísperas de la batalla.

—Bertran, ordena que cierren las poternas y bloqueen las puertas, y convoca al *donjon* al comandante de la guarnición. Cuando vengan los franceses, los estaremos esperando.

—Quizá debiéramos enviar refuerzos a Sant-Vicens, *messer* —sugirió Cabaret—. Cuando la Hueste ataque, empezará por allí, y no podemos permitirnos perder el acceso al río.

Trencavel hizo un gesto de aprobación.

Cuando los otros se hubieron marchado, Pelletier se demoró un momento, contemplando el paisaje como si quisiera grabarlo en su mente.

Al norte, los muros de Sant-Vicens eran bajos y estaban defendidos por unas pocas torres dispersas. Si el invasor penetraba por esos suburbios, podría ponerse a tiro de flecha de las murallas de la Cité, a cubierto de las casas.

El suburbio meridional, el de Sant Miquel, resistiría un poco más.

Era cierto que Carcasona estaba lista para el asedio. Había comida en abundancia —pan, queso, judías— y cabras para la leche. Pero había demasiada gente entre sus murallas y a Pelletier le preocupaba el suministro de agua. Por orden suya, todas las fuentes estaban vigiladas y se había instaurado el racionamiento.

Mientras salía de la torre Pinta a la plaza de armas, se sorprendió pensando una vez más en Siméon. En dos ocasiones había enviado a François a la judería en busca de noticias suyas y las dos veces su criado había regresado sin haber averiguado nada. La angustia de Pelletier aumentaba día a día.

Tras echar un rápido vistazo a los establos, decidió que podía ausentarse un par de horas. Se dirigió a las cuadras.

Pelletier siguió la ruta más directa por la llanura y a través del bosque, perfectamente consciente de la Hueste acampada a lo lejos.

Aunque la judería estaba atestada y había gente en la calle, reinaba un silencio antinatural. Había miedo y aprensión en todas las caras, jóvenes o viejas. Todos sabían que pronto comenzaría la lucha. Mientras Pelletier cabalgaba por las estrechas callejuelas, niños y mujeres lo contemplaban con ojos llenos de angustia, buscando un indicio de esperanza en su rostro. Pero él no tenía nada que ofrecerles.

Nadie tenía noticias de Siméon. No le fue difícil encontrar su casa, pero la puerta estaba atrancada. Se bajó del caballo y llamó a la puerta de la casa de enfrente.

—Busco a un hombre llamado Siméon —dijo, cuando una mujer se asomó temerosa a la puerta—. ¿Sabes de quién hablo?

La mujer asintió con la cabeza.

—Vino con los otros de Besièrs.

—¿Recuerdas cuándo lo viste por última vez?

—Hace unos días, antes de recibir las malas noticias de Besièrs. Salió para Carcassona. Un hombre vino a buscarlo.

Pelletier frunció el ceño.

—¿Cómo era ese hombre?

—Un criado de buena casa. Pelirrojo —dijo la mujer, arrugando la nariz—. Siméon parecía conocerlo.

El desconcierto de Pelletier no hizo más que aumentar. Parecía una descripción de François. Pero ¿cómo era posible? Su criado había dicho que no había encontrado a Siméon.

—Ésa fue la última vez que lo vi.

—¿Me estás diciendo que Siméon no volvió de Carcassona?

—Si tiene algo de sentido común, se habrá quedado allí. Estará más seguro que aquí.

—¿Es posible que Siméon haya regresado sin que tú lo vieras? —preguntó él con desesperación—. Tal vez estuvieras durmiendo, o quizá no lo hayas oído.

—Miradlo vos mismo, *messer* —replicó ella, señalando la casa del otro lado de la calle—. Vedlo con vuestros ojos. *Vòga.* Vacía.

CAPÍTULO 50

Oriane recorrió de puntillas el pasillo hasta la habitación de su hermana.

—¡Alaïs!

Guiranda le había asegurado que su hermana estaba otra vez en los aposentos de su padre, pero prefería actuar con cautela.

—*Seror?* ¿Hermana?

Al no obtener respuesta, Oriane abrió la puerta y entró.

Con la destreza de un ladrón, comenzó a registrar rápidamente las pertenencias de Alaïs: frascos, jarras y cuencos, el arcón de la ropa y los cajones llenos de paños, perfumes y hierbas de dulce aroma. Golpeó las almohadas y encontró la bolsa de lavanda, que no le pareció interesante. Después buscó por encima y por debajo de la cama, pero sólo encontró insectos muertos y telarañas.

Al volverse hacia la habitación, reparó en la pesada capa marrón de caza, apoyada sobre el respaldo de la silla donde Alaïs solía coser. Los hilos y agujas de su hermana estaban dispersos alrededor. Oriane sintió un chispazo de emoción. ¿Por qué una capa de invierno, en esa época del año? ¿Por qué se ocupaba la propia Alaïs de remendar su ropa?

Recogió la prenda e inmediatamente notó algo extraño. Estaba torcida y caía más de un lado que del otro. Oriane levantó una esquina y vio que tenía algo cosido por dentro.

Apresuradamente, deshizo la costura, deslizó hacia dentro los dedos y extrajo un objeto pequeño y rectangular, envuelto en un lienzo.

Estaba a punto de examinarlo, cuando la sorprendió un ruido en el pasillo, fuera de la habitación. Veloz como el rayo, Oriane ocultó el paquete bajo su vestido y volvió a dejar la capa sobre el respaldo de la silla.

Una mano se posó pesadamente sobre su hombro. Oriane se sobresaltó.

—¿Qué demonios estás haciendo aquí? —dijo una voz masculina.

—¡Guilhelm! —jadeó ella—. ¡Me has asustado!

—¿Qué estás haciendo en la alcoba de mi esposa, Oriane?

Oriane levantó la barbilla.

—Yo podría hacerte a ti la misma pregunta.

En la estancia cada vez más oscura, vio que la expresión de él se ensombrecía y supo que había dado en el blanco.

—Yo tengo todo el derecho a estar aquí; en cambio tú... —Miró la capa y luego una vez más su cara—. ¿Qué estás haciendo?

Ella sostuvo su mirada.

—Nada que te incumba.

Guilhelm cerró la puerta con un golpe del talón.

—¡Estáis excediendo todos los límites, *dòmna*! —exclamó él, agarrándola por la muñeca.

—No seas tonto, Guilhelm —dijo ella en voz baja—. Abre la puerta. Sería una desgracia para los dos que alguien llegase y nos encontrase juntos.

—No juegues conmigo, Oriane. No tengo ánimos para juegos. No pienso dejarte ir a menos que me digas qué has venido a hacer aquí. ¿Te ha enviado él?

Oriane lo miró, sinceramente confusa.

—No sé de qué me hablas, Guilhelm. Créeme.

Los dedos de él se hundieron en su carne.

—Creías que no iba a enterarme, ¿eh? Pues os he visto juntos.

Una sensación de alivio inundó a Oriane. Ahora comprendía el motivo de su irritación. Si Guilhelm no había reconocido a su compañero, aún podía aprovechar el malentendido en su beneficio.

—Dejadme ir —dijo ella, intentando soltarse—. Recordaréis, *messer*, que fuisteis vos quien dijo que ya no debíamos vernos. —Se echó atrás el pelo negro y lo miró con ojos centelleantes—. Si busco consuelo en otros brazos, no es asunto vuestro. No tenéis ningún derecho sobre mí.

—¿Quién es él?

Oriane pensó con rapidez. Necesitaba un nombre convincente.

—Antes de decíroslo, prometedme que no haréis ninguna locura —le suplicó, intentando ganar tiempo.

—En este momento, *dòmna*, no estáis en situación de poner condiciones.

—Entonces vayamos al menos a otro sitio: a mis aposentos, a la plaza de armas, a cualquier parte fuera de aquí. Si vuelve Alaïs...

Por la expresión de su rostro, Oriane comprendió que había acertado. El mayor temor de Guilhelm en ese instante era que Alaïs descubriera su infidelidad.

—De acuerdo —dijo él ásperamente. Abrió la puerta con la mano libre y a continuación la llevó medio a empujones y medio a rastras por el pasillo. Cuando por fin llegaron a su habitación, Oriane había ordenado sus pensamientos.

—Hablad, *dòmna* —le ordenó él.

Con la mirada fija en el suelo, Oriane le confesó que había cedido a los avances de un nuevo pretendiente, hijo de uno de los aliados del vizconde, que la admiraba desde hacía tiempo.

—¿Es eso cierto? —preguntó él.

—Lo juro por mi vida —susurró ella, levantando la vista hacia él a través de unas pestañas cuajadas de lágrimas.

Guilhelm aún parecía sospechar, pero había un destello de indecisión en su mirada.

—Eso no explica qué hacíais en los aposentos de mi esposa.

—No pretendía más que proteger vuestra reputación —replicó ella—, devolviendo a su sitio algo que os pertenece.

—¿De qué habláis?

—Mi marido encontró una hebilla de hombre en mi habitación —dijo, indicando la forma con las manos—. Más o menos así de grande, de cobre y plata.

—Yo he perdido una hebilla como ésa —reconoció él.

—Jehan estaba dispuesto a identificar al dueño y dar a conocer su nombre. Como yo sabía que era vuestra, pensé que lo más seguro sería devolverla a vuestra habitación.

Guilhelm frunció el ceño.

—¿Por qué no me la disteis a mí?

—Me estáis evitando, *messer* —susurró Oriane—. No sabía cuándo os vería, ni si os volvería a ver alguna vez. Además, si nos hubiesen visto juntos, podría haber sido la prueba de lo que hubo entre nosotros. Juzgad necias mis acciones, si así os parece, pero no dudéis de las intenciones que las inspiraron.

Pudo ver que no lo había convencido, pero no se atrevió a insistir más en el asunto. La mano de él se posó en la daga que llevaba en la cintura.

—Si dices una sola palabra de esto a Alaïs —dijo—, te mataré, Oriane. Que me fulmine Dios si no lo hago.

—No lo sabrá de mis labios —aseguró ella, y a continuación sonrió—, a menos que no me quede otro remedio. Debo protegerme. A propósito —añadió, antes de hacer una pausa durante la cual Guilhelm hizo una profunda inspiración—, hay un favor que me gustaría pedirte.

Los ojos de él se estrecharon.

—¿Y si no estuviera dispuesto a hacértelo?

—Solamente quiero saber si nuestro padre le ha dado a Alaïs alguna cosa de valor para que ella la guarde.

—Me estás pidiendo que espíe a mi esposa —dijo él, con la incredulidad reflejada en la voz—. No pienso hacer tal cosa, Oriane, y tú no harás nada que pueda contrariarla, ¿está claro?

—¿Contrariarla? Es el temor a ser descubierto lo que te hace ser tan caballeroso. Eres tú quien la traicionó a ella durante todas esas noches que yaciste conmigo, Guilhelm. Yo sólo busco información. Averiguaré lo que quiero saber, con tu ayuda o sin ella. Pero si me lo pones difícil...

Dejó la amenaza flotando en el aire.

—No te atreverías.

—No me costaría nada revelarle a Alaïs todo lo que hicimos juntos, contarle las cosas que me susurrabas, enseñarle los regalos que me diste... Me creería, Guilhelm. Demasiado de tu alma se trasluce en tu rostro.

Repugnado de ella y de sí mismo, Guilhelm abrió la puerta de golpe.

—¡Así te abrases en el infierno, Oriane! —exclamó, mientras se alejaba a grandes zancadas por el pasillo.

Oriane sonrió. Lo tenía acorralado.

Alaïs había pasado toda la tarde intentando encontrar a su padre. Nadie lo había visto. Incluso había salido a la Cité con la esperanza de poder hablar al menos con Esclarmonda. Pero ni ella ni Sajhë estaban ya en Sant Miquel y no parecían haber vuelto aún a su casa.

Al final, exhausta e inquieta, Alaïs volvió sola a su habitación. No pudo acostarse. Estaba demasiado nerviosa y alarmada, de modo que encendió una lámpara y se sentó a la mesa.

Poco después de que las campanas dieran la una, la despertaron unos pasos junto a la puerta. Levantó la cabeza de los antebrazos y volvió la mirada soñolienta en dirección al ruido.

—¿Rixenda? —susurró en la oscuridad—. ¿Eres tú?

—No, no soy Rixenda —dijo él.

—¿Guilhelm?

Guilhelm entró en el círculo de luz de la lámpara, sonriendo como si no estuviera seguro de ser bien recibido.

—Perdóname. He prometido dejarte en paz, lo sé, pero... ¿me permites?

Alaïs se incorporó.

—He estado en la capilla —dijo él—. He rezado, pero no creo que mis palabras hayan llegado a su destino.

Guilhelm se sentó en el borde de la cama. Al cabo de un momento de vacilación, ella fue hacia él. Parecía preocupado por algo.

—Aquí estoy —susurró ella—. Déjame que te ayude.

Le desató las botas y lo ayudó a quitarse el arnés de los hombros y el cinturón. El cuero y la hebilla cayeron al suelo con un pesado ruido metálico.

—¿Qué cree el vizconde Trencavel que pasará?

Guilhelm se tumbó en la cama y cerró los ojos.

—Que la Hueste atacará primero Sant-Vicens y después Sant Miquel, para poder acercarse a los muros de la *Ciutat.*

Alaïs se sentó a su lado y le apartó el pelo de la cara. La sensación de su piel bajo los dedos la hizo estremecerse.

—Deberíais dormir, *messer.* Necesitaréis toda vuestra fuerza para la batalla que vendrá.

Con gesto perezoso, él abrió los ojos y le sonrió.

—Podrías ayudarme a descansar.

Alaïs sonrió y se estiró para coger una loción de romero que solía tener sobre la mesilla de noche. Se arrodilló a su lado y empezó a aplicársela sobre las sienes con un masaje.

—Antes, cuando estaba buscando a mi padre, fui a la habitación de mi hermana. Creo que había alguien con ella.

—Probablemente Congost —dijo él secamente.

—No lo creo. Él y los otros escribanos están durmiendo en la torre Pinta estos días, por si el vizconde los necesita. —Hizo una pausa—. Se oían risas.

Guilhelm apoyó un dedo sobre la boca de su esposa, para hacerla callar.

—Ya basta de hablar de Oriane —susurró, deslizando sus manos en torno a su cintura y atrayéndola hacia sí. Ella distinguió el sabor del vino en sus labios.

—Hueles a manzanilla y a miel —le dijo él, mientras le soltaba el pelo para que se derramara como una cascada en torno a su rostro.

—*Mon còr.*

El solo contacto de su piel, tan sorprendente y a la vez tan íntimo, hizo que a ella se le erizara el vello de la nuca. Lentamente, con sumo cuidado, sin desviar sus ojos pardos de su rostro, Guilhelm le soltó el vestido de los hombros y se lo bajó hasta la cintura. Alaïs se movió levemente. La tela se aflojó y resbaló de la cama al suelo, como un pelaje invernal que hubiese dejado de ser necesario.

Guilhelm levantó la manta para que ella se metiera en la cama y se acostara a su lado, sobre unas almohadas que aún conservaban la memoria de él. Por un instante, yacieron brazo contra brazo, flanco contra flanco, con los pies fríos de ella sobre la piel caliente de Guilhelm. Después, él se inclinó sobre ella. Entonces Alaïs pudo sentir su respiración, susurrando sobre la superficie de su piel como una brisa de verano. Sus labios bailaban y su lengua reptaba, deslizándose hasta sus pechos. Alaïs contuvo la respiración, mientras él cogía entre sus labios uno de sus pezones, lamiendo y tironeando.

Guilhelm levantó la cabeza y le dedicó una media sonrisa.

A continuación, sosteniendo aún su mirada, descendió hasta el espacio abierto entre las piernas desnudas de ella. Alaïs miraba fijamente los ojos castaños de Guilhelm, seria y sin parpadear.

—*Mon còr* —repitió él.

Suavemente, Guilhelm la penetró poco a poco, hasta que ella lo hubo recibido en su totalidad. Por un instante se quedó inmóvil, contenido en ella, como si descansara.

Alaïs se sintió fuerte y poderosa, como si en ese momento pudiera hacer cualquiera cosa y ser cualquier persona que se propusiera ser. Una densa e hipnótica calidez se filtraba hacia sus extremidades, colmándola y devorando sus sentidos. El sonido de su propia sangre palpitante le llenaba la cabeza. Había perdido toda noción de tiempo o espacio. No existían más que Guilhelm y las sombras danzarinas de la lámpara.

Poco a poco, él empezó a moverse.

—Alaïs.

La palabra se deslizó de sus labios.

Ella apoyó las manos sobre la espalda de él, con los dedos abiertos, formando una estrella. Podía sentir el vigor de Guilhelm, la fuerza de sus brazos bronceados y sus muslos firmes, la suavidad del vello de su pecho rozándole la piel. Su lengua se movía entre los labios de ella, caliente, húmeda y voraz.

Guilhelm respiraba cada vez con más fuerza y rapidez, impulsado por el deseo, por la necesidad. Alaïs lo estrechó entre sus brazos, mientras él gritaba su nombre. Tras un estremecimiento, se quedó inmóvil.

Gradualmente, el rugido en el interior de su cabeza fue cediendo, hasta que no quedó nada, excepto el amortiguado silencio de la habitación.

Después, cuando hubieron hablado y se hubieron susurrado promesas en la oscuridad, se quedaron dormidos. El aceite se quemó hasta agotarse. La llama de la lámpara se consumió y se extinguió. Alaïs y Guilhelm no lo notaron. No repararon en la plateada marcha de la luna a través del cielo, ni en la luz violácea del alba que acudió arrastrándose a su ventana. No repararon en nada más que en sí mismos, mientras yacían durmiendo con los cuerpos entrelazados, dos esposos que volvían a ser amantes.

Reconciliados. En paz.

CAPÍTULO 51

A lice despertó unos segundos antes de que sonara el despertador y se sorprendió tumbada de través en la cama, con un mar de papeles dispersos a su alrededor.

Tenía delante el árbol genealógico, junto con las notas tomadas en la biblioteca de Toulouse. Sonrió. Le había pasado lo mismo que en su época de estudiante, cuando tan a menudo se quedaba dormida sobre el escritorio.

Pero no se sintió mal. Pese al falso robo de la noche anterior, esa mañana estaba animada. Satisfecha y hasta feliz.

Se desperezó, estirando los brazos y el cuello, y después se levantó para abrir las persianas y la ventana. Pálidas pinceladas de luz y chatas nubes blancas surcaban el cielo. Las cuestas de la Cité estaban en sombra y la hierba de la ribera, al pie de las murallas, resplandecía con el rocío del alba. Entre los torreones y las torres, el cielo parecía un paño de seda azul. Currucas y alondras cantaban a coro sobre los tejados. La tormenta había dejado pruebas de su paso por todas partes: residuos amontonados contra las barandas, cajas de cartón empapadas y volcadas en el patio trasero del hotel y hojas de periódico agrupadas al pie de las farolas en el aparcamiento.

La inquietaba la idea de abandonar Carcasona, como si su partida fuera a precipitar algún acontecimiento. Pero tenía que hacer algo y, en ese momento, Chartres era la única pista que podía conducirla hasta Shelagh.

Hacía buen día para viajar.

Mientras recogía sus papeles, reconoció que era lo más sensato. No podía quedarse sentada como una víctima, esperando a que el intruso de la noche anterior regresara.

Le dijo a la recepcionista que iba a irse por un día de la ciudad, pero que deseaba conservar la habitación.

—Hay una señora que ha preguntado por usted, madame —le informó la chica de la recepción, señalando en dirección al vestíbulo—. Estaba a punto de llamar a su cuarto.

—¡Oh! —exclamó Alice mientras se daba la vuelta para ver—. ¿Ha dicho qué quería?

La recepcionista negó con la cabeza.

—Bien. Gracias.

—También ha llegado esto para usted esta mañana —añadió la chica, entregándole una carta.

Alice echó un vistazo al sello. Había sido franqueada la víspera en Foix. No reconoció la escritura. Se disponía a abrirla cuando la mujer que la estaba esperando se le acercó.

—¿La doctora Tanner? —preguntó. Parecía nerviosa.

Alice guardó la carta en el bolsillo de la chaqueta para leerla más tarde.

—¿Sí?

—Tengo un mensaje para usted de Audric Baillard. Pregunta si podría reunirse con él en el cementerio.

La mujer le resultaba vagamente familiar, aunque Alice no conseguía ubicarla.

—¿Usted y yo nos hemos visto antes? —preguntó por fin.

La mujer vaciló.

—En el despacho de Daniel Delagarde —dijo precipitadamente—. *Notaires*.

Alice la miró otra vez. No recordaba haberla visto el día anterior, pero había mucha gente en la oficina central.

—El señor Baillard la aguarda en el panteón de la familia Giraud-Biau.

—¿Ah, sí? —preguntó Alice—. ¿Por qué no ha venido él mismo?

—Ahora tengo que irme.

Entonces la mujer se dio la vuelta y se marchó, dejando a Alice mirando desconcertada en su dirección. Alice se volvió a su vez hacia la recepcionista, que se encogió de hombros.

Echó un vistazo al reloj. Estaba ansiosa por ponerse en camino. Tenía un largo viaje por delante. Por otro lado, diez minutos más o menos no importaban.

–*À demain* –le dijo a la recepcionista, aunque ésta ya había desaparecido para ocuparse de lo que tuviera que hacer.

Alice dio un rodeo hasta el coche, para dejar en él su mochila y, a continuación, vagamente irritada, cruzó a toda prisa la carretera hacia el cementerio.

La atmósfera cambió en cuanto Alice franqueó los altos portones de metal. La animación de la Cité despertando a primera hora de la mañana fue sustituida por la quietud.

A su derecha había un edificio bajo, de muros encalados. En el exterior, una hilera de regaderas de plástico verdes y negras colgaban de unos ganchos. Espiando por una ventana, Alice distinguió una vieja chaqueta en el respaldo de una silla y un periódico abierto sobre la mesa, como si alguien acabara de marcharse.

Lentamente, se dirigió hacia la avenida central, sintiendo un repentino nerviosismo. El ambiente le pareció opresivo. A su alrededor, grises lápidas labradas, blancos camafeos de porcelana y fechas de nacimiento y muerte inscritas sobre granito negro marcaban el lugar de reposo eterno de las familias locales y recordaban su paso por el mundo. Las fotografías de los que habían muerto jóvenes se disputaban el espacio con los retratos de los ancianos. Al pie de muchas de las tumbas había flores frescas, algunas de ellas ya marchitas, junto a otras de seda, plástico o porcelana.

Siguiendo las indicaciones que le había dado Karen Fleury, Alice encontró con relativa facilidad la parcela de la familia Giraud-Biau. La tumba consistía en una losa horizontal al final de la avenida principal, dominada por un ángel solitario con los brazos abiertos y las alas recogidas.

Alice miró a su alrededor. Ni rastro de Baillard.

Repasó con los dedos la superficie de la tumba. Allí yacía casi toda la familia de Jeanne Giraud, una mujer de la que no sabía nada, excepto que era un vínculo entre Audric Baillard y su tía Grace. Sólo entonces, contemplando los nombres de aquella familia cincelados en la piedra, Alice se percató de que era muy inusual que hubiese habido espacio para sepultar allí a su tía.

Un ruido en uno de los senderos laterales llamó su atención. Miró a su alrededor, esperando ver al anciano de la fotografía acercándose a ella.

—¿La doctora Tanner?

Eran dos hombres, ambos de cabello oscuro, y los dos con trajes ligeros de verano y gafas de sol que ocultaban sus ojos.

—Sí.

El más bajo le enseñó brevemente una placa.

—Policía. Tenemos que hacerle unas preguntas.

A Alice se le encogió el estómago.

—¿Respecto a qué?

—No nos llevará mucho tiempo, madame.

—Me gustaría ver alguna identificación.

El hombre metió una mano en el bolsillo interior de la americana y sacó un carnet. Alice no podía saber si era auténtico o no, pero el arma que vio en la funda debajo de la americana tenía un aspecto suficientemente real. Se le aceleró el pulso.

Alice fingió examinar el carnet, mientras echaba una mirada al resto del cementerio a su alrededor. Parecía desierto. Los senderos y avenidas se extendían vacíos en todas direcciones.

—¿Qué significa esto? —insistió, intentando mantener firme la voz.

—Le ruego que nos acompañe.

«No pueden hacer nada a plena luz del día.»

Demasiado tarde Alice comprendió por qué le resultaba familiar la mujer que le había transmitido el mensaje. Se parecía al hombre que había visto brevemente en su habitación la noche anterior. «Este hombre.»

Por el rabillo del ojo, Alice pudo ver una escalera de hormigón que bajaba hacia la parte nueva del cementerio y, más allá, un portón.

El hombre apoyó una mano sobre su brazo.

—*Maintenant*, doctora Tan...

Alice se propulsó hacia adelante como una velocista al tomar la salida, lo cual los cogió por sorpresa. Tardaron en reaccionar. Se oyó un grito, pero ella ya estaba bajando los peldaños y salía corriendo por la puerta, hacia el Chemin des Anglais.

Un automóvil que subía trabajosamente la cuesta hizo rechinar los frenos. Alice no se detuvo. Se abalanzó sobre la raquítica cancela de madera de un huerto y avanzó a través de las hileras de viñas, destrozando las plantas y trastabillando con los montículos entre surco y surco. Podía sentir los hombres a su espalda, ganando terreno. La sangre le palpitaba en los oídos y tenía los músculos de las piernas tensos como cuerdas de piano, pero siguió adelante.

Al fondo del huerto había una valla metálica de malla espesa, demasiado alta para saltarla. Alice miró a su alrededor, presa del pánico, y descubrió una brecha en la esquina más alejada. Arrojándose al suelo, se acercó a la abertura a cuatro patas, sintiendo las piedras y los afilados guijarros que se le clavaban en las palmas y las rodillas. Se deslizó por debajo de la malla metálica, cuyos bordes desgarrados se le engancharon a la cazadora y la atraparon como a una mosca en una telaraña. De un tirón, con un esfuerzo sobrehumano, consiguió soltarse, dejando en la alambrada un jirón de tela vaquera.

Había pasado a otra parcela, ésta sembrada de hortalizas, con largas hileras de cañas de bambú que sostenían plantas de berenjenas, calabacines y judías verdes. Agazapada, sin levantar la cabeza, Alice avanzó zigzagueando entre las parcelas, buscando el refugio de las casas. Un enorme mastín atado con una pesada cadena metálica se abalanzó sobre ella cuando dobló la esquina, ladrándole ferozmente y enseñándole sus temibles fauces. Sofocando un grito, Alice saltó hacia atrás.

La entrada principal de la finca daba a la animada carretera principal, al pie de la colina. En cuanto pisó el pavimento, Alice se permitió echar un vistazo por encima del hombro. Tras ella se extendía un espacio vacío y silencioso. Habían dejado de seguirla.

Apoyó las manos en las rodillas, doblada sobre sí misma, jadeando de agotamiento y alivio, a la espera de que le dejaran de temblar las piernas y los brazos. Su mente ya empezaba a entrar en acción.

«¿Qué vas a hacer?» Los hombres volverían al hotel y la esperarían allí. No podía regresar. Se palpó el bolsillo y comprobó con alivio que, en su pánico por escapar, no había perdido las llaves del coche. Su mochila estaba en él.

«Tienes que llamar a Noubel.»

En su mente podía visualizar el trozo de papel con el teléfono de Noubel en el interior de su mochila, aplastada debajo del asiento delantero de su coche, con todo lo demás. Se sacudió la tierra que llevaba encima. Tenía los vaqueros cubiertos de polvo y desgarrados en una rodilla. Su única esperanza era volver al coche y rezar para que no la estuvieran esperando allí.

Recorrió rápidamente la Rue Barbacane, bajando la cabeza cada vez que un coche pasaba a su lado. Dejó atrás una iglesia y después cogió un atajo por una callejuela que bajaba a la derecha, llamada Rue de la Gaffe.

«¿Quién los habrá enviado?»

Caminaba a paso rápido, siempre por la sombra. Era difícil distinguir dónde terminaba una casa y comenzaba la siguiente. De pronto, sintió un cosquilleo en la nuca. Se detuvo y miró a su derecha, hacia una bonita casa de paredes amarillas, segura de que alguien la estaba mirando desde el portal. Pero la puerta estaba perfectamente cerrada y los postigos, echados. Tras un momento de vacilación, prosiguió su camino.

«¿Debo cambiar de planes respecto a Chartres?»

Si para algo le había servido la confirmación de que estaba en peligro y de que no eran sólo imaginaciones suyas, había sido para fortalecer su determinación. Cuanto más pensaba en ello, más se convencía de que Authié estaba detrás de todo lo que le había sucedido. Seguramente creía que ella había robado el anillo, y era evidente que estaba decidido a recuperarlo.

«Llama a Noubel.»

Tampoco esta vez hizo caso de su propio consejo. Hasta entonces, el inspector no había hecho nada. Un policía había muerto y Shelagh había desaparecido. Era preferible no confiar en nadie, excepto en sí misma.

Alice llegó a la escalera que subía desde la Rue Trivalle hasta la parte de atrás del aparcamiento. Si estaban esperándola, lo más probable era que estuvieran en la entrada principal.

La escalera era empinada y, a ese lado del aparcamiento, había un muro alto que le impedía ver el área donde se encontraban los coches, pero ofrecía buena vista a cualquiera que mirara desde arriba. Si estaban allí, no lo sabría hasta que fuera demasiado tarde.

«Sólo hay una manera de averiguarlo.»

Hizo una profunda inspiración y corrió escaleras arriba, con las piernas impulsadas por la adrenalina que inundaba sus venas. En lo alto, se detuvo y miró a su alrededor. Había un par de autocares y algunos coches, pero muy poca gente.

Su coche estaba donde lo había dejado. Encogida, avanzó entre las filas de coches aparcados, sin levantar la cabeza. Cuando se deslizó en el asiento delantero, sus manos estaban temblando. Todavía esperaba que los dos hombres aparecieran delante de ella. Sus gritos aún retumbaban en su cabeza. En cuanto entró en el coche, aseguró las puertas e insertó con determinación la llave en el contacto.

Con la mirada desviándose rápidamente en todas direcciones y los nudillos blancos sobre el volante, Alice esperó detrás de una furgoneta a que el empleado levantara la barrera. Arrancó acelerando antes de tiempo, propulsada directamente hacia la salida. El empleado le gritó, pero ella no le prestó atención.

Siguió adelante.

CAPÍTULO 52

Audric Baillard estaba en el andén de la estación de Foix con Jeanne, que esperaba el tren para Andorra.

—Diez minutos —dijo Jeanne, echando un vistazo a su reloj—. Aún hay tiempo. ¿No quieres cambiar de idea y venirte conmigo?

Él sonrió ante su insistencia.

—Sabes que no puedo.

Ella hizo un gesto de impaciencia con la mano.

—Has dedicado treinta años a contar su historia, Audric. Alaïs, su hermana, su padre, su marido... Has pasado toda una vida en su compañía. —Su voz se suavizó—. Pero ¿qué hay de los vivos?

—Su vida es mi vida, Jeanne —dijo él con serena dignidad—. Las palabras son nuestra única arma contra las mentiras de la historia. Debemos dar testimonio de la verdad. Si no lo hacemos, los que amamos morirán doblemente. —Hizo una pausa—. No encontraré la paz mientras no averigüe cómo terminó todo.

—¿Después de ochocientos años? Puede que la verdad esté sepultada demasiado profundamente. —Jeanne vaciló—. Quizá sea mejor así. Algunos secretos deberían permanecer ocultos para siempre.

Baillard estaba contemplando las montañas, a lo lejos.

—Lamento la desdicha que he traído a tu vida, y tú lo sabes.

—No es eso lo que he querido decir, Audric.

—Pero descubrir la verdad y dejar constancia de ella —prosiguió él, como si Jeanne no hubiera hablado— es la razón de mi vida, Jeanne.

—¡La verdad! Pero ¿qué me dices de esos con quienes te enfrentas, Audric? ¿Qué buscan ellos? ¿La verdad? ¡Lo dudo!

—No —reconoció él finalmente—, no creo que sea ése su propósito.

—¿Cuál es, entonces? —insistió ella, impaciente—. Voy a marcharme, tal como me has aconsejado. ¿Qué daño puede hacer que me lo cuentes ahora?

Aun así, él dudaba.

Jeanne insistió.

—¿La *Noublesso Véritable* y la *Noublesso de los Seres* son dos nombres diferentes de la misma organización?

—No. —La palabra escapó de sus labios con más severidad de la que hubiera deseado—. No.

—¿Entonces?

Audric suspiró.

—La *Noublesso de los Seres* eran los guardianes designados para custodiar los pergaminos del Grial. Durante miles de años, cumplieron con su obligación. Lo hicieron, de hecho, hasta que los pergaminos fueron dispersados. —Se detuvo un momento, eligiendo con cuidado las palabras—. La *Noublesso Véritable*, por su parte, se fundó hace sólo ciento cincuenta años, cuando la lengua olvidada de los pergaminos volvió a ser legible. El calificativo de *véritable,* que implica que ellos son los guardianes verdaderos o auténticos, fue un deliberado intento de conferir validez a la organización.

—¿Entonces la *Noublesso de los Seres* ya no existe?

Audric negó con la cabeza.

—Cuando la Trilogía fue dispersada, la razón de ser de los guardianes se extinguió.

Jeanne frunció el ceño.

—Pero ¿no intentaron recuperar los pergaminos perdidos?

—Al principio, sí —asintió—, pero fracasaron. Con el tiempo, se volvió cada vez más imprudente continuar, por temor a sacrificar el tercer pergamino en aras de recuperar los otros dos. Como la capacidad de leer los textos se había perdido para todos, el secreto no podía ser revelado. Sólo una persona... —Baillard vaciló, sintiendo sobre sí la mirada de Jeanne—. La única persona capaz de leer los pergaminos decidió no transmitir sus conocimientos.

—¿Con qué consecuencias?

—Durante cientos de años, ninguna. En 1798, el emperador Napoleón zarpó rumbo a Egipto, llevando consigo a sabios y estudiosos, además de a militares. Allí descubrieron los restos de las antiguas civilizaciones que habían dominado aquellas tierras hace miles de años. Cientos de piezas históricas, altares y piedras fueron transportadas a Francia. A partir de entonces, sólo era cuestión de tiempo que las antiguas escrituras (demótica, cuneiforme, jeroglífica...) fueran descifradas. Como sabes, Jean-François Champollion fue el primero en percatarse de que los jeroglíficos no debían leerse como símbolos de ideas o ideogramas, sino como una escritura fonética. En 1822, rompió el código, por usar la expresión vulgar. Para los antiguos egipcios, la escritura era un don de los dioses; de hecho, la palabra «jeroglífico» significa «habla divina».

—Pero si los pergaminos del Grial están escritos en la lengua del antiguo Egipto... —lo interrumpió ella—. Si estás diciendo lo que yo creo, Audric... —prosiguió Jeanne, meneando la cabeza—. Muy bien, acepto que haya existido una sociedad como la *Noublesso*. Y que la Trilogía contenga, según dicen, un antiguo secreto. También lo acepto. Pero ¿qué me dices de todo lo demás? Es inconcebible.

Audric sonrió.

—¿Qué mejor manera de proteger un secreto que disimularlo debajo de otro secreto? Apropiándose de los símbolos más poderosos y las ideas de los demás, asimilándolos... Así es como sobreviven las civilizaciones.

—¿Qué quieres decir?

—La gente busca la verdad, y cuando cree haberla hallado deja de buscar, sin imaginar que debajo hay algo todavía más portentoso. La historia está llena de significantes religiosos, ceremoniales y sociales, robados a una sociedad para ayudar a construir otra. Por ejemplo, el día en que los cristianos celebran el nacimiento de Jesús de Nazaret, el 25 de diciembre, es la fiesta del Sol Invictus, que coincidía con el solsticio de invierno. La cruz cristiana, lo mismo que el Grial, es un antiguo símbolo egipcio, el *anj*, del que el emperador Constantino se apropió y modificó. *In hoc signo vinces*, «con este signo vencerás», son las palabras que dicen que dijo al ver aparecer en el cielo la forma de una cruz. Más recientemente, los seguidores del Tercer Reich se adueñaron de la esvástica para simbolizar su causa, pero en realidad era un antiguo símbolo hindú de renacimiento.

—El laberinto —dijo ella, comprendiendo.

—*L'antic simbol del Miègjorn*. El antiguo símbolo del Mediodía.

Jeanne guardó un silencio pensativo, con las manos recogidas sobre el regazo y las piernas cruzadas por los tobillos.

—¿Qué sucederá ahora? —preguntó por fin.

—Una vez abierta la cueva, es sólo cuestión de tiempo, Jeanne —respondió él—. Yo no soy el único que está al corriente de esto.

—Pero en los montes Sabarthès los nazis excavaron durante la guerra —replicó ella—. Los cazadores nazis del Grial conocían los rumores de que el tesoro de los cátaros estaba sepultado en algún lugar de las montañas. Dedicaron años a excavar en todos y cada uno de los sitios de posible interés esotérico. Si esa cueva es tan importante, ¿cómo es posible que no la descubrieran hace más de sesenta años?

—Nos aseguramos de que no lo hicieran.

—¿Tú estabas ahí? —dijo ella, con un agudo tono de sorpresa.

Baillard sonrió.

—Hay conflictos dentro de la *Noublesso Véritable* —repuso él, eludiendo la pregunta—. La cabeza de la organización es una mujer llamada Marie-Cécile de l'Oradore. Cree en el Grial y está dispuesta a recuperarlo. —Hizo una pausa—. Sin embargo, hay otra persona dentro de la organización. —Su rostro se volvió sombrío—. Sus motivos son diferentes.

—Tienes que hablar con el inspector Noubel —dijo Jeanne enérgicamente.

—Pero ¿qué pasará si él también trabaja para ellos? El riesgo es demasiado alto.

El agudo sonido del silbato desgarró el silencio. Los dos se volvieron en dirección al tren, que entraba en la estación con un chirrido de frenos. La conversación había llegado a su fin.

—No quiero dejarte solo, Audric.

—Lo sé —dijo él, cogiendo su mano para ayudarla a subir al tren—. Pero así es como debe terminar esto.

—¿Terminar?

Jeanne bajó la ventana para tenderle la mano.

—Por favor, cuídate. No te prodigues en exceso.

A lo largo de todo el andén, las pesadas puertas se cerraron de golpe y el tren se alejó, primero lentamente y después cada vez más rápido, hasta desaparecer entre los pliegues de las montañas.

CAPÍTULO 53

S helagh podía sentir que había alguien en la habitación con ella. Le costó levantar la vista. Se encontraba mal. Tenía la boca seca y sentía un golpeteo monótono en la cabeza, como el zumbido monocorde de una instalación de aire acondicionado. No podía moverse. Le llevó unos segundos comprender que estaba sentada en una silla, con los brazos atados detrás de la espalda y los tobillos amarrados a las patas de madera.

Notó un leve movimiento, el crujido de las tablas del suelo cuando alguien cambió de posición.

—¿Quién está ahí?

Tenía las palmas húmedas por el miedo. Una gota de sudor le llegó a la base de la espalda. Shelagh se obligó a abrir los ojos, pero tampoco pudo ver nada. Presa del pánico, sacudió la cabeza y parpadeó, intentando ver algo, hasta que se percató de que habían vuelto a ponerle la capucha. Olía a tierra y a moho.

¿Estaría todavía en la granja? Recordó la aguja, la sorpresa de la repentina inyección. Había sido el mismo hombre que le llevaba la comida. Seguramente alguien vendría y la salvaría. ¿O no?

—¿Quién está ahí?

No hubo respuesta, aunque sentía la proximidad de alguien. Notaba el aire denso, y con olor a loción de afeitar y tabaco.

—¿Qué quieren?

Se abrió la puerta. Pasos. Shelagh percibió el cambio en el ambiente. El instinto de conservación entró en juego y, durante un momento, la hizo debatirse salvajemente para intentar soltarse. La cuerda no hizo más que tensarse, ejerciendo más presión sobre sus hombros, que empezaron a dolerle.

La puerta se cerró con un siniestro y pesado golpe seco.

Shelagh se quedó inmóvil. Por un momento, se hizo el silencio, y después oyó el sonido de alguien que caminaba hacia ella, acercándose más y más. Shelagh se encogió en su silla. La persona se detuvo justo delante de ella. Shelagh sintió que todo su cuerpo se contraía, como si miles de cables diminutos estuvieran tirando de su piel. Como un animal andando en círculos en torno a su presa, quien acababa de llegar rodeó un par de veces su silla y finalmente le apoyó las manos sobre los hombros.

—¿Quién es usted? ¡Por favor, al menos quíteme esta capucha!

—Es preciso que tengamos otra conversación, doctora O'Donnell.

Una voz que conocía, fría e incisiva, la atravesó como un cuchillo. Comprendió que lo había estado esperando a él, que era él la persona a quien temía.

De pronto, el hombre empujó violentamente la silla.

Shelagh gritó, mientras se desplomaba de espaldas, incapaz de detener la caída. No llegó a golpear el suelo. Él la detuvo a escasos centímetros del pavimento, de tal manera que quedó prácticamente acostada, con la cabeza inclinada hacia atrás y los pies suspendidos en el aire.

—No está en condiciones de pedir nada, doctora O'Donnell.

La mantuvo en la misma posición durante unos instantes que a ella le parecieron horas. Después, súbitamente y sin previo aviso, volvió a colocar bien la silla. El cuello de Shelagh salió impelido hacia adelante con la fuerza del movimiento. Empezaba a sentirse desorientada, como una niña en el juego de la gallina ciega.

—¿Para quién trabaja, doctora O'Donnell?

—No puedo respirar —susurró ella.

Él no hizo caso de sus palabras. Shelagh oyó que el hombre chasqueaba los dedos y que alguien le colocaba delante una segunda silla. Se sentó y arrastró a Shelagh hacia sí, de modo que sus rodillas quedaron apretadas contra los muslos de ella.

—Volvamos a la tarde del lunes. ¿Por qué dejó que su amiga fuera a esa parte de la excavación?

—Alice no tiene nada que ver con esto —exclamó ella—. Yo no la envié a trabajar allí. Fue por su propia iniciativa. Yo ni siquiera lo sabía. No fue más que un error. Ella no sabe nada.

—Entonces dígame qué sabe usted, Shelagh.

Su nombre en boca de él sonó como una amenaza.

—¡No sé nada! —gritó ella—. Le dije todo lo que sabía el lunes, lo juro.

El golpe salió de la nada, abatiéndose sobre su mejilla derecha y echando hacia atrás su cabeza. Shelagh sintió el sabor de la sangre en la boca, resbalándole por la lengua y el fondo de la garganta.

—¿Cogió su amiga el anillo? —preguntó él con voz neutra.

—No, no. Juro que no lo hizo.

El hombre insistió.

—¿Quién entonces? ¿Usted? Estuvo el tiempo suficiente con los esqueletos. La doctora Tanner me lo dijo.

—¿Para qué iba yo a cogerlo? No tiene ningún valor para mí.

—¿Por qué está tan segura de que la doctora Tanner no se lo llevó?

—No lo haría. Sencillamente, es algo que ella no haría —exclamó—. Entraron muchas personas más. Hubiese podido llevárselo cualquiera: el doctor Brayling, los policías...

Shelagh se interrumpió bruscamente.

—Como usted dice, los policías —intervino él, mientras ella contenía el aliento—. Cualquiera pudo haber cogido el anillo. Yves Biau, por ejemplo.

Shelagh se quedó helada. Podía oír el ir y venir de la respiración de él, serena y sin apresuramiento. El hombre sabía.

—El anillo no estaba allí.

Su interrogador dejó escapar un suspiro.

—¿Biau le entregó el anillo a usted? ¿Para que se lo diera a su amiga?

—No sé de qué me está hablando —logró decir ella.

El hombre volvió a golpearla, pero esta vez con el puño cerrado, y no con la palma de la mano. La sangre manó de su nariz y chorreó hasta la barbilla.

—Lo que no entiendo —prosiguió él, como si nada hubiera sucedido— es por qué Biau no le dio también el libro, doctora O'Donnell.

—Él no me dio nada —dijo ella, sofocándose.

—El doctor Brayling dice que usted se marchó de la casa del yacimiento el lunes por la noche, con una maleta.

—Miente.

—¿Para quién trabaja usted? —preguntó él, en tono de suave amabilidad—. Esto terminará. Si su amiga no está implicada, no hay ninguna razón para que sufra ningún daño.

—No lo está —gimió ella—. Alice no sabe...

Shelagh se encogió cuando él apoyó la mano sobre su cuello, acariciándoselo primero en una parodia de afecto, y apretando después, cada vez más con más fuerza, hasta que ella sintió su mano como un collar de hierro que se estrechaba en torno a su garganta. Shelagh se agitaba de lado a lado, intentando coger aire, pero él era demasiado fuerte.

—¿Biau y usted trabajaban juntos?

En el preciso instante en que ella notó que empezaba a perder la conciencia, él aflojó la presión. Lo sintió manipulando los botones de su camisa, desabrochándoselos uno a uno.

—¿Qué está haciendo? —murmuró ella y a continuación se encogió, al sentir su tacto frío y clínico sobre su piel.

—Nadie la está buscando. —Se oyó un chasquido y Shelagh olió el combustible de un mechero—. No vendrá nadie.

—Por favor, no me haga daño...

—¿Biau y usted trabajaban juntos?

Ella asintió con la cabeza.

—¿Para madame De l'Oradore?

Volvió a asentir.

—Su hijo —consiguió decir—. François-Baptiste. Sólo hablaba con él...

Podía sentir la llama cerca de su piel.

—¿Qué hay del libro?

—No he podido encontrarlo. Tampoco Yves.

Sintió que él reaccionaba y retiraba la mano.

—Entonces, ¿por qué Biau fue a Foix? ¿Sabe que fue al hotel de la doctora Tanner?

Shelagh intentó negar con la cabeza, pero el gesto le produjo una nueva oleada de dolor que la hizo estremecer.

—Le dio algo.

—No fue el libro —consiguió decir ella.

Antes de poder formular entre jadeos el resto de la frase, se abrió la puerta y se oyeron unas voces amortiguadas en el pasillo, seguidas de la combinación de loción de afeitar y sudor.

—¿Cómo se suponía que debía hacerle llegar usted el libro a madame De l'Oradore?

—François-Baptiste. —Le hacía daño hablar—. Teníamos que reunirnos en el pico de... Me había dado un teléfono para que llamara.

Se encogió al sentir la mano de él sobre su pecho.

—Por favor, no...

—¿Ve cuánto más fácil resulta todo cuando colabora? Ahora, dentro de un momento, hará esa llamada para mí.

Shelagh intentó negarse, sacudiendo la cabeza, presa del pánico.

—Si se enteran de que se lo he contado, me matarán.

—Y yo la mataré a usted y a la señorita Tanner si no hace lo que le digo —repuso él serenamente—. Usted elige.

Shelagh no tenía manera de saber si él tenía a Alice en su poder. Si estaba a salvo o también la tenía allí.

—Espera que lo llame en cuanto tenga ese libro, ¿verdad?

Ya no tenía coraje para mentir. Asintió.

—Están más interesados en un disco pequeño, del tamaño del anillo, que en el propio anillo.

Con horror, Shelagh se dio cuenta de que le había contado lo único que él no sabía.

—¿Para qué sirve ese disco? —preguntó.

—No lo sé.

Shelagh se oyó gritar a sí misma, mientras la llama le lamía la piel.

—¿Para... qué... es? —repitió él, sin el menor rastro de emoción en la voz. Ella estaba aterrorizada. Había un olor terrible a carne quemada, dulce y enfermizo.

Ella ya no podía distinguir una palabra de otra, mientras el dolor empezaba a dominarla. Se estaba yendo, caía. Sintió que su cuello cedía.

—La estamos perdiendo. Quítele la capucha.

Tiraron de la tela, que se enganchó en los cortes y las heridas abiertas.

—Encaja dentro del anillo... —Su voz sonaba como si estuviera hablando bajo el agua—. Como una llave. Para el laberinto...

—¿Quién más lo sabe? —le gritó él, pero ella sabía que él ya no podía alcanzarla. La barbilla le cayó sobre el pecho. Echó atrás la cabeza. Tenía uno de los ojos cerrados por la hinchazón, pero el otro tembló y se abrió. Lo único que pudo ver fue una masa de rostros borrosos, entrando y saliendo de su campo de visión.

—Ella no se da cuenta...

—¿Quién? —dijo él—. ¿Madame De l'Oradore? ¿Jeanne Giraud?

—Alice —murmuró ella.

CAPÍTULO 54

A lice llegó a Chartres a media tarde. Encontró un hotel, después compró un plano y se fue directamente a la dirección que le habían dado en el teléfono de información. Se quedó mirando sorprendida la elegante casa señorial, con su aldaba y su buzón de bronce relucientes, sus plantas en las elegantes jardineras de las ventanas y los grandes tiestos a cada lado de la escalera de entrada. Alice no podía imaginar que Shelagh se alojara allí.

«¿Qué demonios vas a decir si sale alguien a abrir?»

Tras hacer una profunda inspiración, Alice subió los peldaños y llamó al timbre. No hubo respuesta. Esperó, dio un paso atrás, levantó la vista hacia las ventanas y lo intentó de nuevo. Marcó el número de teléfono. Al cabo de unos segundos, oyó que sonaba dentro de la casa.

Al menos, era el sitio que buscaba.

Fue un anticlímax, pero a decir verdad, también un alivio. El enfrentamiento, si era eso lo que iba a venir, podía esperar.

La plaza delante de la catedral estaba atestada de turistas aferrando sus cámaras y de guías turísticos que enarbolaban banderas o paraguas de colores vistosos. Disciplinados alemanes, aprensivos ingleses, glamurosos italianos, silenciosos japoneses y entusiastas norteamericanos. Todos los niños parecían aburridos.

En algún momento de su largo viaje por carretera hacia el norte, había dejado de pensar que iba a obtener información del laberinto de Chartres. La conexión con la cueva del pico de Soularac, con Grace y con ella misma era obvia, *demasiado* obvia. Parte de su conciencia intuía que era un montaje, una pista falsa.

Aun así, Alice compró una entrada para la visita guiada en inglés, que iba a empezar fuera de la catedral al cabo de cinco minutos. La guía era una mujer eficiente, de mediana edad, de porte altanero y voz cortante.

—Desde el punto de vista actual, las catedrales son estructuras grises y colosales, consagradas a la devoción y la fe. Sin embargo, en la época medieval eran multicolores, como los santuarios hinduistas de la India o Tailandia. Las figuras y paneles que adornaban los grandes pórticos, en Chartres y otros templos, estaban policromados —dijo la guía, levantando el paraguas para señalar el exterior—. Si se fijan bien, verán restos de pintura rosa, azul o amarilla adheridos a las grietas de las figuras.

Alrededor de Alice, todos asentían obedientemente.

—En 1194 —prosiguió la mujer—, un incendio destruyó la mayor parte de la ciudad de Chartres, así como la propia catedral. Al principio se dio por perdida la reliquia más sagrada del templo, la *sancta camisia*, que según se decía era el camisón que llevaba puesto María cuando dio a luz a Cristo. Pero al cabo de tres días, la reliquia fue hallada en la cripta, donde la habían escondido unos monjes. El hallazgo se interpretó como un milagro, como signo de que era preciso reconstruir la catedral. El edificio actual data de 1194 y fue consagrado en 1260, con el nombre de iglesia catedral de la Asunción de Nuestra Señora, la primera catedral de Francia consagrada a la Virgen María.

Alice escuchaba a medias, hasta que llegaron a la fachada norte y la guía les señaló la fantasmagórica procesión de reyes y reinas del Antiguo Testamento labrada sobre el pórtico. La joven experimentó entonces un estremecimiento de nerviosa exaltación.

—Es la única representación significativa del Antiguo Testamento que hay en la catedral —dijo la guía, haciéndoles un gesto para que se acercaran un poco más—. En esta columna hay un relieve que, según opinan muchos, representa al Arca de la Alianza sacada de Jerusalén por Menelik, hijo de Salomón y de la reina de Saba, pese a que los historiadores aseguran que la figura de Menelik no llegó a conocerse en Europa hasta el siglo xv. Y aquí —prosiguió, bajando un poco el brazo— hay otro enigma. Aquellos de ustedes que tengan buena vista distinguirán quizá la inscripción en latín: HIC AMITITUR ARCHA CEDERIS. —Miró a su alrededor y sonrió con arrogancia—. Los estudiosos de latín que haya entre ustedes se habrán percatado de que la inscripción no significa nada. Algunas guías traducen ARCHA CEDERIS como «Trabajarás por el arca», y la inscripción completa como «Aquí las cosas siguen su curso; trabajarás por el arca». Sin embargo, si CEDERIS se considera una corrupción de FOEDERIS, tal como han sugerido algunos comentaristas, entonces la inscripción podría traducirse como «Aquí fue depositada el Arca de la Alianza».

La guía miró a todo el grupo a su alrededor.

—Este pórtico —prosiguió— es uno de los diversos elementos que han motivado la gran cantidad de mitos y leyendas surgidos en torno a la catedral. Contra lo que es habitual, los nombres de los maestros constructores de la catedral de Chartres son desconocidos. Es probable que por alguna razón no se llevaran registros y los nombres simplemente hayan caído en el olvido. Sin embargo, algunas personas de imaginación más viva, por así decirlo, interpretan de otro modo la ausencia de información. Según el más persistente de los rumores, la catedral fue construida por descendientes de los Caballeros Pobres de Cristo y del Templo de Salomón, los caballeros Templarios, como un libro codificado en piedra, un gigantesco puzzle que sólo los iniciados podían descifrar. Muchos creen que bajo el laberinto yacen los huesos de María Magdalena o incluso el Santo Grial.

—¿Alguien lo ha investigado? —preguntó Alice, lamentando sus palabras en el momento mismo en que abandonaron sus labios. Miradas de desaprobación se concentraron sobre ella como faros.

La guía arqueó las cejas.

—Desde luego. En más de una ocasión. Pero a la mayoría de ustedes no les sorprenderá saber que nadie ha encontrado nada. Otro mito. —Hizo una pausa—. ¿Pasamos al interior?

Sintiéndose extraña, Alice siguió al grupo hasta el pórtico oeste y se puso a la cola para entrar en la catedral. De inmediato, todos bajaron la voz, cuando el característico olor a piedra e incienso obró su magia. En las capillas laterales y junto a la entrada principal, las hileras de cirios resplandecían en la penumbra.

Alice había esperado alguna especie de reacción, alguna visión del pasado como las que había experimentado en Toulouse y Carcasona; pero no sintió nada, y al cabo de un rato se serenó y empezó a disfrutar de la visita. Por su investigación, sabía que la catedral de Chartres poseía uno de los mejores conjuntos de vidrieras del mundo, pero no estaba preparada para la resplandeciente brillantez de aquellas obras. Un caleidoscopio de vibrantes colores inundaba la catedral, con representaciones de escenas bíblicas y de la vida cotidiana. La impresionaron el rosetón, la vidriera azul de la Virgen y la vidriera de Noé, con el diluvio y los animales entrando de dos en dos en el arca. Mientras recorría el templo, Alice intentó imaginar cómo habría sido cuando las paredes estaban cubiertas de frescos y ornamentadas con ricos tapices, paños orientales y gallardetes de seda bordados en oro. Para los ojos medievales, el contraste entre el esplendor del templo de Dios y el mundo exterior debía de ser abrumador, quizá la prueba de la gloria del Señor en la Tierra.

—Y finalmente —dijo la guía—, llegamos al pavimento donde puede verse el famoso laberinto de once circuitos. Finalizado en 1200, es el mayor de Europa. La pieza central original desapareció hace mucho tiempo, pero el resto está intacto. Para los cristianos de la Edad Media, el laberinto era la oportunidad de emprender un peregrinaje espiritual, en sustitución del auténtico viaje a Jerusalén. De ahí que los laberintos sobre pavimento, a diferencia de los que pueden verse en los muros de las iglesias y catedrales, reciban a menudo el nombre de *chemin de Jérusalem*, es decir, camino o senda de Jerusalén. Los peregrinos transitaban por los circuitos hacia el centro, algunos en repetidas ocasiones, como símbolo de una creciente comprensión o proximidad a Dios. A menudo los penitentes efectuaban el recorrido de rodillas, a veces a lo largo de varios días.

Alice se fue acercando a la parte de delante del grupo, con el corazón desbocado, comprendiendo sólo entonces que había estado posponiendo ese instante.

«Ahora es el momento.»

Hizo una profunda inspiración. La simetría quedaba alterada por las filas de sillas colocadas a ambos lados de la nave, delante del altar de vísperas. Aun así y pese a conocer las cifras por su investigación, Alice se quedó boquiabierta ante las dimensiones del laberinto, que dominaba casi por completo el suelo de la catedral.

Poco a poco, como todos los demás, empezó a recorrerlo, en círculos cada vez más estrechos, como en la torpe fila de un juego de niños, hasta llegar al centro.

No sintió nada. Ningún estremecimiento en la columna vertebral, ningún instante de revelación ni de transformación. Nada de nada. Se agachó y tocó el suelo. La piedra era lisa y fría, pero no le hablaba.

Alice esbozó una sonrisa burlona. «¿Qué esperabas?»

Ni siquiera le hizo falta sacar el dibujo que había hecho del laberinto de la cueva para saber que allí no había nada para ella. Sin hacerse notar, Alice se separó del grupo.

Después del calor feroz del Mediodía, el tímido sol del norte era para ella un alivio, por lo que pasó la hora siguiente explorando el pintoresco centro histórico de la ciudad. En parte iba en busca de la esquina donde Grace y Audric Baillard habían posado delante de la cámara.

No parecía existir, o quizá estaba fuera del área cubierta por el plano. La mayoría de las calles debían su nombre a los artesanos que antaño tenían en ellas sus talleres: relojeros, curtidores, papeleros y encuadernadores, evocación de la importancia que había tenido Chartres como gran centro de la fabricación del papel y el arte de la encuadernación en Francia, durante los siglos XII y XIII. Pero no había ninguna Rue des Trois Degrès.

Finalmente, Alice volvió al punto de partida, frente a la fachada occidental de la catedral. Se sentó en un escalón y se apoyó en la baranda. De inmediato, su mirada se centró en la esquina de la calle que tenía justo enfrente. De un salto, fue corriendo a leer el cartel con el nombre de ésta: RUE DE L'ÉTROIT DEGRÉ, DITE AUSSI RUE DES TROIS DEGRÉS (DES TROIS MARCHES).

Le habían cambiado el nombre. Sonriendo para sus adentros, Alice dio un paso atrás para ver mejor y tropezó con un hombre que iba andando enfrascado en la lectura de un periódico.

—*Pardon* —dijo ella.

—No, perdóneme usted a mí —respondió él, en un inglés con agradable acento americano—. La culpa ha sido mía. No iba mirando por dónde caminaba. ¿No se ha hecho nada?

—No, estoy bien.

Para su asombro, él la estaba mirando fijamente.

—¿Se le ofrece alguna...?

—Tú eres Alice, ¿verdad?

—Sí —repuso ella cautelosamente.

—¡Alice, claro que sí! ¡Hola! —exclamó él, mientras se pasaba los dedos por la enmarañada mata de pelo castaño—. ¡Qué increíble!

—Lo siento, pero yo...

—William Franklin —dijo él, tendiéndole la mano—. Will. Nos conocimos en Londres, allá por el noventa y ocho o noventa y nueve. Éramos un grupo grande. Tú estabas saliendo con un tío... cómo se llamaba... Oliver, ¿no? Yo iba con un primo mío.

Alice tenía un vago recuerdo de un piso lleno de gente, con un montón de amigos de Oliver de la universidad. Casi le pareció recordar a un chico norteamericano guapo y atractivo, aunque por aquella época estaba total y arrebatadoramente enamorada y no prestaba atención a nadie más.

«¿Será este chico?»

—¡Qué buena memoria tienes! —dijo ella, estrechándole la mano—. Eso fue hace mucho tiempo.

—No has cambiado mucho —repuso él, sonriendo—. ¿Qué tal está Oliver?

Alice hizo una mueca.

—Ya no seguimos juntos.

—Lo siento —dijo él, y tras una breve pausa, añadió—: ¿De quién es la foto?

Alice bajó la vista. Había olvidado que aún la tenía en la mano.

—De mi tía. La encontré entre sus cosas y, ya que estaba aquí, me propuse descubrir dónde fue tomada. —Sonrió—. Ha sido más difícil de lo que podrías imaginar.

Will miró por encima del hombro de ella.

—¿Quién es él?

—Sólo un amigo. Un escritor.

Hubo otra pausa, como si los dos quisieran continuar la conversación, pero sin saber muy bien qué decir. Will volvió a mirar la foto.

—Es guapa.

—¿Guapa? Yo la veo más bien resuelta y decidida, aunque no sé cómo era en realidad. No llegué a conocerla.

—¿No? Entonces, ¿cómo es que tienes su foto?

Alice volvió a guardar la foto en el bolso.

—Es un poco complicado de explicar.

—No me importaría oírlo —sonrió él—. Oye... —dudó—, ¿te gustaría ir a tomar un café o algo? A menos que tengas que irte.

Sorprendida, Alice descubrió que ella estaba pensando lo mismo.

—¿Sueles invitar a café a cualquier chica que te encuentras por la calle?

—Normalmente no —replicó él—. Lo importante ahora es saber si tú sueles aceptar las invitaciones.

Alice se sentía como si estuviera contemplando la escena desde arriba, mirando a un hombre y a una mujer que se parecía a ella, entrando en una antigua pastelería con tartas y bollos expuestos en largas vitrinas de cristal.

«No puedo creer que esté haciendo esto.»

Visiones, olores, sonidos. Los camareros yendo y viniendo entre las mesas, el aroma amargo del café, el silbido de la leche en la máquina, el tintineo de los cubiertos sobre los platillos, todo le parecía particularmente vívido, sobre todo el propio Will: su forma de sonreír, su manera de inclinar la cabeza o la costumbre de llevarse los dedos, mientras hablaba, a la cadena de plata que tenía al cuello.

Se sentaron a una de las mesas de la terraza. Sobre los tejados sólo se distinguía la aguja de la catedral. Una ligera turbación se apoderó de ambos cuando se sentaron. Los dos empezaron a hablar a la vez. Alice se echó a reír y Will se disculpó.

Con cautela, tentativamente, comenzaron a rellenar los huecos en la historia de sus vidas, desde la última vez que se habían visto, seis años antes.

—Parecías verdaderamente absorto hace un momento, cuando doblaste aquella esquina —dijo ella, dando la vuelta al periódico que llevaba él, para leer el titular.

Will sonrió.

—Sí, lo siento —se disculpó—. Por lo general el periódico local no es tan interesante. Han hallado a un hombre muerto en el río, justo en el centro de la ciudad atado de pies y manos. Lo han apuñalado por la espalda. Las emisoras de radio no hablan de otra cosa. Al parecer, podría tratarse de algún tipo de asesinato ritual. Lo relacionan con la desaparición, la semana pasada, de un periodista que estaba trabajando en un reportaje sobre sociedades religiosas secretas.

La sonrisa se congeló en el rostro de Alice.

—¿Me lo enseñas? —preguntó, alargando la mano.

—Claro. Míralo tú misma.

Su sensación de inquietud fue en aumento a medida que leía. La *Noublesso Véritable*. El nombre le sonaba familiar.

—¿Te sientes bien?

Alice levantó la vista y vio que Will la estaba mirando.

—Lo siento —repuso ella—. Estaba a kilómetros de distancia. Es sólo que he visto algo muy similar hace poco y la coincidencia me ha impresionado.

—¿Coincidencia? Parece fascinante.

—Es una larga historia.

—No tengo prisa —dijo Will, apoyando los codos en la mesa y animándola con una sonrisa.

Después de tanto tiempo atrapada en sus propios pensamientos, Alice se sintió tentada por la oportunidad de poder hablar finalmente con alguien. Además, él no era un completo desconocido. «Dile solamente lo que quieras.»

—Bien, verás, no sé si le encontrarás mucho sentido a lo que voy a contarte —empezó—. Hace un par de meses, me enteré de manera totalmente inesperada de que una tía de la que nunca había oído hablar había muerto y me había dejado todo lo que tenía, incluida una casa en Francia.

—La señora de la foto.

Ella asintió con la cabeza.

—Se llamaba Grace Tanner. Yo tenía pensado venir a Francia de todos modos, para visitar a una amiga que estaba trabajando en una excavación arqueológica en los Pirineos, por lo que decidí juntar los dos viajes. —Dudó un momento—. En el yacimiento sucedieron algunas cosas, no te aburriré con los detalles, pero te diré que parecía como si... Bueno, no importa. —Hizo una inspiración—. Ayer, después de reunirme con el notario, fui a la casa de mi tía y encontré algunas cosas..., algo, un dibujo que había visto en la excavación. —Vaciló, sin lograr expresarse con claridad—. También había un libro, de un autor llamado Audric Baillard, que estoy casi convencida de que es el hombre de la foto.

—¿Vive?

—Por lo que sé, sí. Pero no he podido encontrarlo.

—¿Qué relación tenía con tu tía?

—No lo sé con seguridad. Espero que él mismo pueda decírmelo. Es mi único vínculo con ella. Y con otras cosas.

«El laberinto, el árbol genealógico, mi sueño.»

Cuando levantó la vista, vio que Will la miraba con expresión confusa, pero interesada.

—Todavía no puedo decir que me haya enterado de mucho —dijo él con una sonrisa.

—No me estoy explicando muy bien —reconoció ella—. Hablemos de algo menos complicado. Aún no me has dicho qué estás haciendo tú en Chartres.

—Lo mismo que todos los norteamericanos en Francia: intentando escribir.

Alice sonrió.

—¿No sería más tradicional hacerlo en París?

—Allí empecé, pero supongo que lo encontré... no sé, demasiado impersonal, no sé si me entiendes. Mis padres tenían conocidos aquí. La ciudad me gustó y acabé quedándome.

Alice hizo un gesto afirmativo, esperando que él continuara; pero en lugar de eso, Will volvió sobre algo que ella había dicho antes.

—Ese dibujo que has mencionado —dijo en tono informal—, ese que encontraste en la excavación y después en casa de tu tía Grace, ¿qué tenía de especial?

Ella titubeó.

—Es un laberinto.

—Entonces, ¿por eso has venido a Chartres? ¿Para visitar la catedral?

—En realidad no es... —empezó ella, pero en seguida se interrumpió, cautelosa—. Bueno, sí, en parte he venido por eso, pero sobre todo porque espero localizar a una amiga. Shelagh. Hay cierta... posibilidad de que esté en Chartres.

Alice sacó de la mochila la hoja de papel con la dirección garabateada y se la pasó a Will a través de la mesa.

—He pasado antes por allí —prosiguió—, pero no había nadie. Así que decidí hacer un poco de turismo y volver dentro de una hora, más o menos.

Alice observó con asombro que Will había palidecido. Parecía haberse quedado sin habla.

—¿Estás bien? —le preguntó.

—¿Por qué crees que tu amiga podría estar ahí? —dijo Will con voz débil.

—No lo sé con certeza —repuso ella, intrigada por el cambio que se había producido en él.

—¿Es la amiga que habías ido a visitar a la excavación?

Ella asintió.

—¿Y ella también ha visto el dibujo del laberinto? ¿Como tú?

—Supongo que sí, aunque no lo mencionó. Parecía obsesionada con algo que yo había encontrado y que...

Alice se interrumpió, al ver que repentinamente Will se levantaba de la silla.

—¿Qué haces? —exclamó ella, intimidada por la expresión de su cara mientras la cogía de la mano.

—Ven conmigo. Hay algo que tienes que ver.

—¿Adónde vamos? —preguntó ella una vez más, apresurándose para seguirle el paso.

Entonces doblaron la esquina y Alice se dio cuenta de que estaban en el otro extremo de la Rue du Cheval Blanc. Will se acercó a la casa a grandes zancadas y subió corriendo los peldaños de la puerta delantera.

—¿Te has vuelto loco? ¿Y si hubiera alguien dentro?

—No hay nadie.

—Pero ¿cómo lo sabes?

Alice se quedó mirando estupefacta al pie de los escalones, mientras Will sacaba unas llaves del bolsillo y abría la puerta.

—Date prisa. Entra antes de que alguien nos vea.

—¡Tienes la llave! —exclamó ella, incrédula—. ¿Te importaría empezar a contarme qué demonios está pasando aquí?

Will retrocedió escaleras abajo y la agarró de la mano.

—Aquí hay una versión de tu laberinto —dijo con voz sibilante—. ¿Lo entiendes? ¿Vas a venir ahora?

«¿Y si fuera otra trampa?»

Después de todo lo sucedido, tenía que estar loca para seguirlo. El riesgo era excesivo. Ni siquiera había nadie que supiera que ella estaba allí. Pero la curiosidad pudo con su sentido común. Alice levantó la vista hacia el rostro de Will, expectante y a la vez angustiado.

Decidió darle otra oportunidad y confiar en él.

CAPÍTULO 55

Alice se encontró en un amplio vestíbulo, más parecido al de un museo que al de una casa particular. Will fue directamente hacia el tapiz suspendido frente a la puerta delantera y lo apartó de la pared.

—¿Qué estás haciendo?

Corrió tras él y vio un diminuto picaporte de bronce disimulado entre los paneles de madera. Will lo sacudió, lo empujó y lo hizo girar con frustración.

—¡Maldición! Está cerrada por dentro.

—¿Es una puerta?

—Exacto.

—¿Y el laberinto que viste está ahí detrás?

Will asintió.

—Hay que bajar un tramo de escalera y seguir por un pasillo bastante largo que conduce hasta una especie de cámara extraña. Hay signos egipcios en las paredes y una tumba con el dibujo de un laberinto, igual al que tú has descrito, labrado encima. Ahora bien... —se interrumpió—. Lo que ha aparecido en el periódico, el hecho de que tu amiga tuviera esta dirección...

—Estás haciendo demasiadas suposiciones, sin suficiente base —dijo ella.

Will dejó caer la esquina del tapiz y se dirigió a grandes pasos al extremo opuesto del vestíbulo. Tras un instante de vacilación, Alice lo siguió.

—¿Qué estás haciendo? —susurró cuando Will abrió la puerta.

Entrar en la biblioteca fue como retroceder en el tiempo. Era una sala formal, con el aire de un club inglés para hombres. Las persianas parcialmente cerradas proyectaban rayas de luz amarilla, que se alineaban sobre la alfombra como franjas en un paño dorado. Había un aire de permanencia, una atmósfera de antigüedad y lustre.

Las estanterías ocupaban tres lados de la estancia, del suelo al techo, con escalerillas corredizas que permitían acceder a los estantes más altos. Will sabía exactamente adónde iba. Había una sección dedicada a obras sobre Chartres, con libros de fotografías junto a ensayos más rigurosos sobre la arquitectura y la historia social.

Volviéndose angustiosamente hacia la puerta, con el corazón desbocado, Alice vio que Will sacaba un libro con el escudo de la familia grabado en la tapa y lo llevaba a la mesa. Mirando por encima de su hombro, lo vio pasar rápidamente las páginas. Ante sus ojos desfilaron láminas de colores en papel satinado, viejos mapas de Chartres y reproducciones de dibujos a lápiz y a tinta, hasta que Will llegó a la sección que buscaba.

–¿Qué es esto?

–Un libro sobre la casa De l'Oradore. *Esta* casa –dijo–. La familia vive aquí desde hace cientos de años, desde que fue construida. Hay planos arquitectónicos y proyecciones verticales de cada planta de la casa.

Will pasó página a página, hasta encontrar lo que quería.

–Aquí está –dijo, volviendo el libro, para que ella lo viera bien–. ¿Es esto?

Alice se quedó sin aliento.

–¡Dios mío! –susurró.

Era la reproducción exacta de su laberinto.

El ruido de la puerta delantera cerrándose de golpe los sobresaltó.

–¡Will, la puerta! ¡La hemos dejado abierta!

Podía distinguir voces amortiguadas en el vestíbulo. Un hombre y una mujer.

–Vienen hacia aquí –susurró ella.

Will le puso el libro entre las manos.

–¡Rápido! –bisbiseó, mientras señalaba el gran sofá de tres plazas que había bajo la ventana–. Deja que yo me encargue de esto.

Alice cogió su mochila, corrió hacia el sofá y se escurrió por el hueco entre el respaldo y la pared. Había un olor penetrante a cuero agrietado y humo rancio de cigarro, y el polvo le hacía cosquillas en la nariz. Oyó que Will cerraba con un chasquido la puerta de la estantería y que se situaba en el centro de la sala, justo cuando la puerta de la biblioteca se abría con un chirrido.

—*Qu'est-ce que vous foutez ici?*

Una voz de hombre joven. Inclinando un poco la cabeza, Alice logró verlos a los dos reflejados en las puertas de cristal de las librerías. Era un chico alto, más o menos como Will, pero más anguloso. Tenía el pelo negro y rizado, frente amplia y nariz aristocrática. Alice frunció el ceño. Le recordaba a alguien.

—¡François-Baptiste! ¿Qué tal? —dijo Will. Incluso para Alice, su saludo sonó falsamente animado.

—¿Qué demonios está haciendo aquí? —repitió el otro en inglés.

Will le enseñó la revista que había cogido de la mesa.

—He venido a buscar algo para leer.

François-Baptiste echó una mirada al título y dejó escapar una risita.

—No parece tu estilo.

—Te sorprenderías.

El chico se adelantó un poco hacia Will.

—No durarás mucho más —dijo en voz baja y amarga—. Se aburrirá de ti y te echará a patadas, como a todos los demás. Ni siquiera sabías que iba a salir de la ciudad, ¿no?

—Lo que pase entre ella y yo no es asunto tuyo, de modo que si no te importa...

François-Baptiste se plantó delante de él.

—¿Qué prisa tienes?

—No me provoques, François-Baptiste, te lo advierto.

François-Baptiste apoyó la mano en el pecho de Will para impedirle el paso.

Will apartó el brazo del chico de un manotazo.

—¡No me toques!

—¿Cómo piensas impedirlo?

—*Ça suffit!* ¡Ya basta! —exclamó una voz femenina.

Los dos hombres se volvieron. Alice estiró el cuello para ver mejor, pero la mujer no había entrado lo suficiente en la habitación.

—¿Qué está pasando aquí? —preguntó—. ¡Peleando como niños! ¿François-Baptiste? ¿William?

—*Rien, maman. Je lui demandais...*

Will se quedó mirando boquiabierto, hasta que finalmente comprendió quién había llegado con François-Baptiste.

—Marie-Cécile, no tenía idea... —tartamudeó—. No te esperaba tan pronto.

La mujer se adentró un poco más en la estancia y Alice pudo ver claramente su cara.

«No puede ser.»

Esta vez iba vestida un poco más formalmente que cuando Alice la había visto por última vez, con una falda ocre a la altura de la rodilla y una chaqueta a juego, y llevaba el pelo suelto, enmarcándole la cara, en lugar de recogido con un pañuelo.

Pero no había confusión posible. Era la misma mujer que Alice había visto a la puerta del hotel de la Cité, en Carcasona. Era Marie-Cécile de l'Oradore.

Desvió la vista de la madre al hijo. El parecido familiar era considerable. El mismo perfil, el mismo aire imperioso. Ahora comprendía los celos de François-Baptiste y el antagonismo entre él y Will.

—Pero en realidad la pregunta de mi hijo tiene sentido —estaba diciendo Marie-Cécile—. ¿Qué haces tú aquí?

—Estaba... Vine a buscar algo distinto para leer. Me sentía... me sentía solo sin ti.

Alice se encogió. La explicación no sonaba ni remotamente convincente.

—¿Solo? —repitió ella como un eco—. Tu cara no dice lo mismo, Will.

Marie-Cécile se inclinó hacia adelante y besó a Will en los labios. Alice sintió que la turbación impregnaba el ambiente. El gesto había sido incómodamente íntimo. Podía ver que Will tenía los puños apretados.

«No quiere que yo vea esto.»

La idea, desconcertante como era, entró y salió de su mente en el tiempo de un parpadeo.

Marie-Cécile lo dejó ir, con un destello de satisfacción en el rostro.

—Ya nos pondremos al día más adelante, Will. De momento, me temo que François-Baptiste y yo tenemos unos asuntillos que tratar. *Desolée*. Así que si nos disculpas...

—¿Aquí, en la biblioteca?

«Una reacción demasiado rápida. Demasiado evidente.»

Marie-Cécile estrechó los ojos.

—¿Por qué no?

—Por nada —replicó él secamente.

—*Maman. Il est dix-huit heures déjà.*

—*J'arrive* —replicó ella, sin dejar de mirar a Will con suspicacia.

—*Mais, je ne...*

—*Va le chercher* —lo interrumpió su madre. Ve a buscarlo.

Alice oyó que François-Baptiste salía en tromba de la sala y después cómo Marie-Cécile rodeaba con sus brazos a Will por la cintura y lo atraía hacia sí. Sus uñas eran rojas sobre el blanco de la camiseta de él. Alice habría querido desviar la mirada, pero no pudo.

—*Bon* —dijo Marie-Cécile—. *À bientôt.*

—¿Subirás pronto? —dijo Will. Alice pudo distinguir el pánico en su voz, al darse cuenta de que iba a tener que dejarla allí atrapada.

—En un momento.

Alice no pudo hacer nada, solamente oír el ruido de los pasos de Will, alejándose.

Los dos hombres se cruzaron en el pasillo.

—Mira —dijo, François-Baptiste enseñándole a su madre un ejemplar del mismo periódico que Will estaba leyendo antes.

—¿Cómo se habrán enterado tan pronto?

—Ni idea —replicó él en tono malhumorado—. Authié, imagino.

Alice se quedó petrificada. «¿El mismo Authié?»

—¿Lo sabes con seguridad, François-Baptiste? —estaba diciendo Marie-Cécile.

—Alguien tiene que haberles dado el soplo. La policía envió submarinistas al Eure el sábado, al sitio exacto. Sabían lo que estaban buscando. Piénsalo. ¿Quién fue el primero en decir que había un topo en Chartres? Authié. ¿Acaso ha presentado alguna prueba de que Tavernier realmente hubiera hablado con el periodista?

—¿Tavernier?

—El hombre del río —aclaró el joven agriamente.

—Ah sí, claro —asintió Marie-Cécile, mientras encendía un cigarrillo—. El artículo menciona a la *Noublesso Véritable* por su nombre.

—También Authié puede habérselo dicho.

—Mientras no haya nada que conecte a Tavernier con esta casa, no hay ningún problema —dijo ella, con expresión aburrida—. ¿Algo más?

—He hecho todo lo que me has pedido.

—¿Y lo has preparado todo para el sábado?

—Sí —respondió él—, aunque sin el anillo ni el libro, no sé para qué molestarse.

Una sonrisa surcó brevemente los labios rojos de Marie-Cécile.

—Ya ves. Por eso todavía necesitamos a Authié, pese a tu evidente desconfianza —dijo ella con suavidad—. Dice que, milagrosamente, ha conseguido el anillo.

—¿Por qué demonios no me lo habías dicho antes? —preguntó él airadamente.

—Te lo estoy diciendo ahora —replicó ella—. Dice que sus hombres se lo llevaron de la habitación de hotel de la chica inglesa, anoche en Carcasona.

Alice sintió un frío en la piel. «Es imposible.»

—¿Crees que miente?

—No seas imbécil, François-Baptiste —respondió su madre en tono cortante—. ¡Claro que miente! Si la doctora Tanner se lo hubiera llevado, Authié no habría tardado cuatro días en conseguirlo. Además, ordené que registraran su apartamento y su despacho.

—Entonces...

Ella lo interrumpió.

—Si Authié lo tiene..., si es que lo tiene, cosa que dudo mucho, entonces lo ha conseguido de la abuela de Biau o lo ha tenido todo el tiempo, desde el principio. Posiblemente él mismo se lo llevara de la cueva.

—Pero ¿para qué iba a molestarse?

Sonó el teléfono, estruendoso, intrusivo. Alice sintió que el corazón se le subía a la garganta.

François-Baptiste miró a su madre.

—Contesta —le dijo ella.

Así lo hizo.

—*Allô*.

Alice apenas respiraba, por temor a delatarse.

—*Oui, je comprends. Attends.* —Cubrió el receptor con la mano—. Es O'Donnell. Dice que tiene el libro.

—Pregúntale por qué no hemos sabido nada de ella.

El joven hizo un gesto afirmativo.

—¿Dónde has estado desde el lunes? —Escuchó un momento—. ¿Alguien más sabe que lo tienes? —Volvió a escuchar—. Muy bien. A las diez. Mañana por la noche.

Colgó el teléfono.

—¿Estás seguro de que era ella?

—Era su voz. Conocía lo acordado.

—Seguro que él estaba escuchando.

—¿Qué quieres decir? —preguntó el joven, inseguro—. ¿A quién te refieres?

—¡Por todos los santos! ¿A quién crees tú que me refiero? —exclamó ella—. ¡A Authié, obviamente!

—Yo...

—Shelagh O'Donnell lleva varios días desaparecida. Pero en cuanto dejo de ser una molestia y regreso a Chartres, O'Donnell vuelve a aparecer. Primero el anillo, y ahora el libro.

Finalmente, François-Baptiste perdió los estribos.

—Pero ¡si hace un momento lo estabas defendiendo! —exclamó—. ¡Y me acusabas a mí de sacar conclusiones precipitadas! Si sabes que trabaja contra nosotros, ¿por qué no me lo has dicho, en lugar de dejarme hacer el tonto? Mejor aún, ¿por qué no le paras los pies? ¿Alguna vez te has preguntado siquiera por qué desea los libros con tanto ahínco? ¿Qué piensa hacer con ellos? ¿Subastarlos al mejor postor?

—Sé exactamente para qué quiere los libros —replicó ella con voz gélida.

—¿Por qué tienes que hacerme esto todo el tiempo? ¡Siempre me estás humillando!

—La conversación ha terminado —dijo ella—. Saldremos mañana, para tener tiempo suficiente de que hagas tu trabajo con O'Donnell y yo pueda prepararme. La ceremonia se celebrará a medianoche, tal como estaba previsto.

—¿Quieres que vaya a la cita con ella? —preguntó él, incrédulo.

—Desde luego que sí —repuso su madre. Por primera vez, Alice distinguió algo de emoción en su voz—. Quiero el libro, François-Baptiste.

—¿Y si no lo tiene?

—No creo que Authié se tomara todo este trabajo si no fuera así.

Alice oyó que François-Baptiste atravesaba la habitación y abría la puerta.

—¿Y qué hay de él? —preguntó, con un rastro del fuego que había habido antes en su voz—. No puedes dejar que se quede aquí para...

—Deja que yo me ocupe de Will. Él no es asunto tuyo.

Will estaba escondido en el armario, en el pasillo que conducía a la cocina.

Estaba atiborrado y olía a cazadoras de cuero, botas viejas e impermeables, pero era el único lugar que le ofrecía una vista clara de las puertas de la biblioteca y del estudio. Primero vio salir a François-Baptiste, que entró en el estudio, seguido minutos después por Marie-Cécile. Will esperó a que se cerrara la pesada puerta e inmediatamente emergió del armario y corrió por el pasillo hasta la biblioteca.

—Alice —susurró—, ¡rápido! Tenemos que sacarte de aquí. —Hubo un ruido leve y en seguida apareció ella—. Lo siento muchísimo —dijo—. Toda la culpa ha sido mía. ¿Estás bien?

Ella asintió, aunque estaba mortalmente pálida.

Will le tendió la mano, pero ella se negó a ir con él.

—¿Qué significa todo esto, Will? Tú vives aquí. Conoces a esta gente, y aun así estás dispuesto a mandarlo todo al garete para ayudar a una extraña. No tiene sentido.

Él hubiese querido decir que no era un extraño, pero se contuvo.

—Yo...

No encontraba las palabras. Le pareció como si la habitación se disolviera en la nada. Lo único que veía era el rostro en forma de corazón de Alice y sus ojos intrépidos que parecían mirarlo directamente al corazón.

—¿Por qué no me habías dicho que tú... que tú y ella... que vivías aquí?

Él no pudo sostener su mirada. Alice se quedó mirándolo un poco más y, a continuación, atravesó rápidamente la habitación y salió al pasillo, con Will tras ella.

—¿Qué vas a hacer ahora? —dijo él con desesperación.

—Acabo de averiguar la relación de Shelagh con esta casa —dijo Alice—. Trabaja para ellos.

—¿Ellos? —replicó él, desconcertado, mientras abría el portal para salir de la casa—. ¿Qué quieres decir?

—Pero no está aquí. Madame De l'Oradore y su hijo también la están buscando. Por lo que he oído, creo que la tienen retenida en algún lugar cerca de Foix.

Repentinamente, al pie de la escalera de la entrada, Alice se sintió invadir por el pánico.

—¡Will! ¡Me he dejado la mochila en la biblioteca! —exclamó horrorizada—. Detrás del sofá, con el libro.

Más que cualquier otra cosa, Will deseaba besarla. El momento no hubiese podido ser más inoportuno. Estaban atrapados en una situación que no comprendía y Alice, en el fondo, ni siquiera confiaba en él. Aun así, sintió el impulso de hacerlo.

Sin pensarlo, Will tendió la mano para tocar su rostro. Sentía que conocía exactamente la suavidad y el tacto fresco de su piel, como si fuera un gesto que ya hubiese hecho miles de veces. Entonces, el recuerdo del retraimiento de ella en el café volvió a su memoria y lo hizo pararse en seco, cuando su mano estaba a punto de tocar su mejilla.

—Lo siento —empezó a decir, como si Alice pudiera leerle la mente.

Ella lo miraba fijamente, pero en seguida una breve sonrisa iluminó su expresión tensa y nerviosa.

—No pretendía ofenderte —tartamudeó él—. Es sólo que...

—No importa —replicó ella, pero el tono de su voz era suave.

Will suspiró aliviado. Ella se equivocaba: importaba más que ninguna otra cosa en el mundo, pero al menos no estaba enfadada con él.

—Will —prosiguió ella, en un tono un poco más perentorio—, mi mochila. Todas mis cosas están ahí dentro. Todas mis notas.

—Sí, claro —dijo él de inmediato—. Lo siento. Iré a buscarla. Te la llevaré. —Intentó concentrarse—. ¿Dónde te alojas?

—En el hotel Petit Monarque. En la Place des Épars.

—De acuerdo —dijo él, mientras subía corriendo la escalera—. Estaré allí en media hora.

Will se quedó mirándola hasta que se perdió de vista y entonces volvió a entrar en la casa. Se veía luz debajo de la puerta del estudio.

De pronto, la puerta de éste se abrió. Will saltó hacia atrás, y se ocultó entre la puerta y la pared, para que no lo vieran. François-Baptiste salió y fue hacia la cocina. Will oyó el movimiento de la puerta de vaivén, que se abría y se cerraba, y nada más.

Después, se puso a espiar a Marie-Cécile por una rendija de la puerta. Estaba sentada delante de su mesa de escritorio, mirando algo, un objeto que refulgía y emitía destellos de luz cuando ella se movía.

Will olvidó lo que había ido a hacer; vio que Marie-Cécile se ponía de pie y descolgaba uno de los cuadros que había en la pared, detrás de ella. Era su preferido. Se lo había explicado a Will con todos sus detalles en los primeros tiempos de su relación. Era un lienzo dorado con pinceladas de brillantes colores, que representaba a los soldados franceses contemplando las columnas derribadas y los palacios en ruinas del antiguo Egipto. *Contemplando las arenas del tiempo - 1798*, recordó. Así se llamaba.

Detrás de donde había estado colgado el cuadro, había una pequeña puerta metálica montada en la pared, con un teclado numérico al lado. Marie-Cécile marcó seis números. Se oyó un chasquido y la puerta se abrió. De la caja fuerte, sacó dos paquetes negros, que depositó con infinito cuidado sobre el escritorio. Will ajustó su posición, ansioso por ver lo que había dentro.

Estaba tan absorto que no oyó los pasos acercándose por detrás.

—No te muevas.

—François-Baptiste, yo...

Will sintió el frío cañón de una pistola oprimiéndole el costado.

—Y pon las manos donde pueda verlas.

Intentó darse la vuelta, pero François-Baptiste lo cogió por el cuello y le aplastó la cara contra la pared.

—*Qu'est-ce qui se passe?* —preguntó Marie-Cécile.

François-Baptiste apretó un poco más el arma.

—*Je m'en occupe* —replicó. Ya me ocupo yo.

Alice volvió a mirar el reloj.

«No viene.»

Estaba de pie en la recepción de hotel, mirando fijamente las puertas de cristal, como si fuera capaz de materializar la figura de Will a partir del aire. Había transcurrido casi una hora desde que salieron de la Rue du Cheval Blanc. No sabía qué hacer. Tenía la cartera, el teléfono y las llaves del coche en el bolsillo de la cazadora. Todo lo demás estaba en su mochila.

«Olvídalo. Vete de aquí.»

Cuanto más esperaba, más dudaba de los motivos de Will. Le parecía sospechoso que hubiese aparecido como salido de la nada. Alice repasó mentalmente la secuencia de acontecimientos.

¿De verdad había sido una coincidencia que se toparan de aquella manera? Ella no le había dicho a nadie adónde pensaba ir.

«¿Cómo podía saberlo él?»

A las ocho y media, Alice decidió que ya no podía esperar más. Explicó en recepción que no iba a necesitar más la habitación, dejó una nota para Will con su número de teléfono por si se presentaba, y se marchó.

Arrojó la cazadora en el asiento delantero del coche y entonces reparó en el sobre que asomaba del bolsillo. Era la carta que le habían dado en el hotel y que había olvidado por completo. La sacó del bolsillo y la dejó en el salpicadero, para leerla cuando parara a repostar.

Cayó la noche mientras viajaba hacia el sur. Los faros delanteros de los coches que se cruzaban con el suyo la deslumbraban. Árboles y matorrales saltaban como fantasmas desde la oscuridad. Orleans, Poitiers, Burdeos... Los carteles pasaban como otros tantos destellos.

Acurrucada en su propio mundo, hora tras hora, Alice se hacía una y otra vez las mismas preguntas. Y cada vez encontraba respuestas diferentes.

¿Por qué lo habría hecho él? Para obtener información. Ciertamente, les había dado toda la que tenía. Todas sus notas, sus dibujos, la fotografía de Grace y Baillard...

«Te prometió enseñarte la cámara del laberinto.»

No había visto nada. Solamente un dibujo en un libro. Alice sacudió la cabeza. No quería creerlo.

¿Por qué la había ayudado a escapar? Porque ya había conseguido lo que quería, o mejor dicho, lo que quería madame De l'Oradore.

«Para que ellos puedan seguirte.»

CAPÍTULO 56

Carcassona

AGOST 1209

L os franceses atacaron Sant-Vicens al alba del lunes 3 de agosto. Alaïs trepó por las escalas de la torre del Mayor para reunirse con su padre y mirar desde las almenas. Buscó a Guilhelm entre la multitud, pero no logró distinguirlo.

Por encima del ruido de las espadas y los gritos de batalla de los soldados que tomaban por asalto las bajas murallas defensivas, distinguía el sonido de unos cánticos, que bajaban flotando a la llanura desde el monte Graveta.

¡Veni creator spiritus
Mentes tuorum visita!

–Los clérigos –dijo Alaïs horrorizada– cantan a Dios a la vez que vienen a matarnos.

El suburbio empezó a arder. Mientras el humo ascendía en espiral por el aire, al pie de las murallas bajas la gente y los animales se dispersaban en todas direcciones, presas del pánico.

Gruesos cabos con ganchos eran lanzados sobre el parapeto, sin dar tiempo a que los defensores los cortaran. Docenas de escalas eran arrojadas sobre los muros. La guarnición las apartaba a puntapiés o les prendía fuego, pero algunas se mantenían en su sitio. La tropa francesa de a pie proliferaba como las hormigas. Cuantos más soldados caían, más aparecían.

A ambos lados al pie de las fortificaciones se amontonaba los heridos y los muertos, como pilas de leña. Cada hora que pasaba, eran más las pérdidas.

Los cruzados trajeron una catapulta sobre ruedas, la situaron y comenzaron el bombardeo de los baluartes. Los impactos, despiadados e implacables, sacudían Sant-Vicens hasta los cimientos, entre una tormenta de flechas y otros proyectiles que llovían del cielo.

Los muros empezaron a desmoronarse.

—¡Lo han conseguido! —gritó Alaïs—. ¡Están derribando las defensas!

El vizconde Trencavel y sus hombres estaban preparados. Blandiendo hachas y espadas, cargaron de dos en dos y de tres en tres contra los asaltantes. Los impresionantes cascos de los caballos de guerra lo aplastaban todo a su paso, y sus pesadas herraduras reventaban cráneos como cáscaras de nuez y destrozaban miembros, reduciéndolos a masas sanguinolentas de piel y huesos. Calle a calle, el combate se fue extendiendo por todo el suburbio, acercándose cada vez más al recinto de la Cité. Alaïs veía una masa de aterrorizados civiles inundando el paso de la puerta de Rodez hacia la ciudadela, con la esperanza de escapar a la violencia de la batalla. Eran viejos, enfermos, mujeres y niños, porque todos los hombres aptos para el combate estaban armados y luchaban junto a los soldados de la guarnición. Casi todos caían donde estaban, pues sus mazos no podían rivalizar con las espadas de los cruzados.

Los defensores lucharon con bravura, pero el enemigo los centuplicaba en número. Como una marea que se abatiera sobre la costa, los cruzados cayeron sobre las murallas abriendo brechas y derribando tramos enteros de fortificaciones.

Trencavel y sus *chavalièrs* lucharon denodadamente para conservar el control del río, pero en vano. El vizconde ordenó la retirada.

Cuando aún resonaba el eco de los gritos triunfales de los franceses, los pesados paños de la puerta de Rodez se abrieron para que los supervivientes pudieran entrar en la Cité. Mientras el vizconde Trencavel marchaba delante de la fila que formaban por las calles sus soldados derrotados, de regreso al Château Comtal, Alaïs contemplaba con horror, desde lo alto, la escena de devastación y destrucción a sus pies. Había visto la muerte muchas veces, pero nunca a tan gran escala. Se sentía contaminada por la realidad de la guerra, por la insensata pérdida que suponía.

También se sentía defraudada. Acababa de comprender que los cantares de gesta que tanto la habían entusiasmado en su infancia eran mentira. En la guerra no había nobleza. Sólo sufrimiento.

Alaïs bajó de las almenas a la plaza de armas y allí, rezando por ver a Guilhelm, se reunió con las otras mujeres que esperaban junto a la puerta.

«Haz que regrese sano y salvo.»

Por fin se oyó un ruido de cascos sobre el puente. Alaïs lo vio en seguida y su espíritu echó a volar. Traía la cara y la armadura manchadas de sangre y ceniza, y sus ojos reflejaban la ferocidad de la batalla, pero estaba indemne.

–Vuestro esposo ha luchado valerosamente, *dòmna* Alaïs –le dijo el vizconde Trencavel, al reconocerla entre la multitud–. Ha segado muchas vidas y ha salvado muchas más. Hemos de agradecer su habilidad y su coraje.

Alaïs se sonrojó.

–Decidme –prosiguió el vizconde–, ¿dónde está vuestro padre?

La joven señaló la esquina noroccidental de la plaza de armas.

–Vimos la batalla desde las almenas, *messer*.

Guilhelm acababa de desmontar y le había entregado las riendas a su escudero.

Alaïs se le acercó tímidamente, sin saber cuál sería su acogida.

–*Messer*.

Él cogió su pálida mano y se la llevó a los labios.

–Han herido a Tièrry –dijo con voz sombría–. Ya lo traen. Está muy mal.

–Cuánto lo siento, *messer*.

–Somos como hermanos –prosiguió él–. También Alzeu. Nacimos con tan sólo un mes de diferencia. Siempre nos hemos apoyado; trabajamos juntos para pagar nuestras cotas de malla y nuestras espadas. Fuimos bautizados la misma Pascua.

–Lo sé –replicó ella suavemente, bajando la cabeza de él hacia la suya–. Ven, deja que te ayude. Después haré lo que pueda por Tièrry.

Vio que en sus ojos relucían las lágrimas, y se apartó rápidamente, porque sabía que él no quería que lo viera llorar.

–Vamos, Guilhelm –dijo ella con dulzura–. Llévame a donde está Tièrry.

Habían llevado a Tièrry a la Gran Sala, con todos los otros que estaban graves. Los heridos y agonizantes yacían alineados de tres en tres, a lo largo de toda la estancia. Alaïs y las otras mujeres hacían lo que podían. Con el pelo recogido en una trenza sobre el hombro, Alaïs parecía una chiquilla.

Con el paso de las horas, el aire en el recinto cerrado se fue volviendo más corrupto y las moscas, más persistentes. La mayor parte del tiempo, Alaïs y las otras mujeres trabajaban en silencio y con firme determinación, sabiendo que la pausa antes de que se repitiera el asalto sería breve. Varios clérigos pasaban entre las filas de soldados heridos y agonizantes, oyendo sus confesiones y dándoles la extremaunción. Disimulados bajo sotanas oscuras, dos *parfaits* administraban el *consolament* a los fieles cátaros.

Las heridas de Tièrry eran graves. Había recibido varios golpes. Tenía el tobillo roto y una lanza le había penetrado en el muslo, astillándole el hueso dentro de la pierna. Alaïs sabía que había perdido demasiada sangre, pero pensando en Guilhelm hizo cuanto pudo. Calentó con cera una decocción de hojas y raíces de consuelda y la aplicó a modo de cataplasma en cuanto se hubo enfriado.

Dejando a Guilhelm con él, Alaïs concentró su atención en los que tenían más esperanzas de sanar. Disolvió raíz de angélica en polvo en agua de cardo mariano y, con la ayuda de los chicos de las cocinas, que transportaban la medicina en cubos, la fue administrando a cucharadas a todos los que estaban en condiciones de tragar. Si conseguía mantenerles pura la sangre y evitar que se les infectaran las heridas, entonces quizá se recuperaran.

Alaïs volvía junto a Tièrry siempre que podía, para cambiarle las cataplasmas, aunque era evidente que no había esperanzas. Había perdido el conocimiento y su tez había adquirido el tono pálido y azulado de la muerte. La joven apoyó una mano sobre el hombro de Guilhelm.

—Lo siento —susurró—. No le queda mucho tiempo.

Guilhelm se limitó a asentir con la cabeza.

Alaïs se encaminó hasta el otro extremo de la sala. A su paso, un joven *chavalièr*, sólo un poco mayor que ella, la llamó. Ella se detuvo y se arrodilló a su lado. Tenía la cara de niño desfigurada por el dolor y el desconcierto; sus labios estaban agrietados, y sus ojos, que alguna vez habían sido castaños, parecían torturados por el miedo.

–Chissst –lo hizo callar ella–. ¿No tenéis a nadie?

Él intentó sacudir la cabeza. Alaïs le acarició la frente con la mano y levantó la manta que le cubría el brazo del escudo. De inmediato, la dejó caer. El muchacho tenía el hombro aplastado. Fragmentos de hueso blanco sobresalían a través de la piel desgarrada, como un pecio que la marea hubiese abandonado en la playa. Tenía una herida como una boca abierta en un costado. La sangre manaba de ella sin cesar, formando un charco a su alrededor.

Su mano derecha estaba petrificada sobre la empuñadura de la espada. Alaïs intentó soltársela, pero los dedos, rígidos, se resistieron. La joven arrancó un trozo de tela de su propia falda, para taponar la profunda herida. De un frasco que llevaba en el bolso, sacó tintura de valeriana y echó dos gotas en los labios del muchacho para aliviarle el tránsito. No podía hacer nada más.

La muerte era desconsiderada. Llegaba lentamente. Poco a poco, sus jadeos se fueron volviendo más sonoros y su respiración, más trabajosa. A medida que sus ojos se apagaban, su terror fue en aumento y se puso a gritar. Alaïs se quedó a su lado, entonando una canción y acariciándole la frente, hasta que el alma abandonó el cuerpo.

–Que Dios acoja tu espíritu –murmuró, cerrándole los ojos. Le cubrió la cara y pasó al siguiente.

Alaïs trabajó todo el día, administrando ungüentos y vendando heridas, hasta que los ojos le dolieron y las manos le quedaron veteadas de roja sangre. Al final del día, haces de luz crepuscular penetraron por las altas ventanas de la Gran Sala. Los muertos habían sido retirados. Los vivos estaban tan confortables como lo permitían sus heridas.

La joven estaba exhausta, pero el recuerdo de la noche anterior y la esperanza de yacer una vez más en brazos de Guilhelm la sostenían. Le dolían los huesos y tenía la espalda entumecida de tanto inclinarse y agacharse, pero ya nada parecía importar.

Aprovechando el frenesí de actividad en el resto del castillo, Oriane se escabulló hacia sus aposentos para esperar a su informante.

–Ya era hora –dijo secamente–. Decidme lo que hayáis averiguado.

–El judío murió antes de que pudiéramos sacarle nada, pero mi señor cree que ya le había confiado el libro a vuestro padre.

Oriane esbozó una media sonrisa, pero no dijo nada. No le había revelado a nadie lo que había encontrado cosido en la capa de Alaïs.

—¿Qué hay de Esclarmonda de Servian?

—Fue valiente, pero al final confesó dónde estaba el libro.

Los ojos verdes de Oriane lanzaron un destello.

—¿Lo tenéis?

—Aún no.

—Pero ¿está aquí, en la *Ciutat*? ¿Evreux lo sabe?

—Confía en que vos, *dòmna*, le proporcionéis esa información.

Oriane reflexionó un momento.

—¿Están muertos la vieja y el chico? ¿No interferirá ella en nuestros planes? No podemos permitir que hable con mi padre.

El hombre sonrió, apretando los labios.

—La mujer está muerta. El chico se nos ha escapado, pero no creo que pueda hacer mucho daño. En cuanto lo encuentre, lo mataremos.

Oriane hizo un gesto de aprobación.

—¿Le habéis hablado al señor de Evreux acerca de mi... interés?

—Así es, *dòmna*. Se siente honrado de que os ofrezcáis a prestar ayuda de ese modo.

—¿Y qué hay de mis condiciones? ¿Lo dispondrá todo para que pueda salir sana y salva de la *Ciutat*?

—Sí, *dòmna*, siempre que le entreguéis los libros.

Oriane se incorporó y se puso a ir y venir por la habitación.

—Bien, todo está muy bien. ¿Y os ocuparéis de mi marido?

—Si me indicáis dónde estará a la hora señalada, *dòmna*, entonces será fácil hacerlo. —Hizo una pausa—. Sin embargo, será un poco más caro que antes. Los riesgos son mucho mayores, incluso en estos tiempos agitados. El escribano del vizconde Trencavel, un hombre de buena posición...

—Lo entiendo perfectamente —replicó ella con frialdad—. ¿Cuánto?

—El triple de lo abonado por Raolf —respondió él.

—¡Imposible! —reaccionó ella de inmediato—. ¿De dónde voy a sacar yo tanto oro?

—En cualquier caso, *dòmna*, ése es mi precio.

—¿Y el libro?

Esta vez, su sonrisa fue completa.

—El libro es objeto de una negociación independiente, *dòmna* —contestó.

CAPÍTULO 57

El bombardeo se reanudó y siguió por la noche: un continuo retumbar de bolas de acero, rocas y peñascos, que levantaban nubes de polvo cada vez que daban en el blanco.

Desde su ventana, Alaïs pudo ver que las casas del llano habían sido reducidas a humeantes escombros. Una nube malsana flotaba sobre las copas de los árboles, como una negra neblina que hubiese quedado prendida de las ramas. Algunos de los pobladores habían atravesado los terrenos arrasados de Sant-Vicens y, desde allí, habían buscado refugio en la Cité. Pero la mayoría habían sido alcanzados y muertos mientras huían.

En la capilla, los cirios ardían sobre el altar.

Al alba del martes cuatro de agosto, el vizconde Trencavel y Bertran Pelletier subieron una vez más a las almenas.

El campamento francés estaba envuelto en la niebla matutina que subía del río. Tiendas, corrales, animales, pabellones, toda una ciudad parecía haber echado raíces. Pelletier levantó la vista. Se anunciaba otro día ferozmente caluroso. La pérdida del río en una fase tan temprana del asedio era devastadora. Sin agua, no podrían resistir mucho tiempo. La sed los derrotaría, aunque no pudieran hacerlo los franceses.

La víspera, Alaïs le había dicho que en los alrededores de la puerta de Rodez, donde se concentraba la mayoría de los refugiados de Sant-Vicens, había aparecido el primer caso de mal de los asedios. El senescal había acudido a comprobarlo personalmente y, aunque el cónsul de la zona lo había negado, temía que Alaïs estuviera en lo cierto.

—Estás absorto en tus pensamientos, amigo mío.

Bertran se volvió para mirarlo.

—Disculpadme, *messer*.

Trencavel desechó sus disculpas con un ademán.

—¡Míralos, Bertran! Son demasiados para que podamos derrotarlos... y sin agua.

—Dicen que Pedro II de Aragón está a un día de viaje —replicó Pelletier—. Sois su vasallo, *messer*. Vendrá a ayudaros.

Pelletier sabía que no sería fácil persuadirlo. Pedro era un católico indoblegable y además era cuñado de Raymond VI, conde de Toulouse, aunque los dos hombres no se llevaban nada bien. Aun así, el vínculo entre las casas de Trencavel y de Aragón era firme.

—Las ambiciones diplomáticas del rey están estrechamente ligadas al destino de Carcassona, *messer*. No desea ver el Pays d'Òc controlado por los franceses. —Hizo una pausa—. Pierre-Roger de Cabaret y vuestros aliados son favorables a recurrir a él —añadió.

Trencavel apoyó las manos sobre el parapeto que tenía delante.

—Eso han dicho, sí.

—Entonces, ¿le enviaréis un mensaje?

Pedro atendió a la llamada y llegó la tarde del miércoles cinco de agosto.

—¡Abrid las puertas! ¡Abrid las puertas a *lo rei*!

Las puertas del Château Comtal se abrieron de par en par. Alaïs acudió a la ventana, atraída por el ruido, y bajó corriendo la escalera, para ver lo que estaba sucediendo. Al principio sólo pensó preguntar si había alguna novedad, pero cuando levantó la vista hacia las ventanas de la Gran Sala, muy por encima de su cabeza, la venció la curiosidad por lo que podría estar pasando en el interior. Con demasiada frecuencia se enteraba de las noticias de tercera o cuarta mano.

Detrás de las cortinas que separaban la Gran Sala de la entrada a los aposentos privados del vizconde Trencavel, había un pequeño nicho. Hacía mucho tiempo que Alaïs no intentaba meterse en ese reducido espacio, desde que era niña y se ocultaba allí para escuchar a hurtadillas a su padre mientras trabajaba. Ni siquiera estaba segura de caber en el estrecho hueco.

Se subió al banco de piedra y se estiró para llegar a la ventana más baja de la torre Pinta, que daba al patio del Mediodía. Después se encaramó hasta la altura de la ventana, se deslizó por el reborde y finalmente consiguió colarse en el interior.

Tuvo suerte. La alcoba estaba vacía. Saltó al suelo, procurando hacer el menor ruido posible, y lentamente abrió la puerta y se escabulló detrás de la cortina. Poco a poco, se fue desplazando a lo largo del angosto espacio, hasta que estuvo tan cerca como su osadía se lo permitió. Tenía al vizconde Trencavel, a quien podía ver con las manos entrelazadas detrás de la espalda, tan próximo, que hubiese podido estirar un brazo y tocarlo.

Había llegado justo a tiempo. En el otro extremo de la Gran Sala, se estaban abriendo las puertas. Vio a su padre entrando a grandes zancadas, seguido del rey de Aragón y varios de los aliados de Carcasona, entre ellos los señores de Lavaur y Cabaret.

El vizconde Trencavel cayó de rodillas ante su señor.

—No hay necesidad de nada de eso —le dijo Pedro, indicándole que se incorporase.

Físicamente, los dos hombres eran muy diferentes. El rey era mucho mayor que Trencavel, tanto que hubiese podido ser su padre. Alto y recio, tenía el aspecto de un toro, con el rostro marcado por las cicatrices de multitud de campañas militares. Sus facciones acusadas y su expresión reconcentrada se veían acentuadas por un bigote negro y espeso que destacaba sobre su tez oscura. Aún tenía el pelo negro, pero ya se le estaba volviendo gris en las sienes, como a su padre.

—Ordena a tus hombres que se retiren, Trencavel —dijo secamente—. Quiero hablar contigo en privado.

—Con vuestro permiso, señor, me gustaría que mi senescal estuviese presente. Tengo en muy alta estima sus consejos.

El rey dudó un momento, pero al fin accedió.

—No hay palabras para expresar adecuadamente nuestra gratitud...

Pedro lo interrumpió.

—No he venido a apoyarte, sino a ayudarte a ver el error de tu actitud. Tú mismo has provocado esta situación, con tu empecinada negativa a erradicar la herejía de tus dominios. Has tenido cuatro años, ¡cuatro años!, para atender el asunto, y aun así no has hecho nada. Permites a los obispos cátaros predicar abiertamente en tus pueblos y ciudades. Tus vasallos otorgan su apoyo manifiesto a los *bons homes*...

—Ningún vasallo mío...

—¿Niegas los ataques contra santos varones y clérigos que han quedado impunes? ¿Niegas las humillaciones sufridas por los hombres de la Iglesia? En tus tierras, los herejes practican abiertamente sus ritos. Tus aliados los protegen. Es bien sabido que el conde de Foix ofende las reliquias sagradas negándose a prosternarse delante de ellas y que su hermana se ha alejado hasta tal punto de la gracia divina que ha tenido a bien tomar los votos como *parfaite* en una ceremonia a la que el conde se ha dignado asistir.

—No puedo responder por el conde de Foix.

—Es tu vasallo y tu aliado —le rebatió Pedro—. ¿Por qué permites que prospere este estado de cosas?

Alaïs oyó que el vizconde inspiraba hondo.

—Señor, vos mismo estáis respondiendo a vuestra pregunta. Nosotros convivimos con aquellos que vos llamáis herejes. Hemos crecido juntos, algunos de ellos tienen nuestra misma sangre. Los *parfaits* han llevado vidas buenas y decentes, predicando a una masa de fieles cada vez mayor. ¡No podría expulsarlos, como no puedo evitar la diaria salida del sol!

Sus palabras no conmovieron a Pedro.

—Tu única esperanza es la reconciliación con la Santa Madre Iglesia. Eres igual en rango a cualquiera de los barones del norte que el abad trae consigo, y te tratarán como tal si demuestras propósito de enmienda. Pero si por un momento le das motivo para sospechar que tú también cultivas esas creencias heréticas, no ya por tus acciones sino por los sentimientos que alientan en tu corazón, te aplastará.

El rey suspiró.

—¿Crees de verdad que puedes resistir, Trencavel? —prosiguió—. Tienen cien veces más hombres.

—Disponemos de mucha comida.

—Comida, sí, pero os falta agua. Habéis perdido el río.

Alaïs vio que su padre lanzaba una mirada al vizconde, claramente temeroso de que éste perdiera los estribos.

—No quisiera desafiaros ni dar la impresión de que desoigo vuestros buenos consejos, pero ¿no veis que vienen a luchar por nuestras tierras y no por nuestras almas? Esta guerra no se libra por la gloria de Dios, sino por la codicia de los hombres. El suyo es un ejército de ocupación, señor. Si le he fallado a la Iglesia, si acaso es que lo he hecho y con ello os he ofendido, os suplico que me perdonéis. Pero no debo obediencia alguna al conde de Nevers ni al abad de Cîteaux. Ellos no tienen ningún derecho, espiritual o temporal, sobre mis tierras. No traicionaré a mi gente, ni la echaré a los chacales franceses por una causa tan vil.

Alaïs sintió que el orgullo henchía su pecho. Por la expresión del rostro de su padre, supo que él sentía lo mismo. Por primera vez, el coraje y el espíritu de Trencavel parecieron conmover al rey.

—Son nobles palabras, Trencavel, pero ahora no te servirán de nada. En nombre de tu pueblo, al que amas, déjame al menos decirle al abad de Cîteaux que escucharás sus condiciones.

Trencavel se apartó, anduvo hasta la ventana, y habló entre dientes.

—¿No tenemos suficiente agua para dar de beber a todos los que están en la *Ciutat*?

El padre de Alaïs sacudió la cabeza.

—No, no tenemos.

Sólo las manos del vizconde, con los nudillos blancos sobre el alféizar de piedra, delataron lo mucho que le costó proferir las palabras que dijo a continuación.

—Sea. Oiré lo que el abad tenga que decirme.

Durante unos instantes, tras la partida de Pedro, Trencavel no dijo nada. Se quedó donde estaba, mirando cómo el sol se hundía en el horizonte. Finalmente, cuando se encendieron las velas, se sentó. Pelletier ordenó que subieran comida y bebida de las cocinas.

Alaïs no se atrevía a moverse, por temor a ser descubierta. Tenía agarrotados los brazos y las piernas. Las paredes parecían comprimirla, pero no podía hacer nada al respecto.

Detrás de las cortinas, veía a su padre yendo y viniendo por la habitación y de vez en cuando oía apagados retazos de conversación.

Era tarde cuando Pedro II regresó. Por la expresión de su rostro, Alaïs supo de inmediato que la misión había fracasado. Se sintió desfallecer. Era la última oportunidad de sacar la Trilogía de la Cité, antes de que comenzara el verdadero asedio.

—¿Tenéis novedades? —preguntó Trencavel, incorporándose para recibirlo.

—Ninguna que me guste darte, Trencavel —replicó Pedro—. Incluso a mí me ofende repetir sus insultantes palabras.

El rey aceptó una copa de vino y la vació de un trago.

—El abad de Cîteaux está dispuesto a dejar que tú y otros doce hombres de tu elección abandonéis esta misma noche el castillo, sin ser molestados, llevando todo lo que podáis transportar.

Alaïs vio que el vizconde apretaba los puños.

—¿Y Carcassona?

—La *Ciutat* y todo lo demás quedará en poder la Hueste. Después de Besièrs, los guerreros ansían tener su recompensa.

Una vez que hubo hablado, por un instante reinó el silencio.

Después, Trencavel dio finalmente rienda suelta a su ira y arrojó su copa, que fue a estrellarse contra la pared.

—¿Cómo se atreve a insultarme así? —rugió—. ¿Cómo se atreve a insultar nuestro honor, nuestro orgullo? ¡No abandonaré a uno solo de mis súbditos a esos chacales franceses!

—*Messer* —murmuró Pelletier.

Trencavel se quedó inmóvil, con las manos en las caderas, respirando pesadamente e intentando controlar su ira. Después se volvió hacia el rey.

—Señor, os agradezco vuestra mediación y las molestias que os habéis tomado por nosotros. Sin embargo, si no queréis o no podéis luchar a nuestro lado, debemos separarnos. Tendréis que retiraros.

Pedro asintió, sabiendo que no había nada más que decir.

—Que Dios te acompañe, Trencavel —dijo tristemente.

Trencavel lo miró a los ojos.

—Sé que Él está conmigo —replicó desafiante.

Mientras Pelletier conducía al rey fuera de la torre, Alaïs aprovechó la ocasión para escabullirse.

La festividad de la Transfiguración de la Virgen pasó tranquilamente, con escasas novedades en uno u otro campo. Trencavel siguió enviando una lluvia de flechas y otros proyectiles a los cruzados, mientras los inexorables golpes de la catapulta respondían con rocas que caían atronando sobre las murallas. Morían hombres de ambos lados, pero muy escaso terreno se ganaba o se perdía.

El llano era un matadero, con cadáveres pudriéndose allí donde habían caído, hinchados por el calor y rodeados de enjambres de negras moscas. Buitres y gavilanes volaban en círculos sobre el campo de batalla, limpiando de carne los huesos.

El viernes siete de agosto, los cruzados lanzaron un ataque al suburbio meridional de Sant Miquel. Durante un momento, lograron ocupar la fosa al pie de la muralla, pero fueron repelidos por una lluvia de flechas y piedras. Tras varias horas de estancamiento, los franceses se retiraron ante la fiera resistencia de los asediados, entre los gritos triunfales de éstos.

Al alba del día siguiente, mientras el mundo reverberaba plateado a la luz del amanecer y una delicada neblina flotaba suavemente por las laderas donde más de un millar de cruzados miraban hacia Sant Miquel, se reanudó el asalto.

Celadas, escudos, picas y espadas relucían como los ojos de los guerreros a la luz del pálido sol. Cada hombre llevaba una cruz blanca prendida al pecho, sobre los colores de Nevers, Borgoña, Chartres o Champaña.

El vizconde Trencavel se había situado sobre las murallas de Sant Miquel, hombro con hombro con los suyos, dispuesto a repeler el ataque.

Los arqueros estaban listos, tensos los arcos. Debajo, la tropa de a pie empuñaba hachas, picas y espadas. A sus espaldas, seguros en el interior de la Cité hasta que fuera requerida su intervención, aguardaban los *chavalièrs*.

A lo lejos comenzaron a resonar los tambores franceses. La Hueste aporreaba el duro suelo con sus lanzas, en un retumbo pesado y continuo que resonaba a través de la tierra expectante.

«Así es como empieza.»

Alaïs estaba en la muralla, junto a su padre, con la atención dividida entre mirar a su marido y contemplar a los cruzados bajando como un río de la colina.

Cuando la Hueste estuvo al alcance de sus proyectiles, el vizconde Trencavel levantó el brazo y dio la orden. De inmediato, una tormenta de flechas oscureció el cielo.

A ambos lados cayeron hombres, pero la primera escalera de asalto ya estaba apoyada en la muralla. Por el aire silbó el proyectil de una ballesta, que acertó en la pesada y áspera madera, desequilibrando la estructura. La escalera se inclinó y comenzó a caer, arrastrando consigo a muchos hombres, que se precipitaron en un amasijo de sangre, huesos y maderos.

Los cruzados lograron empujar una gata, una máquina de asedio, hasta las murallas del suburbio y, refugiados debajo, empapados en agua, los zapadores comenzaron a retirar piedras de las paredes para abrir una cavidad que debilitara las fortificaciones.

Trencavel ordenó a gritos a los arqueros que destruyeran la estructura. Otra tempestad de flechas, algunas de ellas inflamadas, surcaron el aire y se precipitaron sobre la gata. Una negra humareda ensombreció el cielo, hasta que finalmente la estructura se incendió. Los asaltantes huyeron en todas direcciones, con la ropa ardiendo, sólo para ser abatidos por las flechas de los asediados.

Pero era demasiado tarde. Los defensores sólo pudieron ver cómo los cruzados hacían estallar contra la muralla la mina que llevaban varios días preparando. Alaïs levantó las manos para protegerse la cara de la explosión, mientras una violenta lluvia de piedras, polvo y llamas llenaba el aire.

El enemigo cargó a través de la brecha. El rugido del fuego sofocaba incluso los gritos de las mujeres y los niños que huían del infierno.

Los defensores arrastraron y abrieron la pesada puerta entre la Cité y Sant Miquel, y los *chavalièrs* de Carcasona lanzaron su primer ataque.

—Protégelo, por favor —se sorprendió Alaïs murmurando para sus adentros, como si las palabras tuvieran el poder de repeler las flechas.

Para entonces, los cruzados estaban catapultando por encima de las murallas las cabezas cercenadas de los muertos para sembrar el pánico en el interior de la Cité. Los gritos y alaridos fueron en aumento, hasta que el vizconde Trencavel condujo a sus hombres a la refriega. Fue uno de los primeros en dar cuenta de un enemigo, atravesando limpiamente con la espada el cuello de un cruzado y empujando el cadáver con su bota para arrancarle el acero del cuerpo.

Guilhelm no le iba demasiado a la zaga, guiando su caballo de batalla a través de la masa de atacantes y aplastando a quienes se interponían en su camino.

Alaïs divisó a su lado a Alzeu de Preixan. Con horror, vio que el caballo de Alzeu resbalaba y caía. De inmediato, Guilhelm detuvo su corcel y retrocedió para ir en ayuda de su amigo. Exaltado por el olor de la sangre y el entrechocar del acero, el poderoso garañón de Guilhelm se alzó sobre las patas traseras, derribando a un cruzado y ganando para Alzeu el tiempo de incorporarse y ponerse a salvo.

La superioridad numérica del enemigo era aplastante. La masa de hombres, mujeres y niños aterrorizados y heridos que huía en dirección a la Cité entorpecía los movimientos de los defensores. La Hueste avanzaba implacable. Calle tras calle caía en manos de los franceses.

Finalmente, Alaïs oyó la orden de repliegue.

—*Retirada! Retirada!*

Aprovechando las sombras de la noche, unos cuantos defensores volvieron al suburbio devastado. Mataron a unos pocos cruzados que fueron sorprendidos con la guardia baja, y prendieron fuego a las casas restantes, para al menos privar a los franceses de un reparo desde el cual reanudar los bombardeos a la Cité.

Pero la realidad era tozuda.

Sant-Vicens y Sant Miquel habían caído. Carcasona estaba sola.

CAPÍTULO 58

Según los deseos del vizconde Trencavel, habían instalado mesas en la Gran Sala. El vizconde y *dòmna* Agnès iban de una a otra, agradeciendo a los hombres los servicios prestados y los que aún prestarían.

Pelletier se sentía cada vez peor. La estancia estaba impregnada de olor a cera quemada, sudor, comida fría y cerveza tibia. No estaba seguro de poder soportarlo mucho más tiempo. Sus dolores de estómago eran cada vez más intensos y frecuentes.

Intentó incorporarse, pero sus piernas cedieron bajo su peso, sin previo aviso. Se agarró a la mesa para no caer, pero no hizo más que proyectar a su alrededor platos, tazas y huesos pelados. Sentía como si un animal salvaje le estuviera devorando las entrañas.

El vizconde Trencavel se volvió hacia él. Alguien gritó. El senescal vio que los criados corrían a ayudarlo y que llamaban a Alaïs.

Sintió manos que lo sostenían y lo llevaban hacia la puerta. La cara de François entró en su campo visual, pero en seguida volvió a salir. Creyó oír a Alaïs dando órdenes, pero su voz procedía de un lugar muy lejano y parecía hablar un idioma que no comprendía.

—Alaïs —la llamó, buscando su mano en la oscuridad.

—Aquí estoy. Os llevaremos a vuestra habitación.

Sintió que unos brazos robustos lo levantaban y que el aire de la noche le daba en la cara, mientras lo transportaban primero a través de la plaza de armas y después por la escalera.

Avanzaban lentamente. Los espasmos de su vientre empeoraban, cada uno más violento que el anterior. Podía sentir la pestilencia obrando en su interior, envenenando su sangre y su aliento.

—Alaïs... —susurró, esta vez con miedo.

En cuanto llegaron a los aposentos de su padre, Alaïs mandó a Rixenda que buscara a François y que trajera de su habitación las medicinas que necesitaba. Envió a otros dos criados a las cocinas, en busca de la preciada agua.

Hizo que acostaran a su padre en su lecho. Le quitó las prendas manchadas y las amontonó en una pila, para que las quemaran. La pestilencia parecía rezumar de todos los poros de su piel. Los accesos de diarrea se estaban volviendo más frecuentes y violentos, con más sangre y pus que heces en la materia expulsada. Alaïs mandó quemar hierbas y flores para disimular el hedor, pero no había cantidad de lavanda o romero capaz de enmascarar la realidad de su condición.

Rixenda llegó rápidamente con los ingredientes pedidos y ayudó a Alaïs a mezclar los rojos arándanos secos con agua caliente, hasta formar una pasta ligera. Una vez despojado de la ropa sucia y cubierto con una fina sábana limpia, Alaïs empezó a administrar a su padre el líquido a cucharadas, entre los labios exangües.

El primer trago lo vomitó de inmediato. Su hija volvió a intentarlo. Esta vez consiguió tragar, pero le costó mucho hacerlo y el esfuerzo le produjo espasmos en todo el cuerpo.

El tiempo perdió el sentido y su curso dejó de ser lento o veloz, mientras Alaïs intentaba detener el avance de la enfermedad. A medianoche, el vizconde Trencavel acudió a la habitación.

—¿Alguna novedad, *dòmna*?

—Está muy enfermo, *messer*.

—¿Hay algo que necesitéis? ¿Médicos, medicinas?

—Un poco más de agua, si fuera posible. Hace un rato envié a Rixenda a buscar a François, pero aún no ha venido.

—Lo encontraremos. Haremos cuanto pedís.

Trencavel miró la cama por encima del hombro.

—¿Cómo es que el mal ha arraigado tan rápidamente? —preguntó.

—Es difícil decir por qué una enfermedad como ésta ataca con virulencia a algunos y se abstiene de tocar a otros, *messer*. La constitución de mi padre está muy debilitada por los años transcurridos en Tierra Santa y es particularmente susceptible a los trastornos del estómago. —Vaciló un momento—. Dios quiera que no se extienda.

—Es el mal de los asedios, ¿verdad? —dijo el vizconde en tono sombrío.

Alaïs asintió con un gesto.

—Lo siento muchísimo. Mandadme llamar si hay algún cambio en su estado.

A medida que las horas pasaban lentamente, una tras otra, los lazos que mantenían a su padre unido a la vida se fueron diluyendo. Tuvo momentos de lucidez durante los cuales parecía comprender lo que le estaba ocurriendo. Otras veces, parecía como si ya no supiera quién era ni dónde estaba.

Poco antes del alba, la respiración de Pelletier se volvió superficial. Alaïs, que dormitaba a su lado, se percató de inmediato del cambio y se despejó del todo.

—*Filha...*

Por el tacto de las manos y la frente de su padre, supo que no le quedaba mucho tiempo. La fiebre lo había abandonado, dejando fría su piel.

«Su alma se debate por liberarse.»

—Ayúdame... a sentarme —consiguió decir.

Con la ayuda de Rixenda, Alaïs logró levantarlo. La enfermedad lo había envejecido en el transcurso de una sola noche.

—No habléis —le dijo—. Reservad las fuerzas.

—Alaïs —replicó él, en tono de suave amonestación—, sabes muy bien que me ha llegado la hora.

En su pecho bullían chasquidos y chapoteos, mientras se debatía por recuperar el aliento. Tenía los ojos hundidos, en medio de sendos círculos amarillentos, y en manos y cuello se le estaban formando pálidas manchas marrones.

—¿Mandarás llamar a un *parfait*? —preguntó, forzándose a abrir los ojos de mirada vacía—. Quiero una buena muerte.

—¿Deseáis recibir el consuelo, *paire*? —preguntó ella a su vez cautamente.

Pelletier logró esbozar una vaga sonrisa y, por un instante, volvió a brillar en su rostro el hombre que siempre había sido.

—He escuchado con atención las palabras de los *bons chrétiens*. He aprendido las palabras del *melhorer* y del *consolament*... —Se interrumpió—. Nací cristiano y moriré cristiano, pero no en las manos corruptas de quienes libran una guerra a nuestras puertas en nombre de Dios. Si he vivido con suficiente rectitud, me uniré por Su gracia a la gloriosa compañía de los espíritus en el cielo.

Sufrió un acceso de tos. Alaïs, desesperada, recorrió la habitación con la vista y envió a un criado a informar al vizconde Trencavel de que el estado de su padre había empeorado. En cuanto el sirviente se hubo marchado, llamó a Rixenda.

—Necesito que vayas a buscar a los *parfaits*. Estaban en la plaza de armas hace un momento. Diles que aquí hay un hombre que desea recibir el *consolament*.

Rixenda la miró aterrorizada.

—No se te pegará ninguna culpa por transmitir un mensaje —añadió Alaïs, tratando de tranquilizar a la doncella—. No es preciso que regreses con ellos, si no quieres.

Un movimiento de su padre hizo que volviera la vista otra vez hacia la cama.

—¡Rápido, Rixenda! ¡Date prisa!

Alaïs se inclinó.

—¿Qué queréis, *paire*? Estoy aquí, a vuestro lado.

Él estaba intentando hablar, pero era como si las palabras se le marchitaran en la garganta antes de pronunciarlas. Alaïs vertió unas gotas de vino en su boca y le humedeció con un paño los labios resecos.

—El Grial es la palabra de Dios, Alaïs. Es lo que Harif intentó enseñarme sin que yo lo comprendiera. —Se le entrecortó al voz—. Pero sin el *merel*... sin la verdad... el laberinto es un camino falso.

—¿Qué decís del *merel*? —susurró ella en tono perentorio, sin entender.

—Tenías razón, Alaïs. He sido demasiado obstinado. Debí dejar que partieras cuando todavía había una oportunidad.

Alaïs se debatía por encontrar sentido a sus erráticos comentarios.

—¿Qué camino?

—Nunca la he visto —estaba murmurando él—, ni la veré. La cueva... Muy pocos la han visto.

Alaïs se volvió hacia la puerta, desesperada.

«¿Dónde está Rixenda?»

Fuera, en el pasillo, se oyó el ruido de unos pasos corriendo. En seguida apareció Rixenda, acompañada por dos *parfaits*. Alaïs reconoció al mayor, un hombre de tez morena, barba espesa y expresión amable, que ya había visto en una ocasión en casa de Esclarmonda. Los dos vestían túnicas de color azul oscuro y cinturones de cordón trenzado, con hebillas de metal en forma de pez.

—*Dòmna* Alaïs. Se inclinó el que conocía. —Y mirando por encima de ella, fijó la vista en la cama–. ¿Es vuestro padre, el senescal Pelletier, quien necesita consuelo?

La joven asintió.

–¿Tiene aliento para hablar?

–Encontrará la fuerza para hacerlo.

Hubo otro revuelo en el pasillo, cuando el vizconde Trencavel apareció en el umbral.

–*Messer* –dijo Alaïs alarmada–. Él mismo ha querido llamar a los *parfaits*... Mi padre desea tener un buen final, *messer*.

Un destello de sorpresa apareció en los ojos del vizconde, que mandó cerrar la puerta.

–Aun así –dijo–, me quedaré.

Alaïs se lo quedó mirando un momento y se volvió hacia su padre, cuando el *parfait* oficiante la llamó.

–El senescal Pelletier padece intenso dolor, pero está lúcido y conserva el coraje.

Alaïs asintió.

–¿Alguna vez ha hecho algo –prosiguió el *parfait*– que perjudicara a nuestra Iglesia o lo dejara en deuda con ella?

–Mi padre es un protector de todos los amigos de Dios.

Alaïs y Raymond-Roger retrocedieron, mientras el *parfait* se acercaba a la cama y se inclinaba sobre el moribundo. Los ojos de Bertran resplandecieron, mientras el sacerdote susurraba el *melhorer*, la bendición.

–¿Aceptas acatar la norma de la justicia y la verdad, y entregarte a Dios y a la Iglesia de los *bons chrétiens*?

Pelletier tuvo que hacer un esfuerzo para hablar.

–Acepto.

El *parfait* colocó sobre su cabeza una copia sobre pergamino del Nuevo Testamento.

–Que Dios te bendiga, haga de ti un buen cristiano y te guíe hacia un buen final.

El sacerdote recitó el *benedicte* y después el *adoremus*, tres veces.

Alaïs estaba conmovida por la sencillez del ritual. El vizconde Trencavel miraba recto hacia delante. Parecía controlarse con un enorme esfuerzo de voluntad.

–Bertran Pelletier, ¿estás listo para recibir el don de la oración del Señor?

El senescal murmuró su asentimiento.

Con voz clara y potente, el *parfait* recitó siete veces el padrenuestro, interrumpiéndose únicamente para que Pelletier diera sus réplicas.

—Es la oración que Jesucristo trajo al mundo y enseñó a los *bons homes*. No volváis nunca a comer ni a beber sin antes repetir esta plegaria, y si no cumplís este deber, habréis de hacer penitencia.

Pelletier intentó asentir. Los huecos estertores de su pecho se habían vuelto más sonoros, como el viento entre los árboles otoñales.

El *parfait* empezó a leer el Evangelio de San Juan.

—En el principio era el Verbo, y el Verbo era con Dios, y el Verbo era Dios. Él estaba en el principio con Dios...

La mano de Pelletier se sacudió sobre las sábanas, mientras el *parfait* proseguía su lectura.

—...y conoceréis la verdad, y la verdad os hará libres.

De pronto, se abrieron sus ojos.

—La *vertat* —susurró el senescal—. Sí, la verdad.

Alaïs le cogió la mano, alarmada, pero ya se estaba yendo. Se había apagado la luz de sus ojos. La joven se dio cuenta de que el *parfait* hablaba más de prisa, como si temiera no tener tiempo para completar el ritual.

—Tiene que decir las últimas palabras —urgió a Alaïs—. Ayudadlo.

—*Paire*, debéis...

El pesar le ahogó la voz.

—Por cada pecado... que he cometido... de palabra o de hecho —jadeó el senescal—... yo... pido perdón a Dios, a la Iglesia... y a todos los aquí presentes.

Con evidente alivio, el *parfait* impuso sus manos sobre la çabeza de Pelletier y le dio el beso de la paz. Alaïs contuvo el aliento. Una expresión de serenidad transformó el rostro de su padre, cuando la gracia del *consolament* descendió sobre él. Fue un momento de trascendencia, de comprensión. Su espíritu ya estaba listo para abandonar el cuerpo enfermo y el mundo que lo aprisionaba.

—Su alma está preparada —dijo el *parfait*.

Alaïs asintió con la cabeza. Se sentó en la cama, sosteniendo entre las suyas la mano de su padre. El vizconde Trencavel permanecía al otro lado del lecho. Pelletier estaba apenas consciente, aunque parecía sentir su presencia.

—*Messer*?

—Aquí estoy, Bertran.

—Carcassona no debe caer.

—Te doy mi palabra, en nombre del afecto y la lealtad que ha habido entre nosotros durante todos estos años, de que haré cuanto pueda.

Pelletier intentó levantar la mano de la sábana.

—Ha sido un honor serviros.

Alaïs vio que los ojos del vizconde se llenaban de lágrimas.

—Soy yo quien debe agradecéroslo, mi viejo amigo.

Pelletier intentó levantar la cabeza.

—¿Alaïs?

—Aquí estoy, padre —dijo ella en seguida. El color se había borrado del rostro de Pelletier. Su piel colgaba en grises pliegues bajo sus ojos.

—Ningún hombre ha tenido jamás una hija como tú.

Pareció suspirar, mientras la vida abandonaba su cuerpo. Después, silencio.

Por un momento, Alaïs no se movió, ni respiró, ni reaccionó en modo alguno. Después sintió una pena salvaje creciendo en su interior, invadiéndola, adueñándose de ella, hasta hacerla estallar en agónico llanto.

CAPÍTULO 59

U n soldado apareció en la puerta.
   —Señor vizconde...
Trencavel se dio la vuelta.

—Un ladrón, *messer*. Robando agua de la Place du Plô.

El vizconde indicó con un gesto que iría.

—*Dòmna*, debo dejaros.

Alaïs asintió. Había llorado hasta agotarse.

—Mandaré que lo sepulten con el honor y el boato correspondientes a su rango. Ha sido un hombre valeroso, un leal consejero y un amigo fiel.

—Su Iglesia no lo requiere, *messer*. Su carne no es nada ahora que su espíritu la ha abandonado. Él preferiría que pensarais solamente en los vivos.

—Entonces consideradlo un acto de egoísmo por mi parte. Es mi deseo presentarle mis últimos respetos, movido por el gran efecto y la estima que sentía por vuestro padre. Ordenaré que trasladen su cuerpo a la *capèla* de Santa María.

—Se sentiría honrado por esa manifestación de vuestro afecto.

—¿Os envío a alguien para que os acompañe? De vuestro marido no puedo prescindir, pero puedo hacer que venga vuestra hermana. O mujeres, para que os ayuden a preparar el cuerpo.

Alaïs levantó de pronto la cabeza. Sólo entonces se dio cuenta de que ni una sola vez había pensado en Oriane. Incluso había olvidado anunciarle que su padre se había puesto enfermo.

«Ella no lo quería.»

Alaïs acalló su voz interna. Había faltado a su deber, tanto hacia su padre como hacia su hermana. Se puso de pie.

—Yo misma iré a ver a mi hermana, *messer*.

Hizo una reverencia cuando el vizconde salió de la habitación, y se volvió otra vez para mirar a su padre. No conseguía hacerse a la idea de separarse de él. Ella misma comenzó el proceso de preparación del cadáver. Ordenó que deshicieran la cama y volvieran a hacerla con sábanas limpias, enviando afuera las viejas, para que las quemaran. Después, con la ayuda de Rixenda, Alaïs preparó la mortaja y los ungüentos para el entierro. Lavó el cadáver con sus manos y lo peinó con cuidado, para que en la muerte tuviera el mismo aspecto del hombre que había sido en vida.

Se demoró un largo rato, contemplando la cara inexpresiva. «No puedes aplazarlo más.»

—Dile al vizconde que el cuerpo de mi padre está listo para ser trasladado a la *capèla*, Rixenda. Debo darle la noticia a mi hermana.

Guiranda estaba durmiendo en el suelo, a las puertas de la alcoba de Oriane.

Alaïs pasó por encima y probó el picaporte. Por una vez, la puerta no estaba atrancada. Oriane yacía sola en su cama, con las cortinas abiertas. Sus enmarañados rizos negros yacían dispersos sobre la almohada y su piel era de un blanco lechoso a la luz del amanecer. Alaïs se sorprendió de que fuera capaz de conciliar el sueño.

—¡Hermana!

Con un sobresalto, Oriane abrió sus ojos verdes de gata, mientras su rostro manifestaba alarma primero y asombro después, antes de asumir su habitual expresión de desdén.

—Traigo malas noticias —dijo Alaïs. Su voz era fría, inerte.

—¿Y no pueden esperar? Seguro que las campanas aún no han tocado prima.

—No, no pueden esperar. Nuestro padre... —se interrumpió.

«¿Cómo pueden ser ciertas esas palabras?»

Alaïs hizo una inspiración profunda para serenarse.

—Nuestro padre ha muerto.

El rostro de Oriane reflejó la conmoción antes de recuperar su expresión habitual.

—¿Qué has dicho? —preguntó, estrechando los ojos.

—Nuestro padre ha fallecido esta mañana. Poco antes del amanecer.

—¿Qué? ¿Cómo ha muerto?

—¿Es todo lo que se te ocurre decir? —exclamó Alaïs.

Oriane saltó de la cama.

—Dime de qué ha muerto.

—Se ha puesto enfermo. Le ha sobrevenido repentinamente.

—¿Estabas con él cuando falleció?

Alaïs asintió.

—¿Y aun así no te ha parecido oportuno llamarme? —dijo Oriane furiosa.

—Lo siento —murmuró Alaïs—. Ha sido todo tan rápido. Sé muy bien que debí...

—¿Quién más estaba presente?

—Nuestro señor el vizconde y...

Oriane advirtió su vacilación.

—¿No me dirás que nuestro padre no ha confesado sus pecados ni ha recibido los últimos sacramentos? —preguntó—. ¿Ha muerto en el seno de la Iglesia?

—Nuestro padre ha muerto en la gracia de Dios —replicó Alaïs, escogiendo con cuidado las palabras—, en paz con el Señor.

«Lo ha adivinado.»

—¿Qué importancia tiene eso ahora? —exclamó, abrumada por la impavidez con que su hermana recibía la noticia—. ¡Ha muerto! ¿Acaso no significa eso nada para ti?

—Has faltado a tu deber, hermana —dijo Oriane, acusándola con el dedo—. Al ser yo la mayor, tenía más derecho que tú a estar ahí. *Yo* hubiese debido estar presente. Si además descubriera que has permitido a unos herejes inmiscuirse, mientras él yacía agonizando, entonces no dudes ni por un momento que lo lamentarás.

—¿No sientes haberlo perdido? ¿No sufres?

Alaïs pudo ver la respuesta en el rostro de Oriane.

—Su muerte no me apena más de lo que me apenaría la de un perro en la calle. Él no me quería. Hace muchos años que no me permito sufrir por eso. ¿Por qué iba a lamentarlo ahora? —Dio un paso hacia Alaïs—. Él te quería a ti. Se veía reflejado en ti. —Esbozó una sonrisa desagradable—. Era en ti en quien confiaba. Contigo compartía sus secretos más íntimos.

Incluso en su estado de helada conmoción, Alaïs sintió que se ruborizaba.

—¿A qué te refieres? —preguntó, temiendo la respuesta.

—Sabes perfectamente a qué me refiero —contestó su hermana—. ¿De verdad crees que no sé nada de vuestras conversaciones de medianoche? —Se acercó un paso más—. Tu vida va a cambiar mucho, hermanita, ahora que no está él para protegerte. Llevas demasiado tiempo haciéndolo todo a tu manera.

Con un sorpresivo y fulminante movimiento, Oriane la agarró por la muñeca.

—Dime, ¿dónde está el tercer libro?

—No sé de qué me hablas.

Oriane le cruzó la cara de una bofetada.

—¿Dónde está? —insistió en tono sibilante—. Sé que lo tienes tú.

—¡Suéltame!

—No juegues conmigo, hermanita. Tiene que habértelo dado a ti. ¿En quién más iba a confiar? Dime dónde está. Voy a conseguirlo sea como sea.

Un frío estremecimiento recorrió la columna vertebral de Alaïs.

—No puedes hacer esto. Alguien vendrá.

—¿Quién? —preguntó Oriane—. ¿Olvidas que nuestro padre ya no puede protegerte?

—Guilhelm.

Oriane se echó a reír.

—¡Oh, claro que sí! Se me olvidaba que te has reconciliado con tu marido. ¿Sabes lo que de verdad piensa de ti tu marido? —prosiguió—. ¿Lo sabes?

La puerta se abrió, estrellándose contra la pared.

—¡Ya basta! —gritó Guilhelm. Oriane la soltó inmediatamente, mientras el marido de Alaïs entraba a grandes zancadas en la habitación y la tomaba entre sus brazos.

—*Mon còr*, he venido nada más enterarme. ¡Cuánto lo siento!

—¡Qué conmovedor!

La áspera voz de Oriane interrumpió el momento de intimidad entre ambos.

—Pregúntale qué fue lo que lo devolvió a tu cama —dijo, cargada de rencor, sin desviar la mirada de los ojos de Guilhelm—. ¿O tienes miedo de oír lo que pueda decirte? Pregúntaselo, Alaïs. No ha sido por amor, ni por deseo. Se ha reconciliado contigo únicamente para sacarte el libro, nada más.

—¡Te lo advierto, cierra la boca!

—¿Por qué? ¿Tienes miedo de lo que pueda decir?

Alaïs sentía la tensión entre los dos. El conocimiento mutuo. Y de pronto lo comprendió.

«No. Por favor, eso no.»

—No te quiere a ti, Alaïs. Quiere el libro. Por eso ha vuelto a tu alcoba. ¿Cómo has podido estar tan ciega?

Alaïs retrocedió un paso, apartándose de Guilhelm.

—¿Es verdad lo que dice?

Él se volvió para mirarla de frente, con la desesperación centelleando en sus ojos.

—¡Miente! Juro por mi vida que el libro no significa nada para mí. No le he dicho nada. ¿Cómo habría podido?

—Registró la habitación mientras tú dormías. No puede negarlo.

—¡No es cierto! —gritó él.

Alaïs lo miró.

—Pero ¿tú sabías de la existencia del libro?

El destello de alarma que brilló en sus ojos le dio la respuesta que temía.

—Ella intentó chantajearme para que la ayudara, pero yo me negué. —Su voz se quebró—. ¡Me negué, Alaïs!

—¿Qué ascendiente tenía sobre ti para poder pedirte un favor semejante? —preguntó ella suavemente, casi en un suspiro.

Guilhelm le tendió una mano, pero ella se apartó.

«Ojalá lo negara, incluso ahora.»

Él dejó caer la mano.

—Antes, sí, yo... Perdóname.

—Ya es un poco tarde para arrepentimientos.

Alaïs ignoró el comentario de Oriane.

—¿La amas?

Guilhelm negó con la cabeza.

—¿No te das cuenta de lo que está haciendo, Alaïs? Está intentando volverte contra mí.

A Alaïs le parecía inconcebible que él pudiera contemplar la posibilidad de que ella volviera a confiar alguna vez en él.

Guilhelm volvió a tenderle la mano.

—Por favor, Alaïs —suplicó—. Yo te amo.

—Ya es suficiente —los interrumpió Oriane, interponiéndose en su línea de visión—. ¿Dónde está el libro?

—No lo tengo.

—¿Quién lo tiene, entonces? —dijo Oriane con voz amenazadora.

Alaïs se mantuvo firme.

—¿Para qué lo quieres? ¿Por qué es tan importante para ti?

—Tú solamente dime dónde está —replicó cortante su hermana— y acabemos con esto.

—¿Y si me niego?

—¡Es tan fácil caer enferma! —contestó ella—. Has cuidado a nuestro padre. Quizá ya tengas el mal en tu interior. —Se volvió hacia Guilhelm—. ¿Entiendes lo que estoy diciendo, Guilhelm? Si te vuelves contra mí...

—¡No permitiré que le hagas daño!

Oriane se echó a reír.

—No estás en condiciones de amenazarme, Guilhelm. Tengo suficientes pruebas de tu traición como para hacer que te ahorquen.

—¡Pruebas que tú misma has inventado! —gritó él—. ¡El vizconde Trencavel jamás te creerá!

—Me subestimas, Guilhelm, si crees que dejaría el menor margen para la duda. ¿Te atreverías a correr el riesgo? —Se volvió hacia Alaïs—. Dime dónde has escondido el libro o iré a ver al vizconde.

Alaïs tragó saliva. ¿Qué habría hecho Guilhelm? No sabía qué pensar. Pese a su ira, no podía permitir que Oriane lo denunciara.

—François —dijo—. Nuestro padre le dio el libro a François.

La confusión titiló por un instante en la mirada de Oriane, pero se desvaneció tan rápidamente como había aparecido.

—Muy bien. Pero te advierto, hermana, que si estás mintiendo, lo lamentarás.

Se volvió y se dirigió hacia la puerta.

—¿Adónde vas?

—A presentar mis respetos al cadáver de mi padre, ¿adónde, si no? Pero antes de eso, quiero asegurarme de que llegues sana y salva a tu habitación.

Alaïs levantó la cabeza y cruzó su mirada con la de su hermana.

—No es necesario.

—Oh, sí, es muy necesario. Si François no puede ayudarme, tendré que volver a hablar contigo.

Guilhelm extendió los brazos hacia ella.

—¡Está mintiendo! ¡No he hecho nada malo!

—Lo que hayas hecho o dejado de hacer, Guilhelm, ya no es asunto mío –replicó Alaïs–. Sabías lo que hacías cuando yaciste con ella. Ahora déjame en paz.

Con la frente alta, Alaïs recorrió el pasillo hasta sus aposentos, con Oriane y Guilhelm siguiéndola.

–Volveré en un momento, en cuanto haya hablado con François.

–Como quieras.

Oriane cerró la puerta. Al cabo de unos instantes, tal como Alaïs se temía, la llave giró en la cerradura. Podía oír a Guilhelm discutiendo con Oriane.

Hizo oídos sordos a sus voces. Intentó apartar de su mente las venenosas imágenes inspiradas por los celos. Sin embargo, no podía dejar de pensar en Guilhelm y Oriane confundidos en un abrazo; no conseguía apartar de su pensamiento la imagen de Guilhelm susurrando a su hermana las palabras íntimas que le había susurrado a ella y que atesoraba como perlas junto a su corazón.

Alaïs apoyó su mano temblorosa sobre su pecho. Podía sentir su corazón palpitando con fuerza, aturdido y traicionado. Tragó saliva.

«No pienses en ti misma.»

Abrió los ojos y dejó caer los brazos a los lados, con los puños apretados por el dolor. No podía permitirse ser débil. Si lo hacía, Oriane le arrebataría todo lo que tenía algún valor. Ya vendría el tiempo de los lamentos y las recriminaciones. En ese momento, la promesa que le había hecho a su padre de cuidar el libro era más importante que su corazón herido. Por mucho que le costara, tenía que apartar a Guilhelm de su mente. Había dejado que la encerraran en su propia habitación por algo que Oriane había dicho. *El tercer libro*. Oriane le había preguntado dónde había escondido el tercer libro.

Alaïs corrió hacia la capa, que seguía colgada del respaldo de la silla. La cogió con un impulsivo gesto y se puso a tentar a lo largo de la costura, donde había estado el libro.

Ya no estaba.

Alaïs se desmoronó en la silla, sintiendo que la invadía la desesperación. Oriane tenía el libro de Siméon. Pronto descubriría que le había mentido respecto a François, y entonces volvería.

«¿Y Esclarmonda?»

Alaïs advirtió que Guilhelm ya no estaba gritando fuera, junto a la puerta.

«¿Estará con ella?»

No sabía qué pensar, ni tampoco le importaba. La había traicionado una vez y volvería a hacerlo. Tenía que encerrar sus sentimientos heridos en su maltrecho corazón. Tenía que huir mientras tuviera oportunidad de hacerlo.

Alaïs desgarró la bolsa de lavanda para recoger la copia que ella misma había hecho sobre pergamino del *Libro de los números*, y después echó una última mirada a la habitación donde una vez creyó que iba a vivir para siempre.

Sabía que nunca regresaría.

A continuación, con el corazón desbocado, se dirigió a la ventana y se asomó para estudiar el tejado. Era su única oportunidad de huir antes de que Oriane regresara.

Oriane no sentía nada. A la luz vacilante de los cirios, se detuvo al pie del féretro y contempló el cadáver de su padre.

Tras pedir a los criados que se retiraran, Oriane se inclinó como si fuera a besar la frente de su padre. Su mano se apoyó sobre la del difunto y le quitó del pulgar el anillo de laberinto, casi sin poder creer que Alaïs hubiese cometido el estúpido error de dejárselo puesto.

Al incorporarse, se lo guardó en el bolsillo. Arregló las sábanas, se inclinó ante el altar y se persignó, antes de salir en busca de François.

CAPÍTULO 60

Alaïs apoyó un pie sobre el alféizar y salió por la ventana, embriagada por la idea de lo que estaba a punto de intentar.

«Caerás al vacío.»

¿Y qué, si caía? Su padre había muerto. Había perdido a Guilhelm. Finalmente, el juicio de su padre en cuanto al carácter de su marido había resultado ser acertado.

«¿Qué más puedo perder?»

Tras hacer una profunda inspiración, Alaïs se descolgó con mucho cuidado de la ventana, hasta rozar con un pie el tejado. Después, mascullando una plegaria, abrió brazos y piernas y se dejó caer. Aterrizó con un golpe seco. Sus pies resbalaron. Alaïs echó el cuerpo hacia atrás, mientras bajaba deslizándose por el tejado, intentando desesperadamente agarrarse a algo: una grieta en las tejas, un hueco en la pared, cualquier cosa que detuviera su caída.

El descenso le pareció eterno. De pronto, tras una violenta sacudida, se detuvo abruptamente. El dobladillo de su vestido y la capa se habían enganchado a una escarpia y ésta la sostenía. Se quedó quieta, sin atreverse a mover un músculo. Podía sentir la tirantez del tejido. Era de buena calidad, pero estaba tenso como un tambor y podía desgarrarse en cualquier momento.

Alaïs estudió la escarpia. Aunque pudiera llegar tan alto, necesitaría las dos manos para desenganchar la tela, que estaba fuertemente enredada en la punta metálica. No podía arriesgarse a dejarse ir. Su única opción era abandonar la capa y tratar de subir otra vez reptando por el tejado, que llegaba hasta la muralla exterior del Château Comtal, por el flanco occidental. Desde allí, quizá consiguiera pasar entre los listones del suelo de la galería de madera de la torre. Los huecos eran estrechos, pero ella era delgada y menuda. Merecía la pena intentarlo.

Con cuidado de no hacer movimientos bruscos, Alaïs alcanzó la escarpia y empezó a tirar de la tela del vestido para desgarrarla. Tiró primero hacia un lado y después hacia el otro, hasta arrancar un cuadrado de la falda. Dejando atrás el resto, volvió a quedar libre.

Alaïs desplazó una rodilla hacia arriba y empujó, después la otra... Sentía el sudor formándose en sus sienes y en el surco entre sus pechos, donde llevaba guardados los pergaminos. Tenía la piel dolorida del roce con las ásperas tejas.

Poco a poco, fue arrastrándose hasta que el *ambans* estuvo a su alcance.

Alaïs extendió las manos y se agarró a las vigas de madera, cuyo tacto entre los dedos le pareció de una solidez tranquilizadora. Después levantó las rodillas hasta quedar casi agachada sobre el tejado, metida en cuña en una esquina, entre las almenas y el muro. El hueco era más pequeño de lo que esperaba, no más profundo que la mano abierta de un hombre y quizá unas tres veces más ancho. Alaïs extendió la pierna derecha, afianzó debajo la izquierda para anclarse con firmeza y se impulsó hacia arriba, a través de la abertura. La bolsa con las copias en pergamino del laberinto eran una molestia, pero ella no se detuvo.

Sin prestar atención al dolor de sus extremidades, muy pronto pudo ponerse de pie y proseguir su marcha por las fortificaciones. Aunque sabía que los guardias no la denunciarían a Oriane, sentía que cuanto antes saliera del Château Comtal y se dirigiera a Sant Nazari, mejor sería.

Mirando hacia abajo para asegurarse de que no hubiera nadie, Alaïs se descolgó rápidamente por las escalas hasta el suelo. Las piernas se le doblaron bajo el peso del cuerpo cuando saltó los últimos peldaños; cayó de espaldas, perdiendo hasta el último resto de aliento.

Miró hacia la capilla. No había rastro de Oriane ni de François. Manteniéndose cerca de los muros, Alaïs pasó a través de los establos haciendo un alto junto a la cuadra de *Tatou*. Estaba desesperada por beber y por dar agua a su pobre yegua, pero la poca que había era sólo para los caballos de guerra.

Las calles estaban llenas de refugiados. Alaïs se tapó la boca con la manga para protegerse del hedor a sufrimiento y enfermedad que flotaba como la niebla sobre las calles. Hombres y mujeres heridos, desposeídos con niños en los brazos, la contemplaban con ojos desesperados a su paso.

La plaza delante de Sant Nazari estaba llena de gente. Tras echar una mirada por encima del hombro para asegurarse de que no la seguía nadie, Alaïs abrió la puerta y entró. Había gente durmiendo en la nave. En su desdicha, le prestaron poca atención.

Sobre el altar mayor ardían unos cirios. Alaïs se encaminó a toda prisa hacia el crucero septentrional, hasta una capilla lateral poco frecuentada, con un sencillo altar, adonde la había llevado su padre. Varios ratones salieron huyendo, con sus patitas diminutas rasgando las losas del suelo. Alaïs se arrodilló y buscó detrás del altar, tal como le había enseñado el senescal. Tentó con los dedos la superficie de la pared. Al ver perturbado su refugio, una araña pasó como una exhalación sobre su piel desnuda y desapareció.

Se oyó un suave chasquido. Lentamente, con mucho cuidado, Alaïs aflojó el bloque de piedra, lo desplazó hacia un lado y estiró la mano hacia el nicho polvoriento que había detrás. Allí encontró la fina y larga llave, con el metal deteriorado por el tiempo y la falta de uso, y la insertó en la cerradura de la celosía de madera. Los goznes chirriaron cuando la madera de la puerta rascó el suelo de piedra.

En ese momento, sintió con fuerza la presencia de su padre, y tuvo que morderse los labios para que no se le partiera el corazón.

«Esto es todo lo que puedes hacer por él ahora.»

Alaïs metió la mano y sacó la caja, tal como se lo había visto hacer a él. No más grande que un cofre joyero, era sencilla y sin adornos, cerrada con un simple gancho. Levantó la tapa. Dentro había una bolsita de piel de cordero, la misma que había visto cuando su padre le había enseñado dónde estaba. Suspiró aliviada, comprobando sólo entonces lo mucho que había temido que Oriane se le hubiera adelantado.

Consciente de que le quedaba muy poco tiempo, escondió rápidamente el libro bajo su vestido y volvió a dejarlo todo tal como estaba. Si Oriane o Guilhelm estaban al corriente de la existencia de aquel escondite, al menos se demorarían un poco si pensaban que el cofre seguía en su sitio.

Atravesó corriendo la iglesia con la cabeza cubierta por la capucha, abrió la pesada puerta y de inmediato fue absorbida por la marea de desdichados que iban y venían sin rumbo por la plaza. La enfermedad que se había llevado a su padre se estaba extendiendo velozmente. Los callejones estaban atestados de osamentas medio podridas: ovejas, cabras e incluso bueyes, con los cuerpos hinchados desprendiendo gases nauseabundos en el aire fétido.

Alaïs se sorprendió dirigiéndose hacia la casa de Esclarmonda. No había razón alguna para esperar encontrarla allí esta vez, después de tantos intentos fallidos los días anteriores, pero no se le ocurría ningún otro sitio adonde ir.

La mayoría de las casas del *quartièr* meridional, entre ellas la de Esclarmonda, tenían las ventanas cerradas y clausuradas con tablones. Alaïs llamó a la puerta.

—¿Esclarmonda?

Volvió a llamar. Probó el picaporte, pero la puerta estaba atrancada.

—¿Sajhë?

Esta vez oyó algo, el sonido de unos pies corriendo y de un cerrojo que se abría.

—¿*Dòmna* Alaïs?

—¡Sajhë, gracias a Dios! ¡Rápido, déjame entrar!

La puerta se abrió sólo lo suficiente para permitir que ella se deslizara dentro.

—¿Dónde has estado? —preguntó al chico, abrazándolo con fuerza—. ¿Qué ha pasado? ¿Dónde está Esclarmonda?

Alaïs sintió la pequeña mano de Sajhë deslizándose en la suya.

—Venid conmigo.

La condujo al otro lado de la cortina, a la estancia del fondo de la casa. En el suelo se abría una trampilla.

—¿Has estado aquí todo el tiempo? —le preguntó ella. Bajando la vista hacia la oscuridad, vio que había un *calelh* ardiendo al pie de la escalerilla—. ¿En el sótano? ¿Ha vuelto mi hermana...?

—No ha sido ella —repuso él con voz temblorosa—. ¡Daos prisa, *dòmna*!

Alaïs fue la primera en bajar. Sajhë quitó la barra de sujeción y la trampilla se cerró con un golpe sobre sus cabezas. Bajó la escalerilla tras ella, saltando los últimos peldaños hasta el suelo de tierra.

—Por aquí.

La condujo por un túnel húmedo, hasta un recinto excavado en el subsuelo, y despés levantó la lámpara para que Alaïs pudiera ver a Esclarmonda, que yacía inmóvil sobre una pila de pieles y mantas.

—¡No! —exclamó Alaïs, corriendo a su lado.

Tenía la cabeza vendada. Alaïs levantó una esquina del vendaje y se tapó la boca con la mano. El ojo izquierdo de Esclarmonda estaba rojo, completamente cubierto por una película de sangre. Una compresa limpia cubría la herida, pero alrededor de la órbita aplastada, la piel estaba separada en colgajos sueltos.

—¿Puedes hacer algo por ella? —preguntó Sajhë.

Alaïs levantó la manta y se le encogió el estómago. Vio una serie de violentas quemaduras rojas a lo largo del pecho de Esclarmonda, con la piel amarilla y negra en los puntos donde había estado en contacto con la llama.

—Esclarmonda —susurró Alaïs, inclinándose sobre ella—, ¿me oyes? Soy yo, Alaïs. ¿Quién te ha hecho esto?

Creyó ver movimiento en el rostro de su amiga, cuyos labios se estremecieron levemente. Alaïs se volvió hacia Sajhë.

—¿Cómo has hecho para traerla hasta aquí?

—Gaston y su hermano me ayudaron.

Alaïs se volvió una vez más hacia la brutalizada figura que yacía en la cama.

—¿Qué le ha sucedido, Sajhë?

El chico sacudió la cabeza.

—¿No te ha dicho nada?

—Ella... —Por primera vez, el dominio del muchacho flaqueó—. No puede hablar... Su lengua...

Alaïs palideció.

—¡No! —balbuceó horrorizada, pero luego reafirmó la voz—. Entonces cuéntamelo tú —añadió suavemente.

Por el bien de Esclarmonda, los dos tenían que ser fuertes.

—Cuando nos enteramos de la caída de Besièrs, la *menina* se inquietó, porque pensó que el senescal Pelletier cambiaría de idea y no os dejaría llevarle la Trilogía a Harif.

—Y así fue —dijo sombríamente Alaïs.

—La *menina* sabía que intentaríais persuadirlo, pero pensó que Siméon era la única persona a la que el senescal prestaría oídos. Yo no quería que fuera —gimió—, pero aun así ella fue a la judería. La seguí, y como no quería que me viera, me quedé un poco rezagado y la perdí de vista en el bosque. Me asusté. Esperé hasta el amanecer, pero después, imaginando lo que diría si regresaba y se daba cuenta de que la había desobedecido, volví a casa. Fue entonces cuando...

Se interrumpió, con sus ojos color ámbar ardiendo en la palidez de su rostro.

—En seguida supe que era ella. Se había desmayado delante de las puertas de la ciudad. Tenía los pies sangrando, como si hubiese andado un largo trecho. —Sajhë levantó la vista y miró a Alaïs—. Hubiese querido ir a buscaros, *dòmna*, pero no me atreví. Con la ayuda de Gaston la bajamos hasta aquí. Intenté recordar lo que habría hecho ella, los ungüentos que habría usado. —Se encogió de hombros—. Lo hice lo mejor que pude.

—Lo has hecho magníficamente bien —repuso Alaïs con firmeza—. Esclarmonda debe de estar muy orgullosa de ti.

Un movimiento en la cama atrajo su atención. Ambos se volvieron de inmediato.

—Esclarmonda —susurró Alaïs—, ¿puedes oírme? Los dos estamos aquí. Estás a salvo.

—Está intentando decir algo.

Alaïs observó que movía las manos con urgencia.

—Creo que está pidiendo tinta y pergamino —dijo.

Con la ayuda de Sajhë, Esclarmonda consiguió escribir algo.

—Creo que ha escrito «François» —dijo Alaïs, frunciendo el ceño.

—¿Qué significa?

—No lo sé. Tal vez que él nos puede ayudar —repuso ella—. Escucha, Sajhë, tengo malas noticias. Estoy casi segura de que Siméon ha muerto. Mi padre... mi padre también ha muerto.

Sajhë la cogió de la mano, con un gesto tan delicado que hizo que a ella se le llenaran los ojos de lágrimas.

—Lo siento —dijo el chico.

Alaïs se mordió los labios para no llorar.

—Así que por mi padre, y también por Siméon y Esclarmonda, debo mantener mi palabra e ir en busca de Harif. Tengo... —La voz volvió a fallarle—. Lamentablemente, sólo tengo el *Libro de las palabras*. El de Siméon ha desaparecido.

—Pero el senescal Pelletier te lo dio a ti.

—Se lo ha llevado mi hermana. Mi marido la dejó entrar en mi habitación —prosiguió—. Él... le ha entregado su corazón. Ya no puedo confiar en él, Sajhë. Por eso no puedo regresar al castillo. Ahora que mi padre ha muerto, ya no hay nada que pueda detenerlos.

Sajhë miró a su abuela y después otra vez a Alaïs.

—¿Vivirá? —dijo en voz baja.

—Sus heridas son graves, Sajhë. Ha perdido la vista del ojo izquierdo, pero... no hay infección. Su espíritu es fuerte. Se recuperará, si ella así lo decide.

El chico hizo un gesto afirmativo y de pronto pareció mucho mayor que sus once años.

—Pero con tu permiso, Sajhë, yo me llevaré el libro de Esclarmonda.

Por un instante, pareció como si por fin las lágrimas fueran a ganarle la partida al muchacho.

—Ese libro también se ha perdido —dijo finalmente.

—¡No! —exclamó Alaïs—. ¿Cómo?

—Las personas que la han... se lo quitaron —respondió—. La *menina* lo llevaba consigo cuando partió hacia la judería. La vi sacarlo del escondite.

—¡Un solo libro! —dijo Alaïs, al borde del llanto—. Entonces estamos perdidos. Todo ha sido en vano.

Durante los cinco días siguientes, llevaron una extraña vida.

Alaïs y Sajhë se turnaban para salir a la calle al amparo de las sombras de la noche. En seguida comprendieron que no había modo de salir de Carcasona sin ser vistos. El asedio era ineludible. Había un guardia en cada poterna, en cada puerta y al pie de cada torre, un sólido anillo de hombres y acero en torno a las murallas. Día y noche, la maquinaria del asedio bombardeaba las fortificaciones de tal manera que los habitantes de la Cité ya no distinguían entre el ruido de los proyectiles y el eco que de ellos conservaban en sus cabezas.

Era un alivio volver a las galerías frías y húmedas del subsuelo, donde el tiempo parecía congelado y donde no había día ni noche.

CAPÍTULO 61

G uilhelm estaba de pie, a la sombra del gran olmo, en medio de la plaza de armas.

Enviado por el abad de Cîteaux, el conde de Auxerre se había acercado a caballo hasta la puerta de Narbona y había propuesto una reunión para parlamentar. Ante tan sorpresiva proposición, el vizconde Trencavel había recuperado su natural optimismo, lo cual se evidenciaba en su cara y en su porte, mientras se dirigía a los integrantes de su noble casa. Parte de su esperanza y de su fortaleza se transmitían a quienes lo escuchaban.

Las razones del repentino cambio de actitud del abad eran motivo de debate. Los progresos de los cruzados eran escasos, pero sólo llevaban poco más de una semana de asedio y eso no era nada. ¿Importaban los motivos del abad? El vizconde opinaba que no.

Guilhelm prácticamente no escuchaba. Estaba enredado en la maraña que él mismo se había fabricado y de la cual no veía la salida, ni por la razón ni por la fuerza. Vivía al borde del abismo. Alaïs llevaba cinco días desaparecida. Guilhelm había enviado discretos exploradores a buscarla por la Cité y había registrado de arriba abajo el Château Comtal, sin encontrar el lugar donde Oriane la tenía cautiva. Estaba aprisionado en la telaraña de su propia traición. Había advertido demasiado tarde lo bien que Oriane había preparado el terreno. Si no hacía todo cuanto ella le ordenaba, lo denunciaría como traidor y Alaïs sufriría las consecuencias.

—Así pues, amigos míos —estaba terminando de decir Trencavel—, ¿quién me acompañará a parlamentar?

Guilhelm sintió el agudo dedo de Oriane en su espalda. Se encontró dando un paso al frente. Se arrodilló, con la mano en la empuñadura de la espada y ofreció sus servicios. Cuando Raymond-Roger le dio una palmada en el hombro en señal de gratitud, Guilhelm sintió que las mejillas le ardían de vergüenza.

—Tienes nuestro agradecimiento, Guilhelm. ¿Quién más vendrá con nosotros?

Otros seis *chavalièrs* se unieron a Guilhelm. Oriane se deslizó entre ellos y se inclinó ante el vizconde.

—*Messer*, con vuestro permiso.

Congost, que no había advertido la presencia de su esposa entre la masa de hombres, enrojeció y se puso a agitar las manos, movido por la turbación, como espantando una bandada de cuervos de un sembrado.

—Retiraos, *dòmna* —tartamudeó con su voz estridente—. Éste no es lugar para vos.

Oriane no le hizo el menor caso. Trencavel alzó la mano y le indicó con un gesto que se adelantara.

—¿Qué queréis decirme, *dòmna*?

—Perdonadme, *messer*, honorables *chavalièrs*, amigos..., marido mío. Con vuestra autorización y suplicando la bendición divina, quisiera ofrecerme como miembro de esta comitiva. He perdido a un padre y ahora, por lo que parece, también a una hermana. Es grande el peso de mi dolor. Pero si mi marido lo permite, quisiera redimir mi pérdida y demostrar mi devoción por vos, *messer*, mediante este acto. Es lo que hubiera deseado mi padre.

Congost parecía desear que la tierra se abriera y se lo tragara. Guilhelm miraba fijamente al suelo. El vizconde Trencavel no podía ocultar su sorpresa.

—Con todo respeto, *dòmna* Oriane, no es misión para una mujer.

—En ese caso, *messer*, me ofrezco voluntariamente como rehén. Mi presencia será la prueba de vuestras intenciones honestas, una clara señal de que Carcassona respetará los términos estipulados en la reunión.

Trencavel reflexionó por un momento y se volvió hacia Congost.

—Es tu esposa. ¿Estás dispuesto a sacrificarla por nuestra causa?

Jehan tartamudeó, frotándose las manos sudorosas sobre la túnica. Hubiese querido negarle la autorización, pero era evidente que la propuesta era meritoria a los ojos del vizconde.

—Mis deseos siempre estarán supeditados a los vuestros —masculló.

Trencavel le indicó a Oriane que se levantara.

—Vuestro difunto padre, amiga mía, se sentiría orgulloso de lo que hacéis hoy.

Oriane alzó la vista entre sus oscuras pestañas.

—Con vuestro permiso, ¿podría llevar conmigo a François? Él también, unidos como estamos en el dolor por la muerte de mi padre, se alegraría mucho de poder serviros.

Guilhelm sintió que la bilis le subía a la garganta, incapaz de creer que ninguno de los presentes fuera a dar crédito a las demostraciones de afecto filial de Oriane; pero lo cierto es que se lo daban. Todas las caras reflejaban admiración, excepto la de su marido. Guilhelm hizo una mueca. Sólo Congost y él conocían la verdadera naturaleza de Oriane. Todos los demás estaban hechizados por su belleza y la dulzura de sus palabras. Como él mismo lo había estado.

Disgustado hasta lo más profundo de su corazón, Guilhelm echó una mirada hacia donde estaba François, impávido, transmutado su rostro en una máscara perfecta, en la periferia del grupo.

—Si creéis poder contribuir así a nuestra causa, *dòmna* —replicó el vizconde Trencavel—, tenéis mi permiso.

Oriane hizo una nueva reverencia.

—Gracias, *messer*.

El vizconde dio unas palmadas.

—¡Ensillad los caballos!

Oriane se mantuvo cerca de Guilhelm mientras cabalgaban a través de las tierras devastadas, hacia el pabellón del conde de Nevers, donde iban a reunirse para parlamentar. Desde la Cité, los que tenían fuerzas para escalar las murallas contemplaban en silencio cómo se alejaban.

Nada más entrar en el campamento, Oriane se escabulló. Haciendo oídos sordos a los lascivos y ásperos gritos de los soldados, siguió a François a través de un mar de tiendas hasta encontrar los colores verde y plata de Chartres.

—Por aquí, *dòmna* —murmuró François, señalando un pabellón ligeramente apartado de todos los demás. Los soldados se cuadraron al ver que se acercaban y cruzaron las lanzas delante de la entrada. Uno de ellos reconoció a François y así lo demostró con un leve gesto de la cabeza.

—Dile a tu señor que *dòmna* Oriane, hija del difunto senescal de Carcassona, está aquí y quiere ser recibida por el señor D'Evreux.

Oriane corría un riesgo tremendo al presentarse ante él. Por François sabía de su crueldad y de su temperamento impulsivo. Se estaba jugando mucho.

—¿Para qué quiere verlo? —preguntó el soldado.

—Mi señora no hablará con nadie que no sea el señor D'Evreux.

El hombre dudó un momento, pero finalmente se agachó para pasar por la abertura y desapareció en el interior de la tienda. Instantes más tarde, salió y les indicó que lo siguieran.

La primera impresión que se llevó Oriane de Guy d'Evreux no hizo nada por disipar sus temores. Cuando entró en la tienda, estaba de espaldas, pero al volverse ella vio unos ojos grises como el pedernal que ardían en la palidez de su rostro. Llevaba el pelo negro peinado hacia atrás y aceitado, dejando la frente al descubierto, al estilo francés. Tenía el aspecto de un halcón a punto de atacar.

—Señora, he oído hablar mucho de vos. —Su voz era serena y firme, pero con una insinuación acerada en el fondo—. No esperaba tener el placer de conoceros personalmente. ¿En qué puedo ayudaros?

—Confiaba en hablar más bien de lo que yo puedo hacer por vos, señor —replicó ella.

Antes de que pudiera darse cuenta, Evreux la tenía agarrada por la muñeca.

—Os lo advierto, madame Oriane, no me vengáis con juegos de palabras. Aquí no os servirá de nada vuestra pueblerina afectación meridional.

Oriane sentía que François, detrás de ella, se estaba controlando para no reaccionar.

—¿Tenéis noticias para mí, sí o no? —preguntó Evreux—. ¡Hablad!

La joven intentó serenarse.

—Ésta no es manera de tratar a quien viene a ofreceros aquello que más deseáis —repuso, mirándolo a los ojos.

Evreux levantó un brazo.

—Podría sacaros la información a golpes. Más os vale hablar de una vez y ahorrarnos tiempo a los dos.

Oriane le sostuvo la mirada.

—A golpes sólo averiguaríais una parte de lo que puedo deciros —replicó ella, manteniendo la voz tan firme como pudo—. Habéis invertido mucho en la búsqueda de la Trilogía del Laberinto. Yo puedo daros lo que deseáis.

Evreux se la quedó mirando fijamente durante un momento y bajó el brazo.

—Tenéis valor, madame Oriane, lo reconozco. Queda por ver si además tenéis sabiduría.

Chasqueó los dedos y entró un criado con vino en una bandeja. A Oriane le temblaban demasiado las manos como para arriesgarse a coger una copa.

—No, gracias, señor.

—Como queráis —dijo él, indicándole que se sentara—. ¿Qué pedís a cambio, madame?

—Si os entrego lo que buscáis, quiero que me llevéis al norte con vos cuando regreséis. —Por la expresión de la cara de Evreux, Oriane comprendió que finalmente había logrado sorprenderlo—. Como vuestra esposa.

—Ya tenéis marido —dijo Evreux, mirando por encima de su cabeza a François para confirmarlo—. El escribano de Trencavel, por lo que he oído. ¿No es así?

Oriane le sostuvo la mirada.

—Siento decir que mi marido ha muerto. Fue alcanzado por un proyectil, dentro del recinto amurallado, mientras cumplía con su deber.

—Mis condolencias por vuestra pérdida. —Evreux unió sus dedos largos y delgados apoyando las yemas unas contra otras, a modo de tienda—. Este asedio podría durar años. ¿Por qué estáis tan segura de que pienso regresar al norte?

—Según creo, señor —respondió ella, escogiendo sus palabras con esmero—, vuestra presencia aquí no obedece más que a un propósito. Si con mi ayuda lográis concluir rápidamente lo que habéis venido a hacer al sur, no veo razón para que prolonguéis vuestra estancia más allá de los cuarenta días comprometidos.

Evreux le sonrió con los labios apretados.

—¿No tenéis confianza en la capacidad persuasiva de vuestro señor, el vizconde Trencavel?

—Con todos los respetos que me merecen aquellos bajo cuyos estandartes guerreáis, señor mío, no creo que el noble abad tenga intención de poner fin a esta campaña por la vía diplomática.

Evreux siguió mirándola. Oriane contuvo el aliento.

—Jugáis bien vuestras cartas, madame Oriane —dijo finalmente.

Ella inclinó levemente la cabeza, pero no habló. Él se incorporó y avanzó hacia ella.

—Acepto vuestra proposición —le dijo, tendiéndole una copa.

Esta vez, Oriane aceptó.

—Hay algo más, señor —dijo ella—. En la comitiva del vizconde Trencavel hay un *chavalièr*, Guilhelm du Mas. Es el marido de mi hermana. Sería aconsejable, si está en vuestro poder, tomar medidas para limitar su influencia.

—¿De forma permanente?

Oriane sacudió la cabeza.

—Aún puede resultar útil para nuestros planes, pero sería conveniente reducir su influencia. El vizconde Trencavel lo tiene en muy alta estima, y ahora que mi padre ha muerto...

Evreux hizo un gesto afirmativo y despidió a François.

—Y ahora, madame Oriane —añadió en cuanto estuvieron a solas—, basta de equívocos. Decidme lo que tenéis para ofrecer.

CAPÍTULO 62

Alaïs, Alaïs, despertad!
Alguien la estaba sacudiendo por los hombros. No podía ser. En ese momento estaba sentada a orillas del río, en la apacible luz tamizada de su claro en el bosque. Sentía el agua fresca lamiéndole los dedos de los pies y el tacto suave del sol acariciándole las mejillas. Sobre la lengua percibía el sabor intenso del vino de Corbières y en la nariz notaba el aroma embriagador del tibio pan blanco que se estaba llevando a la boca.

Junto a ella estaba Guilhelm, que se había quedado dormido sobre la hierba.

¡Era tan verde el mundo y tan azul el cielo!

Se despertó sobresaltada y se encontró en la húmeda penumbra de los túneles. Sajhë estaba de pie a su lado.

—¡Tenéis que despertaros, *dòmna*!

Alaïs logró incorporarse y sentarse.

—¿Qué pasa? ¿Cómo está Esclarmonda?

—El vizconde Trencavel ha sido hecho prisionero.

—¿Prisionero? —se sorprendió ella diciendo—. ¿Cómo? ¿Por quién?

—Dicen que ha sido a traición. Dicen que los franceses lo llevaron con engaños a su campamento y lo redujeron por la fuerza. Otros afirman que se entregó por su propia voluntad, para salvar la *Ciutat*, y que...

Sajhë se interrumpió. Incluso en la semioscuridad, Alaïs vio que al chico se le encendían las mejillas.

—¿Y qué más?

—Dicen que *dòmna* Oriane y el *chavalièr* Du Mas estaban con el vizconde. —Vaciló un momento—. Tampoco ellos han regresado.

Alaïs se puso de pie. Miró a Esclarmonda, que estaba durmiendo plácidamente.

—Está descansando. Estará bien aunque nos marchemos un momento. Ven. Tenemos que averiguar lo que ha sucedido.

Corrieron rápidamente por el túnel y treparon por la escalerilla. Alaïs abrió de un golpe la trampilla e izó a Sajhë tras ella.

Fuera, las calles estaban atestadas, llenas de una muchedumbre asustada que se movía sin rumbo en todas direcciones.

—¿Puede decirme qué está pasando? —le gritó Alaïs a un hombre que pasó corriendo.

El hombre sacudió la cabeza y prosiguió su carrera. Sajhë cogió a Alaïs de la mano y la arrastró hasta una casita del otro lado de la calle.

—Gaston lo sabrá.

Alaïs lo siguió. Gaston y su hermano Pons se levantaron de sus asientos cuando ellos entraron.

—*Dòmna!*

—¿Es verdad que el vizconde ha sido capturado? —preguntó ella.

Gaston asintió con la cabeza.

—Ayer por la mañana el conde de Auxerre vino a proponer un encuentro entre el vizconde Trencavel y el conde de Nevers, en presencia del abad. El vizconde acudió acompañado de una pequeña comitiva, entre ellos vuestra hermana. En cuanto a lo sucedido después de eso, *dòmna* Alaïs, nadie lo sabe. O bien nuestro señor Trencavel se entregó por propia voluntad a cambio de nuestra libertad, o bien fue traicionado.

—No ha regresado nadie —añadió Pons.

—En cualquier caso, no habrá lucha —prosiguió Gaston serenamente—. La guarnición se ha rendido. Los franceses ya han tomado posesión de las principales puertas y torres.

—¿Qué? —exclamó Alaïs, mirando con incredulidad una a una todas las caras—. ¿Cuáles son los términos de la rendición?

—Que todos los ciudadanos, ya sean cátaros, judíos o católicos, puedan abandonar Carcassona sin temer por sus vidas, llevándose únicamente lo puesto.

—¿No habrá interrogatorios? ¿Ni hogueras?

—Parece ser que no. Toda la población será deportada, pero no nos harán daño.

Alaïs se hundió en una silla, antes de que le fallaran las piernas.

—¿Y qué será de *dòmna* Agnès?

—Ella y el joven príncipe quedarán bajo la custodia del conde de Foix, siempre que ella renuncie a todo derecho de sucesión en nombre de su hijo. —Gaston se aclaró la garganta—. Siento mucho la pérdida de vuestro marido y de vuestra hermana, *dòmna* Alaïs.

—¿Alguien sabe qué suerte han corrido nuestros hombres?

Pons sacudió la cabeza.

—¿Será una estratagema? ¿Qué creéis? —dijo ella en tono valeroso.

—No hay modo de saberlo, *dòmna*. Sólo cuando comience el éxodo se verá si los franceses cumplen con su palabra —contestó éste.

—Tendremos que salir todos por la misma puerta, la puerta de Aude, al oeste de la Cité, cuando las campanas toquen al anochecer —añadió Gaston.

—Entonces todo ha terminado —dijo ella, casi en un susurro—. La *Ciutat* ha caído.

«Por lo menos mi padre no vivió para ver al vizconde en manos de los franceses.»

—Esclarmonda mejora día a día, pero aún está débil. ¿Podría abusar un poco más de tu bondad, Gaston, y pedirte que la saques de la *Ciutat*? —Hizo una pausa—. Por razones que no me atrevo a confiarte, por tu bien y por el de Esclarmonda, sería aconsejable que viajásemos separados.

Gaston hizo un gesto afirmativo.

—¿Teméis que los que le infligieron esas heridas terribles aún la estén buscando?

Alaïs lo miró sorprendida.

—Pues sí —admitió.

—Será un honor ayudaros, *dòmna* Alaïs —dijo el hombre ruborizándose—. Vuestro padre... Era un hombre justo.

Ella asintió con la cabeza.

—Sí que lo era.

Mientras los rayos moribundos del sol poniente pintaban los muros exteriores del Château Comtal con una fiera luz anaranjada, la plaza de armas, los pasillos y la Gran Sala estaban en silencio. Todo estaba abandonado, vacío.

En la puerta de Aude, una muchedumbre asustada y confusa estaba siendo conducida en masa, con cada individuo empeñado desesperadamente en no perder de vista a sus seres queridos, sin reparar en las muecas despectivas de los soldados franceses, que los contemplaban como si fueran menos que humanos. Las manos de los militares estaban apoyadas en las empuñaduras de las espadas, como esperando únicamente una excusa.

Alaïs confiaba en que su disfraz fuera lo bastante bueno. Caminaba con dificultad, calzada con botas masculinas demasiado grandes para ella, intentando no quedar demasiado rezagada respecto al hombre que marchaba delante. Se había vendado el pecho para aplastárselo y también para ocultar el libro y la copia sobre pergamino. Con calzas, jubón y un sombrero corriente de paja, tenía el aspecto de cualquier muchacho. Llevaba guijarros en la boca para alterar la forma de su cara y se había frotado con barro el pelo, para ocultar su color, después de cortárselo.

La columna avanzaba. Alaïs mantenía la vista baja por temor a cruzar su mirada con la de alguien que pudiera reconocerla y delatarla. En las proximidades de la puerta, la columna se estiraba hasta convertirse en una fila cuyos integrantes marchaban de uno en uno. Había cuatro cruzados de guardia, de expresión áspera y rencorosa. Estaban parando a la gente, obligándola a quitarse la ropa para demostrar que no llevaban nada disimulado debajo.

Alaïs vio que los guardias habían parado la litera de Esclarmonda. Con un pañuelo apretado contra la nariz, Gaston les estaba explicando que su madre estaba muy enferma. Uno de los guardias descorrió la cortina y de inmediato retrocedió. Alaïs reprimió una sonrisa. Había metido carne podrida en una vejiga de cerdo y la había cosido a unas vendas sanguinolentas que le había puesto a Esclarmonda en el tobillo.

El guardia les hizo señas para que continuaran.

Sajhë iba algo más atrás, viajando en compañía del *sènher* Couza, su mujer y sus seis hijos, que se le parecían por el color de la tez. También le había frotado polvo en el pelo, para oscurecérselo. Lo único que no podía disimularle eran los ojos, por lo que el chico tenía instrucciones estrictas de no levantar la vista si podía evitarlo.

La fila siguió avanzando. «Es mi turno.» Habían acordado que Alaïs fingiría no entender si alguien se dirigía a ella.

—*Tu! Païsan. Que est ce que tu portes?*

Ella siguió andando con la cabeza gacha, resistiendo la tentación de tocarse el vendaje que le rodeaba el cuerpo.

—*Eh, tu!*

La lanza surcó el aire y Alaïs se preparó para recibir un golpe que finalmente no recibió. En lugar de eso, la niña que marchaba delante de ella cayó derribada. Entre el polvo del suelo, buscó con manos nerviosas su sombrero, mientras levantaba la cara asustada hacia su acusador.

–*Un can.*

–¿Qué dice? –masculló el guardia–. No le entiendo nada.

–Un perro. Tiene un cachorro.

Antes de que nadie se diera cuenta de lo que estaba pasando, el soldado le había arrebatado el perro de los brazos y lo había atravesado con la lanza. La sangre salpicó el vestido de la niña.

–*Alez! Viste.*

La pequeña estaba demasiado conmocionada como para moverse. Alaïs la ayudó a ponerse de pie y la animó a seguir avanzando, guiándola a través de la puerta y resistiendo al impulso de volverse para ver cómo estaba Sajhë. En poco tiempo estuvo fuera.

«Ahora los veré.»

Sobre la colina que dominaba la puerta, estaban los barones franceses. No eran los jefes, que según suponía Alaïs estarían esperando al final de la evacuación para hacer su entrada en Carcasona, sino diversos caballeros que lucían los colores de Borgoña, Nevers y Chartres.

Al final de la fila, junto al sendero, había un hombre alto y delgado a lomos de un espléndido garañón gris. A pesar del largo verano meridional, su tez conservaba aún un blanco lechoso. Junto a él estaba François y, al lado de éste, Alaïs reconoció el familiar vestido rojo de Oriane.

Pero Guilhelm no estaba con ellos.

«Sigue andando con la mirada fija en el suelo.»

Estaba tan cerca que podía percibir el olor a cuero de las sillas y las riendas de los caballos. La mirada de Oriane parecía quemarla.

Un anciano de ojos tristes y apesadumbrados le dio un golpecito en el hombro. Necesitaba ayuda para no caer por la pronunciada pendiente. Alaïs le ofreció su brazo. Era el golpe de suerte que necesitaba. Con todo el aspecto de ser un nieto con su abuelo, pasó directamente bajo los ojos de Oriane sin ser reconocida.

El camino parecía interminable. Finalmente, llegaron a una zona sombreada, al pie de la cuesta, donde el terreno se nivelaba y empezaban los bosques y las ciénagas. Tras acompañar al anciano hasta verlo reunido con su hijo y su nuera, Alaïs se separó del grupo principal y se escabulló entre los árboles.

En cuanto se perdió de vista, la joven escupió los guijarros que tenía en la boca. Tenía las encías secas y doloridas. Se frotó las mandíbulas, intentando aliviar la molestia. Se quitó el sombrero y se pasó los dedos por la áspera cabellera. Tenía el pelo como paja mojada. Le pinchaba y le molestaba en la nuca.

Un grito en la puerta atrajo su atención.

«No, por favor. Que no sea él.»

Un soldado tenía agarrado a Sajhë por la parte trasera del cuello. Alaïs podía ver al muchacho pataleando en el aire, tratando de soltarse. Tenía algo en las manos. Un cofre pequeño.

A la joven se le heló el corazón. No podía arriesgarse a retroceder, por lo que se veía completamente impotente. *Na* Couza intentó discutir con el soldado, que le propinó un golpe en la cabeza, derribándola al suelo. Sajhë aprovechó la ocasión para soltarse y escabullirse, corriendo a toda prisa cuesta abajo, mientras el *sènher* Couza ayudaba a su mujer a incorporarse.

Alaïs contuvo la respiración. Por un momento pareció que todo iba a salir bien. El soldado había perdido todo interés. Pero entonces Alaïs oyó unos gritos de mujer. Era Oriane, que señalaba a Sajhë y les estaba ordenando a los guardias que lo detuvieran.

«Lo ha reconocido.»

Sajhë no era Alaïs, pero era lo mejor que podía encontrar después de su hermana.

Hubo un inmediato rebrote de actividad. Dos de los guardias emprendieron la persecución cuesta abajo, en pos de Sajhë, pero el muchacho era más veloz y corría con más seguridad y confianza. Lastrados por sus armas y corazas, los soldados no eran rivales para un chico de once años. Silenciosamente, Alaïs lo animaba, mientras observaba la vertiginosa carrera del muchacho, a un lado y a otro, saltando y salvando los tramos irregulares del terreno, hasta llegar al amparo del bosque.

Al comprender que estaba a punto de perderlo, Oriane envió a François para que lo siguiera. Su caballo partió atronador por la senda, resbalando a veces sobre la tierra reseca, pero ganando terreno rápidamente. Sajhë se perdió en el sotobosque, con François pisándole los talones.

Alaïs comprendió que Sajhë iba rumbo a las ciénagas donde el Aude se abre en varios brazos. El terreno era verde y parecía un prado en primavera, pero por debajo era mortífero. La gente del lugar evitaba internarse por esos parajes.

Alaïs se encaramó a un árbol para ver mejor. François no se había percatado del tipo de terreno donde se estaba adentrando Sajhë, o quizá no le preocupaba, porque seguía espoleando a su corcel. «Está ganando terreno.» Sajhë trastabilló y estuvo a punto de caer, pero logró seguir corriendo, zigzagueando a través de la maleza, entre cardos y zarzamoras.

De pronto, François dejó escapar un alarido de cólera, que de inmediato se transformó en alarma. Los inestables lodos habían atrapado las patas traseras de su caballo. El aterrorizado animal relinchaba, agitando las extremidades. Con cada intento desesperado, no hacía más que acelerar su hundimiento en el limo traicionero.

François abandonó la montura e intentó llegar a nado al borde del pantano, pero sólo consiguió hundirse más y más, atrapado por el fango, hasta que únicamente las puntas de sus dedos resultaron visibles.

Después, se hizo el silencio. A Alaïs le pareció que incluso las aves habían dejado de cantar. Temiendo por la vida de Sajhë, se dejó caer al suelo, justo cuando aparecía el muchacho. Tenía la cara del color de la ceniza y el labio inferior le temblaba de cansancio, pero aún llevaba aferrado el cofrecito de madera.

—Hice que se adentrara en el pantano —dijo.

Alaïs le apoyó una mano en el hombro.

—Lo sé. Has sido muy listo.

—¿Él también era un traidor?

Ella asintió.

—Creo que era eso lo que Esclarmonda intentaba decirnos.

Alaïs hizo un mohín. Se alegraba de que su padre no hubiera vivido para saber que François lo había traicionado, pero en seguida sacudió la cabeza, como apartando esos tristes pensamientos.

—Pero ¿por qué lo has hecho, Sajhë? ¿Cómo se te ha ocurrido coger ese cofre? ¡Han estado a punto de matarte por esa caja!

—La *menina* me pidió que lo guardara bien y lo cuidara.

Sajhë extendió los dedos por el fondo del cofre, hasta que pudo apretar los dos lados a la vez. Se oyó un chasquido, y entonces hizo girar la base, revelando un doble fondo. Metió la mano y sacó un trozo de tela.

—Es un mapa. La *menina* dijo que lo necesitaríamos.

Alaïs lo comprendió de inmediato.

—No piensa venir con nosotros, ¿verdad? —dijo apesadumbrada, intentando reprimir las lágrimas que acudían a sus ojos.

Sajhë hizo un gesto negativo.

—Pero ¿por qué no me lo ha dicho? —dijo ella con voz temblorosa—. ¿No confía en mí?

—Tú no habrías aceptado separarte de ella.

Alaïs recostó la cabeza sobre un árbol. Se sentía abrumada por la magnitud de su tarea. Sin Esclarmonda, no sabía cómo iba a encontrar la fuerza para hacer lo que se le exigía.

Como si pudiera leer su mente, Sajhë le dijo:

—Yo os protegeré. Y no será por mucho tiempo. Cuando le hayamos entregado el *Libro de las palabras* a Harif, volveremos a buscarla. *Si es qissi, es aissi.* Será lo que tenga que ser.

—Ojalá todos fuésemos tan sabios como tú.

Sajhë se ruborizó.

—Tenemos que ir por aquí —dijo el chico, señalando el dibujo—. Es un pueblo que no aparece en ningún mapa, pero la *menina* lo llama Los Seres.

«Claro.» No era sólo el nombre de los guardianes, sino un lugar.

—¿Lo ves? —dijo Sajhë—. Está en los montes Sabarthès.

Alaïs asintió.

—Sí, sí —dijo ella—. Por fin creo que lo veo.

EL REGRESO
A LAS MONTAÑAS

CAPÍTULO 63
Montes Sabarthès

VIERNES 8 DE JULIO DE 2005

A udric Baillard estaba sentado a la mesa de lustrosa madera oscura de su casa, a la sombra de la montaña.

El techo del cuarto de estar era bajo y el suelo estaba pavimentado con grandes losas del color rojizo de la tierra de la montaña. Había hecho pocos cambios. A esa distancia de la civilización, no había electricidad, ni agua corriente, ni automóviles ni teléfono. El único ruido era el del reloj, marcando el paso del tiempo.

Había una lámpara de aceite sobre la mesa, ya apagada y, a su lado, una jarra de cristal, llena casi hasta el borde con *guignolet*, que inundaba la habitación con su sutil aroma a alcohol y cerezas. En el lado opuesto de la mesa, una bandeja de latón con dos copas y una botella de vino tinto sin abrir, junto a un pequeño cuenco de madera con bizcochos de especias, cubierto con una servilleta blanca de hilo.

Baillard había abierto los postigos para ver el amanecer. En primavera, los árboles de las afueras del pueblo se cubrían de apretados brotes blancos y plateados, mientras miles de capullos amarillos y rosa asomaban tímidamente entre los setos y las riberas. Pero a esa altura del año quedaba muy poco color, sólo el gris y el verde de las montañas, en cuya eterna presencia él había vivido tanto tiempo.

Una cortina separaba el rincón donde dormía del cuarto de estar. La pared del fondo estaba cubierta en su totalidad por una estrecha estantería, casi completamente vacía. Un viejo mortero, un par de cuencos y cucharones, unos cuantos botes... También libros, entre ellos los dos que él mismo había escrito, y las grandes voces de la historia de los cátaros: Delteil, Duvernoy, Nelli, Marti, Brenon, Rouquette... Obras de filosofía árabe se alineaban junto a traducciones de viejos textos judaicos y monografías de autores antiguos y modernos. Varias filas de novelas en ediciones de bolsillo, incongruentes con el ambiente, ocupaban el espacio que antes habían colmado las hierbas y pociones medicinales.

Estaba preparado para esperar.

Baillard se llevó el vaso a los labios y bebió un buen trago.

¿Y si no venía? ¿Y si no averiguaba nunca la verdad de aquellas últimas horas?

Suspiró. Si no venía, entonces se vería obligado a dar los últimos pasos de su largo viaje en solitario. Como siempre había temido.

CAPÍTULO 64

Al amanecer, Alice estaba unos kilómetros al norte de Toulouse. Se detuvo en una gasolinera y bebió un par de tazas de café caliente, con azúcar, para centrarse.

Leyó la carta una vez más. Había sido franqueada en Foix el miércoles por la mañana. Era de Audric Baillard, indicándole cómo llegar a su casa. Sabía que era auténtica, porque reconoció la escritura negra, como de patas de araña.

De inmediato sintió que no tenía más opción que acudir.

Desplegó el mapa sobre el mostrador, intentando determinar con exactitud hacia dónde dirigirse. El caserío donde vivía no aparecía en el mapa, pero en la carta mencionaba suficientes referencias y nombres de pueblos cercanos, como para acotar el área general.

Estaba seguro —decía— de que Alice reconocería el sitio en cuanto lo viera.

Como precaución, que según comprendió debió haber tomado antes, Alice cambió su coche de alquiler en el aeropuerto por otro de marca y color diferentes, por si la estaban persiguiendo, y siguió su viaje hacia el sur.

Dejó atrás Foix, en dirección a Andorra, pasó por Tarascón y empezó a seguir la indicaciones de Baillard. Abandonó la carretera principal en Luzenac y atravesó Lordat y Bestiac. El paisaje cambió. Le recordaba las laderas de los Alpes: florecillas de montaña, hierbas altas y casas parecidas a chalets suizos.

Pasó por una extensa cantera, como una enorme cicatriz blanca abierta en un flanco de la montaña. Las imponentes torres del tendido eléctrico y los gruesos cables negros de las estaciones de invierno dominaban el paisaje, oscuros contra el cielo azul del verano.

Alice atravesó el río Lauze. Tuvo que poner la segunda marcha, al volverse más empinado el camino y más cerradas las curvas. Empezaba a marearse por los constantes giros, cuando de pronto se encontró en un pueblecito con dos tiendas y un bar que tenía una terraza en la acera con un par de mesas rodeadas de sillas. Para comprobar si seguía en la buena dirección, entró en el bar. Dentro, el aire estaba saturado de humo y varios hombres encorvados, de aspecto recio, rostros curtidos por la intemperie y monos azules se alineaban junto a la barra.

Alice pidió un café y desplegó ostentosamente el mapa sobre el mostrador. Por el rechazo a los extranjeros y en particular a las mujeres, nadie le dirigió la palabra durante un rato, pero al final consiguió entablar una conversación. Ninguno de los presentes había oído hablar de Los Seres, pero todos conocían la zona y la ayudaron en todo cuanto pudieron.

Siguió subiendo y poco a poco se fue orientando. El camino se volvió una senda, hasta que finalmente desapareció por completo. Alice aparcó el coche y se bajó. Sólo entonces, en el paisaje familiar, percibiendo plenamente los olores de la montaña, se dio cuenta por fin de que en realidad había dado una vuelta completa y se encontraba en el lado opuesto del pico de Soularac.

Alice subió hasta el punto más alto y se protegió la vista. En seguida identificó el estanque de Tort, una laguna de forma característica que los hombres del bar le habían aconsejado que localizara. A escasa distancia había otra laguna, conocida en el lugar como el lago del Diablo.

Finalmente, se encaminó hacia el pico de Saint-Barthélémy, entre el pico de Soularac y Montségur.

Justo enfrente, un sendero ascendía sinuoso a través de verdes matorrales, tierra ocre y matas de retama de un amarillo intenso. Las hojas oscuras de los arbustos de boj desprendían una fragancia punzante. Alice tocó las hojas y frotó el rocío entre los dedos.

Prosiguió el ascenso durante unos diez minutos, al cabo de los cuales el sendero desembocaba en un claro. Había llegado.

Una casa de una sola planta se erguía solitaria, rodeada de ruinas de piedra gris que se confundían con el color de las montañas. En la puerta había un hombre, muy delgado y muy viejo, con una mata de pelo blanco y el traje de color claro que recordaba haber visto en la foto.

Alice sintió como si sus piernas siguieran caminando solas. El suelo se niveló mientras daba los últimos pasos hacia el anciano. Baillard la miraba en silencio, completamente inmóvil. No sonrió, ni levantó la mano para saludarla. Ni siquiera habló ni se movió cuando ella se acercó. No dejaba de mirarla a la cara, con unos ojos de un color sorprendente.

«Ámbar mezclado con hojas de otoño.»

Alice se detuvo ante él. Sólo entonces el hombre sonrió. Fue como si el sol saliera de entre las nubes y transfigurara las arrugas y los surcos de su cara.

−*Donaisela* Tanner −dijo. Su voz era profunda y antigua como el viento en el desierto−. *Benvenguda.* Sabía que vendría. −Se apartó para dejarla entrar−. Pase, por favor.

Nerviosa e incómoda, Alice agachó la cabeza para pasar bajo el dintel y entró en la sala, percibiendo aún la intensidad de su mirada. Parecía como si quisiera aprenderse de memoria cada uno de sus rasgos.

−Monsieur Baillard −empezó ella, pero en seguida se interrumpió.

Era incapaz de pensar en algo que decir. El deleite y la maravilla que había suscitado en él su visita, así como su confianza en que ella acudiría, volvían imposible toda conversación normal.

−Se le parece mucho −dijo él lentamente−. Hay mucho de ella en su rostro.

−Sólo he visto fotos, pero yo también lo creo.

Él sonrió.

−No me refería a Grace −dijo suavemente, pero en seguida volvió la cabeza, como si hubiese hablado de más−. Por favor, siéntese.

Mirando discretamente a su alrededor, Alice advirtió la falta de equipamiento moderno. No había lámparas, ni radiadores de calefacción, ni nada eléctrico. Se preguntó si habría una cocina.

−Monsieur Baillard −empezó de nuevo−, es un placer conocerlo. Me estaba preguntando... ¿cómo ha sabido dónde encontrarme?

Una vez más, él sonrió.

−¿Acaso importa?

Alice lo pensó un poco y comprendió que no.

−*Donaisela* Tanner, estoy al corriente de lo sucedido en el pico de

Soularac, y tengo una pregunta que debo hacerle antes de seguir hablando. ¿Ha encontrado un libro?

Alice hubiese deseado más que nada en el mundo decirle que sí.

—Lo siento —respondió, sacudiendo la cabeza—. Él también me lo preguntó, pero no he visto ningún libro.

—¿Él?

Ella frunció el entrecejo.

—Un hombre llamado Paul Authié.

Baillard hizo un gesto afirmativo.

—Ah, sí —dijo él, de una manera que hizo comprender a Alice que no necesitaba ninguna aclaración.

—Por otra parte, tengo entendido que encontró esto...

Levantó la mano izquierda y la apoyó sobre la mesa, como una jovencita presumiendo de anillo de compromiso. Entonces, para su asombro, Alice pudo ver que llevaba puesto el anillo de piedra. Sonrió. Le resultaba tremendamente familiar, aunque sólo lo había tenido en la mano unos segundos.

Tragó saliva.

—¿Me permite?

Baillard se lo quitó del pulgar. Alice lo cogió y le dio unas vueltas entre los dedos, turbada una vez más por la intensidad de la mirada de él.

—¿Es suyo? —se oyó decir, temerosa de que la respuesta fuera afirmativa, con todo lo que eso supondría.

Baillard tardó en contestar.

—No —dijo finalmente—, pero hace tiempo tuve uno como éste.

—¿De quién es entonces?

—¿No lo sabe? —replicó él.

Durante una fracción de segundo, Alice pensó que sí lo sabía. Pero en seguida desapareció el chispazo de entendimiento y su mente volvió a sumirse en la confusión.

—No estoy segura —dijo en tono titubeante, sacudiendo la cabeza—, pero creo que le falta esta pieza —añadió, mientras sacaba del bolsillo el disco del laberinto—. Estaba junto al árbol genealógico, en casa de mi tía. —Se lo entregó a Baillard—. ¿Se lo había enviado usted?

Baillard no respondió.

—Grace era una mujer encantadora, culta e inteligente. Ya en nuestra primera conversación descubrimos que teníamos varios intereses y experiencias en común.

—¿Para qué sirve? —insistió Alice, rehusando cambiar de tema.

—Es un *merel*. Antes había muchos. Ahora sólo queda éste.

Alice se quedó mirando atónita, mientras Baillard insertaba el disco en el hueco del cuerpo del anillo.

—Aquí. Ya está.

El anciano sonrió y volvió a ponerse el anillo en el pulgar.

—Es la llave que se necesita —dijo suavemente.

—¿Que se necesita para qué?

Tampoco entonces respondió Baillard.

—Alaïs se le aparece a veces en sueños, ¿no?

El repentino giro de la conversación sorprendió a Alice, que no supo cómo reaccionar.

—Llevamos el pasado dentro de nosotros, en nuestros huesos, en nuestra sangre —prosiguió él—. Alaïs ha estado con usted toda su vida, cuidándola. Usted tiene muchas de sus cualidades. Ella era una mujer valerosa, con una serena determinación, lo mismo que usted. Alaïs era leal y constante, como sospecho que es usted. —Hizo una pausa y volvió a sonreírle—. Ella también tenía sueños. De épocas pasadas, de los comienzos. Los sueños le revelaron su destino, aunque ella se negaba a aceptarlo, del mismo modo que ahora sus sueños le iluminan a usted el camino.

Alice sentía como si las palabras del anciano le llegaran a través de una gran distancia, como si no tuvieran nada que ver con ella, ni con Baillard, ni con nadie en particular, sino que hubiesen existido desde siempre en el tiempo y el espacio.

—Siempre sueño con ella —dijo, sin saber adónde la llevaban sus palabras—. Con el fuego, la montaña, el libro... ¿Es ésta la montaña? —Él asintió—. Creo que intenta decirme algo. Últimamente veo con más claridad su cara, pero todavía no oigo lo que dice. —Titubeó un momento—. No entiendo qué quiere de mí.

—O usted de ella, quizá —repuso él en tono ligero. Baillard sirvió el vino y le ofreció una copa a Alice.

Pese a la hora temprana, Alice bebió varios sorbos, sintiendo que el líquido le transmitía su calidez al bajarle por la garganta.

—Monsieur Baillard, necesito saber qué le sucedió a Alaïs. Mientras no lo sepa, nada tendrá sentido. Usted lo sabe, ¿no es así?

Una expresión de abrumadora tristeza descendió sobre el anciano.

—Sobrevivió, ¿verdad? —dijo ella lentamente, temiendo oír la respuesta—. Después de Carcasona... Ellos no... no la capturaron, ¿no?

Él apoyó las manos sobre la mesa, con las palmas hacia abajo. Delgadas y con las manchas marrones propias de la edad, a Alice le recordaron las patas de una ave.

—Alaïs no murió antes de que llegara su hora —replicó él con cautela.

—Eso no responde a... —empezó a decir ella.

Baillard levantó una mano.

—En el pico de Soularac se han puesto en marcha ciertos acontecimientos que le darán (que de hecho *nos* darán) las respuestas que buscamos. Sólo comprendiendo el presente podremos averiguar la verdad sobre el pasado. Usted está buscando a su amiga, *òc?*

Una vez más, Alice se sorprendió por la forma en que Baillard saltaba de un tema a otro.

—¿Cómo sabe lo de Shelagh? —preguntó.

—Estoy al tanto de la excavación y de lo sucedido allí. Ahora su amiga ha desaparecido y usted intenta encontrarla.

Persuadida de la inutilidad de tratar de comprender cómo era que sabía tanto ni cómo lo había averiguado, Alice respondió.

—Salió de la casa del yacimiento hace un par de días. Nadie ha vuelto a saber nada de ella desde entonces. Sé que su desaparición está relacionada con el descubrimiento del laberinto. —Dudó un momento—. De hecho, creo que sé quién puede estar detrás de todo esto. Al principio pensé que Shelagh podía haber robado el anillo.

Baillard sacudió la cabeza.

—Yves Biau lo cogió y se lo envió a su abuela, Jeanne Giraud.

Los ojos de Alice se abrieron al ver que otra pieza del rompecabezas encajaba en su sitio.

—Yves y su amiga trabajan para una mujer llamada madame De l'Oradore. —Hizo una pausa—. Afortunadamente, Yves tenía sus reservas al respecto. Su amiga también, quizá.

Alice asintió.

—Biau me dio un número de teléfono. Después descubrí que Shelagh había llamado al mismo número. Averigüé la dirección y, al no obtener respuesta, pensé que lo mejor sería ir a ver si la encontraba. Resultó ser la casa de madame De l'Oradore. En Chartres.

—¿Ha ido usted a Chartres? —Los ojos de Baillard brillaban—. Cuénteme, cuénteme qué ha visto.

El anciano escuchó en silencio, hasta que Alice terminó de contarle todo lo que había visto y oído.

—Y ese joven, Will, ¿no le enseñó la cámara subterránea?

Alice sacudió la cabeza.

—Al cabo de un tiempo, empecé a pensar que quizá ni siquiera existía.

—Existe —repuso Baillard.

—Me dejé la mochila en la casa. Tenía allí todas mis notas sobre el laberinto y la foto suya con mi tía. Los podía conducir directamente hacia mí. —Calló un momento—. Por eso Will volvió a buscarla.

—¿Y ahora teme que también le haya pasado algo a él?

—A decir verdad, no estoy segura. La mitad del tiempo, temo por él. El resto, creo que probablemente colabora con ellos en todo esto.

—¿Por qué creyó que podía confiar en él?

Alice levantó la vista, intrigada por su repentino cambio de tono. La expresión benevolente y suave del anciano había desaparecido.

—¿Se siente en deuda con él? —añadió Baillard.

—¿En deuda con él? —repitió Alice, asombrada por las palabras escogidas—. No, en absoluto. Apenas lo conozco. Pero, no sé, supongo que me atrajo. Me sentí a gusto en su compañía. Me sentí...

—¿Cómo?

—Era más bien lo contrario. Le parecerá una locura, pero era como si *él* estuviera en deuda *conmigo*. Como si me estuviera compensando por algo que había hecho.

Sin previo aviso, Baillard se levantó bruscamente de la silla y fue hacia la ventana. Era evidente que se encontraba en un estado de cierta confusión.

Alice esperó un momento, sin comprender lo que estaba sucediendo. Finalmente, el anciano se volvió hacia ella.

—Le contaré la historia de Alaïs —dijo—. Conociéndola, quizá encontremos el valor de hacer frente a lo que está por venir. Pero sépalo, *donaisela* Tanner, una vez que la haya oído, no tendrá más remedio que seguir el camino hasta el final.

Alice frunció el ceño.

—Suena como una disuasión.

—No —se apresuró a decir él—, nada de eso. Pero no debemos olvidar a su amiga. Por lo que ha oído mientras estaba escondida, debemos suponer que su seguridad está garantizada hasta esta noche, por lo menos.

—Pero no sé dónde van a reunirse —replicó ella—. François-Baptiste no lo dijo. Sólo mencionó que la cita era al día siguiente a las nueve y media.

—Creo que sé dónde es —dijo Baillard serenamente—. Al anochecer estaremos allí, esperándolos. —A través de la ventana, miró el sol del alba—. Eso quiere decir que tenemos cierto tiempo para hablar.

—Pero ¿y si se equivoca?

Baillard se encogió de hombros.

—Tendremos que confiar en que no sea así.

Alice guardó silencio un momento.

—Sólo quiero saber la verdad —dijo, asombrada por lo firme que sonaba su voz.

Él sonrió.

—*Ieu tanben* —contestó él—. Yo también.

CAPÍTULO 65

Will sintió que lo arrastraban por el estrecho tramo de escalera que bajaba hasta el sótano y después por el pasillo de suelo de hormigón entre las dos puertas. Tenía la cabeza colgando sobre el pecho. El olor a incienso era menos intenso, pero todavía flotaba, como un recuerdo, en la silenciosa penumbra subterránea.

Al principio, Will pensó que lo estaban llevando a la cámara y que iban a matarlo. La imagen del bloque de piedra al pie de la tumba y del suelo ensangrentado surgió como un destello en su memoria. Pero entonces topó con un peldaño y sintió el aire fresco de la mañana en la cara y se dio cuenta de que estaba fuera, en una especie de sendero que discurría por detrás de la casa, paralelo a la Rue du Cheval Blanc. En el aire flotaban los olores de la primera hora de la mañana, a granos de café quemados y residuos, con el ruido del camión de la basura a escasa distancia. Will comprendió que así debieron de bajar el cadáver de Tavernier desde la casa hasta el río.

Un espasmo de terror le sacudió el cuerpo, haciendo que se debatiera un poco, lo suficiente para comprobar que tenía las piernas y los brazos atados. Oyó que alguien abría el maletero de un coche, donde medio lo arrojaron y medio lo empujaron. No era un maletero corriente, sino una especie de caja grande. Olía a plástico.

Al darse la vuelta con dificultad sobre un costado, su cabeza tocó el fondo del contenedor y sintió que se le abría la piel alrededor de la herida. Por la sien le empezó a caer la sangre, irritante y ácida. No podía mover las manos para enjugársela.

Sólo entonces se recordó a sí mismo de pie delante de la puerta del estudio y el enceguecedor estallido de dolor que vino después, cuando

François-Baptiste descargó la pistola sobre un costado de su cabeza, y a continuación sus rodillas cediendo y la imperiosa voz de Marie-Cécile, preguntando una vez más qué estaba pasando.

Un mano encallecida lo agarró por un brazo. Sintió que le levantaban la manga y que la afilada punta de una aguja le perforaba la piel. Como acababan de hacer ahora. Después, el ruido de un pestillo cerrándose y de una especie de cubierta, quizá una lona, que alguien extendía sobre su encierro.

La droga le circulaba por las venas, fría y placentera, anestesiándole el dolor. Neblina. Varias veces perdió y recuperó el conocimiento. Sintió que el vehículo aceleraba. Experimentaba náuseas cada vez que su cabeza rodaba de un lado a otro con las curvas. Pensó en Alice. Más que cualquier otra cosa, ansiaba verla. Decirle que había hecho todo lo posible. Que no la había traicionado.

Empezó a sufrir alucinaciones. Imaginaba las verdes aguas del río Eure, arremolinadas y turbias, inundándole la boca, la nariz y los pulmones. Intentó retener en la mente el rostro de Alice, sus ojos pardos de grave mirada, su sonrisa... Si podía conservar consigo su imagen, quizá todo saliera bien.

Pero el miedo a ahogarse, a morir en un lugar extraño que no significaba nada para él, fue más fuerte. Se perdió en la oscuridad.

En Carcasona, Paul Authié estaba en su balcón, contemplando el río Aude, con una taza de café en la mano. Había utilizado a O'Donnell como señuelo para atraer a François-Baptiste de l'Oradore, pero su instinto rechazaba la idea de hacer que ella le diera un libro falso. El muchacho descubriría el engaño. Además, no quería que viera el estado en que se encontraba la chica, porque comprendería que todo había sido una trampa.

Authié dejó la taza sobre la mesa y se remangó los puños de la impecable camisa blanca. Lo único que podía hacer era recibir personalmente a François-Baptiste, solo, y decirle que él mismo llevaría a O'Donnell al pico de Soularac y se la entregaría a Marie-Cécile, con el libro, a tiempo para la ceremonia.

Lamentaba no haber conseguido el anillo, aunque seguía creyendo que Giraud se lo había dado a Audric Baillard y que éste acudiría al pico de Soularac por propia iniciativa. Authié estaba seguro de que el viejo estaba en algún sitio, vigilando.

Alice Tanner planteaba más problemas. El disco que había mencionado O'Donnell lo intrigaba, tanto más cuanto que ignoraba su significado. Tanner había demostrado una habilidad sorprendente para mantenerse fuera de su alcance. Se les había escabullido en el cementerio a Domingo y Braissart, que el día anterior habían perdido la señal de su coche durante varias horas sólo para encontrarlo esa misma mañana, aparcado en el depósito de Hertz, en el aeropuerto de Toulouse.

Authié apretó el crucifijo entre sus dedos huesudos. A medianoche, todo habría terminado. Los textos heréticos y los propios herejes habrían sido destruidos.

A lo lejos, las campanas de la catedral empezaban a llamar a los fieles a la misa del viernes. Authié miró el reloj. Iría a confesarse. Absuelto de sus pecados y en estado de gracia, se arrodillaría ante el altar para recibir la sagrada forma. Entonces estaría preparado en cuerpo y alma para cumplir la voluntad de Dios.

Will sintió que el coche ralentizaba la marcha y abandonaba la carretera, para continuar por un camino rural.

El conductor iba con cuidado, virando bruscamente para evitar baches y socavones. Los dientes de Will daban unos contra otros con cada salto y sacudida del coche, mientras ascendían la cuesta.

Finalmente, se detuvieron. Se apagó el motor.

Sintió que el coche se balanceaba al salir los dos hombres y, a continuación, el ruido de las puertas cerrándose, como los disparos de un fusil, y el zumbido del cierre centralizado. Tenía las manos atadas a la espalda, y no por delante, lo cual complicaba las cosas, pero Will retorció las muñecas, tratando de aflojar las ataduras. Hizo algún pequeño progreso. Comenzaba a recuperar la sensación. Sentía una franja de dolor en los hombros, por haber estado tumbado durante tanto tiempo en una postura incómoda.

De pronto, el maletero se abrió. Will se quedó absolutamente inmóvil, con el corazón palpitante, mientras se abrían los pestillos del contenedor de plástico donde se encontraba. Uno de sus captores lo cogió por los brazos y otro por las rodillas. Lo arrastraron fuera del maletero y lo arrojaron al suelo.

Incluso en su estado drogado, Will percibió que se encontraban a kilómetros de la civilización. El sol era abrasador y había una agudeza y una frescura en el aire que sugería grandes espacios y ausencia de población humana. El silencio y la quietud eran extremos. No se oía ruido de coches ni de gente. Will parpadeó. Intentó enfocar la vista, pero había demasiada luz. El aire era demasiado transparente. El sol parecía quemarle los ojos, blanqueándolo todo.

Una vez más sintió el pinchazo de la hipodérmica en el brazo y la familiar caricia de la droga en las venas. Los hombres lo pusieron más o menos de pie y comenzaron a arrastrarlo cuesta arriba. El terreno era empinado, y Will podía oír la respiración trabajosa de sus captores y percibir el olor que despedían, mientras avanzaban dificultosamente con el calor.

Sentía el tacto de la grava y las piedras del suelo; después, los peldaños de madera de una escalera tallada en la cuesta, bajo los pies que llevaba arrastrando, y finalmente la suavidad de la hierba.

Mientras volvía a sumirse en un estado de semiinconsciencia, se dio cuenta de que el sonido sibilante que tenía en la cabeza era el fantasmagórico suspiro del viento.

CAPÍTULO 66

E l comisario de la policía judicial del departamento de Hautes-Pyrenées entró en el despacho del inspector Noubel, en Foix, y cerró la puerta de un portazo tras de sí.

—Más le vale que la pista sea buena, Noubel.

—Gracias por venir, señor. No lo habría molestado a la hora de comer, si pensara que el asunto podía esperar.

El comisario gruñó.

—¿Ha identificado a los asesinos de Biau?

—Cyrille Braissart y Javier Domingo —confirmó Noubel, agitando un fax que había entrado minutos antes—. Dos identificaciones positivas: una poco antes del accidente en Foix, el lunes por la noche, y la segunda inmediatamente después. El coche lo encontraron ayer, abandonado en la frontera entre Andorra y España. —Noubel hizo una pausa para enjugarse el sudor de la nariz y la frente—. Trabajan para Paul Authié, señor.

El comisario apoyó su corpulenta figura sobre el borde de la mesa de escritorio.

—Lo escucho.

—¿Ha oído lo que se dice de Authié? ¿Que lo acusan de ser miembro de la *Noublesso Véritable*?

El comisario hizo un gesto afirmativo.

—He hablado con la policía de Chartres esta tarde, siguiendo la conexión de Shelagh O'Donnell, y me confirmaron que están investigando la relación entre la organización y un asesinato que tuvo lugar esta semana.

—¿Qué tiene eso que ver con Authié?

—El cuerpo fue recuperado en seguida gracias a un soplo anónimo.

—¿Algún indicio de que proviniera de Authié?

—No —reconoció Noubel—, pero hay pruebas de que se reunió con un periodista que también ha desaparecido. La policía de Chartres sospecha una relación.

Viendo la expresión de escepticismo en la cara de su jefe, Noubel se apresuró a continuar.

—La excavación en el pico de Soularac estaba financiada por madame De l'Oradore. Bien escondido, pero su dinero está detrás. Brayling, el director de la excavación, está difundiendo la versión de que O'Donnell desapareció después de robar unas piezas halladas en el yacimiento. Pero eso no es lo que creen sus amigos. —Hizo una pausa—. Estoy seguro de que Authié la tiene secuestrada, ya sea por orden de madame De l'Oradore o por su propia iniciativa.

El ventilador del despacho estaba averiado y Noubel transpiraba abundantemente. Podía sentir las manchas circulares de sudor extendiéndose como hongos bajo sus axilas.

—Son indicios demasiado débiles, Noubel.

—Madame De l'Oradore estuvo en Carcasona desde el martes hasta el jueves, señor. Se reunió dos veces con Authié y creo que fueron juntos al pico de Soularac.

—Eso no es ningún delito, Noubel.

—Cuando llegué esta mañana, me encontré este mensaje esperándome, señor —dijo—. Fue entonces cuando pensé que tenía motivo suficiente como para pedirle esta reunión.

Noubel pulsó el botón de reproducción de su contestador automático. La voz de Jeanne Giraud llenó la habitación. El comisario prestó atención, con una expresión que se fue ensombreciendo con el paso de los segundos.

—¿Quién es? —preguntó, cuando Noubel le hubo hecho escuchar por segunda vez el mensaje.

—La abuela de Yves Biau.

—¿Y Audric Baillard?

—Un escritor amigo suyo. La acompañó al hospital, en Foix.

El comisario puso los brazos en jarras y bajó la cabeza en actitud pensativa. Noubel comprendió que estaba calculando los potenciales perjuicios de enfrentarse a Authié y fracasar.

—¿Y dice que está absolutamente seguro de poder relacionar a Domingo y Braissart tanto con Biau como con Authié?

—Las descripciones coinciden, señor.

—Coinciden con la mitad de la población del Ariège —gruñó el comisario.

—O'Donnell lleva tres días desaparecida, señor.

El comisario suspiró y se levantó del escritorio.

—¿Qué quiere hacer, Noubel?

—Quiero detener a Braissart y Domingo, señor.

El comisario asintió.

—Además, necesito una orden de registro. Authié posee varias fincas, entre ellas una casa rural abandonada en los montes Sabarthès, que está a nombre de su ex mujer. Es muy probable que tenga allí a O'Donnell, si es que la tiene en los alrededores.

El comisario hizo un vago gesto con las manos.

—Tal vez si usted llamara personalmente al prefecto...

Noubel aguardó.

—De acuerdo, de acuerdo —dijo el comisario, apuntándole con un dedo manchado de nicotina—. Pero le advierto, Claude, que si falla, nadie va a echarle una mano. Authié es un hombre influyente. En cuanto a madame De l'Oradore... —Dejó caer el brazo—. Si no consigue que esto se sostenga, lo harán picadillo, y yo no podré hacer nada por impedirlo.

Se volvió y se encaminó hacia la puerta. Poco antes de salir, se detuvo.

—¿Quién me ha dicho que es ese Baillard? ¿Lo conozco? El nombre me resulta vagamente familiar.

—Escribe sobre los cátaros. También es experto en el antiguo Egipto.

—No, no es eso...

Noubel esperó.

—Déjelo, no lo recuerdo —dijo por fin el comisario—. En cualquier caso, madame Giraud podría estar suponiendo mucho donde no hay nada.

—Es posible, señor, pero debo decirle que no he conseguido localizar a Baillard. Nadie lo ha visto desde que salió del hospital con madame Giraud el miércoles por la noche.

El comisario asintió.

—Lo llamaré cuando estén listos los papeles. ¿Piensa estar por aquí?

—A decir verdad, señor —respondió Noubel cautamente—, he pensado que quizá podría interrogar otra vez a la chica inglesa. Es amiga de O'Donnell. Puede que sepa algo.

—Bien, ya daré con usted.

En cuanto el comisario se hubo marchado, Noubel hizo varias llamadas, cogió su chaqueta y se dirigió hacia el coche. Según sus cálculos, tenía tiempo de sobra para ir y venir de Carcasona antes de que se hubiera secado la tinta de la firma del prefecto en la orden de registro.

A las cuatro y media, Noubel estaba sentado con su homólogo en Carcasona. Arnaud Moureau era un viejo amigo suyo. Noubel sabía que podía hablar con libertad. Le alcanzó un papel a través de la mesa.

—Tanner dijo que pensaba alojarse aquí.

Al cabo de unos minutos, habían comprobado que efectivamente estaba registrada en el hotel indicado.

—Bonito hotel, justo fuera de las murallas de la Cité, a menos de cinco minutos de la Rue de la Gaffe. ¿Te llevo?

La recepcionista estaba muy nerviosa al ser interrogada por dos inspectores de policía. No resultó ser una buena testigo, pues la mayor parte del tiempo estaba al borde de las lágrimas. Noubel fue impacientándose cada vez más, hasta que intervino Moureau. Su actitud más paternal dio mejores resultados.

—Entonces, Sylvie —dijo con suavidad—, la señora Tanner salió ayer del hotel, por la mañana temprano, ¿no es así?

La chica hizo un gesto afirmativo.

—¿Dijo que iba a volver hoy? Sólo quiero aclarar este punto.

—*Oui.*

—Después de eso no ha dicho nada. No ha llamado por teléfono ni nada.

Ella sacudió la cabeza.

—Bien. Ahora vamos a ver, ¿hay alguna cosa que puedas indicarnos? Por ejemplo, ¿la ha visitado alguien desde su llegada al hotel?

La chica dudó.

—Ayer por la mañana, muy temprano, vino una mujer con un mensaje.

Noubel no pudo reprimir un sobresalto.

—¿A qué hora?

Moureau le indicó con un gesto que permaneciera callado.

—Cuando dices «temprano», ¿qué quieres decir, Sylvie?

—Mi turno empezaba a las seis. No pudo ser mucho más tarde.

—¿La señora Tanner la conocía? ¿Era una amiga suya?

—No lo sé. Creo que no. Parecía sorprendida.

—Eso es muy útil, Sylvie —prosiguió Moureau—. ¿Podrías decirnos por qué te pareció sorprendida?

—La mujer vino a pedirle a la señora Tanner que fuera a encontrarse con alguien en el cementerio. Parecía un sitio muy raro para reunirse.

—¿Para reunirse con quién? —preguntó Noubel—. ¿Oíste algún nombre?

Con expresión cada vez más aterrada, Sylvie negó con la cabeza.

—Ni siquiera sé si acudió a la cita.

—No importa. Lo estás haciendo muy bien. ¿Alguna otra cosa que recuerdes?

—Le había llegado una carta.

—¿Por correo o entregada en mano?

—También hubo todo ese lío con el cambio de habitaciones... —dijo otra voz desde el fondo.

Sylvie se volvió y fulminó con la mirada a un chico que estaba medio oculto por una pila de cajas de cartón.

—¡Te voy a...!

—¿Qué lío con qué habitaciones? —la interrumpió Noubel.

—Yo no estaba —dijo Sylvie empecinadamente.

—Pero aun así, seguramente sabrás qué pasó.

—La señora Tanner dijo que alguien había entrado en su habitación. El miércoles por la noche. Pidió que le diéramos otra.

Noubel tensó los músculos. De inmediato, se dirigió hacia el fondo.

—Entonces todos habréis tenido que trabajar mucho más... —prosiguió en tono amable Moureau, para mantener ocupada a Sylvie.

Siguiendo el olor de la cocina, Noubel dio fácilmente con el chico.

—¿Estabas aquí el miércoles por la noche?

El muchacho sonrió con arrogancia.

—Trabajando en el bar.

—¿Viste algo?

—Vi a una mujer que salió por la puerta como una exhalación, persiguiendo a un tipo. Después me enteré de que era la señora Tanner.

—¿Pudiste ver al hombre?

—No mucho. Me fijé más en ella.

Noubel sacó las fotografías que llevaba en el bolsillo de la cazadora y se las enseñó.

—¿Reconoces a alguno de estos dos?

—A éste lo he visto antes. Bien vestido, sin aspecto de turista. Destacaba bastante. Estuvo un buen rato por aquí el martes, o quizá el miércoles. No puedo decírselo con certeza.

Cuando Noubel regresó a la recepción, Moureau había conseguido que Sylvie sonriera.

—Ha reconocido a Domingo. Dice que lo ha visto en el hotel.

—Eso no significa que fuera el que entró en la habitación —murmuró Moureau.

Noubel puso las fotos sobre el mostrador, delante de Sylvie.

—¿Alguna de estas caras te resulta conocida?

—No —dijo, sacudiendo la cabeza—, aunque... —Dudó y finalmente señaló la fotografía de Domingo—. La mujer que preguntó por la señora Tanner se parecía bastante a éste.

Noubel cruzó una mirada con Moureau.

—¿Una hermana?

—Mandaré que lo investiguen.

—Voy a tener que pedirte que nos dejes entrar en la habitación de la señora Tanner —dijo Noubel.

—¡Imposible! ¡No puedo hacerlo!

Moureau venció sus objeciones.

—Sólo serán cinco minutos. Así será mucho más fácil, Sylvie. Si tenemos que esperar a que el director dé su permiso, entonces volveremos con un equipo completo de registro y será mucho más molesto para todos.

Sylvie descolgó una llave de uno de los ganchos y, con expresión retraída y nerviosa, los condujo a la habitación de Alice.

Las ventanas y cortinas estaban cerradas y el ambiente resultaba sofocante, pero la cama estaba pulcramente hecha y una rápida inspección del cuarto de baño reveló que había toallas limpias en el toallero y vasos nuevos en la repisa.

—Aquí no ha entrado nadie desde que pasó la señora de la limpieza ayer por la mañana —masculló Noubel.

En el baño no había efectos personales.

—¿Ves algo? —preguntó Moureau.

Noubel sacudió la cabeza mientras se dirigía al armario. Allí encontró la maleta de Alice, hecha.

—Por lo visto, no deshizo la maleta cuando se cambió de habitación. Obviamente, llevará encima el pasaporte, el teléfono y lo más necesario

—dijo, mientras pasaba la mano por debajo del colchón. Con un pañuelo en la mano, abrió el cajón de la mesilla de noche, donde encontró un envase de píldoras para el dolor de cabeza y el libro de Audric Baillard.

—Moureau —dijo en tono neutro. Mientras le pasaba el libro, un trozo de papel que había entre las páginas cayó revoloteando al suelo.

—¿Qué es?

Noubel lo recogió y frunció el ceño, tendiéndoselo para que lo viera.

—¿Algún problema? —preguntó Moureau.

—Es la letra de Yves Biau —dijo—. Y el número es de Chartres.

Sacó su teléfono para llamar, pero éste sonó antes de que hubiera terminado de marcar.

—Aquí Noubel —contestó bruscamente. Los ojos de Moureau estaban fijos en él—. ¡Una noticia excelente, señor! Sí. Ahora mismo.

Colgó.

—Tenemos la orden de registro —dijo, dirigiéndose a la puerta—. Antes de lo previsto.

—¿Qué esperabas? —dijo Moureau—. El hombre está preocupado.

CAPÍTULO 67

N os sentamos fuera? −sugirió Audric−. Al menos mientras no haga mucho calor.

−Me encantaría −respondió Alice, saliendo tras él de la casita. Se sentía como en un sueño. Todo parecía ocurrir en cámara lenta. La vastedad de las montañas, la inmensidad del cielo, los movimientos lentos y estudiados de Baillard...

Alice sintió que la confusión y la tensión de los días anteriores la abandonaban.

−Esto le hará bien −dijo él con su voz amable, deteniéndose junto a un montículo tapizado de hierba. Baillard se sentó en él, con sus largas piernas flacas estiradas hacia adelante, como un niño.

Alice dudó un momento, pero luego se sentó a sus pies. Apoyó el mentón en las rodillas y se rodeó las piernas con los brazos; entonces vio que él volvía a sonreír.

−¿Qué pasa? −preguntó, repentinamente incómoda por su mirada.

Audric se limitó a menear la cabeza.

−Los *ressons*, los ecos. Perdóneme, *donaisela* Tanner. Tendrá que disculpar las tonterías de un viejo.

Alice no sabía por qué sonreía tanto; sólo sabía que la hacía feliz verlo sonreír.

−No me trate de usted, por favor. Llámeme Alice. *Donaisela* suena demasiado formal.

Él inclinó la cabeza.

−Como quieras.

−Usted habla occitano y francés, ¿no?

−Las dos lenguas, sí.

—¿También otras?

El anciano sonrió con humildad.

—Inglés, árabe, español, hebreo... Las historias se transfiguran, cambian de carácter y asumen diferentes colores, según la lengua empleada para contarlas. Pueden volverse más serias, más divertidas, más melodiosas... Aquí, en esta parte de lo que hoy llaman Francia, la *langue d'òc* era la lengua de los que poblaban estas tierras. La *langue d'oïl*, precursora del francés moderno, era el idioma de los invasores. Ese tipo de elecciones dividen a la gente. —Hizo un amplio gesto con las manos—. Pero no es eso lo que has venido a oír, ¿verdad? Quieres hablar de personas y no de teorías, ¿no es así?

Fue el turno de Alice de sonreír.

—He leído uno de sus libros, monsieur Baillard, uno que encontré en casa de mi tía, en Sallèles d'Aude.

El anciano hizo un gesto afirmativo.

—Un lugar bellísimo. El canal de Jonction. Limas y pinos sombrilla sobre las riberas. —Hizo una pausa—. Al cabecilla de la Cruzada, Arnald-Amalric, le fue concedida una casa en Sallèles, ¿lo sabías? También una en Carcassona y otra en Besièrs.

—No —dijo ella, sacudiendo la cabeza—. Antes ha dicho que Alaïs no había muerto antes de que le llegara su hora. Ella... ¿sobrevivió a la caída de Carcasona?

Alice se sorprendió al sentir que su corazón se aceleraba.

Baillard asintió.

—Alaïs salió de Carcassona en compañía de un niño, Sajhë, nieto de una de las personas que custodiaban la Trilogía del Laberinto.

Levantó la vista, para ver si ella lo seguía, y prosiguió cuando ella le indicó con un gesto que así era.

—Venían hacia aquí —dijo—. En la antigua lengua, Los Seres significa «las sierras», las crestas de las montañas.

—¿Por qué aquí?

—Porque aquí los esperaba el *Navigatairé*, la principal autoridad de la *Noublesso de los Seres*, la sociedad a la cual el padre de Alaïs y la abuela de Sajhë habían jurado obediencia. Como Alaïs temía que los persiguieran, siguieron una ruta indirecta, encaminándose primero hacia Fanjeaux; después al sur, por Puivert y Lavelanet, y finalmente otra vez hacia el oeste, en dirección a los montes Sabarthès.

»Con la caída de Carcassona, había soldados por todas partes. Invadieron nuestros campos como ratas. También había bandoleros que acosaban sin piedad a los refugiados. Alaïs y Sajhë viajaban en las primeras horas de la mañana y por la noche, y durante el día buscaban reparo del sol ardiente. Fue un verano particularmente caluroso, por lo que dormían a la intemperie cuando caía la noche. Se alimentaban de nueces, bayas, frutos y todo lo que podían encontrar en el bosque. Alaïs evitaba los pueblos, excepto cuando tenía la certeza de encontrar un refugio seguro.

—¿Cómo sabían adónde ir? —preguntó Alice, recordando su propio viaje, tan sólo unas horas antes.

—Sajhë tenía un mapa, que le había dado...

Su voz se quebró. Sin saber por qué, Alice cogió una de sus manos entre las suyas. El gesto pareció reconfortarlo.

—Avanzaron mucho —prosiguió—, y llegaron a Los Seres poco antes de la fiesta de Sant Miquel, a finales de septiembre, cuando la tierra comenzaba a teñirse de oro. Aquí, en las montañas, el aire ya olía a otoño y tierra húmeda. Sobre los campos flotaba el humo de los rastrojos quemados. Era un mundo nuevo para ellos, que habían crecido entre las sombras de los callejones y los atestados mercados de Carcassona. Tanta luz. Un vasto cielo que parecía extenderse y llegar hasta el reino celestial. —Hizo una pausa contemplando el paisaje que tenía delante—. ¿Lo entiendes?

Ella asintió, electrizada por su voz.

—Harif, el *Navigatairé*, los estaba esperando. —Baillard bajó la cabeza—. Cuando se enteró de lo sucedido, lloró por el alma del padre de Alaïs y también por Siméon, por la pérdida de los libros y por la generosidad de Esclarmonda al permitir que Alaïs y Sajhë viajaran sin ella, para que el *Libro de las palabras* pudiera llegar a un lugar seguro.

Baillard se detuvo una vez más y, durante un rato, guardó silencio. Alice no quería interrumpirlo ni pedirle que continuara. La historia se contaría por sí sola. El anciano seguiría hablando cuando estuviera listo para hacerlo.

La expresión de Baillard se serenó.

—Fue una época maravillosa, tanto en las montañas como en el llano, o al menos eso pareció al principio. Pese al horror indescriptible de la caída de Besièrs, muchos de los habitantes de Carcassona creían que pronto les sería permitido regresar a sus casas. Muchos confiaban en la Iglesia. Creían que una vez expulsados los herejes, podrían seguir haciendo su vida normal.

—Pero los cruzados no se marcharon —dijo ella.

Baillard sacudió la cabeza.

—Fue una guerra por la tierra, no por cuestiones de fe —replicó—. Cuando la *Ciutat* cayó, en agosto de 1209, Simón de Montfort fue elegido vizconde, aunque Raymond-Roger Trencavel aún vivía. Para la mentalidad moderna, resulta difícil comprender lo inaudito y enormemente grave de la ofensa. Iba en contra de todas las tradiciones y de todo concepto del honor. Las guerras se financiaban, en parte, por los rescates que unas familias nobles pagaban a otras. A menos que un señor feudal hubiera sido condenado por un crimen, sus tierras nunca eran confiscadas para dárselas a otro. No podía haber indicio más claro del desprecio que los señores del norte sentían por el Pays d'Òc.

—¿Qué fue del vizconde Trencavel? —preguntó Alice—. He visto su nombre por todas partes en la Cité.

Baillard hizo un gesto afirmativo.

—Merece ser recordado. Murió, o más bien fue asesinado, después de tres meses de encierro en las mazmorras del Château Comtal, en noviembre de 1209. Montfort difundió el rumor de que había muerto del mal de los asedios, como se llamaba entonces a la disentería. Nadie le creyó. Hubo esporádicas sublevaciones y brotes de insurgencia, hasta que Montfort se vio obligado a conceder al hijo y heredero de Raymond-Roger, que entonces tenía dos años, una asignación anual de tres mil *sols*, a cambio de la cesión legal del vizcondado.

La imagen de un rostro surgió de pronto en la mente de Alice: una mujer hermosa, seria y piadosa, consagrada a su marido y su hijo.

—*Dòmna* Agnès —murmuró.

Baillard se la quedó mirando un momento.

—Su nombre también se recuerda entre los muros de la *Ciutat* —dijo serenamente—. Montfort era un católico devoto. De todos los cruzados, quizá era el único que verdaderamente creía estar cumpliendo la voluntad del Señor. Impuso a cada familia un diezmo para la Iglesia y un impuesto sobre los primeros frutos de la cosecha, como en el norte.

»Aunque la *Ciutat* había sido derrotada, las fortalezas del Minervois, la Montagne Noire y los Pirineos se negaban a rendirse. El rey de Aragón, Pedro, rehusó aceptar a Montfort como vasallo; Raymond VI, tío del vizconde Trencavel, se retiró a Tolosa, al tiempo que los condes de Nevers y Saint-Pol, y también otros, como Guy d'Evreux, regresaban al norte. Simón de Montfort tenía Carcassona en su poder, pero estaba aislado.

»Mercaderes, buhoneros y tejedores llevaban y traían noticias de sitios y batallas, algunas buenas y otras malas. Montréal, Preixan, Saverdun y Pamiers cayeron, pero Cabaret resistía. En la primavera de 1210, en abril, después de tres meses de asedio, Montfort tomó la ciudad de Bram. Ordenó a sus soldados que reunieran a los defensores derrotados y les arrancaran los ojos a todos menos a uno, que recibió la orden de conducir en procesión a sus mutilados compañeros a través del campo hasta Cabaret, como clara advertencia de que no esperaran clemencia si seguían resistiendo.

»El salvajismo y las represalias fueron en aumento. En julio de 1210, Montfort inició el asedio de la fortaleza de Minerve. La ciudad estaba protegida en dos de sus flancos por profundos barrancos rocosos, tallados por la milenaria perseverancia de los ríos. Muy por encima de la ciudad, Montfort mandó instalar un *trébuchet*, una gigantesca máquina de guerra conocida como *la malvoisine*, «la mala vecina». —Se interrumpió y se volvió hacia Alice—. Si vas por allí, podrás ver una réplica. Resulta extraño verla. Durante seis semanas, Montfort bombardeó la ciudad. Cuando finalmente Minerve cayó, ciento cuarenta *parfaits* cátaros se negaron a abjurar de sus creencias y fueron ejecutados en una hoguera colectiva.

»En mayo de 1211, los invasores tomaron Lavaur, después de un mes de asedio. Los católicos lo llamaban «la silla de Satanás». En cierto modo estaban en lo cierto, porque era la sede del obispo cátaro de Tolosa y de cientos de *parfaits* y *parfaites* que vivían en parte practicando abiertamente sus ritos.

Baillard se llevó la copa a los labios y bebió.

—Casi un centenar de *credentes* y *parfaits* fueron quemados, entre ellos Amaury de Montréal, que había encabezado la resistencia, junto con ochenta de sus caballeros. El cadalso se desfondó bajo su peso. Los franceses tuvieron que degollarlos. Enceguecidos por la sed de sangre, los invasores recorrieron la ciudad en busca de la señora de Lavaur, Guiranda, bajo cuya protección habían vivido los *bons homes*. Cuando la encontraron, abusaron de ella y la arrastraron por las calles como a una vulgar criminal. Después la arrojaron a un pozo y le tiraron piedras hasta dejarla medio muerta. Fue enterrada viva, o quizá ahogada.

—¿Sabían Alaïs y Sajhë lo mal que estaban las cosas? —preguntó Alice.

—Les llegaban algunas noticias, pero a menudo con muchos meses de retraso. La guerra seguía concentrada en la llanura. Ellos llevaban una vida simple pero feliz aquí en Los Seres, con Harif. Recogían leña, salaban carne para los largos meses de invierno, aprendían a hornear pan y a empajar el tejado para protegerlo de las tormentas.

La voz de Baillard se había suavizado.

–Harif le enseñó a Sajhë a leer y a escribir, primero en la *langue d'òc* y después en el idioma de los invasores, así como un poco de árabe y un poco de hebreo. –Sonrió–. Sajhë no era un alumno aplicado. Prefería ejercitar el cuerpo antes que la mente; pero con la ayuda de Alaïs, perseveró.

–Probablemente quería impresionarla.

Baillard la miró por el rabillo del ojo, pero no hizo ningún comentario.

–Todo siguió igual hasta la Pascua después del decimotercer cumpleaños de Sajhë, cuando Harif le anunció que viviría como aprendiz en la casa de Pierre-Roger de Mirepoix, para comenzar su adiestramiento como *chavalièr*.

–¿Qué le pareció a Alaïs?

–Se alegró mucho por él. Era lo que el chico siempre había deseado. En Carcassona, siempre se quedaba mirando a los escuderos, viendo cómo lustraban y pulían las botas y las celadas de sus señores. Se colaba en las Lizas para verlos enfrentarse en las justas. La categoría de *chavalièr* estaba fuera del alcance de su condición, pero eso no le impedía soñar con vestir algún día sus propios colores. Por fin parecía que iba a tener la oportunidad de demostrar su valor.

–¿Y así fue finalmente?

Baillard asintió.

–Pierre-Roger de Mirepoix era un maestro severo pero justo, y tenía fama de adiestrar bien a lós jóvenes. El entrenamiento era difícil, pero Sajhë era listo y despierto, y estaba dispuesto a trabajar duramente. Aprendió a inclinar la lanza sobre el estafermo. Practicó con la espada, el mazo, el mangual y la daga, y a cabalgar con la espalda recta sobre la montura alta.

Durante un rato, Alice estuvo contemplándolo mientras hablaba, con la vista perdida en las montañas, y pensó, como ya lo había pensado antes, que aquellas gentes remotas, en cuya compañía Baillard había pasado gran parte de su vida, eran para él como seres de carne y hueso.

–¿Qué fue de Alaïs durante todo ese tiempo?

—Mientras Sajhë estaba en Mirepoix, Harif empezó a instruir a Alaïs en las ceremonias y rituales de la *Noublesso*. Para entonces, su capacidad de sanadora y mujer sabia era conocida. Había pocas enfermedades de la mente o el espíritu que no pudiera tratar. Harif le enseñó mucho acerca de las estrellas y de las pautas que se repiten en el mundo, basándose en la sabiduría de los antiguos místicos de su tierra. Alaïs se daba cuenta de que Harif tenía un objetivo más profundo. Sabía que la estaba preparando para su cometido, y también a Sajhë, y que por eso lo había enviado a adiestrarse.

»Mientras tanto, Sajhë pensaba poco en el pueblo. Retazos de noticias de Alaïs llegaban de vez en cuando a Mirepoix, llevados por pastores o *parfaits*, pero ella no iba nunca a verlo. Por culpa de su hermana Oriane, Alaïs era una fugitiva cuya cabeza tenía un precio. Harif le envió dinero a Sajhë para comprar un caballo, una armadura y una espada. Con apenas quince años, fue armado caballero. —Se interrumpió, vacilante—. Poco después, fue a la guerra. Muchos de los que en un principio se habían aliado con los franceses, confiando en su clemencia, habían cambiado de bando, entre ellos el conde de Tolosa. Esta vez, cuando pidió ayuda a su señor, el rey Pedro II de Aragón, éste aceptó su responsabilidad y, en enero de 1213, emprendió la marcha al norte. Junto con el conde de Foix, sus fuerzas combinadas eran lo bastante grandes como para infligir suficiente daño a las menguadas huestes de Montfort.

»En septiembre de 1213, los dos ejércitos, el del norte contra el del sur, se enfrentaron cara a cara en Muret. Pedro era un capitán valeroso y un buen estratega, pero el ataque falló y, en el fragor de la batalla, el monarca fue muerto por el enemigo. El sur había perdido a su líder. —Baillard se detuvo—. Entre los que luchaban por la independencia había un *chavalièr* de Carcassona, Guilhelm du Mas —prosiguió—. Luchaba muy bien. Era muy apreciado. Inspiraba a los hombres.

Su voz adquirió un extraño tono de admiración mezclado con alguna otra cosa que Alaïs no supo identificar. Sin darle tiempo a ahondar en el tema, Baillard siguió adelante.

—El vigésimo quinto día de junio de 1218, cayó el lobo.

—¿El lobo?

El anciano levantó las manos.

—Oh, disculpa. En las canciones de la época, por ejemplo en la *Cansó de la Crosada*, a Montfort se le conoce como el lobo. Murió durante el asedio de Tolosa. Recibió un golpe en la cabeza, con una piedra lanzada por una catapulta que, según dicen, manejaba una mujer. –Alice no pudo reprimir una sonrisa–. Trasladaron su cuerpo a Carcassona y lo enterraron a la manera del norte. Su corazón, hígado y estómago fueron enviados a Sant Sarnin, y sus huesos a Sant Nazari, donde fueron sepultados bajo una lápida que ahora se encuentra junto al muro del crucero sur de la basílica. –Se detuvo un momento–. Probablemente la habrás visto durante tu visita a la *Ciutat*.

Alice se ruborizó.

–Yo... por alguna causa, no pude entrar en la catedral –reconoció.

Baillard le lanzó una rápida mirada, pero no dijo nada más a propósito de la lápida.

–A Simón de Montfort le sucedió su hijo, Amaury, pero éste no era un comandante de la talla de su padre, y de inmediato empezó a perder las tierras que aquél había conquistado. En 1224, Amaury se rindió y la familia De Montfort renunció a sus pretensiones sobre las tierras de los Trencavel. Sajhë quedó en libertad de regresar a casa. Pierre-Roger de Mirepoix hubiese deseado conservarlo a su lado, pero Sajhë tenía...

El anciano se interrumpió, se puso de pie y se alejó un poco, bajando por la cuesta. Cuando empezó a hablar nuevamente, no se volvió hacia ella.

–Tenía veintiséis años –dijo–. Alaïs era mayor que él, pero Sajhë... tenía sus esperanzas. Miraba a Alaïs con otros ojos, ya no como un hermano a su hermana. Sabía que no podían casarse, porque Guilhelm du Mas aún vivía; pero aun así soñaba, tras haber demostrado su valor, que quizá podía haber algo más entre los dos.

Alice vaciló un momento, pero finalmente se acercó a él y se situó de pie a su lado. Cuando apoyó su mano en el brazo del anciano, éste se sobresaltó, como si hubiese olvidado del todo su presencia.

–¿Qué sucedió entonces? –preguntó ella en voz baja, invadida por un extraño nerviosismo. Se sentía como si estuviera escuchando furtivamente una conversación ajena, como si la historia fuese demasiado íntima para ser revelada.

–Sajhë hizo acopio de coraje para hablarle –respondió él con voz temblorosa–. Harif se daba cuenta de todo. Si Sajhë le hubiese pedido consejo, se lo habría dado. Pero no lo hizo.

–Quizá Sajhë no deseaba oír lo que sabía que Harif le habría dicho.

Baillard esbozó una media sonrisa.

—*Benlèu*. Quizá.

Alice esperó un momento.

—Entonces... —insistió, cuando se hizo evidente que el anciano no pensaba seguir hablando—. ¿Le confesó Sajhë a Alaïs lo que sentía?

—Así es.

—¿Y bien? —preguntó Alice ansiosa—. ¿Qué le contestó ella?

Baillard se volvió para mirarla.

—¿No lo sabes? —replicó, casi en un suspiro—. Ruega a Dios que no tengas que saber nunca lo que es amar de ese modo, sin la menor esperanza de ser correspondido.

Alice no pudo evitar salir en defensa de Alaïs, por muy absurdo que le pareciera hacerlo.

—Pero ¡ella lo quería mucho! —exclamó, con decisión—. Como a un hermano. ¿No era suficiente?

Baillard se volvió y le sonrió.

—Tuvo que conformarse con eso —replicó—. Pero ¿suficiente? No, no fue suficiente.

Se dio la vuelta y se encaminó hacia la casa.

—¿Le parece que regresemos? —preguntó, volviendo fugazmente al tratamiento formal—. Empieza a hacer calor, y usted, *donaisela* Tanner, debe de estar cansada después del largo viaje.

Alice advirtió lo pálido y cansado que de pronto parecía el anciano y se sintió culpable. Mirando el reloj, vio que llevaban hablando mucho más tiempo del que pensaba. Ya era casi mediodía.

—Sí, desde luego —repuso rápidamente, ofreciéndole su brazo. Caminaron juntos lentamente, de regreso a la casa.

—Si me lo permites —le dijo él en voz baja, cuando estuvieron dentro—, necesitaría dormir un poco. ¿Quizá tú también desearías descansar?

—Estoy cansada —admitió ella.

—Cuando despierte, prepararé la comida y terminaré de contarte la historia, antes de que caiga la noche y tengamos que ocuparnos de otras cosas.

Alice esperó a que el anciano se dirigiera al fondo de la casa y corriera la cortina tras él. Después, sintiéndose extrañamente perdida y vacía, cogió una manta y una almohada y salió al exterior.

Se acostó bajo los árboles, y sólo entonces advirtió que el pasado había absorbido hasta tal punto su imaginación que ni una sola vez había vuelto a pensar en Shelagh ni en Will.

CAPÍTULO 68

Q ué estás haciendo? —preguntó François-Baptiste, entrando en la sala del pequeño y anónimo chalet, cerca del pico de Soularac.

Marie-Cécile estaba sentada a la mesa, con el *Libro de los números* abierto sobre un soporte negro almohadillado que tenía delante. No levantó la vista.

—Estoy estudiando la disposición de la cámara.

François-Baptiste se sentó a su lado.

—¿Por alguna razón en especial?

—Para recordar las diferencias entre este diagrama y la cueva del laberinto tal como es en realidad.

Sintió que su hijo miraba sobre su hombro.

—¿Hay muchas? —preguntó él.

—Algunas. Ésta, por ejemplo —dijo, señalando el libro sin tocarlo y con el rojo barniz de uñas apenas visible a través de los guantes protectores de algodón—. Nuestro altar está aquí, donde está marcado. En la cueva auténtica, está más cerca de la pared.

—¿No queda oscurecida entonces la figura del laberinto?

Marie-Cécile se volvió para mirarlo, sorprendida por la inteligencia de su comentario.

—Si los guardianes originales, al igual que la *Noublesso Véritable*, utilizaron para sus ceremonias el *Libro de los números*, ¿no debería ser todo igual? —prosiguió el muchacho.

—Así debería ser, sí —repuso ella—. No hay ninguna tumba. Es la diferencia más evidente, pero es interesante que los esqueletos hallados se encontraran en el lugar exacto de la tumba.

—¿Has averiguado algo más acerca de los cadáveres? —preguntó él.

Ella sacudió la cabeza.

—Entonces no sabemos aún quiénes eran.

Marie-Cécile se encogió de hombros.

—¿Acaso importa?

—Supongo que no —replicó él, pero ella advirtió que su falta de interés lo molestaba.

—En definitiva —prosiguió ella—, no creo que nada de eso importe. Lo importante es la figura, el recorrido que sigue el *Navigatairé* mientras pronuncia las palabras.

—¿Crees que serás capaz de leer el pergamino del *Libro de las palabras*?

—Si data de la misma época que los otros pergaminos, sí, sin duda. Los jeroglíficos son bastante sencillos.

Una oleada de expectación le recorrió el cuerpo, tan repentina y vertiginosa que le hizo levantar los dedos, como si una mano la hubiese agarrado por el cuello. Esa noche pronunciaría las palabras olvidadas. Esa noche el poder del Grial descendería sobre ella. El tiempo sería conquistado.

—¿Y si O'Donnell miente? —preguntó François-Baptiste—. ¿Y si no tiene el libro? ¿O si tampoco Authié lo ha encontrado?

Marie-Cécile abrió mucho los ojos, catapultada al presente por el tono áspero y desafiante de su hijo. Lo miró con desagrado.

—El *Libro de las palabras* está ahí —dijo.

Molesta porque su hijo le había estropeado el estado de exaltación, Marie-Cécile cerró el *Libro de los números* y lo devolvió a su envoltorio. En su lugar, colocó sobre el soporte el *Libro de las pociones*.

Por fuera, los dos libros eran idénticos: las mismas cubiertas de madera forradas de piel y atadas con tiras de cuero.

En la primera página había sólo un diminuto cáliz de oro en el centro. El reverso estaba en blanco. En la tercera página se podían ver las palabras y los dibujos que había también en el friso de las paredes de la cámara subterránea de la Rue du Cheval Blanc.

La primera letra de cada una de las páginas siguientes estaba iluminada en rojo, azul o amarillo sobre fondo dorado, pero el resto era texto corrido, sin separación entre las palabras ni espacio alguno que mostrara dónde terminaba una palabra y empezaba la siguiente.

Marie-Cécile pasó directamente al pergamino del centro del libro.

Intercaladas entre los jeroglíficos, había minúsculas figuras de plantas y símbolos resaltados en verde. Después de años de estudio e investigaciones, aplicando los conocimientos acumulados gracias al mecenazgo de la familia De l'Oradore, su abuelo había descubierto que ninguna de las ilustraciones tenía la menor importancia.

Sólo los jeroglíficos escritos en los dos pergaminos del Grial eran importantes. Todo el resto —las palabras, las figuras y los colores— estaban ahí para oscurecer, ornamentar y esconder la verdad.

—Está ahí —repitió ella, mirando con fiereza a François-Baptiste. Podía ver la duda en el rostro de su hijo, pero decidió no hacer ningún comentario.

—Ve a buscar mis cosas —le ordenó en cambio secamente—, y después averigua dónde está el coche.

El joven volvió minutos después, con el neceser de su madre.

—¿Dónde lo dejo?

—Ahí —dijo ella, señalando la mesa de tocador. Cuando su hijo volvió a salir, Marie-Cécile fue hacia el mueble y se sentó. Por fuera, el neceser era de suave piel marrón, con sus iniciales grabadas en oro. Había sido un regalo de su abuelo.

Abrió la tapa. Dentro había un espejo grande y varios bolsillos para guardar peines, cepillos, diversos utensilios de belleza, pañuelos de papel y unas tijeritas de oro. Los cosméticos se alineaban en el nivel superior, en pulcras y ordenadas filas: pintalabios, sombra y máscara de ojos, kohl y polvos. En el compartimento inferior estaban sus tres cofres joyeros de cuero rojo.

—¿Dónde están? —preguntó sin volverse.

—No muy lejos —replicó François-Baptiste. Podía oír la tensión en su voz.

—¿Él está bien?

El joven fue hacia ella y le apoyó la manos en los hombros.

—¿De verdad te importa, *maman*?

Marie-Cécile observó su reflejo y después miró a su hijo, encuadrado en el espejo, por encima de su cabeza, como posando para un retrato. Había formulado la pregunta en tono ligero, pero su mirada lo traicionaba.

—No —replicó ella y de inmediato notó que se aliviaba un poco la tensión en el rostro de su hijo—. Sólo me interesa.

El joven se encogió de hombros y retiró sus manos.

—Está vivo, si eso responde a tu pregunta. Causó algún problema cuando se lo estaban llevando. Fue preciso tranquilizarlo un poco.

Ella arqueó las cejas.

—No demasiado, espero —dijo—. En estado de semiinconsciencia no me sirve para nada.

—¿No *te* sirve? —preguntó él secamente.

Marie-Cécile se mordió la lengua. Necesitaba tener contento a François-Baptiste.

—No *nos* sirve —rectificó.

CAPÍTULO 69

Alice estaba dormitando a la sombra de los árboles cuando Audric reapareció un par de horas después.

—He preparado algo de comer —anunció.

Tenía mejor semblante después de haber dormido. Su piel había perdido el aspecto tenso y ceroso, y sus ojos resplandecían vivaces.

Alice recogió sus cosas y lo siguió al interior de la casa. Sobre la mesa había queso de cabra, aceitunas, tomates, melocotones y una jarra de vino.

—Sírvete lo que quieras, por favor.

En cuanto se hubieron sentado, Alice se dispuso a desgranar todas las preguntas que había estado ensayando para sí misma. Advirtió que él comía frugalmente, pero bebía un poco de vino.

—¿Intentó Alaïs recuperar los dos libros que su hermana y su marido habían robado?

—Reunir la Trilogía del Laberinto había sido el propósito de Harif desde el instante en que la guerra proyectó su sombra amenazadora sobre el Pays d'Òc —respondió él—. Pero Alaïs, por culpa de su hermana Oriane, era una fugitiva de la justicia. No le resultaba fácil viajar. Las pocas veces que bajaba del pueblo, lo hacía disfrazada. Intentar un viaje hacia el norte habría sido una locura. En varias ocasiones Sajhë planeó irse a Chartres, pero nunca pudo hacerlo.

—¿Por Alaïs?

—En parte, pero también por su abuela, Esclarmonda. Se sentía obligado ante la *Noublesso de los Seres*, del mismo modo que Alaïs se sentía responsable en nombre de su padre.

—¿Qué fue de Esclarmonda?

—Muchos *bons homes* huyeron al norte de Italia. Esclarmonda nunca se recuperó lo suficiente como para viajar tan lejos, pero Gaston y su hermano la llevaron a un pueblecito de Navarra, donde vivió hasta su muerte, unos años después. Sajhë la visitaba siempre que podía. –Hizo una pausa–. Fue una gran tristeza para Alaïs no volver a verla.

–¿Y Oriane? –preguntó Alice al cabo de un momento–. ¿También recibía Alaïs noticias suyas?

–Muy pocas. Lo que más le interesaba a Oriane era el laberinto de la catedral de Chartres. Nadie sabía quién lo había trazado, ni lo que podía significar. En parte fue por eso que Evreux y Oriane prefirieron quedarse en la ciudad en lugar de regresar a las tierras de él, más al norte.

–Además, los libros habían sido confeccionados en Chartres...

–En realidad, el cometido del laberinto era desviar la atención de la cueva, que estaba aquí en el sur.

–Ayer lo vi –dijo Alice.

«¿Fue ayer? ¿Solamente ayer?»

–No sentí nada –añadió–. O mejor dicho, me pareció muy bonito y muy impresionante, pero nada más.

Audric hizo un gesto afirmativo.

–Oriane consiguió lo que quería. Guy d'Evreux la tomó por esposa y se la llevó al norte. A cambio, ella le entregó el *Libro de las pociones*, el *Libro de los números* y la promesa de seguir buscando el *Libro de las palabras*.

–¿Por esposa? –preguntó Alice asombrada–. Pero ¿que pasó con...?

–¿Jehan Congost? Era un buen hombre. Quizá un poco pedante, celoso y carente de sentido del humor, pero un leal servidor. François lo mató por orden de Oriane. –Hizo una pausa–. François merecía morir. Tuvo un mal final, pero no merecía nada mejor.

Alice sacudió la cabeza.

–Por quien iba a preguntar era por Guilhelm –aclaró.

–Se quedó en el Mediodía.

–Pero ¿no pretendía a Oriane?

–Fue incansable en sus esfuerzos por expulsar a los cruzados. Con el paso de los años se rodeó de gran número de seguidores en las montañas. Al principio, puso su espada al servicio de Pierre-Roger de Mirepoix. Después, cuando el hijo del vizconde Trencavel recuperó las tierras que le habían sido arrebatadas a su padre, Guilhelm luchó junto a él.

–¿Cambió de bando? –preguntó Alice, desconcertada.

–No, en realidad... –suspiró Baillard–, no. Guilhelm du Mas jamás traicionó al vizconde Trencavel. Se comportó como un tonto, sin duda, pero al final quedó claro que nunca había sido un traidor. Oriane lo utilizó. Fue hecho prisionero al mismo tiempo que Raymond-Roger Trencavel, cuando cayó Carcassona. Pero a diferencia del vizconde, Guilhelm consiguió huir. Nunca fue un traidor.

Audric hizo una profunda inspiración, como si le hubiese costado admitirlo.

—Pero Alaïs creía que lo era —dijo en voz baja.

—Fue el arquitecto de su propia desdicha.

—Sí, ya lo sé, pero aun así... Vivir con ese pesar, sabiendo que Alaïs lo consideraba tan vil como...

—Guilhelm no merece compasión —la interrumpió secamente Baillard—. Traicionó a Alaïs, quebrantó los votos del matrimonio, la humilló. Sin embargo, ella... —Se interrumpió—. Tendrás que disculparme. A veces es difícil ser objetivo.

«¿Por qué se alterará tanto?»

—¿Nunca intentó ver a Alaïs?

—La amaba —dijo Audric simplemente—. No se habría arriesgado a conducir a los franceses hasta ella.

—¿Y ella? ¿No intentó verlo?

Audric sacudió lentamente la cabeza.

—¿Lo habrías intentado tú, de haber estado en su lugar? —preguntó suavemente.

Alice se detuvo a reflexionar un momento.

—No lo sé. Si ella lo amaba, a pesar de lo que había hecho...

—De vez en cuando llegaban al pueblo noticias de las campañas de Guilhelm. Alaïs no hacía ningún comentario, pero estaba orgullosa del hombre en que él se había convertido.

Alice cambió de postura en su silla. Audric pareció advertir su impaciencia, porque aceleró el ritmo del relato.

—Durante cinco años después del regreso de Sajhë al pueblo —prosiguió—, reinó una paz precaria. Alaïs, Harif y él vivían bien. En las montañas había otros antiguos habitantes de Carcassona, entre ellos Rixenda, la que fuera la doncella de Alaïs, que se estableció en el pueblo. Era una vida sencilla, pero agradable.

Baillard hizo una pausa.

—En 1229, todo cambió. Un nuevo rey accedió al trono francés. San Luis era un hombre devoto, de firmes convicciones religiosas. La persistencia de la herejía lo indignaba. Pese a los años de opresión y persecución en el Mediodía, la Iglesia cátara rivalizaba con la católica en poder e influencia. Los cinco obispos cátaros, de Tolosa, Albí, Carcassona, Agen y Razès, eran más respetados y en muchos lugares tenían más influencia que los católicos.

»Al principio, nada de eso afectó a Alaïs ni a Sajhë. Siguieron viviendo más o menos como antes. En invierno, Sajhë viajó a España para reunir dinero y armas destinados a la resistencia. Alaïs se quedó en el pueblo. Cabalgaba bien, era buena con el arco y la espada y tenía gran coraje, todo lo cual le permitía transmitir mensajes a los jefes de la resistencia en el Ariège y a lo largo y ancho de los montes Sabarthès. Proporcionó refugio a muchos *parfaits* y *parfaites*, a los que suministraba comida, alojamiento e información sobre los lugares donde se celebraban sus misas. Los *parfaits* eran predicadores generalmente errantes, que vivían de su trabajo manual: cardaban lana, hacían pan, hilaban... Viajaban en parejas compuestas por un maestro y un joven iniciado. Normalmente eran hombres, pero también podían ser mujeres. –Audric sonrió–. Era más o menos lo que hacía Esclarmonda, la amiga y mentora de Alaïs cuando vivía en Carcassona.

»Las excomuniones, el ofrecimiento de indulgencias a los cruzados y la nueva campaña para erradicar la herejía, como ellos la llamaban, habrían continuado como hasta entonces de no haber sido porque había un nuevo papa, Gregorio IX. Éste no estaba dispuesto a esperar. En 1233, instauró la Santa Inquisición bajo su control directo, con el cometido de buscar y erradicar la herejía allí donde estuviera y a toda costa. Eligió a los dominicos, los frailes negros, como sus agentes.

–Yo creía que la Inquisición había empezado en España. Siempre se la menciona en ese contexto.

–Un error corriente –dijo Baillard–. No, la Inquisición fue fundada para aniquilar a los cátaros. Comenzó el terror. Los inquisidores iban de pueblo en pueblo como les venía en gana, acusando, denunciando y condenando. Había espías por todas partes. Hubo exhumaciones para poder quemar como herejes a difuntos sepultados en terreno sagrado. Comparando las confesiones y medias confesiones que arrancaban, los inquisidores empezaron a trazar el mapa del catarismo, de los pueblos pequeños a los medianos, y de allí a las ciudades. El Pays d'Òc comenzó a sumirse en una maligna marea de asesinatos refrendados por la justicia. Gente buena y honesta fue condenada. El terror hizo que los vecinos se volvieran contra sus vecinos. Todas las grandes ciudades, desde Tolosa hasta Carcassona, tenían su tribunal de la Inquisición. Una vez pronunciada la sentencia, los inquisidores entregaban las víctimas a las autoridades seculares para que las encerraran, les administraran latigazos, las mutilaran o las quemaran en la hoguera. Ellos no se ensuciaban las manos. No absolvían a casi nadie. Incluso los que eran puestos en libertad se veían obligados a llevar una cruz amarilla cosida a la ropa, que los señalaba como herejes.

Alice percibió el destello de un recuerdo. De ir corriendo por el bosque, huyendo de los cazadores. De caer. De un fragmento de tela del color de las hojas de otoño, que se alejaba de ella flotando en el aire.

«¿Lo habré soñado?»

Alice miró el rostro de Audric y vio tanto dolor escrito en sus facciones que se le encogió el corazón.

—En mayo de 1234, los inquisidores llegaron a la ciudad de Limoux. Quiso la suerte que Alaïs hubiera viajado allí en compañía de Rixenda. En la confusión (quizá las tomaran por *parfaites*, al ser dos mujeres que viajaban juntas), fueron arrestadas y trasladadas a Tolosa.

«Es lo que he estado temiendo.»

—No dieron sus nombres auténticos, por lo que transcurrieron varios días antes de que Sajhë se enterara de lo sucedido. De inmediato fue en su busca, sin pensar en su propia seguridad. Tampoco esa vez la suerte estuvo de su parte. Los juicios de la Inquisición se celebraban en la catedral de San Sernín, de modo que fue allí adonde se dirigió. Pero a Alaïs y Rixenda las habían llevado a los claustros de Saint-Étienne.

Alice contuvo el aliento, recordando a la fantasmagórica mujer arrastrada por unos monjes ataviados con hábitos negros.

—He estado allí —consiguió decir.

—Las condiciones eran terribles. Sucias, brutales, envilecedoras. Los prisioneros sobrevivían sin luz ni calor, con los gritos de los otros prisioneros como única señal para distinguir el día de la noche. Muchos murieron entre aquellos muros, a la espera del juicio.

Alice intentó hablar, pero tenía la boca demasiado seca.

—¿Ella...? —se interrumpió, incapaz de continuar.

—El espíritu humano puede soportar mucho, pero una vez quebrantado, se desmorona como el polvo. Es lo que hacían los inquisidores. Quebrantaban nuestro espíritu, con la misma seguridad con que los torturadores destrozaban la piel y los huesos, hasta que ya no sabíamos quiénes éramos.

—Cuénteme qué sucedió —lo animó ella.

—Sajhë llegó demasiado tarde —dijo en tono neutro—, pero Guilhelm no. Había oído decir que una sanadora, una mujer de las montañas, había sido detenida para ser interrogada y, por algún motivo, supuso que debía de tratarse de Alaïs, aun cuando su nombre no figuraba en el registro. Sobornó a los guardias para que lo dejaran pasar... Los sobornó o los amenazó, no lo sé. Encontró a Alaïs. Rixenda y ella estaban separadas de todos los demás, lo cual le brindó la oportunidad que necesitaba para sacarlas de Saint-Étienne y de Tolosa, antes de que los inquisidores descubrieran su desaparición.

—Pero...

—Alaïs siempre creyó que había sido Oriane quien había ordenado su captura. De hecho, los inquisidores nunca la interrogaron.

Alice sintió que las lágrimas acudían a sus ojos.

—¿La trajo Guilhelm de vuelta al pueblo? —se apresuró a preguntar, enjugándose las lágrimas con el dorso de la mano—. Volvió a su casa, ¿verdad?

Baillard asintió.

—Sí, al cabo de un tiempo. Regresó en agosto, poco después de la fiesta de la Asunción, trayendo consigo a Rixenda.

Las palabras le brotaban precipitadamente.

—¿Guilhelm no viajó con ellas?

—No —respondió él—. Tampoco volvieron a verse... —Hizo una pausa. Más que oír, Alice intuyó que Baillard hacía una profunda inspiración—. La hija de ambos nació seis meses después. Alaïs la llamó Bertranda, en recuerdo de su padre, Bertran Pelletier.

Las palabras de Audric parecían flotar entre los dos.

«Otra pieza del rompecabezas.»

—Guilhelm y Alaïs —musitó ella para sí misma. Mentalmente, volvió a ver el árbol genealógico desplegado sobre la cama del dormitorio de Grace, en Sallèles d'Aude. El nombre ALAÏS PELLETIER-DU MAS (1193-), destacado en tinta roja. Cuando miró entonces, no fue capaz de leer el nombre que había al lado, sólo el de Sajhë, escrito en tinta verde, en la línea inferior y al costado.

—Alaïs y Guilhelm —repitió.

«Una línea directa de descendencia nos une.»

Alice estaba ansiosa por saber lo sucedido durante esos tres meses en que Guilhelm y Alaïs estuvieron juntos. ¿Por qué habían vuelto a separarse? Quería saber por qué el símbolo del laberinto figuraba junto a los nombres de Alaïs y Sajhë.

«Y también junto al mío.»

Levantó la vista, sintiendo una creciente exaltación. Estaba a punto de soltar un torrente de preguntas, cuando la expresión de Audric la detuvo. Instintivamente, supo que el anciano ya había hablado lo suficiente acerca de Guilhelm.

—¿Qué pasó después? —preguntó serenamente—. ¿Se quedaron Alaïs y su hija en Los Seres con Sajhë y Harif?

Por la fugaz sonrisa que apareció en el rostro de Audric, Alice comprendió que su interlocutor se alegraba del cambio de tema.

—Era una niña preciosa —dijo—. De buen corazón, bonita y siempre estaba riendo y cantando. Todos la adoraban, sobre todo Harif. Bertranda pasaba horas a su lado, escuchando sus historias de Tierra Santa y oyéndolo hablar de su abuelo, Bertran Pelletier. Cuando fue un poco mayor, comenzó a hacerle recados, y cuando cumplió seis años, Harif empezó a enseñarle a jugar al ajedrez.

Audric se interrumpió. Su rostro volvió a ensombrecerse.

—Sin embargo, durante todo ese tiempo, la negra mano de la Inquisición no dejaba de extender su alcance. Una vez sometidas las llanuras, los cruzados volvieron finalmente su atención a los reductos que aún quedaban por conquistar en los Pirineos y los montes Sabarthès. Raymond, el hijo de Trencavel, regresó del exilio en 1240 con un contingente de *chavaliers*, al que se sumó la mayor parte de la nobleza de las Corbières. Recuperó fácilmente casi todos los pueblos entre Limoux y la Montagne Noire. Todo el país se movilizó: Saissac, Azille, Laure, los castillos de Quéribus, Peyrepertuse, Aguilar... Pero al cabo de casi un mes de combates, no había logrado reconquistar Carcassona. En octubre, se replegó en Montréal. Nadie acudió en su ayuda. Al final, se vio obligado a retirarse a Aragón.

Audric hizo una pausa.

—En seguida comenzó el terror. Montréal fue literalmente arrasada, y también Montolieu. Limoux y Alet se rindieron. Alaïs comprendió claramente, como lo comprendimos todos, que la población pagaría el precio de la sublevación fallida.

Baillard se detuvo de pronto y levantó la vista.

—¿Has estado en Montségur, Alice?

Ella sacudió la cabeza.

—Es un lugar extraordinario, quizá incluso sagrado. Aún hoy sigue poblado de espíritus. Está excavado en tres laderas de la montaña. El templo de Dios entre las nubes.

—En la seguridad de las montañas —dijo ella sin pensarlo, pero después se ruborizó, al darse cuenta de que estaba citándole a Baillard sus propias palabras.

—Muchos años antes de eso, antes del comienzo de la cruzada, los líderes de la Iglesia cátara habían pedido al señor de Montségur, Raymond de Péreille, que reconstruyera el derruido castillo y reforzara las fortificaciones. En 1243, Pierre-Roger de Mirepoix, en cuya casa Sajhë se había adiestrado, estaba al mando de la guarnición. Temerosa por Bertranda y Harif, Alaïs sintió que ya no podían quedarse en Los Seres. Sajhë les ofreció su ayuda y todos juntos se unieron al éxodo que marchaba hacia Montségur.

Audric hizo un gesto de asentimiento.

—Pero al viajar llamaron la atención. Quizá debieron separarse. Para entonces, el nombre de Alaïs figuraba en los índices de la Inquisición.

—¿Era cátara Alaïs? —preguntó ella de pronto, al darse cuenta de que aun entonces seguía sin saberlo con certeza.

Audric guardó silencio un momento.

—Los cátaros creían que el mundo que vemos, oímos, olemos, saboreamos y tocamos fue creado por el Diablo. Creían que el Diablo había engañado a espíritus puros para que abandonaran el reino de Dios y los había aprisionado en envoltorios de carne y hueso aquí en la Tierra. Creían que si llevaban una vida recta y tenían «un buen final», sus almas serían liberadas de su prisión y podrían regresar junto a Dios y vivir en Su gloria. De lo contrario, al cabo de cuatro días volverían a reencarnarse en la Tierra, para comenzar un nuevo ciclo.

Alice recordó las palabras en la Biblia de Grace:

—Lo que ha nacido de la carne, carne es; y lo que ha nacido del Espíritu, espíritu es.

Audric asintió.

—Hay que entender que los *bons homes* eran muy apreciados por la gente a la cual servían. No cobraban por oficiar bodas ni bautizos, ni por sepultar a los muertos. No recaudaban impuestos, ni exigían diezmos. Se cuenta que un *parfait* encontró un día a un campesino arrodillado en un extremo de sus tierras. «¿Qué estás haciendo?», le preguntó. «Dando gracias a Dios por haberme mandado una buena cosecha», replicó el labrador. El *parfait* sonrió y ayudó al hombre a ponerse de pie. «Eso no ha sido obra de Dios, sino tuya. Porque ha sido tu mano la que ha abierto los surcos en primavera y ha cuidado los sembrados.» —Levantó la vista para mirar a Alice—. ¿Lo entiendes?

—Creo que sí —dijo ella, con cierta vacilación—. Creían que cada individuo controla su propia vida.

—Dentro de los límites y restricciones del lugar y la época donde había nacido, en efecto.

—Pero ¿Alaïs coincidía con esa forma de pensar? —insistió ella.

—Alaïs era como ellos. Ayudaba a la gente y ponía las necesidades de los demás por delante de las propias. Hacía lo que consideraba correcto, independientemente de lo que dictaran las tradiciones o las costumbres. —Sonrió—. Lo mismo que ellos, no creía en el juicio final. Pensaba que el mal que veía a su alrededor no podía ser obra de Dios, pero en definitiva, no, no era uno de ellos. Alaïs era una mujer que creía en el mundo que podía ver y tocar.

—¿Y Sajhë?

Audric no respondió.

—Aunque el término «cátaro» es de uso corriente en la actualidad, en la época de Alaïs, los fieles se llamaban a sí mismos *bons homes*. Los textos inquisitoriales, en latín, se refieren a ellos como *albigenses* o *heretici*.

—¿De dónde procede entonces el nombre de «cátaros»?

—Oh, verás, no podemos dejar que los vencedores escriban nuestra historia por nosotros —dijo—. Es un término que otros estudiosos e incluso yo... —Se interrumpió, sonriendo, como si se hubiera gastado una broma a sí mismo—. Hay diferentes explicaciones. Es posible que la palabra *catar* en occitano, o *cathare* en francés, derive del griego *katharos*, que significa «puro». Es difícil saber lo que se proponían.

Alice frunció el ceño, dándose cuenta de que había algo que no entendía, pero sin saber muy bien qué.

—¿Y qué hay de la religión en sí misma? ¿Cuál fue su origen? No surgió en Francia, ¿no?

—Las raíces del catarismo europeo están en el bogomilismo, una fe dualista que floreció en Bulgaria, Macedonia y Dalmacia a partir del siglo X. Estaba relacionada con creencias religiosas más antiguas, como el zoroastrismo en Persia o el maniqueísmo. Sus fieles creían en la reencarnación.

Una idea comenzó a cobrar forma en la mente de Alice, el vínculo entre todo lo que le estaba contando Audric y lo que ella ya sabía.

«Espera y saldrá a tu encuentro. Ten paciencia.»

—En el Palais des Arts, en Lyon —prosiguió él—, hay una copia manuscrita de un texto cátaro del Evangelio de san Juan, uno de los pocos documentos que eludieron la destrucción de la Inquisición. Está escrito en la *langue d'òc* y su posesión, en aquella época, se consideraba herética y punible de por sí. Para los *bons homes*, el Evangelio de san Juan era el más importante de todos los textos sagrados, por ser el que resaltaba más la iluminación personal a través del conocimiento, la *gnosis*. Los *bons homes* rehusaban adorar imágenes, crucifijos o altares, fabricados todos ellos con la piedra y la madera de la vil creación del Diablo. Tenían la palabra de Dios en la más alta estima.

«En el principio era el Verbo, y el Verbo era con Dios, y el Verbo era Dios.»

—Reencarnación —dijo ella lentamente, pensando en voz alta—. ¿Cómo reconciliarla con la teología cristiana ortodoxa?

—Uno de los pilares del cristianismo es el don de la vida eterna para quienes creen en Cristo y han sido redimidos por su sacrificio en la cruz. La reencarnación también es una forma de vida eterna.

«El laberinto. El camino a la vida eterna.»

Audric se incorporó y se dirigió hacia la ventana, para abrirla. Mientras contemplaba la espalda delgada y erguida de Baillard, Alice percibió en él una determinación que antes no había estado presente.

—Dígame, *donaisela* Tanner —dijo, dándose la vuelta para mirarla de frente y volviendo otra vez por un momento al tratamiento más formal—, ¿usted cree en el destino? ¿O es el camino que escogemos lo que hace de nosotros lo que somos?

—Yo... —dijo ella, pero en seguida se interrumpió. Ya no estaba segura de lo que creía. Allí, en las montañas intemporales, en las alturas entre las nubes, el mundo y los valores cotidianos no parecían importar.

—Creo en mis sueños —dijo finalmente.

—¿Crees que puedes cambiar tu destino? —dijo él, esperando una respuesta.

Alice se sorprendió haciendo un gesto afirmativo.

—Así es, porque si no fuera así, nada tendría sentido. Si simplemente estuviéramos siguiendo una senda predeterminada, entonces todas las experiencias que nos convierten en quienes somos (el amor, el dolor, la alegría, el aprendizaje, los cambios...) no servirían de nada.

—Y tú no impedirías que otra persona hiciera su propia elección, ¿verdad?

—Dependería de las circunstancias —replicó ella con cautela, repentinamente nerviosa—. ¿Por qué?

—Te pido que lo recuerdes —replicó él suavemente—. Eso es todo. Cuando llegue el momento, te pido que recuerdes esto. *Si es atal es atal.*

Sus palabras removieron algo en su interior. Alice estaba segura de haberlas oído antes. Sacudió la cabeza, pero el recuerdo se negó a materializarse.

—Lo que tenga que ser, será —añadió él en tono sereno.

CAPÍTULO 70

Monsieur Baillard, yo...

Audric levantó la mano.

—Te diré todo lo que necesitas saber —dijo, regresando a la mesa y retomando el hilo del relato como si no hubiese habido ninguna interrupción—. Tienes mi palabra.

Ella abrió la boca para decir algo, pero se lo pensó mejor.

—La ciudadela estaba atestada —prosiguió él—, pero aparte de eso, fue una época feliz. Por primera vez en muchos años, Alaïs se sentía segura. Bertranda, que para entonces contaba casi diez años, tenía muchos amigos entre los niños que vivían en la fortaleza y sus alrededores. Harif, aunque viejo y débil, siempre estaba de buen humor. Tenía mucha compañía: Bertranda para alegrarlo y los *parfaits* para discutir sobre la naturaleza de Dios y el mundo. Sajhë estaba con ellos la mayor parte del tiempo. Alaïs era feliz.

Alice cerró los ojos y dejó que el pasado cobrara vida en su mente.

—Era una buena vida y lo hubiese seguido siendo, de no haber sido por un único y temerario acto de venganza. El 28 de mayo de 1242, llegó a oídos de Pierre-Roger de Mirepoix la noticia de que cuatro inquisidores habían llegado a la ciudad de Avignonet. Más *parfaits* y *credentes* serían detenidos o enviados a la hoguera. Decidió actuar. Desoyendo los consejos de sus lugartenientes, entre ellos Sajhë, reunió una fuerza de ochenta y cinco caballeros de la guarnición de Montségur, a quienes se unieron varios caballeros más sobre la marcha.

»Recorrieron ochenta kilómetros hasta Avignonet y al día siguiente llegaron. Poco después de que el inquisidor Guillaume Arnaud y sus tres colegas se hubiesen retirado a dormir, alguien de la casa les abrió la puerta y los dejó pasar. Las puertas de los dormitorios fueron derribadas y los cuatro inquisidores, con su comitiva, fueron despedazados. Siete caballeros diferentes presumieron de haber asestado el primer golpe. Se dijo que Guillaume Arnaud había muerto recitando el *Te Deum*. Lo cierto es que sus registros inquisitoriales fueron destruidos.

–Eso al menos estuvo bien.

–Fue la provocación definitiva. La matanza tuvo una rápida respuesta. El rey de Francia decretó la destrucción de Montségur de una vez para siempre. Un ejército integrado por barones del norte, inquisidores católicos, mercenarios y señores del lugar aliados con el enemigo plantó campamento al pie de la montaña. Comenzó el asedio, pero aun así los hombres y mujeres de la ciudadela seguían entrando y saliendo a voluntad. Al cabo de cinco meses, la guarnición sólo había perdido tres hombres y todo hacía pensar que el sitio iba a fracasar.

»Los cruzados recurrieron entonces a los servicios de un pelotón de mercenarios vascos, que acudieron y establecieron su campamento a tiro de piedra de los muros del castillo, justo cuando comenzaba el crudo invierno de la montaña. Aunque el peligro no era inminente, Pierre-Roger decidió retirar a sus hombres de las defensas externas del vulnerable flanco oriental. Fue un grave error. Armados con la información que les proporcionaban los colaboradores locales, los mercenarios lograron escalar la abrupta pendiente del flanco suroriental de la montaña. Tras pasar a cuchillo a los centinelas, se apoderaron de la Roca de la Tour, una aguja rocosa que se yergue en el punto más oriental de las cumbres de Montségur. Los habitantes de la fortaleza sólo pudieron contemplar impotentes cómo los mercenarios izaban catapultas y otras máquinas de guerra, al tiempo que sobre el flanco oriental de la montaña un enorme *trébuchet* comenzaba a infligir daños en la barbacana del este.

»En la Navidad de 1243, los franceses tomaron la barbacana. Para entonces se encontraban a escasos metros de la fortaleza, y allí instalaron una nueva catapulta. Los tramos meridionales de la muralla quedaron a su alcance.

Audric hacía girar interminablemente el anillo en su dedo pulgar mientras hablaba.

Alice lo miraba y, mientras lo hacía, el recuerdo de otro hombre que hacía girar un anillo como aquél mientras le contaba historias inundó su mente.

—Por primera vez —prosiguió él—, se vieron enfrentados a la posibilidad de que Montségur cayera.

»En el valle, los estandartes y gallardetes de los católicos y las flores de lis del rey de Francia, aunque desgarrados y desvaídos después de diez meses de calor primero, lluvias después y finalmente nieve, seguían ondeando. El ejército cruzado, dirigido por el senescal de Carcassona, Hugues des Arcis, sumaba entre seis mil y diez mil efectivos. En la fortaleza asediada no había más de un centenar de hombres de armas.

»Alaïs quería... —Se interrumpió—. Hubo una reunión con los líderes de la Iglesia cátara, el obispo Bertran Marty y Raymond Aiguilher.

—El tesoro de los cátaros... ¿Entonces es verdad? ¿Existió?

Baillard asintió.

—Dos *credentes*, Matheus y Pierre Bonnet, fueron escogidos para la tarea. Bien abrigados para protegerse del mordiente frío de enero, se echaron el tesoro a las espaldas, lo aseguraron con cuerdas y abandonaron subrepticiamente el castillo, amparados por las sombras de la noche. Eludieron a los centinelas apostados en los caminos practicables que bajaban de la montaña y atravesaban el pueblo, y se encaminaron hacia el sur, en dirección a los montes Sabarthès.

Los ojos de Alice se ensancharon por la sorpresa.

—¡Hacia el pico de Soularac!

Una vez más, Baillard hizo un gesto afirmativo.

—Para que a partir de aquí, otros siguieran el camino. Pero los pasos hacia Aragón y Navarra estaban cerrados por la nieve, de modo que se dirigieron a la costa y desde allí zarparon hacia Lombardía, en el norte de Italia, donde había una comunidad próspera y menos perseguida de *bons homes*.

—¿Qué sucedió con los hermanos Bonnet?

—Matheus volvió solo a finales de enero. Para entonces, los centinelas apostados en los caminos eran gentes del lugar, de Camon sur l'Hers, cerca de Mirepoix, y lo dejaron pasar. Matheus habló de refuerzos y dijo que corría el rumor de que el nuevo rey de Aragón acudiría en primavera. Pero no eran más que palabras. Para entonces, el asedio estaba demasiado establecido para que unos eventuales refuerzos pudieran abrir una brecha en sus filas.

Baillard levantó sus ojos color ámbar y miró a Alice.

—También nos llegaron rumores de que Oriane pensaba viajar al sur, acompañada de su hijo y su marido, con refuerzos para las huestes sitiadoras. Eso sólo podía significar una cosa: que después de tantos años de huir y esconderse, por fin había descubierto que Alaïs estaba viva. Quería el *Libro de las palabras*.

—Pero seguramente Alaïs no lo llevaba consigo, ¿o sí?

Audric no respondió.

—A mediados de febrero, los atacantes consolidaron aún más sus posiciones. El primer día de marzo de 1244, tras un último intento de expulsar a los vascos de la Roca de la Tour, sonó un cuerno solitario sobre las murallas de la fortaleza asolada. —Tragó saliva—. Raymond de Péreille, el *sènhor* de Montségur, y Pierre-Roger de Mirepoix, comandante de la guarnición, salieron por la puerta mayor y se rindieron a Hugues des Arcis. La batalla había terminado. Montségur, el último reducto, había caído.

Alice se recostó en la silla, deseando que el final hubiese sido otro.

—El invierno estaba siendo riguroso y gélido en las laderas rocosas y en los valles al pie de las montañas. Los dos bandos estaban exhaustos. Las negociaciones fueron breves. El armisticio fue firmado al día siguiente por Pierre Amiel, arzobispo de Narbona.

»Las condiciones fueron generosas. Sin precedentes, según algunos. La fortaleza pasó a ser propiedad de la Iglesia católica y la corona francesa, pero a todos sus habitantes les perdonaron sus pasados delitos. El perdón alcanzó incluso a los que habían matado a los inquisidores en Avignonet. Los hombres de armas serían puestos en libertad, una vez confesaran sus crímenes para los registros de la Inquisición. Los que abjuraran de sus creencias heréticas también quedarían libres, castigados únicamente por la obligación de llevar una cruz cosida en la ropa.

—¿Y los que no? —preguntó Alice.

—Los que no, serían quemados en la hoguera por herejes.

Baillard bebió otro sorbo de vino.

—Era habitual, al final de un asedio, sellar el acuerdo alcanzado mediante un intercambio de rehenes. En esa ocasión, los rehenes fueron Raymond, hermano del obispo Bertran, el viejo *chavalièr* Arnald-Roger de Mirepoix y el hijo menor de Raymond de Péreille. —Baillard hizo una pausa—. Lo que no era habitual —dijo en tono cauteloso— era conceder las dos semanas de gracia. Los señores cátaros pidieron autorización para permanecer en Montségur dos semanas más, antes de bajar de la montaña. La solicitud les fue concedida.

El corazón de Alice empezó a acelerarse.

—¿Por qué?

Audric sonrió.

—Historiadores y teólogos llevan cientos de años debatiendo los motivos que impulsaron a los cátaros a pedir el aplazamiento de la ejecución del acuerdo. ¿Qué necesitaban hacer que no estuviera hecho ya? El tesoro estaba a salvo. ¿Qué era tan importante para que los cátaros quisieran quedarse un poco más en la fría y devastada fortaleza de la montaña, después de todo lo que habían sufrido?

—¿Por qué lo hicieron?

—Porque Alaïs estaba con ellos —respondió Baillard—. Necesitaba tiempo. Oriane y sus hombres estaban esperándola al pie de la montaña. Harif estaba en la ciudadela, y también Sajhë y su hija. El riesgo era demasiado grande. Si los capturaban, los sacrificios realizados por Siméon, su padre y Esclarmonda para salvaguardar el secreto habrían sido vanos.

Por fin, todas las piezas del rompecabezas encajaban, y Alice pudo ver la figura completa, clara, vívida y brillante, aunque le costaba creer que fuera verdad.

La joven contempló por la ventana el paisaje, inalterado y constante. Era prácticamente igual al que había conocido Alaïs. El mismo sol, la misma lluvia, los mismos cielos.

—Cuénteme la verdad acerca del Grial —dijo con voz serena.

CAPÍTULO 71

Montségur

MARÇ 1244

A laïs estaba de pie sobre las murallas de la ciudadela de Montségur: una figura menuda y solitaria, envuelta en una gruesa capa de invierno. Se había hecho más bella con el paso de los años. Estaba delgada, pero había cierta gracia en su rostro, su cuello y su porte. Bajó la vista y se miró las manos. A la luz del alba, parecían azuladas, casi transparentes.

«Manos de vieja.»

Alaïs sonrió. No, vieja no. Aún no había alcanzado la edad que tenía su padre cuando murió.

La luz era suave, mientras el sol naciente se esforzaba por devolver al mundo su forma y expulsar las sombras de la noche. Alaïs contempló las escarpadas cumbres nevadas de los Pirineos, que se sucedían hasta perderse en la palidez del horizonte, y los violáceos pinares sobre el flanco oriental de la montaña. Las nieblas matutinas se deslizaban por las empinadas laderas del pico de Saint-Barthélémy. Más allá, casi podía distinguir el pico de Soularac.

Imaginó su casa, sencilla y acogedora, acurrucada entre los pliegues de las montañas. Recordó el humo que desprendía la chimenea en las mañanas frías como aquélla. El invierno había sido riguroso y la primavera solía llegar tarde a las montañas, pero estaba próxima. Alaïs veía su promesa en los rosados matices del cielo poco antes del crepúsculo. En Los Seres, pronto brotarían las hojas de los árboles. Cuando llegara abril, las praderas de la montaña volverían a cubrirse de delicadas florecillas azules, blancas y amarillas.

Allá abajo, Alaïs podía distinguir las pocas construcciones que aún se conservaban del pueblo de Montségur, las escasas cabañas que seguían en pie después de diez meses de asedio. En torno al destartalado caserío se extendían los pabellones y tiendas de campaña del ejército francés, retazos de colores con raídos gallardetes de bordes deshilachados. Los sitiadores habían padecido el mismo invierno despiadado que los habitantes de la ciudadela.

En el flanco occidental, al pie de la montaña, había una plataforma de madera. Los sitiadores llevaban días construyéndola. La víspera habían levantado una hilera de estacas en el centro, cual retorcida espina dorsal de madera, con una pila de leños y fardos de paja rodeando cada uno de los postes. Al anochecer, los había visto apoyando escalerillas en torno a la plataforma.

«Una pira para quemar a los herejes.»

Alaïs se estremeció. En unas horas, todo habría terminado. No temía morir cuando llegara su hora. Pero había visto morir en la hoguera a demasiada gente como para creer que la fe les evitaría el sufrimiento. Para los que así lo habían solicitado, Alaïs había preparado medicinas capaces de aliviar el padecimiento. La mayoría, sin embargo, había elegido pasar sin ayuda al otro mundo.

Las piedras violáceas bajo sus pies estaban resbaladizas por la escarcha. Alaïs trazó el dibujo del laberinto, con la punta de la bota, sobre la blanca cubierta del suelo. Estaba nerviosa. Si su plan tenía éxito, ya nadie seguiría buscando el *Libro de las palabras*. Si fallaba, habría arriesgado en vano las vidas de quienes le habían ofrecido refugio a lo largo de todos esos años (la gente de Esclarmonda, los amigos de su padre), en nombre del Grial.

Las consecuencias eran terribles de imaginar.

Alaïs cerró los ojos y retrocedió a través de los años, como en un vuelo, hasta la cueva del laberinto. Harif, Sajhë y ella. Rememoró la suave caricia del aire sobre sus brazos desnudos, el parpadeo de los cirios y las hermosas voces que describían espirales en la oscuridad. Recordaba las palabras, tan vívidas sobre su lengua cuando las pronunció que casi creyó percibir su sabor.

Alaïs se estremeció, pensando en el momento en que finalmente comprendió y el conjuro brotó de sus labios como por voluntad propia. Ese momento único de éxtasis, de iluminación, junto a lo sucedido hasta entonces y lo que aún quedaba por venir, se unió en un todo singular, mientras el Grial descendía sobre ella.

«Y a través de su voz y de sus manos, hacia él.»

Alaïs hizo una inspiración profunda, maravillada por haber vivido y haber tenido esas experiencias.

Un ruido la perturbó. Abrió los ojos y el pasado se desvaneció. Se dio la vuelta y vio a Bertranda subiendo a lo largo de las estrechas almenas. Alaïs sonrió y levantó una mano para saludarla.

Su hija era menos seria por naturaleza de lo que lo había sido Alaïs a su edad. Pero físicamente, Bertranda era su vivo retrato: la misma cara en forma de corazón, la misma mirada franca e idéntico cabello castaño. De no haber sido por las canas de Alaïs y las arrugas alrededor de sus ojos, podrían haber pasado por hermanas.

La tensión de la espera se reflejaba en la cara de su hija.

—Sajhë dice que los soldados vienen hacia aquí —dijo Bertranda con voz insegura.

Alaïs sacudió la cabeza.

—No vendrán hasta mañana —repuso con firmeza—. Y todavía tenemos mucho que hacer desde ahora hasta entonces —añadió, cogiendo entre las suyas las manos de Bertranda—. Espero que ayudes a Sajhë y cuides de Rixenda. Sobre todo esta noche. Te necesitan.

—No quiero perderte, mamá —dijo, con labios temblorosos.

—Y no me perderás —sonrió ella, rezando por que así fuera—. Pronto volveremos a estar todos juntos. Debes tener paciencia.

Bertranda le sonrió débilmente.

—Así me gusta —dijo Alaïs—. Ahora ven, *filha*. Bajemos.

CAPÍTULO 72

Al alba del miércoles 16 de marzo se reunieron junto a la puerta grande de Montségur, aún dentro de la fortaleza.

Desde las almenas, los miembros de la guarnición contemplaban a los cruzados que habían sido enviados para arrestar a los *bons homes*, subiendo el último tramo de la senda rocosa, resbaladiza aún por la escarcha de la madrugada.

Bertranda estaba de pie junto a Sajhë y Rixenda, al frente de la multitud. Reinaba un silencio absoluto. Después de meses de constantes bombardeos, aún no se había acostumbrado a la ausencia de ruido, ahora que las catapultas y las otras máquinas de guerra por fin guardaban silencio.

Las últimas dos semanas habían sido apacibles y para muchos iban a ser las postreras. Se había celebrado la Pascua. Los *parfaits* y algunas *parfaites* habían ayunado. Pese a la promesa de perdón para todos los que abjurasen de su fe, casi la mitad de los habitantes de la ciudadela, entre ellos Rixenda, había decidido recibir el *consolament*. Preferían morir como *bons chrétiens* antes que vivir, derrotados, bajo el dominio francés. Los condenados a morir por su fe habían donado sus posesiones a los condenados a vivir sin sus seres queridos. Bertranda había ayudado a repartir las donaciones de cera, pimienta, sal, paños, botas, una cartera, unas calzas e incluso un sombrero de fieltro.

Pierre-Roger de Mirepoix había recibido una manta llena de monedas. Otros le habían dado grano y jubones para que los distribuyera entre sus hombres. Marquesia de Lanatar había dejado todas sus posesiones a su nieta Philippa, esposa de Pierre-Roger.

Bertranda contemplaba las caras silenciosas mientras elevaba una muda plegaria por su madre. Alaïs había escogido cuidadosamente la ropa para Rixenda: el vestido verde oscuro y una capa roja, que llevaba en los bordes y la bastilla un intrincado motivo azul y verde de cuadrados y rombos, con diminutas flores amarillas intercaladas. Su madre le había contado que era idéntica a la capa que se había puesto para el día de su boda, en la capilla de Santa María, en el Château Comtal. Alaïs estaba segura de que su hermana Oriane la reconocería, pese a los muchos años transcurridos.

Como precaución, Alaïs también confeccionó, para llevar con la capa, una bolsa pequeña de piel de cordero, copia exacta de la funda donde estaba guardado cada uno de los libros de la Trilogía del Laberinto. Bertranda había ayudado a rellenarla con retazos de tela y trozos de pergamino, para completar el engaño, al menos a cierta distancia. No comprendía del todo el objeto de aquellos preparativos, pero sabía que eran importantes y la había entusiasmado que la dejaran ayudar.

Bertranda le dio la mano a Sajhë.

Los líderes de la iglesia cátara, el obispo Bertran Marty y Raymond Aiguilher, que para entonces eran ancianos, estaban de pie, en silencio, con sus hábitos azul oscuro. Durante años habían ejercido su ministerio desde Montségur, utilizando la ciudadela como base de operaciones para predicar la palabra y llevar el consuelo a los *credentes* de los pueblos aislados de las montañas y la llanura. Ahora se disponían a conducir a su grey a la hoguera.

—Mamá estará bien —susurró Bertranda, intentando tranquilizarlo a él tanto como a ella misma. Sintió el brazo de Rixenda sobre su hombro—. Ojalá tú no...

—He tomado mi decisión —replicó rápidamente Rixenda—. He decidido morir sin renunciar a mi fe.

—¿Y si descubren a mamá? —murmuró Bertranda.

—No hay nada que podamos hacer, excepto rezar.

Cuando llegaron los soldados, Bertranda sintió que se le llenaban los ojos de lágrimas. Rixenda les tendió las muñecas, para que se las encadenaran. El joven soldado meneó la cabeza. No habían traído suficientes cadenas, porque nadie esperaba que fuesen tantos los que eligieran la muerte.

Bertranda y Sajhë miraban en silencio mientras Rixenda y los otros atravesaban la puerta grande e iniciaban su último descenso por el abrupto y sinuoso sendero de la montaña. El rojo de la capa de Alaïs destacaba brillante bajo el cielo gris, entre apagados verdes y marrones.

Dirigidos por el obispo Marty, los prisioneros empezaron a cantar. Montségur había caído, pero ellos no estaban derrotados. Bertranda se enjugó las lágrimas de los ojos con el dorso de la mano. Había prometido a su madre ser fuerte. Haría cuanto pudiera por cumplir su palabra.

Más abajo, en los prados de las laderas inferiores, se habían montado tribunas para los espectadores. Estaban llenas: la nueva aristocracia del Mediodía, barones franceses, señores locales aliados de los invasores, legados católicos e inquisidores, todos ellos invitados por Hugues des Arcis, senescal de Carcasona. Todos habían acudido a ver cómo se hacía «justicia» después de más de treinta años de guerra civil.

Guilhelm se embozó cuidadosamente en su capa para que nadie lo reconociera. Después de toda una vida de luchar contra los franceses, muchos conocían su rostro. No podía permitirse que lo apresaran. Miró a su alrededor.

Si su información era correcta, en algún lugar entre la multitud estaría Oriane, y él estaba decidido a mantenerla apartada de Alaïs. Incluso al cabo de tanto tiempo, la sola idea de Oriane encendía su ira. Apretó los puños, ansioso por actuar cuanto antes. Hubiese deseado poder ahorrarse el disimulo y la espera, y hundir simplemente el puñal en su corazón, como debió haber hecho treinta años antes. Guilhelm sabía que tenía que ser paciente. Si intentaba algo en ese momento, lo harían picadillo antes incluso de poder desenvainar la espada.

Recorrió con la vista las filas de espectadores hasta dar con el rostro que estaba buscando. Oriane estaba sentada en los puestos centrales de la primera fila. Ya no quedaba nada de la dama meridional en ella. Su indumentaria era costosa, en el estilo más formal y complicado del norte. Vestía una capa azul de terciopelo orlada de oro, con un grueso reborde de armiño en el cuello y la capucha, y guantes de invierno a juego. Su rostro aún llamaba la atención por la perfección de sus rasgos, pero se lo veía enflaquecido y afeado por su expresión hosca.

Había un hombre joven junto a ella. Por el parecido, Guilhelm supuso que debía de ser uno de sus hijos. Según había oído, Louis, el mayor, se había unido a la cruzada. Tenía la tez y los rizos oscuros de Oriane y el perfil aguileño de su padre.

Se oyó un grito. Guilhelm se volvió y vio que la fila de prisioneros había llegado al pie de la montaña y era conducida hacia la pira. Los condenados caminaban lenta y dignamente. Estaban cantando. «Como un coro de ángeles», pensó Guilhelm, viendo en las expresiones de los espectadores la incomodidad que la dulzura de sus voces les inspiraba.

El senescal de Carcasona estaba de pie junto al arzobispo de Narbona. A una señal suya, fue izada una gran cruz de oro, mientras los frailes negros y el resto del clero avanzaban, para tomar posiciones delante de la plataforma.

Detrás de ellos, Guilhelm pudo ver una fila de soldados que enarbolaban antorchas ardientes, esforzándose para impedir que el humo llegara a las tribunas, mientras las llamas crepitaban y temblaban bajo un crudo viento racheado del norte.

Uno por uno, fueron llamando por su nombre a los herejes, que se adelantaban y subían por las escalerillas hacia la pira. Guilhelm se estremeció de horror. Detestaba no poder hacer nada por detener las ejecuciones. Incluso aunque hubiese tenido suficientes hombres a su lado, sabía que los propios condenados se opondrían. Por obra de las circunstancias, más que por sus propias creencias, Guilhelm había pasado mucho tiempo en compañía de los *bons homes*. Los admiraba y respetaba, aunque no podía decir que los comprendiera.

Las pilas de leños y paja habían sido impregnadas con brea. Unos cuantos soldados se habían encaramado a la plataforma y estaban encadenando a los *parfaits* y *parfaites* a los postes centrales.

El obispo Marty empezó a orar.

—*Paire sant, dieu dreiturier de bons sperits...*

Lentamente, otras voces se unieron a la suya. El susurro fue en aumento, hasta convertirse muy pronto en un estruendo. En las tribunas, los espectadores intercambiaban miradas turbadas y parecían cada vez más inquietos. No era el espectáculo que habían ido a ver.

El arzobispo hizo una señal apresurada y los clérigos, con sus negros hábitos flameando al viento, empezaron a cantar el salmo que se había convertido en el himno de la cruzada, *Veni Spirite Sancti*, vociferando las palabras para ahogar las plegarias de los cátaros.

El obispo dio un paso al frente y arrojó la primera antorcha a la pira. Los soldados lo imitaron. Una por una fueron lanzadas las teas en llamas. El fuego tardó en prender, pero al cabo de un rato los chasquidos y crepitaciones se convirtieron en un rugido. Las llamas comenzaron a circular como serpientes entre los haces de paja, saltando aquí y allá, soplando y bufando, cimbreándose como juncos en el río.

A través del humo, Guilhelm vio algo que le heló la sangre. Una capa roja con flores bordadas y un vestido verde oscuro, del color del musgo. Se abrió paso hasta las tribunas.

No podía —o no quería— dar crédito a sus ojos.

Los años transcurridos se esfumaron y volvió a ser el hombre que había sido, un joven *chavalièr* arrogante, orgulloso y confiado, de rodillas en la capilla de Santa María. Alaïs estaba a su lado. Decían que una boda en Navidad traía suerte. Sobre el altar había espinos en flor y cirios rojos de luz parpadeante, mientras ellos intercambiaban los votos.

Guilhelm corrió por el fondo de las tribunas, desesperado por acercarse más, desesperado por convencerse de que no era ella. Las llamas estaban hambrientas. El olor nauseabundo de la carne humana quemada, asombrosamente dulzón, flotaba sobre los espectadores. Los soldados retrocedieron unos pasos. Incluso los clérigos tuvieron que apartarse un poco ante el furor del fuego.

La sangre se evaporaba con un ruido sibilante, mientras las plantas de los pies estallaban y se abrían, y los huesos se separaban de la carne y caían al fuego, como animales asándose en un espetón. Las plegarias se transmutaron en alaridos.

Guilhelm se estaba sofocando, pero no se detuvo. Con la capa apretada sobre la boca y la nariz para no respirar el humo fétido y punzante, intentó aproximarse a la plataforma, pero la humareda lo envolvía todo con sus remolinos.

De pronto, una voz, clara y precisa sonó desde el interior de la hoguera.

—¡Oriane!

¿Era la de Alaïs? Guilhelm no podía saberlo. Protegiéndose la cara con las manos, avanzó torpemente hacia la voz.

—¡Oriane!

Esta vez, se oyó un grito en las tribunas. Guilhelm se volvió y, a través de un hueco en la humareda, vio la cara de Oriane, distorsionada por el odio. Estaba de pie, gesticulando furiosamente y dando órdenes a los guardias.

Guilhelm también gritaba interiormente el nombre de Alaïs, pero no podía arriesgarse a llamar la atención. Había ido allí a salvarla. Había ido a ayudarla a escapar de Oriane, como ya había hecho en otra ocasión.

Aquellos tres meses que había pasado junto a Alaïs, después de huir de la Inquisición en Toulouse, habían sido, simplemente, los más felices de su vida. Alaïs no quiso quedarse por más tiempo y él no consiguió hacerla cambiar de idea; ni siquiera logró que le explicara por qué tenía que marcharse. Pero había dicho —y Guilhelm había creído en la sinceridad de sus palabras— que algún día, cuando el horror hubiera pasado, volverían a encontrarse.

—*Mon còr* —susurró, casi en un sollozo.

Aquella promesa y el recuerdo de los días que habían pasado juntos era lo que lo había sostenido durante esos diez años, largos y vacíos. Como una luz en la oscuridad.

Guilhelm sintió que se le desgarraba el corazón.

—¡Alaïs!

Sobre su capa roja, una pequeña funda blanca de piel de cordero, del tamaño de un libro, estaba ardiendo. Las manos que la sujetaban habían desaparecido, reducidas a huesos, grasa crepitante y carne ennegrecida.

No quedaba nada y él lo sabía.

Para Guilhelm, todo se había sumido en el silencio. Ya no había ruido, ni dolor, sino únicamente una blanca extensión vacía. La montaña había desaparecido, lo mismo que el cielo, el humo y los gritos. La esperanza se había esfumado.

Sus piernas ya no lo sostenían. Guilhelm cayó de rodillas, invadido por la desesperación.

CAPÍTULO 73
Montes Sabarthès

Viernes 8 de julio de 2005

El hedor le hizo recuperar el sentido. Una mezcla de amoníaco, estiércol de cabra, sábanas sucias y carne cocida fría se le adhería a la garganta y le escocía por dentro de la nariz, como las sales cuando se huelen demasiado cerca.

Will estaba tumbado sobre un rústico jergón, no más grande que una banqueta, fijado a la pared de la cabaña. Se incorporó con cierto esfuerzo hasta quedar sentado y apoyó la espalda contra la pared de piedra. Las afiladas aristas se le clavaron en los brazos, que todavía llevaba atados a la espalda.

Se sentía como si hubiese disputado cuatro asaltos en un cuadrilátero de boxeo. Tenía magulladuras de la cabeza a los pies por los golpes que se había dado dentro del contenedor, durante el viaje. La sien le palpitaba en el lugar donde François-Baptiste lo había golpeado con la pistola. Sentía el hematoma, duro y caliente bajo la piel, y la sangre derramada alrededor de la herida.

No sabía la hora ni el día. ¿Sería todavía viernes?

Habían salido de Chartres de madrugada, quizá hacia las cinco. Cuando lo sacaron del vehículo, era por la tarde, hacía calor y el sol aún brillaba con fuerza. Torció el cuello para intentar ver su reloj, pero el movimiento le provocó náuseas.

Esperó a que se le pasara el mareo. Entonces abrió los ojos e intentó orientarse. Se encontraba en una especie de cabaña de pastores. Había rejas en el ventanuco, no mucho más grande que un libro corriente. En el extremo opuesto, podía ver una estantería de obra, una especie de mesa y un taburete. En la reja de la chimenea, al lado, los restos de un fuego que había ardido mucho tiempo atrás: cenizas grises y residuos negros de madera o papel. Una pesada olla de metal colgaba de una vara sobre el fuego. Will vio que tenía grasa solidificada pegada al borde.

Se dejó caer otra vez en el duro colchón, sintiendo la aspereza de la manta sobre su piel maltrecha, y se preguntó dónde estaría Alice.

Fuera, se oyeron pasos y después una llave en un candado. Will distinguió el ruido metálico de una cadena que caía al suelo y, a continuación, el crujido artrítico de la puerta, que alguien empujaba y abría, y una voz que le resultó vagamente familiar.

—*C'est l'heure*. Es la hora.

Shelagh fue consciente del contacto del aire sobre sus piernas y brazos desnudos, y de la sensación de ser transportada de un sitio a otro.

Reconoció la voz de Paul Authié, en algún lugar, entre los murmullos, mientras la sacaban de la casa. Después notó la sensación característica del aire subterráneo, frío y ligeramente húmedo, en un suelo que se inclinaba cuesta abajo. Los dos hombres que la habían mantenido cautiva estaban presentes. Se había habituado a su olor: loción para después de afeitarse, tabaco barato y una masculinidad amenazadora que hacía que se le contrajeran los músculos.

Habían vuelto a atarle las piernas y los brazos detrás de la espalda, tirando de los huesos de los hombros. Tenía un ojo cerrado por la hinchazón. Debido a la falta de comida y de luz, así como a las drogas que le habían dado para que no gritara, la cabeza le daba vueltas, pero sabía dónde estaba.

Authié la había llevado de vuelta a la cueva. Percibió el cambio de ambiente cuando salieron del túnel a la cámara, y sintió la tensión en las piernas del hombre que la cargaba escaleras abajo, hasta el área donde ella misma había encontrado a Alice desvanecida en el suelo.

Shelagh notó que había una luz encendida en alguna parte, quizá en el altar. El que la llevaba se detuvo. Habían alcanzado el fondo de la cueva, más allá de donde había llegado ella la vez anterior. Balanceándola, el hombre la descargó de sus hombros y la dejó caer, como un peso muerto. Shelagh notó dolor en el costado cuando golpeó contra el suelo, pero para entonces ya era incapaz de sentir nada.

No comprendía por qué Authié no la había matado aún.

Ahora la habían cogido por las axilas y la estaban arrastrando por el suelo. Grava, guijarros y fragmentos de roca le arañaban las plantas de los pies y los tobillos desnudos. Notó que le amarraban las manos atadas a un objeto metálico y frío, una especie de aro o gancho clavado en el suelo.

Creyendo que estaba inconsciente, los hombres hablaban entre ellos en voz baja.

—¿Cuántas cargas has puesto?

—Cuatro.

—¿Cuándo estallarán?

—Poco después de las diez. Él mismo se ocupará de eso.

Shelagh percibió la sonrisa en la voz del hombre.

—Por fin va a ensuciarse las manos. Pulsará el botón y, ¡bum!, adiós a todo esto.

—Lo que todavía no entiendo es para qué tenía que traer hasta aquí a esta zorra —se quejó—. Era mucho más fácil dejarla en la finca.

—No quería que la identificaran. Dentro de unas horas, toda la montaña se va a desmoronar y ella quedará enterrada bajo media tonelada de roca.

Finalmente, el miedo le dio a Shelagh fuerzas para luchar. Tiró de sus ataduras e intentó ponerse de pie, pero estaba demasiado débil y las piernas no la sostenían. Creyó haber oído una carcajada y volvió a tumbarse en el suelo, pero no podía estar segura. Ya no distinguía con seguridad lo que era real de lo que sólo sucedía en el interior de su cabeza.

—¿No deberíamos quedarnos con ella?

El otro hombre se echó a reír.

—¿Por qué? ¿Qué crees que va a hacer? ¿Levantarse y salir andando de aquí? ¡Por el amor de Dios! ¡Mira cómo está!

La luz empezó a desvanecerse.

Shelagh oyó los pasos de los hombres volviéndose cada vez más tenues, hasta que no hubo nada más que silencio y oscuridad.

CAPÍTULO 74

Quiero saber la verdad −repitió Alice−. Quiero saber cuál es la re-lación entre el laberinto y el Grial, si es que la hay.

−La verdad sobre el Grial −dijo él y la miró fijamente−. Dime, *donaisela*, ¿qué sabes tú acerca del Grial?

−Lo que sabe todo el mundo, me imagino −respondió ella, suponiendo que él no pretendía una respuesta pormenorizada.

−No, de veras. Me interesa oír lo que sabes.

Alice se movió incómoda en la silla.

−No sé, supongo que sé lo mismo que todos: que es un cáliz en cuyo interior hay un elixir que otorga el don de la vida eterna.

−¿El don? −repitió él, sacudiendo la cabeza−. No, no es un don. −Suspiró−. ¿Y de dónde crees que salieron originalmente esas historias?

−De la Biblia, imagino. O quizá de los manuscritos del mar Muerto. O tal vez de algún otro texto cristiano de los primeros tiempos, no lo sé. Nunca me lo había planteado.

Audric asintió con la cabeza.

−Es un error común. En realidad, las primeras versiones de la historia que mencionas se originaron en torno al siglo xii, aunque hay similitudes obvias con temas de la literatura clásica y celta. En particular, en la Francia medieval.

El recuerdo del mapa que había encontrado en la biblioteca en Toulouse le vino de pronto a la mente.

−Lo mismo que el laberinto.

Él sonrió, pero no dijo nada.

−En el último cuarto del siglo xii, vivió un poeta llamado Chrétien de Troyes. Su primera protectora fue María, una de las hijas de Leonor de Aquitania, casada con el conde de Champaña. Cuando ella murió en 1181, un primo de María, Felipe de Alsacia, conde de Flandes, lo tomó bajo su protección.

»Chrétien gozaba de una popularidad enorme en su época. Había labrado su fama traduciendo historias clásicas del latín y del griego, pero después dedicó su talento a la composición de una serie de relatos caballerescos, con protagonistas que seguramente conocerá, como Lanzarote, Gawain o Perceval. Sus narraciones alegóricas dieron paso a una auténtica marea de historias sobre el rey Arturo y sus caballeros de la mesa redonda. —Hizo una pausa—. El relato de Perceval, titulado *Li contes del graal*, es la historia más antigua del Santo Grial que se conoce.

—Pero —comenzó a protestar Alice, frunciendo el ceño—, seguramente no se la inventaría él. No pudo inventársela. Una historia así no surge de la nada.

En el rostro de Audric volvió a aparecer la misma media sonrisa.

—Cuando lo desafiaron a revelar su fuente, Chrétien dijo haber encontrado la historia del Grial en un libro que le había dado su protector, Felipe. De hecho, el relato del Grial está dedicado a su mecenas. Por desgracia, Felipe murió durante el asedio de Acre, en 1191, durante la Tercera Cruzada. Como resultado, el poema quedó inconcluso.

—¿Qué fue de Chrétien?

—No se sabe nada de él después de la muerte de Felipe. Simplemente, desapareció.

—¿No es raro, siendo tan famoso?

—Es posible que su muerte no quedara registrada —dijo lentamente Baillard.

Alice lo miró a los ojos.

—Pero usted no lo cree así, ¿verdad?

Audric no respondió.

—Pese a la decisión de Chrétien de no terminar el relato, la historia del Santo Grial cobró vida propia. En la misma época se tradujo al francés, al holandés y al galés. Unos años más tarde, hacia 1200, otro poeta, Wolfram von Eschenbach, compuso una versión más bien burlesca, titulada *Parzival*. Aseguró que no se había basado en la historia de Chrétien, sino en otra, de un autor desconocido.

Alice se esforzaba por no perder detalle.

—¿Cómo describe Chrétien el Grial?

—En términos muy vagos. Más que como un cáliz, lo presenta como una especie de plato, con el término *gradalis,* en latín medieval, del cual deriva la palabra *gradal* o *graal,* en francés antiguo. Eschenbach es más explícito. Su Grial, o *grâl,* es una piedra.

—¿Entonces de dónde ha salido la idea de que el Santo Grial es la copa utilizada por Jesús en la última cena?

Audric cruzó las manos.

—Otro autor, un hombre llamado Robert de Boron, compuso un relato en verso, *Joseph d'Arimathie,* en algún momento entre el *Perceval* de Chrétien y 1199. Boron no sólo describe el Grial como un cáliz (la copa de la última cena, a la que se refiere como el *san greal*), sino que lo presenta lleno de la sangre recogida al pie de la cruz. En francés moderno, la expresión es *sang réal,* «sangre real», tanto en el sentido de «verdadera» como de «perteneciente a un rey».

Se detuvo y miró a Alice.

—Para los guardianes de la Trilogía del Laberinto, esa confusión lingüística entre *san greal* y *sang réal* resultó muy conveniente, porque les facilitaba el ocultamiento.

—Pero el Santo Grial es un mito —dijo ella obstinadamente—. No puede ser verdad.

—El *Santo* Grial es un mito, en efecto —replicó él, sosteniéndole la mirada—. Una bonita fábula. Si estudias detenidamente todas esas historias, verás que son variaciones adornadas del mismo tema: el concepto cristiano medieval del sacrificio y la búsqueda, como camino hacia la redención y la salvación. El *Santo* Grial, en términos cristianos, es espiritual: la representación simbólica de la vida eterna, y no algo que deba tomarse como verdad literal. Es la certeza de que mediante el sacrificio de Cristo y la gracia de Dios, la humanidad vivirá para siempre. —Sonrió—. Pero la existencia de una cosa llamada Grial está más allá de toda duda. Es la verdad contenida en las páginas de la Trilogía del Laberinto. Era ése el secreto que los guardianes del Grial, la *Noublesso de los Seres,* protegían con su vida.

Alice sacudió la cabeza, incrédula.

—¿Está diciendo que la idea del Grial no es un concepto cristiano, que todos los mitos y leyendas se han construido a partir de un... malentendido?

—Una estratagema, más que un malentendido.

—Pero ¡la existencia del *Santo* Grial se ha estado debatiendo durante dos mil años! Si ahora se descubriera no sólo que las leyendas del

Grial son verdaderas —dijo Alice, antes de hacer una pausa, sin acabar de creerse lo que estaba diciendo—, sino que no se trata de una reliquia cristiana, no quiero imaginar...

—El Grial es un elixir que tiene el poder de curar y de prolongar considerablemente la vida. Pero con un propósito. Fue hallado hace unos cuatro mil años, en el antiguo Egipto. Quienes lo descubrieron advirtieron el alcance de su poder y comprendieron que iba a ser preciso mantenerlo en secreto, a salvo de los que lo habrían usado en beneficio propio y no de sus semejantes. El sagrado conocimiento fue consignado en jeroglíficos, en tres hojas diferentes de papiro. El primero indicaba la configuración exacta de la cámara del Grial, el laberinto propiamente dicho; el segundo enumeraba los ingredientes necesarios para preparar el elixir, y el tercero recogía el conjuro que transforma el elixir en Grial. Los enterraron juntos en una cueva, en las afueras de la antigua ciudad de Avaris.

—En Egipto —dijo ella en seguida—. He estado investigando un poco, tratando de comprender lo que había visto aquí, y me llamó la atención la frecuencia con que aparecía Egipto.

Audric hizo un gesto afirmativo.

—Los papiros están escritos en jeroglíficos clásicos; de hecho, el término significa «palabra de Dios» o «lengua divina». Cuando las grandes civilizaciones de Egipto se sumieron en la decadencia y el olvido, la capacidad de leer los jeroglíficos se perdió. El contenido de los papiros se conservó, transmitido de guardián en guardián, a través de las generaciones, pero la capacidad de formular el encantamiento y conjurar el Grial desapareció.

»Ese giro de los acontecimientos no fue deliberado, pero añadió una capa adicional de secretismo —prosiguió él—. En el siglo IX de la era cristiana, un alquimista árabe, Abu Bakr Ahmad ibn Wahshiyah, descifró el código de los jeroglíficos. Por fortuna, Harif, el *Navigatairé*, advirtió el peligro y logró impedir que hiciera público su descubrimiento. En aquella época, no eran muchos los centros de aprendizaje, y las comunicaciones entre pueblos eran lentas y poco fiables. Después de eso, los papiros fueron trasladados clandestinamente a Jerusalén y ocultados en unas cámaras subterráneas, en las llanuras de Sepal.

»Desde el siglo IX hasta el XIX, nadie más consiguió avanzar de forma significativa en el desciframiento de los jeroglíficos. Nadie. Leerlos se convirtió en algo realmente posible sólo después de que la expedición militar y científica de Napoleón al norte de África, en 1799, descubriera una detallada inscripción en la lengua sagrada de los jeroglíficos, junto a otra en la escritura demótica corriente utilizada en Egipto para los asuntos más cotidianos, y otra en griego antiguo. ¿Ha oído hablar de la piedra Rosetta?

Alice asintió.

—Desde ese momento, temimos que sólo fuera cuestión de tiempo. Un francés, de nombre Jean-François Champollion, se obsesionó con el desciframiento de la escritura y en 1822 lo consiguió. De pronto, todas las maravillas de los antiguos, su magia, sus encantamientos y todo cuanto habían dejado, desde las inscripciones funerarias hasta el *Libro de los muertos*, resultaban perfectamente legibles. —Tras una pequeña pausa prosiguió—: En ese momento, el hecho de que dos de los libros de la Trilogía del Laberinto se encontraran en manos de personas que podían darles un mal uso pasó a ser motivo de preocupación.

Sus palabras sonaron como una advertencia. Alice se estremeció. Súbitamente advirtió que estaba empezando a anochecer. Fuera, los rayos del sol poniente habían pintado las montañas de rojo, oro y naranja.

—Pero si ese conocimiento podía ser tan devastador en caso de utilizarse para el mal y no para el bien, ¿por qué Alaïs y los otros guardianes no destruyeron los libros mientras tuvieron oportunidad de hacerlo?

Notó que Audric se quedaba inmóvil y advirtió que había tocado el punto sensible de la experiencia vivida por el anciano, aunque no comprendía muy bien por qué.

—Si no hubiesen sido necesarios, entonces sí. Quizá habría sido la solución.

—¿Necesarios? ¿Necesarios en qué sentido?

—Los guardianes siempre han sabido que el Grial confiere la vida. Lo has llamado un don —contestó él con un suspiro—, y comprendo que algunos lo consideren así. Puede que otros lo vean con diferentes ojos...

Audric se interrumpió. Levantó la copa y bebió varios sorbos de vino, antes de apoyarla en la mesa con mano pesada.

—Pero es vida otorgada con un propósito —añadió finalmente.

—¿Con qué propósito? —preguntó ella rápidamente, temerosa de que dejara de hablar.

—Muchas veces, en los últimos cuatro mil años, cuando la necesidad de dar testimonio de la verdad se ha vuelto imperiosa, el poder del Grial ha sido conjurado. Todos hemos oído hablar de la longevidad de los grandes patriarcas de la Biblia cristiana, del Talmud y del Corán: Adán, Jacob, Moisés, Mahoma, Matusalén, profetas cuya obra no hubiese podido cumplirse en el plazo vital que normalmente se concede a los hombres. Todos ellos vivieron cientos de años.

—Pero eso son parábolas —protestó Alice—. Alegorías.

Audric sacudió la cabeza.

—Vivieron durante siglos, precisamente para poder hablar de lo que habían visto, para dar testimonio de la verdad de su época. Harif, que persuadió a Abu Bakr de que ocultara los estudios que lo llevaron a descifrar la lengua del Antiguo Egipto, vivió para ver la caída de Montségur.

—Pero ¡eso son quinientos años!

—Los vivió —confirmó simplemente Audric—. Piensa en la vida de una mariposa, Alice. Toda una existencia, colorida y brillante, que sin embargo no dura más que uno de nuestros días. Toda un vida. El tiempo tiene muchos significados.

Alice empujó la silla hacia atrás y se levantó de la mesa, sin saber ya muy bien qué sentía ni en qué podía creer.

Se dio la vuelta.

—El símbolo del laberinto que vi en la pared de la cueva, el de ese anillo que lleva, ¿es el símbolo del Grial verdadero?

Audric asintió.

—¿Y Alaïs lo sabía?

—Al principio, lo mismo que tú, tenía sus dudas. No creía en la verdad contenida en las páginas de la Trilogía, pero luchó para proteger los libros por amor a su padre.

—¿Creía que Harif tenía más de quinientos años? —insistió, ya sin intentar disimular el tono de escepticismo de su voz.

—Al principio, no —reconoció él—. Pero con el tiempo averiguó la verdad. Y cuando llegó el momento, descubrió que era capaz de formular las palabras y de comprenderlas.

Alice volvió a la mesa y se sentó.

—Pero ¿por qué Francia? ¿Por qué trajeron aquí los papiros? ¿Por qué no los dejaron donde estaban?

Audric sonrió.

—Harif cogió los papiros de la Ciudad Santa en el siglo x de la era cristiana y los escondió cerca de las llanuras de Sepal. Durante casi cien años estuvieron a salvo, hasta que los ejércitos de Saladino avanzaron sobre Jerusalén. Entonces eligió a uno de los guardianes, un joven *chavalièr* cristiano llamado Bertran Pelletier, para que llevara los papiros a Francia.

«El padre de Alaïs.»

Alice advirtió que estaba sonriendo, como si acabara de recibir noticias de un viejo amigo.

—Harif comprendió dos cosas —prosiguió Audric—: en primer lugar, que los papiros estarían más seguros, y resultarían menos vulnerables, si los conservaba como las páginas de un libro, y en segundo lugar, en un momento en que los rumores acerca del Grial comenzaban a circular por las cortes de Europa, que la mejor manera de esconder la verdad sería disimularla bajo una capa de mitos y fábulas.

—Las historias de que los cátaros tenían en su poder el cáliz de Cristo... —dijo Alice, comprendiendo repentinamente.

Baillard hizo un gesto afirmativo.

—Los seguidores de Jesús de Nazaret no esperaban que muriera en la cruz, y sin embargo así fue. Su muerte y resurrección originaron una serie de historias acerca de un cáliz o copa sagrada, un grial que confería la vida eterna. ¿Cómo se interpretaban en aquella época esas historias? No puedo decirlo, pero lo que es seguro es que la crucifixión del nazareno fue el inicio de una oleada de persecuciones. Muchos huyeron de Tierra Santa, entre ellos José de Arimatea y María Magdalena, que zarparon rumbo a Francia, trayendo consigo, según se decía, el conocimiento de un antiguo secreto.

—¿Los papiros del Grial?

—O un tesoro, las joyas del Templo de Salomón. O la copa de la que había bebido Jesús de Nazaret durante la última cena y en la que se había recogido su sangre al pie de la cruz. O pergaminos, escritos, pruebas de que Cristo no había muerto en la cruz, sino que aún vivía, oculto en las montañas del desierto, donde pasaría cien años o más en compañía de un selecto grupo de fieles.

Alice miraba a Audric atónita, pero el rostro de él era hermético, allí nada podía leer.

—Que Cristo no había muerto en la cruz... —repitió, sin dar crédito a lo que estaba diciendo.

—U otras historias —replicó él lentamente—. Algunos decían que María Magdalena y José de Arimatea no habían desembarcado en Marsella, sino en Narbona. Durante siglos existió la creencia de que había algo de gran valor escondido en algún lugar de los Pirineos.

—Entonces no eran los cátaros los que poseían el secreto del Grial —dijo ella, haciendo encajar mentalmente las piezas—, sino Alaïs. Ellos sólo la protegieron.

Un secreto disimulado detrás de otro secreto. Alice se recostó en la silla, repasando en su mente la secuencia de los acontecimientos.

—¿Y ahora que la cueva del laberinto ha sido abierta?

—Por primera vez, en casi ochocientos años, los libros pueden reunirse una vez más —confirmó—. Y aunque tú, Alice, no sabes si debes creerme o desechar lo que digo como los desvaríos de un anciano, hay otros que no dudan.

«Alaïs creía en la verdad del Grial.»

En lo profundo de su ser, más allá de los límites de su pensamiento consciente, Alice sabía que él estaba diciendo la verdad. Pero a su ser racional le costaba aceptarlo.

—Marie-Cécile —dijo pesarosamente.

—Esta noche, madame De l'Oradore entrará a la cueva del laberinto y tratará de conjurar el Grial.

Alice sintió que una oleada de aprensión recorría su cuerpo.

—Pero ¡no puede! —objetó rápidamente—. No tiene el *Libro de las palabras*. No tiene el anillo.

—Temo que ha comprendido que el *Libro de las palabras* debe de estar aún dentro de la cámara.

—¿Y así es?

—No lo sé con certeza.

—¿Y el anillo? Tampoco lo tiene.

Bajó la vista y miró las manos del anciano, apoyadas sobre la mesa con las palmas hacia abajo.

—Sabe que yo acudiré.

—Pero ¡eso sería una locura! —estalló Alice—. ¿Cómo puede contemplar siquiera la posibilidad de acercarse a ella?

—Esta noche, ella intentará conjurar el Grial —dijo él, con su voz baja y neutra—. Por eso mismo, saben que yo acudiré. No puedo permitir que eso pase.

Alice golpeó la mesa con las manos.

—¿Y qué hay de Will? ¿Y de Shelagh? ¿No le importa lo que pueda pasarles? Para ellos no será de ninguna ayuda que usted también se deje atrapar.

—Precisamente porque me importa lo que pueda pasarles, y lo que pueda pasarte a ti, Alice, es por lo que acudiré. Creo que Marie-Cécile se propone obligarlos a participar en la ceremonia. Tiene que haber cinco participantes: el *Navigatairé* y cuatro más.

—¿Marie-Cécile, su hijo, Will, Shelagh y Authié?

—No, Authié no. Otra persona.

—¿Quién entonces?

El anciano eludió la pregunta.

—No sé dónde estarán ahora Shelagh y Will —dijo, como pensando en voz alta—, pero creo que al anochecer descubriremos que los han llevado a la cueva.

—¿Quién es la otra persona, Audric? —repitió Alice, esta vez con más firmeza en la voz.

Tampoco en esta ocasión respondió el anciano. Se incorporó y cerró los postigos, antes de volverse hacia ella.

—Tenemos que ponernos en camino.

Alice se sentía frustrada, nerviosa, desconcertada y, ante todo, asustada. Pero aun así, al mismo tiempo, sentía que no tenía otra opción.

Volvió a ver mentalmente el nombre de Alaïs en el árbol genealógico, separado por ochocientos años del suyo. Vio la imagen del símbolo del laberinto, conectándolas a través del tiempo y del espacio.

«Dos historias entretejidas en una.»

Alice recogió sus cosas y siguió a Audric fuera, donde estaba muriendo el día.

CAPÍTULO 75
Montségur

MARÇ 1244

E n su escondite bajo la ciudadela, Alaïs y sus tres compañeros intentaron impedir que penetraran los agonizantes sonidos de la tortura. Pero los alaridos de dolor y espanto atravesaban incluso la gruesa roca de la montaña. Los gritos de moribundos y supervivientes se colaban como monstruos en su refugio.

Alaïs rezó por el alma de Rixenda y por su regreso al Creador, por todos sus amigos, hombres y mujeres buenos, y por el gran dolor que transía su pecho. Sólo podía esperar que su plan funcionara.

El tiempo diría si Oriane se había creído el engaño de que Alaïs y el *Libro de las palabras* habían sido consumidos por el fuego.

«Un riesgo enorme.»

Alaïs, Harif y sus guías tenían que permanecer en su sepulcro de piedra hasta que cayera la noche y finalizara la evacuación de la ciudadela. Después, amparados por las sombras, los cuatro fugitivos bajarían por los abruptos senderos de la montaña, en dirección a Los Seres. Si tenían suerte, estarían en casa al alba del día siguiente.

Su conducta era una clara infracción de los términos de la tregua y el armisticio. Si los sorprendían, el castigo sería expeditivo y brutal, Alaïs no lo dudaba. La cueva era poco más que un pliegue en la roca, poco profunda y cercana a la superficie. Si los soldados registraban la ciudadela con cierto detenimiento, era seguro que los descubrirían.

Alaïs se mordió los labios pensando en su hija. En la oscuridad, sintió que Harif le cogía la mano. La piel del anciano era reseca y polvorienta, como las arenas del desierto.

—Bertranda es fuerte —le dijo, como si pudiera leerle la mente—. Es como tú. Su valor resistirá. Pronto volveréis a estar juntas. No será muy larga la espera.

—Pero ¡es tan pequeña, Harif! ¡Demasiado pequeña para presenciar tanto horror! ¡Debe de estar tan asustada!

—Es valiente, Alaïs. También Sajhë. No nos fallarán.

«Ojalá estuviera segura de que no te equivocas.»

En la oscuridad, con el corazón desgarrado por la duda y el temor ante lo que el futuro les depararía, Alaïs permaneció sentada, con los ojos secos, esperando a que pasara el día. La ansiedad y la zozobra de no saber lo que estaba pasando por encima de sus cabezas eran más de lo que podía soportar. La imagen del pálido rostro de Bertranda la perseguía.

Y los gritos de los *bons homes* cuando el fuego hizo presa en sus carnes seguían resonando en su cabeza, mucho después de que la última víctima hubo guardado silencio.

Una enorme nube de acre humo negro se cernía como un nubarrón de tormenta sobre el valle, bloqueando la luz del día.

Sajhë llevaba a Bertranda firmemente cogida de la mano, mientras atravesaban la puerta grande y salían de la fortaleza que había sido su hogar durante casi dos años. Encerró su dolor en lo más profundo de su corazón, en un lugar que los inquisidores no pudieran alcanzar. En ese momento no podía llorar a Rixenda ni temer por Alaïs. Tenía que concentrarse en proteger a Bertranda y volver con ella a salvo a Los Seres.

Las mesas de los inquisidores ya estaban dispuestas al pie de la cuesta. El proceso iba a comenzar de inmediato, a la sombra de la pira. Sajhë reconoció al inquisidor Ferrier, temido en toda la región por su rígida adherencia tanto al espíritu como a la letra de la ley eclesiástica. Desvió la vista a la derecha, hacia donde estaba el compañero de Ferrier. Era el inquisidor Duranti, no menos temido.

Apretó un poco más la mano de Bertranda.

Cuando llegaron al terreno llano, Sajhë vio que estaban dividiendo a los prisioneros. A los viejos, los soldados de la guarnición y los chicos mayores los hacían seguir un camino, y a las mujeres y los niños, otro distinto. Sintió un destello de temor. Bertranda iba a tener que hacer frente a los inquisidores sin él.

La niña notó el cambio en su actitud y levantó la vista, con expresión asustada.

—¿Qué pasa? ¿Qué van a hacernos?

—Están interrogando a los hombres y a las mujeres por separado, *valenta* —respondió—. No te preocupes. Contesta a sus preguntas. Sé valiente y quédate exactamente donde estés, sin moverte, hasta que yo vaya a buscarte. No vayas a ningún sitio con nadie, ¿lo has entendido? Con nadie en absoluto.

—¿Qué me preguntarán? —dijo la niña con un hilo de voz.

—Tu nombre, tu edad —respondió Sajhë, disponiéndose a repasar una vez más los detalles que la pequeña tenía que recordar—. Yo soy conocido como miembro de la guarnición, pero no hay razón alguna para que nos asocien. Cuando te pregunten, di que no has conocido a tu padre. Diles que Rixenda era tu madre y que has vivido toda tu vida aquí en Montségur. Pase lo que pase, no menciones Los Seres. ¿Te acordarás de todo?

Bertranda asintió.

—Buena chica.

Después, intentando tranquilizarla, Sajhë añadió:

—Mi abuela solía confiarme mensajes para que los transmitiera en su nombre, cuando no era mucho mayor de lo que tú eres ahora. Me hacía repetirlos varias veces, hasta estar segura de que me los había aprendido de memoria.

Bertranda esbozó una leve sonrisa.

—Mamá dice que tienes una memoria terrible. Dice que es como un colador.

—Y no se equivoca —replicó él, pero en seguida volvió a ponerse serio—. También es posible que te hagan algunas preguntas respecto a los *bons homes* y sus creencias. Responde tan sinceramente como puedas; de ese modo, es menos probable que te contradigas. No hay nada que puedas decirles que no les haya dicho ya otra persona. —Dudó un momento y finalmente dijo—: Recuerda. No menciones a Alaïs ni a Harif, por nada del mundo.

Los ojos de Bertranda se llenaron de lágrimas.

—¿Qué pasará si los soldados registran la fortaleza y la encuentran? —dijo, con una voz que adquirió el tono agudo del pánico—. ¿Qué harán si los encuentran?

—No los encontrarán —replicó él de inmediato—. Recuerda, Bertranda. Cuando los inquisidores hayan terminado tu interrogatorio, quédate exactamente donde estés. Iré a buscarte tan pronto como pueda.

Sajhë casi no tuvo tiempo de terminar la frase, cuando un guardia lo empujó con su pica por la espalda y lo obligó a seguir cuesta abajo, hacia el pueblo, mientras Bertranda era enviada en dirección opuesta.

Lo llevaron a un corral con vallas de madera, donde vio a Pierre-Roger de Mirepoix, el comandante de la guarnición. Ya lo habían interrogado. En opinión de Sajhë, era buena señal: un gesto de cortesía. Era un indicio de que las condiciones de la rendición estaban siendo respetadas y de que los militares de la guarnición estaban siendo tratados como prisioneros de guerra y no como criminales.

Cuando se reunió con la multitud de soldados que esperaban ser llamados, Sajhë se quitó con disimulo el anillo de piedra del pulgar y lo ocultó entre la ropa. Se sentía extrañamente desnudo sin él. Casi nunca se lo había quitado desde que Harif se lo había confiado, veinte años antes.

Los interrogatorios estaban teniendo lugar en el interior de dos tiendas separadas. Los frailes aguardaban con las cruces amarillas preparadas, listos para aplicarlas sobre la espalda de los que fueran hallados culpables de confraternizar con los herejes. Después, los prisioneros eran conducidos a un segundo corral, como animales en un mercado.

Era evidente que no tenían intención de poner a nadie en libertad hasta que todos, desde el más viejo hasta el más joven, hubiesen sido interrogados. El proceso podía durar días.

Cuando le llegó el turno a Sajhë, le permitieron dirigirse por su propio pie y sin escolta hasta la tienda de campaña. Se detuvo delante del inquisidor Ferrier y esperó.

La cara de Ferrier, de tez cerosa, era completamente inexpresiva. Le preguntó a Sajhë su nombre, su edad, su rango y su lugar de origen. Se oía el rasguido de la pluma de ganso sobre el pergamino.

−¿Creéis en el cielo y el infierno? −preguntó bruscamente.

−Sí.

−¿Creéis en el purgatorio?

−Sí.

−¿Creéis que el Hijo de Dios se hizo carne y fue hombre?

—Soy un soldado, no un monje —replicó él, manteniendo los ojos fijos en el suelo.

—¿Creéis que el alma humana tiene un solo cuerpo, con el cual resucitará?

—Los curas dicen que así será.

—¿Alguna vez habéis oído a alguien afirmar que prestar juramento es pecado? Y de ser así, ¿a quién?

Esta vez, Sajhë levantó la vista.

—No —respondió en tono desafiante.

—Por favor, sargento. ¿Habéis servido en la guarnición durante más de un año y aun así no sabéis que los *heretici* se niegan a prestar juramento?

—Yo estoy al servicio de Pierre-Roger de Mirepoix, señor. No presto atención a lo que dicen otros.

El interrogatorio prosiguió cierto tiempo, pero Sajhë se mantuvo fiel a su papel de soldado sencillo, ignorante de todo asunto relacionado con la fe o las Sagradas Escrituras. No incriminó a nadie y aseguró no saber nada.

Al final, el inquisidor Ferrier no tuvo más remedio que dejarlo ir.

Todavía no era muy tarde, pero el sol ya se estaba poniendo. La oscuridad regresaba arrastrándose por el valle, sustrayendo la forma de las cosas y cubriéndolo todo de negras sombras.

Sajhë fue enviado a reunirse con el grupo de soldados que ya habían sido interrogados, a cada uno de los cuales le habían entregado una manta, un mendrugo de pan rancio y un vaso de vino. Pudo ver que la gentileza no se había hecho extensiva a los prisioneros civiles.

Mientras la jornada tocaba a su fin, el ánimo de Sajhë se desplomó aún más.

La preocupación de no saber si Bertranda habría superado ya su prueba, ni el lugar donde la tendrían retenida en la vastedad del campamento, le estaba carcomiendo la mente. La idea de Alaïs esperando, viendo caer la noche y desesperándose al comprobar que se aproximaba la hora de la partida, lo llenaba de aprensión, sobre todo por la imposibilidad de hacer nada para ayudarla.

Desazonado e incapaz de seguir sentado sin moverse, Sajhë se incorporó para estirar los músculos. Podía sentir el frío y la humedad filtrándosele en los huesos, y las piernas entumecidas, por el mucho tiempo que había pasado sentado.

–*Assis*. ¡Sentado! –le gruñó un guardia, golpeándolo en el hombro con la pica. Estaba a punto de obedecer cuando notó un movimiento en la ladera de la montaña, un poco más arriba. Era una brigada de registro avanzando hacia el promontorio rocoso donde Alaïs, Harif y sus guías permanecían escondidos. Las llamas de sus antorchas fluctuaban, proyectando sombras sobre los arbustos agitados por el viento.

A Sajhë se le heló la sangre.

Antes habían registrado la fortaleza y no habían encontrado nada. Sajhë había pensado entonces que lo peor había pasado. Pero era evidente que tenían intención de registrar también los matorrales y la maraña de senderos que se entrecruzaban al pie de la ciudadela. Si seguían avanzando mucho más en la dirección que llevaban, llegarían exactamente al punto por donde saldría Alaïs. Y ya era casi de noche.

Así pues, Sajhë echó a correr hacia el perímetro del recinto.

–¡Eh! –gritó el guardia–. ¿No me has oído? *Areste!*

Sajhë no le hizo caso. Sin pensar en las consecuencias, salvó de un salto la valla de madera y echó a correr cuesta arriba, hacia el grupo de exploradores. Pudo oír que el guardia pedía refuerzos. Su único pensamiento era desviar la atención, para que no descubrieran a Alaïs.

La brigada de registro se detuvo para ver lo que estaba sucediendo.

Sajhë gritó, pues necesitaba hacerlos pasar de espectadores a participantes. Uno por uno, los exploradores se fueron dando la vuelta. En sus rostros vio desconcierto, que no tardó en convertirse en hostilidad. Estaban aburridos, tenían frío y les apetecía una pelea.

Sajhë tuvo el tiempo justo de comprobar que su plan había tenido éxito, cuando un puño se hundió en su vientre. Boqueando para respirar, se dobló en dos. Un par de soldados le sujetaron los brazos detrás de la espalda, mientras le llovían puñetazos desde todas direcciones. Lo golpearon con la empuñadura de sus armas, con las botas y con los puños, sin piedad. Sintió que la piel le estallaba bajo los ojos y percibió el sabor de la sangre en la boca y al fondo de la garganta, mientras le seguían lloviendo los golpes.

Sólo entonces comprendió el grave error cometido. Había pensado únicamente en desviar la atención de Alaïs. Una imagen del pálido rostro de Bertranda esperando su llegada se coló en su mente, justo cuando un puñetazo en la mandíbula hizo que todo se sumiera en la negrura.

CAPÍTULO 76

Oriane había consagrado su vida a la búsqueda del *Libro de las palabras*.

Bastante pronto, a su regreso en Chartres tras la derrota de Carcasona, su marido perdió la paciencia ante su fracaso para conseguir la mercancía por la que él había pagado. Nunca había habido amor entre ambos, y cuando el deseo que ella le inspiraba se desvaneció, su puño y su cinto reemplazaron a la conversación.

Ella soportó los golpes, planeando todo el tiempo diferentes maneras de vengarse de él. A medida que las tierras y las riquezas de su marido se incrementaban y su influencia sobre el rey de Francia crecía, la atención del señor de Evreux se volvió hacia otros trofeos y la dejó en paz. Libre para reanudar sus pesquisas, Oriane pagó a informadores, contrató a una red de espías en el Mediodía y los puso tras la pista de la información.

Una sola vez había estado a punto de capturar a Alaïs. En mayo de 1234, Oriane partió al sur desde Chartres, en dirección a Toulouse, pero cuando llegó a la catedral de Saint-Étienne, descubrió que los guardias habían sido sobornados y que su hermana había vuelto a desaparecer, como si nunca hubiese existido.

Oriane había resuelto no cometer de nuevo el mismo error. Esta vez, cuando le llegó el rumor de una mujer que coincidía con su hermana en su edad y descripción, viajó al sur, utilizando como excusa la participación de uno de sus hijos en la cruzada.

Esa misma mañana había creído ver el libro ardiendo a la luz violácea del alba. Fallar después de haber estado tan cerca encendió tal ira en ella que ni su hijo Louis ni sus criados fueron capaces de aplacarla.

Pero en el transcurso de la tarde, Oriane empezó a revisar su interpretación de los sucesos de la mañana. Si en efecto era Alaïs la persona que había visto (e incluso de eso comenzaba a dudar), ¿habría permitido ella que el *Libro de las palabras* ardiera en una hoguera de la Inquisición?

Oriane decidió que no. Ordenó a sus sirvientes que salieran del campamento en busca de información y se enteró de que Alaïs tenía una hija, una niña de nueve o diez años, cuyo padre era soldado a las órdenes de Pierre-Roger de Mirepoix. Pero, según razonó Oriane, su hermana jamás confiaría un objeto tan valioso como el libro a un militar de la guarnición sabiendo que los soldados iban a ser registrados. ¿Se lo habría confiado a una niña?

Esperó a que cayera la noche y se dirigió al lugar donde habían encerrado a las mujeres y los niños. Sobornando a los guardias, entró en el recinto. Nadie le hizo ninguna pregunta, ni le puso objeción alguna. Podía sentir las miradas de desaprobación de los frailes negros a su paso, pero su mala opinión no le preocupaba.

Su hijo Louis se presentó ante ella con las mejillas encendidas en su rostro de expresión arrogante. Parecía demasiado ansioso por conseguir su aprobación, demasiado afanoso por complacerla.

—*Oui?* —lo interpeló ella en tono cortante—. *Que est ce que tu voel?*

—*Il i a une fille que vos devez voire, mere.*

Oriane lo siguió hasta el lado opuesto del recinto, donde una niña dormía apartada de las otras.

El parecido físico con Alaïs era asombroso. De no haber sido por el paso de los años, Oriane habría podido estar viendo a una gemela de su hermana. Tenía la misma expresión de valerosa determinación y los mismos tonos de tez y de cabello que ella a la misma edad.

—Vete —dijo—. No confiará en mí si te ve aquí conmigo.

Louis hizo una mueca de disgusto que la irritó aún más.

—Vete —repitió, volviéndole la espalda—. Ve a preparar los caballos. Aquí no te necesito.

Cuando se hubo marchado, Oriane se agachó y dio unos golpecitos en el brazo de la niña.

La pequeña se despertó de inmediato, con los ojos brillantes de miedo.

—¿Quién eres?

—Una amiga —respondió Oriane, hablando una vez más en la lengua que había abandonado treinta años antes.

Bertranda no se movió.

—Tú eres francesa —dijo obstinadamente, mirando con fijeza la ropa y el pelo de Oriane—. No estabas en la ciudadela.

—No —replicó ella, tratando de parecer paciente—, pero nací en Carcassona, como tu madre. Pasamos la infancia juntas en el Château Comtal. También conocí a tu abuelo, el senescal Pelletier. Seguramente Alaïs te habrá hablado a menudo de él.

—Llevo su nombre —replicó en seguida la niña.

Oriane disimuló una sonrisa.

—Muy bien, Bertranda. He venido para sacarte de aquí.

La niña frunció el ceño.

—Pero Sajhë me ha dicho que me quede aquí hasta que él venga a buscarme —dijo ella, con algo menos de cautela—. Me ha dicho que no me vaya con ninguna otra persona.

—Sí, desde luego, eso te ha dicho Sajhë —repuso Oriane, con una sonrisa—. Y a mí me ha dicho que sabes cuidar muy bien de ti misma y que te enseñe una cosa para convencerte de que puedes confiar en mí.

Oriane le mostró el anillo que había robado de la mano fría de su padre difunto. Tal como esperaba, Bertranda lo reconoció y tendió la mano para cogerlo.

—¿Te lo ha dado Sajhë?

—Cógelo. Compruébalo tú misma.

Bertranda le dio unas vueltas al anillo, examinándolo a fondo, y después se incorporó.

—¿Dónde está él?

—No lo sé —replicó Oriane, pensando a toda velocidad—, a menos que...

—¿Qué?

Bertranda levantó la vista para mirarla.

—¿Crees que querrá que te lleve a tu pueblo?

Bertranda reflexionó un momento.

—Puede ser —respondió titubeando.

—¿Está lejos? —preguntó Oriane, en tono casual.

—Una jornada a caballo, tal vez más en esta época del año.

—¿Y tiene nombre ese pueblo vuestro? —siguió ella, como sin darle importancia.

—Los Seres —repuso Bertranda—, aunque Sajhë me pidió que no se lo dijera a los inquisidores.

La *Noublesso de los Seres*. No sólo era el nombre de los guardianes del Grial, sino el lugar donde encontraría el Grial. Oriane tuvo que morderse la lengua para no prorrumpir en carcajadas.

—Para empezar, vamos a deshacernos de esto —dijo, inclinándose para quitarle a Bertranda la cruz amarilla de la espalda—. No queremos que nadie se entere de que somos fugitivas. Y ahora, veamos, ¿tienes algo que debas llevar contigo?

Si hubiese tenido consigo el libro, no habría sido preciso continuar. La búsqueda habría terminado.

Bertranda sacudió la cabeza.

—No, nada.

—Muy bien. A partir de ahora, mucha tranquilidad. No queremos llamar la atención.

Al principio, la niña aún conservaba cierta cautela; pero mientras atravesaban el recinto donde todos dormían, Oriane le habló de Alaïs y del Château Comtal. Fue encantadora, persuasiva y atenta, y poco a poco se fue ganando la confianza de la pequeña.

Oriane deslizó otra moneda en la mano del guardia, en la puerta, y condujo a Bertranda a donde estaba su hijo, en las afueras del campamento, esperándolas con seis soldados a caballo y un carruaje cerrado.

—¿Vendrán ellos con nosotras? —preguntó Bertranda, que repentinamente volvía a desconfiar.

Oriane sonrió, mientras levantaba a la niña para que entrara en el carruaje.

—Necesitamos que nos protejan de los bandoleros durante el viaje, ¿verdad? Sajhë jamás me lo perdonará si dejo que te pase algo.

Una vez que Bertranda estuvo acomodada en su sitio, se volvió hacia su hijo.

—¿Y yo? —dijo él—. Quiero acompañarte.

—Necesito que te quedes aquí —replicó ella, ansiosa por partir—. No sé si recuerdas que formas parte del ejército. No puedes desaparecer así, como si nada. Será más sencillo y rápido para todos que vaya yo sola.

—Pero...

—Obedece —insistió ella en voz baja, para que Bertranda no la oyera—. Vigila aquí nuestros intereses. Haz lo que hemos dicho con el padre de la niña. El resto déjamelo a mí.

Guilhelm sólo podía pensar en encontrar a Oriane. Su propósito al acudir a Montségur había sido ayudar a Alaïs y evitar que Oriane le hiciera daño. Durante casi treinta años, había velado por ella de lejos.

Ahora Alaïs había muerto y él ya no tenía nada que perder. Su deseo de venganza había ido creciendo año tras año. Hubiese debido matar a Oriane cuando tuvo la ocasión de hacerlo. Esta vez no iba a dejar pasar la oportunidad.

Con la capucha de la capa embozándole la cara, Guilhelm recorrió subrepticiamente el campamento de los cruzados, hasta divisar los colores verde y plata del pabellón de Oriane.

Dentro se oían voces. En francés. Un hombre impartiendo órdenes. Al recordar al joven sentado junto a Oriane en la tribuna, que probablemente debía de ser su hijo, Guilhelm se acercó cuanto pudo a la flameante lona lateral de la tienda y aguzó el oído.

—Es un soldado de la guarnición —estaba diciendo Louis d'Evreux en su habitual tono arrogante—, de nombre Sajhë de Servian, el mismo que antes provocó los disturbios. ¡Campesinos meridionales! —exclamó con desprecio—. Incluso cuando se los trata bien, se comportan como animales —añadió riendo—. Lo han encerrado junto al pabellón de Hugues des Arcis, lejos de los otros prisioneros, para que no dé más problemas.

Louis bajó la voz, de modo que Guilhelm tuvo que hacer un esfuerzo para oírlo.

—Esto es para ti. —Guilhelm oyó el tintineo de unas monedas—. Ahora, la mitad. Si el campesino aún está con vida cuando lo encuentres, pon remedio a la situación. Te daré el resto cuando hayas terminado el trabajo.

Guilhelm esperó a ver salir al soldado y se deslizó por la puerta de la tienda, que no tenía vigilancia.

—Te he dicho que no quiero que nadie me moleste —dijo Louis sin volverse. Antes de que pudiera abrir la boca para pedir ayuda, el cuchillo de Guilhelm ya estaba en su garganta.

—Si haces el menor ruido, te mataré.

—Llévate lo que quieras, llévate todo lo que quieras, pero no me hagas daño.

Guilhelm recorrió con la vista el opulento interior de la tienda, sus hermosas alfombras y sus cálidas mantas. Oriane había conseguido la riqueza y la posición que siempre había anhelado. Esperaba que no la hicieran feliz.

—Dime cómo te llamas —dijo Guilhelm en voz baja y tono salvaje.

—Louïs d'Evreux. No sé quién eres, pero mi madre te...

Guilhelm le echó hacia atrás la cabeza de un violento tirón.

—No me amenaces. Has despedido a tus guardias, ¿recuerdas? No hay nadie que pueda oírte. —Apretó con más fuerza la hoja contra la pálida piel norteña del muchacho. Evreux se quedó completamente inmóvil—. Así está mejor. Y ahora dime, ¿dónde está Oriane? Si no respondes, te cortaré el cuello.

Guilhelm sintió que el joven reaccionaba al oír el nombre de pila de su madre en boca de un extraño, pero el temor aflojó su lengua.

—Fue a donde tienen a las mujeres —masculló.

—¿Para qué?

—En busca de... una niña.

—No me hagas perder el tiempo, *nenon* —dijo Guilhelm, tirando aún más de su cabeza hacia atrás—. ¿Qué niña es ésa? ¿Por qué la busca Oriane?

—La hija de una hereje. De la... hermana de mi madre —añadió con dificultad, como si la palabra «hermana» le quemara en la boca—. Mi tía. Mi madre quería ver a la niña con sus propios ojos.

—¡Alaïs! —susurró Guilhelm con incredulidad—. ¿Qué edad tiene esa niña?

Podía oler el miedo en la piel de Evreux.

—¿Cómo voy a saberlo? Unos nueve o diez años.

—¿Y su padre? ¿También ha muerto?

Cuando Evreux intentó moverse, Guilhelm aumentó la presión alrededor de su cuello y giró la hoja del cuchillo, para presionar con la punta la base de la oreja del joven, preparado para actuar.

—Es un soldado, uno de los hombres de Pierre-Roger de Mirepoix.

Guilhelm lo comprendió de inmediato.

—Y tú le has enviado a tu criado para asegurarte de que no vuelva a ver salir el sol —dijo.

El acero del puñal de Guilhelm lanzó un destello, reflejando la luz de la vela.

—¿Quién eres?

Guilhelm no respondió.

—¿Dónde está el señor de Evreux? ¿Por qué no está aquí?

—Mi padre ha muerto —dijo el joven. No había pesar en su voz, sino únicamente una especie de vanidosa afectación que Guilhelm no pudo comprender—. Ahora yo soy el señor de los dominios de Evreux.

Guilhelm se echó a reír.

—O mejor dicho, lo es tu madre.

El muchacho se retrajo sobre sí mismo, como si hubiera recibido un golpe.

—Y dime, señor de Evreux —prosiguió Guilhelm con desdén, enfatizando el título—, ¿para qué quiere tu madre a la niña?

—¿Qué importa eso? Es hija de herejes. Deberían haberlos quemado a todos.

Guilhelm sintió que Evreux se arrepentía de lo dicho en el mismo instante de pronunciar esas palabras, pero ya era tarde. Guilhelm giró el puñal y arrastró el acero de una oreja a otra, cercenando el cuello del muchacho.

—*Per lo Miègjorn* —dijo. Por el Mediodía.

La sangre manaba a chorros a lo largo de la línea del corte, sobre las valiosas alfombras. Guilhelm soltó a Evreux, que cayó de bruces al suelo.

—Si tu criado vuelve en seguida, quizá sobrevivas. Si no, será mejor que vayas rogando a tu Dios que perdone tus pecados.

Guilhelm volvió a cubrirse la cabeza con la capucha y salió corriendo de la tienda. Tenía que encontrar a Sajhë de Servian antes que el esbirro de Evreux.

El pequeño grupo avanzaba traqueteando por el incómodo camino, en el frío de la noche.

Oriane ya estaba arrepentida de haber llevado el carruaje. Habrían ido más rápido a caballo. Las ruedas de madera chocaban con piedras y guijarros, y resbalaban sobre el duro suelo helado.

Evitaron las rutas principales de entrada y salida del valle, que aún estarían bloqueadas, y durante las primeras horas del trayecto se dirigieron al sur. Después, cuando el invernal crepúsculo dio paso a la negrura de la noche, torcieron hacia el sureste.

Bertranda estaba dormida, con la caperuza echada sobre la cabeza, para protegerse del viento mordiente que se colaba por debajo de las colgaduras que cubrían el carruaje. Oriane había encontrado irritante su incesante parloteo. La niña la había atormentado con un millar de preguntas sobre la vida en Carcasona en los viejos tiempos, antes de la guerra.

Entonces le dio bizcochos, pan de azúcar y vino especiado combinado con una pócima capaz de dejar fuera de combate a un soldado durante varios días. Al fin, la pequeña dejó de hablar y se quedó profundamente dormida.

—¡Despertad!

Sajhë oyó que alguien le hablaba. Un hombre. Muy cerca.

Intentó moverse. El dolor llegó a todos los rincones de su cuerpo. Destellos azules estallaron detrás de sus ojos.

—¡Despertad!

La voz fue un poco más insistente esta vez.

Sajhë se encogió cuando algo frío comprimió su rostro contusionado, aliviándole el ardor de la piel. Lentamente, como arrastrándose, volvió el recuerdo de los golpes que le habían llovido sobre la cabeza y el cuerpo, de todas partes.

¿Estaría muerto?

Entonces recordó. Alguien desde el pie de la ladera había gritado a los soldados que pararan. Sus atacantes, sorprendidos por la repentina intervención, se habían retirado. Ese alguien, un comandante, les había gritado órdenes en francés, mientras a él lo arrastraban ladera abajo.

Quizá no estaba muerto.

Sajhë intentó moverse otra vez. Sentía algo frío contra la espalda. Se dio cuenta de que tenía los hombros tirados hacia atrás. Intentó abrir los ojos, pero la hinchazón se lo impedía. En compensación, notó que sus otros sentidos se habían agudizado. Percibía los movimientos de los caballos piafando y distinguía la voz del viento y los gritos de los chotacabras y de un búho solitario. Eran sonidos que podía entender.

—¿Podéis mover las piernas? —le preguntó el hombre.

Sajhë se sorprendió al ver que podía, aunque le dolían cruelmente. Uno de los soldados le había aplastado el tobillo con la bota mientras él yacía en el suelo.

—¿Seréis capaz de cabalgar?

Sajhë vio que el hombre lo rodeaba para cortar las sogas que le mantenían los brazos atados a un poste, y advirtió que sus facciones le resultaban familiares. Le pareció reconocer algo en su voz y en su forma de inclinar la cabeza.

Se puso de pie con gran dificultad.

—¿A quién debo este favor? —preguntó, frotándose las muñecas. Entonces, repentinamente, lo supo. Sajhë volvió a verse a sí mismo como un chico de once años, encaramado a los muros del Château Comtal, sobre las almenas, buscando a Alaïs, prestando oídos al viento para oír su risa flotando en el aire. Y la voz de un hombre que charlaba y bromeaba—. Guilhelm du Mas —dijo lentamente.

Guilhelm hizo una pausa y miró sorprendido a Sajhë.

—¿Nos hemos visto antes, amigo?

—No creo que podáis recordarlo —replicó Sajhë, que apenas se sentía capaz de mirarlo a la cara—. Decidme, *amic* —prosiguió, enfatizando la palabra—, ¿qué queréis de mí?

—He venido a... —Guilhelm estaba perplejo por la hostilidad que percibía—. ¿Sois Sajhë de Servian?

—¿Y qué, si lo soy?

—En nombre de Alaïs, a quien ambos... —Guilhelm se interrumpió y se recompuso—. Su hermana, Oriane, está aquí, con uno de sus hijos. Forman parte del ejército cruzado. Oriane ha venido en busca del libro.

Sajhë lo miró fijamente.

—¿Qué libro? —preguntó desafiante.

Guilhelm siguió hablando, sin prestar atención a la pregunta.

—Oriane se ha enterado de que tenéis una hija y se la ha llevado. No sé adónde van, pero sé que partieron del campamento al anochecer. He venido para ofreceros mi ayuda. —Se incorporó—. Pero si no la queréis...

Sajhë se sintió palidecer.

—¡Esperad! —gritó.

—Si queréis recuperar viva a vuestra hija —prosiguió Guilhelm con voz firme—, os sugiero que dejéis de lado la animosidad que os inspiro, sea cual sea su causa.

Guilhelm tendió la mano para ayudar a Sajhë a ponerse de pie.

—¿Sabéis adónde pudo haber llevado Oriane a la niña?

Sajhë miró a los ojos al hombre que había odiado durante toda su vida y entonces, en nombre de Alaïs y de la hija de ese mismo hombre, aceptó la mano que le tendía.

—La niña tiene un nombre —dijo—. Se llama Bertranda.

CAPÍTULO 77
Pico de Soularac

Viernes 8 de julio de 2005

Audric y Alice ascendían en silencio la montaña.

Se habían dicho demasiado para que fueran necesarias más palabras. Audric respiraba pesadamente, pero mantenía la vista fija en el suelo y no dio ni un solo traspié.

–Ya no puede faltar mucho –dijo ella, tanto por sí misma como por él.

–No.

Cinco minutos después, Alice advirtió que habían llegado al lugar del yacimiento, desde la dirección opuesta al aparcamiento. Las tiendas de campaña habían desaparecido, pero todavía quedaban indicios de la reciente ocupación, por las zonas pardas de hierba reseca y los escasos residuos dispersos. Alice distinguió una paleta y el clavo de una tienda, que recogió y se metió en el bolsillo.

Prosiguieron el ascenso, girando hacia la izquierda, hasta llegar al peñasco que Alice había desplazado. Yacía tumbado de lado, bajo la entrada de la cámara, exactamente en el lugar donde había caído. A la luz fantasmagórica de la luna, parecía la cabeza de un ídolo abatido.

«¿De verdad que eso fue solamente el lunes pasado?»

Baillard se detuvo y se recostó en el peñasco, para recuperar el aliento.

–Falta muy poco para llegar –dijo ella, para darle ánimos–. Lo siento. Debí advertirle que la cuesta era muy empinada.

Audric sonrió.

–Ya lo recordaba –dijo.

La cogió de la mano. Su piel tenía el tacto de un papel finísimo.

–Cuando lleguemos a la cueva –prosiguió él–, esperarás hasta que te diga que puedes seguirme sin temor. Debes prometerme que te quedarás escondida.

—Sigo pensando que no es buena idea que entre solo —dijo ella empecinadamente—. Aunque esté en lo cierto y no vengan hasta que haya caído la noche, puede quedarse atrapado. Ojalá aceptara mi oferta, Audric. Si voy con usted, podré ayudarlo a buscar el libro. Será más rápido y más fácil si somos dos. Podremos entrar y salir en cuestión de minutos. Entonces nos esconderíamos los dos aquí fuera, para ver lo que ocurre.

—Perdona, pero será mejor para los dos que nos separemos.

—Realmente, no veo por qué, Audric. Nadie sabe que estamos aquí. No creo que corramos un gran peligro —insistió ella, aunque intuía que no era así.

—Eres muy valiente, *donaisela* —dijo él suavemente—. Como lo era Alaïs. Siempre anteponía la seguridad de los demás a la suya propia. Sacrificó mucho por las personas que amaba.

—Aquí nadie está sacrificando nada —replicó secamente Alice, a quien el miedo empezaba a poner nerviosa—. Y todavía no comprendo por qué no me permitió que viniera antes. Habríamos podido entrar en la cámara cuando todavía era de día, sin correr el riesgo de ser sorprendidos.

Baillard se comportó como si ella no hubiese hablado.

—¿Ha telefoneado al inspector Noubel? —preguntó.

«No sirve de nada discutir. Al menos de momento.»

—Sí —dijo ella con un sonoro suspiro—. Le he dicho lo que usted me pidió que le dijera.

—*Ben* —replicó él suavemente—. Comprendo que pienses que no estoy siendo razonable, Alice, pero ya verás. Todo tiene que ocurrir en el momento justo y en el orden adecuado. De lo contrario, no brillará la verdad.

—¿La verdad? —repitió ella—. Me ha dicho todo lo que hay que saber, Audric. Todo. Ahora mi única preocupación es sacar de aquí a Shelagh, y también a Will, sanos y salvos.

—¿Todo? —dijo él con delicadeza—. ¿Es posible tal cosa?

Audric se dio la vuelta y miró la entrada de la cueva, un pequeño hueco negro en la extensión rocosa.

—Una verdad puede contradecir a otra —murmuró—. Ahora no es lo mismo que entonces. —La cogió por el brazo—. ¿Te parece que concluyamos la última fase de nuestro trayecto? —preguntó.

Alice lo miró perpleja, desconcertada por su actitud. Se lo veía sereno y confiado. Una especie de pasiva aceptación había descendido sobre él, mientras que ella estaba muy nerviosa, asustada por todo lo que podía salir mal, aterrada ante la perspectiva de que Noubel llegara tarde y temerosa de que Audric se equivocara.

«¿Y si ya están muertos?»

Alice apartó la idea. No podía permitirse pensar de ese modo. Tenía que seguir creyendo que todo iba a salir bien.

En la entrada, Audric se volvió hacia ella y le sonrió, con sus moteados ojos color ámbar resplandecientes de expectación.

—¿Qué pasa, Audric? —dijo ella rápidamente—. Hay algo. —Se interrumpió, incapaz de encontrar la palabra que buscaba—. Algo...

—¡Llevo tanto tiempo esperando! —dijo él en voz baja.

—¿Esperando? ¿Encontrar el libro?

Él sacudió la cabeza.

—La redención —dijo él.

—¿La redención? ¿De qué?

Alice advirtió con asombro que el anciano tenía lágrimas en los ojos, y se mordió los labios para no romper a llorar.

—No lo entiendo, Audric —susurró, con la voz quebrada.

—*Pas a pas se va luènh* —dijo él—. ¿Viste estas palabras en la cámara, labradas en los peldaños?

Alice lo miró asombrada.

—Sí, ¿pero cómo...?

Él le tendió la mano, para que le pasara la linterna.

—Tengo que entrar.

Luchando con sus emociones contradictorias, Alice se la dio sin añadir palabra. Lo observó internándose en el túnel y esperó hasta ver desaparecer el último atisbo de luz. Entonces se volvió y se alejó.

El grito de un búho cercano la sobresaltó. Hasta el sonido más leve parecía multiplicarse por cien. Había algo maligno en la oscuridad, en los árboles que se cernían sobre ella, en la ominosa sombra de la montaña misma, en la forma en que las rocas parecían asumir formas poco familiares y amenazadoras. A lo lejos, creyó distinguir el ruido de un coche pasando por una carretera, abajo, en el valle.

Después, volvió a reinar el silencio.

Alice miró el reloj. Eran las nueve y cuarenta.

A las diez menos cuarto, dos potentes faros delanteros barrieron el aparcamiento, al pie del pico de Soularac.

Paul Authié apagó el motor y salió. Le sorprendió que François-Baptiste no estuviera allí, esperándolo. Levantó la vista en dirección a la cueva, con un repentino destello de alarma en la mirada, pensando que quizá ya hubieran entrado en la cámara.

Descartó la idea. Estaba empezando a ponerse nervioso. Braissart y Domingo habían estado allí hasta una hora antes. Si Marie-Cécile o su hijo se hubieran presentado, lo habrían llamado para decírselo.

Su mano se dirigió al dispositivo de control que llevaba en el bolsillo, preparado para hacer detonar las cargas explosivas y con la cuenta atrás ya iniciada. No tenía que hacer nada. Sólo esperar. Y mirar.

Authié se tocó el crucifijo que llevaba al cuello y se puso a rezar.

Un leve sonido en el bosque que rodeaba el aparcamiento llamó su atención. Aguzó la vista, pero no vio nada. Volvió al coche y encendió las luces largas. Los árboles parecieron saltar hacia él desde la oscuridad, despojados de color.

Protegiéndose los ojos del resplandor, volvió a mirar. Esta vez, distinguió movimientos en el denso sotobosque.

—¿François-Baptiste?

No hubo respuesta. Authié sintió que se le erizaba el vello de la nuca.

—¡No tenemos tiempo para esto! —gritó a la oscuridad, imprimiendo un tono de irritación a su voz—. Si quieres el libro y el anillo, ven aquí, donde pueda verte.

Authié empezó a preguntarse si no habría juzgado mal la situación.

—¡Estoy esperando! —gritó.

Tuvo que reprimir una sonrisa, cuando vio una figura que cobraba forma entre los árboles.

—¿Dónde está O'Donnell?

Authié estuvo a punto de echarse a reír al ver a François-Baptiste ir hacia él con una cazadora de una talla varias veces más grande de lo que le habría convenido. Tenía un aspecto patético.

—¿Estás solo? —le preguntó.

—¿Y a usted qué mierda le importa? —respondió el muchacho, deteniéndose en el límite del bosque—. ¿Dónde está Shelagh O'Donnell?

Con un movimiento de la cabeza, Authié señaló la entrada de la cueva.

—Ya está arriba, esperándote, François-Baptiste. Pensé que así te ahorraría la molestia de subirla. —Dejó escapar una risita breve—. No creo que te ocasione ningún problema.

—¿Y el libro?

—También arriba —contestó Authié, estirándose los puños de la camisa—. Lo mismo que el anillo. Todo entregado según lo prometido. A tiempo.

François-Baptiste soltó una carcajada.

—Y envuelto para regalo, supongo —dijo el joven en tono sarcástico—. ¿No esperará que me crea que lo ha dejado todo ahí, simplemente?

Authié lo miró con desprecio.

—Mi tarea consistía en conseguir el libro y el anillo, y es lo que he hecho. Al mismo tiempo, os he devuelto también a vuestra..., ¿cómo llamarla?..., a vuestra espía. Considéralo filantropía de mi parte. —Estrechó los ojos—. Lo que madame De l'Oradore decida hacer con ella ya no es asunto mío.

La sombra de la duda atravesó el rostro del muchacho.

—¿Y todo por vuestro bondadoso corazón?

—Por la *Noublesso Véritable* —dijo Authié con suavidad—. ¿O es que aún no te han propuesto ingresar? Supongo que el mero hecho de ser su hijo no supone ningún privilegio. Ve y echa un vistazo. ¿O tu madre ya está dentro, preparándose?

François-Baptiste lo fulminó con la mirada.

—¿Creías que no me había contado nada? —Authié dio un paso hacia él—. ¿Creías que no sé lo que hace? —Podía sentir el odio del muchacho creciendo en su interior—. ¿La has visto, François-Baptiste? ¿Has visto el éxtasis en su cara cuando pronuncia esas palabras obscenas, esas blasfemias? ¡Es una ofensa contra Dios!

—¡No se atreva a hablar así de ella! —exclamó el muchacho, llevándose la mano al bolsillo.

Authié se echó a reír.

—¡Muy bien! ¡Coge el teléfono y llámala! Te dirá lo que tienes que hacer y lo que tienes que pensar. No hagas nada sin preguntárselo primero a ella.

Se dio la vuelta para dirigirse hacia el coche. Oyó el chasquido del seguro del arma y tardó una fracción de segundo en comprender lo que era. Incrédulo, se giró. Fue demasiado lento. El otro ya había apretado el gatillo, primero una vez y después otra, en rápida sucesión.

El primer tiro falló por un amplio margen. El segundo le dio de lleno en el muslo. La bala le atravesó la pierna, astillándole el hueso y saliendo por el otro lado. Authié cayó al suelo, gritando, mientras una oleada de dolor le recorría el cuerpo.

François-Baptiste caminaba hacia él, sosteniendo la pistola con los dos brazos extendidos. Authié intentó ponerse a salvo arrastrándose, dejando tras de sí una estela de sangre sobre la grava, pero ya tenía al muchacho encima.

Por un instante, sus miradas se encontraron. Entonces François-Baptiste volvió a disparar.

Alice se sobresaltó.

El estallido de los disparos desgarró el aire quieto de la montaña y reverberó hacia ella, reflejado por la roca.

Su corazón se desbocó. No podía determinar la procedencia de los balazos. Si hubiese estado en su casa, habría pensado que era un granjero disparando a los conejos o los cuervos.

«No ha sonado como una escopeta de caza.»

Se puso de pie tan sigilosamente como pudo e intentó mirar a través de la oscuridad, en dirección a donde pensaba que debía de estar el aparcamiento. Oyó una puerta de coche que se cerraba y, poco después, el sonido de unas voces humanas y de palabras transportadas por el viento.

«¿Qué estará haciendo Audric ahí dentro?»

Estaban muy lejos, pero podía sentir su presencia en la montaña. De vez en cuando, Alice distinguía el ruido de un guijarro rodando por la grava del camino, desplazado por los pasos de los recién llegados, o bien el crujido de una rama.

Se acercó un poco más a la entrada de la cueva, enviando miradas desesperadas a la misma, como si fuera posible, por la sola fuerza de su voluntad, conjurar a Audric y hacer que se materializara en la oscuridad.

«¿Por qué no sale?»

—¡Audric! —susurró—. Alguien viene. ¡Audric!

Nada más que silencio. Alice se asomó a la oscuridad del túnel que se extendía ante ella y sintió flaquear su coraje.

«Tienes que prevenirlo.»

Rezando para que no fuera demasido tarde, Alice entró y bajó corriendo, en dirección a la cámara del laberinto.

CAPÍTULO 78

Los Seres

MARÇ 1244

Pese a las heridas de Sajhë, avanzaron a buen ritmo, desde Montsé-gur hacia el sur, siguiendo el río. Viajaban ligeros y cabalgaron sin tregua, deteniéndose únicamente para que los caballos pudieran beber y descansar, y utilizando las espadas para romper el hielo. Guilhelm advirtió de inmediato que las habilidades de Sajhë superaban las suyas.

Sabía algo del pasado de Sajhë, de cómo solía llevar los mensajes de los *parfaits* a los pueblos más remotos y aislados de los Pirineos, y de cómo transmitía información a los combatientes rebeldes. Era evidente que aquel hombre más joven que él conocía todos los valles y pasos practicables y todos los senderos ocultos en los bosques, los barrancos y las llanuras.

Guilhelm también se daba cuenta de la feroz animadversión que él le inspiraba, aunque no dijera nada. Era como sentir el sol ardiente abrasándole la nuca. Guilhelm conocía la fama de Sajhë de hombre leal, valeroso y honrado, dispuesto a morir por aquello en lo que creía. A pesar de su animosidad, Guilhelm podía comprender que Alaïs lo amara y hubiera tenido una hija con él, aun cuando la sola idea fuera como un puñal clavado en el corazón.

La suerte los acompañó. Durante la noche no nevó mucho. Al día siguiente, el 19 de marzo, amaneció claro y despejado, con unas pocas nubes y brisa ligera.

Sajhë y Guilhelm llegaron a Los Seres al anochecer. El pueblo se encontraba al fondo de un valle pequeño y aislado y, pese al frío, el aire ya tenía el suave aroma de la primavera. En los árboles de los alrededores del caserío se veían brotes verdes entre el blanco de la escarcha. Las primeras flores primaverales empezaban a despuntar tímidamente en los setos y al borde del camino por donde ellos cabalgaban siguiendo la senda que conducía al pequeño grupo de casas. El pueblo parecía desierto, abandonado.

Los dos hombres desmontaron y, llevando a sus caballos de las riendas, recorrieron a pie el último tramo hasta el centro del caserío. El sonido de las herraduras chocando con los guijarros y la dura tierra del camino reverberaba sonoramente en el silencio. Unos pocos penachos de humo se desprendían casi con cautela de las chimeneas de una o dos de las casas. Ojos suspicaces los espiaban a través de rendijas y grietas de los postigos, para retirarse en seguida. Los desertores franceses no solían verse en esas cotas de la montaña, pero de vez en cuando llegaban. Y normalmente traían problemas.

Sajhë ató su caballo junto a la fuente. Guilhelm lo imitó y lo siguió, atravesando el centro del pueblo hasta una casa pequeña. Faltaban tejas del techado y los postigos necesitaban alguna reparación, pero las paredes se veían fuertes. Guilhelm pensó que no haría falta mucho trabajo para poner la casa en condiciones.

Esperó a que Sajhë empujara la puerta, que se resistía a abrirse, hinchada por la humedad y rígida por la falta de uso. Al final crujió y se abrió lo suficiente como para que Sajhë pudiera pasar.

Guilhelm lo siguió y de inmediato sintió el aire húmedo, semejante al de un sepulcro, que le entumecía los dedos. En la pared opuesta a la puerta había un montón de tierra y hojas, que seguramente se habrían colado con el viento del invierno. Había carámbanos por dentro de los postigos y bajo el alféizar de la ventana, donde formaban una orla desigual.

En la mesa habían quedado los restos de una comida. Una jarra vieja, platos, vasos y un cuchillo. En la superficie del vino se había formado una película de moho, como verdes algas sobre una laguna. Las banquetas estaban cuidadosamente arrimadas a la pared.

—¿Es vuestra casa? —preguntó Guilhelm en voz baja.

Sajhë asintió.

—¿Cuándo os marchasteis?

—Hace un año.

En el centro de la habitación se localizaba una olla oxidada sobre una pila de ceniza y madera carbonizada que había ardido mucho tiempo atrás. Guilhelm contempló con tristeza el gesto de Sajhë de inclinarse para poner mejor la tapa.

Al fondo de la casa había un cortina raída. Sajhë la apartó, revelando otra mesa con dos sillas, una frente a otra. La pared estaba cubierta por una estrecha estantería, casi completamente vacía. Un viejo mortero, un par de cuencos y cucharones, y unos cuantos botes cubiertos de polvo era todo lo que quedaba. Sobre la estantería, en el techo bajo, había unos ganchos de los que aún colgaban polvorientos atados de hierbas, una rama petrificada de hierba de gato y otra de hojas de zarzamora.

—Para sus medicinas —dijo Sajhë inesperadamente. Guilhelm permaneció en silencio, con las manos cruzadas delante del cuerpo, para no interrumpir a Sajhë en sus rememoraciones.

—Todos acudían a ella, hombres y mujeres: cuando caían enfermos, cuando sufrían tormentos espirituales, o para mantener saludables a sus hijos durante el invierno. Bertranda... Alaïs la dejaba ayudar preparando los ingredientes o llevando paquetes a las casas.

Sajhë sintió que le fallaba la voz y guardó silencio. Guilhelm también tenía un nudo en la garganta. Él también recordaba los frascos y las jarras con que Alaïs había llenado la habitación de ambos en el Château Comtal, y la silenciosa concentración con que solía trabajar.

Sajhë dejó caer la cortina que sostenía en la mano. Después, verificando la firmeza de los peldaños, subió con cuidado la escalera que conducía a la plataforma superior. Allí, mohosa y sucia de excrementos de animales, había una pila de viejas mantas y paja podrida, que era todo lo que quedaba del lugar donde dormía la familia. Una vela solitaria, con restos de cera, permanecía erguida junto a la pila de ropa de cama, delante de las reveladoras manchas de humo que aún se distinguían en la pared del fondo.

Incapaz de seguir siendo testigo del dolor de Sajhë durante mucho tiempo más, Guilhelm salió a esperarlo fuera. Sentía que no tenía derecho a interferir.

Poco después, Sajhë reapareció. Sus ojos estaban enrojecidos, pero se dirigió con paso firme y decidido hacia donde estaba Guilhelm, de pie en el punto más alto del pueblo, mirando en dirección al oeste.

—¿Cuándo aclarará? —dijo cuando Sajhë llegó a su lado. Los dos hombres eran de similar estatura, pero los surcos de la cara de Guilhelm y los mechones grises de su cabellera revelaban que estaba quince años más cerca de la tumba.

—El sol sale tarde en las montañas en esta época del año.

Guilhelm se quedó un momento en silencio.

—¿Qué queréis hacer? —preguntó, respetando el derecho de Sajhë a decidir en su casa.

—Tenemos que llevar los caballos a los establos y encontrar un lugar donde dormir. Dudo que lleguen antes de la mañana.

—¿No queréis...? —empezó Guilhelm, mirando en dirección a la casa.

—No —replicó Sajhë rápidamente—, ahí no. Hay una mujer que nos dará de comer y nos acogerá por la noche. Mañana deberíamos subir un poco más por la montaña y acampar en algún lugar cerca de la cueva, para esperarlos.

—¿Pensáis que Oriane no entrará en el pueblo?

—Seguramente adivinará dónde ha escondido Alaïs el *Libro de las palabras*. Ha tenido tiempo suficiente para estudiar los otros dos libros a lo largo de los últimos treinta años.

Guilhelm lo miró por el rabillo del ojo.

—¿Y no se equivoca? ¿El libro sigue allí, en la cueva?

Sajhë hizo como si no lo hubiese oído.

—No entiendo cómo convenció Oriane a Bertranda para que se fuera con ella —dijo—. Le recalqué que no se fuera sin mí, que esperara mi regreso.

Guilhelm no dijo nada. No había nada que pudiera decir para apaciguar el temor de Sajhë. La rabia de éste no tardó en arder y consumirse por sí sola.

—¿Creéis que Oriane habrá traído consigo los otros dos libros? —preguntó de pronto.

Guilhelm sacudió la cabeza.

—Supongo que los tendrá a buen recaudo en sus sótanos, en algún lugar de Evreux o de Chartres. ¿Para qué arriesgarse a traerlos hasta aquí?

—¿La amabais?

La pregunta cogió a Guilhelm por sorpresa.

—La deseaba —respondió lentamente—. Estaba hechizado, embriagado por mi propia importancia...

—No me refiero a Oriane —dijo Sajhë bruscamente—, sino a Alaïs.

Guilhelm sintió como si un aro de hierro le apretara la garganta.

—Alaïs —susurró. Por un momento, quedó atrapado en sus recuerdos, hasta que la fuerza de la intensa mirada de Sajhë lo devolvió al frío del presente—. Después de... —Se le quebró la voz—. Después de la caída de Carcassona, la vi solamente una vez. Se quedó conmigo tres meses. La habían apresado los inquisidores y...

—¡Lo sé! —exclamó Sajhë, pero después su voz pareció desmoronarse—. Lo sé todo.

Intrigado por la reacción de Sajhë, Guilhelm mantuvo la mirada fija al frente. Para su sorpresa, notó que estaba sonriendo.

—Sí. —La palabra cayó deslizándose de sus labios—. La quise más que a nada en el mundo. Pero no comprendí el valor del amor, ni su fragilidad, hasta haberlo destrozado con mis propias manos.

—¿Por eso la dejasteis ir, después de Tolosa, cuando ella regresó aquí? Guilhelm hizo un gesto afirmativo.

—Después de esas semanas juntos, Dios sabe que fue difícil mantenerme alejado. Si hubiese podido verla sólo una vez más... Tenía la esperanza de que cuando todo esto hubiese terminado pudiéramos... Pero obviamente, os encontró a vos. Y ahora, hoy...

La voz de Guilhelm se quebró. Acudieron lágrimas a sus ojos, haciendo que le escocieran por el frío. A su lado, sintió que la actitud de Sajhë cambiaba. Por un momento, el carácter del ambiente que se había establecido entre ellos se modificó.

—Disculpadme. No debí perder la compostura ante vos. —Hizo una profunda inspiración—. El precio que Oriane puso a la cabeza de Alaïs fue considerable, tentador incluso para los que no tenían razón alguna para desearle ningún daño. Por mi parte, pagué a los espías de Oriane para que le pasaran información falsa. Eso contribuyó a mantener a Alaïs a salvo durante casi treinta años. —Guilhelm se detuvo otra vez, mientras la imagen de un libro que ardía sobre una ennegrecida capa roja se deslizaba en su mente como un huésped indeseado—. No sabía que su fe fuera tan intensa —dijo—, ni que su deseo de impedir que Oriane se hiciera con el libro la llevara a dar ese paso.

Miró a Sajhë, intentando leer la verdad escrita en sus ojos.

—¡Ojalá no hubiera elegido morir! —prosiguió—. Por vos, el hombre que escogió, y por mí, el tonto que tuvo su amor y lo perdió. —Su voz vaciló—. Pero sobre todo, por vuestra hija. ¡Cuando pienso que Alaïs...!

—¿Por qué nos ayudáis? —lo interrumpió Sajhë—. ¿Por qué habéis venido?

—¿A Montségur?

Sajhë hizo un gesto negativo, impaciente.

—No, a Montségur no. Aquí. Ahora.

—Venganza —respondió Guilhelm.

CAPÍTULO 79

A laïs despertó con un sobresalto, rígida y fría. La delicada luz violácea del alba barría el paisaje gris y verde, mientras una leve neblina blanca pasaba de puntillas sobre las hondonadas y las grietas del flanco de la montaña, silenciosa y quieta.

Miró a Harif, que dormía apaciblemente, con la capa forrada de piel subida hasta las orejas. El día y la noche que habían pasado viajando habían sido duros para él.

El silencio pesaba sobre la montaña. A pesar del frío en los huesos y la incomodidad, Alaïs disfrutaba de la soledad, después de meses de desesperado hacinamiento y encierro en Montségur. Con cuidado para no molestar a Harif, se levantó y se desperezó, y fue a abrir una de las alforjas para partir un trozo de pan, que de tan duro parecía de madera. Se sirvió un vaso de espeso vino tinto del que producían en la montaña, casi demasiado frío para distinguir su sabor. Mojó el pan en el vino para ablandarlo y se lo comió rápidamente, antes de ponerse a preparar algo de comer para los demás.

Casi no se atrevía a pensar en Bertranda y Sajhë, ni en dónde estarían en ese instante. ¿Todavía en el campamento? ¿Juntos o separados?

El chillido de un autillo regresando de su cacería nocturna desgarró el aire. Alaïs sonrió, reconfortada por los ruidos familiares de animales moviéndose entre los arbustos, con repentinos estallidos de garras y dientes. En los bosques de los valles, más abajo, aullaba el lobo marcando su presencia. Le sirvió para recordarle que el mundo seguía su curso, que los ciclos cambiantes de las estaciones se mantenían sin ella.

Despertó a los dos guías, les dijo que el desayuno estaba listo y después condujo a los caballos hasta el torrente, donde tuvo que romper el hielo con la empuñadura de la espada para darles de beber.

Más tarde, cuando hubo más luz, fue a despertar a Harif. Le susurró en su idioma, apoyando suavemente una mano sobre su brazo. En los últimos tiempos, solía despertarse inquieto y turbado.

Harif abrió los ojos castaños, desvaídos por la edad.

−¿Bertranda?

−Alaïs −replicó ella suavemente.

Harif parpadeó, desconcertado al verse en la gris ladera de la montaña. Alaïs supuso que habría estado soñando otra vez con Jerusalén, con las curvilíneas mezquitas y las voces que llamaban a la oración a los fieles sarracenos, o con sus viajes a través de los mares interminables del desierto.

Durante los años que habían pasado juntos, Harif le había hablado de las especias aromáticas, de los vivos colores, del sabor intenso de la comida y del brillo terrible de aquel sol rojo sangre. Le había contado historias de cómo había empleado los años de su larga vida. Le había hablado del Profeta y de la antigua ciudad de Avaris, su primer hogar. Le había contado historias de su padre, Bertran, cuando era joven, y de la *Noublesso*.

Viéndolo allí dormido, con la tez olivácea agrisada por la edad y el negro cabello encanecido, a Alaïs se le encogió el corazón. Estaba demasiado viejo para luchar. Había visto demasiado, había sido testigo de demasiadas cosas para que todo terminara tan abruptamente.

Harif había aplazado demasiado su último viaje, y Alaïs sabía, aunque él nunca se lo hubiese dicho, que pensar en Los Seres y en Bertranda era lo único que le daba fuerzas para continuar.

−Alaïs −dijo en voz baja, comprendiendo lentamente lo que lo rodeaba−. Ah, sí.

−No falta mucho −dijo ella, mientras lo ayudaba a ponerse de pie−. Ya casi estamos en casa.

Guilhelm y Sajhë hablaban poco, acurrucados al abrigo de la montaña, fuera del alcance de las despiadadas garras del viento.

Varias veces, Guilhelm intentó iniciar una conversación, pero las taciturnas respuestas de Sajhë lo desanimaron. Al final renunció al intento y se replegó en su mundo interior, que era precisamente lo que Sajhë pretendía.

La mala conciencia atormentaba a Sajhë. Se había pasado la vida, primero, envidiando a Guilhelm, odiándolo después y finalmente intentando no pensar en él. Había ocupado el lugar de Guilhelm al lado de Alaïs, pero nunca en su corazón. Alaïs había permanecido fiel a su primer amor, que había persistido a pesar de la ausencia y el silencio.

Sajhë conocía el valor de Guilhelm y su intrépida y larga lucha para expulsar a los cruzados del Pays d'Òc, pero se resistía a apreciarlo, y menos aún a admirarlo. Tampoco quería sentir pena por él. Era evidente que sufría por Alaïs. Su rostro hablaba de una honda pérdida y de un profundo arrepentimiento. Sajhë no podía decidirse a hablar. Pero se odiaba por no hacerlo.

Esperaron todo el día, turnándose para dormir. Cuando faltaba poco para que cayera la noche, una bandada de cuervos levantó el vuelo más abajo, en la ladera, elevándose por el aire como la ceniza de un fuego moribundo. Volaron en círculos, planearon y graznaron, batiendo el aire frío con sus alas.

—Alguien viene —dijo Sajhë, inmediatamente alerta.

Se asomó por detrás del peñasco que se erguía sobre la estrecha cornisa, junto a la entrada de la cueva, casi como si lo hubiese colocado allí la mano de un gigante.

Abajo no vio nada, ningún movimiento. Con gran precaución, Sajhë salió de su escondite. Le dolía todo y sentía el cuerpo entumecido, en parte como secuela de los golpes recibidos y en parte por la larga inmovilidad. Tenía las manos insensibles y los nudillos enrojecidos y agrietados. Su rostro era una masa de contusiones y piel desgarrada.

Se agachó para saltar de la cornisa rocosa, pero aterrizó mal, y sintió una explosión de dolor en el tobillo herido.

—Pasadme la espada —dijo, tendiendo la mano.

Después de entregarle el arma, Guilhelm saltó a su vez y se reunió con él, que ya estaba oteando el valle.

Se oyó un murmullo de voces distantes. Después, en la tenue luz del crepúsculo, Sajhë vio una fina guirnalda de humo serpenteando entre los árboles dispersos.

Miró hacia el horizonte, donde la tierra violácea se juntaba con un cielo cada vez más oscuro.

—Vienen por el camino del sureste —dijo—, lo cual significa que Oriane ha preferido evitar del todo el pueblo. Desde esa dirección, no podrán continuar mucho más con los caballos. El terreno es demasiado abrupto. Hay barrancos muy profundos por ambos lados. Tendrán que seguir a pie.

De pronto, no pudo soportar la idea de que Bertranda estuviera tan cerca.

—Voy a bajar.

—¡No! —exclamó en seguida Guilhelm—. No —insistió, en tono más sereno—. Es demasiado arriesgado. Si os ven, pondréis en peligro la vida de Bertranda. Sabemos que Oriane vendrá a la cueva. Aquí tendremos de nuestra parte el factor sorpresa. Es mejor esperar a que venga a nuestro encuentro. —Hizo una pausa—. No debéis culparos, amigo mío. No habríais podido evitar lo sucedido. Le haréis mejor servicio a vuestra hija si respetáis nuestro plan hasta el final.

Sajhë se apartó del brazo la mano de Guilhelm.

—No tenéis idea de lo que siento en este momento —replicó, con la voz temblando de ira—. ¿Cómo os atrevéis a suponer que me conocéis?

Guilhelm hizo un gesto de irónica rendición.

—Lo siento.

—No es más que una niña.

—¿Cuántos años tiene?

—Nueve —replicó Sajhë con brusquedad.

Guilhelm frunció el ceño.

—Entonces tiene edad suficiente para razonar —dijo, pensando en voz alta—. Incluso si Oriane no la ha obligado, sino que la ha convencido para salir del campamento con ella, es probable que a estas alturas Bertranda sospeche de ella. ¿Sabía que Oriane estaba en el campamento? ¿Sabía de la existencia de su tía?

Sajhë hizo un gesto afirmativo.

—Ella sabe que Oriane no es amiga de Alaïs. Jamás se habría ido con ella.

—No, de haber sabido quién era —repuso Guilhelm—. Pero ¿y si no lo sabía?

Sajhë pensó un momento y finalmente sacudió la cabeza.

—Aun así, no creo que se hubiese marchado con una extraña. Le dije claramente que tenía que esperarnos...

Se interrumpió, advirtiendo que había estado a punto de delatarse, pero Guilhelm estaba inmerso en sus razonamientos. Sajhë suspiró aliviado.

—Creo que podremos ocuparnos de los soldados cuando hayamos

rescatado a Bertranda —dijo Guilhelm—. Cuanto más pienso al respecto, más probable me parece que Oriane deje a sus hombres acampados y continúe sola con vuestra hija.

Sajhë empezó a prestar atención.

—Continuad.

—Oriane lleva más de treinta años esperando este momento. El ocultamiento le resulta tan natural como respirar. No creo que se arriesgue a que nadie más descubra la ubicación exacta de la cueva. No querrá compartir el secreto, y como cree que nadie sabe que está aquí, a excepción de su hijo, no esperará encontrar ningún obstáculo. —Guilhelm hizo una pausa—. Oriane es... Para apoderarse de la Trilogía del Laberinto —prosiguió—, Oriane ha mentido, ha matado y ha traicionado a su padre y a su hermana. Se ha condenado por los libros.

—¿Ha matado?

—A su primer marido, Jehan Congost, desde luego, aunque no fue su mano la que empuñó la daga.

—François —murmuró Sajhë, en voz demasiado baja como para que Guilhelm pudiera oírlo. Experimentó entonces el destello de un recuerdo, los gritos, la agitación desesperada de los cascos del caballo mientras el hombre y el animal eran tragados por la ciénaga.

—Y siempre la he creído responsable de la muerte de una mujer que Alaïs apreciaba mucho —prosiguió Guilhelm—. Ya no recuerdo su nombre, después de tantos años, pero era una mujer muy sabia que vivía en la *Ciutat*. Le había enseñado a Alaïs todo lo que sabía sobre medicinas y remedios, y a utilizar los dones de la naturaleza para hacer el bien. —Hizo una pausa—. Alaïs la adoraba.

Sólo la obstinación impidió a Sajhë revelarle a Guilhelm su identidad. Sólo la obstinación y los celos le impidieron confiarle cómo había sido su vida con Alaïs.

—Esclarmonda no murió —dijo, incapaz de seguir fingiendo.

Guilhelm se quedó petrificado.

—¿Qué? —dijo—. ¿Lo sabe Alaïs?

Sajhë asintió.

—Cuando huyó del Château Comtal, fue en busca de ayuda a casa de Esclarmonda... y de su nieto. Salió...

El seco sonido de la voz de Oriane, autoritaria y fría, interrumpió la conversación. Los dos hombres, ambos habituados a luchar en las montañas, se echaron de inmediato al suelo. Sin un ruido, desenvainaron las espadas y ocuparon sus puestos cerca de la entrada de la cueva. Sajhë se escondió detrás de una saliente rocosa, un poco por debajo de la entrada, mientras Guilhelm se ocultaba detrás de un círculo de arbustos de espinos, cuyas ramas asumían en la penumbra un aspecto amenazador.

Las voces se estaban acercando. Podían oír el ruido de las botas de los soldados y de sus armaduras y hebillas mientras ascendían entre las piedras y los guijarros de la senda rocosa.

Sajhë sentía como si estuviera dando cada paso con Bertranda. Cada instante duraba una eternidad. El sonido de pasos y el eco de las voces se repetía una y otra vez, sin que pareciera que se estuvieran acercando.

Finalmente, dos figuras emergieron de entre los árboles. Oriane y Bertranda. Como Guilhelm había supuesto, venían solas. Sajhë vio que Guilhelm lo miraba fijamente, advirtiéndole que no se moviera aún, que esperara hasta tener a Oriane al alcance de sus armas y hasta poder apartar de su lado a Bertranda sin riesgo para la niña.

Mientras se acercaban, Sajhë apretó los puños para reprimir el grito de ira que le nacía en las entrañas. Bertranda tenía un corte en la mejilla, rojo sobre su piel de palidez helada. Oriane la había atado con una cuerda que le rodeaba el cuello, le bajaba por la espalda y le sujetaba las muñecas, unidas por detrás del cuerpo. El otro extremo de la soga estaba en la mano izquierda de Oriane. En la derecha empuñaba una daga, que usaba para pinchar a la niña en la espalda, para que ésta no dejara de avanzar.

Bertranda caminaba con dificultad y tropezaba a menudo. Aguzando la mirada, Sajhë advirtió, bajo la falda de la niña, que la pequeña tenía los tobillos atados. El trozo de cuerda que mediaba entre los dos nudos sólo le permitía dar un paso.

Sajhë se obligó a permanecer inmóvil, esperando y mirando, hasta que la mujer y la niña llegaron al claro que se extendía justo al pie de la cueva.

—Dijiste que estaba detrás de los árboles.

Bertranda murmuró en voz baja algo que Sajhë no pudo oír.

—Por tu propio bien, espero que estés diciendo la verdad —dijo Oriane.

—Está ahí —replicó Bertranda. Su voz era firme, pero Sajhë percibió el terror que había en ella y sintió que se le encogía el corazón.

El plan era atacar por sorpresa a Oriane a la entrada de la cueva. Él se ocuparía de poner a salvo a Bertranda, mientras Guilhelm desarmaba a Oriane antes de que ésta tuviera oportunidad de usar el cuchillo.

Sajhë miró a Guilhelm, que hizo un gesto afirmativo, para expresarle que estaba preparado.

—Pero ¡tú no puedes entrar! —estaba diciendo Bertranda—. Es un lugar sagrado. Sólo los guardianes pueden entrar.

—¿Ah, sí? —dijo Oriane en tono burlón—. ¿Y quién va a impedírmelo? ¿Tú? —Una mueca de amargura le desfiguró el rostro—. Te pareces tanto a ella que me repugnas —añadió, sacudiendo la cuerda que rodeaba el cuello de Bertranda haciéndola gritar de dolor—. Alaïs siempre nos estaba diciendo a todos lo que teníamos que hacer. Siempre se creyó mejor que los demás.

—¡No es cierto! —exclamó Bertranda, valerosa pese a lo desesperado de su situación. Sajhë hubiese querido hacerla callar, pero al mismo tiempo sabía que Alaïs se habría sentido orgullosa de su coraje. Él mismo se sentía orgulloso del valor de la niña. ¡Se parecía tanto a sus padres!

Bertranda se había echado a llorar.

—¡No puede ser! ¡No debes entrar! ¡La cueva no te dejará entrar! ¡El laberinto protegerá su secreto de ti y de todo aquel que vaya en su busca con malos propósitos!

Oriane dejó escapar una breve carcajada.

—Ésas no son más que historias para asustar a las niñas estúpidas como tú.

Bertranda se mantuvo firme.

—No te llevaré más allá de aquí.

Oriane levantó la mano y le asestó un golpe con tal fuerza que la niña salió despedida contra la pared rocosa. Una roja neblina inundó la mente de Sajhë. En tres o cuatro zancadas, se abalanzó sobre Oriane, mientras un rugido animal surgía de las profundidades de su pecho.

Oriane reaccionó rápidamente, atrayendo a Bertranda hasta sus pies y apoyándole el puñal en el cuello.

—¡Qué decepción! Pensé que mi hijo se habría ocupado ya de este asunto tan sencillo. Tú estabas prisionero, ¿no? O al menos eso me habían dicho, pero ¡qué más da!

Sajhë sonrió a Bertranda, intentando tranquilizarla, pese a lo desesperado de su situación.

—Arroja al suelo la espada —dijo Oriane con calma—, o la mataré.

—Perdóname por haberte desobedecido, Sajhë —gritó Bertranda—, pero ella tenía tu anillo. Me dijo que tú la habías enviado a buscarme.

—No era mi anillo, *valenta* —dijo Sajhë, mientras soltaba su espada.

El arma cayó con un pesado ruido metálico, al golpear contra el duro suelo.

—Así está mejor. Ahora ven aquí donde pueda verte. Así es suficiente. Párate. —Sonrió—. ¿Estás solo?

Sajhë no respondió. Oriane aplastó el acero contra la garganta de Bertranda y le hizo una pequeña incisión bajo la oreja. La niña dejó escapar un grito, mientras un hilo de sangre, como una cinta roja, le resbalaba por la pálida piel del cuello.

—Suéltala, Oriane. No es a ella a quien quieres, sino a mí.

Al sonido de la voz de Alaïs, pareció como si la montaña entera contuviera el aliento.

¿Un espíritu? Guilhelm no era capaz de decirlo.

Sintió como si le hubieran extraído hasta el último hálito del cuerpo, dejándolo hueco e ingrávido. No se atrevía a moverse de su escondite por miedo a que la aparición se desvaneciera. Miró a Bertranda, tan parecida a su madre, y después cuesta abajo, donde estaba Alaïs, si es que de verdad era ella.

Una caperuza de piel le enmarcaba la cara, y su capa de montar, sucia del viaje, barría a su paso el terreno, blanco de escarcha. Tenía las manos enfundadas en guantes de cuero y cruzadas delante del cuerpo.

—Suéltala, Oriane.

Sus palabras rompieron el hechizo.

—¡Mamá! —gritó Bertranda, tendiendo desesperadamente los brazos.

—No es posible... —dijo Oriane, entrecerrando los ojos—. ¡Estás muerta! ¡Te he visto morir!

Sajhë se arrojó sobre Oriane e intentó arrebatarle a Bertranda, pero no fue lo bastante rápido.

—¡No os acerquéis! —gritó Oriane, ya repuesta, mientras arrastraba a Bertranda hacia la entrada de la cueva—. ¡Juro que la mataré!

—¡Mamá!

Alaïs dio otro paso adelante.

—Suéltala, Oriane. Tu pelea es conmigo.

—No hay ninguna pelea, hermana. Tú tienes el *Libro de las palabras* y yo lo quiero. *C'est pas difficile.*

—¿Y cuando lo tengas?

Guilhelm estaba paralizado. Aún no se atrevía a dar crédito a sus ojos y aceptar que allí estaba Alaïs, tal como solía verla en su imaginación mientras estaba despierto, y en sueños cuando dormía.

Un movimiento atrajo su atención, un destello de acero, unos yelmos. Guilhelm miró. Dos soldados se estaban acercando a Alaïs por detrás, entre los densos matorrales. Guilhelm miró a su izquierda al oír el ruido de una bota sobre la roca.

—¡Atrapadlos!

El soldado que estaba más cerca de Sajhë lo agarró por los brazos y lo sujetó con fuerza, mientras los otros salían de la espesura. Rápida como el rayo, Alaïs desenvainó la espada y se volvió, hincando limpiamente la hoja en el costado del soldado más cercano. El hombre cayó, mientras el otro se abalanzaba sobre ella. Saltaron chispas, al cruzarse las espadas a izquierda y derecha, primero a un lado y después al otro.

Alaïs tenía la ventaja de la posición más elevada, pero era más pequeña y débil.

Guilhelm abandonó de un salto su escondite y corrió en su dirección, justo cuando ella tropezaba y perdía el equilibrio. El soldado atacó, hiriéndola en la cara interior del brazo. Alaïs lanzó un grito y dejó caer la espada, mientras se apretaba la herida con la mano enguantada para que dejara de manar la sangre.

—¡Mamá!

Guilhelm se arrojó sobre el soldado y le hundió la espada en el vientre. El herido empezó a vomitar sangre, con los ojos desorbitados por la conmoción, antes de caer de bruces al suelo.

No tuvo tiempo ni de respirar.

—¡Guilhelm! —gritó Alaïs—. ¡Detrás de ti!

Guilhelm se dio la vuelta y vio a otros dos soldados que subían por la cuesta. Con un rugido, arrancó la espada que había quedado clavada en el cadáver y cargó contra ellos. El acero surcó el aire, mientras los hacía retroceder, asestando golpes a diestra y siniestra, incansablemente, luchando con ambos a la vez.

Él era más hábil con la espada, pero ellos eran dos.

Para entonces, Sajhë estaba atado y de rodillas. Uno de los soldados se quedó vigilándolo, con la punta del puñal en el cuello del joven, mientras el otro iba a prestar su ayuda para someter a Guilhelm. Al hacerlo, se puso al alcance de Alaïs, que si bien estaba perdiendo sangre profusamente, logró sacarse el puñal del cinturón y hacer acopio de sus últimos restos de energía para hundirlo con fuerza entre las piernas de su atacante. El hombre soltó un alarido cuando el acero se le hundió en la ingle.

Ciego de dolor, se arrojó sobre Alaïs. Guilhelm vio cómo ella saltaba hacia atrás y se golpeaba la cabeza contra la roca. Intentó mantenerse en pie, pero estaba confusa y desorientada, y sus piernas cedieron. Se desplomó en el suelo, mientras la sangre empezaba a manar también del corte en la cabeza.

Con el puñal aún hincado en la pierna, el soldado se abalanzó sobre Guilhelm, como un oso que hubiese caído en una trampa. Éste retrocedió para eludirlo y al hacerlo perdió pie en el suelo resbaladizo, enviando una lluvia de guijarros que se despeñaron cuesta abajo. Su tropiezo brindó a los otros dos la ocasión que necesitaban para saltar sobre él e inmovilizarlo, tumbado boca abajo en el suelo.

Sintió que las costillas se le quebraban cuando una bota le propinó un golpe en un costado, y se sacudió agónicamente, al recibir otro golpe más. En la boca sentía el sabor de la sangre.

No se oía nada de la dirección donde estaba Alaïs, que parecía totalmente inmóvil.

Entonces oyó gritar a Sajhë. Guilhelm levantó la cabeza justo en el instante en que un soldado le asestaba al joven un golpe con la hoja de la espada plana, dejándolo inconsciente.

Oriane había desaparecido en el interior de la cueva, llevando consigo a Bertranda.

Con un rugido, Guilhelm reunió los últimos restos de energía y se puso de pie, provocando con su impulso que uno de los soldados cayera de espaldas montaña abajo. Aferró su espada y la dirigió a la garganta del hombre que quedaba a su lado, mientras Alaïs conseguía ponerse de rodillas y utilizaba el cuchillo del soldado para hundírselo en la cara posterior del muslo. Su aullido de dolor murió antes de nacer.

Guilhelm advirtió que todo había quedado en silencio.

Por un instante, no hizo más que mirar fijamente a Alaïs. Incluso entonces, se resistía a dar crédito a sus ojos, por miedo a volver a perderla. Finalmente, le tendió la mano.

Guilhelm sintió los dedos de ella entrelazándose con los suyos. Sintió su piel, desgarrada y herida, fría como la suya. Real.

–Creí...

–Lo sé –repuso ella rápidamente.

Guilhelm no quería dejarla ir, pero la idea de Bertranda lo hizo reaccionar.

—Sajhë está herido —dijo, subiendo por la pendiente hacia la entrada—. Tú atiéndelo. Yo perseguiré a Oriane.

Alaïs se inclinó para comprobar el estado de Sajhë y de inmediato corrió detrás de Guilhelm.

—Sólo ha perdido el conocimiento —dijo—. Quédate tú. Cuéntale lo ocurrido. Tengo que encontrar a Bertranda.

—No, eso es lo que ella quiere. Te obligará a revelar dónde has escondido el libro y después os matará a las dos. Yo tengo más probabilidades que tú de rescatar a tu hija con vida, ¿no lo ves?

—A *nuestra* hija.

Guilhelm oyó las palabras, pero no las comprendió del todo. Su corazón empezó a palpitar con fuerza.

—Alaïs, ¿qué...? —empezó a decir, pero ella ya había agachado la cabeza para pasar debajo del brazo de él y corría por el túnel, hacia la oscuridad.

CAPÍTULO 80
Ariège

Viernes 8 de julio de 2005

Han ido a la cueva! –gritó Noubel, colgando violentamente el teléfono–. ¡De todas las estupideces que...!

–¿Quiénes?

–Audric Baillard y Alice Tanner. Se les ha metido en la cabeza que Shelagh O'Donnell está prisionera en el pico de Soularac y van hacia allí. Han dicho también que había alguien más. Un norteamericano, un tal William Franklin.

–¿Y ése quién es?

–Ni idea –dijo Noubel, descolgando la cazadora de detrás de la puerta y saliendo al pasillo con torpe apresuramiento.

Moureau lo siguió.

–¿Quién cogió la llamada?

–Los de recepción. Por lo visto, recibieron el mensaje de la doctora Tanner a las nueve en punto, pero «pensaron que yo no quería que nadie me molestara en medio de un interrogatorio». *N'importe quoi!* –exclamó Noubel, imitando la voz nasal del sargento del turno de noche.

Automáticamente, los dos hombres levantaron la vista para mirar el reloj de la pared. Eran las diez y cuarto.

–¿Qué hacemos con Braissart y Domingo? –dijo Moureau, mirando por el pasillo hacia las salas de interrogatorio. Noubel había acertado con su corazonada. Los dos hombres habían sido arrestados en los alrededores de la granja de la ex mujer de Authié, cuando viajaban al sur, en dirección a Andorra.

—Pueden esperar.

Noubel abrió de un empujón la puerta del garaje, que golpeó contra la salida de emergencia. Bajaron corriendo la escalera metálica hasta el asfalto.

—¿Les han sacado algo?

—Nada —dijo Noubel, abriendo con gesto alterado la puerta del coche, mientras arrojaba la cazadora sobre el asiento trasero y se sentaba ante el volante, no sin cierta dificultad—. Silenciosos como una tumba los dos.

—Temen más a su jefe que a vosotros —dijo Moureau, cerrando ruidosamente su puerta—. ¿Se sabe algo de Authié?

—Nada. Hace unas horas fue a misa, en Carcasona. Desde entonces, no se ha vuelto a saber nada de él.

—¿Y de la granja? —siguió preguntando Moureau, mientras el coche arrancaba hacia la carretera principal—. ¿Se ha recibido ya algún informe de la brigada de registro?

—No.

El teléfono de Noubel volvió a sonar. Con la mano izquierda sobre el volante, estiró el brazo derecho hacia el asiento trasero, dejando escapar al hacerlo una vaharada de sudor rancio. Soltó la cazadora sobre las rodillas de Moureau, que se puso a rebuscar en los bolsillos, mientras él gesticulaba frenéticamente pidiéndole el teléfono.

—Aquí Noubel. Diga.

Su pie apretó con fuerza el pedal del freno, lanzando a Moureau hacia adelante en su asiento.

—Putain! —exclamó—. ¿Por qué, en nombre de Cristo, me entero de esto ahora? ¿Hay alguien dentro? —Se quedó escuchando—. ¿Cuándo ha empezado?

La comunicación era mala. Hasta Moureau podía oír las crepitaciones de la línea.

—¡No, no! —dijo Noubel—. Quedaos ahí. Mantenedme al tanto.

El inspector arrojó el teléfono sobre el salpicadero, conectó la sirena y aceleró hacia la autopista.

—Hay un incendio en la granja —dijo, mientras daba gas a fondo.

—¿Provocado?

—El vecino más cercano está a un kilómetro de distancia. Dice que oyó un par de explosiones fuertes y que después vio el fuego y llamó a los bomberos. Cuando llegaron, las llamas ya se habían extendido.

—¿Hay alguien dentro? —preguntó Moureau ansiosamente.

—No lo saben —respondió Noubel con expresión sombría.

Shelagh perdía y recuperaba alternativamente la conciencia.

No tenía idea del tiempo transcurrido desde que se habían marchado los hombres. Uno por uno, sus sentidos se estaban apagando. Ya no era consciente de su entorno físico. Sus brazos, piernas, torso y cabeza parecían estar flotando, ingrávidos. No percibía el calor ni el frío, ni las piedras y el polvo bajo su cuerpo. Estaba aislada en su propio mundo. A salvo. Libre.

No estaba sola. En su mente flotaban rostros, gente del pasado y el presente, una procesión de imágenes silenciosas.

Le pareció como si estuviera volviendo la luz. En algún lugar, ligeramente fuera de su campo de visión, había un movedizo haz de luz blanca que proyectaba sombras danzarinas en los muros y a través del techo rocoso de la cueva. Como un caleidoscopio, los colores se movían y cambiaban de forma ante sus ojos.

Creyó ver a un hombre. Muy viejo. Sintió que sus manos frías y secas, con el tacto del papel de seda, se apoyaban sobre su frente. Su voz le decía que todo iba a salir bien, que ya estaba a salvo.

Entonces Shelagh oyó otras voces, susurrando en su cabeza, murmurando, hablándole suavemente, acariciándola.

Sintió alas negras sobre sus hombros, que la acunaban tiernamente como si fuera una niña, y que la llamaban a casa.

Después, otra voz vino a estropearlo todo.

—¡Vuélvase!

Will advirtió que el estruendo estaba dentro de su cabeza: era el sonido de su sangre, palpitando densa y pesada en sus oídos, y el ruido de las balas, reverberando una y otra vez en su memoria.

Tragó saliva e intentó contener el aliento. El olor punzante del cuero en su nariz y su boca era demasiado fuerte. Le revolvía el estómago.

¿Cuántos disparos había oído? ¿Dos? ¿Tres?

Sus dos custodios salieron. Will los oyó hablar, discutiendo quizá con François-Baptiste. Poco a poco, con cuidado para no llamar la atención, se incorporó ligeramente en el asiento trasero del coche.

A la luz de los faros, vio a François-Baptiste de pie junto al cadáver de Authié, con el brazo derecho colgando a un lado del cuerpo y el arma aún en la mano. Parecía como si alguien hubiera arrojado una lata de pintura roja sobre la puerta y el capó del coche de Authié. Sangre y fragmentos de carne y de hueso. Lo que quedaba del cráneo del abogado.

La náusea le inundó la garganta. Tragó y se obligó a seguir mirando. François-Baptiste empezó a agacharse, vaciló, pero al final se dio la vuelta y se alejó rápidamente.

Aunque las repetidas dosis de droga le habían insensibilizado los brazos y las piernas, Will sintió que se quedaba petrificado. Se dejó caer otra vez en el asiento, agradecido de que al menos no lo hubiesen metido otra vez en el claustrofóbico contenedor del maletero.

La puerta más cercana a su cabeza se abrió violentamente y Will sintió sobre sus brazos y cuello las familiares manos callosas, que lo arrastraban por el asiento y lo dejaban caer al suelo.

El aire de la noche era fresco sobre su cara y sus piernas desnudas. La túnica que le habían puesto era larga y amplia, aunque atada a la cintura. Will se sentía extraño, vulnerable. Y estaba aterrado.

Pudo ver el cadáver de Authié tendido inerte en la grava. A su lado, disimulada detrás del volante de su automóvil, vio una lucecita roja que se encendía y se apagaba.

—*Jusqu'à la grotte.* —La voz de François-Baptiste hizo reaccionar a Will—. *Vous restez dehors. En face de l'ouverture.* —Hizo una pausa—. *Il est dix heures moins cinq maintenant. Nous allons rentrer dans quarante ou cinquante minutes.*

Casi las diez. Will dejó que la cabeza le colgara hacia delante mientras uno de los hombres lo levantaba por las axilas. Cuando empezaron a arrastrarlo cuesta arriba, hacia la cueva, se preguntó si a las once aún estaría vivo.

—Vuélvase —repitió Marie-Cécile.

Una voz áspera y arrogante, pensó Audric. Volvió a acariciar una vez más la frente de Shelagh y después, lentamente, se puso de pie cuan largo era. Su alivio por haberla encontrado viva no había durado mucho. Su estado era crítico. Si no recibía pronto atención médica, Audric temía que no sobreviviera.

—Deje ahí la linterna —le ordenó Marie-Cécile—. Venga aquí abajo, donde pueda verlo.

Poco a poco, Audric se volvió y bajó los peldaños desde detrás del altar.

Ella sostenía una lámpara de aceite en una mano y una pistola en la otra. Lo primero que él pensó fue lo mucho que se parecían: los mismos ojos verdes y el mismo pelo negro enmarcando con sus rizos el rostro hermoso y austero. Con la tiara y el collar de oro, los amuletos rodeando sus brazos y la blanca túnica enfundando su cuerpo alto y esbelto, parecía una princesa egipcia.

—¿Ha venido sola, *dòmna*?

—No creo necesario hacerme acompañar a todas partes adonde voy, *monsieur*, y además...

El anciano bajó la vista hacia el arma.

—Ya veo. No cree que yo sea un obstáculo —dijo él, con un gesto de asentimiento—. Soy demasiado viejo, *òc*? Además, no quiere testigos —añadió.

Los labios de ella esbozaron la insinuación de una sonrisa.

—La fuerza reside en la discreción.

—El hombre que le enseñó eso ha muerto, *dòmna*.

Un destello de dolor brilló en la mirada de Marie-Cécile.

—¿Conoció a mi abuelo?

—De oídas —replicó Audric.

—Me enseñó bien. A no confiar en nadie. A no creer en nadie.

—Una manera solitaria de vivir, *dòmna*.

—Yo no lo creo así.

Ella se desplazó describiendo un arco, como una fiera intentando acorralar a su presa, hasta quedar de espaldas al altar, en el centro de la cámara, cerca de una concavidad del suelo. La tumba, pensó él. El lugar donde habían sido hallados los cuerpos.

—¿Dónde está ella? —preguntó Marie-Cécile.

Audric no respondió.

—Se parece usted mucho a su abuelo. Por su carácter, sus facciones, su perseverancia. Y lo mismo que él, sigue un camino equivocado.

La cólera tembló en el hermoso rostro.

—Mi abuelo era un gran hombre. Reverenciaba el Grial. Dedicó su vida a la búsqueda del *Libro de las palabras* para comprenderlo mejor.

—¿Para comprenderlo, *dòmna*? ¿O para beneficiarse de él?

—¡Usted no sabe nada de mi abuelo!

—¡Oh, sí, sí que sé! —replicó Audric en voz baja—. La gente no cambia tanto. —Vaciló—. Estuvo tan cerca, ¿verdad? —prosiguió, bajando aún más la voz—. Unos kilómetros más al oeste, y habría sido él quien encontrara la cueva. No usted.

—Ahora ya da lo mismo —repuso ella desafiante—. El Grial es nuestro.

—El Grial no es de nadie. No es algo que se pueda poseer, ni manipular, ni utilizar como moneda de cambio. —Audric se interrumpió. A la luz de la lámpara de aceite que ardía sobre el altar, la miró directamente a los ojos—. No lo habría salvado —dijo.

De un extremo a otro de la cámara, oyó que ella se quedaba sin aliento.

—El elixir cura todos los males y prolonga la vida. Lo habría mantenido vivo.

—No habría hecho nada para curarlo de la enfermedad que le estaba separando la carne de los huesos, *dòmna*, como tampoco a usted le dará lo que desea. —Hizo una pausa—. El Grial no vendrá por usted.

Marie-Cécile dio un paso hacia él.

—Usted *espera* que no venga, Baillard, pero no está seguro. Pese a todos sus conocimientos e investigaciones, no sabe lo que sucederá.

—Se equivoca.

—Es su oportunidad, Baillard, después de todos los años que ha pasado escribiendo, estudiando e interrogándose. Usted, como yo, ha consagrado toda su vida a esto. Ansía que lo hagamos tanto como yo.

—¿Y si me niego a cooperar?

Marie-Cécile soltó una aguda carcajada.

—¡Por favor! No hace falta que lo pregunte. Mi hijo la matará, eso ya lo sabe. Cómo lo haga, y cuánto tiempo tarde en hacerlo, dependerá de cómo se comporte usted.

Pese a las precauciones que había tomado, un estremecimiento le recorrió la espalda. Siempre y cuando Alice se quedara donde estaba, tal como había prometido, no había necesidad de alarmarse. Estaba a salvo. Todo habría terminado antes de que pudiera darse cuenta de lo que estaba ocurriendo.

El recuerdo de Alaïs, y también de Bertranda, irrumpió en su mente sin que él lo buscara. Su naturaleza impulsiva, su renuencia a obedecer órdenes, su coraje temerario... ¿Sería Alice de la misma madera?

—Está todo listo —dijo ella—. El *Libro de las pociones* y el *Libro de los números* están aquí, de modo que si usted me entrega el anillo y me dice dónde está escondido el *Libro de las palabras*...

Audric se esforzó por concentrarse en Marie-Cécile y no pensar en Alice.

—¿Por qué está tan segura de que todavía se encuentra en esta cámara?

Ella sonrió.

—Porque *usted* está aquí, Baillard. ¿Por qué otra razón habría venido? Quiere presenciar la ceremonia al menos una vez antes de morir. ¡Ahora póngase la túnica! —le gritó, con repentina impaciencia. Con la pistola, le señaló una prenda de tela blanca, depositada en lo alto de los peldaños. El anciano sacudió la cabeza y, por un instante, vio temblar la duda en el rostro de Oriane.

—Después, me dará el libro.

Advirtió que tres pequeños aros metálicos habían sido hincados en el suelo de la sección inferior de la cámara. Recordó entonces que había sido Alice quien había descubierto los esqueletos en la tumba.

Sonrió. Muy pronto encontraría las respuestas que buscaba.

—Audric —murmuró Alice, avanzando a tientas por el túnel.

«¿Por qué no responde?»

Sintió el desnivel del suelo bajo sus pies, lo mismo que la otra vez, pero ésta le pareció más pronunciado.

Más adelante, en la cámara, distinguió el tenue resplandor de la luz amarilla.

—¡Audric! —volvió a llamar, sintiendo crecer su temor.

Echó a andar más aprisa y cubrió los últimos metros a la carrera, hasta que desembocó en la cámara y se detuvo en seco.

«Esto no puede estar pasando.»

Audric estaba al pie de los peldaños. Vestía una larga túnica blanca.

«Recuerdo haber visto esto.»

Alice sacudió la cabeza para apartar el recuerdo. El anciano tenía las manos atadas delante del cuerpo y estaba amarrado al suelo, como un animal. En el extremo opuesto de la cámara, iluminada por una lámpara de aceite que parpadeaba sobre el altar, estaba Marie-Cécile de l'Oradore.

—Creo que ya lo tenemos todo —dijo.

Audric se volvió hacia Alice, con tristeza y dolor en la mirada.

—Lo siento —murmuró ella, comprendiendo lo que había hecho—, pero tenía que avisarlo...

Antes de que Alice pudiera reaccionar, alguien la había agarrado por detrás. Gritó y pataleó, pero ellos eran dos.

«La otra vez fue igual que ahora.»

Entonces alguien la llamó por su nombre. No era Audric.

Invadida por una oleada de náuseas, empezó a desplomarse.

—¡Aguantadla, imbéciles! —gritó Marie-Cécile.

CAPÍTULO 81

Pico de Soularac

MARÇ 1244

Guilhelm no pudo dar alcance a Alaïs, que ya le llevaba demasiada ventaja.

Bajó tropezando por el túnel, en la oscuridad. El dolor traspasaba su costado, donde tenía rotas las costillas, dificultándole la respiración. Las palabras de Alaïs repitiéndose en su cabeza y el temor que endurecía su pecho lo impulsaban a seguir adelante.

El aire parecía cada vez más frío, y hasta gélido, como si algo le estuviera sorbiendo la vida a la cueva. No lo comprendía. Si era un lugar sagrado, si en efecto era la cueva del laberinto, ¿por qué se sentía en presencia de tanta perversidad?

Guilhelm se encontró de pie sobre una plataforma natural de piedra. Un par de peldaños anchos y de escasa altura, directamente delante de él, conducían a una zona donde el suelo era liso y llano. Una antorcha ardía sobre un altar de piedra, proyectando algo de luz a su alrededor.

Las dos hermanas estaban frente a frente: Oriane, con el puñal apoyado aún sobre el cuello de Bertranda, y Alaïs, completamente inmóvil.

Guilhelm se agachó, rezando por que Oriane no lo hubiera visto aún. Tan sigilosamente como pudo, empezó a acercarse poco a poco a la pared, al amparo de las sombras, hasta estar suficientemente cerca para ver y oír lo que estaba ocurriendo.

Oriane arrojó algo al suelo, delante de Alaïs.

—¡Cógelo! —gritó—. ¡Abre el laberinto! ¡Sé que allí está oculto el *Libro de las palabras*!

Guilhelm vio que los ojos de Alaïs se abrían por el asombro.

—¿No has leído el *Libro de los números*? —dijo Oriane—. Me sorprendes, hermana. Allí está la explicación de la llave.

Alaïs vaciló.

—El anillo, con el *merel* inserto en él, abre la cámara en el corazón del laberinto.

Oriane tiró hacia atrás de la cabeza de Bertranda, tensando la piel del cuello de la pequeña, sobre el cual resplandecía el acero del puñal.

—¡Hazlo ya, hermana!

Bertranda gritó. El sonido pareció atravesar la cabeza de Guilhelm como un cuchillo. Arrugando la frente, miró a Alaïs, que tenía el brazo herido colgando inservible a un lado del cuerpo.

—Deja que se vaya ella primero —dijo.

Oriane sacudió la cabeza. Se le había soltado el pelo y sus ojos parecían salvajes, obsesivos. Sosteniendo la mirada de Alaïs, lentamente y con deliberada frialdad, hizo una nueva incisión en el cuello de Bertranda.

La niña volvió a gritar, mientras la sangre resbalaba por su cuello.

—El próximo corte será más profundo —dijo Oriane, con la voz temblando de odio—. Ve a buscar el libro.

Alaïs se agachó, recogió el anillo y se dirigió hacia el laberinto. Oriane la siguió, arrastrando consigo a Bertranda. Alaïs podía sentir la respiración acelerada de su hija, que estaba a punto de perder el conocimiento, avanzando a tropezones con los pies aún atados.

Por un instante se detuvo, mientras sus pensamientos retrocedían hasta el momento en que había visto a Harif realizar esa misma tarea por primera vez.

Alaïs empujó con la mano izquierda la áspera piedra del laberinto, sintiendo que el dolor le estallaba en el brazo herido. No le hizo falta ninguna vela para distinguir el contorno del símbolo egipcio de la vida, el *anj*, como Harif le había enseñado a llamarlo. Después, impidiendo con la espalda que Oriane viera sus movimientos, insertó el anillo en la pequeña abertura que había en la base del círculo central del laberinto, justo delante de su cara. Por el bien de Bertranda, rezó por que funcionara. No se habían pronunciado las palabras, ni se había preparado nada tal como hubiese debido prepararse. Las circunstancias no podían diferir más de la vez anterior, cuando se había presentado como suplicante ante la piedra del laberinto.

—*Di anj djet* —murmuró. Las antiguas palabras le supieron a ceniza.

Hubo un chasquido seco, como cuando se inserta una llave en su cerradura. Por un instante, pareció como si nada fuera a suceder. Después, desde el interior del muro, se oyó el ruido de algo desplazándose, piedra contra piedra. Entonces Alaïs se movió y, en la penumbra, Guilhelm vio que un compartimento había quedado al descubierto en el centro del laberinto. Dentro, había un libro.

—¡Dámelo! —ordenó Oriane—. ¡Ponlo aquí, sobre al altar!

Alaïs obedeció, sin desviar ni una vez la mirada de la cara de su hermana.

—Ahora déjala ir. Ya no la necesitas.

—¡Ábrelo! —gritó Oriane—. Quiero asegurarme de que no me engañas.

Guilhelm se acercó un poco más. En la primera página, dorado y resplandeciente, había un símbolo que él nunca había visto: un óvalo, o más bien una lágrima por su forma, dispuesto sobre una especie de cruz, semejante al báculo de un pastor.

—Sigue —ordenó Oriane—. Quiero verlo todo.

Las manos de Alaïs temblaban mientras pasaba las páginas. Guilhelm pudo ver una extraña mezcla de dibujos y trazos, y línea tras línea de símbolos de escritura menuda que cubrían toda la hoja.

—Cógelo, Oriane —dijo Alaïs, haciendo un esfuerzo para mantener firme la voz—. Quédate con el libro y devuélveme a mi hija.

Guilhelm vio el resplandor del acero. Comprendió lo que estaba a punto de suceder, un instante antes de que sucediera. Supo que los celos y la envidia de Oriane la llevarían a destruir todo lo que Alaïs apreciaba o amaba.

Se abalanzó sobre Oriane, golpeándola de lado. Al hacerlo, sintió que sus costillas rotas cedían y estuvo a punto de perder el conocimiento por el dolor, pero el impulso había sido suficiente para hacer que la mujer soltara a Bertranda.

El cuchillo cayó de las manos de Oriane y se perdió de vista, resbalando por el suelo, hasta confundirse con las sombras detrás del altar. Bertranda salió despedida hacia adelante con la colisión. Gritó y se golpeó la cabeza con la esquina del altar. Después, se quedó completamente inmóvil.

—¡Guilhelm, llévate a Bertranda! —gritó Alaïs—. Está herida, y Sajhë también lo está. Ayúdalos. Hay un hombre llamado Harif esperando en el pueblo. Él te ayudará.

Guilhelm dudó.

—¡Por favor, Guilhelm, sálvala!

Sus últimas palabras se perdieron, porque Oriane había conseguido ponerse en pie con gran esfuerzo y, tras recuperar el cuchillo, se había abalanzado sobre Alaïs. El acero se hundió en el brazo ya herido de la joven.

Guilhelm sentía el corazón desgarrado. No quería dejar a Alaïs enfrentarse sola con Oriane, pero tampoco podía ver a Bertranda yaciendo inerte y pálida en el suelo.

—¡Por favor, Guilhelm, llévatela!

Volviéndose para echar una última mirada a Alaïs, recogió a la hija de ambos en sus brazos doloridos y corrió, intentando no ver la sangre que manaba de la herida. Comprendió que era lo que Alaïs quería que hiciera.

Mientras atravesaba con paso inseguro la cámara, Guilhelm oyó un rugido, como de un trueno atrapado en lo profundo de la montaña. Cuando tropezó, pensó que sus piernas ya no lo sostenían, pero siguió adelante y logró subir los peldaños y regresar al túnel. Resbaló en las piedras flojas, con las piernas y los brazos ardiendo de dolor. Entonces se dio cuenta de que el suelo se estaba moviendo, temblando. La tierra bajo sus pies se estremecía.

Ya casi no le quedaban fuerzas. Bertranda yacía inerte en sus brazos y parecía pesarle más a cada paso que daba. El ruido aumentaba en intensidad a medida que avanzaban. Trozos de roca y polvo empezaron a caer del techo, precipitándose a su alrededor.

Pero entonces Guilhelm comenzó a sentir el aire fresco que salía a su encuentro. Unos pasos más, y salió al gris anochecer.

Guilhelm corrió hacia donde Sajhë yacía inconsciente y pudo ver que su respiración era regular.

Bertranda tenía una palidez mortal, pero empezaba a gemir y a mover los brazos. La depositó en el suelo, junto a Sajhë, y corrió a despojar de sus capas a los soldados muertos, para abrigarlos. Después se arrancó del cuello su propia capa, soltando con el movimiento la hebilla de plata y cobre, que salió despedida y cayó en el suelo polvoriento. Plegó la capa y la puso debajo de la cabeza de Bertranda, para que le sirviera de almohada.

Se detuvo un momento, para besar a su hija en la frente.

—*Filha* —murmuró. Fue el primer y último beso que le daría.

Dentro de la cueva se oyó un gran estruendo, como el del trueno después del relámpago. Guilhelm volvió a internarse corriendo en el túnel. El ruido era sobrecogedor en el confinamiento de la galería.

Advirtió que algo avanzaba rápidamente hacia él desde la oscuridad. Era Oriane.

—Un espíritu... un rostro —balbucía ésta, con los ojos desorbitados por el terror—. Una cara en el centro del laberinto.

—¿Dónde está Alaïs? —gritó él, agarrándola de un brazo—. ¿Qué le has hecho a Alaïs?

Oriane tenía las manos y la ropa cubiertas de sangre.

—Caras en el... en el laberinto.

Oriane volvió a gritar. Guilhelm se volvió para ver lo que había tras él, pero no vio nada. Aprovechando el momento, Oriane le clavó el puñal en el pecho.

De inmediato, Guilhelm supo que la herida era mortal. Sentía que la muerte se iba adueñando de sus miembros. Vio que Oriane corría alejándose de él, entre nubes de polvo, mientras sus ojos se oscurecían. También el deseo de venganza murió en él. Ya no le importaba.

Oriane salió del túnel hacia la luz grisácea del día agonizante mientras Guilhelm avanzaba a ciegas, tambaleándose, hasta la cámara, desesperado por hallar a Alaïs entre el caos de rocas, piedra y polvo.

La encontró tumbada en una pequeña concavidad del suelo, con los dedos apretando la funda del *Libro de las palabras* y el anillo firmemente agarrado en la otra mano.

—*Mon còr* —susurró él.

Los ojos de ella se abrieron al oír su voz. Sonrió y Guilhelm sintió que el corazón se le ensanchaba en el pecho.

—¿Bertranda?

—Está a salvo.

—¿Sajhë?

—Él también vivirá.

Alaïs contuvo el aliento.

—¿Oriane?

—La he dejado escapar. Está malherida. No llegará muy lejos.

La última llama de la lámpara, que aún ardía sobre el altar, tembló y se extinguió. Alaïs y Guilhelm no lo notaron, porque estaban fundidos en un abrazo. No advirtieron la oscuridad y la paz que descendían sobre ellos. No notaron nada, excepto que estaban juntos.

CAPÍTULO 82

Pico de Soularac

Viernes 8 de julio de 2005

L a fina túnica brindaba escasa protección contra la fría humedad de la cámara. Alice se estremeció, mientras volvía lentamente la cabeza.

A su derecha estaba el altar. La única luz procedía de una antigua lámpara de aceite, colocada en el centro, que proyectaba sombras movedizas sobre las paredes inclinadas. Era suficiente para ver el símbolo del laberinto en la roca, al fondo, grande e impresionante en el espacio cerrado.

Sintió que había alguien más, muy cerca. Alice miró a su derecha, y estuvo a punto de gritar, al ver por primera vez a Shelagh. Estaba acurrucada como un animal sobre el suelo de piedra, delgada, exánime, derrotada, con signos de violencia en la piel. Alice no pudo distinguir si respiraba o no.

«Por favor, Dios, haz que todavía esté viva.»

Poco a poco, Alice se fue acostumbrando a la temblorosa luz de la lámpara. Volvió levemente la cabeza y vio a Audric en el mismo sitio que antes. Seguía amarrado con una cuerda a una argolla hincada en el suelo. Su pelo blanco formaba una especie de halo alrededor de su cabeza. Estaba quieto, como una estatua tallada en un sepulcro.

Como si hubiese podido sentir el peso de su mirada, se volvió hacia ella y le sonrió.

Olvidando por un momento que debía de estar enfadado con ella por haberse internado en la cueva en lugar de esperar fuera tal como había prometido, ella le devolvió una débil sonrisa.

«Tal como dijo Shelagh.»

Después, notó en él algo diferente. Bajó la vista hacia sus manos, apoyadas sobre la túnica blanca con los dedos extendidos.

«Falta el anillo.»

—Shelagh está aquí —susurró entre dientes—. Usted tenía razón.

Él asintió.

—Tenemos que hacer algo —murmuró ella.

El anciano sacudió la cabeza casi imperceptiblemente y señaló con la vista el extremo opuesto de la cámara. Alice siguió la dirección de la mirada.

—¡Will! —susurró incrédula. La invadió una sensación de alivio y otra de algo diferente, seguida de congoja por el estado en que aquél se encontraba. Tenía sangre seca incrustada en el pelo, un ojo hinchado y varios cortes en la cara y las manos.

«Pero está aquí. Conmigo.»

Al oír su voz, Will abrió los ojos, esforzándose por ver en la oscuridad. Cuando por fin la vio y la reconoció, una media sonrisa acudió a sus labios maltrechos.

Por un momento, estuvieron mirándose fijamente, sosteniéndose la mirada.

«*Mon còr*. Mi amor.»

La revelación le insufló coraje.

El ominoso aullido del viento en el túnel se volvió más intenso, mezclado ahora con el murmullo de una voz. Era un cántico monótono, que no llegaba a ser una canción. Alice no distinguía de dónde procedía. Fragmentos de palabras y frases extrañamente familiares resonaron como ecos por la cueva, hasta saturar el aire con su sonido: *montanhas*, montañas; *noublesso*, nobleza; *libres*, libros; *graal*, grial. Alice empezó a marearse, embriagada por las palabras que resonaban en su cabeza como las campanas de una catedral.

Justo cuando empezaba a pensar que no podría resistirlo más, el cántico se interrumpió. Rápidamente, con calma, la melodía se desvaneció, dejando sólo el recuerdo.

Después, una voz solitaria flotó en el tenso silencio, una voz de mujer, clara y precisa.

En los comienzos del tiempo
En tierras de Egipto

El maestro de los secretos
Concedió las palabras y la escritura

Alice apartó la vista del rostro de Will y se volvió hacia el sonido. Marie-Cécile emergió de las sombras detrás del altar como una aparición. Estaba de pie delante del laberinto y sus ojos verdes, pintados de negro y oro, refulgían como esmeraldas a la luz parpadeante de la lámpara. Su pelo, recogido hacia atrás por una tiara de oro con un motivo de diamantes sobre la frente, resplandecía como el azabache. Sus esbeltos brazos estaban desnudos, a excepción de dos brazaletes de metal retorcido.

Llevaba en las manos los tres libros, uno sobre otro. Los colocó alineados sobre el altar, junto a un sencillo cuenco de barro. Cuando Marie-Cécile adelantó una mano para ajustar la posición de la lámpara de aceite sobre el altar, Alice observó, casi sin proponérselo, que llevaba puesto el anillo de Audric en el pulgar derecho.

«En su mano parece un error.»

Alice se sorprendió inmersa en un pasado que no recordaba. La piel de las tapas debía de estar seca y quebradiza al tacto, como las hojas muertas de un árbol otoñal, pero casi podía sentir entre sus dedos los lazos de cuero, suaves y flexibles, aunque seguramente estarían rígidos a causa de los muchos años en desuso. Era como si llevara el recuerdo escrito en sus huesos y en su sangre. Recordó cómo reverberaban las tapas, cómo cambiaban de color cuando les daba la luz.

Podía ver la imagen de un diminuto cáliz de oro, no más grande que una moneda de diez peniques, brillando como una joya sobre el pesado pergamino color crema, y, en las páginas siguientes, líneas de ornamentada escritura. Oía a Marie-Cécile recitando en dirección a la oscuridad, mientras veía al mismo tiempo, con los ojos de la mente, las letras rojas, azules y amarillas del *Libro de las pociones*.

Imágenes de figuras bidimensionales, de aves y otros animales, inundaron su mente. Recordó una hoja diferente de las demás: amarilla, traslúcida, más gruesa que las de pergamino; era de papiro, y aún se distinguía en ella la trama del tejido vegetal. Estaba cubierta con los mismos símbolos que los del comienzo del libro, sólo que ahí había minúsculos dibujos de plantas, números, pesos y medidas intercalados.

Estaba pensando en el segundo libro, el *Libro de los números*. En la primera página no había un cáliz, sino un dibujo del laberinto. Sin darse cuenta de lo que hacía, Alice miró una vez más la cámara a su alrededor, viendo esta vez el espacio con otros ojos, verificando inconscientemente su forma y proporciones.

Volvió a mirar el altar. Su recuerdo del tercer libro era el más nítido. En la primera página, dorado y resplandeciente, estaba el *anj*, el antiguo símbolo egipcio de la vida, que había vuelto a ser conocido en todo el mundo. Entre las tapas de madera forradas de cuero del *Libro de las palabras*, había páginas en blanco, como blancos guardianes rodeando el papiro oculto en el centro. Los jeroglíficos eran espesos e impenetrables: línea tras línea de signos densamente trazados cubrían toda la página. No había detalles de color, ni nada que indicara dónde terminaba una palabra y dónde empezaba la siguiente.

En su interior estaba oculto el conjuro.

Alice abrió los ojos y sintió que Audric la estaba mirando.

Hubo entre los dos un destello de entendimiento. Las palabras estaban volviendo a ella, deslizándose sigilosas desde los rincones más remotos de su mente. Se sintió momentáneamente transportada fuera de su ser y, por una fracción de segundo, contempló la escena desde arriba.

Ochocientos años antes, Alaïs había dicho esas palabras. Y Audric las había oído.

«La verdad nos hará libres.»

Nada había cambiado, pero de pronto Alice había dejado de temer.

Un ruido en el altar llamó su atención. La quietud se deshizo y el mundo presente volvió a irrumpir. Y, con él, el miedo.

Marie-Cécile levantó el cuenco de barro, lo bastante pequeño como para sostenerlo entre las dos manos. De detrás del cuenco, cogió un cuchillo pequeño de hoja roma y gastada, y levantó los largos brazos blancos por encima de la cabeza.

—¡Entra! —gritó.

François-Baptiste salió de la oscuridad del túnel. Sus ojos barrieron el recinto como dos faros, pasando primero sobre Audric, después sobre Alice y deteniéndose por fin en Will. Alice vio la expresión de triunfo en la cara del muchacho y supo que François-Baptiste era quien le había infligido las heridas.

«Esta vez no dejaré que le hagas daño.»

Después, la mirada del joven siguió recorriendo la cámara. Hizo una breve pausa al ver los tres libros alineados sobre el altar (aunque Alice no hubiese podido decir si con sorpresa o con alivio) y finalmente fue a detenerse sobre el rostro de su madre.

Pese a la distancia, Alice sentía la tensión entre ellos.

El destello de una efímera sonrisa brilló en el rostro de Marie-Cécile cuando ésta bajó del altar, con el cuchillo y el cuenco en las manos. Su túnica reverberaba al resplandor de las velas, como tejida con luz de luna, mientras ella se desplazaba por la cámara. Alice percibía el rastro sutil de su perfume en el aire, una nota leve bajo el pesado olor del aceite que quemaba la lámpara.

François-Baptiste también empezó a moverse. Bajó los peldaños hasta situarse detrás de Will.

Marie-Cécile se detuvo también ante éste y le susurró algo en voz baja, que Alice no pudo oír. Aunque François-Baptiste no perdió la sonrisa, Alice advirtió su expresión de rabia cuando se inclinó hacia adelante, levantó las manos atadas de Will y puso ante Marie-Cécile uno de sus brazos.

Alice se encogió cuando Marie-Cécile practicó una incisión entre la muñeca y el codo de Will. El joven pareció sobresaltarse y sus ojos expresaron conmoción, pero no dejó escapar ni un sonido.

Marie-Cécile sostuvo el cuenco para recoger cinco gotas de sangre.

Repitió el proceso con Audric y después se detuvo delante de Alice. Ésta pudo ver la excitación en el rostro de Marie-Cécile, mientras recorría con la punta del acero la blanca cara interior de su antebrazo, siguiendo la línea de la vieja herida. Después, con la precisión de un cirujano empuñando un bisturí, insertó el cuchillo en la piel y hundió lentamente la punta, hasta que la cicatriz volvió a abrirse.

El dolor invadió a Alice sorpresivamente; no era una sensación aguda, sino un sufrimiento profundo. Al principio sintió calor, pero en seguida frío y entumecimiento. Se quedó mirando electrizada las gotas de sangre que caían, una a una, en la mezcla extrañamente pálida del cuenco.

Después terminó todo. François-Baptiste la soltó y siguió a su madre hasta el altar. Marie-Cécile repitió el procedimiento con su hijo y se situó entre el altar y el laberinto.

Colocó el cuenco en el centro y pasó el cuchillo por su propia piel, mirando cómo la sangre le resbalaba por el brazo.

«La mezcla de sangres.»

De pronto, Alice lo comprendió. El Grial pertenecía a todas las religiones y a ninguna. Era cristiano, judío, musulmán. Había cinco guardianes, elegidos por su carácter y sus actos, no por su cuna. Todos eran iguales.

Alice vio que Marie-Cécile se inclinaba hacia adelante y sacaba algo de entre las páginas de cada uno de los libros. Levantó el tercero de estos objetos. Era una hoja de papel. No, no era papel, sino papiro. Cuando Marie-Cécile sostuvo la hoja a contraluz, la trama del tejido vegetal quedó a la vista. El símbolo se veía claramente.

«El *anj*, el símbolo de la vida.»

Marie-Cécile se llevó el cuenco a la boca y bebió. Cuando lo hubo vaciado, volvió a depositarlo con las dos manos donde estaba y levantó la vista hacia la cámara, hasta encontrar la mirada de Audric. A Alice le pareció como si lo estuviera desafiando a que intentara detenerla.

Después, se quitó el anillo del pulgar y se volvió hacia el laberinto de piedra, creando una turbulencia en el aire silencioso. Mientras la lámpara parpadeaba tras ella, proyectando sombras que ascendían a saltos por la pared rocosa, Alice distinguió, a la sombra de la piedra labrada, dos figuras que hasta entonces no había visto.

Ocultas bajo el contorno del laberinto, se veían claramente la sombra de la figura del *anj* y el perfil de un cáliz.

Se oyó un chasquido seco, como el que hace una llave al ser insertada en su cerradura. Por un instante, pareció como si nada fuera a suceder. Después, desde el interior del muro, se oyó el ruido de algo desplazándose, piedra contra piedra.

Marie-Cécile retrocedió. Alice vio que en el centro del laberinto había aparecido una pequeña abertura, sólo un poco más grande que los libros. Un compartimento.

Palabras y frases acudieron a su mente: la explicación de Audric y sus propias investigaciones, todo junto y mezclado.

En el centro del laberinto está la luz, en el centro reside el conocimiento. Alice pensó en los peregrinos cristianos que seguían el camino de Jerusalén en la nave de la catedral de Chartres, recorriendo los circuitos decrecientes de la espiral en busca de la iluminación.

Allí, en el laberinto del Grial, la luz —literalmente— estaba en el corazón del mismo.

Alice miró cómo Marie-Cécile cogía la lámpara del altar y la colgaba en la abertura, donde encajaba a la perfección. Inmediatamente, cobró más brillo e inundó la cámara de luz.

Marie-Cécile levantó uno de los papiros de los libros que había sobre el altar, y lo insertó en una ranura que se abría junto al hueco de la roca. Parte de la luz se perdió y la cueva se ensombreció.

La mujer se dio la vuelta y miró fijamente a Audric, rompiendo el encantamiento con sus palabras.

—¡Usted me había asegurado que vería algo! —gritó.

El anciano levantó hacia ella sus ojos color ámbar. Alice hubiese querido que guardara silencio, pero sabía que no lo haría. Por alguna razón que ella no alcanzaba a comprender, Audric estaba decidido a dejar que la ceremonia siguiera su curso.

—El verdadero conjuro sólo se revela cuando los tres papiros han sido insertados uno sobre otro. Sólo entonces, en el juego de luces y sombras, las palabras que deben ser pronunciadas, y no aquellas que deben callarse, serán reveladas.

Alice estaba temblando. Se daba cuenta de que el frío estaba en su interior, como si el calor de su cuerpo se le estuviera escurriendo, pero no podía controlarse. Marie-Cécile hizo girar los tres pergaminos entre los dedos.

—¿En qué dirección?

—Desáteme —dijo Audric en su voz baja y serena—. Desáteme y ocupe su puesto en el centro de la cámara. Se lo enseñaré.

La mujer vaciló un momento, pero después le hizo un gesto a François-Baptiste.

—*Maman, je ne crois pas que...*

—¡Haz lo que te digo! —replicó ella secamente.

En silencio, François-Baptiste cortó la soga que mantenía a Audric atado al suelo y se apartó.

Marie-Cécile se dio la vuelta y cogió el cuchillo.

—Si intenta algo —dijo señalando a Alice, mientras Audric atravesaba lentamente la cámara—, la mataré. ¿Entendido?

Después hizo un gesto hacia François-Baptiste, que estaba de pie junto a Will.

—O lo hará él —añadió.

—Entendido.

Audric dedicó una breve mirada a Shelagh, tendida inerte en el suelo, y después le habló a Alice en un susurro.

—No me equivoco, ¿verdad? —murmuró, invadido por una repentina duda—. El Grial no vendrá a ella, ¿no?

Aunque Audric la estaba mirando, Alice sintió que la pregunta iba dirigida a otra persona, alguien con quien él ya había compartido la misma experiencia.

Sin comprender cómo, Alice descubrió que sabía la respuesta. Estaba segura. Sonrió, ofreciéndole la tranquilidad que necesitaba.

—No vendrá —dijo entre dientes.

—¿A qué espera? —gritó Marie-Cécile.

Audric se adelantó.

—Tiene que coger los tres papiros —dijo— y superponerlos delante de la llama.

—Hágalo usted.

Alice vio cómo el anciano cogía las tres hojas traslúcidas de los papiros, las ordenaba entre sus manos y a continuación las insertaba cuidadosamente en la ranura. Por un instante, la llama que ardía en el nicho de la roca parpadeó y pareció desvanecerse. La cueva se ensombreció, como si las luces se hubieran atenuado. Después, a medida que sus ojos se habituaron a la penumbra, Alice vio que sólo unos pocos jeroglíficos seguían siendo visibles, iluminados por un juego de luces y sombras que seguía los contornos del laberinto. Todas las palabras innecesarias habían quedado ocultas. *Di anj djet...* Las palabras resonaron con claridad en su mente.

—*Di anj djet* —recitó en voz alta, junto al resto de la frase, al tiempo que traducía mentalmente las antiguas palabras.

—En los comienzos del tiempo, en tierras de Egipto, el maestro de los secretos concedió las palabras y la escritura.

Marie-Cécile se volvió hacia Alice.

—¡Estás leyendo las palabras! —exclamó, abalanzándose sobre ella y aferrándola por un brazo—. ¿Cómo sabes lo que significan?

—No sé. No lo sé.

Alice intentó soltarse, pero Marie-Cécile le aproximó la punta del cuchillo a la cabeza, tan cerca que Alice pudo distinguir las manchas marrones sobre la hoja desgastada.

—*Di anj djet...*

Todo pareció ocurrir al mismo tiempo.

Audric se arrojó sobre Marie-Cécile.

—*Maman!*

Will aprovechó la momentánea distracción de François-Baptiste para doblar una pierna y golpearlo con fuerza en la base de la espalda. Cogido por sorpresa, el muchacho soltó un balazo al techo de la cueva, mientras caía. El estruendo fue ensordecedor en el espacio confinado de la cámara. Al instante, Alice oyó que la bala golpeaba en la roca sólida de la montaña y salía rebotada a través del recinto.

La mano de Marie-Cécile voló hacia su propia sien. Alice vio la sangre manando entre sus dedos. La mujer se tambaleó un momento sobre sus pies y cayó desplomada.

—*Maman!*

François-Baptiste ya corría hacia ella. La pistola cayó y resbaló por el suelo en dirección al altar.

Audric le arrebató el cuchillo a Marie-Cécile y cortó las ataduras de Will con una fuerza sorprendente, antes de dejar el puñal en manos del joven.

—Suelta a Alice.

Sin prestarle atención, Will se precipitó a través de la cámara, hacia el lugar donde François-Baptiste estaba de rodillas, acunando a su madre entre sus brazos.

—*Non, maman. Marche pas. Écoute-moi, maman, réveille-toi.*

Agarrándolo por las hombreras de su desmesurada cazadora, Will le golpeó la cabeza contra el suelo de piedra. Después corrió hacia Alice y empezó a cortar la soga que la mantenía atada.

—¿Está muerto?

—No lo sé.

—¿Qué pasará si...?

Will la besó fugazmente en los labios y, sacudiéndole las manos, la liberó de las cuerdas.

—François-Baptiste estará inconsciente el tiempo suficiente para que podamos largarnos de aquí —dijo.

—Encárgate de Shelagh, Will —le pidió ella, señalándosela con urgencia—. Yo ayudaré a Audric.

Mientras Will levantaba entre sus brazos el cuerpo quebrantado de Shelagh y se dirigía hacia el túnel, Alice corrió hacia Audric.

—¡Los libros! —exclamó ella en tono apremiante—. Tenemos que sacarlos de aquí antes de que se despierten.

El anciano estaba de pie, contemplando los cuerpos inertes de Marie-Cécile y su hijo.

—¡De prisa, Audric! —repitió ella—. ¡Tenemos que salir de aquí!

—No debí involucrarte en esto —dijo él en voz baja—. Mis deseos de averiguar lo sucedido y de cumplir una promesa que no mantuve me cegaron y me impidieron tener en cuenta otras cosas. He sido un egoísta. He pensado demasiado en mí mismo. −Audric apoyó una mano sobre uno de los libros−. Antes me preguntaste por qué Alaïs no los había destruido −dijo de pronto−. ¿Sabes por qué? Porque yo me opuse. Entonces ideamos un plan para engañar a Oriane. Por esa causa, volvimos a la cámara. El ciclo de muertes y sacrificios se perpetuó. De no haber sido por eso, quizá...

Rodeando el altar, fue hasta donde Alice estaba intentando sacar los papiros del laberinto.

−Ella no habría querido esto. Demasiadas vidas perdidas.

−Audric −replicó Alice con desesperación−, podemos hablar de eso más tarde. Ahora tenemos que sacarlos de aquí. Es lo que usted lleva esperando tanto tiempo, Audric: la oportunidad de ver la Trilogía reunida otra vez. ¡No podemos dejársela a ellos!

−Aún sigo sin saber −dijo él, con una voz que se convirtió en susurro−. Todavía no sé qué le sucedió a ella al final.

Quedaba poco aceite en la lámpara, pero las sombras retrocedieron cuando Alice sacó poco a poco de la ranura el primer papiro, después el segundo y finalmente el tercero.

−¡Los tengo! −anunció, volviéndose. Recogió los libros del altar y se los lanzó a Audric.

−¡Coja los libros! ¡Vamos!

Casi arrastrando a Audric tras de sí, Alice se abrió paso entre las penumbras de la cámara, hacia el túnel. Ya habían llegado al desnivel del suelo donde habían sido hallados los esqueletos, cuando en la oscuridad, a sus espaldas, se oyó un fuerte estallido, seguido del ruido de rocas que se desplazaban y de otras dos explosiones amortiguadas, en rápida sucesión.

Alice se dejó caer al suelo. No había sido el sonido de otro disparo, sino un ruido completamente diferente, un fragor que parecía proceder de las entrañas de la tierra.

La adrenalina entró en juego. Desesperadamente, Alice siguió avanzando a cuatro patas, sosteniendo los papiros entre los dientes y rezando para que Audric estuviera detrás. Los faldones de la túnica se le enredaban entre las piernas y ralentizaban su avance. El brazo le sangraba profusamente y no soportaba ningún peso, pero aun así consiguió llegar hasta el pie de los peldaños.

Alice seguía oyendo el estruendo, pero ya podía permitirse mirar atrás. Sus dedos acababan de hallar las letras labradas en lo alto de la escalera. En ese instante, resonó una voz.

—¡Quieto ahí! ¡Quieto o disparo!

Alice se quedó paralizada.

«No puede ser ella. Estaba herida. Yo misma la vi caer.»

Lentamente, Alice se incorporó. Marie-Cécile estaba delante del altar y se mantenía en pie con dificultad. Tenía la túnica salpicada de sangre y había perdido la tiara, de modo que el pelo le caía salvaje e indómito alrededor de la cara. En la mano empuñaba la pistola de François-Baptiste. Estaba apuntando con ella a Audric.

—Retroceda lentamente hacia mí, doctora Tanner.

Alice advirtió que el suelo se estaba moviendo. Sintió el temblor que subía vibrando por sus pies y sus piernas; era un grave retumbo procedente de las profundidades de la tierra, que a cada segundo se volvía más fuerte e intenso.

De pronto, pareció que Marie-Cécile empezaba también a oírlo. La confusión le nubló momentáneamente la cara. Otro estallido sacudió la cámara. Esa vez no hubo duda de que se trataba de una explosión. Una ráfaga de aire frío barrió la cueva. Detrás de Marie-Cécile, la lámpara empezó a sacudirse, mientras el laberinto de piedra se agrietaba y empezaba a fragmentarse.

Alice volvió corriendo junto a Audric. La tierra también se estaba agrietando y se desmoronaba bajo sus pies, la sólida piedra y la tierra milenaria se partían y fracturaban. Trozos de roca comenzaron a llover sobre ella desde todos los ángulos, mientras saltaba para evitar las zanjas que se abrían a su alrededor.

—¡Démelos! —gritó Marie-Cécile, apuntando a Alice con el arma—. ¿De verdad pensaba que iba a dejar que ella me los arrebatara?

Sus palabras fueron ahogadas por el ruido de la roca desmoronándose, mientras la cámara se desplomaba.

Audric se incorporó y habló por primera vez.

—¿Ella? —dijo—. No, no será Alice quien se los quite.

Marie-Cécile se volvió para ver lo que estaba mirando Audric.

Lanzó un grito.

Entre las sombras, Alice consiguió ver algo. Un resplandor, un blanco fulgor semejante a un rostro. Presa del pánico, Marie-Cécile volvió a apuntar a Alice. Dudó y apretó el gatillo. Su vacilación duró el tiempo suficiente para que Audric se interpusiera entre las dos.

Todo parecía moverse a cámara lenta.

Alice gritó. Audric cayó de rodillas. La fuerza del disparo impulsó a Marie-Cécile hacia atrás y la hizo perder el equilibrio. Sus dedos intentaron agarrarse del aire, desesperados, mientras ella se precipitaba en el profundo abismo que se había abierto en el suelo rocoso.

Audric estaba tendido en el suelo, y la mancha de sangre desde el orificio de bala en medio de su pecho iba extendiéndose. Su cara tenía el color del papel y Alice pudo ver las venas azules bajo el fino pergamino de su piel.

—¡Tenemos que salir de aquí! —exclamó—. Podría haber otra explosión. Todo esto podría derrumbarse en cualquier momento.

El anciano sonrió.

—Ha terminado, Alice —dijo él en voz baja—. *Perfin*. El Grial ha protegido sus secretos, como la otra vez. No podía dejar que ella se llevase lo que quería.

Alice sacudió la cabeza.

—No, Audric, la cueva estaba minada —dijo—. Puede que haya otra bomba. ¡Tenemos que salir!

—No habrá ninguna más —replicó él—. Ha sido el eco del pasado.

Alice advirtió que le hacía daño hablar. Bajó la cabeza hasta la suya. En su pecho comenzaban los estertores y su respiración era tenue y superficial. Intentó detener la hemorragia, pero se dio cuenta de que era inútil.

—Quería saber cómo pasó Alaïs sus últimos momentos, ¿me entiendes? No pude salvarla. Quedó atrapada dentro y no pude llegar hasta ella —dijo él, jadeando de dolor. Inhaló un poco más de aire.

—Pero esta vez...

Por fin, Alice aceptó lo que instintivamente sabía desde el momento en que llegó a Los Seres y lo vio de pie en la puerta de la casita de piedra, en un recoveco de la montaña.

«Ésta es su historia. Éstos son sus recuerdos.»

Pensó en el árbol genealógico, confeccionado tan laboriosamente y con tanto amor.

—Sajhë —dijo—. Tú eres Sajhë.

Por un momento, la vida animó sus ojos color ámbar. Una mirada de intenso placer iluminó su rostro agonizante.

—Cuando desperté, Bertranda estaba a mi lado. Alguien nos había arropado con unas capas para protegernos del frío...

—Guilhelm —dijo Alice, sabiendo que era verdad.

—Hubo un estruendo terrible. Vi desmoronarse la cornisa de piedra que había sobre la entrada. El peñasco se estrelló contra el suelo, entre un tumulto de piedras y polvo, atrapándola en el interior. No pude llegar a ella —dijo, con voz temblorosa—. A ellos.

Después dejó de hablar. De pronto, todo quedó en calma y silencio.

—No lo sabía —prosiguió él con angustia—. Le había dado mi palabra a Alaïs de que, si algo le sucedía, me aseguraría de que el *Libro de las palabras* estuviera a salvo, pero no lo sabía. No sabía si Oriane tenía el libro, ni dónde estaba. —Su voz se desvaneció en un suspiro—. Nada.

—Entonces los cuerpos que encontré eran los de Guilhelm y Alaïs —dijo Alice. No era una pregunta, sino una aseveración.

Sajhë asintió.

—Encontramos el cadáver de Oriane un poco más abajo en la montaña. No llevaba el libro consigo. Sólo entonces supe que no lo tenía.

—Murieron juntos, protegiendo el libro. Alaïs quería que tú vivieras, Sajhë. Que vivieras y cuidaras de Bertranda, que era tu hija en todos los aspectos, menos en uno.

Él sonrió.

—Sabía que lo entenderías —dijo. Sus palabras se deslizaron de sus labios como un suspiro—. He vivido demasiado tiempo sin ella. Cada día he sentido su ausencia. Cada día he deseado no haber recibido esa maldición, no verme obligado a seguir viviendo, mientras todos los que amaba envejecían y morían. Alaïs, Bertranda...

Se interrumpió. Ella sentía como propio su dolor.

—Debes dejar de culparte, Sajhë. Ahora que sabes lo que sucedió, debes perdonarte.

Alice sentía que lo estaba perdiendo.

«Haz que siga hablando. No dejes que pierda el sentido.»

—Había una profecía —dijo—: que en el Pays d'Òc, en el segundo milenio, nacería alguien destinado a ser testigo de la tragedia sobrevenida en estas tierras. Como los que me precedieron (Abraham, Matusalén, Harif...), yo no lo deseaba. Pero lo acepté.

Sajhë jadeaba. Alice lo atrajo hacia sí, acunando su cabeza en sus brazos.

—¿Cuándo? —le preguntó—. Cuéntame.

—Alaïs convocó el Grial. Aquí. En esta misma cámara. Yo tenía veinticinco años. Había regresado a Los Seres convencido de que mi vida estaba a punto de cambiar. Confiaba en poder cortejar a Alaïs y ser amado por ella.

—¡Ella te quería! —dijo Alice desafiante.

—Harif le enseñó a entender la antigua lengua de los egipcios —prosiguió él, con una sonrisa—. Por lo visto, tú aún conservas una huella de ese conocimiento. Utilizando las habilidades que Harif le había transmitido y su conocimiento de los pergaminos, vinimos hasta aquí. Lo mismo que tú, cuando llegó el momento, Alaïs supo qué decir. El Grial actuó a través de ella.

—Cómo... —dijo Alice, vacilante—. ¿Qué ocurrió?

—Recuerdo el suave tacto del aire sobre mi piel, el parpadeo de las velas, las hermosas voces que describían espirales en la oscuridad. Las palabras parecían fluir de sus labios, casi como si no las pronunciara. Alaïs estaba ante el altar, con Harif a su lado.

—Seguramente había otros.

—Los había, pero... Te parecerá extraño, pero apenas recuerdo nada. Yo sólo veía a Alaïs: su rostro, en un rapto de concentración, con una fina línea marcándole el entrecejo. El pelo le caía por la espalda como una cortina de agua. Yo sólo la veía a ella, no era consciente más que de ella. Levantó el cáliz entre sus manos y pronunció las palabras. Sus ojos se abrieron en un único momento de iluminación. Me dio la copa y bebí.

Los párpados del anciano se abrían y cerraban rápidamente, como el aleteo de una mariposa.

—Si tu vida ha sido una carga tan pesada para ti, ¿por qué has seguido adelante?

—*Perqué*? —preguntó él sorprendido—. ¿Por qué? Porque era lo que Alaïs quería. Tenía que vivir para contar la historia de lo sucedido a la gente de estas tierras, aquí, en estas montañas y estas llanuras. Para asegurarme de que la historia no muriera. Para eso sirve el Grial. Para ayudar a los que debemos dar testimonio. La historia la escriben los vencedores, los mentirosos, los más fuertes, los más resueltos. La verdad suele encontrarse en el silencio, en los lugares silenciosos.

Alice asintió.

—Lo has hecho, Sajhë. Has cambiado las cosas.

—Guilhelm de Tudela compuso una falsa historia de la cruzada que los franceses lanzaron contra nosotros. *La chanson de la croisade*, la llamó. Cuando murió, un poeta anónimo, más cercano en sus simpatías al Pays d'Òc, la completó. *La Cansó*. Nuestra historia.

A su pesar, Alice estaba sonriendo.

—*Los mots vivents* —susurró el anciano. Palabras vivas—. Fue el comienzo. Le prometí a Alaïs que contaría la verdad, que escribiría la verdad, para que las generaciones futuras conocieran el horror de lo que en un tiempo se hizo en estas tierras, en su nombre. Para ser recordados.

Alice hizo un gesto afirmativo.

—Harif lo comprendió. Había recorrido antes que yo este camino solitario. Había viajado por el mundo y había visto cómo las palabras se retuercen, se quiebran y se transforman en mentiras. Él también vivió para dar testimonio. —Sajhë inhaló un poco más de aire—. Vivió muy poco tiempo más que Alaïs —añadió—, pero tenía más de ochocientos años cuando murió. Aquí, en Los Seres, con Bertranda y conmigo a su lado.

—Pero ¿dónde has vivido todos estos años? ¿Cómo has vivido?

—He visto el verde de cada primavera ceder al dorado del verano, y he visto el castaño cobrizo del otoño dejar paso al blanco del invierno, esperando que la luz se extinguiera.

»Mil veces me he preguntado por qué. Si hubiese sabido cómo iba ser vivir con tanta soledad, soportar como único testigo el ciclo interminable del nacimiento, la vida y la muerte, ¿qué habría hecho? He sobrevivido esta larga vida con un vacío en el corazón, un vacío que con el tiempo se ha ido extendiendo hasta volverse más grande que mi corazón mismo.

—Ella te amaba, Sajhë —dijo Alice suavemente—. No de la manera que la amabas tú a ella, pero con todas sus fuerzas y todo su corazón.

Una expresión de paz inundó su rostro.

—*Es vertat*. Ahora lo sé.

—Si fuera...

Le sobrevino un acceso de tos. Esta vez, salpicaduras de sangre mancharon las comisuras de su boca. Alice las enjugó con el borde de su túnica.

Él hizo un esfuerzo para incorporarse.

—Lo he escrito todo para ti, Alice. Mi testamento. Te está esperando en Los Seres. En casa de Alaïs, donde vivimos, que ahora te dejo a ti.

A lo lejos, Alaïs distinguió el ruido de unas sirenas desgarrando el silencio de la montaña.

—Ya casi están aquí —dijo, intentando controlar su dolor—. ¿Ves? Te dije que vendrían. Quédate conmigo. Por favor, no te des por vencido.

Sajhë sacudió la cabeza.

—Ya está hecho. Mi viaje ha terminado. El tuyo no ha hecho más que comenzar.

Alice le retiró el pelo blanco de la cara.

—Yo no soy ella —dijo en voz baja—. No soy Alaïs.

El anciano dejó escapar un largo y suave suspiro.

—Lo sé. Pero ella vive en ti... y tú en ella.

Hizo una pausa. Alice veía que le costaba mucho hablar.

—Ojalá hubiésemos tenido más tiempo, Alice. Pero haberte conocido, haber compartido contigo estas horas, es más de lo que nunca hubiese podido desear.

Sajhë se quedó en silencio. Los últimos vestigios de color fueron desapareciendo de su rostro y de sus manos, hasta que no quedó nada.

A Alice le vino a la mente una oración, una plegaria pronunciada mucho tiempo atrás.

—*Paire sant, dieu dreiturier de bons sperits...*

Las palabras antaño familiares brotaron sin esfuerzo de sus labios.

—Padre santo, Dios legítimo de los espíritus buenos, permítenos conocer lo que Tú conoces y amar lo que Tú amas.

Reprimiendo las lágrimas, Alice lo sostuvo entre sus brazos, mientras la respiración de él se volvía cada vez más superficial y ligera. Finalmente, se detuvo del todo.

EPÍLOGO

Los Seres

Son las ocho de la mañana. El final de otro día perfecto de verano. Alice se acerca al amplio ventanal y abre los postigos para dejar entrar la oblicua luz anaranjada. Un leve brisa le acaricia los brazos desnudos. Su piel es del color de las avellanas y lleva el pelo recogido hacia atrás, en una trenza.

El sol está bajo en el horizonte: un perfecto círculo rojo en el rosa y el blanco del cielo, y proyecta negras sombras a través de las cercanas cumbres de los montes Sabarthès, como piezas de tela tendidas a secar. Desde la ventana, ve el Col des Sept Frères y, más atrás, el pico de Saint Barthélémy.

Han pasado dos años desde la muerte de Sajhë.

Al principio, a Alice no le resultaba fácil vivir con los recuerdos. El ruido del disparo en la claustrofóbica cueva, el temblor de tierra, el pálido rostro en la oscuridad, la expresión de la cara de Will cuando irrumpió en la cámara acompañado del inspector Noubel...

Más que nada, vivía atormentada por el recuerdo de la luz apagándose en los ojos de Audric, o de Sajhë, como había aprendido a llamarlo. En ellos vio paz, y no dolor, en los últimos momentos, pero no por eso era menor su pena.

Sin embargo, cuanto más sabía Alice, más se desvanecían los terrores que la mantenían atada a aquellos instantes finales. El pasado había perdido su capacidad de hacerle daño.

Sabía que Marie-Cécile y su hijo habían muerto cuando la bóveda se desplomó y que ambos se habían perdido en el temblor de tierra. Paul Authié fue hallado donde François-Baptiste le había disparado, junto al temporizador ajustado para detonar las cuatro cargas explosivas, que prosiguió inexorable su cuenta atrás. Un apocalipsis con la firma de Authié.

Cuando aquel primer verano cedió el paso al otoño, y el otoño al invierno, Alice empezó a recuperarse, con la ayuda de Will. Ahora el tiempo ha hecho su labor. El tiempo y la promesa de una nueva vida. Poco a poco, los recuerdos dolorosos se han ido desdibujando. Como viejas fotografías, a medias recordadas e indefinidas, han comenzado a acumular polvo en su mente.

Con lo obtenido de la venta de su piso en Inglaterra y de la casa de su tía en Sallèles d'Aude, Alice ha podido establecerse con Will en Los Seres.

La casa donde Alaïs vivió con Sajhë, Bertranda y Harif es ahora su hogar. La han ampliado y adaptado a la vida moderna, pero el espíritu del lugar permanece inalterado.

El secreto del Grial está a salvo, como Alaïs pretendía que estuviera, oculto en las montañas intemporales. Los tres papiros, separados de sus libros medievales, yacen sepultados bajo la piedra y la roca.

Alice sabe que estaba destinada a terminar lo que había quedado inconcluso ochocientos años antes. También sabe, como lo supo Alaïs, que el auténtico Grial reside en el amor transmitido de generación en generación, en las palabras pronunciadas de padre a hijo y de madre a hija. La verdad está a nuestro alrededor. En las piedras, las rocas y el cambiante aspecto de las montañas con el paso de las estaciones.

A través de las historias que compartimos de nuestro pasado, no morimos.

Alice no cree que pueda expresarlo con palabras. A diferencia de Sajhë, no es una tejedora de historias, una escritora. Se pregunta si no estará tal vez más allá de las palabras. Llámese Dios, llámese fe. Quizá el Grial sea una verdad demasiado grande para ser expresada o amarrada al tiempo, el espacio y el contexto por un instrumento tan resbaladizo como el lenguaje.

Alice apoya las manos en el alféizar y aspira los sutiles perfumes de la tarde. Tomillo silvestre, retama, el recuerdo vibrante del calor en la piedra y el aroma del perejil, la salvia y la hierbabuena en su jardín.

Su fama va en aumento. Lo que comenzó como una sucesión de favores personales, abasteciendo de hierbas a los restaurantes y vecinos de los pueblos cercanos, se ha convertido en negocio rentable. Ahora, muchos hoteles y comercios de la zona, e incluso algunos de Foix y Mirepoix, ofrecen un selección de sus productos, con la distintiva etiqueta *Épices Pelletier et Fille*. El nombre de sus antepasados, recuperado como propio.

El caserío de Los Seres aún no está en el mapa. Es demasiado pequeño. Pero pronto lo estará. Quizá.

En el estudio de la planta baja, el teclado ha enmudecido. Alice oye a Will moviéndose por la cocina, sacando platos de la alacena y pan de la despensa. Pronto, ella bajará. Él abrirá una botella de vino y beberán mientras él cocina.

Mañana los visitará Jeanne Giraud, una mujer admirable y encantadora que se ha convertido en parte de su vida. Por la tarde, irán al pueblo cercano a poner flores en un monumento que hay en la plaza, erigido en memoria del respetado Audric S. Baillard, historiador de los cátaros y combatiente de la Resistencia. En la placa, hay un proverbio occitano escogido por Alice.

Pas a pas se va luènh.

Después, Alice saldrá a caminar sola por las montañas, hasta el sitio donde otra placa marca el lugar donde él reposa a la sombra de los montes, como siempre deseó. La lápida dice simplemente SAJHË.

Es suficiente para que sea recordado.

El árbol genealógico, el primer regalo que Sajhë le hizo a Alice, cuelga de la pared del estudio. Alice ha hecho tres cambios. Ha añadido las fechas de muerte de Alaïs y de Sajhë, separadas por ochocientos años.

Ha escrito el nombre de Will junto al suyo y la fecha de su boda.

Y al final, donde la historia aún sigue abierta, ha añadido una línea: SAJHËSSE GRACE FARMER PELLETIER, 28 de febrero de 2007.

Alice sonríe al acercarse a la cuna donde su hija se está moviendo. Los dedos de sus pálidos piececitos empiezan a agitarse, mientras se despierta. Cuando su hija abre los ojos, Alice contiene el aliento.

Le planta un sonoro beso en la frente y empieza a entonar una cancioncilla en la antigua lengua, transmitida de generación en generación.

Bona nuèit, bona nuèit...
Braves amics, pica mièja-nuèit
Cal finir velhada
E jos la flassada

Algún día, piensa, Sajhësse se la cantará tal vez a su hija.

Con la pequeña en brazos, Alice vuelve a la ventana, pensando en todo lo que va a enseñarle, en las historias que le contará del pasado y de cómo sucedieron las cosas.

Alaïs ya no viene a ella en sueños. Pero cuando Alice contempla a la tenue luz del crepúsculo las antiguas cumbres y las crestas de valles y montañas que se extienden hasta más allá de donde alcanza la vista, siente la presencia del pasado a su alrededor, abrazándola. Espíritus amigos, fantasmas que le tienden las manos y le hablan susurrando de sus vidas, compartiendo con ella sus secretos. Ellos la conectan con todos los que han vivido allí antes que ella (y con todos los que vivían), soñando con lo que puede ofrecer la vida.

A lo lejos, una luna blanca asciende por el cielo moteado de nubes, con la promesa de otro hermoso día para mañana.

AGRADECIMIENTOS

Muchos amigos y colegas me han ayudado y me han brindado su apoyo y sus consejos durante el proceso de redacción de *El laberinto*. No hace falta decir que cualquier error, tanto en lo tocante a los hechos como a su interpretación, es de mi exclusiva responsabilidad.

Mi agente, Mark Lucas, ha sido maravilloso de principio a fin, y no sólo me ha ayudado con sus fantásticos comentarios, sino con la infinidad de notitas amarillas intercaladas en el manuscrito. Gracias, también, a toda la gente de LAW por su denodada labor y a todos los de ILA, en particular Nicki Kennedy, que ha sido la paciencia personificada y me ha ayudado a que todo resultara inmensamente divertido.

En Orion, he tenido la suerte de contar con la colaboración de Kate Mills, que con su tacto, eficacia y sensatez ha hecho muy agradable todo el proceso de edición, y de Genevieve Pegg. También quiero dar las gracias a Malcolm Edwards y a Susan Lamb, que dieron el impulso inicial, por no mencionar la perseverancia, el entusiasmo y la energía de los equipos de marketing, publicidad y ventas, en particular de Victoria Singer, Emma Noble y Jo Carpenter.

Bob Elliott y Bob Clack, del Chichester Rifle Club, me brindaron consejos y fascinante información sobre armas de fuego, y el profesor Anthony Moss, sobre técnicas bélicas medievales.

En la Biblioteca Británica de Londres, Michelle Brown, conservadora de la sección de Manuscritos Miniados, me proporcionó valiosa información sobre manuscritos medievales, pergaminos y fabricación de libros en el siglo XIII. El doctor Jonathan Phillips, titular de la cátedra Royal Holloway de Historia Medieval de la Universidad de Londres, se avino amablemente a leer el original y me ofreció excelentes consejos.

También me gustaría dar las gracias a todos los que me ayudaron en la Biblioteca de Toulouse y en el Centro Nacional de Estudios Cátaros de Carcasona.

Vaya también mi agradecimiento a todos los que han colaborado con nosotros en la web de lectura y escritura creativas, *www.mosselaby-rinth.co.uk*, basada en el proceso de investigación histórica y redacción de *El laberinto* en los dos últimos años, en especial a Nat Price y Jon Hö-rôdal.

Estoy muy agradecida a mis amigos, por haber tolerado durante tanto tiempo mi obsesión por los cátaros y las leyendas del Grial. En Carcasona, debo agradecer en particular a Yves y Lydia Guyou, sus explicaciones sobre música y poesía occitanas y por darme a conocer a muchos de los escritores y compositores cuya obra me ha inspirado, y a Pierre y Chantal Sánchez, por su apoyo y amistad a lo largo de muchos años. En Inglaterra, debo mencionar también a Jane Gregory, cuyo entusiasmo en otros tiempos fue tan importante para mí; a Maria Rejt, por ser una profesora tan magnífica, y también a Jon Evans, Lucinda Montefiore, Robert Dye, Sarah Mansell, Tim Bouquet, Ali Perrotto, Malcolm Wills, Kate y Bob Hingston y Robert y Maria Pulley.

Y por encima de todo, vaya mi agradecimiento a mi familia. Mi suegra, Rosie Turner, no sólo fue quien nos dio a conocer Carcasona, sino que durante todo el proceso de redacción estuvo a mi lado, ayudando en el día a día y ofreciéndome sus consejos prácticos y su compañía, muy por encima de lo que impone el deber. Quiero expresar asimismo mi cariño y agradecimiento a mis padres, Richard y Barbara Mosse, por haberse mostrado siempre orgullosos, y a mis hermanas, Caroline Matthews y Beth Huxley, junto a su marido Mark, por todo su apoyo.

Vaya también todo mi amor y gratitud a mis hijos, Martha y Felix, por su permanente apoyo y confianza. Martha no ha dejado de animarme con su entusiasmo y su optimismo, ¡sin dudar por un momento de que llegaría hasta el final! Felix no sólo ha compartido conmigo la pasión por la historia medieval, sino que me ha aclarado algunos puntos oscuros de la maquinaria de guerra medieval y ha hecho varias sugerencias sumamente inteligentes. Es imposible agradecerles lo bastante todo cuanto han hecho.

Y por último, Greg. Su amor y su apoyo —por no mencionar su ayuda intelectual y práctica y sus sugerencias para el texto— han sido decisivas. Como siempre es y como siempre ha sido.

BIBLIOGRAFÍA

ADKINS, Lesley, y Roy ADKINS, *Las claves de Egipto. La carrera por leer los jeroglíficos*, Editorial Debate, Madrid, 2000.

BRENNON, Anne, *Les Femmes Cathares*, Éditions Perrin, París, 1992.

DE TROYES, Chrétien, *El libro de Perceval o el cuento del Grial*, Editorial Gredos, Madrid, 2000.

DELTEIL, Joseph, *Cholera*, Les Cahiers Rouges, Grasset et Fasquelle, París, 1997.

DUVERNOY, Jean, *Le Catharisme. Tome 1. La religion des Cathares*, Éditions Mouton, París, 1977.

ESCHENBACH, Wolfram von, *Parzival*, Ediciones Siruela, Madrid, 2005.

GOUGAUD, Henri, *Bélibaste*, Éditions du Seuil, París, 1982.

LE ROY-LADURIE, Emmanuel, *Montaillou, aldea occitana de 1294 a 1324*, Taurus Ediciones, Madrid, 1988.

MARTI, Claude, *Carcassonne au Coeur*, Loubatières, Portet-sur-Garonne, 1999.

—   (ed.), *La Cansó : 1209-1219. Les Croisades contre le Sud*, Loubatières, Portet-sur-Garonne, 1994.

NELLI, René, *Los cátaros del Languedoc en el siglo XIII*, José J. de Olañeta Editor, Palma de Mallorca, 2002.

OLDENBOURG, Zoé, *La hoguera de Montasegur. Los cátaros en la historia*, Círculo de Lectores, Barcelona, 2002.

PHILIPS, Jonathan, *La Cuarta Cruzada y el saco de Constantinopla*, Editorial Crítica, Barcelona, 2005.

PHILIPS, Jonathan, *The Crusades 1095-1197*, Longman, Londres, 2002.

ROQUEBERT, Michel, *La Religion Cathare*, Loubatières, Portet-sur-Garonne, 1986.

Rouquette, Yves, *Cathars*, Loubatières, Portet-sur-Garonne, 1998.

Runciman, Steven, *Historia de las cruzadas*, 3 volúmenes, Alianza Editorial, Madrid, 1973.

Severin, Tim, *Crusader: by Horse to Jerusalem*, Hutchinson Books, Londres, 1989.

Sumption, Jonathan, *The Albigensian Crusade*, Faber and Faber, Londres, 1999.

Weir, Alison, *Eleanor of Aquitaine*, Jonathan Cape, Londres, 1999.

Weis, René, *La Cruz Amarilla. La historia de los últimos cátaros*, Editorial Debate, Madrid, 2001.

Westermann, Claus, *The Gospel of John*, Hendrickson, Peabody, 1998.

Si queréis consultar una bibliografía más extensa o recomendar algún libro, podéis visitar *www.mosselabyrinth.co.uk*

Planeta

España
Av. Diagonal, 662-664
08034 Barcelona (España)
Tel. (34) 93 492 80 36
Fax (34) 93 496 70 58
Mail: info@planetaint.com
www.planeta.es

Argentina
Av. Independencia, 1668
C1100 ABQ Buenos Aires
(Argentina)
Tel. (5411) 4382 40 43/45
Fax (5411) 4383 37 93
Mail: info@eplaneta.com.ar
www.editorialplaneta.com.ar

Brasil
Rua Ministro Rocha Azevedo, 346 -
8º andar
Bairro Cerqueira César
01410-000 São Paulo, SP (Brasil)
Tel. (5511) 3088 25 88
Fax (5511) 3898 20 39
Mail: info@editoraplaneta.com.br

Chile
Av. 11 de Septiembre, 2353,
piso 16
Torre San Ramón, Providencia
Santiago (Chile)
Tel. Gerencia (562) 431 05 20
Fax (562) 431 05 14
Mail: info@planeta.cl
www.editorialplaneta.cl

Colombia
Calle 73, 7-60, pisos 7 al 11
Santafé de Bogotá, D.C.
(Colombia)
Tel. (571) 607 99 97
Fax (571) 607 99 76
Mail: info@planeta.com.co
www.editorialplaneta.com.co

Ecuador
Whymper, 27-166 y Av. Orellana
Quito (Ecuador)
Tel. (5932) 290 89 99
Fax (5932) 250 72 34
Mail: planeta@access.net.ec
www.editorialplaneta.com.ec

Estados Unidos y Centroamérica
2057 NW 87th Avenue
33172 Miami, Florida (USA)
Tel. (1305) 470 0016
Fax (1305) 470 62 67
Mail: infosales@planetapublishing.com
www.planeta.es

México
Av. Insurgentes Sur, 1898, piso 11
Torre Siglum, Colonia Florida, CP-01030
Delegación Álvaro Obregón
México, D.F. (México)
Tel. (52) 55 53 22 36 10
Fax (52) 55 53 22 36 36
Mail: info@planeta.com.mx
www.editorialplaneta.com.mx
www.planeta.com.mx

Perú
Grupo Editor
Jirón Talara, 223
Jesús María, Lima (Perú)
Tel. (511) 424 56 57
Fax (511) 424 51 49
www.editorialplaneta.com.co

Portugal
Publicações Dom Quixote
Rua Ivone Silva, 6, 2.º
1050-124 Lisboa (Portugal)
Tel. (351) 21 120 90 00
Fax (351) 21 120 90 39
Mail: editorial@dquixote.pt
www.dquixote.pt

Uruguay
Cuareim, 1647
11100 Montevideo (Uruguay)
Tel. (5982) 901 40 26
Fax (5982) 902 25 50
Mail: info@planeta.com.uy
www.editorialplaneta.com.uy

Venezuela
Calle Madrid, entre New York y Trinidad
Quinta Toscanella
Las Mercedes, Caracas (Venezuela)
Tel. (58212) 991 33 38
Fax (58212) 991 37 92
Mail: info@planeta.com.ve
www.editorialplaneta.com.ve

Grupo  Planeta   Planeta es un sello editorial del Grupo Planeta   www.planeta.es